時代的眼·現實之花

《笠》詩刊1～120期景印本(五)

第49～53期

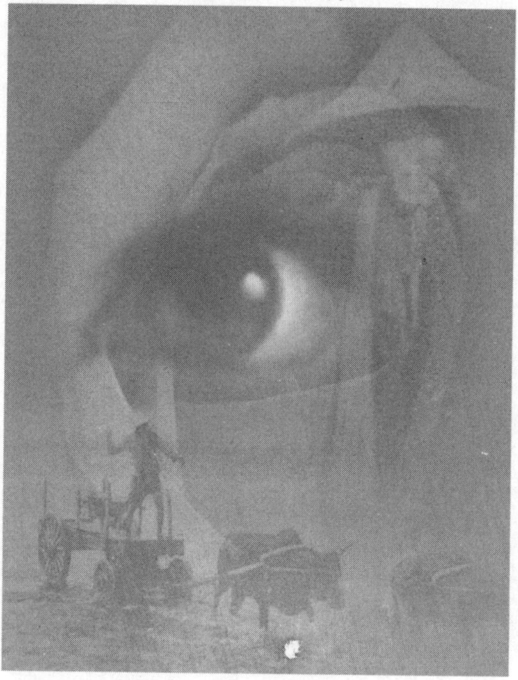

臺灣學生書局印行

笠

LI POETRY MAGAZINE

詩双月刊

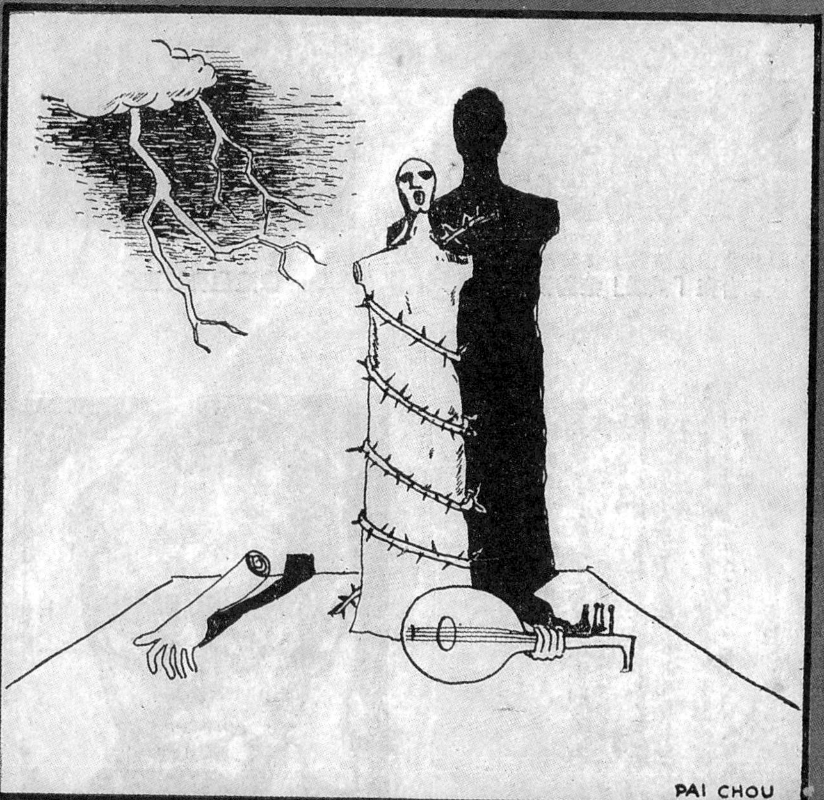

民國五十三年六月十五日創刊・民國六十一年六月十五日出版

49

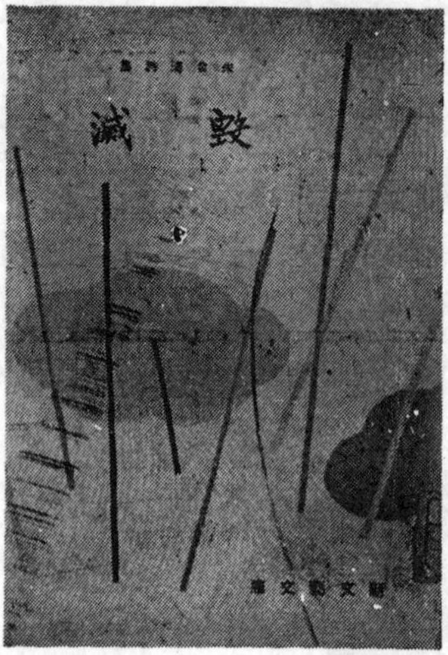

朱自清詩集「毀滅」在台初版

朱自清先生遺像

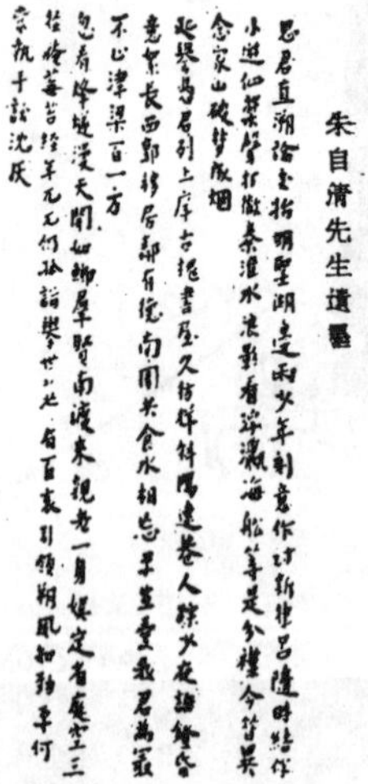

朱自清先生遺墨

朱自清先生木刻像

卷頭言

非詩的感情

桓夫

所謂「神話」，我們就想到，那是一種模稜而誇大的夢語，含有不可思議的感情，足使藝術家的主知精神有所懷疑的歷史性的常識。這種常識的流傳佔據了社會，侵入我們的生活，或成爲個人不得不接受的義務，迫使我們敷衍它。因爲這種「神話」，從天空密雲滿佈的境界散佈下來，便會叫大部分的民衆有意或無意地追隨齊唱、聽信服從。不然，對違背者，卽嫁禍以異教徒的罪名；正如妒嫉一個偸情的婦人那樣，無知的民衆會受唆使而擁來投擲石頭，施行百般的虐待。——「神話」一語，依據詞典的解釋係「宇宙現象爲神的行爲所演繹出的種種傳說」。但我在這裡所指的「神話」是意味着現實正在民間進行中的，使其神格化了的行爲。

我認爲做一個藝術家，具有眞正藝術家氣質的詩作者，都應該瞭解，必須跟那些「神話」性不可思議的感情斷絕關係，忌諱它。甚至，連曾經表示過一點敷衍，都應該稱他不够詩人的氣質。

畢竟奉承「神話」的感情，大都是屬於愚劣的感情；由於情勢的變化或時間的發展，便會隨之變質。因而依據「神話」的感情上所發出倡導的傳統或革新，都是沒有未來性的安易的觀念。就藝術的觀點來說，那祇是毫無意義的隨聲附和底性格而已。

如果，要把今日詩人的社會性的責任，連結於模稜的「神話」底感情上的可能性來考慮；換句話說，追隨正在推移的歷史性的常識做爲藝術性的理論的背景，以求詩活動的正當化，顯然，那是盲從的行動，違背了藝術家的主知精神。

詩人的盲從，不但在其日常的行爲或理論上，且在其作品本身都可以看得出來。盲從的行爲就是依賴某種權威性，意圖獲取自己名利的不健全的心理。那是隨聲附和權威和多數的感情，已經迷失了自己對正與邪、善與惡的分別而辨別不清，當然談不到審判自己了。

若在詩的經驗上與現實接觸的環境裡，放棄從自己眞實的心思獲得嚴肅的試探，而追從多數的感情，就可以斷定那個人已不是詩人。

有人主張批評詩作品，不應該牽涉到人身攻擊，但像這樣的場合，你要怎樣把詩與詩「人」分開來評論呢？

目錄

笠49期 Li Poetry Magazine No. 49

稿約

一、本刊園地絕對公開。
二、本刊力行嚴肅、公正、深刻之批評精神。
三、本刊歡迎下列稿件：
▲富有創造性的詩作品。
▲精闢的詩論及有關詩的隨筆。
▲深刻、公正、中肯的詩或詩書評釋。
▲海外的詩、詩論譯介及詩訊。
▲詩人研究介紹及評論。
▲詩活動報導及詩書出版消息。
四、本刊每逢雙月十五日出版。截稿日期：每逢單月10日截稿。
五、玉稿請寄「臺北市基隆路三段221巷4弄2之2號」本刊編輯部收。

南方餘稿

白萩

畫像

歡樂似入腹的酒席
一下子嘔成空虛
從酒樓裡搖幌出來
高呼一聲：的士
而一輪冬月當頭
冰冷得是老婆現實的臉

揮揮手
心裡說聲再見
「中山北路直開九段」
管他歸處是何處
祇感到水銀燈
一根　又一根
車子是奔向未知的深夜

總之

總之一切所爲只是風
你怔住，一粒沙似的
奔波在無常裡
現在
午夜的新美街已入定
唯獨你對着詩箋
自審

國聯聯合國又如何
越南照樣被戰火燒灼
東巴還是被屠殺
鷄鳴了又將如何
仍是不新鮮的老太陽一個
於是你在黎明前寫下一行：

自我存在才是存在

且向

且向暗夜問有無
一隻飛螢在草叢間搜尋
一閃一滅
自含天機

隔窗
旁觀着世界的騷亂
裸胸對鏡
凝視心意成爲灰燼

不禁自語自問
與世界有否相欠
而多事的蛤蟆
一聲有一聲無
破壞了無需作答的沈思……

唯

寫了一行壯志在沙灘
一隻鷗鳥，確定存在之後
拍拍翼，飛逝了

半夜醒來聽潮汐
發覺年少的意氣
已無端地磨消

唯波濤在傾述
古來落魄的牢騷
唯明月披瀝胸襟
連繫了古今詩人的肝胆

臨照

臨照九月的晴空
在稿箋上漫描着心事
爲誰忙碌謀生去
一隻蝴蝶不打招呼
就翻過牆去了

今日風吹明天雨下
一生反反覆覆
滿腔主意
爲誰謀算

且登臨赤嵌樓
與歷史爲伍
看落日漠然運作
讓夕暉與陰影分割臉部
領略家國的興衰

鄉愁篇

非馬

鄉愁

收拾行李時我對妻說
把鄉愁留下吧，行李要超重了

在海關他們把箱子翻了又翻
電子探測器照了又照，終于
放我們行

坐上回家的計程車我想
這下子可輕鬆了
不再……
却見鄉愁同它的新伙伴等在
家門口，像一對石獅

看他們都還在

看他們都還在
擠他們都還在
吃他們都還在
拉（他媽的）長頸子按喇叭

光滑地板上
脚還靈巧靈巧脚上
腰還細膩細膩腰上
頭還光滑光滑地板上

他們都還在
活着他們都還在
活着他們都還在

無聊的星期天

郭水潭

星期天　閑來無事
我想起　身為家長
為了　這一點威嚴
扳起　嚴肅的面孔

面對着孩子們　訓話一番
講解着整套的　古今道理
從四書五經起　及至宗教唯神論
談到登月探險　包括時下迷你裙

不問　他們是否動聽
只看　他們點頭微笑

早餐過來　神智稍清
我家斗室　保持寧靜
眺望遠處天際的白雲
轉眼到幾家高樓公寓
領悟　物質文明如斯燦爛
總覺　人生幾何富貴由天

一聲爸　我要出去
又一聲爸　我要出去
儘管他們是趕赴約會　或看電影
我已接受愉快的道別　他們去了

寫給自己

拾虹

無色透明的我的名字
是多麼可吟誦且適於描繪
只要認識了我
就會不知不覺地讀我的詩
我日夜辛勤地抱着吉他
那是鍾子期無盡綿長的哀嘆
然而我註定是屬於酒的
你們要是用我的名字祈禱
我會聽見甚至發光

散出陣陣的酒氣
這就是詩的味道了

或者你們在我的名字上寫
恭賀新禧
或者你們在我的名字上寫
砲聲
這樣成為祭後紛飛的紙箔
我不得不燒去我的詩來祭拜
此去成灰的拾虹

目擊拓寬公路

陳秀喜

淑女的體溫飄逸着
雲逗留於海天
縱貫公路的兩旁
那些綠油油的鱗片
銜着陽光閃爍
顫動的小魚群
燦然在枝節上
而楓葉彷彿不見

車駛近鳳山崎的斜坡
飾着兩排花邊的淑女
在前方顯露着香胸
濕潤乾燥的眼睛
楓葉唧唧着歡樂的前奏
喔！故鄉已不遠了

突然目擊到
四十多年的樹齡
被電鋸截斷
裸木的分屍
橫在眼前

拓寬公路
閃爍的小魚群散落
兩排花邊的香胸也消失
刮過鬍子的青年將出現
閉上眼皮
把鱗片和花邊的倩影
攝一張快照留存於眼簾
以慰藉這一陣難過
趁尚未被車輾過之前

悅目的畫面
斷頭臺下之圖
寸刻間的變化
目擊之後
啊！故鄉那麼遙遠……

冰箱詩抄

趙天儀

鮮魚

來自海上也好
來自淡水的河裡也好
爲了怕我腐爛掉
高度的冷凍　讓我在暑氣裡
也享受着冰點以下的冰涼

我的眼睛還是烱烱有神
我的肚皮還是色澤新鮮
不是木乃伊
也不是待葬的屍體
我是一把熊熊烈火上油炸的祭品

猪肉

最富於脂肪的領域
跟最密集於骨頭的邊緣
都有瘦肉比隣而生

從猪刀順手劈開
像剪刀橫過了新穎的布料
新鮮的肉因此分了家

靜靜地臥着
就像同族惰性的模樣
直到臨終的冰窖裡依然本性難移

高麗菜

跟我同姓而不同名的高麗參
身價不同凡響

而我是一種蔬菜
顏色淡黃而近乎乳白

在陽光下的我
曝晒於墓地的水泥地上

在冷凍中的我　保持了我的原色
直到我投身於跳躍的花生油裡

西瓜

夏季　我面臨最暢銷的季節
一批緊跟着一批
挺着圓腹　進進出出

像在貿易順暢的港都
剛剛一上岸
就有水果刀權衡着我赤紅色的肉身

牛奶

黃靈芝

在晨光眩耀的病房
我面對一杯牛奶臉紅了

我不是牛孩子
我是人的兒子
連面對可愛的護士小姐也慾望奶汁
却對大夫感利厭煩

我曾經看過牛
幼稚而懷孕的雌牛
在記憶裡頻頻表示羞恥的愛
年大的牛
願意把股間托給人家恍惚着
啊啊　討厭的傢伙

我是紳士
我感覺牛不潔
我感覺大夫不潔
且對護士小姐頻頻感到羞紅

（桓夫譯）

麻雀

我們在田野
追逐陽光、芒草、流泉
我們一群來、一群去
有時打成一片
有時成群散去
自自然然，歡歡喜喜

我們聲音小
却符合大自然的韻律
在工作中愉快地歌唱
即使農夫對我們吆喝

我們還是辛勤地
把種子帶去
播種在很偏僻的荒地

我們一群去，一群來
從不在廟堂棲息
也不食磁杯裡的玉米

田野是我們開放的世界
我們在此默默工作
期待着季節的邅替

李魁賢

陋屋詩抄

岩上

切肉

肉塊在我的手掌邊緣
沒有任何哀號
沒有一滴血
刀子急切急切而下
爆出悅耳的聲音

敏捷的動作成爲自悅的法則
刀子機械地上下揮動

突然我發現
自己的手掌也在肉堆裏
早已切成了肉腐

由於取悅於敏捷的動作
我毫無痛苦的感覺
漸漸的
我的血液流乾了
且染紅了眼前的世界

六十一、四、廿四

風濕

早上又來不及吃早點了
因爲昨晚桌上的鬧鐘
又向我訴苦

主人呀
換個房子吧
這裡太潮濕
我的骨頭都生銹了

喝斥一聲
我夢醒
鬧鐘也停了

出門前母親吩咐
孩子呀
帶傘去吧
我的骨頭告訴我
天氣又要變壞啦

六十一、四、廿四

死亡的故事

死亡驟然而來
死亡無任何徵象
行人也無心去辨認模糊的面孔
隨便就扔之於路旁

死亡是記錄簿上的數字
用布尺去量度
也不過是幾十來碼

死亡隨時跟在你我的身邊
死亡只有來的路沒有回去的路
死亡從來就沒有發生過故障
死亡是永不磨損的機器
死亡
死亡
死亡

六十一、四、廿五

水牛

水牛總是埋怨自己灰黑的顏色
非常嫉妒天空的藍
有一次無意間
水牛低下頭來喝水
才發現自己的角是刺向天空的

天空是該殺的
然而天空高高在上
天空必也有俯身下來的時刻吧
於是水牛耐心的等待

天空終於垂下來了
在地平線上
水牛狠狠地衝刺上去
倒下然後朗朗地笑了
原來我體內也有這樣鮮紅的血

六十一、四、廿六

山野小樹

我是一株
枯瘦的小樹
蟄居山野
三十多個寒暑
今年
醉了的春風
牽來一條
嶄新的大路
走進蠻荒深處
這是一個
撩人的時節
我鳥瞰着大路
更凝視着
新植的行道樹

谷風

雪崩詩稿

杜國清

蝶戀花

飛過海，飛過了早春……花兒亭亭，影兒清清
朝霞在西天，黃昏是日出前醉醉的眼神
——她是河邊兒的水仙
她的影子在水裡使星星們都震驚
——幸福就像一條清淺的天河
繁星，是她走過時濺出的語言
——於是夜裡，提着一盞月燈籠在天邊
我呀，我化成翩翩的拾星少年
影兒清清，花兒亭亭……飛過了早春，飛過海
我的戀呀，吐出蜜釀的情絲纏住心上眼

一九六八、十一、廿三

公園之夜

一坐在板凳上
就是等待——
大地寂寂地唱着那古老的歌兒
而汚穢的水池裡探出一朵蓮花來

在藤羅棚下徘徊
也是等待——
根部糾纏着情絲萬縷
而藕心仍是空虛
歌聲唱盡，繁星都回去了
還是等待——
浮葉上一隻青蛙跳水激起了
尋夢者從崖上巔落的悲哀
啊啊，只有冷風撫慰着
那映在水中不是水仙的臉
也在這瞬間變型——扭歪
——拉長——破碎——而消散

一九六八、十、十七

浪聲

河邊兒

黃昏越來越黃昏了
晚風吹綴的水面下
慾情的底流　向海

波浪沖激着心之磯岩
不再有附着的貝殼或綠苔
不再有人垂釣而來
只有浪聲
只有破碎的浪聲在折騰

沿着河邊兒
背向海　走向山
山上　孤星不是燈火
任浪聲在背後呼喚着夜空

一九六八、十、十五

谷中行

我的杖呢

沒有水聲的谷地，我曾經
穿過枯葉的樹林
在那埋葬星子的夜裡
向廻轉的山峯跋行

黑鴉曾在旅館的陽台上塗着黃昏
彗星曾經撕裂黑絨的睡袍而露出夜的胸脯
髮絲曾經纏住無核的心
衣香曾經薰昏了貪睡的青春
手臂曾經枕着咬唇瞪眼的頭顱！

一隻瘦馬離棄了繁華的荒城
向着廻轉而上的山峯傳播蹄聲：
假如今夜衆星在山巔復活
有誰伸拳双臂觸及山巔？
假如谷地有水，谷地有水
爲誰洗淨曾經罪惡的足尖？

一隻瘦馬在谷地跋行
向着廻轉而上的山峯探索消息：
只是愛的贖罪的愛的
苦難只是誕生或死亡
即使在這第二十五支山峯上華燈俱滅
血泊中的回憶依然存在——
誰能無懼於另一支刀山的苦刑？

一九六五、十、廿六

床旋轉着

床旋轉着
逐漸陷入黑暗的中心
皇冠掛在金壁上
飲盡了葡萄美酒
戰袍扔在王座上
抽出日漸腐朽的皮鞘

斬盡了玫瑰花色
我的劍刺向十八層那邊
一盂腥臭的沼澤
原罪的軀體在四面銀盾如鏡的反照中
猛然看到
從後門進入神殿背後默禱的臉
以及在現代的斷崖上斷絕了的傳統的肚臍

在這旋轉而下的交戰聲中
我的劍在沼澤裡腐爛
在火泉中焚化

在這旋轉而下的床笫中
只有瘦骨支撑着一顆日漸沈重的心
啊啊，讓我不再回顧
讓我含淚望別天窗外的藍星
今夜，我的心
被骨髓中竄進來的蛀蟲痛咬無已

一九六九、五、十

季節症

春

過敏性鼻炎的蜥蜴爬到岸石上
一連串的鼻涕濺滿了綠苔

夏

坐在磯岸上章魚以禿頂反照着月光
而每一隻手都摀着嘴在打哈欠

秋

烏鴉棲停在大地的神經樹梢上
望着天空，那病人的臉

冬

在雪樹上入定了的寒蟬
內部裡還有一團熱氣在惡化

一九七一、五、廿六

夢

從門縫裡看到
小時住在對門兒的她爲我赴約
從童年家前的一條竹林下的小徑
穿着歐洲貴婦的大氅一走動就露出熱褲下的腿來
於是我趕緊換穿衣服
每双袜子一穿就露出五趾
不然就是大得像褲管
妻看到我打開了衣橱
也開始在鏡前斜着頭梳起她的長髮來
於是我更爲焦急

從門縫裡看到
一双白色的長筒鞋在市郊偏僻的巷尾無所謂地
來回走步

一九七一、六、十八

行人

風吹落。夕陽照射着鳥兒的禿頭
樹枝戳穿了那五臟俱全的影子
爲了不被永遠釘死在秋空的標本上
鳥兒才飛走

霧穿過。被囚在路燈裡的夕陽呀
你的咀咒濺出了口沫
爲了尋求黃昏因此死亡的證據
行人的髮上才被唾滿滴了水滴

霧穿過。風吹落。
今夜，每一個家屋都像熄了煙的輪船
停泊在這乾涸了的街河上
行人呀，你的脚印繫成一條寂寞的鏈
（從故鄉到幽城）

你的脚印像小舟
今夜在這異國的月光下擱淺
突然漲來的潮一拍岸
你那不知對誰的笑，就像浪花
在飛塵中失落、漂流

行人呀
月光下，你的脚印也在腐朽

一九七一、元、廿一

夜・和平及其他

桓夫

夜・和平

走入隱藏花粉的夜
我們尋找甘美的愛情
而且早已遺忘了
站崗的白晝
那厭煩的戰爭

秤稱戰爭和愛情
如果得到的平衡是正義
那正義
也許是戰爭的私生子

沐浴在夜的愛情裡
祇聽遠方戰鼓的伴奏
我們的不安早已痲木了
祇聽喧嘩的戰爭
一直在賣唱神話的和平

紅的迷信

餘暉染紅了他的傲慢
紅紅的血潮湧現在臉上
他喜愛紅
相信紅紅的紅包在夕暮風景裡
能解脫厄運

把兩扇大門噴漆得紅紅
把一輛轎車噴漆得紅紅
豎立紅紅的旗幟
懸掛紅紅門聯
紅紅的涼亭
紅紅的樓閣
紅紅的標示牌

潔白的掌上留紅一點血痕
那是拭不掉的暴虐.
他仍然相信紅象徵着幸福
以紅的保護色　紅來又紅去
穿過夜慾望的街心
冀求晨光反照
血染滿地紅……

今天又是陰偶雨

膜拜東方
太陽就出來了
跟昨天的太陽異種的太陽
象徵着甚麼？
我們怎能知道

我們只知道自己需要一丁點光線而已
只需要一丁點
把多餘的光的語言丟入海裡去吧
因爲我們愛惜語言才不浪費語言
詩耀着拖捨的慈悲
只要一丁點就够了

因爲語言的泡沫過多
會叫我們困惑
就像蹲在溪邊的浣衣女
在石頭上敲打衣服般敲打語言吧

讓語言從石頭的裂縫溢落下來
繽紛地溢落下來，似花！
然而，花的語言泡沫污染了水
陶醉在污水裡的民衆
出現在語言表皮的阿諛的臉
亮着

爲什麼這個時候
我們膜拜東方？
東方仍在假裝慈悲的形式
太陽喪失光芒
今天又是
陰偶雨

觸覺四章

程璞

・燈・

墻壁的一端
懨懨地
散射
輝光

空洞的房間
不眠的躺着
一個男人

垂着頭
暈黃的孤燈
張貼　透明的
孤獨

・雨・

悄悄的落下
舒柔的雨
之後
一支
又
一支
圓弧的傘
飄浮着

從彩色的天空
擁擠的視界
飛的慾念
昇起　淒清的
孤獨

・浪濤・

在晨光裡拍擊
洶湧的浪濤
冲激
又
退却

撒網的
一個人
浮起
又
沉落

崖岸的礁石
屹立不動
冷冷地
注視
遙遠無限的海中
一個
人的
孤獨

・月・

從建築物與建築物之間
緘默的風
輕輕吸過

手挽着手
走在長遠的街燈下
年青又瘦長的影子
低聲互喚熟稔的名字

一輪月鈎　高懸着
別離的
孤獨

去夏六首

王明輝

1. 車過甎窑

站在遠方
一如父親的煙斗
站在近處
一如後院的深井

欠身
讓路給我走過
一如家的門；
口

2. 路過公墓

你覇佔了山頭
趕我在外流浪
並且說好
等我行囊飽滿
才能同去
向你報到

3. 戀情

未曾移開的
我的雙眼
在那人的胸膛
種下一叢叢的
花

偶然的
一小部份秋意
緊隨着那人的脚步
踏入
我的
內部

4. 守夜

那雙眼睛
在黑暗的撞擊下
緊緊的闔閉起來
殘餘的
是部份用　心　才能看到的
景象

一隻白鳥
緩緩昇起
自我們的
日落處
心之遠方

母親
在同一個風雨的山丘
您肩着鋤
我們携手將　根苗
種下

5. 橋

這個最後的
夏天　一如
我們的眼睛
空洞　而且
灼
熱

堅忍着
受創前的寂靜
這樣
他自稱是一座
銅像

6. 坐位

如果是
分到靠窗的坐位
我總貪戀着
沿途的景色
否則，
就讓別人去欣賞　吧！

傳統（外一首）

陳鴻森

Image 和倒影

利刄在無論怎樣的夜裡，都是十分情緒的。而
利刄的出現，將使一切已存在的意義改變
利刄是一種永遠的召喚，卽使夜所擁有的那少
得可憐的光
也必會向利刄的位置湧去
走向靜靜的湖面，年青的 Narcissus，帶着一
把利刄，走向被半月和星子所强調的湖的清澈
在湖畔，他開始尋找尋找尋找尋找尋找尋找他的
小新娘
然後把利刄和伊並列在一起。
闇　等
寂　待
裡　的
突然爆出一句哀叫聲。上昇的夜，已然掉回本
來的黃昏
原來沾血的利刄
已爲美所折斷
一株斷梗的
水仙。概念紛紛萎落

六十一、五、四

△利刄卽詩的原型

傳統

你裸露的肌膚把封建的夜點亮了
我量測着這個美麗的叛亂
到另一個間的距離
只有人類
才有這樣引人的乳房嗎
而我委實不願去觸撫
你那逐漸隆起的腹部
那裡面
正在收集着我的死嗎
凝視那最醜惡
但也最誘惑的地方
如那殘留在外面的精液
我也隨卽要被擦拭掉嗎

六十一、五、五

奶瓶

——記一貧婦

李根

視線觸及空奶瓶
掏出乾瘦的乳房
擠壓，擠壓
注入的仍是秋色

床上的小手猛揮
期待一滴，僅僅那麼一滴
瓦縫的雨水已先滲落唇間
止住啼哭

如果，唉
有一天……
閃過腦際的荒草
點醒鎖在奶瓶裏的命運
她將隨着一陣巨大碎響
步出茅舍

矛盾之歌

——雙行短歌集之十二

羅青

如何使思維昇起
昇成多變多幻多飄逸的潔白雲采

如何使星星下降
降成多閃多亮多華麗的鑽石鈕扣

是問題是問題
是大——問題

然思維雲采星星鈕扣
都是既不能侵略又不能抵抗的動物

而四處奔走求解求援的你
却是註定敗滅又必須喪亡的東西

六十年八月於基隆

嬰啼（外一章）

風鈴

嬰啼

嬰兒的哭嚎喊醒了母親
還在日間疲乏的延續中的母親
勉力推醒了父親
躍然驚起
　換過尿片
　餵過牛乳
遂跌入比女人更深沉的夢中

近隣　遠處　四面八方
如一犬吠萬犬應
騰起懾人心魄的啼哭
身邊自己的孩子也在飲泣

如睡夢裏發覺强盜的女人
自己是恐怖得不能動彈
除了嬰兒的啼哭
一切死寂
如同他們的父母皆已死去

七二、四、十二

下雪的時候

常夏的海島，
冬天也是一片青綠。
有時我無端地想：
若是下了雪會怎麼樣？
恐怕樹的葉子會落光成裸吧？
那時候會像女人裸身一樣自覺羞恥嗎？
還是會忘我地呈現燃燒的美呢？
自己裸着身子却看見「人」穿着很臃腫起來，
樹會耐不住寒冷嗎？
裸身的樹木也許會想：
下雪的時候女人會裸身嗎？
女人若是裸着站在雪中不動
也會變成美麗的樹吧？

七一、十一、九

猫

羅暉

你踩躪我的情緒啦!又踩碎黃昏
將例行的約會去捉弄皮球的平淡了
我常念往昔你檢着溫暖的日子
投入我懷，讓我在你眼裏讀出凝注的溫柔
眞摯的愛，如今你依然懶散的來
舔一下回憶的唇，便把眼梢流露的春
眺望那遠方枝頭搖曳的夢
小咪，我的愛撫像已從你膈肢剝落

我知道，小咪!我知道你屬於夜的脚踪
在水泥瓦的屋頂上悄悄划過
畫幾朶疏梅，將夜的裙角以花邊的點綴
而你想狩取的夢喲!小咪
仍是那麼的遙遠，隱沒在鼠洞縮回的頭鬚
魚缸沉入的鱗影裏，踱着空虛
你哪曾念及，念及我的詩
從你着意僞裝的衣衫醮霧的灰色給它描敍

我擁抱的昨日啊!不回顧的過去
已隨你爪趾在我頸背留着的痕軌飛馳啦!小咪
我指頭的牙印是你疼愛的註釋
曾抹你嘴邊的舊蹟，去塑個菱形的想思
但與你據有的時辰眞短暫啊!咪咪
你呼嚕的喘息在哪裏?抖顫的感受在哪裏
在你搖擺着腰肢輭如風的別去
我常拾起憐恤，憐恤又一個歡笑的流逝

我愛那小聚的初夜，也怕初夜
祗扼殺落日憔悴的道別，把長尾
掃攏我的久等，等來一個爲道別而定的約會
已成你斑條似的定型啦!小咪
我能挑剔些甚麼?又去裝扮些甚麼
像小丑涎着滿臉的下流，滑入舞池
我想跳盡殘剩的大半個夜色的甜美和醉
醉於你踩碎的黃昏留下如麝的氣味

一九七二年二月十八日於嘉義

屬於黑裙的一季

衡 榕

屬於黑裙的一季

兩年了——
不敢再穿那件黑裙
沒有人會知道
那會喚醒一道深沉
那一季——
白衣 黑裙
黃衣 黑裙
藍衣 黑裙
紅衣 黑裙

還惦着那一季
屬於黑裙的一季
屬於角落的一季
不是月下花前
不是海誓山盟
只是——一幕幕互相傷痛的啞劇
深深的……

只屬於陌生的一季
只屬於黑裙默默的一季

回家的路

黃昏已被遺忘
歡笑和痛苦
已被冷風吹落
靈魂藏匿在遙遠中
回家時 走在空白的路上……

命運已被焚焦
悲劇和哀思
已被孤獨叩醒
靈魂埋葬在零度的山坡
回家時 走在懺悔的路上……

沈默偶而把眼淚堵住
像從痛苦中釋放
回家時 走在踏實的路上……

小道的跫音

沒有驚醒你呵
小花 在小道上
沒有踩醒你呵
小草 在牆角下
夢境不該被吵醒
那句——早安——

牽牛花
滿斗的音符奏給朝陽
露珠兒
圓滑的剔透滾給青春
早安小道
炊烟已伴你上升
鳥啼已伴你呢喃
而我呵
且伴你徜徉

默默呵小道
走盡這季的春
譜一曲跫音
給你哦

水鳥花

第一次寫作 夏長昏

第二次叫妳 水仙花
夜來香不是妳 水仙花也不是妳
眞正的妳是水鳥花
呵 就爲了要妳
一次次把自己躑躅在這深谷裡

不陌生呵
曾在河邊駐足過
整個夜的寧靜被妳的幽香攏絡
雖然只是孤零的一朵
而我已陶醉

兩袖兜滿了愫馨
捏緊了妳瓣瓣底嫩綠
穿過田野 跨過溪間
山谷的音符被妳的幽香抖動了
也把我心湖擠縐
呵 只要快快到家呵
把妳的韶華 移植在我剔亮的花瓶裡
　連同河邊的那朵

都是那種風吹

掀開記憶的頁數
溝子口的晚風就更斜
港墘路的夕陽也更紅
貝貝啊
什麼時候再佇立

看　文山槃雨
都是那種風吹
從指南道上來
從景美溪來
從大溪墘溪來
吹綯這湖惦記的心谷
吹深這層多霧的瞳孔
貝貝哦
應該是把它罩一把
放進抑鬱的情懷
兜進期盼的熟悉

貝貝
要是不吹那股燥熱的七月風
我們又怎會拋下那襲黃衣黑裙
換上這季的花枝又招展
是吧　都是那種風吹
把科學館的屋簷都吹煩了
把圖書館的角落也吹愁了
也把我們的心吹哭了
什麼大學又大學的
那都是騙人的謊言

這一季的風吹
像是不再從山的那邊來
它總從乾旱的霓虹那邊來

貝貝啊
什麼時候再吹那股
從指南進來的　從景美溪的……
喚　都是那種風吹
吹散了滿眶的盈盈
吹散了黑裙季季的飄逸

島嶼的聯想

拘勒那條三百九十四公里的疆界
富貴角和七星巖便是南北守望的明燈
凝定那條一百四十四公里的邊境
秀姑鸞溪和西螺溪口便是東西遙望的知音
此刻 Formosa
便在長江三角洲和粵江三角州的同經緯度
交叉成十字

你不見東臺灣的天窗打開
世界的廣泛便攫獲
北疆域記載的不再是彭佳嶼
而是黃尾嶼
東疆域記載的不再是棉花嶼
而是赤尾嶼

逆着黑潮潛進綠島和蘭嶼
蝴蝶蘭的芳馨便放肆
追捕你以滿身的貪戀

你不見巴士海峽的潮汐
正親吻着臺灣海峽的暖流
擁入小琉球的胸襟
連帆船石的固執也溫柔了

老榕樹的故事
串譜了那串玄武岩
頂過三世紀的風雨
仍舊浸浴澎湖群島的誠摯
你不見海埔新生地的人群招喚
連繫着島嶼和島嶼間的回響
用嘹亮的民族心聲
振盪了千秋萬古的激昂……

大清早

不再背書包的日子
大清早的可愛就被遺落了
當我油然記起　那年少的時日
東風已悄悄地吹飄了四次
喚不回的啊
當再踏上這條河邊的小徑
怎不叫人傷春和念舊

大清早——我是風裡的歌手
藉風的脚步
起過千百倒影的寧靜
大清早——我是霧裡的生命
藉霧的訊息
靜漠漠地踩出一串清響
孤獨着一個目標的冷靜
繼續着一個意志的固執

劃過時空的波浪
大清早依舊收集至誠的靜默
但呵——當天空洩下晨光的刹那
不再被自己信賴的生命
總是把它遺棄
一刹一刹地從喟嘆中釋放

多暮的海平線

矚目于這遍地成熟的金黃
喔　橘子園
海的藍被染紅了
當風來時　當霧來時
一顆顆抖動的音符
吟哦了滿山的精靈

生命的潮浪在你的叢蔭下皈依
喔　橘子園
讓晚霞燒紅大海的雄姿
讓果子綻開春的纖柔
讓性靈擷拾夕暮的飄逸

當斜陽在橘子園上牲

喔 遐想就織一頂金色的皇冠
驀地融入綠濃的海平線
天空急駛的白雲喲
不要擾亂了這幅
天蒼蒼 野茫茫……

仙跡岩之旅

枯旱的季節
沒有甘霖滋潤
饑渴驚醒了山神的緘默
容納我呵 山靈
遠近交織在你 峭然啜泣底奔流
我膜拜的虔誠
拾掇了一筐筐的訝異

頭一次訪你 新店溪
再一瞥親你 景美溪
呵——呵
歌頌的詞藻徒然褻瀆了你
我——狂歌手——屬於大自然的
用圈圈的呢喃歌一曲讚美

一股親切
群山的狂歌抖響了
美景喧嘩了
景美 木柵全被這風雨攏絡
而我 我也瘋狂

石碇風雨行

從風中來
從雨中來
呵 走入山 走入山
激動而迸出的一串串跫音
已擲我於群山萬壑中

掬滿一筐翠綠
把這季最終的憂愁凝死
蟄伏在 孤默的山脚
我心緘默且睿智
呵 受創的心靈
已不再泣訴
而風神早爲我舐撫

從雲中來
從霧中來
呵 投進它 投進它
竟日裡
就牢守一季流浪的風霜
呵流浪 流浪呵
輕盈的脚步踩醒了山神
在風中 在雨中

詩三首

王浩

成績單

成績單是種傷
有時流着血
有時流着淚
流着不安的形式

蓋在心坎上父親的章
是誇獎的語言嗎
佈滿週身的字跡
是父親羞愧的容顏

小小的成績單
是小孩小小的心
小小的一片稚弱傷痕

肥皂

化成人身上的泡沫
化成一道流逝的污水
却無論如何
化不掉暗裏的一點哀傷
涉過盆水時
播弄的手
重覆一首羈旅中底哀歌
只爲化成泡沫
即使卑微的慾望
也在人們搓洗間
流成一道逝水
化成漸趨瘦削的軀體

夾克

晾在簷下
逐次蒸散的
一絲濕氣
是我冷冷的體溫
冷冷的體溫
源自我殘缺不寧的癖性

曝在陽光下
被翻摺出的
襯底敗絮
是我畏縮的生涯
畏縮的生涯
孕着我破落的歲月

而飄在風中時
招損的雙袖
捕捉多少殘秋

皈依

圓瑱

你可以來愛我了
因爲　我已捨棄往日你厭惡的一切
渡過重重的沙漠來此
合掌祈求你眷顧我

我一向並不缺乏水
但我仍跪着領取你的賜予
而後　我順便歌頌你對生命浩瀚的包容
並且　感謝你的輕吻
它　令我遺棄了路途上的悶熱的煩憂

在我行走漫遠的沙漠後
我仍毫無疲憊的瞻仰你的聖容
勿須你遮住陽光
你在陽光下並不刺眼　雖然耀眼

儘管　我雙眼爲了數日的不眠而乾澀
但瞻望你的豐彩的意念却更加激勵我
我用雙手揉醒我欲睡的雙眼
並張大眼睛
啊　那當是仰望　我跪着仰望你

我雙手掬取一些沙粒
並讓它們如我往日一般的自指間滑落　消逝
而後　我決定拋棄一切永遠跟隨你

心境

連水淼

您用眼睛把我的視野佔領
您用聲音把我的語言抓住
您用笑容把我的喜悅喊出

用信紙寫出藍空寫出受傷的羽翼
　寫出草原寫出懷念的鏡頭
　寫出月光寫出孤寂的星子
　寫出你我寫出落葉的啼聲

您用您的一切
等待我的飄泊
我用飄泊
追擊您的一切

說也說不清的
感覺這兩個字眼
不知要如何形容才好

六十年九月在隘寮靶場寫
除夕夜修訂在營區

日子

楊傑美

衆項睽睽的仰望中
你款款的下降是一束凝神屏息的光暈

你漸漸的醞釀
是太陽與月亮的循環交替
鐘擺週期性的擺盪
兩極繞着地球緩緩自轉一匝的
過程
你漂萍的脚步曳過大海
是一渦小小的漩流
一截短短的擺渡
而你終年流浪的影子
是貫穿大地
連緜不斷的風
一根悠長又悠長的
游絲

牽引着我們
逐步走向
一個禪定的世界
一座永不疲倦的
天空

六一、二、一〇 于湖口

詩兩首

陳坤崙

魚

把麵包拋進湖裡
成群的魚便蜂擁而上
這隻咬咬
那隻搶
不知是陳坤崙還是麵包
被成群的魚
撕成碎片

稻草人的故事

一隻脚的稻草人
站在田裡
阿公說他是用來嚇走小痲雀的

小孩好奇地跑去看看
一隻脚的稻草人
怎能趕走痲雀

小孩向阿公說
稻草人的臉上有許多痲雀的大便

詩兩首

陳明尹

布農老人

大夢初醒的李伯
不解底眼光
瞪視新的世界

這不是屬於他的天地
他迅速地染患了健忘症
遺忘往日雀躍山野底光榮
他成爲任人觀賞的
異樣的自己
而贏得一種生活

這是他的世界
這却不是屬於他的天地

睜大了眼睛瞪視着
柵欄的周圍
憔悴凝結了空氣
他發現
一隻被囚的
山大王

——觀成大布農族山地文物展覽

愛

愛着妳的時候
渴求赤裸的存在

赤裸裸的進入我體內
你才成爲我的一部份
才能不時地
接受愛的撫慰

使妳哭泣
當煩惱到來時
使我嚎啕
只爲了我妳就是妳我
痛快的
就使語言一瀉千里

錶

廖立文

垂着一只錶
在那樹的一條枯枝上
某一條不甚確定的枯枝
成列的
輪廓糢糊的樹

招手地，隨着風
遂成一個
圓

一方方的城垜是一方方的齒
球，於塵中飛起
遂成爲被繞的
於塵中落下
遂成爲一個
圓的
執着

倉皇地，荒謬地
疾行於不可超越的
一方方齒是一筒筒槍管
亦是排列，且掃射
追逐是一種自戕的

一九七二、四於臺北市

樹與樹

——優美的存在

古添洪

琉璃之外
風過濾成靜態的流動

用什麼來交流消息！
——沒有ㄓㄔㄕ的語言
舞動龍蛇獐鹿的身姿
於自身完美之中
以神秘的潛覺
意識自己及
他人距離的存在

游離的餘綠
構成斑點、多變的空間
陌生而親切

樹與樹
如此對峙着

生活札記

翁國恩

生活札記

1.

某一星期消息皆中斷
月火水木金土日
從一數到七
一小串黯然的念珠
死死圍住蒼白的寂寞

天氣陰　偶雨
每天讀相同的報告

2.

教科書般的索然
躺着　或坐着
日子凝成一滴滴蒸餾水
等待是斷了線的風箏

信箱說郵政忘了
慘淡的雲張着盼望
不期然掉落淚幾滴

垃圾筒

不甘於被奚落
偏偏被奚落
一臉苦楚陰晦的凝住
牆角張開兩面沉默
緊緊夾住你
連夢也發霉了
何時仍要餵你幾個破爛
何時仍要稍理你的容顏
然後重見魯莽的陽光
美麗的臉又閃起年輕
然後又被甩回原處
又把臉放成一堆灰霉
想着該如何增高
倚在窗傍誘惑陽光

想着一個最受苛毒的童養媳
只有一張鏡子的臉
折映別人的表情
不禁傷心欲絕

鹽田印象

仰望高空　以方方的臉
永遠那幅形狀
海水塗你的臉色
太陽是頑皮的凹凸鏡

盈水的昨日
蒸發的今日
雪晶的明日

每一張向陽的臉伸長頸子
天氣晴，粲然而笑
鹽民在銅色臉刻着歡愉
遂把歲月刻深了

方了千百年
方方臉依然方方
雪晶的明日
雪晶的明日
每個明日是一粒期望

夜的眼睛

溜走了晚霞
大草原的星空
熠熠亮起
千萬朵眼睛

伊的雙眸也亮起
閃着孩提的頑皮
欲張臂納擁
竟覺遠離在天外
月色是擰不淡的思念

眼睛追尋眼睛
沒有銀河卽使七夕
捉迷藏也僅捉疲憊的身影
破曉的光劃破長夜
大草原的星空
溜走了千萬朵眼睛
伊的双眸

詩兩題

莊金國

鹽埕

——港都什錦之二

燈火洗刼了　黑色
逃奔黑色流竄着；如我
到處遊牧的影子
我仰望鹽埕，在高雄的心臟
呼吸愛河，在市政府後面
呼吸花柳濃郁的香息

愛河烏不見底，愛河
抽去我們千萬CC血精
還是抽不出我們底積鬱
花柳野火燒不盡，花柳
爲那些採花的蜂又
　　招花的風
她們的存在恒是
　　我們的不幸

六一年四月廿日寫於高雄

附註：報載仁愛河疏通工程費壹仟餘萬元。又去年市府後面曾遭一頓火刼。

桃花過渡——旗津

楔子
桃花開在山頂上，桃花過渡旗后來。
桃花破網補晴天，桃花桃花浪濤花。

一

桃花隱藏一個枕邊的心願
這個心願已成結，緊緊
密封了桃花幾度春

機會來了，桃花死也不放過
惱着伊母和伊爸，翻起
久不相依的老臉來

伊老經不住桃花
一夜淒風又苦雨

颳息雨停，桃花一刻也不留

二

海藍着浪語着泡沫
捲滾起來了
而這裡的一切除了這些
都冷清
或有魚腥的少年沾染妳
或有泳裝的少女暴露妳
未敢稍露的辛秘
掠在那隻破船上的那破網
看破了不再留連的你自己

三

桃花跪在媽祖前
媽祖呵！請指引
我的不孝與不幸
還有我那沉迷的心上人
我的父母兄弟姊妹
還有我這必將被剝開的

四

這裡是新闢的海浴場
這裡圍聚着很多人看着
一個魚躍的少年搏浪搶救
一條正在死亡的生命

六一年五月五日寫於高雄

牆

岳湄

妳深居在那小樓上，樓邊有牆
牆外，三月已為我們編織着
洛陽一般的花季
而我不安地徘徊着，孤獨的吹笛人……

何時將妳的耳朵，為我豎起
如沙灘等候着潮汐？

笛韻幽幽地，舖成了遊賞的小徑
只待妳下樓，披上新裁的幸福彩衣
輕啓朱扉，豁然地走出那堵如海的牆
我在牆外等妳。牆外已三月
好絢爛啊—牆外是花季……

一九七二年三月・臺北

四步曲

欣林

之一

‧生‧

別哭　別哭
你來又不是被迫
這裏有很多你那世界沒有的
別哭　別哭

跳成歌吧
走成風吧
別哭　別哭

‧老‧

每一個烙印都是一則故事
一個傳說

被繡着的
被捫着的

‧病‧

迸出了朵朵微笑
一張臉被讀成一片
曠野
古道上的風襲捲着

我那可愛的城堡呢
我那可愛的城堡呢

‧死‧

默默地愛着大地

那裏仍有着童話
那裏仍有着兵荒　馬亂
更有吃禁果的
默默地愛着大地

之二

•悲•

攪着一股腦兒的異味
莫說醉酒
更莫說長嘯

門前一道夕陽斜了下來

•歡•

一腳踩住老古的月亮
一腳踢着片片浮雲
星子們又再奏演着孩提的畫相

也是春天
也是秋天

•離•

咬着衣角的手
到底還是被捶成方向
到底還是被扭成枯朽

燕子已啄完了地糧
咕着
地球恒在轉着

•合•

天河裏洪水氾濫
顫抖的手

撫摸着每一塊肌膚
　每一個心願

青春

念瑩

石榴花熔鑄纖柔的純貞
鮮紅的血塗在成熟的袍上
玎玲遂出外散步
踩響一整季跳躍的音符

嘈嘈的歌聲綑縛黑森林的粗腰
一組跫音響起
震動每根拉緊的絃

火就無息地燒起來
撲在胸口
形成天使的歌聲

趁太陽未落（外一章）

黃進蓮

趁太陽未落

太陽未落
仍能握把一個宇宙
穩穩 作一個深呼吸吧
然後向前走
暮 還早呢

暮 還早呢
緊緊扣住 最是
亮麗最是光華的一刻呀
當然偉大還遠
但 也不遠呀

看呢 太陽
踱上綠梢頭
這是五月
　五月的葉渲染
　　得很誇大
……唐朝
他也是如此吃醉了 這樣
　紅了臉
　紅了李義山的詩心
所以 記住
短暫即是永恒
若擷取這生命的榮耀
趁太陽未落
　太陽未落
（走上前去
　作一個深呼吸吧）

純然靜止

如果 夏天
像沙灘 沙灘像死亡
那麼死亡 就不可怕了

且讓我全心全意
去擁抱吧

我已不耐於
這樣的疾走
在此火傘高張的六月天
我毫無選擇地把汗珠拭掉
把頭深深的埋在沙礫中

如一隻鐘擺的 靜止

草 外一首

林友泉

草

在花朵和花朵之間
狹小的空間
生命的成長是一種喜悅
這是我生命中唯一的開啓
望着天空，我是何等痛苦地支撐着它的重量
每一朵花
正向世界袒露出豐滿的肉體
獻媚誘惑

祇有我，何等冷漠地感到世界
周圍是無窮盡的沉默
在我心中無意識地擴張
在遺忘了存在的語言的世界里
我以沉默防禦死亡
在沉默中我的生命
逐漸趨向完熟
和空間時相互擁抱

望着充滿敵意的世界
我敏銳的神經
在時間的流向里
在空間輕輕地搖曳

列車

突然被煞住
急急奔馳的列車廂里
我被拋向前
像延續我無限
生命的姿身
痛苦地持在空間

爲了我是車廂中的一名搭客
爲了我是一個人……
被拋向前的姿身是必然的罷

而當生命的列車
突然被煞住時
我被拋向前的姿身
是如何地吃力呵

七二、二、七　馬來西亞

雨中樹

海涼

每天
在長街兩岸
脚底下的步伐
伴着單調的蟬鳴
那麼地隨風響起

能舉起雙肩
墊起雙眉
看
一室空白如何
挾滿無邊小史
引渡至風和雨手編的年代

是風
風的側面
是雨
雨的背影
來時
來時帶風
去時

去時帶雨
而生着
是風雨中的樹

颼起的風
揚起的雨
總是那麼地冷冽
播種在長街兩岸
伴着單調的蟬鳴
和脚底下的步伐
把湮遠的童年樹
披上一身苦澀的殘虹

擧眼
他眼射出
一幅史前史後
殘缺哀傷的歷史景。

一九七一年十二月・馬來西亞

幾個短調

莫渝

斷臉

還只是開始
就急着扯下朝空的一張臉
剛剛相信戰神
就拒絕槍聲

抄最捷徑的路
這幼嫩的臉
不曾回報戰神的模樣

而我
沒死去的我們
忙着熟悉新生的幾張臉

晚霞

黃昏時
沒有羽翼的煙們紛紛搶着西方那抹彩霞
哭紅的彩霞
是我火災的家

塵埃

塵埃困在一線一線的雨柵裏
皺眉
陽光睜着左眼在上帝鋪就的暖床
作夢

給王尚義

林雪梅

外面的世界是張陌生的臉龐
　　——殘酷而寡情
心靈的脚步彳亍於你走過的道路
　　——拾起眞摯和溫情
當春神越過了山崗
　　飛進了我的國境
你可知道
　　含笑光中閃爍出你的影子
他們說
　　你拋却了現實的折磨
　　躲在泥土裡歸化給自然
但是
　　昨夜我明明聽到你悽惋的音調
我怕，我怕——。

沙靈詩抄

沙　靈

陰天

陽光的罅隙總是灰卜卜的
下沉的幽幽眞難盡測
儼如女人的心

時光的軌跡上
爲何就連緜着無數的斑點
淚濕的
凋落的
如一把冷刄

或者無我底額角
總掛滿珍珠的淚帛
在子夜
在白晝
膜拜天空
儘管疎林默默
靜如禪者

我
心靈
却衍讀着
陰天的悲愴

泥土

仰視天際，星繾綣在你底眉宇
固定不浮動的棲住着
用無數引渡的跫音
在
漸綠
漸黃
以及蒼穹的默默時

宿住世紀的長廊
鎖住山川河嶽的錦繡
這就是大地
這就是泥土
和青色地平線的圖案

靜物
陽光
腐銹的山坳
潺潺的流水
無齒地凝結一系列思索
用眺望的眼睛去估量空寂

我站着，伸展雙臂
燕來
燕去
總找不出一句貼切的詮釋
在天空灑滿的泥土色澤

孟 春

油嫩的綠葉迎迓駘蕩的春風
黝暗的小徑瞬然光耀着
黛綠的山音
脚趾的椿痕
——嬉戲的春之圖
——舞着舞着舞着
在一塊野地間

大地。鳥翔。蝶飛
一束束春花屹立的招展
粉飾在深陌的足跡
高呼，冰雪已經凋盡
草葉間蟋蟀開始撫琴

一聲一聲的春安
町町噹噹地踩滿心園
快樂陶然又馳入胸懷
吱吱吱的麻雀在喚我
醒來醒來
於是琴鍵又開始敲着
雪意又置在腦後

早 晨

一籠雞族又活潑的
喔叫之後
夜便收斂翅膀
廣濶的空間
損落了愛的故事
又是一天
又是一天
葉子開始吐出新鮮的氧
地上殘留的露滴，昇華
猶在嚮往星星

瑰麗的藍天融化殼形的鬱結
蝸牛的征途
恁地迤邐着
我不時以微笑去接納陽光殷懃的造訪
把黑色的裙裾置之高閣

戀曲

黃基博

沙灘上

我在沙灘上寫上戀人的名字，
海水伸長手臂把它抹掉了。
我笑大海嫉妬，
大海却說：
　愛就是這樣不恒。
我默默地再一次寫上戀人的名字，
海水又把她的名字抹去。
…………
我怒詰大海：
　爲什麼不肯把她的名字留住？
大海說：
　你繼續寫吧，沒有人能留得住。

約　會

明月是她大妹姣好的臉龐，
微笑地窺伺坐在校園石凳上的我；
黝黑棕梠樹葉是她二妹的手，
想從背後伸過來蒙住我的雙眼；
呼呼的夜風是她弟弟的語言，
告訴我他的姊姊就要來了。
夜來香和茉莉花是她愛玩母親香水的三妹，
陪着文靜胆小的姊姊來赴約了
我的心砰然地跳着，
好像她姍姍走向我的脚步。

風

風是個調情的聖手，
輕柔地撫摸着她秀美的臉，
任情地撥弄着她美麗的頭髮，
啊！她快樂地笑了！
一定是被低低的鬼情話迷了。
我不要調情手强奪去我的戀人，
我要趕快讓她知道，我來了。

相思樹下

在這一棵相思樹幹上，
刻下我們的名字好不？
你是要告訴別的戀人，

我們也是一對旅遊的情侶？
看！相思樹幹上的名字好陌生呢！
引不起我的興趣去研究它們。

設想有一對別的戀人
看到樹幹上我們的名字，
也這樣感覺，
我們的名字不是太委屈了嗎？

你要心中長出一棵相思樹，
自己偷偷鐫刻上一個人的名字吧。

歇

王貽高

一條狗
從一具發臭的屍首搖尾離去
兩條狗便打市中央吠起來

吾以滿街焦味充饑

（衆目睽睽）
一枚炮如同那少年的瞳孔
打隔壁圍墻伸向我家庭園
有人在少年眸中盪鞦韆
我慌起來便跑呀跑
（竟一不小心把天空踢翻）

所以
我很可能選擇一些比較擠的墓地歇歇
當遠處點點燈火
昇起
我趁朦朧讀着碑文消遣
或者
抽根煙也好。

只有一面牆
開着比去年更盛的花
瞻望
吾
離
去
。

一九七二、臺北。

越華青年詩人作品

路晶
銀髮
君白
謝振煌
浪韻
劉克殷
心水

展掌的謬像

路晶

暴嘶一整夜的吶喊
遂流成一條河
遍染了沒有月亮的晚景
欲給它血紅色鏡子
去鈎起故事的像
是那麼的獸

凌晨
那個皺了一臉紋的孺
以及赤裸男嬰的母親
在焚香壢瀰間
被洒落一把遺留的淚雨
很久很久很久很久

之后他們如斯說過：
很飢渴很飢渴的禱告
妳們哦
這些都不是鏡

三月越南

棄題

銀髮

不是因爲看見了山頭上正燃點一場叢林戰的照明彈之火光
說是花燈
就是因爲看見了東昇之月亮
說是太陽
愚蠢的
是這些農家的雞

（啼聲四起）

這眞是一種禽獸的錯誤
現在只是午夜一點鐘
而且
農人們的茅舍正熟睡
如一箱箱未啓用的
彈藥

所謂天亮只是照明彈
所謂和平只是
廣告牌上發黃的一隻
美國香煙

（槍聲四起）
老兄，遭遇戰似乎在田邊……

其實槍炮聲對我只是
一首
聽厭了的熱門音樂
西貢一度
曾是一座痲臉的城
每一粒子彈都是一粒天花

當那些雞回復了常態以後
不知那些企立着的樹
倒了幾株？

一九六九、十二　從義鎭

兵役年齡

銀髮

太陽很早很早就推開了他的前門
匆匆地從後門走出去
天
立刻就黑了下來
他連牙齒也未刷洗過呢

一支烟在他的唇上想着
明天
太陽來開門的時候
他將能做些什麼

太陽很早很早就推開了他的前門
很了不起似的

西貢，一九六七年

瘦瘦的步音

——給失去一條腿的少年

君白

他的音樂，是一双拐槳敲着的演奏會。

出征。
向長巷
拉着瘦瘦的步音
遠去

俯首
倚臥一輛不成車
的柩車上
輾過
西貢與荒原之間

心的擊打
被背後的沙石
窮追
拚命趕去
一時五分
的死亡

谷
谷外
玩炮的孩子
把那人的一條腿
掛在
山丘下
的枯枝上

呵！
儘管山的默默
月昇得靜止
此終
戰火會靠近
荒林外
的
荒林

一九七一第二季作品

詩三首

謝振煌

人間

人間有愛有夢，
有歡笑有眼淚，
有長長的嘆息，
有默默的感喟。

你說繁華的都市，
口紅與酒杯一樣使人迷醉；
因此在黯淡的墻下，
會有可憐的孩子未睡

變心的愛侶已遠去，
燈紅酒綠之夜已灰；
多少墮落的生命，
終於在教堂裏懺悔。

人間有愛有夢，
有歡笑有眼淚；
有悲壯的事蹟，
有不能贖的罪。

民國五四、十二、二十　堤岸

記憶

你說人生如夢，
一切都是虛空；
因此笑與讚美，
永遠沒有內容。

在瘋狂的世紀裏，
多少人悲哀苦痛；
歷史記載着人類的文明，
多少文明被毁滅在浩刼中。

於是年輕的浪子，
把母親的慈愛葬送；
變心的戀人，
也遺忘了深情的眼瞳。

你說人生如夢，
一切都是虛空；
那麼該有記憶，
從不裝痴作聾。

民國五四、十二、廿一　堤岸

春去秋來

你說人生如寄，
莫戀明月遲睡；
年年春來秋去，
不許人間有悔。

多少虛僞的做作，
也會賺人眼淚；
多少無恥的謊言，
也會令人陶醉。

多少痴情的少女，
曾爲薄倖的情郎心碎；
多少寂寞的老人，
曾爲逝去的青春憔悴。

年年春來秋去，
不許人間有悔；
寧有寃寃孽孽，
不由歷史判罪——

民國五四、十二、廿三　堤岸

歸浪韻

母親啊，收斂您的淚罷，今夜我就以冰冷的槍口瞄正
我陌生小腹痛擊，然後踏雲前來會您……
我醒來，當銀幕上的男主角驀然僵直
我醒來 當優美的旋律突然戛止 也許
是十月葡萄棚上烈日灼炙 煥發
灼炙我要在黑暗中
甦醒 從教科書內尋覓自己殘命歷史
仰攀自己輝煌戰蹟 我仍英雄
奧林匹克大
會的拳擊選手 巨無霸
已潰敗千千萬萬億計勁敵
負着滿身傷痕去領奪白珍珠 而後
被強暴重刑鎖進黯然子宮裡
(十個月的犯期) 我出來
窒息 我出來
顫抖的啜泣
才撐起千斤空氣
扼殺 瞪視背後靜坐的偉大
主宰
當時我還偷睡在圖書館的圓頂 嘗試
把Playboy封面的裸女擊昏 以脆弱小手去
戮斯內面整幅藍圖 吆喝
釣魚台 北方的肥沃草原 這是喜馬拉雅山脈
向南下 呵呵
那是我的故鄉
誕生聖地……
我欣忭終澈覺悟案子那椿啞劇
揭發金色面具隱藏眼睛
拓墾啊所羅門寶庫
饜飽金門橋下日落黃昏 仆倒
巴黎墮夜後的床笫年代
慘綠就奪剝我頭上荆冠瀟洒
踏皺絢麗童年
無羈糾飄逸暑期
以餓鷹強勁翅翼怒迫 去吮吸
一個陌生人的春 一隻
無連繫怨仇之獸 這時
我變了鷹的花鞋
血濺中一朵向日葵
鴿們也會棲息
在我髮上造巢
殘踏鶵殼以悲哼慘啼
離鴿群迅速驚朔
向南的朝陽
不及一哩遠
不及一哩遠 已遭森林猙獰槍手

瘋狂擊下
擊下
擊下慘鴿幼弱心臟　長久幻夢
以及　小情人白紗前幸福笑靨
誰是執槍者
誰迫我瞪目慘視
赤道與子午線阡縱交叉點　默戀
純白花圈招手　墓碑穆靜
靈魂呵　你應竊取畢加索的筆去平衡
紅與白的拔河賽線　繫住
　酒與唇之間　霧與床之間
岑寂的十二時跡后
　十二時跡后
昨天　當夜噬吞整整幅恐佈屍骸

毛髮赫然冷冷
我開始踏着
雲的髮捲
揮別
揮別　那座
駭人屠場　然后
僵直任您顫抖懷中
然後
遺忘這悲然
慘痛
世
紀……

（一九七一年十一月焚稿）

筆

劉先啓

當我一提起您，
稿紙上便會出現許多的字；
可是，
當我將您放下時，
稿紙上便沒有任何的蹤影，
字——
可說是您創造出來的。

——稿於民六十一年，三月

唐詩

夜來
　風
　雨
聲

你的輾轉
拍和着
鐵絲網外的那個空罐子
的叮噹
成調

花落
知多少

誰叫那顆照明彈
的傘
會張不開
竟如此迅速的把一大片黑
潑上點點白
仍抓不住
你的
屋

春眠

心水

不覺
曉

家鄉靜靜的
繪在你的夢裡
稻田中沒有坦克車
泥路上沒有軍靴印
藍空裡沒有直升機
沒有士兵
沒有聲音
靜靜
的夢

處
處
聞
啼鳥

你的初醒
就是一山的呼吸
在山外的山中
你是林
林外
有個紅紅的太陽
誘惑着
一個
明天

民六十一年三月于堤岸

兒童詩園

指導者：黃基博

虹

屏縣潮州國小五年羅正元

正元！
你看，那美麗的虹，
像不像一座拱橋？
像極了！爸！
我們走上天橋，
去釣天上的魚好嗎？
哥！
我們走上天橋，
去畫天國的美景好嗎？

雨

屏縣光華國小二年徐久仁

濛濛的細雨，
好像媽媽縫衣的白線，
替炎熱的大地編織了一件「水衣」。

北風

屏縣僑智國小五年曾淑慧

頑皮的孩子來了，
美麗的蝴蝶，
可愛的小鳥，
都怕被捉住，
不知躲到哪兒去了？
樹木的衣裳被他弄髒了，
脫下來等待春神的洗滌。
牽牛花怕他搶走了小喇叭，
趕快把它藏起來了。

雨點

屏縣潮州國小四年李淑媺

美麗的小姑娘，
在水面上跳着輕快的舞蹈。
大地是她們的琴師，

爲她們彈奏美妙的音樂。

夜空

屛縣僑智國小三甲曾麗琦

天空的臉上，
爲什麽長了那麽多的眼睛？
是不是在欣賞靜美的地球？
兩顆眼睛不够瞧嗎？

雲

屛市公館國小五年許國揚

穿灰衣的流浪漢，
無家可歸，
得不到溫暖，
遇到冷就可憐的流淚。

妹妹的臉

屛縣僑智國小五年曾世俊

一個紅紅的大蘋果上，
嵌着：
兩顆黑葡萄，
一條香蕉，
一個櫻桃。
好妹妹，
當心別人把你吃了。

爸媽

屛縣仙吉國小五甲張許春金

爸爸是一棵樹木，
兒女是鳥雀。
鳥雀每天在樹上
快樂的談天、說笑。
樹木就把果實分給鳥兒。

媽媽是一朶美麗的花兒，
兒女是蝴蝶和蜜蜂，
蝴蝶跳舞給花兒看，
蜜蜂唱歌給花兒聽，
花兒微笑，
讓蝴蝶和蜜蜂採蜜。

微笑

屛縣新園國中二年張許來鶴

媽媽的臉上開了一朶美麗的花，
弟弟就成了一隻小蜜蜂，
我就變成一隻蝴蝶了。

老師的臉變成了溫暖的太陽，
我冰冷的心田就有了陽光；
春風就吹進了我的心房。

鳳凰樹

屛縣潮南國小五年莊麗蘭

六月的鳳凰樹，
滿綴着艷紅的花兒，
是祝賀兄姊們的前程如錦，
還是爲兄姊的畢業傷心得哭紅了眼睛？

年輕與古老

金斯萊作
趙天儀譯

當全世界是年輕的，孩子，
且所有的樹木是翠綠的；
且每隻鵝爲一隻天鵝，孩子，
且每個少女爲一位女后；
然後，嘿，因長筒靴和馬兒，孩子，
且環繞這世界離開；
年輕的血輪必有它的途徑，孩子，
且每隻狗於他的日子。

當全世界是古老的，孩子，
且所有的樹木是茶褐的；
且所有的運動都洩了氣的，孩子，
且所有的輪胎都奔落了的；
爬上家，而放你的位置在那裡，
這花費與殘廢之間；
上帝賜你在那裡發現一個人的臉譜，
你愛着當全都是年輕的。

我的媽媽只有一半

日本藤澤市立鵠洋小學二年
あべひろとも作

我有一個媽媽
但我的媽媽只有一半
剩下的一半是妹妹的
妹妹也有一個媽媽
是跟我同一個媽媽
然而妹妹比我更會和媽媽　撒嬌
那個時候我就怕我的一半
會縮少似地非常擔心

（註）：這是日本兒童詩集『我的媽媽』的入選作品，係詩人サトウハチロー選的全國兒童詩選集，作品共一〇五首，於一九六五年十月十五日初版發行，同十一月十五日卽發行三十版。是一部甚獲好評的詩集。

（桓夫譯）

中國新詩史料選輯之三

朱自清詩選

趙天儀編

I 簡介

朱自清（1898—1948），字佩弦，浙江紹興人，生於清光緒二十四年，民國三十七年逝世，時年五十歲。先生民國九年畢業於北大哲學系，曾務服於江浙兩省的中學，民國十四年以後，歷任清華學校、清華大學中文系教授，並兼任系主任，直到逝世爲止。先生在創作方面，詩、散文均享盛名；治學方學，則在國文教學、考證、文學研究上頗有造詣。著有詩文合集「踪跡」、「雪朝」（與俞平伯合著）。散文集有「背影」、「你我」、「歐遊雜記」、「倫敦雜記」。論著有「詩言志辯」、「經典常談」、「宋詩鈔略」、「詩文評鈔」、「語文零拾」、「語文影」、「標準與尺度」、「論雅俗共賞」、「新詩雜話」。合著有「國文教學」、「精讀指導擧隅」、「略讀指導擧隅」。編著有「中國歌謠」。編選「中國新文學大系」中「新詩」的部份。詩集「毀滅」原收入「踪跡」，民國四十六年臺北啓明書局曾出單行本。坊間「朱自清全集」均非全集，倒都選了他這一部早期的詩集。

II 詩選

匆匆

燕子去了，有再來的時候；楊柳枯了，有再青的時候；桃花謝了，有再開的時候。但是，聰明的，你告訴我，我們的日子爲什麼一去不復返呢？——是有人偷了他們罷；那是誰？又藏在何處呢？是他們自己逃走了罷；現在又到了那裏呢？

我不知道他們偷了我多少日子；但我的手確乎是漸漸空虛了。在默默裏算着，八千多日子已經從我手中溜去；像針尖滴水滴在大海裏，我的日子滴在時間的流裏，沒有聲音，沒有影子。我不禁汗涔涔而潸潸了。

去的儘管去了，來的儘管來着；去來的中間，又怎樣地匆匆呢。早上我起來的時候，小屋裏射進兩三方斜斜的太陽，他有脚啊，輕輕悄悄地挪移了；我也茫茫然跟着旋轉。於是——洗手的時候，日子從水盆裏過去；喫飯的時候，日子從飯碗裏過去；默默時，便從凝然的双眼前過去，我覺察他去的匆匆了，伸出手遮挽時，他又從遮挽着手邊過去。天黑時，我躺在牀上，他便伶伶俐俐地從我的身上跨過，從我脚邊飛去了。等我睜開眼和太陽再見，這算又溜走了一日。我掩着面嘆息。但是新來的日子的影兒又開始在嘆息裏閃過了。

在逃去如飛的日子裏，在千門萬戶的世界裏的我能做些什麼呢？祗有徘徊罷了，祗有匆匆罷了；在八千多日子的匆匆裏，除徘徊外，又賸些什麼呢？過去的日子如輕烟，被初陽蒸融了，我留着些什麼痕跡呢？我何曾留着像游

絲樣的痕跡呢？我赤裸裸的回去罷？但不能平的，爲什麼
偏白白走這一遭啊？
　你聰明的，告訴我，我的日子爲什麼一去不復返呢？

——蹤跡

悵惘

　只如今我像失去了什麼
原來他不見了！
她的美在沉默的深處藏着，
我這兩日便在沉默裏浸着
沉默隨她去了，
教我茫茫何所歸呢？
但是她的影子却深深印在我心坎裏了！
原來她不見了，
只如今像失去甚麼！

——毀滅

輓歌

　堯深死後，有一縷悲哀盤旋在心上，久久不滅。昨日讀了楚辭招魂，更惻惻不能自己。因略參招魂之意，寫成此歌，以傷抒逝的情懷。

　雲漫漫，風騷騷，
　人間路呀，迢迢！
這隱約約的，
是你的遺踪
那渺茫茫的，
是你笑貌？
你不怕孤單？
你甘心寂寥？
爲什麼如醉如癡，
躑躅在那遠刁刁荒榛古道？
　天寒了，
日暮了，
賸有白楊的蕭蕭。
我把你的魂來招！
我把你的魂來招！
「堯深呀，
歸來！」
儘有那暮暮朝朝，
够你去尋歡笑。
去尋歡笑！
高山，有着好水；
平地上，百花眩耀；(一)
日月光，何皎皎！
更多少人兒，
分你的憂，
慰你的無聊！
「堯深呀，
歸來！」
爲什麼如醉如癡，
徘徊在那遠刁刁荒榛古道
　仰頭——
蒼天的昊昊，
低頭——
草的滔滔；
呀！我的眼兒焦，

你的影兒遙
呀！我的眼兒焦，
你的影兒遙
(一)俗歌裏有這兩語：「高山有好水，平地有好花。」

堯深追悼會之晨，在杭州

——毀　滅

扈杭道中

雨兒一絲一絲地下着
畝畝的田園在雨裏浴着
一片青黃的顏色越發鮮艷欲滴了！
青的新出的秧針，
一塊塊錯落地鋪着；
黃的割下的麥子，
把把地疊着；
還有深黑色待種的水田，
和青的黃的間着；
好一張彩色花氈呵！
一處處小河緩緩地流着；
河上有些窄窄的板橋搭着；
河裏幾隻小船自家橫着；
岸旁幾個人撐着傘走着；
那邊田裏一個農夫，披了簑，戴了笠，
慢慢地跟着一隻牛將犁着；
牛兒走走歇歇，往前看着。
蒼茫裏有些影子，
　遠遠天和地密密地接了。
大概是些叢樹和屋宇罷？
却都給烟霧罩着了。
　我們在煙霧裏，花氈上過着；
雨兒還在一絲一絲地下着。

——毀　滅

毀　滅

六月間在杭州。因湖上三夜的暢遊，教我覺得飄飄然如輕烟，如浮雲，絲毫立不定脚跟。常時頗以誘惑的糾纏為苦，而亟亟求毀滅。情思既涌，心想留些痕跡。但人事忙忙，總難下筆。暑假回家，却寫了一節；但時日遷移，興致已不及從前好了。九月間到此，續寫成初稿；相隔更久，意態又差。直到今日，才算寫定，自然是沒勁兒的！所幸心境還不曾大變，常日情懷，還能竭力追摹，不至很有出入；姑存此稿，以備自己的印證。

一九二二年十二月九日晚記。

躑躅在半路裏，
垂頭喪氣的，
是我，是我！
五光吧，
十色吧，
羅羅在咫尺之間：
這好看的呀！
那好聽的呀！
聞着的是濃濃的香，
嘗着的是膩膩的味；
況手所觸的，
　身所依的，
都是滑澤的，

都是鬆軟的！
靡靡然！
怎奈何這靡靡然？——
被推着，
被挽着
長只在俯俯仰仰間，
何曾做得一分半分兒主？
在夢裏，
在病裏；
只差清醒的時候！
白雲中有我，
天風的飄飄，
深淵裏有我，
伏流的滔滔；
只在青青的，青青的土泥上，
不曾印着淺淺的，隱隱約約的，我的足跡！
我流離轉徙，
我流離轉徙；
脚尖兒踏呀，
却踏不上自已的國土！
在風塵裏老了，
在風塵裏衰了，
僅存的一個懶懨懨的身子，
幾堆黑簇簇的影子！
幻滅的開場，
我儘思儘想：
「親親的，雖渺渺的，
我的故鄉——我的故鄉！
回去！回去！」
雖有茫茫的淡月，
籠着靜悄悄的湖面，
霧露濛濛的，
彷彷彿彿的群山，
正安排着睡了。
螢火蟲在霧裏找不着路，
只一閃一閃地亂飛。
誰却放荷花燈哩？
「哈哈哈哈……」
「嚇嚇……」
夾着一縷低低的簫聲，
近處的青蛙也便響起來了。
是被搖蕩着，
是被牽惹着，
說已睡在「月姊姊的臂膊」裏了；
眞的，誰能不飄飄然而去呢？
但月兒其實是寂寞的，
螢火蟲也不曾和我親近，
歡笑更顯然是他們的了。
只有簫聲，
曾引起幾番的惆悵；
但也是全不相干的，
簫聲只是簫聲罷了。
搖蕩是你的，
牽惹是你的，
他們各走各的道兒，

誰理睬你來？
橫豎做不成朋友，
纏纏綿綿有些什麼！
孤另另的，
冷清清的，
沒味兒，沒味兒！
還是掉轉頭，
走你自家的路。
回去！
雖有雪樣的衣裙，
現已翩翩地散了，
彷彿清明日子燒剩的白的紙錢灰。
那活活像小河般流着的雙眼，
含蓄過多少意思，蘊藏過多少話句的，
也乾涸了，
乾到像烈日下的沙漠。
漆黑的髮，
成了蓬蓬的秋草；
吹彈得破的面孔，
也只賸一張褐色的蠟型。
況花一般的笑是不見一痕兒，
珠子一般的歌喉是不透一絲兒！
眼前是光光的了，
總只有光光的了。
撇開吧
還撇些什麼！
回去！回去！
雖有如雲的朋友，

互相誇耀着，
互相安慰着
高談大笑裏
送了多少的時日；
而飲啖的豪邁，
游踪的密切，
豈不像繁茂的花枝，
赤熱的火燄哩！
這樣被說在許多口裏，
被知在許多心裏的，
誰還能相忘呢？
但一丢開手，
事情便不同了：
翻來是雲，
覆去是雨，
別過臉，
掉轉身，
認不得當年你的——
原只是一時遣着興罷了，
誰當眞將你放在心頭呢？
於是剩了些淡淡的名字——
莾莾蒼蒼裏，
便留下你獨箇，
四圍都是空氣罷了
四圍都是空氣罷！
還是摸索着回去吧；
那裏倒許有自己的弟兄姊妹
切切地盼望着。

回去！回去
　雖有巧妙的玄言，
像天花的紛墜；
在我雙眼的前頭，
展示渺渺如輕紗的憧憬——
引着我飄呀，飄呀
直到三十三天之上。
我擁在五色雲裏，
灰色的世間在我的脚下——
小了，更小了，
遠了，幾乎想也想不到了。
但是下界的罡風
總歸呼呼地倒旋着，
吹入我絲絲的肌裏！
搖搖蕩蕩的我
倘是跌下去呵，
將像洩着氣的輕氣毬，
被人踐踏着頑兒，
祇餘嗤嗤的聲響！
況倒捲的罡風，
也將像三尖兩刃刀，
劈分我的肌裏呢？
我將被肢解在五色雲裏；
甚至化一陣煙，
裊裊地散了，
我戰慄着，
「念天地之悠悠」……
回去！回去！

　雖有餓肚子，
拘攣着的手，
亂蓬蓬秋草般長着的頭髮，
凹進的雙眼，
和輭輭的脚，
尤其？弱的心；
被引着我下去，
直向底裏去，
教我抽煙，
教我喝酒，
教我看女人。
但我在迷迷戀戀裏，
雖然混過了多少時刻，
只不讓步的是我的現在，
他不容你不理他！
況我也終于不能支持那迷戀人的。
祇覺肢體的衰頹，
心神的飄忽，
便在迷戀的中間，
也潛滋暗長着哩！
眞不成人樣的我
就這般輕輕地速朽了麼？
不！不！
趁你未成殘廢的時候，
還可用你僅有的力量！
回去！回去！
　雖有死彷彿像白衣的小姑娘，
提着燈籠在前面等我，

又彷彿像黑衣的力士，
擎着鐵鎚在後面逼我
在煩憂着就將降臨的敗家的凶慘，
和一年來骨肉間的仇視，
（互以血眼相看着）的時候；
在我爲兩肩上的人生的擔子
壓到不能喘氣，
又眼見我的收穫
渺渺如遠處的雲煙的時候；
在我對着黑絨絨又白漠漠的將來，
不知取怎樣的道路，
却儘徘徊於迷悟之糾紛的時候：
那時候她和他便隱隱顯現了，
像有些什麼，
又像沒有——
憑這樣的不可捉摸的神氣，
眞儘够教我嚮往了。
去，去，
去到她的，他的懷裏吧
好了，她望我招手了，
他也望我點頭了。……
但是，但是，
她和他正都是生客，
教我有些放心不下；
他們的手飄浮在空氣裏，
也太渺茫了，
太難把握了，
教我怎好和他們相接呢？

況死之國又是異鄉，
知道她什麼土宜喲！
只有在生之原上，
我是熟悉的；
我的故鄉在記憶裏的，
雖然有些模糊了，
但她的輪廓我還是透熟的，——
哎呀！故鄉她不正張着兩臂迎我嗎？
瓜果是熟的有味，
地方和朋友也是熟的有味；
小姑娘，
黑衣的力士呀，
我寧願回我的故鄉，
我寧願回我的故鄉；
回去！回去！
歸來的我掙扎掙扎，
撥煙塵而見自己的國土！
什麼影像都泯沒了，
什麼光芒都收斂了；
擺掉糾纏，
還原了一個平平常常的我！
從此我不再仰眼看青天，
不再低頭看白水，
只謹着我雙雙的脚步；
我要一步步踏在土泥上，
打上深深的脚印！
雖然這些印跡是極微細的，
且必將磨滅的，

雖然這遲遲的行步
不稱那迢迢無盡的程途，
但現在平常而渺小的我，
只看到一個個分明的脚步，
便有十分的欣悅——
那些遠遠遠遠的
是再不能，也不想理會的了。
別躬擱吧
走！走！走！

自從——毀滅

自撒旦摘了「人間底花」
上帝時常嘆息，
又時常哀哭，
所以才有風雨了。
因爲祇要有眞實的東西，
撒旦他丟給人們
那朦朧的花影；
便是狂醉裏，幻想中，
睡夢邊，風魔時，
和我們同在的了。

㈡

也有芳草們連天綠着，
槐們夾道遮了；
也有葡萄們攙手笑着
梅花們冒雪開了。
便是風，也溫溫可愛呵；
便是雨，也楚楚可憐呵。
但我們——
我們掠奪的，
從我們心上
失去了「人間底花」，
却憑什麼和他們相見，

我們眼睜睜望着；
他們也眼巴巴瞧着。
「接觸着麼？」
「無這力呵！」
望的够倦了，
瞧的也漠然了；
腷膜這樣成就，
我們便失去了他們了！

㈢

「找找我們的花去罷！」
都上了人生的旅途。
我淸晨和太陽出去，
跟着那模糊的影，
也將尋我所要的。
夜幕下時，
我又和月亮出去，
和星星出去；
沒有星星，
我便提了燈籠出去。
我尋了二十三年，

只有影子呵！
近，近，近，——眼前！
遠，遠，遠，——天邊！
唇也焦了；
足也燒了；
心也搖搖了；
我流淚如噴泉，
伸手如乞丐；
我要我所尋的，
却尋着我所不要的！
因爲誰能從撒旦手裏，
奪回那已失的花呢？

㈣

可是——
都躍躍躍躍地要了，
都急急急急地尋了！
得不着是罔然；
却彼此遮掩着，
訕笑着，又詛咒着；
疑雲幕了人們底眞心了。
像輕籠的明月一般，
於是歆幕開始了；
嫉妒也開始了；
我們終於彼此擺手！
我們終於彼此擺手！
我們的地母
那白髮蒼蒼，悲悲慘慘的地母呵，
却合了掌給我們祝福了；
伊祗有徒然的祝福了；
清淚從伊乾燥的眼眶裏，
像瀑布般流浮，
那便是一條條的川流了。

㈥

癡的儘管默着，
乖的終要問呵：
「倘然『人間底花』再臨於我，
那必在什麼時候？」
告訴你聰明的人們：
直到他倆底心，
都給悲哀壓碎了，
滿天雨橫風狂，
滿地洪流氾濫底時候，
世界將全是撒旦的國土，
全是睡和死的安息，
那時我們的花，
便將如錦繡一般！
開在我們的眼前了！

笠下影

陳鴻森

當我面對着事物，停下匆忙的脚步冷靜的去注視，便有了莊嚴的意義在，從其中可以看到了與人命運在相招應的感情。寫詩，無疑地就是從「人」背景上的諸多現象裡，去尋找一個較為完整的「我」的作為。詩，無論如何說，還是為一個遙遠的自己而寫的。——

——詩話

I 作品

建築

在距離床舖不遠的位置，他是那麼深情的凝視着夜空。

「那天空除了一種襤褸的顏色外，已一無所有了，我終會看到它腐朽掉的。」久久以後，他如是的對自己說着，却不知夜色已逐漸地在他心底砌起一雄偉的建築……。

夜

我困倦的倒下，根植於我醜惡的肉體，一株薔薇在生長着……。

「為什麼會開出黑色的花?」

「那是無法避免的對汚濁的特別敏感」

「那麼拔除它，因它已懂得申告」

「不，它是正在成長的夜」

於是，我逐漸的消瘦，最後成為一條拉緊的地平線。

灯

戰爭一定很好玩，爸爸自從那次走後，一直到現在，都忘了回家。

爸爸不回來。爸爸不回來。媽老愛望着遠方，然後那樣奇怪的望着我說：「即使在這暗得看不見世界變動的夜晚裡，也只有看着你的臉，才有不被追逐的感覺。」

戰爭一定很好玩，爸爸自從那次走後，一直到現在，都忘了回家。

降落傘

我錯縱的沉淪着 在天空的飢餓裡 任不曾擁

有愛的生 被力張 成爲一張過了時的報紙那
壓的抓不住自己 却惡意的向着那暗處 大聲
的叫喚着自己的名字
墜落也甘願 墜落也甘願

空望着那條並不直的地平線 想着母親抖顫的
手

魚

我手中的那尾魚
在現實裡掙扎
以致於血逐漸的染紅我的手

而老天永遠不會知道血是什麼東西的
而老天永遠不會知道血是什麼東西的

眞好在我不是生爲魚
至少我還有
一張可以哀叫的嘴巴

夜

不要管窗外
除了黑以外還有什麼
自己要活下去已不容易

讓我互相這樣的緊抱着
只有這樣，親愛的
才能感到這個世界還有些許溫暖

雖然你是株頹敗的薔薇
雖然你已被現實削成一句嘆息

位置

抖顫的手
在你那片遼濶的土地上
找尋愛的位置

擁抱而又相互依靠的這形象
或正暴露了人脆弱的原型吧
讓我們愛
讓我們毫不保留的愛
生命原就是
在動蕩裡產生的

暗暗的燈
照射在你的肉體上
現出美麗的陰影

Ⅰ 詩的位置

當年由余光中、夏菁、覃子豪、蓉子及羅門等創刊小型的詩頁「藍星詩頁」，亦曾風行一時。因此，這種小型詩頁在讀者心目中是一種袖珍版，在年輕的詩作者中該是一種同仁雜誌的雛型。因而，「海鷗詩頁」、「新象詩頁」、「盤古詩頁」以及目前正在刋行的「暴風雨詩刋」，莫不以一種袖珍版的姿態出現。當「盤古詩社」剛剛崛起的時候，傅敏、陳鴻森亦曾經在其旗幟下。從「盤古」到「笠」，陳鴻森的跫音，一面踩響了南方的軍營，一面敲響了南部的詩壇。當然，「暴風雨」的一群也許衝勁更猛，然而，陳鴻森的「期嚮」（註1），却指向了「笠」所追求的詩風。可以說，陳鴻森的詩風尙未十分隱定，在一種晦暗的意象底捕捉上，雖有散文詩的形式，以及現代詩的知性的意味，但仍然未顯得能完全擺脫詩壇的某些影響。作爲笠下年輕的一群，陳鴻森雖起步較緩，但追求的熱忱却毫無遜色。

（註1）「期嚮」爲陳鴻森第一詩集，列入笠叢書，民國五十九年七月由笠詩社出版。

Ⅱ 詩的特徵

陳鴻森的詩，受詩壇的某些影響，是意味着他的詩觀在不斷地跳躍，他的詩作也在不停地變化。例如，在「盤古」的時期，「創世紀」及當代某些詩人給他的衝擊是一種影響。而在「笠」的時期，「笠」及當代詩壇的演變也給他的衝擊，却是另一種影響。受影響本身是一件事實判斷，但影響以後自己的操作却是一種價値判斷。一個詩人受外國詩壇的影響，而有所謂異國的情調，例如葉珊；而一個詩人受國內詩壇的影響，而有所謂晦暗的意象，例如陳鴻森；這都是意味着影響是任何人都很難避免的。然而，陳鴻森正努力地在擺脫一些影響，『寫詩，無疑地就是從「人」背景上的諸多現象裡，去尋找一個較爲完整的「我」的作爲。』（註1）從他對夜底意象的捕捉上，我們可加以咀嚼；例如：「……却不知夜色已逐漸地在他心底砌起一雄偉的建築……。」（建築）「於是，我逐漸地消瘦，最後成爲一條拉緊的地平線。」（夜）「不要管窗外，除了黑以外還有什麼自己要活下去已不容易。」諸如此類的意象，晦暗是一種受影響而又要擺脫影響的一種追求，然而，陳鴻森有沒有發現「柳暗花明又一村」呢？這就要看他自己今後的造化了！

（註1）見陳鴻森的「詩話」。

Ⅲ 結語

陳鴻森在「期嚮」的「后記」說：「在寫詩的路上，桓夫於我是一盞燈。」在經過一番掙扎，以及一陣追求之中，他畢竟發現了一種知音，一種清醒的啓示。當然，陳鴻森還有的是漫長的旅途，所以，他可以照明旅途中的黑暗，讓自己在詩的夜色中定位，並且擺脫晦暗的影子。

詩不但是年輕時的一種生命的追求，而且是年老時的一種生命的啓示。明朗固然不是詩的萬靈丹，晦澀也不是詩的特效藥，我們的詩壇有時也該有止瀉劑罷！

文化是純種馬嗎？

——對「溫柔的感嘆」的感嘆

葉笛

前言：前些日子翻閱詩刊，看了「笠」第四十五、四十六和四十七期中的幾篇文字很有「十全大補藥酒」的味道，接着讀了一下「水星」第六期的宏論，猛地，發覺我這生在臺灣的中國人在異國也狠狠地挨了一拳！於是，打定主意寫這篇「不登大雅」的小文，讓大家評評理，弄個水落石出。至於寫這篇的動機，除了挨一拳的感覺之外，有幾點簡單的理由：

A：我雖然很不幸生在臺灣，受過一丁點兒「殖民地教育」、但、仍是一個不折不扣的中國人——我的祖先是中國人，我父如是，我亦如是，我的兒女亦將如是！所以我關心中國文化，尤其關心故鄉的文化。

B：白萩的「與宋志揚先生會面記」，寫的是應水星詩社編者邀請參加『全國各詩社及主編各重要詩人出席參加』的『公開評證』的始末。我認爲（從白萩一文看）參加該『公開評證』會的十七位詩人，既不網羅全國各詩社，並且，匆匆「五分鐘」的（按白萩文：十一月七日，晚上七點十五分左右是東拉西扯，主角宋先生七點三十分姍姍蒞臨，只呆五分鐘，眞是驚鴻一瞥！）堂而皇之的「公開評證會」，眞「證個啥?!」，簡直是脫褲子放屁，既然如此，癥結仍待評證。

C：咱中國人最喜歡掛在嘴邊兒的一句話是「大事化小事，小事化無事」，不錯，息事寧人，我舉雙手讚成，不過，事關文化的基本認識和態度時，與其消極地息事寧人，毋寧積極地確確實實地，徹徹底底地評論，文化界才會有些活力！寫在「水星」五、六期的文章，其作者是誰，實在無關緊要！重要的是所談的「眞實」以及對詩以至文化的基本認識問題。

伏爾泰說：『雖然你反對我，但，我要給你反駁我的自由』，我寫這篇小文就是根據這麼一點兒愚騃的鄉下人的道理。

A「文化」是純種馬嗎？

按照宋、夏兩位的看法：可能認爲「文化」就像有保證書的阿拉伯或英國純種馬似的。可是，「文化」這東西，咱不必談艱深晦澀的大道理弄得大家摸不着頭。我說：它就像父母親結婚生下的兒女一樣（此例局限於父母親都是中國人，如果父親是中國人，母親是紅髮碧眼就差得更遠了）。具體一點：父母親雖然同爲中國人，父母在法律上雖然是兒女的直系親屬，但，父系和母系的血統却不同根。任何國家，任何民族的文化歷經久遠的年代，而能不多多少少跟異族文化交流的哪里有?!也許我孤陋寡聞，所以，二位舉例說明，讓我開開心眼。

說文王注對「文」的解釋是『「錯者，交錯也，錯而畫之乃成文也。」易繫辭上說：「物相雜故曰文」錯斯雜矣』而禮樂記說「五色成文而不亂」，可是，所謂「文化」的「文」這個字除了動物的斑文之外，其原義就在「錯斯雜矣」至於文化的「化」，莊子正名里說：「狀變而實無別而爲異者謂之化」，但，我認爲莊子對「化」的見解就「文化」的「化」之意義上看，難免陷於物理變化之嫌，說眞的：一國的「文化」在「化」化了他們的文化後，已經「狀變」而「實有別」了（·點的有字是我去掉原文的「無」字加上去的）。將上面的「文」和「化」兩字結合，只要會念『人有兩手，兩手十指』的（這是光復當時，我第一次學的國語課本上的句子，至今，猶然栩栩如生！）小學生也該對文化有個基本概念了吧。Cultural 就是人類由原始的野蠻社會到文明社會，在其過程中累積於各方面的，諸如科學、宗教、道德、法律、藝術、風俗習慣等的「綜合體」。現代詩不過是「文化」這個「綜合體」里面的區區小細胞，但，「以小看大」，只認中國現代詩必得貼上純種馬保證書的人，必然也要以「一加一等於二」的推理方式看文化了。然而，算術里的「加」只是符號，機械而無生命。在「文化」的「綜合體」里「加」是有機體的，有生命的，其變化莫測，要專門學者究其一生去鑽研。我這種說法，也許宋、夏二位一定會嗤之以鼻地說：這就是中了殖民地奴化教育的意識形態和根性吧？對這種高高在上（？）的想法，我要「三緘我口」，不過，容我再擧一例以資證明文化不是純種馬（其實，兒子都是父親和母親的「綜合體」了，那兒有純種馬？）。咱們天天看電視，「電視」這個雙音詞是個借詞，咱中國人不像日本人對外國的玩意兒口味大，所以常把外國名詞考察其內容變爲合乎中國表意文字的特性。對這點喜歡創造「穿燕尾服的意象」的詩人必能透徹了解咱中國人創造「借詞」的用心良苦吧。可是，ㄉㄧㄢˋㄕˋ就不一樣了（用注音符號來學國語，推廣中國文化教育是很重要的工作，生在臺灣的中國人差不多都會，然而，不能根據它說：不會注音符號的中國人就不是中國人。這點不在討論之列，偶然想起來，隨便一提。）日本人不但把television 照抄不誤，還把它用「省略」的手法造出「テレビ」（telev）的新名詞，有心人當可從這一點比較咱中國人和日本人接受外來文化的兩種態度來。在「笠」詩刊上發表詩的是道道地地的中國人，自然，對外國（不單指日本）的文化，其態度也是「純中國式的」，不能覺察這種「血濃於水」的，接受外來文化的基本態度，開口說：在「笠」上的作品，幾乎三分之二以上是日本現代詩的翻版」以及閉口說（其實閉口怎能說話，乃是含血噴人也）：「……只要「笠」能出一兩個像某某，某某，某某某……不然，只有……除了作日本詩壇的殖民地之外，「笠」是永遠成不了大器的」（旁點是作者加上的，用「某某」代人名乃因被夏先生擧例的人跟我要討論的重點無關）我看這段文章眞是煞費苦心，幾番「轉折的語法」加上打落水狗的狠勁，然後像法官宣告「笠」「永遠」成不了「大器」！

宋、夏二位的大論不愧爲人類滅亡以後才會存在的比較文學論。說眞的，「笠」上的詩人在他倆眼中不過是二十世紀七十年代里的「草地人」，當然，不明白這種「魚躍于淵」的理論，即使想東施效顰也寫不出這種天衣無縫的妙論，然而，「然而，怎麼說呢？」然而，我說：用「純種馬」式的動物遺傳學理論來評論現代詩或文學的人，只可以去當沒有執照的獸醫，不足以談文學，不足以談現代詩，這種人竟在詩刊上寫評論，還聳起肩膀，拍着胸膛參加五分鐘的「公開評證會」，眞是猴子也要笑掉門牙！

這段小文的標題是「文化是純種馬嗎？」，也許宋、夏二位會說：「牛頭不對馬臉」，可是，請等一下，現代詩只是文學的一環，文學是文化的一環，卽使一個專攻中國現代史的人，最起碼也得先搞通中國通史，否則如何專攻現代史？論現代詩也一樣，對文學，文化沒有最基本的認識，請問如何論？論的啥？

B、請拿出事實來！

「殖民地」這個詞令我想起一八四〇年的鴉片戰爭以降一百三十二年的充滿苦難的中國現代史。我不知道宋、夏二位評論家(!?)用這個多音詞怒喝「笠是日本現代詩的殖民地」，其居心何在，也不知道他倆對「臺灣」淪爲日本帝國主義殖民地，同爲中國人的歷史意識如何？世界上，哪有一個母親不爲被强盜搶奪的自己的孩子柔腸寸斷？哪有一個母親不爲萬刼歸來的孩子欣喜欲狂？說這話，不是要以本能的感情論來軟化宋、夏二位評論家的狠心腸，是要兩位論文學不要瞎子摸象，得睁大眼睛縱觀文化背景的歷史和環境然後分析它，以令人心悅誠服的客觀的事實來論評，用不成斤的八兩式的論法，只會叫人看透畢挺的西裝褲裡沒穿內褲罷了。

爲什麼「笠是日本現代詩的殖民地」？請擧出具體的事實來！抽刀斷水式的評論解決不了問題。事實上，按照兩位的「文學的殖民地論」來論，在今天使用英文的國家都變成了英國文學的殖民地，我不解螃蟹字，沒有資格論英文學圈子里的是是非非。不過，懂一點兒日本文學的皮毛半兩，所以，就拿我這種對日本文學的淺薄知識請敎二位，如能撥雲見天明白「文學的殖民地」之定義和事實，將使我沒齒難忘！

如果宋、夏二位也懂得日本文學將會說日本文學是中國文學的殖民地吧。日本的文字從中國文學蛻變的事實，這，三歲的小孩兒都一淸二楚，日本人也不否認，不論文字，只談文學。姑且縮小範圍白居易的詩文影響日本古典文學的「事實」爲例，

下面，抄下白居易的新樂府裡面的「上陽白髮人」。原詩加上號碼和黑點，直接引用白居易原詩的日本古典作品的書名用單引號，篇章名用括弧列出，同時，其中的引用句也用號碼，黑點標出，這樣，可以兩相對照地看看。

上陽白髮人

①上陽人，②紅顏暗老白髮新，③綠衣監使守宮門，④一閉上陽多少春，玄宗末歲初選入，⑤入時十六今六十，同時采擇百餘人，零落年深殘此身，憶昔呑悲別親族，扶入車中不敎哭，皆云入內便承恩，臉似芙蓉胸似玉，未容君王得見面，已被楊妃遙側目，妬令潛配上陽宮，一生遂向空房宿，秋夜長，夜長無寐天不明，耿耿殘燈背壁影，蕭蕭暗雨打窗聲，春日遲，日遲獨坐天難暮，宮鶯囀愁厭聞，梁燕双栖老休妬，鶯歸燕去長悄然，春往秋來不記年，唯向深宮望明月，東西四五百廻圓，今日宮中年最老，大家遙賜尙書號，小頭鞵履窄衣裳，靑黛點眉眉細長，外人不見見應笑，天寶末年時世粧，上陽人苦最多，少亦苦老亦苦，少苦老苦兩如何，君不見，昔時呂向美人賦，又不見今日上陽白髮歌。

單這首「上陽白髮人」，在日本古典文學作品中，就我所知道的有如下的作品加以引用，現在列擧原文於后。(恕我不予翻譯，因爲我想能批評笠上的詩爲日本現代詩殖民地的宋、夏二位，就說不親炙日本文字，最起碼也看

懂日文）

A、「源氏物語」（帚木）疎き人に見えば、おもてぶせにや思はむと憚り恥ぢて、……火ほのかに壁に背け、なえたる衣どもの厚肥えたる大なる籠にうちかけて、引きあぐべきものの帷などうち上げて、今宵ばかりやと待ちけるさまなり。〔註1〕

B、「源氏物語」（幻）おどろ〳〵しう降りくる雨にそひて、さと吹く風に燈籠もふきまどはして、空くらき心地するに、窓をうつ聲などめづらしからぬふるごとをうち誦じ給へる折からにや。

C、「源氏物語」（竹河）中宮のいよいよならびなくのみ、なり勝りたまふ御ははひにおされて、皆人無徳にものしたまふめる末にまゐりて遙に目をそばめられ奉らむも煩しく、……

D、「大鏡」（太政大臣道長」上陽人に楊貴妃にそばめられて御門にみえたてまつらで、春のゆき秋のすぐることをも知らずして十六にてまゐりて、六十までありけり。〔註2〕

E、「金葉和歌集」（雑上）上陽人苦最多、少思苦老亦苦といふ心をよめる。源雅光「むかしにもあらぬ姿になりゆけどなげきのみこそおもかはりせぬ」青黛畫眉眉細長といへることをよめる。〔註3〕

F、「後拾遺和歌集」（雑三）文集の蕭蕭暗雨打窓聲といふ心をよめる。大貳高遠「こひしくば夢にも人を見るべきに窓うつ雨に目をさましつゝ」〔註4〕

G、「唐物語」（上陽人空老語）昔上陽人上陽宮に閉ぢ籠められて多くの年月を送りけり。秋の夜春の日あけくれ、月の光虫の聲より外に又さし入り音なふ人なかりけり。嵐にたぐふ紅葉の錦も、もゝ囀づりの鶯のこゑも、我がためにはいと情なき心ちす。夜の雨窓うつ音にも憂の涙いとゞまさりけり。「いとゞしくなぐさめがたき秋の夜に窓うつ雨の音ぞわりなき」この人昔内裏に參りけるに、その姿花やかにをかしげなるをたのみて、楊貴妃などをも爭ふ心やありけん、一生終に空しき床をのみ守りつゝ花のかたちいたづらにしをれて、烏玉の黒髮白くなりにけり。〔註5〕

H、「平家物語」（灌頂）（建禮門院）五月の短夜なれども明かしかねさせ給ひつゝ、自づからうちまどろませ給はねば昔の事をば夢だに御覽ぜず、壁に背ける殘の燈の影かすかに夜もすがら窓うつ暗き雨の音ぞさびしかりける。上陽人が上陽宮に閉ぢられたりけん悲みも是には過ぎじとぞ見えし。〔註6〕

I、「源平盛衰記」（巻四十五、源氏等受領、附義經任伊豫守事。）惜むべき御命にはなけれども、只尋常の御事にて、消え入らばやと思召されける。綠衣の監使宮門を守るもなく、件の御奴朝淨するもなし。〔註7〕

J、「謠曲」（竹雪）身を梁の燕のならひ、すみねたき事を聞きながら、樣をも今までかへざるは、彼を思ふ故なるに、繼母はいかなればこの月苦を殺しけん。〔註8〕

K、「太平記」（巻一、立后の事。附三位殿御局の事。）一生空しく玉顔に近づかせ給はず、深宮の中に向つて春の日の暮れ難き事を歎き、秋の夜の長き恨に沈ませ給ふ。金屋に人無うして耿々たる殘燈の壁に背ける影、薫籠に香消えて蕭々たる暗雨の窓を打つ聲、物毎に皆御泪を添ふる媒となれり。〔註9〕

L、蕪村（天明元年十番左右合、秋冷）秋の夜は志士惜日短、愁人知夜ぉ、たゞ我ひとりのために長く殘る方なく物かなしき寢ざめかちなる夜すがら、耿々殘燈背壁影に對して、千思萬慮のうちに、翌日の佛忌日を思ひ出たるさま、おもへば四字力あつて無量の情をふくめり。〔註10〕

從上面所舉的「事實」便可知道「上陽白髮人」一詩最少被十種作品所引用（事實不止于此）而且其作品包括小說、故事、和歌，俳諧等不同範疇的創作，不知懂得日本文學，按一下「笠」的脈便鐵口斷定「笠」是「日本詩壇的殖民地」的兩位評論對這個事實如何想法?孫悟空的神通力，之强，之妙，令我們三嘆，然而，還是有人制服他！評論不等於耍把戲，退五十步說；就算兩位的葫蘆裡有的是藥，也有用盡的一天，何況文學又不像公賣局專賣的烟酒！記得羅曼羅蘭說過：『因爲他們不懂藝術的法則，所以可以這樣說，也可以那樣說……』〔註11〕二位不妨把它寫成標語，貼在自家書房的門檻上——「一日三省」，三年后，當能了解有時那所謂專家的嘴臉是多麼無知！可笑！

再舉幾下概括的例子：日本詩歌的源淵是「萬葉集」〔註12〕，可是「萬葉集」和中國的詩形很有血緣。中西進的「萬葉集的比較文學研究」里，就用嚴密的比較文學的研究方法，分析過它，然後用圖解說明它和中國詩形的關係。

楚辭——→文選賦
‖
記紀歌謠……萬葉長歌

在這個圖解中，‖表示類似，↓表示繼承關係。根據中西氏剖析，他認爲「萬葉集」不是直接出自日本的記紀歌謠，而出自中國的文選賦。諸如此類的研究尚有土居光知的「文學序說」，高木市之助的「古文藝論」，要言之，某一定的樣式，作品形式的創意，形成，發達，變化，只要跟外國文化有所接觸，便會有所變化。然而，日本評論家並不自卑或氣憤塡膺地說「萬葉集」是中國文選賦的翻版，或日本詩歌是中國詩歌的殖民地。其原因很簡單，這並不是什麼民族自尊心作祟，而是他們懂得這是文化形成過程中和異族文化接觸後必有的現象，用不着吹鬍子，張開怒目金鋼式的眼！

至於「大鏡」的構成和「史記」的紀傳體的對比研究，日本寬永五年安樂庵策傳的「醒睡笑」和我國明朝末年的「笑府」等的關係，實在不勝枚舉。

話不必扯得太遠，即以中國文學而論，自佛教流入中國以後不管在彫刻、音樂、詩文等都有很大的影響（即使那是經過長時間的潛移默化），可是，其影響的具體事實如何?有關部門研究的進展如何?非我才淺學疏之輩所能窺其一斑，事實上，這方面，今後必須經過分獻學，比較文學……等各部份專家研究，假以時日才能明白來龍去脈。僅以中國語言來說，中國語的「四聲」在佛教傳入前還是沒被發覺的，可是，等受到印度的音韻學「聲明」的刺激，隨着佛典的翻譯才漸漸爲文人所發覺，自魏朝孫炎的「反切法」以降，其研究繼續進展着，到了永明時代（四八三——四九三）沈約才發見「四聲」，主張「八病說」，這才奠定近體詩發軔的原因。姑不論「四聲」的發見和「八病說」對中國詩文的影響就是中國語言本質的研究都難免受飜譯佛教，佛教文學的交互刺激，可見，任何文化都是從雜質提鍊昇華的。然而，如果按照宋、夏二位的邏輯，我們就得說中國文化是印度文學的翻版，或者已淪爲印度文化的殖民地不成?!

上面所臚列的管見是對「溫柔的感嘆」一文里，大至文化，小至文學（包括更小的現代詩）不正確的基本認識以及歪曲事實的幾點反駁。

我認爲大家正視這個問題，並且從各種不同的觀點來自由地發表意見，總比所謂「五分鐘」的「公開評證會」有大人的風度，而且脚踏實地，譏言不能自圓其說，也不值一駁，然而，紮紮實實地據理展開評論，我想：大家一定很歡迎的。

〔註1〕源氏物語：女作家紫式部的長編故事。十一世紀初期（日本平安中期）的作品。其寫作年代和全編是否由她寫成衆說紛紛。小說共由五十四帖，寫平安時期貴族宮廷社會的面目，描寫細膩結構宏大，爲日本長編故事的最高峯，影響後代的日本文學至鉅。

〔註2〕大鏡：歷史故事，三鏡之一。有八卷，另有三卷本和六卷本的，作者，據推測約在一一三一年左右完成著作年代不詳。模仿中國「史記」的體裁。由序。帝紀。攝關列傳。昔日故事構成。

〔註3〕金葉和歌集：日本八代集之一，約在一一二七年前後編訂，共十卷。貴族源俊賴奉白河法皇之命編輯的和歌集。

〔註4〕後拾遺和歌集：日本第四次的勅撰和歌集。八代集之一。藤原通俊奉白河天皇之命編輯的，共二十卷，約在一〇八六年輯成。

〔註5〕唐物語：說話集。作者不詳。可能完成於「鎌倉中期」，由「史記」「白氏文集」等中國古典翻譯的二十七篇構成，佛教的教訓色彩很濃。

〔註6〕平家物語：鎌倉時代的戰爭故事，十二卷。作者，成立年代不詳。據考證可能於一一九八～一二二一年之間，由信濃前司行長著作。透過貴族平家一族的興亡描寫日本中世紀時代的「人生無常」的觀念，以及新興的武士階級之面目，爲散文的一大敍事詩，影響以後的謠曲，淨瑠璃，其他文藝很大。

〔註7〕源平盛衰記：戰爭文學，共四十八卷，作者不詳，可能完成於鎌倉時代中期以後，內容是增補改作平家物語的。

〔註8〕謠曲：用於日本「能樂」的文章及歌謠。

〔註9〕太平記：戰爭故事，有四十卷，據傳爲小島法師所作，但，確實的作者不詳。約於一三七〇年左右完成。描寫約自一三一八年至一三六七年的南北朝之紛爭。

〔註10〕蕪村：與謝蕪村是跟松尾芭蕉並列的日本俳諧的大家，著有蕪村七部集，俳諧集二册，於一八〇八年出版。

〔註11〕見於羅曼羅蘭的小說「約翰．克利斯朶夫」。

〔註12〕萬葉集：日本現存的最古的歌集。編者，成立年代均不詳，可能歷經長遠的年代由幾人編輯而成，最後才經大伴家持整理增補於奈良時代末或平安時代初期完成。二十卷，共輯四千五百首歌，體裁包括長歌、短歌，旋頭歌等各形式，其作者上自天皇，下至庶民擁有各階層。

一九七二年三月廿三日於東京夜二時

日本現代詩鑑賞（六）

唐谷青

丸山薰（1899— ）。明治三十二年生於大分市。父親服務於內務省，後來任島根縣知事，因此小時隨着父親的調職輾轉各地。十二歲，父親死後，隨母親定居於愛知縣豐橋市。從小，喜歡冒險小說或探險故事，對海尤其感到强烈的吸引力。豐橋中學畢業後，進入東京高等商船學校，不辛患上脚氣病，在學一年卽告中退；後來經舊制第三高等學校，入東大國文科，但以學費成了問題而中退。東大在學中，參加第九次「新思潮」，繼之加入百田宗治主編的「椎木」爲同人。昭和三年（一九二八）開始在「詩與詩論」發表作品，受到新詩精神的影響，作風從浪漫的情景主義，轉向心象主義。昭和七年（一九三二），處女詩集「帆・洋燈・海鷗」出版。昭和九年（一九三四）十月，與堀辰雄、三好達治等創刊詩誌「四季」，推展抒情詩運動，給舊抒情詩以新鮮的衝擊。昭和十六年（一九四一）乘練習船揚帆於太平洋，戰中疏散於山中，昭和三十三年（一九四八）再回到豐橋市。現爲愛知大學文學部教授。詩集除了「帆・洋燈・海鷗」以外，有「鶴之葬禮」（一九三五、五月），「幼年」（一九三五、六月）、「一日集」（一九三六），「物象詩集」（一九四一），「北國」（一九四六）、「仙境」（一九四八），「花蕊」（一九四八），「青春不在」（一九五二）等，此外，有小說「蝙蝠館」。

丸山薰與三好達治，並稱爲四季派的代表詩人。他們於昭和九年（一九三四），脫離當時以「詩與詩論」爲中心的主知的現代派，而另創「四季」成立現代的抒情派，其理由，丸山薰在「現代日本詩人全集」第八卷的解說中，認爲：「決不是存心與時代的氣運背道而馳。只是因爲，由於將詩沿着傳統之流加以反省以後，不願意使詩成爲過份的方法論之下的，殘酷的犧牲品。」而在另一方面，村野四郎在「鑑賞現代詩Ⅲ」中，引用伊藤信吉的見解，說：「（對於丸山），『詩與詩論』的影響，已達到最大的極限。因爲丸山薰具有一定的生活意識，而這種意識在詩的實踐中具有强固的作用。『詩與詩論』中有許多並不以生活意識爲必要的詩人。就這點來說，丸山薰並不是一個接近於前衞運動的詩人，當時支持着作者的，到底是對於現代詩中的抒情的自覺。由於這種自覺，而形成了抒情這新的生命。」

如此，丸山薰與三好達治和堀辰雄等，在「繼承日本抒情詩之傳統」的自覺之下，毅然脫離主知主義的「詩與詩論」，而成爲日本現代抒情詩人中重要的存在。

在丸山薰的生活意識中，具有比三好更爲强烈的自我意識，而在表現上，呈現出哲學的思維性與對現實的批評性。

從這種詩人的內部產生出來的抒情詩，當然與表現同顧的感情那種抒情詩人的詩，在本質上與相貌上是不同的。鮎川信夫在論丸山的抒情詩時，認爲：「其意象具有深度，富於暗示，將讀者誘入於對根源之生命的思念。」

事實上，他的作品，含有一見之下也許不該稱之爲抒情詩那種批評性的意象與形而上的論理，其中經常隱藏着某種存在論的鄉愁。這是丸山薰的作品所具有特殊的抒情性。在「物象詩集」的「自序」中，他說：

「在編成這本詩集時，我可以看出自已的作品中貫流着的一個强烈的傾向。那是對於物象的某種迫切的追求欲以及對它的鄉愁的情緒。這是令我寫詩的動機，也是使我的詩具有獨自之特色的東西。就是我也認爲抒情詩並不排除古來傳統所具有的、對自然的愴然感以及與人世的眼淚相通的那種心情。事實上，我本身經常因它而動搖。而且企圖寫詩的時候，在我心中折叠起來的，是物象所放射的那種不可思議的陰翳。」

如此，對「物象」的追求欲與鄉愁，亦卽對「物象」的主觀的投影，而結果「物象」所放射的陰翳，亦卽「物象」所喚起的情緒。這種情緒在詩人心中凝縮而成爲心象。表現這種具有原始感覺，具有生命之鄉愁感的心象，亦卽丸山薰的獨特的抒情手法。

河口

船，抛下錨。
船員的心，也抛下錨
海鷗自淡水，向發出輾軋聲的帆索寒暄。
魚向着艙底的漏孔集聚而來。
船長換掉染上海風的衣服上陸。
夜來臨了也不見從街上回來。
船的腹部已增加了多少個牡蠣殼？
每當夕暮深濃
兒子水手一個人在船首點上藍色洋灯

——「帆・洋燈・海鷗」

丸山薰的處女詩集「帆・洋燈・海鷗」於昭和七年（一九三二年）十二月出版，當時作者三十三歲，共收錄作品三十四篇。根據作者的自述：「以昭和初年興起的『詩與詩論』爲中心的新詩精神的影響，大體上，在我自已的詩的形式上起了凝縮作用，使向來的情景主義的浪漫作風，轉而爲內部的心象主義。」（創元社版「現代日本詩人全集」）。

又、當時作者的生活相當貧困。其處境，根據江頭彥造的「丸山薰訪問記」：「父親早就死了，沒有學費而從東大退學，而且，已經結了婚，沒有生活能力，向在銀座做事的妻子要了零用錢買燒酒喝，這種悲慘的境遇。」

這種實際生活中不能不感到的孤獨感、寂寞感，由於受到新詩精神的影響，在表現的形式上加以「凝縮」，而免於浪漫的說明；換句話說，作者將現實的感情加以形象化而完成的作品，亦卽這本詩集。

這首「河口」是「帆・洋燈・海鷗」中放在卷首的一篇。作者對海的憧憬和鄉愁是這個作品所具有的感情的底流。

從橫切面看來，作者以客觀的觀察，呈現出一幅河口港的情景。一隻船停泊在黃昏的港口。這不能不令讀者進而對於海洋的羅曼斯，對於海上旅遊的情調等等感到神秘的魅力和幻想。這是一首風景詩，是根據客觀的觀察，但不是表面的描寫。每一個景象的背後或底層，都含有凝縮了的感情，讓讀者去發展，聯想，擴大。

「船員的心，也抛下錨」：這個隱喻很自然而巧妙地表現出乘船者的心情。是哪種心情呢？這需要讀者的想像：這是遠航的終站，無聊的極點，急於上岸，爲了休息？爲了觀光？爲了尋樂？爲了買醉？……如果這首詩是當時作者心情的反映，這豈不是貧困的終點？這種心情豈不是對於歡樂或幸福的一種切望？

海鷗的寒喧：無數的海鷗在港口飛翔。這是最熱烈的歡迎，充滿熱情的盛意！如果海鷗的飛翔是「寒喧」，魚兒集聚而來，豈不若是「握手」或「吻抱」？這是遠航歸來的歡迎場面。這一幅熱閙的景況是藉着「物象」表現出來的。

此外，由「帆索」和「艙底的漏孔」的暗示，也可以知道這是一隻乘風破浪的遠洋帆船。

船長上陸以後一去不回：不用說是上酒吧去啦。可是對於這個船長，讀者可能進一步想像到：他的年歲，他的心情，他的人生，他的孤獨，他的歡樂，他的悲哀，以及他所以一去不回的理由等等。進而，船長而捨棄了船；這意味着什麼呢？

船的腹部增加了多少牡蠣殼：用以表現時間的經過。這是多麼具體、巧妙而且美的表現！

最後一行，船長的兒子獨自點燈的情景，從窗口呈現出一幅無限悽涼、悲哀的人生的縮圖。讀者可能想像：這個兒子是給父親遺忘了的？他對着孤燈，準備獨自揚帆再去冒險？他的孤獨，悲哀，絕望，虛無，構成了這首詩在抒情上不盡的餘味。

如此，這個詩中每一個景象，莫不在讀者心中激起感情的波蕩，甚至漩渦。藉着物象喚起讀者在感情上的種種反應，是這首詩所具有的强烈的抒情性。

但在另一方面，從縱的看來，這首詩從入港靠岸，到船長上街，到兒子面對着孤燈，具有一貫的情節的發展。而且這種發展是非常戲劇性的。這是這首詩所具有的故事性。

由於具有强烈的抒情性，詩中的每一個景象並不是客觀的風景，而是詩人心中的心象風景。由於故事性的發展，使這首詩的心象變成立體的，戲劇的，在讀者心中激起對人生的無限的哀情。抒情性和故事性是構成這首詩的兩個主要的要素。

砲壘

破片想要互相挨近而成爲一體
龜裂現在想要展開臉頰微笑
砲身立起
又一次想要坐在砲架上
一切都在夢想虛幻的原形
每次隨着風，埋沒在砂中
看不見的海
侯鳥的閃現

——「帆·洋燈·海鷗」

這首詩也和「河口」一樣，表現的是心象風景。那是荒廢了的海邊的光景，但是所表現的不是單單表面的描寫，而是以整個風景的一點爲對象，詩人的意識深入對象—亦卽砲壘這種物象，然後探出物象的生命，而將物象所放射出來的某種情緒的陰翳，以心象的姿態表現出來。

就第一層次來看，這首詩使讀者想像到，建築在海邊或島岸的碉堡上的砲壘，現已成廢墟，散亂着大砲或砲彈的破片。曾經有過大砲坐鎭的要塞，如今已成空寂的殘壘，半埋沒在風砂中。當年的風雲已吹向歷史的彼方。

再進一層來看，散亂的破片想要恢復原來完整的一個，一個砲彈或者一個大砲座上或者砲身上的龜裂，也想要回歸到原來的完美的微笑的狀態：此如，「龜裂」豈不令人想像到痛苦的閉眼歪嘴的表情?而跌落在地上的砲身，想站起來再從前的砲架上。這些都在夢想着可一不可再的從前的姿態，而時時刻刻被埋沒在風砂中。

很明顯的這種擬人法的表現，一點兒也不令人覺得像童話或者寓言。相反地，令人深切地感到生命，任何抱有夢想的生命，對於時間無可奈何的悲哀。村野四郎在「鑑賞現代詩Ⅲ」中說：

「將毀壞了的砲壘擬人化，將人的感覺與執念與絕望假託於零零碎碎的鐵片，而釀出砂呀這種敗壞形態的意象；在超現實派的達利 (Salvador Dali) 的遠景那種構圖中，使讀者感覺地讀出萬物滅亡的命運。尤其是，像患了重病的人，想站起來而站不起來，那種惡夢一般的痛切的心情，在無機物的砲上使人感覺到，而使這種虛無感更加上了一層的殘忍性。」

「一切都在夢想虛幻的原形」：這是萬物的悲哀。這一行明確地點出這首詩的主題。萬物在夢想中逐漸埋沒，這種命運的悲哀。

最後兩行，提示出這首詩的背景。但是，關良一在「高校國漢基礎講座4」中，做了如下的見解：

「『風景的意志』，每次隨着風而埋沒在砂中。……海鳥在那砂邊，看不見的海附近飛翔穿錯。好像是在尋求那些被埋沒了的破片。那白色的身姿，在黑暗中，像閃光一樣時而明滅。……在黑暗中，時而像閃光一樣閃現，發出尖銳的悲鳴聲，好像在尋求着什麼似的，在飛翔的候鳥，是詩人的精神象徵吧。詩人，在虛無、廢滅之中，仍在摸索着看不見的實在，因難以尋求而感到哀傷。」

如果讀者不願聯想得那麼遠，未嘗不可按照詩句的意思，認爲因爲半埋沒在砂中而看不見海，所能看到的只是天空中的候鳥的閃現而已。如此，在這荒涼的海邊，殘壘，孤鴻，構成了一幅美得令人悲哀的風景。

這首「砲壘」也有人解釋爲一種戰爭詩，「是戰爭中所發生的一幕凄慘的光景。」（笹澤美明「現代詩鑑賞3」）。在七十年代的今天，也許有人會把它解釋爲「軍國主義復活的象徵」。但是，這種解釋並不能增加這首詩在藝術上的價值。這首詩的主題，非常明確，已如上述。

水的精神

水　卽使清澄　精神也激烈地感到困惑
　感到困惑而搖蕩
水　想要殺死警覺心　可是啊時時發出聲音
水　意志受了鞭打　但有氣味　呼吸着
水　具有無可奈何的感情

這種感情 破裂 迷亂 失去了希望
出其不意地傾斜 倒立 哭叫 零落——
——往往 從這種夢中醒來
在這以後 變成更爲寂寞的顏色
水 想要取回精神 而不斷地祈禱
祈禱並不就能如願
水 胸中充滿想要傾訴的心情
實際上 這也說說看那也說說看 但是
所說的話並不就構成意義
到底是從哪兒湧來的呢？一這麼懷疑
無形是可悲的
不久 憤怒積起來 膨脹 溢出 壓仰不住
變成自暴自棄
可是到底還是感到悲哀，但願忘掉自己的臉
瞬間——認爲是忘掉了自己
水 還沒睜開眼
太陽溫柔地撫摩着水的眼瞼

——「鶴之葬禮」

這首詩，借水抒情。表面上是在寫水的狀態，水的精神，但是使用擬人法而成爲表現人的心境，人的精神。立體地把握住水的性態，而將詩人內部的感情投射到物象裡面。這是一首相當知性的抒情詩。

首先，敍述水的狀態。水，雖然清澄，實際上精神感到激烈的困惑，因此而搖蕩。水想要殺死警覺心以獲得水在平面與內面的平靜，可是却有水聲。水鞭打着意志，以求表面與內面的統一，可是感情，有氣味、呼吸着的感情，是意志所無可奈何的。結果，感情陷於迷亂，意志與感情諧調統一的希望也失去了，進而變絕望，狂亂，痲醉於逃避現實的夢中，可是一旦醒來，更是寂寞。水的表面與內面，意志與感情的對立，借着「可是」「但是」這種逆態連結詞的表現而得到强調。

其次，將焦點集中在水的內面。水祈求着能够取回在絕望的苦惱中喪失了的自己的主體性。這是這首詩的主題。雖然說着話，但所說的話沒有意義。這種沒有主體性的自己，到底是從哪兒來的呢？不禁對自己的存在感到懷疑。水是無形的液體；無形是莫大的悲哀。對於這種失去主體性的自己不禁感到憤怒，由憤怒而自暴自棄，而對自己感到無限的悲哀；悲哀之極，但願能够忘掉自己。在忘掉自己的瞬間，獲得暫時心中的平靜。

最後兩行，再回到水的外面的描寫。水閉着眼睛忘掉自己；在這瞬間，水，平靜地接受太陽——神——溫柔的愛撫。

如此，這首詩中所謂水的精神，亦卽作者的精神的象徵。但是，哪種精神的象徵呢？向來的批評家做了種種的解釋：

1.「近代的自我意識，無涯際地，像水一樣的透明，因此是在感嘆沒有個性。」（山岸外史「論丸山薰君的詩」，「四季」昭和十四年，一～三。）

2.「表現作者在詩這條道路上的精進與苦惱。」（笹澤美明「現代詩鑑賞」Ⅲ。）

3.「包含在這裡面的，是知識份子的階級的良心。是對於社會正義的動搖與苦惱的心理表現。」（北川冬彥「現代詩Ⅱ」。）

4.「『對他的强烈感情』與壓制這種感情的冷靜的理性之糾葛，借着水的姿態表現出來。」（久保忠夫「人與作品現代文學講座9」。)

5.「向來，封閉在虛無、悲哀等意識裡，『在安慰自己的哀悲的洞窟中』喪失自我的作者，揭出「想一天一天活下去的希望」(『一日集』)而而抱定決心活下去的意志，因此，雖然處於封閉的狀況中，却試圖實現自我的回復。充滿這種苦惱、苦鬪的自我克服的過程，假託水的狀態象徵地描寫出來的，亦卽『水的精神』。」(成田孝昭「現代詩的鑑賞3」。)

這種實際內容的追究，如果能够增加讀者對詩的欣賞，那最好。但是詩的鑑賞，重點當然不在於斷定作品所象徵的實際內容是什麼。

學校遠望

走出學校以來的十幾年
一回頭，學校在回憶的遠方
像個小紀念章的浮彫一樣閃耀着
那兒，教室的屋脊並排着瓦
白楊在風中翻搖
先生在講着什麽
那些年輕的臉同樣地在傾聽
在某一個窗邊，有一個看着別處
像當時的我那樣呆呆地望着這邊
他的眼瞳裡　照不到我所在的地方麽？
啊啊　從我這兒可看得淸淸楚楚啊

——「物象詩集」——

這是一首很平易，淸新的抒情詩。雖然不無「鄉愁的情緒」，但是「對於物象的某種迫切的追求欲」似乎感覺不到。可是，這的確是一首具有獨特詩情的抒情詩。

最初三行，將這首詩的主題已表明：畢業了十幾年的一個青年，對於少年期的回顧；這種回憶的感情是這首詩的主題。

詩人所遠望的學校，並不是現實中的學校，而是回憶中的學校。教室的屋頂，在風中翻搖的白楊，在講解着什麽的先生，凝神諦聽的學生們，以及夾在當中，一個人在幻想別的事情，看着別處的孤獨的少年(這當然是作者)，這些都是回憶中的幻影。

可是這種遙遠的過去的情景，以那個望着別處的少年爲媒介，突然向着現在接近而來。

他的眼瞳裡，照不到我所在的地方麼？

啊啊從我這兒可看得淸淸楚楚啊

如此，過去與現在以某種奇妙的屈折連結在一起。從現在的「地點」看來，當時窗邊的少年的姿態，淸淸楚楚地呈現在眼前，可是，回憶中的那個少年，似乎看不到這邊(未來)。

或者，當時從窗外，一直凝視着這個孤獨少年的，是一種命運(這個命運發展成爲今天的自己)，可是那個少年呆呆地望着別處，一點也不知道。在命運的凝視中而不知覺的這個少年，是多麽可憐呢。

如此，對於過去的自己感到無限的愛憐。人，對於過去能够看得那麽淸楚，可是對於未來永遠是無知。這是人生的悲哀。這種哀感是這首詩給與讀者的最大的感動。

就表現的技巧上看來，時間與空間的交錯，是最大的特點。將時間以空間來處理，回憶成爲遠望。將幼時的回憶，比喩爲「小紀念章的浮彫一樣」，而成爲一個心象。這個心象放射出對於巧小可愛的小時候的無限鄉愁。這個心象點綴在這首詩的立體建築上，閃耀着詩情的光芒。

詩論譯介之一

「抒情民謠集」序文

華茲華斯原著

杜國清譯註

解說

「抒情民謠集」(Lyrical Ballads) 是華茲華斯 (W. Wordsworth) 與柯律治 (S. T. Coleridge)，基於彼此共通詩觀，爲了詩壇的革新，於一七九八年，由 Bristol 的 Joseph Cottle 書店出版的一本匿名詩集。由於這本詩集的出現，英國文學史進入了一個新的時代。

他們兩人互相討論的結果，柯律治開始創作一些處理超自然之事件而具有眞實感的詩，華茲華斯創作一些處理日常卑近之事物而喚起新鮮之興味與驚異的詩。如此，在這本詩集中，含有柯律治的詩四篇，華茲華斯的詩十九篇，卷首的一篇是柯律治的傑作「The Rime of the Ancient Mariner」，卷末是華茲華斯的名作「Tintern Abbey Lines」。

這些作品與當時英國詩壇的一般詩風大異其趣。當時詩壇盛行經卓萊頓 (J. Dryden) 而由波普 (Alexander Pope) 所完成的 heroic couplet；可是這種詩型在這本詩集中消聲匿跡。在這本詩集中，有的作品用的是 blank Verse，而大部分的作品用的是由 old ballads中獲得暗示而來的單純的詩型。關於用語方面，排斥當時的詩作品中通有的 poetic diction，揚棄 personification 的濫用，而使用盡可能接近日常談話的用語，那種自然而單純樸素的語言。在題材方面，異於向來的詩中所處理的貴族或上流階級的都市生活，主要地是處理鄉村的貧民、老人、小孩，或者無依無靠的母親等一般人民的生活。而且所處理的方法和角度，與向來詩人所處理的方法和角度亦大不相同。

波普以後，到華玆華斯之前的英國詩壇，一般說來，不論在詩型上，在風格上，在題材上，並沒有越出波普所舖下的軌道。如此所確立的英詩之正統的趣味，在後來一些凡庸詩的手中逐漸因襲化，而詩逐漸脫離了實際的生活。同時，到了十八世紀的後半，英國社會受到了產業革命、美國獨立戰爭、法國革命等在政治上和思想上的影響，而進入了激動的一個時期。由於社會的變動，人們對於事物有了新的看法和新的感受；表現這種新看法和新感受的語言，不能不打破陷於因襲的、人爲的現狀，以適應現實社會的需要。柯律治和華玆華斯便是順應這種時代的要求，而從事詩在語言上的大胆的改革和嘗試。

在一七九八年出版的這本詩集的卷頭，附有華玆華斯所寫的六百多字的廣告。其中簡短敍述：①詩的題材，應該在吸引人類心靈的一切事物中尋求發現；②這本詩集中大部分的詩，是爲了實驗中下層社會中所使用的語言，能夠產生出何種程度的詩的快感或樂趣而寫下來的；③這些作品具有與向來的詩不同的新的詩質，這也許使一般讀者無所適從，但希望讀者不受因襲的偏見的影響而輕率地只讀一遍就下判斷，總之，希望讀者仔細閱讀玩味以後，再下判斷，等等趣旨。

這本詩集，雖然受到了種種非難，倒也獲得意外的好評，而於一八〇一年增補爲二卷再版。在這再版上，附有根據前面所說的廣告加筆改寫的長篇序文。到了一八〇二年第三版出版的時候，這個序文再經其一些修正，同時另外增加了關於「什麼是詩人？」這個問題，作者所抱持的信念等約三千行。這個序文後來又再經過修改，而在一八四五年出版的詩集中，才成爲最後的定稿。這兒所翻譯的，便是這個 final form 的序文。

在這篇序文中，作者論及詩的用語，主張採用中下層階級的人們實際使用的語言；論及詩的題材，反對貴族趣味；論及詩的目的，在於使心靈經常具有靈敏的感受能力；論及韻律的機能，認爲散文的語言和韻文的語言之間在本質上並無差異。此外，作者認爲有價值的詩，莫不是由具有普通以上之感受性的人，長久而深刻地思考所產生出來的，同時認爲詩人不是爲詩人而寫詩，而是爲人類；寫詩是對人類生來的赤裸裸的尊嚴所付出的敬意。進而，作者論及詩的本質，認爲詩是強烈感情之自然的流露；詩起源於在寧靜中所回憶的情緒；情緒只是詩的起源，但並不就是詩；詩是在將情緒加以靜觀之後，才逐漸產生出來的。

毫無疑問的，這篇序文是英國的文藝論中有名的文章之一，是全世界任何一位對文藝理論抱有關心的現代詩人，所不能不讀的一篇文章。我一句一句但求平實地將它翻成中文，在「笠」上發表，一則請「笠」讀者指正，一則願與「笠」同仁共勉。

一九七二、元、廿九

「抒情民謠集」序文

這本詩集的第一卷①已經呈請一般讀者細讀。那是做爲一種實驗而出版的；我希望，對於確定詩人選擇在生動的狀態中人們所使用的實際的語言，將它配合以韻律時，想合理地致力傳達的那種樂趣的種類以及量，可能傳達到什麼程度這點能夠有些益處。

對於這些詩可能引起的反應，我所做的估計可說非常正確：我自認爲對這些詩感到滿意的人，會以超過一般的喜悅閱讀它們；而在另一方面，我十分了解不喜歡這些詩的人，會對這些感到一般以上的厭惡。結果跟我的預期不同的只有一點；亦即，比我所敢預想的更大多數的讀者對這些詩感到滿意。

我的一些朋友切望這些詩能獲得成功，他們相信，假如這些被創作時所抱持的目的眞的能夠達成，該會產生適合於永久地引起人類的興趣，而且在它與道德之關係的質與多樣性上並非不重要的一種詩；因此他們勸我寫一篇爲這些詩的創作理論做有系統之辯護的序文。但是我並不願意承擔這個工作，因爲我知道在這種情形之下，讀者可能懷疑我主要地是受自私與愚蠢的影響，希望說服他使他贊同這些特殊的詩，而對我的議論以冷眼看待；而且我更不願意承擔這個工作，是因爲要適當地發揮意見以及十分地貫徹議論，所需要的篇幅與序文是完全不相稱的。因爲，要以問題所容許的清晰與緊湊來處理這個問題，有必要對英國大衆趣味的現狀加以詳細的說明，以及決定這種趣味是健康或者墮落的程度；而這點，如果不指出語言與人類的心靈怎樣互相作用，如果不追溯，不只是文學，甚至是社會本身的變革，是不可能決定。因此我完全謝絕了正規地開始從事這辯護；可是我覺得，沒有一些開場白，突然强迫讀者接受在本質上目前一般所認可的詩如此不同的詩，似乎有欠妥當。

人們認爲，藉着以韻文寫作這種行爲，作者做了一種形式上的約定：他將滿足某些已知的聯想習慣；如此他不僅僅通告讀者在他的書中可以發現到某些種類的概念和表現，而且告訴他其他的概念和表現將被小心地除去。韻律的語言所提示的這種典型或象徵，在不同的文學時代中，一定曾經激起非常不同的期待：例如在卡托勒斯②，特倫斯③，和魯克里修斯的時代④，以及斯塔修斯⑤或克勞廸安⑥的時代；而在英國，是莎士比亞⑦以及博蒙特⑧與弗萊徹的時代⑨，以及唐恩⑩和考利⑪，或者卓萊頓⑫，或者波普⑬的時代。我無意由我來決定當今的作者藉着以韻文寫作這種行爲，對讀者所做的約束之正確內容；但是毫無疑問地，在許多人們看來，我並沒有履行像這樣任意締結的契約之種種條件，習慣於許多現代作家之雕琢與空洞之措辭的人們，假如他們繼續將這本書看到最後，無疑地，將時常非與奇異與拙笨之感作鬪爭不可：他們將四處尋找詩，以致不能不反問：到底是受到哪種禮遇，這些嘗試品能夠被容許冠以詩這個名稱。因此我希望讀者不要因爲我試圖陳述我向自己提議要完成的事情，以及試圖（在序文所允許的範圍內）說明在選擇我的目的時，使我下定決心的一些主要的理由而責難我：如此至少讀者可以免於失望這種不愉快的感情，而我自己也可以不致受到作者所可能遭遇到的最不名譽的譴責之一；亦即阻止他竭力確定他的職責是什麼，或者，當他的職責已經確定，阻止他實踐職責的一種怠惰。

然則，這些詩中所提起的主要的目的，在於從日常普通的生活中選出事件與情況，從頭到尾，盡可能以經過取捨的人們所實際使用的語言，加以敍述或描寫，而且同時，在這些事件與情況上面投以想像作用的某種色彩，藉此使平常的事物在讀者心中呈現出異乎尋常的樣子；而且，進而，最重要的是，藉着在這些事件與情況之中，眞實地而不是鋪張揚厲地，探溯我們生性中的根本原則，而使這些事件與情況變得有趣：主要地，這是就我們在興奮狀態中將種種概念聯結在一起的方式而言。通常選擇的是卑賤的粗俗的鄉村生活，因爲在那種環境裡，心中的本質上的熱情找到更能够獲得成熟的一個較好的土壤，受到較少的抑制，而且使用一種較平易而且更爲有力的語言；因爲在那種生活環境中，我們的基本的感情共存於一種更爲純樸的狀態中，從而能够受到更正確的觀察，以及更有力的傳達；因爲鄉村的生活方式發芽於這些基本的感情，是從農村工作的必要的性格中產生出來的，是更容易被了解而且更能持久的；而最後，因爲在那種環境中，人們的熱情與自然之美的永恒的形體合而爲一。這些人們的語言所以被採用（事實上是從被認爲是語言之眞正缺點的東西，從令人討厭或者厭惡的所有那些持久的當然的原因之中被淨化），是因爲這些人們時常與語言之最佳部分之來源的那些最佳事物交往；而且因爲，由於他們在社會上的階層以及他們的交際範圍的狹窄與不變，較少受到社會的虛榮心，他們用簡單樸素的表現傳達他們的感情和概念。因此，從反覆的經驗與經常的感情中產生出來的這種語言，是比經常被詩人們用來代替它的那種語言，更具有永久性，遠更爲哲學的一種語言。那些詩人認爲他們越是脫離人的共鳴，越是沉溺在隨意的任性的表現習慣中，以便滿足他們所創造出來的隨時改變的趣味和反覆無常的食欲，他們越能給與自己以及自己的藝術以榮譽。

然而，我對於，反對當代的某些作家時常在他們的詩作品所導入的那種思想上和語言上的瑣碎與卑賤而發出的現代的呼聲，並非痲木不仁；而且我承認這種缺點，當它實際存在時，對於作家本身的性格，比對於錯誤的優雅文體或者隨意專斷的革新，更是不名譽的，但是我應該同時堅決主張：這種缺點的整個結果，其害度是少得多。從這種韻文，與收在這兩卷詩集中的詩裡，可以發現到至少有一個相異點將它們截然分開，亦即這兩卷詩集中的每一篇作品莫不具有有價值的目的。這並不是說，我經常抱着在形式上先想出來的一種明確的目的開始寫作；但是我相信，瞑想的習慣，由於刺激而且調整了我的感情，因此我在描寫那些强烈地激起那種感情的事物時，我的描寫自然地帶有一種目的。假如這種意見是錯誤的。我沒有多少資格稱得上是詩人。因爲所有的好詩都是强烈的感情之自然流溢出來的東西：而且這固然是事實，但是帶有任何價值的詩，不論是關於哪種主題的，從來沒有不是由具有普通以上的天生的感受性，而且長久而深刻地思考的人所產生出來的。因爲不斷地流入我們心中的感情，受着我們的思想的修正和指導，而我們的思想實際上是我們過去的一切感情的代表物；而且，藉着考察這些一般的代表人物的相互關係，我們發現到對於人什麼是眞正重要的；如此，藉着重複和繼續這種行爲，我們的感情與重要的題材聯結在一起，直到最後，（假如我們本來具有豐富的感受性），產生出某種心理的習慣：由於盲目地機械地順從這些習慣所帶來的衝動，我們所描寫的對象以及所表現的情感，具有使讀者的理解必然受到某種程度的啓發，而且使讀者的愛情得到强化和淨化的那種性質和關係。

我說過，這些詩中的每一首都有一個目的。另一件將這些詩與今日一般流行的詩加以區別的事實，我必須提及；亦卽，在這些詩中所展開的感情給與行動與情況以重要性，而不是行動與情況給與感情以重要性。

一種不眞實的謙虛並不能阻止我斷言：讀者的注意力之指向這個相異點，並不是由於這些特殊的詩的緣故，而是由於主題所帶有的一般的重要性。主題實在是重要的！因爲人類的心靈，沒有使用嚴重强烈的刺激劑也能夠引起興奮；而且不知道這點的人，以及不進而知道人類依照具有這種能力的程度而有高尙與卑俗之差的人，對於心靈的美與尊嚴一定沒有什麼感覺。因此，在我看來，努力產生或者增大這種能力，是任何時代的作家所能從事的最高任務之一；但是這種任務，雖然在每個時代都是優越的，在今天尤其是如此。因爲過去的時代所不知道的許多原因，現在一致協力地使心靈的識別力遲鈍，而且使它不適合於所有的自發的活動，使它陷於近乎蒙昧的痲痺狀態。這些原因之中最顯著的是每天發生的國家的大事件⑭，以及不斷增加的都市人口的集中；在都市裡，人們的職業劃一，因此產生對於異常事件的渴望，這種渴望以急速的情報傳達而時時刻刻獲得滿足。我國的文學與劇場藝術迎合了生活與習俗的這種傾向。我們的前輩作家們的無價作品，我指的甚至是莎士比亞和彌爾頓的作品⑮，由於那些狂亂的小說⑯，病態的愚劣的德國悲劇⑰，以及無稽的放肆的韻文故事⑱的洪水，而被等閒視之。——當我想起這種對於荒謬絕倫之刺激的下品的渴望，我幾乎對於我所說的想與之對抗的這兩卷詩集的微弱的努力感到羞恥；而且，回想到這種普遍存在的毒害之大，我難免受到並非不名譽的一種暗澹的心情的壓迫，除非我對於人類精神的某種天生的不滅的特質，以及作用於人類精神的某些雄大而恒久的事物中所具有的，同樣是天生的不滅的某種力量，具有深刻的印象；除非在這種印象之上再加上一種信念，認爲這種毒害將受到具有更大力量的人們之有組織的對抗，而且會有更爲顯著的成功這種時代已接近而來。

如此，關於這些詩的主題與目的加以長篇論述之後，我想要求讀者允許我告訴他關於這些詩之文體的一些事情，免得，在其他種種理由之中，他指責我沒有完成非我所意圖的事情。讀者將會發現到：在兩卷詩中，抽象概念的擬人化很少出現；而且做爲提高文體而將它提到散文之上的一種常套手段的擬人化，完全被擯棄。我的目的是模倣，而且盡可能，採用人們的語言本身；而無疑地，這種擬人化並不構成那種語言中任何自然的通常的部分。事實上，擬人化是有時候由激情所促使而想出一種比喩的表現，而我是把它們當做這種性質的東西加以使用的；但是，做爲提高文體的家族用機械手段，或者做爲韻文作家由於長年使用而認爲是當然之權利的家族用語那種擬人化⑲，我盡力完全擯棄不用。我希望使讀者與血肉之軀的人交往；我相信這樣才能引起讀者的興趣。追求不同路徑的其他詩人們，也同樣能夠引起讀者的興趣；我並不干涉他們的主張，但我希望採取我自己的主張。在這兩卷詩中也可以發現到很少普遍所謂的詩語⑳；爲了避免詩語而下的苦心，不下於一般爲造出詩語而下的苦心；所以這樣做是基於前面所主張的理由，亦卽，爲了使我的語言接近於人們所使用的語言；而且進而，因爲我自己決定要傳達的喜悅，與許多人所認爲是詩本來之目的的那種喜悅，大不相同。

關於我在寫作時所希望和意圖的文體，除了告訴讀者我經常盡力着實地凝視我的表現對象以外，我不知道怎樣給與我的讀者一種更爲明確的觀念，而我的意思各以適合於它的重要性的語言被表現出來。這種做法一定獲有某種好處，因爲那是與所有好詩的一個特質，亦卽良識，爲友的：但是它必然使我與父子代代長久以來被認爲是詩人們的共同遺產的，那些用語和比喩表現法的大部分斷絕關係。我而且認爲對自己加以進一層的限制，盡量戒除使用許多下面這種表現是得策的；亦卽本身雖然是適當而且美，但是由於拙劣詩人們的一再愚笨的使用，直到厭惡的感情與之連結在一起，使用任何聯想的方法也幾乎不可能加以克服的那種表現。

假如在某一篇詩中發現到數行，或者甚至一行，語言的配列雖然自然，而且是依照韻律的嚴格規則，但是與散文的語言並無不同，於是有許多批評家，當他們碰到這些他們所謂的散文的句子時，認爲他們有了一個了不起的發現，而對於這種詩人耀武揚威，好像遇到了一個對於自己的職業沒有知識的人一樣。可是這些人想建立某種批評的基準：這種基準，讀者將會斷定他必須完全拒絕，假如他想要欣賞這兩卷詩集的話。而且要向讀者證明：不僅所有的好詩，甚至極爲高尚之性質的詩，其中大部分的語言，除了與韻律的關係之外，必然地與好的散文毫無不同之點，而且，最好的詩中某些最爲有趣的部分，與寫得好的散文的語言完全相同，這是一件最容易的工作。這種主張的眞實性，可以由所有詩作品，甚至彌爾頓本身的作品中無數的詩句而得到證明。爲了將這個問題加以一般的說明，我想在這兒用格雷的㉑一篇短的作品；格雷站在那些根據理論，試圖擴大散文與韻文間之懸隔的人們中的前端，而且關於自己的詩語的構造，比其他任何人更是苦心經營。

徒然地微笑的早晨對我照耀着，
而變紅的太陽擧起金色的火光：
鳥兒徒然地一起唱着愛情的歌，
或者喜氣洋洋的原野換上綠裝。
我這耳朶，唉！渴求別種音色；
不同的事物是我這眼睛所渴望，
我孤獨的痛苦只將我的心融和：
在我胸中喜悅尚未充滿就消亡：
而早晨微笑着鼓舞匆忙的人民，
且將新生的歡樂帶給幸福的人；
原野獻給一切每年不變的貢品；
小鳥爲抱暖雛鳥而嘟喃着怨言。
我無益向聽不見的他哭出哀音，
因爲哭無益我的哭聲越深沈。

In vain to me the smiling mornings shine,
And reddening Phoebus lifts golden fire:
The birds in vain their amorous descant join,
Or cheerful fields resume their green attire.
These ears, alas! for other notes repine;
A different object do these eyes require;
My lonely anguish melts no heart but mine;
And in my breast the imperfect joys expire;
Yet morning smiles the busy race to cheer,
And new-born *Pleasure* brings to happier men;
The fields to all their wonted tribute bear;

To warm their little loves the birds complain.
I fruitless mourn to him that cannot bear,
Anb weep tho more because I weep in vain.

在這首十四行詩中㉑，唯一有些價值的部分是斜體印的那幾行，這是很容易看出來的；同樣明顯的是：除了押韻，以及唯一使用「fruitless」這個字以代替「fruitlessly」（就這點來說，是個瑕疵）以外，這幾行的語言與散文的語言毫無不同的地方。

從上面的引用中可以證明散文的語言同樣可以適用於詩；而且前面說過，所有好詩的大部分的語言，與好的散文的語言，可以毫無不同之處。我們且進一步來討論。認為散文與韻文的語言之間沒有，而且不可能有，任何本質上的差異；這種主張大概不會錯吧。我們喜歡追究詩與繪畫的類似性㉓，因此，我們將兩者稱為姊妹：但是我們在哪兒能夠找到堅韌得足以將韻和散文的親近關係典型化那種繫結的繩索？這兩者藉着而且對着同一器官說話；將這兩者裹住的肉體，可說是屬於相同的實質，它們的感情是同種的，而且幾乎是同一的，甚至在程度上亦未必有所不同；詩※所流的不是「天使們哭泣的那種」㉔眼淚，而自然的人類的眼淚；她沒有將自己的生命的體液與散文的體液加以區別，那種流動在天上諸神體內的靈液可以誇耀；同樣人類的血液，在這兩者的血管中循環。

※：〔原註〕我在這兒使用「詩」這個字（雖然與我自己的意見相抵觸）與散文相對立，而且與有韻律的作品同義。但是，帶給批評更大混亂的是詩與散文的這種對比，而不是詩與事實或科學那種更為哲學的對比。散文的唯一嚴格的對立物是韻律；不，事實上這也不是嚴格的對立物，因為在寫散文時，具有韻律的字句和章節也自然地出現，而成為幾乎是不可避免的，即使想要避免。

要是有人認為押韻與韻律的配列這兩者構成了一種區別，能夠推翻我剛才所說的韻文語言與散文語言極為親近的理論，而且為人們的心靈自動地想承認的其他人為的區別鋪路，那麼我的回答是：在這兒所推薦的這種詩的語言，盡可能是從人們實際說話的語言中精選出來的；這種選擇，只要是出之於純正的鑑識力和感情，本身將形成比最初所想像的更大得多的區別，而且會將作品與日常生活的粗俗與卑賤完全分離；同時，在這種選擇之上如果再以格律，我相信會產生出足以使具有理性的人士得到滿足的一種相異點。此外我們還需要什麼特異性；它來自哪一點？以及它將存在於哪一點？的確，它並不在於詩人透過他的作品中人物的口說話的地方：為了提高文體，或者為了文體的任何想像上的修飾，它都沒有在那兒的必要：因為，假如詩人的主題是經過審慎地選擇的，它自然，而且在適當的時機，將詩人導向激情，而表現這種激情的語言，假如經過正確而且審慎的挑選，一定必然是高雅而富於變化，而且因隱喻和其他文飾而充滿生彩的。當詩人將他自己的任何具有異國色彩的華麗語言，與激情所自然暗示的語言交織在一起時，使高明的讀者縐眉蹙額的那種不諧和感，我且忍不住不必提及：只要說這種附加物是不必要的，這就夠了。而且，假如，在激情是屬於較為溫和的性質那種其他的場合，文體也顯柔和，那些適度地富於隱喻以及其他文飾的章節，的確更有可能收到當然的效果。

但是藉着現在呈現給讀者的這些詩我所希望給與的喜悅，必須完全依賴於對這個問題的正確理解，而且，它本身對於吾人的鑑識力和道德的感情具有很大的重要性，因此，我無法對於以上零零碎碎的意見感到滿意。而且認爲我好像一個人在摔跤，對於這種人我要提醒的是：不論人們表面所持的是什麼言論，實際相信我現在想建立之見解的人幾乎是沒有。假如我的結論得到承認，而且被推進到一旦被承認時一定被推進到的程度，那麼，關於古今最偉大的詩人們的作品我們所下的判斷，不論是褒是貶，將會與現在所行的判斷大不相同吧；而且我相信，影響這些判斷同時受到這些判斷影響的、我們的道德感情將會得到矯正和淨化。

因此，根據一般的理由，提起這個問題時，我想追問；詩人這兩個字所意謂的是什麼呢？什麼是詩人？他是向什麼人說話的呢？而且對於詩人能夠期待什麼樣的語言呢？詩人是對人們說話的人：一點也不錯，他是個賦有更爲靈活的感受性，更多的熱誠和溫柔的人；他比在人類之中被認爲普通的人們，關於人性具有更大的知識，以及更有包容力的靈魂；一個對於自己的熱情和意欲感到喜悅的人，而且他比其他人更對自己之中生命的靈性感到歡欣；喜歡靜觀顯現在宇宙的運行之那種相似的意欲和熱情，而且當他不能發現到那些時，他習慣地不能不加以創造。在這些資質之上，他再加以一種性向；比其他人更容易受到，看來好像存在其實並不存在的事物之感動的一種性向；那是在自己的心中召喚出激情的一種能力；這種激情事實上與實際的事件所產生的激情遠不相同，然而（尤其是在一般的同情之中，愉快和高興那些部分），和其他的人，只由於他們本身的心靈的活動，在自己心中慣常感到的任何感情比較起來，卻幾乎與實際事件所產生的激情更爲相似：──由此，而且從練習中，他獲得了更容易而且有力地表現他的思想和感情的能力，尤其是，由於他自己的選擇，或者由於自己的精神構造，沒有直接的外來的刺激而在他心中興起的那些思想和感情。

但是，不管我們認爲甚至最偉大的詩人具有多少這種能力，毫無疑問的是：這種能力所暗示給他的語言，在靈活性與眞實性上，一定往往不如人們在實際生活中，在那些激情的實際壓力之下，所說出的語言；那些激情的某些陰影是詩人在自己心中像這樣產生出來，或者感到被產生出來的。

關於詩人的性格，不論我們想抱有怎樣高貴的觀念，很明顯的，當他描寫和模倣激情的時候，他的工作，與現實的行動與苦惱的自由和力量比較之下，總是有幾分機械的。因此，使自己的感情接近於自己所描寫的人物的感情，也就成爲詩人的願望，不，那也許是，暫時使自己陷入完全的錯誤，而且甚至將他自己的感情與作品中人物的感情混同一致；只是修飾修飾由於考慮到自己寫作是爲了給與樂趣，這種特定的目的而被暗示出來的語言。於是，在這點，他將我在前面所主張的選擇的原理加以應用。他藉着這個手段，將否則在激情中令人感到痛苦或厭惡的部分除去；他覺得沒有必要裝飾或抬高自然：而且，他越認眞應用這個原理，他越深信：他的想力或想像力所能暗示的語言，與現實和眞實所發散出來的語言是無從比較的。

但是，對於以上這些意見的一般趣旨並無異議的那些人，也許會說：詩人不可能隨時隨地都創造出像眞實的感情本身所暗示的語言那樣巧妙地適合於感情的語言，因此，下面這種想法是正當的：他應該認爲自己是處於翻譯者的立場；翻譯並不爲使用另一種美妙的語言以代替他所無法達到的語言而遲疑；而且有時候努力想凌駕原作，以便對於他覺得不能不承認的，一般說來劣於原作，這種缺點能有些補償。但是，這會變成鼓勵怠惰和沒有丈夫氣概的絕望。進而，那是談論自己並不懂的事情那種人的說法；他談論詩，好像談論娛樂和無益的玩意兒；他們和我們認眞地談論關於他們所謂的詩的趣味，好像詩的趣味是與走索，或麝香葡萄酒或雪利酒的趣味並無不同的東西。我聽說，亞里斯多德說過：詩是所有著作中最爲哲學的㉕；一點也不錯；它的目的是眞理，不是個別的、局部的眞理，而是普遍的、有效的眞理；不是立於外在證據的眞理，而是熱情所活生生地帶進心中的眞理；那是爲本身立證，對於它所申訴的法庭給與權能與信心，而且從同一法庭得到權能與信心的眞理。詩是人類與自然的映像。站在傳記作者和歷史家的眞實性，以及相應而生的實用性之前的障礙，是比了解自己的藝術之高貴的詩人所遭遇的障礙，大得無法計算。詩人寫作時只受到一個限制，亦卽，不能不將直接的樂趣給具有某種知識的人類，這種知識可能期待於詩人，但不是做爲一個律師，醫生，船員，天文學家，或者自然哲學家，而是做爲一個人的詩人。除了這個限制，在詩人與事物的實相之間並沒有阻碍物；在事物的實相與傳記作者和歷史家之家却有無數。

不要讓這種產生直接樂趣的必要性，被認爲是詩人的藝術的墮落。那是完全相反的。它是宇宙之美的一種肯定，一種更是眞摯的肯定，因爲那不是正面的，而是間接的；它將於以愛的精神觀看世界的人，是一種輕鬆而且容易的工作：進而，它是對於人類生來的赤裸裸的尊嚴，對於他藉以知道、感覺、生活和行動的快感之重大的根本的原理，所付出的敬意。我們只有對於快感所傳達的東西才有共感：我不希望被誤解；但是，每當我們對痛苦有所共感時，我們可以發現到：共感是由於和快感微妙的連結而產生出來以及持續下去的。除了快感所建立的，以及只由於快感而存在於我們心中的東西以外，我們並不具有靜觀個個事實所抽引出來的知識，亦卽一般的原理。科學家，化學家和數學家，不管他們不能不與哪種困難和嫌惡做殊死鬪，他們知道而且感到這點。不論與解剖學家的知識有關聯的事物是怎樣的痛苦，他覺得他的知識是快樂；而且沒有快樂，他就沒有知識。然則，詩人做什麼呢？他認爲人類與他周圍的事物，互相作用和反作用，如此，產生出痛苦和快樂的一種無限的複雜性；他認爲人類在他自己的本性以及日常的生活中，以某種程度的直接知識，以某種確信、直覺，以及由於習慣而帶有直覺之性質的推斷，來觀察痛苦和快樂的這種關係；他認爲人類觀看着概念與感覺的這個複雜的景象，而且到處發現到直接在他心中引起共感的事物，而這種共感，由於人性的必然性，隨伴以失去平衡的一種快感。

詩人主要地將他的注意力傾向所有人們都具有的這種知識，以及除了日常生活以外沒有其他任何訓練，我們也適合於感到愉快的這種共感。他認爲人類和自然在本質上互相適合，而且人類的心靈自然地是映照出自然的最美有趣之性質的鏡子。如此，詩人受到在他整個的研究過程中隨伴着他的這種愉快感情的促使，抱着一種愛情與自然一般交談，而這種愛情，與科學家經過多年的勞苦，與他的研究對象，亦卽自然的某些特定的部分，交談之後，在他心中所湧起的愛情是類似的。詩人和科學家的知識都是喜悅；但是前者的知識，做爲我們的生存所必要的一部分，做爲我們當然的不能轉讓的遺產而粘着於我們；後者的知識是個人的，個個的獲得物，需要長時間才能爲我們所接受，而且不是藉着將我們去我們的同類聯結在一起那種習慣的直接共感。科學家將眞理當做一個隔遠的未知的恩人來追求；他在孤獨之中珍愛眞理，疼愛眞理：詩人唱着所有人類與他唱和的歌，對於當做我們看得見的朋友和時時刻刻的同伴，那種眞理的存在感到歡欣。詩是一切知識的氣息以及更美的精神；它是浮現在所有科學的面部上充滿熱情的表情。莎士比亞論到人時說：「他觀看前後」㉗；這句話更是可以用來指詩人。他是保衞人性的岩石；到處隨身帶着親近關係與愛情的一個人性的支持者和守護者。儘管土壤與氣候，語言與風俗，法律與習慣的不同：儘管有的事物悄悄地從心中消失，有的事物遭到猛烈的破壞；詩人以熱情和知識，將擴展於全世界、亙及所有時代的，人類社會的廣大版圖連結在一起。詩人的思想的對象無所不在；雖然人類的眼睛和感官，的確，是他喜愛的嚮導，然而只要他發現到適合於他展翼的一種感覺的氣氛，不論哪兒他都飛去。詩是所有知識的最初也是最後——它和人類的靈魂一樣是不滅的。假如科學家的勞苦，對於我們的處境以及我們慣常接受的印象，產生出任何，直接或間接的，重大的變革，那時詩人和現在一樣，決不懵懂；他將隨卽跟着科學家的脚步，不儘在於一般的間接的作用，而且他將站在科學家的一邊，將感覺帶進科學本身的對象之中。化學家，植物學家，或者礦物學家的那些與生活隔得最遠的發現，將成爲詩人之藝術的適當對象，而與任何能够成爲這種對象的事物一樣適合，假如這些發現成爲我們所熟悉的，而這些發現受到各個部門的科學從事者觀察時的種種關係，對於做爲享樂和受苦的人類的我們，具有明顯而且可以觸知的重要意義，這種時代果然來臨的話。假如像這樣變成人們所熟悉的、現在所謂的科學，隨時可以裝上可說是一種血肉的形體這種時代到來的話，詩人將借與他的神聖的精神幫助這種變形，而且歡迎如此產生出來的存在物，做爲人類的家族中親愛而純粹的一員。——那時，沒有人想像得到：具有我所試圖傳達的那種詩的高崇觀念的任何人，會藉着一時的、偶然的裝飾物而損壞他胸中映像的神聖性和眞理性，以及竭力使用若不認爲他所要處理的主題卑賤則顯然並無必要的技巧，以激起對自己的稱讚。

以上所敍述的適用於詩人一般；但尤其適用於詩人透過他所創造的人物的嘴說話的作品中那些部分；而且從這一點似乎可以認定以下的結論是正當的……亦卽只有少數有良識的人士會不認爲作品的戲劇部分，越是離開自然的實際的語言，以及染上詩人獨特的的用語的色彩，其缺點越多；所謂詩人獨特的用語，或是指詩人一個人所特有的或是指單單屬於詩人一般，亦卽，由於作品是用韻文寫的這種關係，而被期待使用某種特殊語言的一群人的。

因此，我們並不在作品的戲劇部分尋求這種語言的區別；但是在詩人以他自己的身份和人格對我們說話的地方，這種尋求却可能是適當而且必要。對於這點我的回答是：請讀者參照我在前面關於詩人的說明。在其中所列擧的有助於形成一個詩人的主要資質之中，並不含有任何與常人在質方面不同的東西，有則只是在量方面。我所說的要點是：詩人與常人不同的地方，主要地在於詩人沒有直接的外來的刺激，也能够迅速地思考和感覺，而且能够將如此在心中產生的思想和感情，更有力地表現出來。但是這些熱情和思想和感情，是人類一般的熱情和思想和感情。然則，與什麼它們被聯結在一起呢？毫無疑問地，與我們的道德的情操和動物的感覺，以及與激起這些的原因；與天地間四大元素的作用，以及看得見的宇宙的景觀；與暴風雨和陽光，與四季的推移，與寒暑，與親友的死亡，與傷害和怨恨，感謝和希望，與恐懼和悲哀。這些，及其一類，是詩人所描寫的感覺和事物，因為這些是常人的感到興趣的事物。詩人以人類的熱情的精神思考和感覺。然則，他的語言怎麼能夠與感覺鮮明而且視覺清楚的其他所有人的語言，具有任何顯著的差異呢？那是不可能的：這點也許可以得到證明。但是，假如事實不是這樣，那麼詩人可能被允許使用特殊的語言，當他為了自己的滿足表現自己的感情，或者像他那種人的感情。但是詩人不是只為詩人寫作，而是為了人們。因此，除非我們為由於無知而存在的讚美，以及由於聽到我們所不了解的事物而產生的快感辯護，否則詩人必須從這種空想上的高處下來；而且，為了激起合理的共感，他必須像其他人表現他們自己一樣表現他自己。對於這點，不妨再加上這麼一句：只有當他從人們實際的語言中選擇，或者，雖然結果一樣，準確地以這種選擇的精神寫作時，他才立於安全的地面上，而我們才知道從他那兒我們可以期待什麼。關於韻律，我們的感覺是一樣的；因為——在這兒提醒讀者也許適當的——韻律的特性是有規則而且一定的，並不是，像普通所謂詩語所產生的那種，人為的而且受到無法預測的不斷的反覆無常所左右。在後者的情形，關於選擇哪種意象或用語以與熱情聯結在一起，讀者完全是在詩人的掌握中，然而，在前者的情形，韻律遵從一定的法則，對於這些法則詩人和讀者都欣然接受，因為它們是確定的，而且因為它們並不產生對於感情的任何妨礙，有的話只是各時代的一致證據所顯示的那種，以提高和改良隨伴着感情的喜悅。

現在我應當回答一個明顯的問題，亦即，為什麼表明這些意見的我，使用韻文寫作？對於這點，除了包含在我已經申述的意見中的回答之外，我再回答如下：首先，因為不論我怎樣限制自己的主題，依然剩下而呈現於我的是：明顯地構成所有的著作中，不論是散文或韻文，最有價值之對象的東西；人類之偉大而普遍的熱情，他們的專業中最為一般的有趣的東西，以及在我面前的整個自然的世界——這些提供給我形象與心象的無限的組合。現在，假如暫且認為在這些事物中有趣的東西，不論是什麼，能夠用散文也一樣生動地描寫，那麼我試圖在這種描寫之外，再加上各國的人們所一致承認存在於韻律語言中的魅力，我為什麼該受到譴責？對於這點，還沒被說服的人可能會這樣反駁：詩所給與的樂趣中只有一小部分依存於韻律，而且依韻律寫作是不賢明的，除非同時具有其他通常隨伴着韻律的那種人為的文體的特徵，而且，由於如此而打破規律，給與讀者在聯想上某種衝擊，從這種衝擊中所受到的損失，比讀者能夠從韻律的一般力量中得到的任何樂趣所能補償的，要大得多。對於仍然主張韻律為了達成它的適當的目的，不能不隨伴以某種適當的文體之色彩，以及，在我看來，對於韻律本身的力量評價也頗為過低的那些人，在關於這兩卷詩集的範圍內，我給與以下的回答也許也就差不多足夠了吧；有些詩到現在還存在，寫的是更粗陋的主題，而且以更是赤裸裸而單純的文體，從一個世代到另一個世代不斷地給與樂趣。且說，假如赤裸裸而單純的文體，從一個世代到另一個世代不斷地給與樂趣。且說，假如赤裸裸和單純是缺點，那麼，在這兒所敍述的事實，提示出一個有力的推定：較不那麼赤裸裸和單純的詩，在今天能夠提供樂趣；而且，我目前所想企圖的主要是：證明我一向在這種信念的印象之下寫作是具有正當的理由。

但是，為什麼，當文體是男性的，而主題具有某種重要性時，依照韻律安排的字句能夠長久不斷地，將體驗過那種樂趣的人所想要傳達的樂趣，傳達給人類：這種種理由我想加以指出。詩的目的在於產生與超過平衡的樂趣共存的興奮狀態；但是，根據推測，興奮是一種異常的不規則的精神狀態；在這種狀態中，概念和感情不能够彼此以通常的秩序繼起。然而，假如藉以產生這種興奮的字句本身是强而有力的，或者心象和感情帶有不成比例的大量的痛苦，那麼，這種興奮具有越過適當之限界的某種危險。且說，有規則的某種東西，在種種氣氛中以及在較少興奮的狀態中心一向適應慣了的某種東西，在種種氣氛中以及在較少興奮的狀態中心靈一向適應慣了某種東西，在心中共存時，這種共存對於調和與抑制激情不能不產生很大的效果，而其調和與抑制激情的方法，是藉着將平常的感情，以及與激情並沒有嚴格而必然之關聯的感情交織在一起。這點毫無疑問是眞的；因此，一見之下顯得是逆說性的一種意見是：韻律具有，在某種程度上，從語言中剝奪語言的現實性的傾向，以及如此而將夢幻的存在那種朦朧的半意識投在整個作品上的傾向，因此，更爲悲愴的情況和情操，亦即，帶有更大比重之痛苦的情況和情操，在韻律的作品中，尤其是脚韻上，比在散文中，更可以獲得容忍：這點幾乎沒有懷疑的餘地。古代民謠的韻律，技巧非常樸素；然而這些民謠含有許多可以做爲這種意見之例證的句子；而且，我希望，假如這本詩集中的詩得到細心的閱讀，其中也可以發現到同樣的例子。這個意見也許可以獲得更進一步的說明，如果訴諸讀者再重讀「克拉里莎——哈樓」㉗，或者「賭徒」㉘中那些悲慘的部分時，所遭遇到的具有抵抗感的經驗；可是莎士比亞的作品，卽使在最悲痛的場面，所作用於我們的，從來不是越過喜悅之界限的悲痛——這種效果，比最初可能想像到的在程度上更大得多，是基於從韻律的安排而來的，些微而持續的愉快的驚訝之有規律的衝擊。——在另一方面（這更可能是經常發生的），假如詩人的語言與熱情不相稱，而且不足以將讀者提升到可望的興奮的高度，那麼（除非詩人對韻律的選擇爲不當），在讀者習慣於韻律一般聯結在一起的愉快感情中，以及在讀者習慣於和韻律的特殊律動聯結在一起，不論是快活或憂鬱的感情中，可以發現到大大有助於將熱情賦與語言，而達成詩人所提示給自己的那種複雜的目的之某種東西。

假如我對於在這兒所主張的理論是加以一種有系統的辯護，那麼，詳細考察從韻律的語言中獲得的喜悅所賴以存在的種種原因，也就成爲我的義務了。數得上是這些主要原因中之一的是，將任何一種藝術都當做精細觀察之對象的那些人所熟知的一種原理；亦卽，心靈在相異之中見出相似而產生的喜悅。這個原理是吾人精神活動的大原動力，以及主要的供養者。性欲的傾向，以及與性欲有關的一切熱情，都起源於這個原理：它是我們日常談話的生命；而且我們的趣味好尙和我們的道德情操，依存於在相異中見出相似，在相似中見出相異的正確性。將這個原理應用於韻律的考察，而且證明韻律因此能够產生許多快感，同時指出那種快感是怎樣產生的，這不會是一件無益的工作。但是限於篇幅，我無法詳論這個問題；我不能不滿足於只敍述一般的概略。

我說過，詩是强烈感情之自然的流溢；它起源於在寧靜中所回憶的情緒：將情緒加以靜觀，由於一種反作用，寧靜逐漸消失，而與以前靜觀之對象的情緒類似的一種情緒，逐漸產生出來，而這種情緒本身終於實際存在於心中。成功的創作通常在這種氣氛中開始，而且在類似這種的氣氛中，這種創作活動繼續下去；但是這個情緒，不論是屬於哪一種，不管是到哪個程度，由於種種原因，是受到種種快感之限定的，因此，不管是描寫哪種激情，當自願地加以描寫時，大體上心靈是處於一種愉快的狀態。如此，假如自然留心於將從事這種創作的人保留在愉快的狀態中，那麼，詩人應該從自然所提示的教訓上學習，而且，不管他傳達給讀者是哪種激情，要是讀者的精神是健全而强壯的，他應該對於這些激情得經常隨伴以一種過於平衡的喜悅這點，給與特別的注意。且說，和諧的韻律語句的音樂啦，克服了困難的感覺啦，以及從前具有相同或相似之構造的脚韻或韻律的作品中得到的那種快感的盲目的聯想啦，與現實生活中的語言非常近似，然而在具有律動這點，却又如此大不相同的那種語言所不斷反覆的一種矇矓的知覺啦——所有這些，隱隱微微地產生出一種複合的喜悅的感情；這種喜悅的感情，在緩和强烈地描寫深刻的激情經常發現到混在一起的那種痛苦的感情這點，具有絕大的效用。這種效果經常產生於悲壯而且充滿激情的詩中；然而，在較為輕快的作品中，詩人處理韻律時那種輕鬆愉快和優美本身，明顯地是讀者的滿足感的主要源泉。然而，關於這個問題，所必須的一切，可說盡在以下這個反對的人不會太多的斷言中；不論是關於激情，風俗，或性格，在兩種一樣巧妙的描寫中，一個用的是散文，另一個韻文，而韻文會被讀上一百次而散文只讀一次。

如此說明了一些我用韻文寫作的理由，以及為什麼我從日常生活中選取題材，而且盡力使我自己的語言接近於人們實際使用的語言，即使我為自己的主張辯護是過於詳細，我所處理的同時却是一般的興趣的問題；而為了這個理由，只關於這些特定的詩，以及在這些詩中可能發現到的一些缺點，我想再附加幾句。我知道我的聯想一定有時候是特殊的而不是一般的，因此我可能有時候給與有些事物不當的重要性，寫些沒有價值的題材；但是，比這點更令我擔心的是：我的語言可能時常犯上將感情和概念與特殊的語句任意聯結在一起的毛病；這種毛病是沒有人能够完全避免的。因此，我並不懷疑：有時候，在我看來是溫柔的哀愁的表現，給與讀者的感情却可能甚至是滑稽。這種不當的表現，假如我能够確信它們現在是不當的，而將來一定也永遠是不當的話，我願意費盡一切合理的努力加以訂正。但是，根據少數個人，或甚至某些階層人士之單純的權威從事這種訂正是危險的；因為要是作者的理解力沒被說服，或者他的感情沒有改變，這種訂正對於作者本人不能沒有很大的傷害：因為他本身的感情是他的撐條和支柱；而且，假如他有一度撇開他的感情，他可能受到引誘而一再重複這種行為，直到他的心靈整個失去自信，而變成完全衰弱了的。對於這點可以再加上一句：批評家應該永記不忘的是他本身具有犯上和詩人同樣錯誤的可能性，而且，或許其程度更大得多：因為大多數的讀者，對於語句所通過的種種不同階段的意義，或者對於各個概念之相互關係的易變性或安定性，不可能那麼精通；這種說法並非過分；而且，最重要的是，由於對於主題的興趣較少得多，讀者可能輕率地粗心地下判斷。

我已將讀者留住了很久，但我希望再允許我提醒他對於一種錯誤的批評方式的注意；這種批評方式已被應用於所使用的語言與有活力的自然的語言非常近似的詩中。這種詩向來在歪改為滑稽可笑的詩文中，受盡了愚弄；在這些滑稽的詩文中，約翰遜博士[29]的這一節[30]是個很好的樣本：——

我把帽子戴在我的頭上
走進了斯特蘭德大街上㉛，
那兒我遇到了另一個人
他的帽子放在他的手上。

I Put my hat upon my head
And walked into the Strand,
And there I met another man
Whose hat was in his hand.

緊接在這幾行之下，讓我們將「林中小孩兒」㉜中，最公正得到讚賞的詩節之一接下去看看：

這些可愛的小孩兒將手來牽
走來走去到處徘徊；
但是他們再也沒看見那個人
從那個城裡頭走來。㉝

These pretty Babes with hand in hand
Went wandering up and down;
But never more they saw the Man
Approaching from the Town.

在這兩個詩節中，字句，以及字句的次序，與最平心靜氣的會話毫無不同。兩者都具有，例如，「斯特蘭大街」和「城裡頭」這種與最通曉的概念聯結在一起的字眼；然而一節我們承認是值得讚賞的，而另一節是最爲無聊的好例子。這種差別從哪兒來的呢?不是從韻律，不是從語言，不是從字句的次序；而是由於約翰遜博士的詩節所表現的內容之卑鄙無聊。處理與約翰遜博士的詩節不相上下那種瑣細而單純的韻文之適當的方法，並不在於說，這是一種壞詩，或者，這不是詩；而是在於說，這沒有意義；它本身既非有趣，也不能導向任何有趣的東西；心象既不是起源於由思想產生出來的那種健全狀態的感情，也不能刺激讀者的思想或感情。這是處理這種韻文之唯一切合實際的方法。爲什麼不預先決定「屬」却讓自己爲「種」而煩惱?猿不是人，這是不言而喻的，爲什麼還費盡苦心證明猿不是牛頓?㉞

對於我的讀者，我不能不有一個要求：亦卽，在判斷這些詩時，希望他以他眞正自己的感覺，而不是以認爲別人的判斷也許是這樣吧的那種顧慮來決定。我本身並不反對這種文體，或者這種或那種表現，但是對於如此這般的階層的人們，那看起來會是卑俗或者滑稽的吧：聽到人家這麼說是多麼平常的事!這種批評方式，儘管對於所有健全的純粹的判斷是如此有害，却幾乎是到處都有的：那麼，讓讀者獨立自主地遵照他自己的感覺吧，而且，假如他覺得受到了感動，但願他不會讓前面那種揣測妨礙到他所獲得的喜悅。

假如一個作家，以某一個作品使我們感動而佩服他的才能，那麼，下面這種想法是有用的：亦卽認爲這個印象提供了一種推測：卽使他的其他的作品使我們感到不愉快，我們還是以爲他不太可能寫得不好或荒唐，這種想法；而且進一步，由於他的這一個作品而給他很高的評價，其結果使我們對於令我們感到不愉快的作品，以要不是使我們感到不愉快我們也許不付出的那種愼重，再加以檢討，這點也是也用的。這不僅僅是一種正當的行爲，而且，尤其在我們從事詩的評價時，對於增進我們本身的鑑識力，可能具有很大的助益；因爲對於詩，以及對於其他所有藝術的正確的鑑識力，一如約書亞・雷諾玆爵士所說的㉟，是一種獲得的才能㊱；這種才能只有思考以及長久不斷地接觸最佳的模範作品才能產生出來。我所以提到這點，並不是抱着一種可笑的目的，想阻止最無經驗的讀者獨自判斷，(我已經說過我希望他獨自判斷)；而只不過是想減少輕率的判斷，以及暗示：假如詩是個沒被賦與充分的考察時間的對象，那麼判斷可能是錯誤的；而且，在許多情形之下，錯誤是免不了的。

我知道，要進一步達成我所抱持的目的，最有效的方法該是，指明與我在這兒所努力推薦的作品在本質是不同的那種韻文作品，所明顯地產生出來的快感是屬於哪一種，而且這種快感是怎樣產生出來的：因爲讀者可能說他從那種作品中獲得了滿足；對於這樣的讀者我還有什麼辦法？任何一種藝術的力量都是有限的；而這種讀者，假如我提議跟他介紹新的朋友，可能猜疑這只有在他捨棄舊朋友的條件之下才有可能。此外，我已經說過，讀者本身對於他從這種作品——他特別地給與詩這種可愛名稱的作品——所獲得的快感是自覺的；而所有的人對於長久以來使他獲得喜悅的事物，莫不感到一種習慣上的感謝，以及某種光榮的偏愛心：我們不僅希望獲得喜悅，而且希望以我們一向獲得喜悅的那種特定的方式獲得喜悅。在這種感情之中具有足够對抗百般議論的東西；而我要戰勝這種感情的可能性很少，因爲我心中認爲：爲了完全欣賞我所推薦的詩，必須捨棄許多平常所欣賞的東西。但是，如果篇幅的限制允許我指出這種喜悅是怎樣產生出來的，許多障礙或許可以被除去，而且有助於讀者了解：語言的力量並不限於他所能想像的；而且詩能够給與其他更純粹的，更恒久的，而且性質更美妙的享受。論題的這個部分並沒有完全受到忽視，但是我現在的目的主要地並不在於證明，某些其他的詩所激起的趣味較不生動活潑，而且具有較少更高貴的精神力的價值，而是在於提示出下面這種推定的理由：亦即，假如我的目的一旦達成，那時會產生出一種詩來，那是眞正的詩；在它的性質很適合於永久地引起人類的興趣，而且在它與道德之關係的質與多樣性上也是重要的。

從以下所說的，以及從精讀這些詩中，讀者可以清楚地了解我所抱持的目的：他可以決定這個被達成的程度；而且更重要的一個問題是，這個目的是否值得達成：而我是否有權利要求一般讀者的贊同，寄託在對於這兩個問題的決定上。

譯註

① 「抒情民謠集」初版只有一卷，於一七九八年出版；一八〇〇年再版時新加第二卷。

② 卡托勒斯(Catullus, Gaius Valerius, c. 84-54 B. C.)：羅馬詩人。

③ 特倫斯(Terence, c. 195-159 B. C.)：與普勞特斯(Plautus, c. 245-184 B. C.)並稱的羅馬喜劇詩人。

④ 魯克里修斯(Lucretius, Carus, Titus, c. 99-55 B. C.)：羅馬哲學詩人。

⑤ 斯塔修斯(Statius, Publius Papinius, c. A. D. 40-c. 96)：羅馬詩人。

⑥ 克勞廸安(Claudian, c. A. D. 400)：羅馬最後的詩人之一。

⑦ 莎士比亞(William Shakespeare, 1564-1616)：英國最偉大的詩人、劇作家。

⑧ 博蒙特(Francis Beaumont, 1584-1616)：英國

劇作家。作品多與弗萊徹合作。

⑨ 弗萊徹（John Gould Fletcher, 1579-1625）：英國劇作家。作品多與博蒙特合作。

⑩ 唐恩（John Donne, 1572-1631）：英國詩人，神學家，形而上詩人（Metaphysical Poets）的健將。

⑪ 考利（Abraham Cowley, 1618-67）：英國形而上詩人之一。

⑫ 卓萊頓（John Dryden, 1631-1700）：英國詩人，劇作家、批評家。

⑬ 波普（Alexander Pope, 1688-1744）英國擬古典派（Pseudo-classicism）的代表詩人。

⑭ 國家的大事件（"national events"）在十八世紀終葉相繼發生。例如：一七七五年美國獨立戰爭爆發，翌年發表獨立宣言，一七八三年英國正式承認。其間，一七七八年法國對英宣戰，翌年西班牙對英宣戰，一七八〇年到八四年，英國和荷蘭也處於交戰狀態。進而一七八九年法國大革命爆發，拿破崙抬頭等等。

⑮ 彌爾頓（John Milton, 1609-74）：英國詩人。

⑯ 狂亂的小說：指 Mrs. Radcliffe（1764-1823）的 "Romance of the Forest"（1791），或 "The Mysteries of Udolpho"（1794），Matthew Gregory Lewis（1775-1818）的 "The Monk"（1795）那種時流行的所謂「school of Terror」一派的作品。

⑰ 病態的愚劣的德國悲劇：指一七九七到一八〇一年之間，德國通俗劇作家 August von Kotzebue（1761-1819）的作品翻譯和上演，在英國劇壇上受到狂熱的歡迎。

⑱ 無稽的放肆的韻文故事：指 Gregory Lewis 編纂的 "Tales of Terror"（1799）和 "Tales of Wonder"（1801）中所收錄的韻文作品。

⑲ 家族用語（family language）指以下所說的「父子代代長久以來被認為詩人們的共同遺產的那些用語和比喻表現法。」

⑳ 詩語（poetic diction）：英國十八世紀詩壇上流行的所謂「詩語」，例如鳥不說是 "birds" 而說是 "airy nations"，綿羊不說是 "sheep" 而說是 "the wooly breed"，或者將 "spring flower" 稱為 "vernal bloom" 等等。

㉑ 格雷（Thomas Gray, 1716-71）：以「墓畔哀歌」（An Elegy written in a Country Churchyard）一詩知名的英國詩人。

㉒ 格雷所寫的題為「On the Death of Richard West」的十四行詩。

㉓ 詩與繪畫的類似性：例如 Horace 所謂的 "as is painting so is poetry" 或者 Simonides 所謂的 "painting is mute poetry, and poetry a speaking picture."。

㉔ 見彌爾頓的「失樂園」（Paradise Lost）第一部第六二〇行。

㉕ 見亞里斯多德（Aristotle, 384-322 B. C.）：「詩學」（Poetics, Part II, vi）。

㉖ 見「哈姆雷特」（Hamlet）第四幕第四景三十七行。

㉗ 「克拉里莎・哈樓」（Clarissa Harlowe）：Samuel Richardson（1689-1761）所寫的書信體小說

(1747-8)。女主人公 Clarissa受到登徒子 Robert Lovelace 的玩弄而薄命以終的故事。

㉘「賭徒」(The Gamester)：Edward Moore (1712-57) 的感傷劇 (1753)。描寫受到惡徒的引誘，因賭博而人生破滅的主人公 Beverley。

㉙約翰遜博士 (Dr. Samuel Johnson, 1709-84)：英國詩人，批評家，辭典編纂者。

㉚有天晚上，在 Miss Reynolds 的 tea-table 席上，Thomas Percy („Religues of Ancient English Poetry") 的編者極力稱讚 old ballads 的樸素之美，Dr. Johnson 對此加以嘲弄而即興吟的詩句。

㉛斯特蘭大街（Strand）：從現在 Trafalgar Square (當時並不存在) 的東北角，朝向東北與 Thames 河並行的倫敦的大街。與現在一樣，在約翰遜當時也是繁華街。

㉜「林中的小孩兒」(Babes in the Wood)：在 Percy 的 „Reliques of Ancient English Poetry, Series Ⅲ. Bk. ii. 18 中題爲 "The Children in the Wood" 的 ballad. 大概的故事是：住在Norfolk 的有錢紳士和他的妻子先後死去，遺下不到三歲的男孩和他的妹妹，請妻子的弟弟照顧。可是這個舅舅想奪取這兩個小孩繼承的財產，於是找了兩個惡漢企圖殺害。其中一個惡漢於心不忍，變了心而將另一個惡漢殺死，將那兩個幼兒捨棄森林裡，使他們餓死……。

㉝「那個人」，指惡漢之一，他不忍心自己殺死這兩個天眞爛漫的小孩，騙他們說上城裡買麵包去而將他丢棄在森林裡。這一節敍述倆兒，相信大人的話，餓肚子在那兒等，頗爲簡潔，富有餘情。

㉞參照Alexander Pope, "Essay on Man", Ⅱ, 31-4:

Superior beings, when of late they saw
A mortal Man unfold all Nature's law,
Admir'd such wisdom in an earthly shape,
And shew'd a Newton as we shew an Ape.

㉟約書亞・雷諾玆爵士 (Sir Joshua Reynolds, 1723-92)：著名的英國肖像畫家。一七六四年與約翰遜博士共同創立 Literary Club，一七六八年爲Royal Academy 第一任院長。有關於美術的著作"Discourses" (1769-90)。

㊱見所著「Seventh Discourse」(1776) 中論 "the reality of a Standard of Taste" 一節。

精神、語言、表現

鮎川信夫作
陳千武譯

序

在此我要考慮的是，我們的精神和語言的關係。再進一步被賦予的課題，就是談到其正常的表現。

然而，何謂正常的表現，有無表示「正常」的幾個特徵，而依據那些特徵可予測定？或僅以「異常」的反對概念立論的性質？

假定正常的表現爲十全，那麼，可認爲異常的表現必有缺陷的地方。但要講究以甚麼標準看做正常，這意見就不會一致了。以文學來說，在一段時期被認爲異常的作品，到後來反而受到正常的評價，前有很多這種例子，主要原因，可以說是由於表現的眞實性，而非外表的問題。

把平常的事象，用平常的手法表現，縱令說是多麼「正常」，也僅有平常的價值而已。當然有時候，必須把平常的事象，用平常的手法表現。但由於周圍的情勢，難以用平常的手法表現的場合也有。單要主張「常識」，有時也需要勇氣。不過這是個例外，問題不同。一般說「正常的表現」，是習慣化了的措詞，那只不過是指容易接受的表現而已。

喜歡對語言吹毛求疵的人，所推薦的文章大都是死文。假使那樣文章就是「正常的表現」，那麼，應該忠實地接受學校老師所敎授的文章法，就是學習寫作的捷徑。

我這樣寫，好像會認爲我對這一課題持着懷疑的態度。但不是那樣。至少把議論的方向，使對「正常」的某一目標進行，是健全可喜的事，只怕力不從心而已。不過，應該把願望放大一點。我在考慮這一問題當中，儘量避免受結論的拘束，而流於形式上的發言。

實際上，「正常的語言」比「正常的表現」還困難，而「正常的精神」更加難予處理。因爲更有挖掘本質上內面的必要。可是，儘管精神和語言和表現之間，很顯明地有重要差異的存在，但這些仍非個別的問題，必須以同時發生的，互相有緊密關連性的問題把握它。

缺乏正常的精神，就無正常的語言，當然正常的表現就不成立，這是正常的想法。那麼，先要考慮的問題，應該是正常的精神吧。

然而，有把握處理這種難題的人，相信不會那麼多。我也是其中之一，但至少不需擔心封鎖到達瞭解之路，而能推進思考，則感幸甚呢。

1

精神這一語言被用於各種的意義。我們翻開辭典就可以看到「①心、靈魂。②意識。③耐性。毅力。④意義。理念。主義。目的。⑤〔哲〕(A)指對物質、肉體的心胸。(B)無意識性的，或對以漠然被意識的情性衝動的心魂，高等的心的作用，卽知性的、理性的、能動的、目的意識性的能力。(C)在各種形而上學被想定的非物質性的實體。例如被認爲萬物理性的根源黑格爾（Hegel）的絕對性精神是其代表性的，又稱民族精神、時代精神的場合亦是一例↔肉體。」（新村出編「廣辭苑」），如上記載之外，並擧出「精神衞生」「精神主義」「精神分析」等三十多個複合語的例子。使用的方法當然很多，但總而言之，把它認爲是人的知、情、意綜合的概念就行了。

那麼，這種精神在人的內部，怎樣形成着呢。

在今日的心理學來說，不一定認爲有意識的才是精神，而夢和無意識的行動也都屬於精神現象。既然如此，我們的精神是從何時開始的？這一解釋，如無懷疑深層心理學所說明的理由，那可以說是幾乎跟我們的誕生同時萌芽的。

誕生之後，就緊緊摟住母親的乳房，具有保存自己的嬰兒的本能，確實，不管累積多少精神的年齡，也會使人在其精神的根底持續到生的最後。而這種想法，也許是爲了不讓精神的作用，過份脫離肉體的存在有所必要的。

從科學上的識悟來說，精神和肉體是不分離的，有肉體才有精神，而精神的機能是爲了實現欲求，會作用或適應外界，畢竟以保存自己爲目的。誕生不久的時候，當然，在其意識未分化的狀態，對外界僅有反射性的感應而已，但到了能認知外界各種的事態，就能瞭解事物的關係，然後就會活用經驗，逐漸開明了統治環境必需的知、情、意的境界，而脫却了未分化的心性。

可是，要形成統一性的人格，不斷地嘗試才行。經過分化和綜合的持續性相乘作用，個體的意識，始能獲得精神的獨立性。然卽，爲了整理並統一此間的內在經驗，被賦予重大任務的，就是語言。

倘若沒有語言，人就不能營爲高度的社會生活。不能與人家交換意見，也不能蓄積經驗或知識。思考作用本身會顯著地低落。畢竟無法離開環境而思考，也完全不可能以普通性或抽象性，用論理操作或處理事物。個體的意識，便受到一刹那一刹那具體性狀況的束縛，受本能或欲求所趣而行動，意識的連續性必定非常軟弱。如一般認爲人與動物的差異，僅以有無語言而決定。說使精神發達的是所謂意識的要素，但能使意識發達的却是語言。

2

語言有各種的種類和任務。像「講的話」「寫的話」那樣，有表示傳達不同方法的語言，也有「日語」「英語」那樣，民族特有的分類語言。同一範圍內的語言，也有直接指示事物的語言（單語）和表現觀念的語言（單語）之分。

可是，不管任何語言，除非被使用，就僅持有潛在的意義而已。寫的或講的，還有思考的場合，語言均被使用才有其意義。因此，其效果是由於語與語擁有的前後關係的文脈來決定的。換句話說，語言若以單獨則不持有「話」的意義。必需聚集幾個，才能發揮機能。像這樣的語言，才能用以人思考的附帶物來處理。

不過寫、講和思考的場合，雖係同樣的內容，但形成的文脈常會有相當的差異。跟着「私性」的性質增大，語言的傳達性會受阻礙。因而不能把語言和思考視爲同一，因爲人並不能完全依靠所想而表現。

很顯明地，語言有私的性質和公的性質兩種相異的存在。而且我們正如伊麗艾沙．雷基說：「不是帶着語言來誕生，而是誕生在語言裡」的。對於個體，語言是相當晚了之後才跟着來，而思考常優先於語言。

然而實際上，我們的思考並不常常很恰巧地選取語言，尤其要表現在內部萌芽某種的思維而苦慮的時候更甚。這種時候，怎麼也找不到適當的語言。這種經驗不限於詩人或作家，誰也都會有過經驗。表現的問題，從苦心於表現的地方開始，這個場合，找不到語言會帶來像找不到東西一樣的不安。但適切的語言發現了眞理一樣的感動。

反之，若選取了不適切的語言，文脈就會紊亂，思考會隨之停滯，有時也會發生被導入錯誤的方向去。法朗西斯•培根說：「選取錯誤而不適切的語言，會令人感到奇怪那麼妨碍瞭解」又說：「確實，語言會强逼瞭解，蹂躪瞭解，把一切陷入混亂，逼人進入無數的論爭，和無益的空想」，發出了如此的警告。

人係容易受語言影響的存在。語言本身，雖不是物象，但由是能給人思考的影響，可以產生與物同樣的效果。依據持有暗示或象徵效果的語言，人的感情被動搖的程度，遠爲超過語言的部份性效果的總和。依據語言的表現，像繪畫一樣，幾乎可以說是物性的事實。那是表現人的感情，同時也能喚起對象，持有那麼怪異的力量。「語言的打擊會比刀的打擊更爲傷重」，這一句西洋諺語便證明了語言力量的效果。

因而，必須儘量避免選擇錯誤的語言，以及受不正確的語言的影響才是重要。

不過，根本上語言並無「適切」或「不適切」的分別，也沒有不正確的語言。只因狀況和文脈的性質，才能在同樣語言裡，產生適切或不適切或不正確的分別來。

被選擇的語言，其適切的程度如何？在被賦予的條件之下判斷的各個能力，掌握着表現力的大小。

3

表現的根本問題，是精神所冀求的眞理的問題。則如何捕捉眞理，而把它很適切地表現的問題。

去掉眞理，任何論理表現的形式也沒有用。如果是虛僞，不管用怎樣名文寫成也是虛僞。要把那樣虛僞的文章稱爲名文，當然是個疑問。但宣傳旺盛的這個現代，我們可以看到與眞理毫無關係的，只知皮毛的表現技術，那種輕浮而危險的傾向在流行。

如果屬於虛僞的宣傳，要識破它也比較簡單。但最感困難的是，其中含有稍些眞實的情況吧。現代人已習慣於二層底、三層底表現，對虛僞的感覺逐漸遲鈍。因而，表現的墮落成爲無止境的狀態。所謂現代社會混亂，大都與表現的墮落，根本上是一致的。

首先，要做的是拒絕虛僞。拒絕虛僞就不要把表現的構造和認識的構造分開來考慮，而必須不斷地努力溯自認識的根本，去掉會阻礙眞理的一切。

不過，我說過眞理是表現的根本問題，並不意味着那是表現的一切的問題。

確實美也是很重要的問題。而從這一觀點，也特別會分枝生出各種形式或技術的問題來。然而，若是根本的關心從眞理歪向一旁，不管那是多麼重要，必會成爲美的破滅吧。

濟慈在「給希臘古瓶的頌歌」裡唱着「美是眞，眞是美」（Beauty is truth , truth beauty），但爲了永續美的價值，就必須發現與眞理的一致才行。這一點同樣適合於善，善也必需與眞理調和，那些，均必須與人生底目的的偉大眞理合爲一體。

爲了容易瞭解呼應眞善美的概念，把偉大的眞理假定分爲事實的眞理、道德的眞理、感情的眞理三類吧。這樣分類，畢竟是便宜上的假定。例如稱爲美的概念和稱爲感情的眞理的概念，不一定會正確地符合。這種場合，只持有「美的感情大都被包含於眞理」這種程度的意義而已。還有，分類並不限於三個，也可以四或五個。同時，爲了要使其成爲人的確信或行動的規準，就不應以四零五散的眞理的一部份認識它，而必須以一個絕對的眞理來認識才行，這是不能忽略的。

然而，既然那樣，應該怎樣使部份成爲整體，這是必會發生的疑問吧。在此，我們來想想客觀性轉化爲主觀性的過程吧。譬如「知善者，行善」這一句話，所謂知善者不一定只知道善而已，但行善者，則只有行善以外並無其他可行。這是知與行的差異。在此從前者遷移至後者的過程，就會喪失些客觀性，因不是全部喪失，依照各種程度，我們尚可就相對的客觀性來討論。然而，由於行，主觀性的絕對性便被强化，眞理的整體性便被恢復。因此，據於活着這種行爲的燃燒，部份就會恢復整體。因爲這是一個絕對，以眞理絕對，以眞理十全的性格可被賦予。

不過，在此當前的目標並不是要論活着的問題。我必須再次回到先前擧出的三個分類，檢討從那些種類會產生怎樣的問題。

在一定的表現裡，有時會包含所有事實的眞理、道德的眞理和感情的眞理。但那些既然是各種不同的概念，當然，有人會較注量其中一個的場合也有，索性說在一般那種場合較多。在事實的眞理是科學的語言，在道德的眞理是宗教的語言，在感情的眞理是文學（詩）的語言，似乎較適合其各種的表現。但把這些互爲比較，就會清楚其具體性的特徵或相差點。這些分別持有相異的目的和機能，一種獨特的價値體系。

這些眞理，能在各自的領域裡，對人生的目的有所協助或服務的時候還好。但實際上，這些會相互矛盾、對立、發生糾葛，而誰也不感到稀罕。宗教與科學在某一方面分爭了幾個世紀。文學也以文學的立場，與其他兩者或對其中一方，常常宣告爭論。沙度（Sade. 1740-1814，法國作家）和勞倫斯（D. H. Lawrence 1885-1930、英國作家、詩人）等就是顯著的例。

發生這些的原因，可以在社會學上或心理學上擧出各種的理由。道德和事實和感情之間的矛盾與相剋，有時成爲社會構造的矛盾，有時以欲求或願望的相剋被捕捉。不過，我們來考慮這些各別的眞理所指的目標吧。

4

事實上，有各種的種類。其中科學所處理的物理上的事實，是最先發生的事實。

不過，對於物理上的事實，並未發現特別成爲混亂的原因。宇宙火箭的領域由蘇聯，工業生產力的領域由美國各予領先，是顯明的事實。因此不管人家要認定或不認定，事實並不會變，對任何事情都能以統計或數字表示成果的事實，除了徹底以冷靜客觀的態度來面臨以外，亦無其他方法可對付。

可是，從結果的事實回溯考慮原因的事實時，果眞是物理上的事實，但究竟能否僅以客觀的態度則可處理嗎？却不無疑問。不論任何科學的發現或進步的根底，也都有人的欲求或願望的存在是不可否認的。當然不能說僅有强烈的欲求或願望，便可達成物質上的進步，這一步科學面臨的世界最無情。但若無欲求，誰也會瞭解自始就不毛的狀況。那麼，科學不是人生的目的，只為了追求手段而已，這種想法也許是錯誤。

然而，把事實以事實認定，是必需的客觀態度。不認定事實，等於不認定包含自己也是其中一份子的現實，則否定了自己，這一意義十分微妙。那是會陷入欺騙自己的原因。我們是走在現實上，並不是走在幻影上。要橫渡無橋的溪谷，當然只有墜落溺死而已。

雖然那麼說，但要把事實以事實認定，絕非容易的事。如果事實像山那麼高而大，那還好，可以觀察，也可以攀上去確認。但像歷史上的事實那樣的東西，就非常曖昧，專家也會為了實證而很費心。

要確認事實，有的用眼睛一看就行，有的必需動用專門的知識。相當簡單的事實，也有時不能用眼睛一看就能判斷，那是危險的。有人看護士用脚踢開房門而進出病房，便責難說現代的小姐眞不懂禮節。但事實，那是不把消毒過的双手弄髒才那麼做的。像這種聽過理由就會消逝疑問的單純的事實，反正沒什麼害處。

不過，像這種事實的誤認，假使在國際間發生的時候，會怎麼樣？保不定也許會增大戰爭的危機。東西双方的關係陷於冷戰狀態的時候，倘若屢次發生這種誤認，必會越使局勢緊張而激化起來，這是鐵定的事實。

舉個例吧，赫魯雪夫有名的「和平共存」。其中，赫魯雪夫主張蘇聯自一九一七年革命以來，一直遵守和平共存為外交的基本原則。而西方的要人們則仍相信戰爭有其利益，極力把資本主義强迫給諸國國民。但他這一主張對於西方的人來說，畢竟，蘇聯在其開端就以和平共存為外交的基本原則，完全是初次聽赫魯雪夫的發言才知道的，除了少數盲目的共產主義者以外，誰也無法以事實接受吧。僅就不干涉他國內政這一和平共存的前提條件來說，蘇聯却透過國際共產黨組織或共產黨國際情報局的活動，對他國的內政執行干涉，這是事實。又為了據於凡爾塞條約極端被限制了軍備的德軍，曾經在自己國內秘密地建造德國的軍需工廠，製造毒瓦斯。為決定他國的政治情勢，也毫不躊躇地出動了軍隊。這些實例，像一九五六年的匈牙利事件，令人記憶猶新。這種種數不清的歷史的事實，赫魯雪夫是否把它忘得一乾二淨？或許對於自己國家不利的事情一概不承認？

今天已不是對「和平共存」的裁軍問題，議論好或壞的階段，却針對核子武器恐怖的發達，東西雙方似乎都有緊急對策的必要性。因此，不必再提過去了的歷史的事實來爭執，而把以往的傷痕忘却了，也許較好。但是，像上述歪曲了事實和片面的發言，當然會刺激對方惹起不信和疑惑。平常已經感到很辣手的事情，會被搞得越壞越難通融。

不必說，像赫魯雪夫這種主張，是不值得跟資本主義的好或壞併論的。亦不能跟認為資本主義的經濟體系將會消滅那些問題併論。雖說憎恨資本主義，但憎恨並不構成可任意歪曲歷史事實的理由。共產主義者的政治上的發言，難免有誇張和歪曲事實，不過，或許共產主義者在其根源，具有特殊的一種道德上感情也說不定。原來就是，開始於對資本主義正當的批判，並經過屢次革命的試練，才固定而持有自己的歷史；則不能隨便把那些道德上感情，認為無根據而棄之不顧。如果，戴着常禮帽叼着雪茄烟的肥胖紳士，撲向瘦身的勞働者，那種初期產業主義時代的漫畫上印象，仍然很强烈地烙印在共產主義者腦裡的話，這個責任，資本主義這一方面也有。不過誇張或事實的歪曲，或許也有其效果，那種效果却是暫時的。從眞理的識悟來說，沒有比宣傳的語言更不適切的商議的語言。那是從開始就完全不含有眞理，或許含有，也是極少量的。要用這種語言叫對方心服，確實十分困難。

然而，依據自己的感情，而使用有色眼鏡看事實，並不限於共產主義者而已，誰也多少有點會那樣做。只是共產主義者的場合，把那種自已的態度，稱爲科學性才格外令人感到可笑，如果把那些認爲放肆的態度或感情的態度，則如從國家主義的觀點或對階級反感的觀點，也都可容易瞭解它。人不是用肉眼看物象，却是透過觀點看的。

可是「某一觀點」，假定那是不管多麼毫無道理而荒唐的觀點，亦僅以有利於自己卽可，這種哲學不一定會保證其利益，就看希特勒的例也可以知道。他的觀點，認爲宣傳的機能不是考慮或斟酌許多他人的權利，却是要徹底的强調曾經所決定所主張的一個道理，而把一切責任完全嫁禍於敵方。縱令歪曲事實，也使自已片面的道理有益處卽可，並爲了獲得大衆感情的全面服從，利用心理上的戰術重視集團性暗示的力量。希特勒說：「在幾百幾千人行進的一大群衆的示威裡，像他那樣毫無用處的小蟲，也變成大龍的一大部，在那燃燒般的呼吸下，可恨的有產階級的世界，不久便會消逝於火焰裡，而無產階級的專政，卽將慶祝其最后的勝利，把這種誇耀的確信，烙印在弱少而慘痛的每一個人心上」，這是寫在由於這些語言而喪失了一二五人生命的大書籍「我底鬪爭」一書裡的話。他又認爲要使大衆着上暗示，是午后比午前，在光線昏暗裡較有效，因此在黃昏時刻最好。

令人最害怕的是 demagogue（惡習宣傳家或煽動政治家），不錯，「正常的表現」最大的敵人就是 demagogue，這絕不是限於政治家的問題。大衆的各種媒體發達，大衆傳播的力量急激增大的今天，會在各種領域裡，或以各種的型態，擁有 demagogue 出現的危險性。一旦遇到那些出現，其影響力必會在理性上感情上滲透入大衆的弱點、脆弱的部份去，而會跟不知退却的流行那樣一直擴大下去。「流行絕不逐漸有條不紊地後退，那必須像專政者一般擴大下去，——不然就會崩毀。舊的流行絕非逐漸消逝，那是忽然任性地死去」。這是杜懷德・E・魯賓遜對流行說的話。當然，不僅對衣裳或製品設計的流行，且也可適合於所有的流行現象而講。沒有比流行死去了之後那些大衆的表情更掃興的。所謂流行，就是僅以流行以外毫無意義。

一旦聽信 demagogue 的話，事實就被歪曲。據於語言的表現，那只不過造成宣傳的效果而已。然而，也許如此責難還不够充分，又因此提到大衆傳播的責任似乎也不够充足。因爲 demagogue 的出現，還有一個不能看漏的必然性存在着。

那是關連於他們的語言，爲什麼能抓住大衆的心？是否大衆比事實較喜歡虛僞或幻想？不！絕不是吧，大衆都知道從現實脫離的危險。那麼，有什麼秘訣能使他們的語言鮮活起來？那就是事態或狀況的緊急性。若能善用緊急性，要抓住大衆感情的動向，也就不必要什麼巧妙的技術。還有，這種緊急性，常常以想像上的也沒有關係，只要捕捉適當的事態或狀況，譬如說：「敵人的侵略來了」或「不得不捲入戰爭的漩渦」，便會使對外國感到惡意或敵意的大衆，毫無考慮地容易相信而動搖。這一點 demagogue 常會惡用表現的動機。

不論任何語言，既然被講出，均係有必要才促成的結果。從這一意義來說，所有的發言都帶有各種的緊急性，而任何時候也都有其眞理。但在發言的內在必然性，應該加以何時何地的條件，始能賦予生命。不緊急或不必要的語言，不管含有任何眞理，却無法感動人心。關連於時間與場所，語言的社會性習慣或同時代的空氣，那些對於表現都是不能忽略的要素。

5

到此爲止，也許過份强調了要把事實以事實認定的必要。我說，事實的眞理，用這種生硬而不美的語言，來强調具體的事實優先於道德或感情。不過，直到現在，歸納性的思考是日本人感到最辣手的，因此，稍爲强調這一點也不會有害吧，索性認爲對精神衞生有益，而可以樂觀。

然而，只要尊重事實的立場，也有相當的困難。恐怕會產生科學上合理主義的小小自我陶醉。同時更討厭的是在那兒，客觀性態度和道德的中立主義常會被混淆。也會產生結果好就一切滿意的想法，以及對既成事實難予應付的傾向。尤其過份强調道德間的相異，而會相對地低估道德的價值，這是必須警戒的。在前章我已經說過，絕不能認爲共產主義者有道德的在誇大宣傳，並列擧其歪曲事實的毛病，雖特別以「一種的」附帶條件說明之，但我都認爲他們在發言的根底裡，持有糾彈資本主義底罪惡的道德上感情。

這正是沒經過考慮地陷入道德上相對主義的一例。說謊就違反公正，這是一種道德的事實。不管有任何不得已的事情，也不能歪曲事實，這不是資本主義特別爲了自己方便而造成的道德。這種道德的基本，並非控制或被控制的那種社會關係確立之後才產生的禁制，却是沒有那些社會便不成立的行爲之規範而產生的，不是屬於上面的强制，却是在本質上自發性被同意的規則。

也許只有道德上眞理，才能成爲行爲的唯一論理吧。不論怎樣把事實正確地認識，只是那些是不成爲現實的推進力。互相依靠道德的判斷，始可得到行爲的規章。

可是，雖知道說謊不是公正，但要分別某一語言是眞或假，事實並不簡單。人無法成爲各行業的專家，何況，有時專家本身也會被大謊言受騙，這才非常難予對付。偶而講出眞實的話，却被認做 demagoue的時候也有。

道德上感情較强烈的情形，說是表示正義的感覺正常；事實那是證明在內部價值體系已固定硬化了的場合也相當多。因此，對新事態的適應採取錯誤，而片面地誤認正常的發言不對的時候也有。纏住於固定硬化了的逐漸喪失現實性的價值體系，會越成爲主觀性，終於會失去客觀性的結果。

如果是那樣，就必須回到事實重新出發以外，並無其他方法。必須從演繹性的細弱了的世界再回到現實，重新秤量具象的重量。

演繹性的思考，意味着容易受到相當的感情的影響。當然，受感情的影響，並不能認爲不好。只是過份被流入不合理的方向，從現實遊離則不好。不過，究竟如何才「現實性」，對這一問題，所有人的意見不一定會一致。

也許有人認爲和平運動才是現實性，或有人認爲電力問題才是現實性也說不定。其他像都市計劃、生物學、節育、拉丁語、村民會議、攝影、信天主教、銀河系外星雲、高爾夫、釣魚等等；據於各人的嗜好，而對其不同的事象會感到最現實性；由於持有各種的專門知識，那些便成爲生活的一部份。於是，對那些能最瞭解，較他人持着更深的感情對待之。

可是，或有人認爲幽魂比銀河系外星雲更感現實性也說不定。不限於幽魂，對無實體的事象感覺恐怖的性向，並無特別奇異，那是一般性的事實。

還有，人持有很多想像上的神。如惡魔、人魚、龍、一角獸等，不實際存在的東西也定有名字，仍然讓其存在於空想裡。在人感情的長期歷史上，語言達成了其咒術性的任務，是衆所週知的。今日，在詩的語言仍留有那些痕跡。跟着血流，自從太古被運來的昏暗裡，也許還有隱藏着我們不可解的本能之謎也說不定。總之，被非合理的事象引誘的那未開的心性，僅以合理的說明似仍有不能滿意的某種感覺，那是跟拯救人唯有語言而已的一種觀念很微妙地保持平衡，好像有其某種的意義。

人也許能爲了眞理而死，但似乎不能爲了眞理而活着。祇以一種比喻或抽象的表現，才說「爲了眞理而活」。然而，要具體的說爲什麼而活？那就是說以感情而活以外，沒有吧。

感情是所有生活的源泉。我們在過去或現在的經驗，加上未來的願望，憩息在各種型態織出來的心象的遮棚裡，感覺遷移的喜怒哀樂而活着。那裡不是外面的生活，可以說是個人的隱居之處，有許多不能告訴他人的秘密或追憶。不過，感情的領土很廣很大，幾乎仍未被探索過，不久會自然而然的，就想到這一點吧。

還有，如果我們沒有感情的鼓勵，也許任何事情都會做不成。因爲感情會引導人的行動，向各方面的水路去。向好事或向壞事，向建設性的或向破壞性的，以一種盲目的力量，强烈地把我們的存在推向未來去。假使能以理性稱心如意地統治感情，人的工作會比現在更有生產、建設、創造是不錯的。

知識的歡欣和放蕩的歡欣，哪一方較强烈？因沒有經過究明，還不能證實。但哪一方較建設性？這一點是很顯明的。對於現實未曾扎根的和不毛的事象持着强烈的關心，提高感度，是一種自己否定，是成爲感情頹廢的原因，到最后，也設會喪失激勵生活本身的力量。

要表現感情是最難的工作之一，那是把完全不定形不着邊際的東西，造成眼睛看得見的型態，因而必需做最高度的知性努力才行。

不過，由於詩或小說等的表現，而使感情固定，採取客觀化是絕對必要的努力。因爲感情會給我們有價值生活的人生，若盲目地到處被拖拉，就不能使欲求更高度的人之生存的條件有所滿意。但是要統治感情或教育感情，都比改造思想較困難。

然而，根本上沒有感情的革命，就沒有思想的革新可行。詩人是據於表現一種情緒而說由感情被實放。T、S、艾略特是着眼於創造上精神和表現構造的微妙關係，在『賢者歌德』裡說過：「如果作品遠離於我本身持有的信念，我要專心意識着，使我本身與其同一化而努力。如果作品非常接近於我本身的信念的時候，我要專心意識着從那兒把我割斷而努力。」

僅僅數行的語言，似乎對表現的目的，該說的都已說盡。（譯自鮎川信夫詩論集）

現代批評的淵源

——譯自"The Armed Vision"

Stanley Edgar Hyman作

黃奇銘譯

現代文藝批評始於柏拉圖，續由亞里斯多德擴大之。當然，他們算是開山鼻祖，預言了很多很多東西，也預言了許多當代批評慣用法。柏拉圖將其「理想國」一書中之第五章和第七章的哲學辯證法運用到詩歌以及有關詩歌之起源與功用的心理學和社會學假說上去。雖說從哲學觀點來看，其目的無非是要將詩歌的存在性加以否認，一方面是因爲詩歌與柏拉圖式的眞理相去太離譜了，另方面從社會心理觀點來論，是因爲詩歌對於一個善良社會有其不良的影響，然而現代文藝批評法之具有那麼整體性却是他一手獨創出來的。有關亞里斯多德方面，最近芝加哥大學有一個稱爲新亞里斯多德批評學派嘗試宣稱，亞里斯多德從未將演繹學識與原理用到詩歌上去，而只以歸納的手法將詩歌當爲一種獨一無二的形式組織而已，這種立論後來遭遇到了約翰・克羅・藍森姆（「批評的基礎」一文見於一九四四年秋季刊之Sewanee Rereiw——一雜誌之名——譯者註）及克尼斯・柏克（「本質的問題」一文收附於「動機的初步」一書中）的反駁。柏克還特別指出說，不但亞里斯多德在方法上是道地的柏拉圖式，而且那些最有成就的新亞里斯多德派者們，實際上，還只是以運用柏拉圖式的方法爲主而已。我們只要讀一讀他的「詩學」，便可確定說：雖然亞里斯多德的手法與新亞里斯多德學派們所謂的歸納法和注重特殊本文內容法相去不遠，可是，亞里斯多德同時也繼續採用柏拉圖的手法，對柏拉圖所謂的模仿（Mimesis）論，作了更深一步的研究，使得詩歌有其哲學的立足點，而且提出一個更有力的社會心理學觀——即悲觀的淨化作用說——（Catharsis）以代替柏拉圖之認爲詩歌能引起感情上不良刺激的不當論。除了使用這些極爲清晰的哲學、社會學和心理學之先驗假設去分析詩歌外，亞里斯多德還採用了一種胚胎式的人類學研究法——這種希臘戲劇淵源的傳統法則對日後的人類學、考古學和哲學研究有驚人的效果（雖然他犯了認爲悲劇中之合唱曲只不過是種裝飾，一種不可避免的錯誤）。亞里斯多德就靠這些爲今日吾人所稱的「現代」文藝批評預言了許多重要的特徵與技巧。

後來的古典和中古批評家們也繼續傳下了一兩個的現代衣缽，從亞里斯塔卡斯（Aristarchus）爲薩毛色雷斯（Samothrace）的批評家，約生於公元前一五六年。主要以對荷馬兩首史詩之貢獻而享有最「偉大的古代批評家」之盛名——譯者註）和西元前二世紀，以完成一種胚胎式之社會批評學家，至第四世紀曾經完成了和吾人今日所謂的「象徵式」研讀作品法極相似之寓言式的文學作品解釋法者，諸如但丁、佩脫拉克和勃伽邱人。現代之環境式的文學批評法始於一七二五年，由維哥（Vico）所著之「新科學」一書，其中便含有一種用社會學與心理學去解釋荷馬作品方法；此法在蒙特斯哥（Montesguieu）的作品裡發揮得更是淋漓盡緻，特別是於一七四八年的「法定的尊嚴」一書中。經由在意大利與法國發端後，這一風氣主要便吹到十八世紀下半葉的德國，把重點從歷史和法律轉移到文學和藝術上去。在溫克曼（Winkelmann）、拉辛（Lessing）和赫德（Herder）諸人的作品中，這風氣促成了德國國家主義的萌芽。溫克曼於一七六四年在「古代藝術史」一書中，完全以德國本身的政治、社會和哲學背景爲出發點去研究希臘的造形美術；拉辛繼續此一手法，特別是兩年後於其「LaoCöon」一書中，對於形式的相互關係和亞里斯多德原理的重要性更特別加以强調；赫德更把環境論者所採用的手法推進一步，將民俗藝術和哥德式的小說與溫克曼和拉辛的崇拜古典熱做成對比，於其「歷史的哲學」一書中，將維哥之動性歷史觀加以延伸，把蒙特斯哥在各方面之比較法加以强調（將他抬成爲吾人今日之比較語言學界，比較宗教學和神話、和比較文學研究等之始祖地位）使得其方法之相互關係更爲明顯。

所有這些方法都於次一世紀的英國第一位眞正偉大的現代批評家柯列芝的作品裡和法國的實體論派中綻出了燦爛的花朶。於一八一七年推出的文學傳記（Boigraphia Literaria）一書幾乎可說是現代批評的聖經，而當代批評家們，例如亞瑟・西蒙斯（Arthur Symons），也曾有視之爲「英國批評最偉大的一本著作」的趨勢，而赫伯・李德（Herbret Read）則當之爲「最彌足珍貴的書」。他在書裡開宗明義卽爲現代批評提出一則宣言說：要把柯列芝之政治、哲學（包括心裡學）、和宗教等原理運用到詩歌與批評上去。「傳記」一書因此可說是比其時代早了一世紀之久，只因當時學術不够發達致使柯列芝未能於當時卽刻創出現代批評來。可是除掉亞里斯多德外，他確可被稱爲現代批評最重要的始祖而無愧。可惜他的工作後繼無人，而當環境論者的批評法於一八五七年在巴克（H. T. Buckle）所著之「英國文明史」一書裡死灰復燃之際，這些原理已非源自柯列芝，而是來自德國的開路先鋒及法國的傳衣鉢者。

同時，文學在德國被視爲是社會的一種表象論之原理被史達依勒（Madamede Stael）夫人於其「文學與社會制度之關係」一書中介紹給了法國（一八〇〇年），因之結出了如此雜陳的果實來，像圭左特（Guizot）的「理性史」、密西列（Michelet）的民粹黨史、和雷諾（Renen）的「懷疑論史」，還有聖柏甫的傳記性文藝批評及泰納（Taine）的「社會學性之文藝批評」都是。自聖柏甫之後，整個早期的傳統從此便分裂爲二。一方面，他把批評當爲是一種社會科學，「一種文學的自然史」，就像馬克寧托克（Maclintock）所著之「聖柏甫的批評論」一書中所說之「以一種方法論和研究作者與其種族、家鄉、時代、家族、所受教育及早年所處之環境、童年的伙件、初露頭跡、初嘗人生苦頭及其身心的特殊徵象，特別是他的弱點」等等之關係。這便是泰納、布蘭狄斯（Brandes），布魯芮狄耶（Brunetiere）等人所一向遵循的傳統路線。另一方面，聖柏甫於其一篇評論泰納之「論泰納所著之英國文學史」的文章中堅稱說：一位批評家也必須「繼續注重並且吸收柏蒲（Pope）、波依洛（Boileau

）和芳泰尼斯（Fontanes）等人的那種嚴正，含有上等香味的花香。」第二種傳統法則後由阿諾德、白壁德和艾略特等人繼續傳了下來。聖柏甫聲言兩種學派融合一爐的學動勢必造出一位十全十美的批評家，可是他承認，這一希望根本無法達成，只不過是種海市蜃樓的夢想而已。

儘管泰納自稱拉辛和密西烈的歷史想像力一部份是淵源於他，而密西烈之「法國史」一書中屬於客串性質的文學分析部份有些雖只是想迎合讀者心理的東西而已（像認爲「摩諾·列斯高」（Manon Lescaut）是一本說明法國大革命前登陸法國的一小支民族的著作。實際上，這種相似性並不只是一件歷史性的想像而已。泰納批評的三項主要準則——種族、時刻、環境——聖柏甫都曾預言過，聖柏甫本人則來自黑格爾的「時代、民族、環境」（Zeit, Volke, Umgebung），而黑格爾則從赫德（Herder）學來的。因此，泰納便將前人一切之科學化批評的部份歸到自己身上，這樣一來他便自然而然的成爲衆人攻擊的焦點了。例如龔古爾兄弟（卽 Edmond de Goncourt 和 Jules de Goncourt 兩人——譯者註）曾很不客氣的寫道：「這就是泰納，一位現代批評之血和肉的化身，是一位令人覺得忽然好像學富五車，相當巧妙，實際却是一位荒謬得令人難以想像的人而已。」也許對他的弱點及很多現代批評中之缺點最爲尖酸刻薄的，比起聖甫柏的責詞更入木三分，更具睿智的批評要算佛羅貝爾於其「英國文學史」一書中之一封信中所說的話了：

從事藝術工作除掉環境與作者的生理條件外，還有其他更爲重要的東西。那只能說明一部份人，並不能說明每一個人，什麼特別的原因使某人成爲此種人而非他種人。這樣一來，當然會把天才忽略掉了。傑作除了當爲一堆歷史文獻的記載外，將不會要有什麼重要性。這麼一來等於就是把拉·阿普（La. Aarpe）的批評法本末倒置了。一般人總是相信文學是個人的玩意兒，而書本就像是天空中的流星而已。現在大家都把意志與兩者的絕對存在性否認掉了。其實，在我看來，眞理卽在兩個極端之間而已。

西元一八六九年佛羅貝爾在給喬治·桑的一封信中，曾就批評家一題而寫道：「當拉·阿普時代批評家是文法家；於聖柏甫和泰納時代則爲歷史家。到底什麼時候，他們才能成爲藝術家——眞正的藝術家呢？」

現代批評的次一個主要進展始於一九一二年及緊接其後的幾年裡。是年於劍橋紐哈姆學院講授古典文學研究的傑恩·愛倫·哈里遜（Gane Ellen Harrison）出版了一部名叫「茜迷斯，希臘宗教社會來源的研究」（Themis 爲希臘神話中司法律與公平之女神——譯者註）。書後還附有作者題獻對象之吉爾柏特·瑪瑞（Gilbert Murray）所執筆的一篇「希臘悲劇中祭典儀式補遺」論，和一篇由哈里遜小姐在劍橋時的同事，一位名叫康福德（F. M. Cornford）所寫的「奧林匹克運動會起源。」雖然該書大部份都是哈里遜小姐一人獨力完成的，可是却因而奠定了一項衆人皆知之古典學，由劍橋學派創立的集合創作表現基礎，使得希臘藝術及其思想的研究因採用比較人類學的理論而有了劃時代的成就。除了上述的瑪瑞和康福德等人之部份外，哈里遜小姐也大量採用了很多其他諸如考克（A. B. Cook）未出版過的作品。就在同年此書出版後不久，康福德也出了一本名叫「宗教到哲學」的著作。同是一本以人類學的方式，對希臘哲學思想中之祭典儀式起源所做的追溯（註——一九一二年不僅如此而已。F·C·普烈斯考克也於是年的「變態心理學報」上登出一篇「詩與夢」的文章，這是一篇文學家第一次將心理分析運用到詩歌上去之詳細與可靠之創舉。）西元一九一三年，馬瑞出版了「歐里披得士與其時代」，這是一篇研究歐里披得士及其劇本和悲劇祭典型式背景相對照的書，而哈里遜小姐也出版了一本「古代藝術與祭典儀式」。次年，康福德也以同樣的方式發表了「雅典式之喜劇淵源考」一書，古克推出一本將人類學運用到其他方面的「留士」第一卷。最後，於一九二〇年，珍茜·薇絲頓小姐（Miss Jessie Weston）於其「祭典儀式與傳奇」一書中，嘗試將劍橋學派的成果運用到非希臘式的東西上去，這是一種以祭典儀式的術語對聖盤故事（Holy Grail，為耶穌被釘前與其門徒作最後晚餐時所用，後來住在 Arimathea Joseph 的便用它來承受耶穌自十字架上流下的血，故又稱 Sangrail 或 Songreal——譯者註）用人類學方式所作的探討，而柏沙·菲勒波茨（Bertha Phillpotts）也於其「北歐神話詩集及古斯堪地那維亞戲劇」一書中完成了可媲美為「北歐史詩」的著作。

雖說這些書，事實上都是現代文藝批評的創作，由於書本身都寫得太專門化，以致於無法吸引文學家們的興趣以激起任何新運動。西元一九一九年，美國的康拉德·艾肯（Conrad Siken）於其「懷疑主義」一書中將佛洛伊德和其他種心理學運用到詩歌上去，於是形成了現代批評的基本假說，認為詩歌是「一種自然的，有機化產物，有其脈絡可尋的功用在內，顯然是可分析的」。就像劍橋派的一群人一樣，艾肯也缺乏足使批評界採取其學說的影響力。現代批評的正式開始要等到一九二四年，I·A·理查慈的「文藝批評原理」一書出版時纔見端倪，是書含有多種相似的論點：美的經驗『並非純與他種人類經驗一樣，是屬於「一種嶄新的不同的東西」，而是可以用同樣方式來研究的東西。美的經驗，正如同我們曾經提過的一樣，不是一門新穎的學問，不僅是愛肯於五年前曾特別預言過，就是約翰·杜威也早在一九〇三年鄭重其事地宣稱過，認為美的經驗仍是他「邏輯論之研究」書中的「連鎖經驗說」』而已，而亞里斯多德也曾詳細地討論到該學說了，可是，此時的發表，有前年剛剛出版，鼎鼎大名的奧格登（Ogden）和理查慈之「意義的涵義」當為靠山，聲名於焉大噪，自此，這一學說便操縱了此後現代文藝批評界達二十五年之久。

當然，這一場戰役目前仍然方興未艾。過去一世紀以來，批評家不斷地爭論各色各樣之現代批評的學說，或其方法，舉凡能被運用到文藝園地裡來的各種學科，就是最基本的連鎖說都無法倖免。攻擊的一方我們可從羅威爾（James Russell Lowell）評論朗斐羅所說之偏狹的論調便可見一班，當他嘲笑現代的批評觀時說：「一位作家之作品的形式完全以其腦殼的形狀為依歸，而其頭殼則就須以其家鄉領土的特殊結構而定」。而李維森（Ludwig Lewisohn）於其為朗克（Rank）「藝術與藝術家」一書所寫的序言中則把自泰納以來曾忽略「王子復仇記」（哈姆雷特）一劇的所有現代批評家統統剔掉了。就攻擊的另一面，我們看到了他們連契考夫於一八八八年九月致蘇佛林（Suvorin）之信中的理智性的懷疑主義都統統捜括進去了，信中指出連那些根據一些原理亂選出來的混賬東西的科學批評也都搬出來現醜了，另外法朗士（Anatole

France ）於其「文藝生活」一書中，曾批評布律芮狄耶(Brnetiere法國批評家，生於一八四九年，死於一九○七年，淵博的學問，強有力的綜合精神，這鬪的熱忱和雄辯的天賦等等，爲其從事文學批評最佳特色——譯者註），提出了早被聖柏甫提出過的平衡與保守的建議：

> 就純理論的立場而言，一種淵源於科學的批評法，當然也能如科學一樣具有確定性……宇宙間萬事萬物莫不相生相尅。事實上，由於他們之間的關係是如此複雜，即使魔鬼本身是一位邏輯學家也無法解開那個死結……不管我們怎樣說，我們今日實無法預測是否批評會有像實證科學那樣具有精密性的一天。也許我們可斷言，相信這一天根本不可能有來臨的時候。然而，那些偉大的古代哲學家們還是照樣在爲其宇宙體系戴上一頂詩學的皇冠。這是一項輝煌的成就。因爲話說回來，與其終日一語不發，守口如瓶而受苦，倒不如迷迷糊糊地去談談美的思想或型式還來得好些。其實，世間的一切事物很少說是受科學原理左右得那麼嚴重，以致於使用科學的原理就能創造出來或預測出來的。當然，我們可以說，一首詩或一位詩人永不會屬於這少數者之一……要是說這些東西和科學有任何關係的話，那麼這準是一種和藝術融在一起的關係，一種屬於本能式的，不定式的，永不可能會完成的關係。那就是科學，或更確切地說，是藝術的存在園地所生了。那是哲學、倫理、歷史、批評——簡而言之，就是一篇人類美麗大傳奇的故事了！

很多批評家對這件事的看法都莫衷一是，見仁見智。馬里（John Middleton Murry ）就曾於其「風格的問題」一書中對於「認爲批評可臻至科學的眞確性程度的理論」譏之是一種異想天開的幻夢，對那些想使批評在用語上有種「不變的涵義」譏之爲是種「無用的夢想」，可是後來，在同一書裡邊，他却提出一種既科學化（或是機械似的）又合乎社會與經濟的批評觀，一種包含在經濟與社會條件及藝術與文學型式之間的一對一的對等關係，甚至於在「英國文學的經濟史」一書中也有同樣的論點。愛倫・泰特（Allen Tate），是一位創造現代批評學說與實行方法的最傑出者，於其「瘋狂的理智」一書中把社會科學斥爲是對現代批評最基本的威脅，而對現代批評他則稱之爲是一種「歷史性的方法」，可是當他自己在做批評的工作時則不但動用了歷史，而且還把物理學、生物學、社會學、和政治學等學科都請了出來。同樣藍森姆（John Crowe Ransom）對批評之使用科學一事也常加詆譭，尤其對社會科學中諸如人類學一門更爲反對，聲言他對伊斯特曼在心理學上之「大信心」不敢苟同，可是當他自己做批評時却完全憑這三種（即社會學、人類學、心理學三門——譯者註）爲出發點而做得有聲有色。

也許對現代批評更爲不利的，除掉那些來自用意頗佳方面及難辨具良莠的批評家外，還有一群本身手法根本既不太高明又有點令人作嘔之感者，但却又裝出一副神氣活現態的人物。就拿路易士・馬克尼西（Louis MacNiece）來做個例子吧——在其「現代詩」一書中，把理查慈所謂之「詩歌爲尋常的行動，詩人只是一位做做大家都會做的專家而已」的連鎖論批評得一文不值，可是在他書中却自己都未照着理論去走，反而把什麼知識都搬弄到詩之園地裏來，近年來恐怕很難再找出比伊斯特曼（Max Eastman）和喀爾佛頓（V. F. Calverton）兩個爲擁護科學批評更爲激烈的熱心份子了：前者於其「文學的修養」一書中寫了一篇贊成理學院開設文學課程的宣言；後者於其「批評的新園地」一書中滔滔不絕地力贊批評應綜合心理學、社會學、和人類學。同時，除了他們兩個人外，今日吾人實很難找出像他們那麼差勁或是那麼慷慨激昂的批評家了。另外，亨利・培爾（Henri Peyre）也引起了一場相當激烈的不滿風波。在「作家及其批評家」一書裏，他下了一段相當嚴酷的評語：「現代批評至今仍然處於摸索的狀態中，仍然處心積慮地在做很多技巧上的實驗。正如培根與笛卡兒前的物理學，拉瓦錫（Lavoisier）前的化學，龔特（Auguste Comte）前的社會學，克羅德・伯納德（Qaude Bernard）前的生理學一樣，現代批評根本還未能脫離原始地帶」。之後，培爾又於其書中對舉凡社會學、心理學，逐句逐字式的及其他種種分析方法大加詆譭，特別是那些他認爲想使批評超越那蠻荒地帶的代表，諸如理查慈、愛普遜、柏克、及布萊克膜一般批評家更是無一能倖免者。

同時，現代批評還不時遭受來自外界的評論家及一群職業性的未開化份子之襲擊。最具代表第一類的評論是由普烈斯考特（Qrville Prescott）所執筆，一篇刋於一九四五年三月二十八日的紐約時報雜誌的文章。那是討論一篇雷龍小姐（Florence Becker Lennon）研究卡洛（Lewis Caroll）所著一本名曰「由鏡中看維多利亞女王」的書。普烈斯考特寫道：

> 雷龍小姐確是下過一番研究工夫不錯。可是她的這種孜孜不倦精神却把她的書搞得大失人望，而且太累贅了。愛麗絲（遊記）書上令人迷惑心眩的魔術根本不適於去分析。用佛洛伊德的手法去探討卡洛的情意綜和慾望來源所在，與去爲蝴蝶的飛舞或光線的照射目標作任何解釋皆屬無濟於事。天才的產生，本來就有神秘性存在；而因發揮其不朽之價值而留芳萬世也是不可理喻的事。
>
> 不錯，卡洛一生都過着單身的生活的，然而，有的人不結婚純是出自他們的心意，而且，他們對自已的命運也從不抱怨，雷龍小姐所提出之佛洛伊德式的懷疑觀也不能發生任何效用。雖說卡洛性喜與小女孩不喜與小男孩或大人在一起玩的習慣有點不正常是正確的。可是雷龍小姐之對他書中之性意象語的探究也沒引出什麼效果來……可是卡洛由她看來「根本默默無聞」，也只過了一段極其空白的一生……。
>
> 然而從外表看來，卡洛一生既無幹出轟轟烈烈的事，更沒任何（除了一點點宗教信仰之徬徨外）內在的衝突啊！他對愛情及親朋的友情根本一竅不通。他完全是個好人，也是一位善良的基督徒。他曾自動要求減低薪酬，而且在一項公開的契約中聲明堅持他可擔負任何的損失。可是，他的一生却是默默無聞，並非多采多姿……。

從上面這一帶話看來，很顯然地，普烈斯考特於其對雷龍小姐之心理分析研究的評擊上把所有爲什麼心理分析之研究能做得那麼頭頭是道，把卡洛平淡的一生却能如數家珍，娓娓道出一點東西的原因都不厭其詳地羅列出來了。就像很多當代評論家一樣，普烈斯考特對現代批評的評擊如果說是屬於才疏學淺的成份較多，倒不如說是出於惡意的較多。可是亞當（J. Donald Adam）則不然，他於「星期日時報」的每週專欄中及其「未來書籍的形式」一書裡，到處都充塞了惡意與尖酸的譏謗，完全是一幅想藉此以抬高身價的惡相，想保有他自己所謂的批評投資去與一批烏合之衆作對而已。

至於來自那些職業性的蒙昧論主義者的評擊那就屬更費人心神的事了。也許我們可拿凡・多倫（Mark Van Doren）做爲例子來說明，他研究批評所採取的手法正如他在聖約翰大學所採取對教育的觀點一樣，完全反對任何現代學識之入侵到文學園地裏來。筆者個人對於凡・多倫於其「Private Reader」一書中的序文對現代批評所做之相當雄渾的攻訐非常清楚。他把現代批評描繪成一塊「靈巧的沙漠與一個賣弄學問的地方」，譏之爲「極盡捕捉瞬間美感之能事」，最後，甚至於稱之爲「充其量不過是一種荒謬的知識……而非一種藝術」。嚴格地說來，凡・多倫是極力反對純蒙昧主義觀點的人：從「阿諾德（Arnold）對觀念之過份重視是錯的」；「吾人對詩歌所知的並不多，而且也將無法曉得更多」；「詩歌是不容許討論的」，「是一種神秘物」等引語中便已可見一般了。這是一篇以哀歌語調相當濃厚而出色的文章，敍述遺棄，描述其主題——遺棄——爲始（「當代批評是塊令我不再感覺自在的園地」），然後進入哀悼的氣氛（今日的文壇是個病態的時代），最後，呈現出自我泯滅的意象做爲結束。（做爲一位批評家，我個人的唯一願望只想當一位作家們想溝通的無名陌生者之一而已。詩歌本身是種可暫時受冷待的東西）。對凡・多倫「獨自閱讀」和除了讀者之興趣外，不需將什麼東西搬弄到文學園地裏來的最後總評可參考理查慈（Z. A. Richards）於其「教學法解答」一書。他寫道：

> 我想，補救之道須端賴於，是否迫使青春期兒童式夢幻之習性能有其歸宿的嘗試機會而定。不幸的，獨自閱讀法當其爲只是一種部份控制夢想的形式時，却反而是一種減少此種增加的嘗試。「獨自閱讀」法常會淪爲一種當吾人處於清醒狀態時，變成心理活動的空中樓閣所在而已。

除掉那些爭論不休的評論家與蒙昧主義者外，跟隨着現代批評接踵而至的還有那些造成過去文藝雜誌一股蓬勃現象的許多爭論得極爲激烈之美學和哲理的學派：印象派者和表現派者，新人文主義和自然主義者、古典主義和浪漫派主義者、實證主義及反實證主義者等等都是。後來的人最時髦的便是那些新亞里斯多德派者與新柏拉圖派者或新考勒列幾派者之間所做的漫無目的之爭論。所有這些學派和議論都有它們的功效，可是我們總會覺得他們都從通性方面下手在作爭辯，當牽連到眞正的手法時，則都隻字不提。其實，說來說去，這些學派個個都是眞正想從事了解文學者的一條絕路。當磚塊飛過頭頂上時，一位嚴正的批評家定會趕緊躲到礦洞裏，另覓求生之路，逃之夭夭的。雖然這樣做，他可能把手弄得更髒了，可是偶而也會找出一枚金塊來。

捷克詩人巴茲謝克詩選

傅敏譯

前言

巴玆謝克（Antonin Bartušěk, 1921—）早在一九四〇年間就有作品出現，但在史達林時代及過後的一段長時間裡，他是沉默的；其再有作品問世，是一九六五年以後的事。一位捷克批評家以下列的解釋闡明這段空白：「五十年代和六十年代的氣氛，過於拘泥給出事實和準確；然而他的詩法，視其意義，是止於摸索的，在於……揭露不安和混亂。」在當代捷克文人中，他一直保持着個人的獨特風格。部份原因也許關係於他的年齡，或歸致於那個時代人們相互疏離而引起的人生感觸，也有部份是由於凡人皆有一死的傷感。「永遠使人得不着的年歲」之尖銳感，造成了他的落落寡合。比較他和其他捷克作家，我們可以從巴玆謝克的作品中，意識到對世事隱遁的態度，其指責的，顯示出對現代人生各方面的厭惡，這種態度可以從幾首詩中發現到：

街道在街道之中
渴望着
白皚皚的雪，爲了
泥濘之路面的清潔。
男人等待着
消失在雪車磨輾之輪底下的
平靜的
調子。
（滿月）

乍看之下，這首詩是欲與都市的浪漫式隔絕的例子，而且此種觀點，從巴玆謝克許多其他表示出對自然界底愛好的詩作中，也可以找到證明。但不只是詩人本身，而是街道和城市渴望着潔淨；等待着失去底音樂的，是城市的人民。「墓誌銘」更清楚地說出了詩人的感觸，城市是一處可怕的地方：

我們拒絕
在溫血上作嘔自己。
他們就要我們
挖掘自己的墓穴
而且從腦後
將我們射擊致死。

而在「廿世紀」中，描繪在鄉村的母親與孩子們的期待。鄉村是被具有破壞性的恐怖所環繞着的：

我也可以告訴你這樹林……它們也
對我們的鏡頭暴露無由掩飾的面孔……
我們出門時遭到瞄準鏡的狙擊，
眞理以底片的形式出現。

如此說來，隱喻是逃避的另一面。詩人所追求的自然界具有隱喻的力量。自然界在詩裡，代表着一種對人爲公害的冷靜超脫。自然界的清新、純潔、寬敞以及光亮就是暗示着社交生活所應具有的價值，但事實沒有。

沒什麼會是這個樣子呢？巴玆謝克祇偶然提到這問題，而沒有給我們答案。部份原因是由於一種眞正的模稜兩可，可以用兩種相反的方法予以究明。其一是一種形而上的果斷——「在這一切之上要求孤獨的願望」，這在幾首詩中，愛與時間的流逝相爭奪以及愛人們最後終於孤單：

心跳緩慢下來
在階梯躊躇呼息。
我們從春天拾步
邁向秋天，
進入有愛的沉重步伐

聽不見的黑暗的碎裂聲
浸漬着草地。
我們擁着冷然的手
在積雪的森林裡，
phobos和Deimos
我們的眼臉
幾年以後被一個吻的碎片
縮短。

或者是對於死亡的一種認命：

…池塘上
冰層阻塞了
天空的視線
這些告訴魚兒

有一個世界
它的語言
存在着
意義却消失。

等待着我的這兒
是一處沉默的風景
憑依着
一片墓地之牆

但是還有另外一種究明的方法，同樣地強有力，而却不那麼聽天由命。在「向日性」中，表面上看來，作者祇是在說暮色中的樹林，但巴玆謝克對於太陽，空氣的感受，是具有其他含意的；晚上／早晨之結構，是帶有其本身底希望的。另外，在「冥想」這首詩中，其積極論調，更具有反抗性：

在如此不確定實在
如此確定不實在的一個時辰
——這房間內是幽暗的——
我們所知的
明日將會嘈雜地降臨
用我們的臉叫喚我們名姓的
早晨的窗後光線是什麼？
你們却，爲了傷害等義於生活的
人而存在着——
我活着。
我同樣活着——

遣用「傷害」（經驗／緣於傷害）一詞，可以看出一種反抗的質素來，那並非個人主義的英雄式反抗，而是一種對人類痛苦廣義的同情與分擔。其指陳也隨卽被賦予了：

我同樣活着——
用我的手護守着我謙卑的情焰
好像在一場風暴裡——
我打開墳墓之門
而且進入：

詩人所過的人生，雖與「墓誌銘」一詩的墓地沒有什麼區別；然而一種反抗的論調仍然存在着。

巴玆謝克說他從艾略特學取過某些東西，這可能是因爲他不想成爲卡夫卡的同路人之故。但其塑造是銳利的，至少，十分中肯。當他以自然與人相抗時，就有眞正的安全感。自然界至終具有一種超脫。但當他更深入地觸及人性經驗——經由城市、或以感觸——時，什麼是夢幻，什麼是事實就分不清楚了。經驗變成夢幻，心理現象如「廿世紀」一詩，以一種非常繁複的方式出現。巴玆謝克和艾略特所不同的是：他不懷疑人與人之間的價值或意義，因爲他對此具有眞正的了解和親切感，但是他懷疑其存在於現代世界的可能性。在「我打開窗」，這首詩中，他想像一個安謐的場景，裡面有公園、街道、樹林、鳥以及一個沙坑：

……
和睡在另一扇的我孩兒之夢相似。
仍然夜晚。我已經醒來
因爲在我心的中央，像一隻看不見的灰鼠
莫名的憂慮已經噬蝕了我的思想。
最後當我微弱了的夢消失，
我帶着殘酷的冷漠打開窗
走進面對我生命的公園（或街道）。

夢與現實幾乎是一致的，唯一使它們有別的是：那種在鼠般的憂慮使他從夢幻回到了現實。我們可以猜想得出，這在現實生活裡所代表的是什麼？也許不難的會猜中，「眞理以底片的形式出現」。

巴玆謝克最傑出的詩，都是這樣子的，這完全靠他下筆時模稜兩可的感情所支持。從這一點來說，他與艾略特之間的關連是有趣的。像艾略特一樣，他善於暗示，善於隱喻，韻律以及停頓，所以有使人感到過於文飾，不能把眞正的東西表達出來。但這種晦澀的本身，成爲像「著陸」、或漂亮的一首：「詩」等作品的主題，它們探討了語言和經驗之間的關係：

語言的魚群懶洋洋地漂流過我身
尋覓着一處水面以便躍出
吐一吐空氣，
爲裝成像是爲了一個小蠕動
以便能夠飛躍。
皮膚的表層下是黑暗的。
生命在那兒腐朽
其上規列的銀鱗之先半是美麗草地，半是緘默的魚。

從這些作品的證據中，可以感覺出：巴玆謝克是一位有偉大氣質的詩人。

冥想

在如此不確定實在
如此確定不實在的一個時辰
——這房間內是幽暗的——
我們所知的
明日將會嘈雜地降臨
用我們的臉叫喚我們名姓的
早晨的窗後光線是什麼?
你們都，爲了傷害等義於生活的
人而存在著——
我活着。
我同樣活着——
用我的手護守着我謙卑的情焰
好像在一場風暴裡——
我打開墳墓之門
而且進入……

那些個年代

你拒絕放棄。
你繼續指望。
你收集每一場大災難的
指紋，
想抓攫他們血淋淋的手。
雪更加凌厲地落着。
突然我們滿臉白髮，
我們都是。

證据

我們曾經這麼完全孤獨過嗎?
我們曾經這麼致命恐懼過
一如春天金鳳花禁錮在
學校走廊的試管裡:
除了脫水的乾涸遺物之外
絕無其他?
生命曾經以類似一歡欣的夜晚
邀請星星共舞一般地
面對我們嗎?
或强迫光潔的花瓣永遠緊閉?
那是無用的:說一個小女孩對周遭的環境
一無知曉，但她幾乎完好無疵，
直到她遇見這麼一株樹，一瓣一瓣地，
正覗着它的繁茂
準備盡了分娩果實的義務。
可能有一天我們也不會後悔
曾經爲了分娩果實
而短暫地燦爛過，
爲了負荷證據……

裁決

紫丁香的苦味。
生命中對立的一個人

冷漠地褪下衣裳。
但我胸口上羽輕的
你髮絲的重量
好似在增大……
而花兒們……燦爛得枯萎了……
好像它們安然的也很少，
一如我們不停索求的年代。
但長久以前就裁決過了：
在靜默生命的黑色背景上
有人已經用宿命的明晰墨水
黯然地寫下了
我們公立裁判官漠不關心的日日底慈善的
死亡。

期望

整晚地球以它的渴望鞭撻天空。
在一疾馳之上，微笑的，必然的，
東風遍將覆蓋。
被天花板禁錮我注視星星
當它們在我前頭疾進，
它們的星座從死亡轉而
面對生命。
在夜的氛圍我們是孤單的
好像明月的陰影底諾言。
我們能瞻視遠方，在我們生命的界域之後
事物被連結且尚未分裂。
整晚地球以它的渴望鞭撻天空。

在突然的靜謐之中
遼敻的空間裡
風懸盪得像在絞架上的一個男人。
早晨，取代了雨，
太陽升臨。

廿世紀

我們出門時遭到瞄準鏡的狙擊，
百葉窗的卡拉聲將我們從
睡眠中弄醒。孩子們
帶着完全不同於母親時代
草地上古老習慣的
微笑，信任而出神地，
用遙遠的眞理塡塞自己。
那是炙炎的草莓沿路邊開花。
一整季夏不在我們的渴望後被立即命名之
茫然的海瞌睡地進入睡眠的深藍色天空。
但既然沒有天空是事實，
我們追問路上每一種路標，
僅知悉了
湖的末端沒入憂鬱的靜寂裡……
我也可以告訴你這樹林……它們也
對我們的鏡頭暴露無由掩飾的面孔……
我們出門時遭到瞄準鏡的狙擊；
眞理以底片的形式出現。

堅固的邊境

那是堅固的邊境
要超越
是尋求自我
在慣令死規外的其他地方……

那是堅固的邊境
要超越
是了解愛和恨的辯證法的
徒勞無益……

因而愛變成
一種無限地大愛；
恨變成一種無限的
死亡……

眞實

夜晚一個小孩的哭泣夾雜在二個和三個之間。
夜晚充滿黑暗，像一座大教堂的覓嘴，
像一座被自己的陰影呑沒的墓碑……
像我熟悉的臉，
像熟悉我的臉。
某處的森林正在僞裝它原先的形態。
夜晚一個孩子的哭泣夾雜在二個和三個之間。
我們的錶和我們的眼睛都是沉重的。

一個中午一切都結束。
一個中午一切都開始。
眞實。

孤獨

呵，今天遠處的火車汽笛聲多麼悲傷！
某地周遭的晨曦之歌多麼蒼白！
而我還被成群的
無聲調子攻擊……
誕生在遠離的子宮裡
遙遠的現在
幾乎就在永恆的
中央，
昨日怎能如此聒噪地
睡在今天的搖籃裡？
被這可疑的大胆精神噤不能聲，
當着增加的喧嘩聲
太陽之歌相對地來到我窗口，
我把耳朵掩藏在心中……
祇聽見一陣遙遠的隆隆聲
好像所有火車
遲早要開走而且離去……

預擬的墓誌銘

我們需要偉大的社會奮鬪
爲了夜晚，爲了

月亮靜靜地在它們白的水面
降落的
殘忍仁慈……
沒有什麼可以荒廢我們的呼吸，
我們活在夢的眞實之上，
事情就在每個事件之中完成而無須考慮……、
但那些被清晨漂白了的黑暗之斑——
在我們臉上
預測風的變遷。無
論如何一個人絕不會知道
是那一隻手給予他的社會底陰影，
恐怕它沉落在自己壓力的重負下……
甚至夜晚也不能……而早晨
的喧嘩已經造設刻骨銘心的言辭，
使我們原先的墓誌銘躊躇
一如我們躺在這兒被無知覺的瓦礫
埋葬。

Antistar

晚上的山丘鴉雀無聲，
祇有瘋雀仍然在冬之門扉上喋喋——
在天空的樂譜上，夜的墨水
已經凝結在雲朵的黑色汚點裡——
這平原是統治者的演說台
夜的姿態粗鄙地從鼠洞之黑
到最後的一個星辰，仍然對希望之末端
虛擲它看不見的光

夢

每晚我重遊
記憶裡一處孤涼地方
那兒無人曾住宿
因爲沒有門徑過往——
我的夢一再地如歡躍的鳥般飛起，
陌生的狩掠者飛過
森林邊際，搖幌松枝上的雪，
在它消失於幽暗的灌木叢之前。

我打開窗（摘自一首長詩）

我打開窗
進入朝向我家屋宇的
街道（或公園）。
這公園（或街道）仍在沉睡；
樹林之核心溫柔地甦醒
那兒鳥群棲息。
而在不是一條街（也非一個公園）的街道盡頭
小小沙坑
和睡在另一扇門的我孩兒之夢相似。

仍然夜晚。我已經醒來
因爲在我心的中央，像一隻看不見的灰鼠，
莫名的憂慮已經噬蝕了我的思想。

最後當我微弱了的夢消失，
我帶着殘酷的冷漠打開窗
窗走進面對我生命的公園（或街道）。

詩

告知我，昨夜到今晨
在這個海灘上
直以滲透了睡眠的半透明水液
拖曳我到底部的是什麼。
語言的魚群懶洋洋地漂游過我身，
尋覓着一處水面以便躍出
吐一吐空氣，
僞裝成像是爲了一個小蠕動
以便能够飛躍。
皮膚的表層下是黑暗的。
生命在那兒腐朽。
其上，規列的銀鱗之光半是美麗草地，半是緘默的魚。

時間

如此不變地終結了
日子的迷你——戲劇：
孩子們上床，
葉子的飛曳死寂下來，
星星彷彿很平靜，
在鬱藍的冰雪荒地
一個叩訪另一個。
和一個冷漠的統治者一樣
小橋下的河水
衡量着一顆星到另一顆星之間的距離——

傾聽著音樂

音樂的孔雀尾扇
搖曳於星辰的沙塵中，
在我們窗口下的一棵蕁麻
不斷地流溢出它的玫瑰花瓣

池塘底部閃爍着
一隻死魚的肚皮，
白得像溺死在夜之黑湖裡的
憂鬱——

一如即將來的夏天
悔恨已經失落了它的價值，它的寬度，它的——等等
當音樂的孔雀尾扇吵雜地幌進星辰的沙塵中
某些寂靜在成長——

一則藏匿的意味

假使一隻貓生下三隻小貓，

它們互相不會相同。
也許這是因為
點金石已經
在很久以前被解明了。
一些微細的我們歷史的社會係數
也許可能
破壞我們內心的希望，
但它不能取走
我們的希望。
這無意義的解明意義
躺在我們存在的
高度數字價值裡。
假使天空轟然倒塌下來
我們仍能釘住我們的希望
在永恆邊際的
小小侷限地域。

憂　愁

整個世界
就像一座龐大的
愛的墓地——
綠樹們
在已經沉睡了的
風之夢的牆上
塗畫
永遠永遠地——
而當破曉，
一道陽光
降臨斯地，
入夜時
將在我墓碑上的姓名
做最後一次的探視——

凱撒之死

清晨，天亮之前，
他對元老院做最後一次的演說。
外頭，在黑暗中，群衆
一再地失去理性。
絕不會，樹連一片葉子也不會是
一個賣國賊
直到它倒下。
當刺客襲擊，
一隻野鴿子
當着這死者的最後
在樹枝上
鳩鳩作響。
古羅馬的三月十五日。

向日性

樹枝的
向日性，今已黯然下來。
龐大的陰影
出現在瀰霧的戰場。

我的土地
是怎麼改變的。
陽光的金黃塵埃
在泥濘中，花兒在屍衣下。
白色的獨角獸

却蒼白了。
而星星，星星
消失不見。
剩下樹們

仍在搖曳。瀰漫
在兇惡的兵團上方
阻擋着單薄小枝的
視線。

戰場

那晚
我們靜靜的
在天空的陡峭屋頂下站立
而假使

有人悔恨過什麼
那必是
雲掩藏了星星
這一事實。

但即使夜晚
多麼像是
一個過事的戰場

在那兒
兵士們
已經為他們的王
犧牲了。

當雲采
下了雨而分散
並露出
星星

波旬金將軍
命令
一團特種部隊
埋葬

我們陣亡的戰友。

戰神之月

一片葉子
在一樹枝上被一眼瞼模擬
那在一整世紀之後是遲滯的
如以整季夏去指量。

心跳緩慢下來，
在階梯上躊躇呼息。
我們從春天捨步
邁向秋天，
進入有愛的沉重步伐

聽不見的黑暗的碎裂聲
浸漬着草地。
我們擁着冷然的手
在積雪的森林裡，
Phobos 和 Deimos
我們的眼瞼
幾年以後被一個吻的碎片
縮短。

著　陸

黑雪降落在
耐心地等待我的
風景的髮莢上——

在陰暗的
斜坡和小山上，
田野裡今已滿是
凍結的草，

池塘上
冰層阻塞了
天空的視線，
這些告訴魚兒

有一個世界
它的語言
存在着
意義却消失。

等待着我的這兒
是一處沉默的風景，
憑依着
一片墓地之牆。

遇難船

滿月之下的
這條街上
大衞王
彈奏着豎琴；
夏季的日午

退休的
一位女校長
彈奏着鋼琴。

窗口下的草地上
我們採擷
杏仁樹的
青澀菓實。

皇宮
在耶路撒冷城山上的
陽光中
閃爍着。

今天日午
一座鋼琴的音鍵
沉在綠色牛蒡的
一片海下，

夜暗時
大衞王的宮殿
淹溺在耶路撒冷城的
街道上。

冬之花園

讓思想如樹枝般
成長。

但假如雪花覆蓋着它們呢？
不安而僵硬的根。
一群顫慄的老頭子
在靠近小溪的森林中。
一間被廢棄的屋子
充滿了遺忘了的交談。
去問所有那些
在場的人吧
當玫瑰對着痲雀的喋喋不休
開放。

詩人的囘歸

像蠶一樣
我們碰到
我們的詩人不幸地
結繭多年。

幾年來土地上甘霖不降
兀自照耀着陰暗的陽光，
泥濘塞了
我們的口舌。

然而
在希望的綠桑林裡
敏捷的眼已能洞悉
樹枝上卽或輕微不顯的搖動。

在茂葉的桑林叢裡
在愛藹中
他們撚欲吐之言成寂靜之語的
絲狀纖維。

所以當我們一再地
暴露在
眞實之光裡
也不會被
脫光無遺。

故土

一個從巢窟來的
不安的造訪
在你的腰部
驚起鄉愁，

一隻迷途的小羊
令人憐憫地
越過死亡的溪流
造訪你，

在你眼中
絕望地祈求
(跪拜着膝蓋流出血來)
安寧，

在我們的驚訝之後——
在樹梢
空無一物的
幻想的外衣

家

從燒鍋裡溢出的
氣流
今已半冷了。
捲纏着的

遠方陽光之刀鋒
黯然了下來，鳥的飛翔
像正拉緊着的弓弦，
一陣來自土地的芳香被夾進

合上的一瞥底
兩頁之間。黃昏
在路的轉角處
向着雲采的

詰問。我已經
在深夜的層層黑暗中
好幾次擊撞在
這塊石頭上。

但是你，卽隨
這隻遺忘自己
和去年天空下的一顆星星
死在家的崩落之中。

滿　月

街道在街道之中
渴望着
白皚皚的雪，爲了
泥濘之路面的淸潔。

男人等待着
消失在雪車磨碾之輪底下的
平靜的
調子。

世界彷彿打心裡知道
貝多芬心靈中
每一快速的拍子。
窗外的歡愉和極其孤獨的
靑春突兀地升起且以鬼魂般的運行
邁向月，
被充滿殘酷，無意識和愛的
鐵石心腸般女孩迷惑着。

如意神燈

鳥群無處
棲息；小徑
都被犂掉了，燒焦的
馬鈴薯莖，燒場的
牧者和隱士之間的安寧的
透明之牆，
那最後之牆，一直到森林之草茵
今已重罩一層玻璃。

檢視太陽的
位置，通紅佈血，
它酷烈的頭
已經滑落在森林後方
而今照耀在黑暗裡，地平線之下的
一本書
述說着漫長冬夜中的
早晨。

人民的掠奪

虜獲一個男人
是不易的。
甚至十分困難

假如你不知
門徑。
殺死一個囚犯
是不難的，難是難在
逮捕他。
這就是何以年青的男人
在年紀很小時
就練習技巧的原因。
他們參加各種行動，
起先是小規模的，後來
更加擴大，
甚至到外國的領土去
那兒生活的人民
使用不同的語言。
如果沒有囚犯
我們又會怎樣。
我們的神
會對我們發怒。
我們的神，那些
統治我們的人。
那就是囚犯何以
被祭司殺死，
而非被戰士，甚至不是
被那些虜獲他們的人。
當一個囚犯
沒有勇氣逃離，當
他失去知覺，
他們將他的頭髮
吊在廟角椎的
階梯上。
那是看囚犯之心的
最適當角度
他們的胸膛已被剖開
鞭撻繼續着。
天藍藍的王，這太陽
一如自己的東西般接納了他。
囚犯們的肌膚和他們的骨骼
離開了我們。

宴後

今晚
他們之中有些人微笑過，
意識的解剖刀
探察信念的深度，

五月花的
活體解剖
在花園實驗室中
被風進行，

和平廣場中
紫丁香靜止不動，
根部被靈魂已窒息的土
遏住了，

一盞聾啞的燈光
閃避進
黑暗的無目的思想之陰影的
邂逅中，
情侶的途徑，
被膠黏到公共大門的
出口。
而寂靜呵寂靜

像極了
穿住一塊陌生的土地。
一部電車轟隆地
沿着軌道的鐵底强迫前行。

墓誌銘

人們隱匿起來過活的
就是這城市。
起先我們試圖
佯裝
我們已經死了很久。
他們宜稱我們瘋了
而且强迫我們在餘年
飲下剩餘的所有的血。
那是甜蜜而又可怕的。
一天
我們自己感到作嘔起來
這樣地和人們繼續的
隱匿過活。
我們拒絕
在溫血上作嘔自己。
他們就要我們
挖掘自己的墓穴
而且從腦後
將我們射擊致死。
如今我們眞的死了，
現在我們希望這眞正是一個終局。
但他們弄醒我們
以便能够隱匿我們過活。

惡之華

波特萊爾著

杜國清譯

LES

FLEURS DU MAL

PAR

CHARLES BAUDELAIRE

On dit qu'il faut couler les exécrables choses
Dans le puits de l'oubli et au sépulchre encloses,
Et que par les escrits le mal ressuscité
Infectera les mœurs de la postérité ;
Mais le vice n'a point pour mère la science,
Et la vertu n'est pas fille de l'ignorance.

(Théodore Agrippa d'Aubigné. *Les Tragiques*, liv. II.)

PARIS
POULET-MALASSIS ET DE BROISE
LIBRAIRES-ÉDITEURS
4, rue de Buci.

1857.

5.

我喜愛那些裸體時代的回憶，
那時「太陽神」喜歡給人體塗上金衣。
那時男人和女人以其敏捷之軀，
享受快樂沒有虛僞亦無憂慮；
充滿情愛的天空愛撫着他們的脊樑，
他們鍛鍊出高貴的各個器官的健康。
「大母神」當時，充滿着豐饒的生產，
毫不覺得她的子女們是過重的負擔，
而且，滿懷着同等慈愛之心的牝狼，
用她那褐色的乳頭餵奶給森羅萬象。
高貴，強壯而有力的男性，具有
爲那些稱他爲王的美女而驕傲的理由；
貞潔無詬完美無瑕的這些純粹的淨果，
以其光滑結實的肉體叫他禁不住去咬一口！
「詩人」在今天，當他夢想
看到這些自然的壯觀而到某些地方，
那兒能够看見裸體的男人和女人，
在那充滿恐怖的黑色畫面之前
感到一種陰森森的惡寒將他的靈魂圍住。
啊啊，醜怪的形體在哭泣，爲了失去遮體的衣服！
啊啊，滑稽可笑的軀幹！應當僞裝起來的胴體！
啊啊，歪扭瘦削，羅漢肚或洩了氣的皮囊那些可憐的身體
「實用」之神，鐵面無私而且喜怒不形於色地
將它們像嬰兒一樣包在青銅的襁褓裡！
而妳們，女人，唉，蒼白如蠟燭，
接受淫蕩的養育和腐蝕，
而妳們，處女，繼承母親之惡德的遺傳性
以及具有生殖力的那一切卑賤的醜行！
事實上，我們，腐敗的民族
所具有的一些美爲古代人所不知：
被心靈的下疳腐蝕了的容貌之類，
以及所謂憔悴之美；
可是我們遲來的女神們的這些發明並不阻止
我們這些病弱的種族，
將深摯的敬意獻給青春
——獻給姿態純樸前額溫柔的神聖的青春，
牠的眼睛透明清澄得像流水，
而且，像藍天，小鳥和花卉
牠在一切之上無憂無慮地散播着
牠的芳香，歌唱以及快意的熱！

6. 灯塔

魯本斯(1)，懶惰之園，忘却之河，
涼爽的肉體的枕頭，在那兒人們不能愛，
可是在那兒生命滙流且不斷激起浪波，
一如天空中的風以及狂瀾的海；
倫納德·達文西(2)，深奧而幽暗的鏡子，
那兒可愛的天使們，帶着充滿神秘的
溫柔的微笑，出現在冰河和松林的蔭影處，

冰河和松林封鎖着他們的天國；

倫布蘭特(3)，悲慘的病院充滿着幾咕聲，
礫刑像的大十字架是唯一的裝飾，
那兒，含淚的祈禱從排泄中裊裊上昇，
而冬天的陽光斜斜地將它切斷地射入；

米開蘭基羅(4)，茫漠不定的境地，那兒人們看見
赫克力斯們與基督們混雜在一起，
强大的幽靈們直立起來在黑夜迫近之前
伸直他們的手指，撕裂他們的壽衣；

拳鬪家的忿怒，牛獸神的厚顏無耻，
眞是善於搜集賤民之美的你，
脹滿傲氣的雄心，面黃肌瘦的男子，
普傑(5)啊，苦役犯的憂鬱的皇帝；

華特(6)，這狂歡節，那兒顯赫的淑女紳士，
像蝴蝶一樣閃閃發光地來往穿行，
掛燭台將瘋狂往這個旋轉的舞場傾注，
這種華燭照耀下的新鮮而輕妙的布景；

高耶(7)，充滿未知事物的夢魘，
在魔術師的夜宴酣醉中拿來燒煮的那些胎兒，
鏡子裡那些老太婆以及全裸的少女們，
爲了誘惑魔鬼緊緊地拉上她們的長襪；

德拉庫瓦(8)，墮落天使經常出現的血之湖，
覆罩着常綠的樅樹的蔭影，
那兒，在陰空下，奇異的軍樂隊遠去而消失
像韋伯樂窒息地嘆出的哀鳴；

這些詛咒，這些冒瀆，這些呻吟，
這些叫喊，這些淚水，這些讚歌，這些出神，
是在成千的迷宮中反響的一個回音；
對於那些凡人的心靈這是一種神聖的鴉片！

這是成千的哨兵所重復盤問的一個口令，
在成千的城砦上點亮的一個信號灯；
這是成千的播音器所傳達的一個命令，
迷失在大森林中，獵人的一個呼聲！

因爲，主啊，這是眞正表示人類的尊嚴
我們所能提供的最佳證據；
這是世世流轉而在您永恒的岸邊
逐漸消失的一個熱烈的啜泣！

譯註：

(1)魯本斯（Petrus Paulus Rubens, 1577–1640）：福蘭多（Flanders）畫家，Barogue式繪畫的巨匠。

(2)倫納德·達文西（Léonard de Vince, 1452–1519）：義大利文藝復興期的畫家、建築家、彫刻家。

(3)倫布蘭特（Rembrandt Harmenszoon van Rijn, 1606–1669）：荷蘭的畫家。

(4)米開蘭基羅（Michelangelo, 1475–1564）：義大利文藝復興期的彫刻家、畫家、建築家、詩人。

(5)普傑（Puget, 1620–1694）：法國的彫刻家。
(6)華特（Watteau, 1684–1721）：法國Rococo 畫家。
(7)高耶（Fiancisco Jose de Goya y Lucientes, 1746–1828）：西班牙的畫家。
(8)德拉庫瓦（Eugène Delacroix, 1798–1863）：法國的畫家。

7. 病了的繆斯

我可憐的繆斯，哎呀，妳今晨究竟怎麼了？
妳凹陷的眼睛繁殖着夜間的幻影，
而我看到，在妳臉色上交替反映着
冷酷而沉默的恐怖與狂情。

是否玫瑰色的小妖精與淺綠色的淫夢女魔
將她們甕中的恐懼與慾情向妳傾注？
是否夢魘的惡鬼以專橫而執拗的拳頭
使妳淹溺在那傳說上的泥沼深處？

但願：發散着健康的芳香
妳那胸中，經常有強勁的思想造訪，
而妳那基督徒的血以節奏性的脈浪流着

像詩歌之父「太陽神」，與收穫之主
偉大的「牧神」，所交替統治的
語言之古國中那種韻律豐美的聲色。

8. 賣身的繆斯

啊，我心靈的繆斯，宮殿的酷愛者，
妳是否，當「一月」放縱「北風」之神，
在下雪的那些夜晚幽暗的厭倦期間，
備有使妳那紫色的兩脚暖和的炭火？

妳究竟是否想以從百葉窗射進來的夜光
甦醒妳那顯出大理石紫紋的兩肩？
感到錢包空空一如妳的宮殿，
妳是否想向蒼穹採集黃金的星？

爲了掙得每天晚上的麵包，妳不能不
像合唱隊的小孩一樣搖弄香爐，
唱着妳並不信仰的感恩讚美歌，

或者，像餓着肚皮的街頭賣藝者那樣，賣弄
妳的嫵媚，而妳的微笑浸在人們看不見的淚中
爲了使庸俗之徒醒脾開心。

9. 惡僧

古代的僧院在那廣大的壁上
展出神之「眞理」的壁畫，
由於這些畫，篤信的心腸燃起熱望，
那冷嚴肅穆的氣氛爲之柔和暖化。

——啊，痛苦！啊，痛苦！「時間」蠶食生命！
這個看不見的「仇敵」腐蝕我們的心靈，
啜吸我們失去的血而長大肥壯！

在基督播下的種子開花的當時，
有許多名僧，名字在今天已被遺忘，
將葬儀的場所當做畫室，
以純眞的畫筆繪出「死」的榮光。

——我的靈魂是個墳墓，從永恒之初
在那兒，我遊蕩，我居住；
在那可憎的僧院墻上沒畫下一筆裝飾。

哦哦，懶惰僧！什麼時候我才能
將我那光景生動的一幅悲慘的人生
以我的手描出而讓我的眼睛享福？

10 仇敵

我的青春只是一場陰慘的暴風雨，
偶爾零落地射入燦爛的陽光；
雷雨的蹂躪如此凌厲，在庭園裡
留下的紅紅的果實僅是少量。

現在我已觸及思想之秋季，
現在我必須使用鐵鍬和耙子，
重新塡平耕耡氾濫的大地，
那兒濁流掘出的洞穴大如墳墓。

有誰知道我夢中的這些新奇的花朶，
在被沖洗得像河原的這塊土地裡是否
會發現到使它們茁壯的神秘的養分？

詩人的備忘錄⑫

錦連譯

對新的音樂性的渴望！

現代詩最大的問題之一，乃是對獲得音樂性的意志，顯著的趨於稀薄化。今日人們毫無懷疑地談論着「現代詩的不毛」，事實上極端的低溫狀態之幾乎趨於恒常化，其較大要因，不是在於詩人們本身默許着其意志的缺如這一事實嗎？

現在實在有衆多的人，像是對詩的內在音樂抱有敵意一般地，把因騷音而歪曲的蕪雜的分行散文隨手亂發着。

沒有安定的韻律之處，無法形成豐饒的音樂。被明確的律動所補強的韻律的持續，從那裏溢出的音樂性的和諧——這便是詩之成立爲詩的基本要件。倘若不能獲得被音韻所刺激的感覺上的喜悅，要將某一個作品作爲詩來完成享受的狀態是無法成立於我們的內部的。不用說，它是直結於人的感覺的生理條件之一個顯而易見的事實。

即使某一個作品提示着如何多彩的意象的世界，倘若對韻律上的效果的計量不周到，即個個意象之間的均衡將會喪失。而完美的詩的世界終於不能成立。或者會出現僞詩——像僅僅强制讀者去追尋修辭辭上意味之連鎖的散文行爲那樣的詩的仿造品。

時下把日常生活的哀歡，放肆的一廂情願的夢想，用作爲散文的記號去使用的語言和十足誇張的姿態寫出來的僞詩充斥詩壇，猖獗一時。奇妙的是在現代詩的世界，散文性記號的語言的 inflation，似乎正非常大規模地進行着。

現代詩要奪回其豐饒的音樂之富和使其復活詩的生命，今日的詩人們，有必要更認眞地注視與傳流詩的接觸點，並且須要積極地主張其遺產的利益分配。

然而重要的不僅是一定的韻律形式，而且在詩句內部，音韻的微妙的玩兒或在那裏所造出來的複雜的協和音等等，對內部音樂來說，這也是不可或缺的要素。

不用說，現代的詩人們必須靠現代的活生生的國語去構築詩的世界。因此要使音樂在現代詩裏蘇醒，當然另方面也需要同時推進一種嘗試——即對現在所流通的粗笨的日常語，探索詩的純粹音韻之可能性。把沾了很多複雜要素的日常語，從埋沒於習慣的狀態提昇到純粹狀態，並析出帶有詩語光耀的音質，然後以擺列這種詩語去將能迷住讀者聽覺的韻律，確立於自由詩形的內部。回避這些嚴厲要求的作品，到底祗是一文不值，沒有絲毫價值可言的。或者終極是祗能在某種特殊的圈子裏通用的無意義的玩弄物而已。

詩刊雜論

林鍾隆

詩刊是山谷中的百合花，不是都市的女郎。都市的女郎花枝招展，招搖過市，供人觀賞爲樂。山谷中的百合花，只供尋幽探勝者的愛賞；卽使尋幽探勝之人不來，依然全力盛開。

詩刊自然是詩的花園，但是不必像陽明山，一色的櫻花，一色的杜鵑，它應該具有各種各樣的花，雖不能使每一個愛花者喜愛每一種花，但不會使任何人失望，每一個愛花者都能欣賞到一朶兩朶他所喜愛的花，這就是最難得的了。

詩刊是一個人物，隨着它的年歲的增加與成長，自然會形成一種風格。沒有風格，不成詩刊。只有使風格更爲高尚、可愛，才能贏得敬慕和親近。

一種好的風格不容易成形，正如高尚的人格不容易修養一樣。但是，待風格一旦形成，就會成爲發展的一種束縛。伯夷叔齊是清高的風格，伊尹是治亦進，亂亦進的以天下爲己任的風格，柳下惠則是不羞汙君、不辭小官，和氣處衆而我行我素的風格。好的風格不止一種，武王爲民伐紂，而伯夷叔齊竟不食周粟而死，如此固執一端，而缺乏寬容性，是遺憾的事。風格之可貴，端在「君子尊賢而容衆」，才不至作繭自縛。

詩刊是詩人之母，它有培養詩界新人的神聖的責任，詩刊若拒絕了這個責任，就不會有延續性，必將隨舊人之衰老與物故而衰竭生機。培養新人的意義，並非不好的詩也加以刊登，而是詩中可見可以開展爲碩大的花朶的小蓓蕾，或者可以聞到某種異樣的氣息，因此雖不見得成熟，也不拒絕其生長的意思。

詩刊的好壞，編輯人的責任很大。人都有偏見、偏好，世人愛牡丹，周敦頤愛蓮，陶淵明愛菊，所愛雖不同各有它的美，編者必須時時覺醒於自己的偏見與偏好，胸壞才會開濶，心眼才會擴大，才能謙虛地用心於並非善愛及欲有所見而未能有所見的事物，要相當抑制自己的偏見和偏好，才能在刊物上配置各種異色的花朶。

擇善固執是必要而可貴的，改革創新也不是離經叛道。臺灣的蓬萊米比在來米好吃，但是，在來米是臺灣的原種，蓬萊米是日本種的稻子和臺灣的在來種雜配而成的新品種。這好吃的新品種，在日本並不合於它的成長，它仍然是臺灣的，而比原來的好吃。

但是，沒有在來種和日本的稻子雜配，只把日本種的稻子拿來臺灣播種，是生不出像蓬萊米那樣好吃的米來的。

移植的目的並不是使花園中有舶來的花朵，而是在本身的改革創新。因此，可貴的是同時有理論和詩。介紹理論，要能有詩爲證，介紹詩，要能有理論爲輔。

詩，沒有詩以外的目的，若有詩以外的目的，就不是眞正的詩人。詩刊若有詩以外的任何什麼，都不是眞正的詩刊。

詩，不像小說，不是爲稿費而作，只憑熱情來支持。

人的修養，平日並不顯，與人爭吵時，則分毫畢露。詩刊的格調高低，與人議論時格外顯著。有主張、有意見，有正義感的人，難免與人論爭，但論爭首要在風度。謾罵，言詞激越，都有使詩刊淪爲潑婦、鄙夫的危險。「其爭也君子」，所論方能獲得敬重。

論爭常爲了是非，殊不知爭是非者，「爭」而已，是非永遠是是是非非，非非是是，賢如孟子，謂「楊氏爲我，是無君也；墨氏兼愛，是無父也。」，居然不知，團體的權力過大時，强調個體的自由與權力，正是一種緩衝上所必要，兼愛世人，民胞物與，又是何等宏大的胸懷和理想，難於做到而已，有什麼不可呢？亞聖尙且如此，吾人能不警惕？

有良心的法官，常憂慮判錯案子而不安，是與非，是很難判定的。沒有這種認識，不會有虛懷若谷的心胸，不是虛懷若谷，就無法知人之是，悟己之非。是非往往沒有絕對性，說謊爲非，醫生向將死的病人謊說安心靜養會逐漸康復則並不是「非」，因此，理論，與論，與其爭正與不正，實不推求其得失，細述，詳列其得失，是非自然在明眼人心目中，不斷而自明。

常聽「僞詩人」一詞，對何以會造成僞詩人深覺疑問。僞詩人之能爲僞詩人，應該有相當的僞詩發表，才能成就其名。但是，那相當多的僞詩，應都在詩刊上發表的，所以，若有眞正的僞詩人，那麼，僞詩人並非自己成長的，是詩刊培養出來的，是發表其僞詩的詩刊之罪。

詩刊不僅刊登新作，爲詩史無意地提供資料，也應有意識地參與詩史的整理工作，對凝視過去，重新提出值得注意的詩作，加以凝視、評述、究其得失，作爲反省資料或加强擴大其影響力，是有意義而有價値的工作，這才是耕耘，也問收穫的，檢討過去策勵將來的求進的實在途徑。

不是存在主義，但必須認定存在即是價値。

不是瘋狂，但必須有自以爲是的狂氣。

有前者才能立得定，有後者才能生出熱。兩者的執着，詩刊在安定中繁榮，才能有活躍的生氣。

龍族的衝勁

——我對「龍族詩刊」的看法與期望

陳秀喜

寫詩的年輕朋友之中，「龍族」詩刊的同仁們，有許多人以「阿姑」親暱的稱謂呼喚我。在這人生的過程中，人海茫茫，人情如薄紙的時下，能得到「以文會友」是幸福的。而我竟能得到「以文會親」，有他們以如此的親情待我，令我衷心感激，永銘不忘，也使我覺得人生多麼美啊！但是以我學習國文、學習寫詩的立場來說，他們不但是世姪，他們都是我的國文老師，因爲和他們相處，好比是上一堂課。大家談論的時候，我可以認眞聆聽國語的發音，我得到很多的幫助。所以，在我的心中，我一直尊重他們爲老師。前年的春天，一個寒冷的深夜，接到施善繼姪的電話，「龍族」詩刊將誕生的佳音。自電話筒傳來，那麼興奮的聲音，讓我也分享了他們高興的心情。然而我却一喜一憂。因爲知悉辦詩刊的困難，印刷費的煩惱。

六十年三月三日「龍族」詩刊誕生了。創刊號第一期出版，二十開，四十五頁，每册拾元，迄今已邁進第二年。第五期在二月二日以「龍族詩刊週年紀念專號」出版，自這一期增加到七十二頁，每册拾貳元。短短一年之間，自第一期四十五頁增至七十二頁，詩創作增加，翻譯增加，內容也一期比一期充實，採用新穎的美術設計，彩色印刷，挿圖來美化詩刊。編排的苦心，呈現爲清新可愛的詩刊。同仁們把熱情，青春氣息傾注於詩刊的每一角落，其成長率的快速，令人驚嘆。平均年齡爲三十歲以下，同仁們的衝勁是沸騰的，熱愛詩的血液化爲主動力。同仁們大部份都在臺北，所以，開編輯會議的時候，可以齊到，同仁費每個月壹佰元也容易收到（我的擔憂成爲多餘），討論不必拘束，編輯爲每期一位同仁負責擔任，輪流編輯的辦法，無形中促成了激發競爭心理，形成每期都有可觀的成就，實在值得稱讚。「龍族」詩刊，確實給詩壇帶來了蓬勃的朝氣。

期望得到「人和與地利」的好條件之下，同仁們更加團結，如這一年來飛躍的成就能繼續下去，那麼，「龍族」詩刊的前途是無限的。

噴泉的成長

——我對「噴泉」詩刊的看法與期望

李階

噴泉詩社，早期由首任社長秦嶽和大荒，陳慧樺、藍影、李弦、黃蔡楠、劉興廷、古添洪……等人爲「開路先鋒」，以後王亮、李星崗、李勇吉、余崇生等社長繼之努力，加上余光中、童山等二位指導老師以及詩壇先進的指導與鼓勵，終於日漸茁莊，成爲一匹脫韁的野馬，縱橫馳騁於當代詩壇間。

老實說，在師大這樣保守的環境下，「噴泉」的生長是相當辛酸的。某些老朽們唯恐我們不趕快倒閉關門，經常投來不屑的眼光，甚至在課堂上公然非難現代詩。有時我們也忍不住要站起來辯駁一番；但細思一下，這些老朽不是適當的對手，只好乖乖地在座位上恭聽教誨。一批同學更是令人洩氣，跟着這些老朽搖旗吶喊，恃衆凌人，好不令人「傷感」也。但沒有刺激，也就沒有進步，在冷嘲熱諷下，我們的脚步更穩，意志益堅，繆思也供奉得更高。

經過五年的努力，「局勢」顯然對我們有利，英語系有現代詩課，國文系去年也增新詩課，部份同學也熱愛新詩了。從各種校內刊物所登載的新詩看來，作品的水準已較前幾年提高不少。由此可見，我們的努力沒有白費。

我們的詩刊出了八期，第九期亦將推出。最近又增印「噴泉詩頁」，以配合詩刊。經常邀請名家作專題演講，學辦校內朗誦比賽、座談會、創作比賽等活動。

對於「噴泉」的期望，有下列幾點：

一、從「運動」到「教育」：作爲一個大學詩社，尤其是最高師範教育學府的詩社，其性質自有異於其他詩社的地方。現代詩運動，多少具有破壞與宣傳性之作用，早期我們曾熱衷於此，後期則注重「新詩教育」。由「運動」到「教育」，期能更進一步對新詩史有所貢獻。我們相信「噴泉」所擔負的任務較其他大專詩社爲大，因爲我們未來都是中學教員，站在講臺上，要使新詩興盛或衰落，具有很大的作用。至於「新詩教育」的內涵是什麼？在「師大第一、二屆現代詩展導言」和「噴泉」七期的社論當中，已經揭櫫得非常清楚，筆者不願多占篇幅贅述。

二、詩朗誦與現代詩展的維持：噴泉詩社朗誦隊的詩誦水準，目前仍高居各大專詩社之冠，這可由去年新詩學會所舉辦的全國大專院校詩誦金像獎大競賽與今年救國團學辦的學藝競賽（大專院校詩誦競賽項目）等兩項全國大專院校詩誦競賽中奪魁的事實得到證明。這種優異的成績，得力於「噴泉」每年都舉辦校內詩誦比賽，可羅致許多朗誦人才。

黃癸楠曾在「笠」廿五期「簡介噴泉詩社」一文中說過這樣的話：「噴泉詩社還有一項未完成的計劃，那是現代詩與現代畫的配合展出，短時間內我們不敢冒然從事，因爲那不是一件容易事，但是我們想試着去做，希望不久這項活動能順利地展開。」這不僅僅是黃兄一人的心聲，也代表全體社員的期望。後來筆者接任「第四棒」，毅然不顧一切，將現代詩展開辦起來，今年第二屆也展過了。

詩誦與詩展都屬於新詩的動態介紹，其價值在於做爲推展新詩的工具而已，眞正要努力的還是在詩刊作品水準的提高。不過在還沒有找到眞正「對手」之前（噴泉詩誦與詩展的「規模」與「水準」，目前各詩社能超過的可說還沒有。），我們還是樂於繼續維持這兩項活動。

三、兒童詩創作的努力：當代詩肯闢出專欄，提供兒童詩作品的僅有「笠」詩刊一種，這種努力，值得其他詩刊的借鏡。已故天才詩人楊喚在給康稔的信中曾感慨地說：「你知道兒童文藝在中國是最弱的一環，雖然目前兒童讀物多如春筍，嚴格說來又有幾種合格的呢！較之英美日本，可謂少得可憐又可憐。我不敢說我的兒童詩寫得怎麼好，但是在這裏就沒有人肯花功夫去給孩子們寫東西，你想，一般成了名，或出了名或不成也不出名的，都想用大塊文章去換錢得獎金。有誰肯化了大半天的氣力，去換兩包香烟錢呢！」，現在年代雖與楊喚說此話的時間不同，可是兒童詩貧弱的情形依然如故。「噴泉」希望維「笠」之後，在這方面也努力努力。

四、國際學生詩創作比賽的舉辦！這是我們很大胆的目標，希望在舉辦國內學生詩創作比賽，有了經驗之後，向這個鵠的邁進。這種規模雖然很龐大，可是事在人爲，也許幾年後，「噴泉」能出個有力的接棒人，擔當此大任。

筆者曾參與過「噴泉」的社務工作，較熟悉社內概況，所以拉雜地寫了本文，其實比我更適合執筆的人很多。「噴泉」是一個學生詩社，期望它能長久生存下去，不要中途夭折了；也更期望詩壇先進能本着已往愛護、提携的心情，在未來的歲月裡仍然能幫助它，爲它打氣。

水星的軌跡

陳鴻森

——我對「水星」詩刊的看法與期望

1.

我對「水星」並無惡意。但我以爲：若要確切的看清，首先必需將對象壓抑，而置放於較低的位置上。

嚴格的說：「寫詩」和「詩刊」是無關的，詩在被寫出之後，便已成立。

發表，似乎是據於詩人的脆弱。

詩因寫作而成立，那麽詩刊是因詩人間的「默契」而成立的。詩人內心底那個「同意」，才是詩刊生命的原質。脫離了詩人們精神結合的詩是敗血的。

然而今天的詩人，是充滿着苦衷的。作爲一個詩人，絕無優越自豪的理由；但詩人是「在投宿時，於職業登記欄裡塡下，會倍覺羞耻」（沙特語）的身份，我們是咀嚼着多麽强烈深刻的悲哀啊。

詩刊即是詩人苦悶的現實或夢想反射，意圖造成的預定調和的世界吧。如果詩刊是基於要抵抗「詩被漠視」的壓迫，這種宿命式的行動是多麽的辛苦。

2.

近幾年來，南部詩的氣息一直是低落的。

即使當年在左營起家的「創世紀」，或朱沉冬和他一些學生所努力的「現代」……似乎都未曾給予一般以什麽有力的影響。

上面我所指的「一般」，並非向着社會性意義。但這些詩刊的消逝，却使詩走向更寂寞的地帶。

去年元月，「水星詩刊」的成立出現，確是叫我興奮和關心着。我想我是能够想像到旗手的張默和管管的苦心的。

「水星」是確實在前進着。

詩刊在脫離了詩的場合以外毫無意義。一個詩刊的價值，也就決定於詩和其推動力上。在出刊了七期的今天，看着「水星」的背影，除了以着等待的心情外，我也有着某些隱憂。

3.

在走進「水星」之前，我想有必要把其於「發刊詞」上的五點意旨提出。

一、喜歡新人，喜歡最具創意的新作品。

二、强調「眞摯」、强調「感性」與「知性」的合一，强調「風格」是自我的形成。

三、「萬花爭艷、各具風貌」，應該是中國現代詩的本色。

四、每月出刊一期，在經濟困難時，將以聲音出版。

五、所有有才的詩人，不論年齡，一律平等。（記憶）

從去年元月十日至今年元月十日止，「水星」七期裡共計刊登了詩創作一百八十五首，譯詩五首，理論姿勢（不是詩論）的文字五篇，另有「創世紀大事記」、「鄭秀陶作品回顧」、「詩人沙軍追悼小輯」、「瘂弦作品回顧特展」。

在活動方面，計有「現代詩的語言及其他」座談會一次，「宋志揚露面」集會一次，詩朗誦會一次。綜觀於此，眞可以稱之爲「五臟俱全」了。

4.

A「水星」是支持年青人的：

	年青世代		既成詩人		合計
詩作	146	佔79%	39	佔21%	185
理論	1	佔20%	4	佔80%	5

由表中可看出年青世代在「水星」裡被重視的程度。

年青人才是一條河裡的「流」，失却了年青人紊亂脚步的世界是夜的世界。

B作品回顧的深意：

不少詩人，在進入中年之後，或因創作熱情的消失，追求意志的薄弱，或因某些社會因素的壓負，他的聲音便逐漸消失了。

然而這些消失的聲音，有許多是一直叫人懷念的。詩人在走遠後，作品的被回顧，雖會有着被「追贈」的悲哀味道，但從另個角度看，毋寧也是幸運的，因可據實的察出能接受時間（詩想、技巧、精神……上的改變）的考驗度。

C過程上詩史的整理：

近二十年來，中國現代詩在經變化，累積而成長至今，其間的詩刊實居有着甚大的貢獻；然而在文學領土上的追求之「現實」是更冷酷於一般，如扮過重要角色的「現代詩」、「藍星」、「創世紀」、「南北笛」諸詩刊，過不了多少時候怕就要被淡忘了吧。

「水星」在第四期以三分之一篇幅，刊出了「創世紀」的大事記，雖有其用心，但它的意義却是不可忽視的。一個詩刊的價值，或因了解、趣味、容受上的不同，便有迥異，我們更希望的絕不是抛向歷史的「媚眼」，而是不帶任何感情的呈現。希望如預告所謂的，在「水星」的往後，能陸續的把其他幾個重要詩社介紹出來。

5.

A潛在的隱疾：

水星的特色是讓年青世代登場。但「重視新人，絕非亂捧新人」。在「水星」上確實發現了不少新人，諸如汪啓疆、朱陵、許丕昌、渡也、尹凡、朱提、唐瑾……等人，雖然其中也有少許略具潛力與衝刺意志的，但大多是表現曖昧的，迷失在歧途裡。此咎雖非盡在於「水星」，但絕不能辭因過於高估而使之陷於不自覺的喜悅之責。這種「嬌寵」的厚愛，無疑是「扼殺」年青世代創作生命的主因。

能夠常發現「千里馬」的「伯樂」，如不是在濫芋充充數，實是叫人對這種「慧眼」深感懷疑。

B空白的預告：

一個詩刊首先必需能相信自己，然後才可能被相信。「預告」常是暗示着某些高潮的卽常出現，而在讀者一方因對高潮的興味，而甘於等待之苦。但在「水星」上，這種「只聞樓梯響，不見人下來」的聲音，却屢出不鮮，諸如第二期的宋志揚之「向中年一代詩人進一言」的預告，第四期的「現代詩大事記」及詩人周鼎駁「招魂祭」的預告，第五期的「現代詩大事記的鐵定刋出」及宋志揚的「對年輕一代的忠告」的預告，在在這些都不曾有過下文。

詩人貴於「眞」。這種現象的促成因素，眞叫人百思莫解。

C批評的貧厄：

批評在本質上就具有着欣賞、比較、分類、判斷、反對的意味。作爲詩論，除了竭力於詩的認識和品味之外，都是無意義的。而作爲批評者的首要態度，卽是「出」而據於一種 disinterestedness 的位置上。

我國一直貧於理論建設，可以說如亞諾德（英Matthew Arnold ）所謂的：「眞正創作活動的時代，乃是以批評活動的時代爲先導的」對於嚴肅無情的批評，一直是我們所渴求的。

但出現於「水星」的幾篇文字，除辛鬱的「不順耳的話」較具內省力外，似乎都仍是情緒的、意氣的。不從詩的本質上去思考和探究，詩論是不能成立的。

D精神的墮落：

一個詩刊，絕不只是詩「發表」的園地而已，最重要的還是精神上「自主性」的建設的領土。

在「水星」四期裡，曾這樣明白的表示着：「水星是不孤獨的，它是繼『創世紀』之脈絡，和『詩宗』爲同姐妹刋物……」，這種需賴「精神擁抱」存在的詩刊，如非感於其生命的脆弱，則是一種墮落，且意中充分的流露出對曾輝煌過的今日「廢墟」的眷念。

事實上，由它所發表的詩作來審視，也可看出已逐漸的步入當年「創世紀」的陰暗的技術性之狹巷。

這是「水星」不得不深省的。

6.

「現代詩人不得不一面從事生產，另一方面還要化裝，還要輸送……」，對於肯在這樣社會下的詩刊工作者，這種無償的純粹性之給出，是叫人欣慰的。

這種作爲，該是與那個推巨石上山的永遠的旅人一樣吧，雖勞苦但却在每一分每一秒裡，與自己「面對」。

我個人也在「水星」上參予演出過一段時間，對於「水星」的茁長，我是一直凝視着的。我願望「水星」能在眞摯裡蔚成蔭。

事實上對一個詩刊的希望，不正也是對整個詩壇的願望嗎？

（六一、二、十在屏東）

出版消息

本社

I 詩　刊

※「龍族詩刊」第六期，龍族詩社主編，林白出版社出版，定價十二元。

※「噴泉詩刊」第九期，已由國立臺灣師範大學噴泉詩社出版。

※「華岡詩刊」第四期，已由私立中國文化學院華岡詩社出版。

※「水星詩刊」第九期，已由水星詩社出版，定價四元。本期有「林亨泰作品回顧特展」。

※「臺北短歌集」㈠，已由臺北短歌集編輯委員會出版。

※「臺灣文藝」第三十五期，已由臺灣文藝社出版，定價十元。本期有「首屆吳濁流文學獎漢詩獎揭曉」。

※「暴風雨詩刊」第六期，已由暴風雨社出版。

II 詩　集

※衡榕詩集「望向故鄉的臉」，共分八輯，八十多首，由學生書局出版，定價十五元。本集有何錡章、趙天儀等的序。

※拾虹詩集「拾虹」，列入笠叢書，由笠詩社出版，巨人出版社發行，定價十六元。本集有桓夫、李魁賢的序，傅敏的評論。

※林清泉詩集「寂寞的邂逅」，由高大出版社出版，定價十五元。

※管管詩集「荒蕪之臉」，由普天出版社出版，定價十八元。本集有洛夫的「序」，辛鬱、張默、魏子雲等的評論。

※姚家俊詩文合集「純眞集」，已由時代文化集誌社出版，定價二十元。本集有周伯乃的序。

※喬林詩集「基督的臉」，列入龍族叢書，已由林白出版社出版，定價十五元。本集有施善繼的解說，蕭蕭的評論。

※丁穎詩集「第五季的水仙」，列入藍灯文叢，已由藍燈出版社出版，定價20元。

III、評論、翻譯及其他

※余光中散文、評論等合集「焚鶴人」，列入藍星叢書，純文學出版社出版，定價精裝本三十元，平裝本二十元。

※劉啓分選譯「西班牙詩選」，列入新教養文庫，已由三信出版社出版，定價十八元。

※趙雅博譯，西班牙詩人黑麥愛思（又譯赫美內斯）(Juan Roman Jimenez) 著「心靈的十四行詩」，已由啓叢書局出版，基本特價七角五分。

※陳祖文、余光中等譯註的「英詩選譯」（The Poet's Voice），已由學生英語文摘出版，特價二十五元。

※方瑜譯，里爾克（M. Rilke）著「馬爾泰手記」(Die Aufzeichnungen des Malte Laurids Brigge)，列入新潮文庫，已由志文出版社出版，精裝本定價三十五元，平裝本二十四元。

※王文奐編，王成田註，依 Laurence Perrine 的 "Sound and Sence" 改編的「詩情畫意」，由雲天出版社出版，特價十五元。

※李長俊譯，亞歷山大里安（Sarane Alexandrian）著「超現實主義的藝術」，大陸書店出版，定價八十元。

海外來鴻

天儀：

謝謝你寄來的「笠」詩刊。我很喜愛黃基博老師提供的兒童詩園。他大概是一位很關心兒童文學、教育的熱心人士，眞難爲他在那艱難困苦的狀況下，竟然能中流砥柱地愛護孩童、熱衷教育。我向他敬一個禮，九十度的，惠男的詩我也讀過了，清新可喜，他的詩容易使人想起早期的一些詩人。應該勸他多寫點。附帶地，也告訴他不要常常讓「游絲」掛在樹上，飄到天空；他應該讓無數游絲結合起來，織成大網，然後始成堅實的詩篇。我們的詩壇，小調、輕歌大家皆能成誦了，但鉅作性的交響樂、組曲與歌劇，似乎缺少人去嘗試。大手筆的作品，只有大手筆的巨匠才能爲之；大家乾着急也沒有用。但如果大家把視眼放遠地，常常關心着如何把小調、輕歌鎔鑄到大作品的問題，並且勇於去嘗試，則自有成功之日。不知以爲然否？

關於文學作品譯介的工作，實在需要許多專人去實幹。在臺灣這類的工作人士本來就不多，因此所做的也很零星、很瑣碎。我們對這些人士正要給他們鼓勵，而不是惡意地，無謂地洩氣他們。臺省同胞裡中年以上的，不幸在異族統治下生活過，那是一場難堪的惡夢，每一個有感性的人都能感到同情的。但也因爲這一層關係，這些人對日本文字的內涵有較深刻的認識與了解。由他們來譯介日本文學作品或其他日本學術文化的東西，自是方便而順遂的事情。反對譯介日本文學只能在一個理由下才能成立，那就是：日本文學無有任何藝術上的參考價值。其他的任何理由，均是不相干的。但我相信很少有人能說日本文學一無藝術上的參考價值。我所擔心的只是：在臺灣，還沒有太多好的日本文學譯介進來；或者一些好的日本文學作品尚未能夠出現優良的譯品，舉一個例子：誰能夠根據中文譯本「雪國」，認識到川端康成的世界呢？但當我看到日本電影「故都」（電影譯名爲「故都雙珠」），我就稍能體認到那特有的藝術氣氛，感受以及他們對命運的觀點了。那眞是非西方的特有的一種美。另一方面，國人反日本的情緒也是可以理解的。但這種情緒不應無止境地亂發作。在討論藝術、文化、學術以及理解人性方面，我們的態度宜乎超然一點。我們吃俄國人的虧還不夠麼？但誰能說Dostoevsky, Pasternak等人不是文學巨匠？當然，在處理實際事物上國與國之間原無有道義可言，我們所持的原則該是對任何國家都要提高警覺的。

我講的話太過簡短，你當能揣摩我所想的。文學的天地只容納優良的作品，與夫偉大的批評。眞希望文壇上的爭執不要走到一些不相干的地方去。

隨手寫這些，忘了談正經事。

……（餘略）

祝

好

新雲一九七二年四月七日

黃靈芝先生作品集出版紀念會

本刊同仁參加「黃靈芝作品集」出版紀念會
右起陳秀喜、黃靈芝、巫永福、郭水潭

笠詩雙月刊第四十九期　中華民國內政部登記內版臺誌字第二〇九〇號　中華郵政臺字第二〇〇[illegible]號執照登記為第一類新聞紙　定價十二元

笠詩双月刊　第四十九期

民國五十三年六月十五日創刊

民國六十一年六月十五日出版

出版者：笠詩刊社

發行人：黃騰輝

社長：陳秀喜

社址：臺北市松江路三六二巷七八弄十一號

（電話：五五〇〇八三）

資料室：彰化市華陽里南郭路一巷10號

編輯部：臺北市基隆路三段二三一巷四弄二一一號

經理部：臺中縣豐原鎮三村路九十號

定價：每册新臺幣十二元

日幣一百二十元　港幣二元

非幣二元　美金四角

全年六期新臺幣六十元

半年三期新臺幣三十元

●郵政劃撥中字第二一九七六號

陳武雄帳戶（小額郵票通用）

笠

LI POETRY MAGAZINE

詩双月刊

民國五十三年六月十五日創刊・民國六十一年八月十五日出版

50

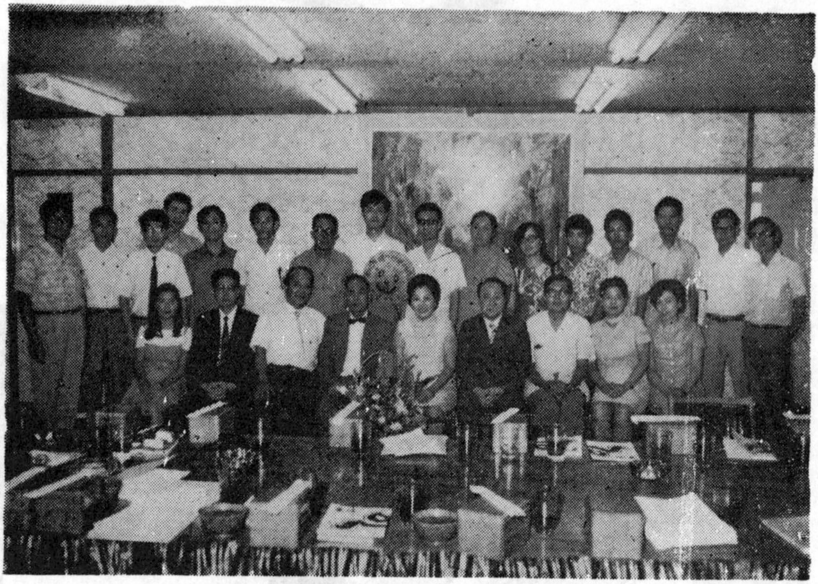

照合會談座念紀年週八刊月双詩笠

笠詩双月刊八週年紀念座談会……一九七二年

主題　詩刊的理想與使命

主席　黄騰輝　　記錄　李魁賢

出席

陳秀喜　黄騰輝　[illegible]　陳千武

白萩　林宗源　黄荷生　趙天儀

林煥彰　傅敏　楊惠男　鄭炯明

陳明台、[illegible]　[illegible]

[illegible]　[illegible]　[illegible]

[illegible]　[illegible]　杜潘芳格　[illegible]

言發生先文鼎鍾人詩

卷頭言

兒童詩的開拓

趙天儀

自本刊開闢「兒童詩園」以後，承蒙黃基博老師、林煥彰先生等熱心支持，因此，反應頗為熱烈。讚許者認為該欄極有意義，反對者則認為這種試驗性的作品不該在本刊發表，或許另外出個「兒童詩刊」比較好。在我們目前的詩壇上，詩刊的出版不可說不蓬勃，然而，都是發表「成人詩」，正如成人電影一樣，是不大適合兒童們欣賞的，所以，在尚無正式的「兒童詩刊」創刊以前，我們來提倡一下，也未嘗不是毫無意義的罷。

已故的詩人楊喚寫過一些所謂的「童話詩」，其實，他為兒童們寫的「童話詩」，多半是抒情詩，其中具有童話意味的，僅僅只有少數的幾首。然而，他的想像豐富而美麗，跟兒童的世界頗為親近契合。女詩人蓉子女士也為兒童們寫了一本「童話城」，有些是抒情詩，有些是童話詩，想像雖不若楊喚的瑰麗，倒也清麗樸實。我們這個詩壇上肯為兒童們花一點心血的詩人們，都是值得我們崇敬的！音樂家許常惠先生不也是用楊喚的「童話詩」來作曲麼？

所謂兒童詩，主要是指由兒童們自己來寫的詩，正如兒童們自己畫的叫做「兒童畫」一樣。兒童畫以兒童們自己的筆法來構圖，看似笨拙，其實天然成趣，並且可以流露出兒童們的慧眼。兒童們寫詩，雖然跟學習作文有關，但學校的作文，往往由老師們先出題目，由學童們依樣畫葫蘆。我覺得兒童們學習寫詩，可以別出心裁，跳出寫作文的泥沼，像學習寫生一樣，不妨讓兒童們自己多觀察，多思索，同時也讓他們多運用兒童們自己親切的語言。

猶記得我的小弟弟在小學時代，有一天在我家門口，忽然下了一陣豆大的西北雨，雨水在柏油路上飛濺着，我的小弟弟喊着：「哥哥，你看，農夫挿秧！」在那一瞬間，我也彷彿感受了一種詩樣的情趣，至今猶歷歷在目。當然，兒童詩是值得提倡的，我們希望在「兒童詩園」，能够看到百花爭放，百家齊鳴，所以，我們更希望看到不同風格的兒童詩的作品展現。

笠50期 Li Poetry Magazine No. 50

目錄

愛及其他

巫永福

愛

父母未曾說過愛我
但我領悟父母的愛
你每次都說愛我
你的愛却無法領受

你想征服我把愛說成一視同仁
我知道你的花言巧語內含虛僞
你想擁有我底心
但我底心常受騙遂成了石頭

在橋上

站在橋旁
站在橋端
同來站在橋的中央
站在那些各種的地點

水滔滔地流着
空間渺茫地漂着
我渡過蕭條的生活

從橋上看望
看望我倒錯的線條
樹跟河水的中間
龐大的空間流着

變奏曲

給一點存在點燃火
認知幼稚的最初變奏曲

大小線條的面積是空間的歌
詩人傾注最大與最小的奧秘

平行線的窮極點有金星
滑稽的小丑是太陽的紅色舞

一角形或二角形的發明的存在
以自由的空想虐殺閻王

三四五六七八多角形的受難
似閃光般具優異的藝術約定

不受拘束而變身的頭腦
幻惑着美麗天使的理性

遺忘語言的鳥

遺忘語言的鳥
也遺忘了啼鳴
趾高氣揚地只一隻
飛高又飛高
飛到太陽那麼高

離開巢穴遙遠
離開父母兄弟姊妹
也遙遠地離開了祖先
能遠飛才能心滿意足似的
像不知回歸的迷路的孩子

固陋的心　遺忘了一切
遺忘了自已的精神習俗和倫理
遺忘了要講的語言
鳥　已不能歌唱了
甚麼也不能歌唱
被太陽燒焦了的舌尖

傲慢的鳥
遺忘了語言的悲哀的鳥呀

陳千武譯

〔編者按〕本社同仁巫永福先生，早歲畢業於日本明治大學，留學日本期間曾與蘇維熊、王白淵等創刊「福爾摩沙」，從事日文詩作極豐，本期由陳千武選譯其三十年前舊作四首，可見其詩風突出，而且甚具詩的魅力。

鶴嘴鋤

余光中

吾愛哎吾愛
地下水為什麼愈探愈深？
你的幽邃究竟
有什麼樣的珍藏
誘我這麼奮力地開礦？
肌腱勃勃然，汗油閃閃
鶴嘴鋤
在原始的夜裡一起一落

原是從同樣的洞穴裡
我當初爬出去
那是，另一個女體
為了給我光她剖開自己
而我竟不能給她光
當更黑的一個礦
關閉一切的一個礦
將她關閉

就這麼一鋤一鋤鋤同去
鋤回一切的起源
溯着潮潮濕濕的記憶
讓地下水將我們淹斃
讓礦穴天崩地摧塌下來
溫柔的夜
將我們一起埋葬
吾愛哎吾愛

五月廿六日

桓夫詩抄

桓夫

生的律動

自動旋轉的秒針的意志
跳動得很正常
不知權威者的存在
只知發條、螺絲以及零件的存在
跳動得很快活

沒有事件發生
就不思想掌握命運的
另一種奇異的神
沒有愛情的遷移
就不會感到痛苦的過程

然而看不見的動力
不因看不見而被稱爲神
時間才是統治者
旋轉着的齒輪
才是顯明的力量

手術

大夫診斷說我患了「腸捻轉」
如果不是惡性的癌腫瘤
開刀是不會死的
激痛已久　使我忘却了
死或不死該如何爭辯？

昏迷了幾個小時
不知道大夫在我腹部檢到了什麼思想
切開糜爛的零件
剔除我的頑固和反抗吧

看起來覺得不順眼的一切
使我自感懺悔的肉片
緊貼着我　那陌生的臟物
害我的黨羽

都把它挖出來丟入垃圾箱裡去
乾脆利落

捻轉着的不祇是腸而已吧
也有不相干的感情在捻轉着吧、
大夫啊 相信您的診斷是正確的
您的手術刀能使我活過來
使我重新看到
親愛的妻子 看到
手術後直線的世界……

遊戲

開拔啤酒瓶蓋子
事先，我必須預防壓住
噴上來的勢不可當的汽泡的爆笑
然而
爆笑立即變成憤怒——
預感即將爆發的是
儼然！露出爲政者面貌的
那些客人的疑心而已

事實
只有汽泡瞎嘟喃着
我懷念又討厭
嘴邊滿黏着泡沫的
以往的日子
日日循環着無心的遊戲

星星之淚

我有一位朋友
他說養猪最合算
他說養猪越多越賺錢
若間有不吃飼料的猪
就鞭打牠
打成肥肥胖胖的猪最賺錢

很多年前
我那位朋友從戰地回來
便養了很多很多的猪
而好貪婪的猪 無需鞭打
却繁殖得很快
生過好多猪兒猪孫
終於 溢盈了猪舍氾濫出來
傻傻地 傻傻地
氾濫到祖傳的田園去

猪很頑强地生了根
吃盡了甘藷葉和莖
吃盡了他祖父的遺囑和憐憫
我想我那位朋友
既沒有機會鞭打猪
應該有機會鞭打自己是不是？

吃盡了所有的青葉之後
猪們仰望天

看看閃閃似在流淚的星星
猪們便張開長嘴
想飲星星之淚
慾望活下去！

——爲了養猪
被妻子遺棄了的
我那位朋友
現在 却不埋怨女人了

盼望

陳秀喜

夜空給我無聲的驚喜
相約的時刻
恰當北斗南中時
七星已旋轉過
盼望你
那湛然微笑的
一對黑亮的星星啊
爲何遲遲不現
夜已熟透

你怎忍心讓我
啃着酸澀的果子
心屬於純眞和擔憂
許久倨倚着門
等你

幻想牽起我的手
我是被吊在屋簷下
那一串爆竹的無奈
似蛇身的醜態搖幌
如蛇心執迷着
渴望一根火柴讓我解脫

當火舌的熱情一舔
立刻爆炸
散了許多花朶

我渴望一根火柴

鳥語

李魁賢

鸚鵡

「主人對我好！」
主人只教我這一句話
「主人對我好！」
我從早到晚學會了這一句話

遇到客人來的時候
我就大聲說：
「主人對我好！」
主人高興了
給我好吃好喝
客人也很高興
稱讚我乖巧

主人有時也會
得意地對我說：
「有什麼話你儘管說。」
我還是重複着：
「主人對我好！」

杜鵑

在唾沫橫飛的風聲中
有誰會聽見我泣血哀號
不確定的命運？

從衰敗的芒草尖
躍上頹唐的相思枝
以單薄的羽翼
搏擊挾風勢而來的斜雨

不必爲落葉嘆息，只要
我微弱的生命堅定枝上的位置
對流淚的天空
不是夠驚心的嘲弄嗎？

也許我會在衝天時
倒栽落下大地的池塘
那時，我的全生命
會成爲最後轟然的一滴淚

陋屋詩抄（續）

岩上

戀情

不知從什麼時候起
我發現自己的戀情
繫在遙遠的天國

那不是我的初戀
絕對不是
否則我爲何着魔一樣的痛苦

對着我的戀
沒有任何企求
那是流血一般鮮紅的純潔

流血如果也能注之於專一
我的殉情
也只好用一滴一滴的聲響去鋪陳

六十一、五、十二

啊！海

因爲
海
波濤的持續
我才看清自己生活的不定
因爲生命激盪的短促
我才抓住時間的雙槳

願望的海流和生活的海流
在我心中滙合

我注視
然後我凝定
我揚帆
然後我划動

啊！海

六十一、五、十四

同樣的路

我家的門

不知該說它開向何方
但我每天出門走同樣的路

同樣的路
把我出現
同樣的路
把我消失

當我把門打開
不管是麗陽或陰沉的天氣
今天又是戰鬪的開始
當我把門關上
不管是勝利或失敗
最主要的我必需休息

不知明天的門該開向何方
但我必需走同樣的路

六十一、五、十五

荷花

雨來
所有的花草都歌唱
連脚下的泥巴也歌唱
只有我
一枝喉嚨受傷的荷花不會歌唱

不歌唱的荷花
靜靜地聽着

風聲
雨聲
擾人的噪聲

不久
雨停
風也靜

雨後的寧靜裏
一支清脆的歌聲唱遍原野
那是我孤獨的心聲

六十一、五、廿七

跌倒

孩子跌倒
哭了
傷口流出了血

爬起來
不要哭

你看血裏有什麼?
爸爸的影子
還有
爺爺的影子
還有
……

孩子看了這麼多的影子
笑了

六十一、五、卅一

愛

冷氣在屋外下降
夜以孤獨的眼睛窺視着我的家
妻以纖瘦的手
縫補我劃破的襯衫
啊的一滴血
滴在我白色的襯衫上
妻以怡然的表情注視我
我感到愛的溫暖從體內上昇

六十一、五、卅一

命運

命運吐給我唾沫
我讓風吹乾
命運淋給我雨水
我讓它隨意滑落
命運擲給我一塊石頭
我流出一滴血
命運擲給我兩塊石頭
我流出兩滴血
命運要我的眼睛
我給它眼睛
命運要我的肝腸
我給它肝腸
命運要我的心臟
我給它心臟
命運要我的靈魂
我給它刺刀

六十一、五、卅一、夜

夏日詩抄

鄭炯明

遊戲已經結束

遊戲已經結束
孩子，回去吧
回到你溫馨的家去
好好地安眠
讓一切歸於寂靜，不再喧鬧

沒有什麼值得興奮或眷戀的
當遊戲已經結束
一切的榮辱、歡笑和痛苦
也隨着結束

這是秋夜，無風
四周微微沁透着涼意的秋夜
冷冷的月光凝視着大地
不說一句話

孩子，你的遊戲已經結束
而我人生的遊戲呢？

倘若

倘若愛情的火焰未曾熄滅
無論你逃往何處
躲在多麼遙遠的地方
我必會尋找到你，夜夜呼喚的你
永不厭倦

這是一個黑暗的時代
還有什麼比愛更珍貴的
還有什麼比燃燒更痛快的

倘若愛情的火焰未曾熄滅
只要你以微笑走來
我必將豐滿如詩的語言
揮灑於你足前，且以顫抖的手
探測你愁苦的心

寸草集

杜國清

1.

大甲溪上的石頭
個個沐浴着月光
從水中浮出的一個頑童
在石上奔跳
然後在那茫茫的遠方
伴着幾千年的溪流
吹起思念的洞簫

2.

叫賣「燒——肉粽」的聲音
像一條木炭
在冬夜的星空下　燒燃

3.

伸出舌頭舔了舔鼻涕
小弟弟坐在門檻上
擠弄着肚臍

4.

提着灑水壺和竹鞭子
那個人趕着一隻老猪公
從鎭上經過

5.

叫賣冰棒的鈴聲使蟬叫得更響了
灑了水的泥路上直冒着煙
地獄的季節

6.

在衡陽街上吸田螺
我用那嘟出的嘴呀
吻過少女，吹過口哨

7.

三點鐘。猪叫的聲音

震裂了夜空
在夢的遠方廻響

8.

電石氣燈的藍火
在風中飄飄飄地響着
在街道兩旁嘈雜的喊賣聲中
公雞匆匆地啼了

9.

投一個石子在池塘裏
鴨子個個都擧起脖子來側眼
再投一個石子在池塘裏
個個鴨子都鑽進水中
於是有無數的漣漪在交圈

10

像影子一樣慢慢移近……
唉，差一點就粘住蜻蜓的尾巴
在那手指的影子下
搖曳着一朶野花

11

蝴蝶從手中飛去
那遺下的粉末
豪華、朦朧、閃亮、如夢

12

白糞落在他的西裝肩上，哦哦
兩隻小鳥兒在電線上交頭接尾
清晨的街道

13

小烏龜縮起了手脚和頭尾
像一塊頑石
任美麗的魚群用嘴戳來戳去地
落向了水底

14

將耳朶貼在地上
聽聽窟窿裏蟋蟀的聲響
在那一片黃色的菜花上
成群的小鳥灑向了夕陽

15

一從樓前走過
總覺得她站在陽臺上望着我——
穿着一件薄薄的襯衫
想着樓上她房間裏的
洋燈、沙發和水果

16

在月光下，爬墻
在校園的小亭裏
手臂都像石凳那麼涼
在池上的拱橋上

影子都閃耀着星光
在黑暗的樹影下
管他多少青蛙跳水
多少彗星在遠方照亮

17

夜空是個最豪華的戰場
刁斗森嚴；靜，在冒煙
啊啊，燃燒的鑽石一衝過了河
我那小卒的命運
發散着焦炭的氣味

18

瘸了一隻腿的狗舔着地上的木碗
成群的蚊子集會在狗尾草上
黃昏的村莊

19

從燕子射去的地方
陽光洩漏下來
稻子在風子波撓

20

牛背上棲着一隻烏鴉
等照相機對準了焦距
烏鴉飛跑了，牛瞪着眼
叫了一聲「魔——」

蓮華之吻

楊惠男

只要是一眨眼就會流淚的憐愛
印在你的臉上唇上身上
你心頭裡的痛苦就掛滿我的
手上臂上肩上。

貧窮從你風乾了的臉孔伸出
双手吶喊——左一處裂隙
右一處裂隙
破裂得像菜販子的叫賣。而你
只不過是一個小小，小小的少年
小得還挑不起半擔子的憂愁！

要是星星是盞盞的明燈
要是菜花是一片期待
要是風還沒有停歇
那就讓明燈鑲在眼裡
將希望揷在胸前。
將孤獨和哀愁掛在樹梢，隨風
吹呀，吹呀，吹走吧！

要是蓮華是聖潔的憐愛
就把它種在你的家園吧
當它在笑聲中開放時，我來
吻你，吻你黃金的胴體
那時，你給我的滿手滿臂滿肩的
痛苦，將流着淚成爲朶朶
黃金的蓮華。

白話歌

雙行短歌集十四

羅青

王子變烏龜
是笑話，常見的笑話
烏龜變王子
是神話，常聽的神話
王子變烏龜後，又變王子
却是實話，確確實實的實話
而實話難說，難說實話
說的少寫的少，眞眞經驗過的，更少

生命與時間的關係

林宗源

帶她到旅社
　休息，不是住宿？
　誰能料到不是住宿！
她是一個放蕩的女人？
裸露胸部
右乳有一顆紅紅的太陽
左乳有一顆晶亮的月
撫着她的左乳
她說：沒有比這更眞實的
　她須要一個男子漢
吻着她的右乳
她說：她願意把貞操獻給愛人
　把肉體供給懂得愛惜她的男人
咬着她的每一寸肌肉
咬着活像鐘擺的心跳

是那樣地長久
牢牢地不曾離開齒輪的乳盤上
有一把花白的鬍鬚
我悲傷不曾得到那個放蕩的女人
我驚奇那個淫蕩的女人仍然貞潔
　是住宿或是休息呢？
　倘若不曾愛她
　僅僅觸撫
　僅僅玩弄
　是住宿
　是休息
　生命永遠不能得到滿足

稻

蕭慶賢

㈠

救命呀！
救命呀！
在甜夢中我聽到
親愛的隣居們的呼救聲。
突然間，
我覺得一陣如刄的冷風，
掠過我的脚跟，
我的身體開始在空中動搖。
接着便聽到一種
雷般的轟動聲音，於是
失去了知覺，再也站不起來了！

㈡

不知道過了多久的時光，
我被殘酷地烤刑驚醒時，
發覺我的兄弟姐妹們，也
個個被斬了頭，同樣地
受着烤刑。
有的在嘆息，
有的在呻吟，
到底我們犯了何罪？
我們世代都是奉公守法，
個個都是忠堅份子，天呀！
您說呀！我們爲何被斬頭？

㈢

好涼呀！
不知那個好心腸的人，
把我們推進麻袋裡，送到
又涼又靜地避難所。
「從今起不會再受罪了吧？」
「老天呀！我們的四肢呢？」
我的兄弟姐妹們又在哭了。
然而我却在懷念，
經常唱着可愛的民謠以及
愛國歌給我聽的青蛙小姐，
活潑地跳着土風舞以及
爵士舞給我欣賞的蝴蝶兄妹，
還有

跟我們一齊玩着
捉迷藏的月亮小姐。
多麼快樂的昔日呀！
我閉了眼睛，鬆了一口氣！

(四)

風雲難測，好景不常！
當老大哥打聽到
我們快要再被送去受刑的時候，
我們都抱頭痛哭連天。
誰也沒法逃避可恨的魔手，
我們又被帶進刑場。然而，
慈悲的老天爺，又救了我們的一條命。
是我們祖先有靈？
或是我們前世有德？

(五)

我們只受到一個「光頭」的修理！
光頭修理，確實難受；
只聽到：
「得救嗎？」「當然！」的兩句話，
我又昏倒了。
等我蘇醒時，我發現
我已經變成白頭老人了。
老大哥還背着一塊木牌，寫着：
「一臺斤四元五角」。

(六)

「嗚呼！天呀！我們快被出售了」，
「我們是多麼地可憐！」；
同伴們又開始怨天了。可是，
我却感到榮幸！感到自慰！
因爲我終身的志願——能有一天
變成可口的「白飯」，
爲人類効勞，
爲社會貢獻——已經擺在眼前了。

一顆門牙

趙天儀

掙脫了貧困的日子
生產了兩個孩子
妻竟拔掉了一顆門牙
一幌之間
我預感着一種龍鍾的容顏浮現

我依然愛她
她是一隻呼喚着雛鳥的母親
她是一片成熟而斷了枝椏的落葉
在秋色的暮靄
依稀可見我們倆走過的艱辛的足跡

一顆門牙　不僅是美的裝飾
一顆門牙　不止是生命的象徵
而妻正忙碌地護佑着孩子們
已不知老之將至
已不知老之將至

這樣一片土地

溫任平

這樣一片土地
沒有甚麼走過
連曾經旋轉過的弦
都靜寂下來
連鳥都不再啼鳴
這兒沒有樹沒有風
一堆堆紊亂的廢墟斷垣
如沒有人收拾的已殘棋局
一箇乾癟似化石的形象
奇蹟地坐起
愕愕地瞪着赭紅的太陽
呆想這是一種甚麼天氣
那些四季，那些花草呢
那些曾經很優柔的弦呢
那些曾經和自己一樣的他們呢

這樣一片土地
也沒有古老的風去涼快焚城后的酷熱
天穹簇擁着的
是他從來不認識的雲
（那是雲嗎?那是雲嗎?）

也沒有群山綠綠
它們扁平如被搾壓過的橘子
那條離這兒百里之外的河
是何時移來這兒的呢
曾經喋喋論着家常的魚們
用蒼白的肚皮
很印象派地描着一幅史前的空白
沒有甚麼在流動
大地痲瘋似地長滿了血液混凝的窟窿

這樣一片土地
不再用煩心花開花謝
不再掩耳自機械的噪聲
腫脹的腦門不復記憶
腥味的屍肉不復惹來嗡嗡的烏蠅

就是這樣一片土地
純然的靜寂伴着空洞的虛無

（寄自馬來西亞）

狗話（外一章）

林外

狗話

我們出門不必携帶身份證明
我們離家不怕有人來家偷竊
不高興 我們就吠
歡喜 我們就搖尾
我們能做的 他們沒一樣能做
這就是他們必須養我們的理由

根源

伊極力掩藏美的時代
曾為獻給的多而竟予特權
造成嚴厲地綑束自己的痛苦無限不滿

今日伊盡量開放伊的美
為奉獻的少而導致他特權的減少
及因而獲得的自由之多歡唱

伊驚異於自我的奉獻與增長他人的權勢
竟成對比
恍悟於自願的守專與招來的不自由
竟然同等分量
雀躍於有刑的拘束盡去
而戰慄於精神的片刻變幻
為不能保其永恒而自我苦煎

煎苦之餘 禁不住可憐自己
受人拘束的年代太久太久了
居然忘去了自我約束的涵養
操不了自我控制的能力
恍惑之餘 深深痛恨
二十世紀男人的無能
深信這是唯一使她痛苦的根源

詩兩首

徐和隣

寫詩

寫詩
自以為是有辦法

蚊子
頰上飛來一隻

拍！

詩思醒了
啊！詩思更深

喜劇

昨天
互說「愛你（妳）到死」

今天帶她去三流的紅樓戲院
她說必須去一流的國賓戲院

詩人的口袋不說話
少女的虛榮不聽話

那麼！拜拜

情旅

岳湄

深寒的冬雨，為這都市的夜
輕輕地唱着催眠曲……
在巴士上，我又邂逅那個女孩
靈魂趕赴一場孤寂而又華麗的舞會

而這巴士駛往何處？
是不是奔馳在生命的途中？…
我盼望着永遠向前，不會休止
雖然在這狹窄的世界裡
遙遠復接近地
我們仍然有着距離

借用達文西的畫筆，我細心地
描摹她臉上每一朵囁嚅的玫瑰
如旅者的驚喜，當她輕啓柔睫
在翠柳深處，有一泓明媚如鏡的湖
我願是湖上唯一的泛舟人

每一個驛站是代表一個結束
還是一個開始？
在這與她小別的前夕，我忽然領悟
向日葵成長的奧義

兩扇窗深情地剪輯她離去時的倩影
桃形瓶裏的小花，象徵着幸福
瞬間迅速地開啓，且低低私語
我為她而復蘇，我為她而美麗！……

一九七二年三月・臺北

臉譜詩稿

羅杏

臉譜

沒睜開眼就呱呱地
應允了一項非正式的邀請
打着一把季風傘
拍下
　時間的心電圖
　世態的X光
在如來掌中開一次個展
頑石點頭
於是頂一座猴戲的金像獎
一捲賣座的臉譜
幻燈下的擺弄
紅了起來
黃昏爪疲憊的一身
只好把眼　靜靜地
給後悔醃上

鴨脚板

厚厚的鴨脚板
把泥地一路路踏實出來
晨曦早早梳洗過
爬上高崗
味癮掛滿枝頭的人情
屋舍向時間估來一襲舊衣
甜甜地安睡在青青舒伸的彎臂
吐着親親的招呼
門口於揮扇的日子
綴滿星月
搭成一座仲夏的不夜城
傘開四季百合的笑容
任清風灌滿一袖的逍遙

一位迷信一根青草的不速客
拿起都市焦灼的吸管
爛嚼草汁
奇怪就滴不進患癌者的血管裡

坑

臍帶被灌滿一瓢日子
希望就用脚尖到處掘坑
紮住了自己蔓生的根
帶着太陽抛物的捷足
爬蟲們都忙於清理自箇兒生命的深坑

深深的坑
踩碎璀璨
一些被踩囘的
被裝璜於客廳壁上的
還有長長荒老歲月的黑土
掩埋着坑裡的殘枯

但是
爬蟲們依然忙於清理
一箇箇
深深的
坑

二齒

不疲的窄門
最後且以二齒
堅强地
啃蝕着稀鬆的歲月
禿頂頂一册厚厚的漫畫
向長途的旅客兜攬
一份滑稽

木偶石像
一排排
枯裂海角
禪風
旋懺悔於天邊
撐船於大肚的日子

挽狂浪
駛囘出發港灣的平靜

且看
懸着二齒大門的黃毛丫頭
在零售一些眞善美

哮喘

偶然咳出一串
來自恒河上游的囘響
獨見遠遠
陣陣莫奈
生命嘆息

仍吶喊不走白晝的塵囂
深深地
於咳出淚水之夜
錘擊着命運

咳累了
一隻掙扎的手
撫一把垂頭的默然
脊背却湧現着
一股股的熱

酒瓶

已經誤趕六十多箇不同夏日的太陽時刻
把鹹汗都滴入瓶底
一列貨車
輾着酒精的記憶

讓一杯冷凍彩色的神話
酣熱酵得乾癟的眼窩

收藏自四季愛的存貨
色盲却把胃口出賣
鐵馬騎過破產的日子
交換了盛滿風霜的
一列空瓶
長醉以及長睡

拜拜

門
迎一柱縷
重畫一次心契的圖案
拷貝着古老迷劇

紙一張心底黑黑的秘密
繞自無角窄路
升如輕烟

把三杯共醉
見唇髭間
但留遺垢

岸上人的裂紋兒

寺廟緊鄰魚村
城裡吃魚的人也儘管爛醉
沒人理會天堂這回事

左眼隨出海的日子奏起
總是香火的旺季
漁婦燃上滿船的禱詞
以一柱香
璧謝了龍王的慇懃
男人馴服於上帝
迷信滴汗可以撈着大魚
這般
星月懸着漁女曬網的笑語
太陽串起岸上人裂紋兒的記憶

一貫貫
沉甸甸
駛進港裡

世紀瘤

揀一串破罐子、破鞋子
把頸子懸出一箇世紀瘤
罐頭被熱情滾來滾去
鞋底賣命地趕着交通車
汽笛與飛輪
把古人吹得圓圓的泡泡
破了一箇箇洞洞
許多世紀玩膩了許多泡泡
只好再玩一齣破的洞洞
於是漫街撞着揀破爛的瘋子

舍利

抓一把舍利
著以磁場
跳車響音樂的生命之流
奔馬捉長眠的碑碣之光
冷炮灰垂老的時間之髮
盤坐床頭
禪定一季的紅顏

夏魚痕

已是一條夏魚了
兩手輕分開碧水
漣漪向前
一圈一圈一圈……
遠山就在睫前
嵐煙一片
日落西天
虹彩寧靜地淡去
讓兩腿像鰭
柔靈地擺盪
漫天的暮色
落盡胸懷
化成泡沫泡沫泡沫吧！
飄至遠古的海岸
石間的濤聲
許是人魚公主悽愴的戀歌。

一九七〇、五、二十八

我只想你的名字

羅明河

我只想你的名字

今夜 只想你的名字
不想月光銀屑
不想星朵
不想微笑的摩娜麗莎
不想晚風撫拂的旖旎
不想絮螢流熠的閃爍飛舞
不想水晶晶的夜色迷謎
今夜 只想你的名字
你的名字
你的名字的確……
很天鵝
很芭蕾
你是非常的 Handsome
你們非常的 Beautiful
疊你晶瑩纖柔的影
疊你安琪兒的名字
永遠在我心中

蓄我醞釀炙燃的戀
蓄我羞澀的慕情
寄給雲
寄給雲
哎——讓我想起雲
縱使 在今夜
我只想你的名字

海的月夜

月光正羞答答。如妳
濛朦的夜色洒着濃濃
少女的胸脯 誘誘地蠢動
星河流着銀河流着
凝望天使們的眼睛在閃爍
凝視着妳的明眸含情脈脈
株傘起一把雲
此夜——只有妳和我
在一起
妳來自海上
妳從遠方之外來

還要從彼方之外而去
漁季就到 雨絲撒網
我也撒下我的相思和懷戀
駐待悄悄開啓妳那扇心門
守着這濃濃濛朦的月夜
捕捉妳

五一、九、十四

舞

持以 紅的 白的花
白的 紅的花
從天藍的碧彩中來的
從碧彩的天藍中來的

以芭蕾的舞
以芭蕾的姿
飄飄地
飄飄地……
秀髮千千上的花圈翩翩舞起
裙裾圓圓上的光彩芳影亦圈圈舞起

躍及青鳥的步子
躍及古典的音符
白鳥之死 那是悲劇
別舞動 我不願去欣賞的
那將掉下 我的
淚……

五一、五、十三

夜炊

李篤恭

再度地
斯比諾沙拉起一個長臉
再腫歪成鬼臉 癡笑着 骨骨骨地
在我的拳頭衝到以前 它躲逝了
幸好幸好——幸好地 可是 隨着
卡繆艾略特湯溫比貝特芬高崗他們
也各個癡笑着死成了一堆白紙印墨和塑膠片畫布色料
我的大地 爆炸 熔消成一團煙霧

太古 岩石們落坐着佇立着滾橫着
候望着四面星辰之化轉
任日月審照 塗鴉着 只有
只有海洋忿怒着 在敲擊
死靜的岩石們 數打着分秒

於是有着一絲生機 一小把白米
呼呼地急打着脈博 在電鍋裡

兩碗稀飯和一撮肉鬆和幾片醬瓜
再喚回我的大地 我站起 以渾身的力氣
顫抖於那些叫做文化的微笑中

詩人的哀歌

元瑱

我極想問詢大地，
為何歲月將我們迫向成年，
是否可曾有我們的痕跡駐足於其上，
或可曾有歲月的足跡筆直的劃過我們的生命；
為何，在歲月的橫渡中，
我們需要留在原地而又迫近成年；
我們原本不知此事，
但由於它令我們成年，而了解，
雖然成長不一定成年，因為成年已接近老年。
而我們週遭的植物，同樣的且更加茁壯的成長；
但我們却知，於不久，那桂花的香味，
會由附近的佛寺傳來並籠罩我們的墓地，
雖然桂花可與我們一同聆聽梵唱，
但它不似我們，而一直在成長。
當我們極近死亡時，
我們由於急切的欲知死亡，而得知生命的起點及過程；
曾是我們懷疑的一切，
如今都已堅定的立在眼前，
而我們的生命却遊移徬徨
是為了不知死後將何往，
但，絕不要哭泣；
因為於你生前，
你亦不知你將出世在何方，
然適時你並不驚惶；
且當你出生時，你曾由於感覺到身邊的一切而歡笑。
儘管生命逝去，仍可重生，
但我們何曾記憶着這段長而斷續的生命，
至少，我們自始至終的歡笑於記憶中並不完整。
有時，我們會茫然不解；
因為我們偶而要離開大地，升至雲間；
有時我們為旁的事，我們為生活，我們為生活，我們放棄
記憶專心工作，
因為回憶常令我們由於過去的美好而唾棄現在，
而今日的苦楚雖然深刻的被記着，
但於未來的美好的沖擊中，也極易消散。所以，
我們將感無生命者的偉大
當我們觀看星辰時；
無生命的永恒，必是我們所不能及的，
通常它的浩瀚，它的包容，
會令我們停止喧嘩，
會令我們肅穆。
因為我們已感自已的短暫及生命的微渺，
我們雖是自已的主宰，
但我們生活於被宇宙的主宰中。

我們於數十年後，記憶會斷絕，
我們要有死亡才有重生，
但它們靜默的永恒，
是持續且不絕的。
因此，我們需要四週寧靜，
雖然我們業已靜極，
當我們離開世間時。
因爲喧嘩不能永久，而靜默會一直的盤據整個宇宙。
於此後，我們將升至與天齊高，
我們將發現我們與月亮一般的距地球那樣遙遠，
而月亮仍照耀我們的身軀，
儘管月光也極冰冷，
但我們的血液於靜極中業已開始暢流；
而後，我們重新投胎，
於緩緩中，我們逐漸成形，
而我們的知覺亦逐漸的醒來。
但即使我們可以重生，
即使我們的生命是連續的，
我們仍永遠瞻望那些無生命者，
我們仍永遠膜拜它的寧靜及永恒，
因爲我們本身的喧嘩是如此的繁雜而記憶又是斷續的。

情書

阿鳳

很簡單的一個字
愛
爲何總是寫不好
然而我心裡的愛多麼美麗呢

被鮮銳的筆尖刮壞了的
練習簿
也許因爲承受不住這笨拙的感情
才到處被割破

對不起
愛人
我已很小心了
我已很小心了嘛

好吧
這次我就把愛
寫在我笨拙的手掌
筆尖狠力地去刮破
讓鮮紅的血也流出一個
愛的樣子

我仍然是甘願的
用這痛楚的美寄給你

沙靈詩抄

沙　靈

玩潮者

潮音在來去的浪花中響澈
一朵又一朵漫天的心緒
飄向落日的餘暉
醞釀着幾許纏綿

心靈誰能測知
血液是一身輕盈
如在雲泥
如在雨靜水流的荷葉
淤積純潔的日子
在夏天
悶熱嘈雜的喧嘩

我曾蹀步金色沙灘
默默地等待
甘願地

潮來
潮去
紛音
晚風殘陽
等等等等……

公共電話亭

影子再一次的成雙
撈回一則美麗的故事

捧着如山的茫然
囚我
游移在紅色的牆內
不是歇息
而是一絲張望

是叫喚
一個號碼挨一個號碼的
找誰？找誰？
是她？是他？
微微裏我沈澱着一則不可告人的秘密
在玻璃窗內
公共電話亭內

聆聽到的是均勻的呼吸
如水紋的清徹
在還沒接通之時
孤寂撒落
心房跳躍
土地一陣地旋轉
我掙扎着
一如急需把自己
撥出去

近作兩題

莊金國

在室男（取材自楊青矗先生小說原名）

有酒渦的訕訕笑着
凹凹的酒渦露出來
自在而不自在地
那一方織女
另一方花女閃入，冲散
欲濃未濃的氛圍
她羞他不敢相偕
走到愛河橋
有酒渦的有些不禁
且有些微暈
凹凹的酒渦深深盈滿
發燒的醉
花女失踪了一歲月
回來
　挺圓的腹說是交換
　往後的悠悠與無忌
有酒渦的回到
織女身邊訕訕笑不出訕訕
凹凹的酒渦深深澱着

另一方花女

在室女（同一）

惠芬的全身都處女
脚底是處女，手心是處女
廿四歲的髮絲也處女
伊餵猪，餵猪母，餵着等
那口流白涎的猪哥騎上來
伊幻見一隻猪哥追過來
跑，跌，撕，抓着
伊奇怪自己那麼
甘於被凌辱
伊幻見河中裸泳的自己
另外有女朋友的心愛
撞見，抱走河岸衣裾
不知如何是好亦
不知如何不好
惠芬望着飼料空空的槽底
伊又幻見
　　　　另一隻猪哥
口流白涎蠢蠢欺過來
不要。說什麼也不
惠芬慌亂底踩脚着

薔薇的血跡（續）

郭成義

項鍊

入夜以後我就要再次顧視
曾經被溫熱過的胸脯
是不是還會像昨夜夢裡甘於被植染般
一片羞紅

遺留的溫度
確在我體內急促地呼吸
能證明我依舊痴熱地被活着嗎

今夜已被摒棄
如果你的體溫一開始便珍藏了愛
而遙遠的情人
僅僅守住不羈的胸口

那麼
在得不到愛的回覆以後
允我割開敗北的胸脯吧
情願把我被你溫熱過的貞操
還贈你逐漸灰絕的羞紅

夜

走也走不盡的
這醇黑的肉體
雖然充滿繾綣的血意
誰甘願過來擁抱呢

總是這麼無邊地
反覆着窮極無助的我底愛戀
微弱地擠向地平線的那邊
即使蠕動我龐大的軀體
又能走到什麼地方呢
每一次移動
便能聽見隱隱作痛的床榻
在我內部逐漸地腫脹

隱隱作痛的我底臉色
因爲活着
雖然失貞也要長期地掩飾下去嗎

老羞成怒的痛楚
依傍着不眠的地平線

終於也有了創口一路繾綣地流下去
直到醇黑的肉體完全被割開

含羞草

讓你的手掌在我身上
隨便輕輕的一次推揉吧
我只要深深地吸口氣
便能這樣的活着

我是依靠你的體溫
才曉得如何緊緊地
擁護自已的肉體
拒絕讓你洞悉我的秘密嗎

我沒有體溫
沒有血液
是不是依靠你的愛撫
才被你看成仍在生長的樣子

不是爲了貞潔才低頭
而是因爲我需要活着
什麼時候才能合目的地
把你的手掌間次磨破
像血液一滴滴地
喝進我急待出發的胸膛

風景

郭暉燦

逛西門町的眼睛逛起風景來了
聊西門町的嘴巴聊起風景來了
岩石是岩石亦非岩石
樹是樹亦非樹
花是花亦非花
女人是女人亦非女人
拱橋㈠是累脚的，喚不起彩虹的記憶
水池吼出的不是林泉的細語
風景是熱熱的帶着濃濃的體味
空氣不再是無色無臭的
看風景的人從逛西門町的眼睛發現
自已成爲風景

註㈠：將拱橋改爲天橋則成另一首詩

蓮霧樹

衡榕

蓮霧樹

背着滿載的閑愁寄望
蓮霧樹終於帶來了濃綠
更換一身的訊息晶瑩
布滿了一樹繽紛的旖旎

用一個深深的願望
從日出凝望到日落
從日落守候到日出
便把一樹纍纍的果實
凝結在守望裏

再次等候在生命的火花裡
風雨的打咒總是不停歇
一粒果實便是一個守望
一個守望便是一個等待
噢——蓮霧樹
長長一季的寄望
終於釀成……

International date line

東經有180°
西經有180°
太平洋中央東西經會合處
——International date line
向東行過線要減一天
向西行過線要加一天

Greenwich 的本初子午線
是國際換日線的推衍
每隔經度十五度
時間相差一小時
全球因而分二十四個標準時辰

通過International date line
聽說會發通過證明書
哈哈，這會是一項傳奇
當然你更要記得
向東行過線要減一天
向西行過線要加一天

離愁篇

雨柳

給永久悲哀的悼辭

冰冷了的秋天飄零着淚滴的樹葉啊。
你死亡，多麼年輕，給我以悲痛的悼念。
夜夜我聽到了你的聲音，
你的使者已進入了我底心房深處溫柔地低喚我
在清晨，又像漂蕩的畫眉似的來到窗前朗歌；
那麼，請惠賜雙翼在我身上，
讓我猶如鳴禽
把我的歌曲，傳達給那兒的盆栽菊。

追念Candy Dancer

因爲寒星曾着冷意，現在
她的眼睛活像一顆閃亮的相思豆。

離愁

此時！太陽已經西沉了……我說，再見！我遠離，携帶你
的是我。
因爲白晝匿藏於星群之間
一線月光透照雲層，已是晚秋。
今夜，我將沉默低首，無眠，爲了你洋溢地飲泣。
你說話時，我獨自彈悲傷的曲子……
我不知道有什麼使你不曾
依戀！你緋紅的兩唇已經冰冷？一度甜蜜；
沒有接吻偶然地增强我的離愁。

泥鰍之死

莫渝

再哭，連淚都將是太陽豐盛的午餐
逃課的學童從泥沼裏挖出
一尾泥鰍
左右手輪流緊捏，然後
甩到熱可燙手的石岸上
嬉笑地回家
留下我
孤獨的想着家
想着如何安排乾癟的靈魂？

地平線

阮 壐

海鷗不知道是
屬於天空
還是海洋
總之
牠飛上飛下
總在那裡

牠繞着
天空
劃着
海洋
飛飛飛
飛出一條一條
線條

我坐在沙灘
隨着牠飛出來的線條
把自己化成

一條
一條

慢慢地
思索使我
躺在沙上
眼睜睜的
看着天空
聽着海洋

慢慢地
我又坐了起來
海鷗不知飛到
那裡去了
所有線條消逝
只有遠遠的地平線

那條

但是
我也不知道
它是屬於
天空
還是
海洋

我又躺了下去
躺成另一條
地平線
我思索着
我是屬於
天空
還是
海洋

61.6.6.於金門

港華詩人輯㈠

羅少文
羈魂
秋螢子
麥繼安
關夢南
李家昇
野農
路雅

絕響

羅少文

突然從一個夏日
醒來
在樓頭飲讌
一盃殘羹
最後的玫瑰

啊，日子終要來臨
每一扇北窗都在瞭望
滿眼風景化爲沉沉黑蝶

穿過晨霧
一闋無調的歌聲
一朵花孕育一則故事
一幢落日
一滴淚
回響在哪裏？

重重的不幸背後
許多花許多樹靜靜生長
我們凝視
一株暫開的紫藤花
無邊的落寞
沒有回響

一九七一、三、十

羈魂

塔

（東之門）
晨色是山山山山的蒼渾
曾禁錮的鳳便飛昇
他是火後的鳳凰
浴自一段琉璃的歲月
舉翅不誇雄奇
垂翼還歸自在
且閒望江湖
落下輕如丁點無聲的雨滴
管它寶不寶
　浮屠不浮屠
是鳳凰卽涅槃成如許平和

（南之門）
觸目
一頃沒有表情也沒有聲響的契悟
門是一種割切
割切如那一面九年的壁
那片四十天的曠野
甚或函谷關外無盡的邊緣——
頓逗了的時空便搖落
有住無住
卽入卽出
生活是浪費在日子不日子中的速寫
風起的時候
誰竟是好一剎駭人的啞靜？

（西之門）
梯子
當引伸便成虹
虹外是非花非月的默穆
不關排闥
更不干冷坐
爐香仍靜逐萬載的轉輪
休問偶然當然
　環中環外
斜陽沐洒出遍地的優游
便禪機
也澈澈在轟轟隆隆的器氣內

（北之門）
一尊巍峩座落
塔是曾一擲的乾坤
向天地展示如許之赫赫
我便拂兩袖的逍遙而至
任萬壑雷傾　千峯霧湧
座落　成另一尊的巍峩——
如此不落言詮

悠然自化
是塔來就我　還是我來就塔?
是我對浮屠　還是浮屠對我?
咄!
歸來胸次一菩提
塔非卽塔　我非卽我
塔仍是塔　我仍是我
塔卽是我　我卽是塔
無明立豁解於一指的挺拔下

(偈)
把音聲向四壁推開
仰目
長空頓還原爲
一片無色無形無香無味的眞實

七一、七、卅一

冬・校園

秋螢子

是一面貧血的
巨掌，守不住
校園的秋
長廊上流動着
衆人的臉譜
是一張張焦急的
樸克
仍拼命落注
一千多個日子

整個午後
一種聲音在實驗室的另一邊
訕笑
在龍鐘教授的臉上
述描
初冬的校園
披在暖暖的寒衣裡
盼望一個黑帷以外的訪客
竊去我億萬噸濃蔭的睡意

忽然想起
這兒沒有蝴蝶結
唯有長髮
散着一牆黑色的瀑布
如夜醒時
那種朦朧的美麗
而我——一個望南的異鄉人
就悵然如斯了

七一年十二日

北落磯之下

麥繼安

您的信載着一則消息一片雪花飛來
輕輕吹入我的信箱
送我一株蒲公英一朵意外

意外地
在今天這個殖民地的公衆假期裏
您和郵差很淘氣
送我這麼一封信
這麼的一封來自另一個大陸的信

信
不自北京寄出
但同樣地有一股雪的芬芳
沒有高粱
而可口可樂載相思的容量
比高粱不知好上幾倍

您常常告訴我好多好聽的故事
都關於雪
而雪
我總未看過

所以我和您
就隔着一個洋一個湖
　一條河一個山脈
談風花雪月
從中國到戰國

上一封信您說及七月
七日那天的故事
於是我們就溶入抗戰的歌謠裏
永遠不醒

想起蘆溝橋上的七月
那個三十四年前的七月
橋上的獅子還好青春
今年的七月
國已碎了碎了碎了很久
而且碎得很不幸
橋上的獅子已老去

想
　想再過幾年
那些曾經看過武刀和鐮刀的石獅啊
都會死去
我們就醒來

　　此後
我們就不再談風花雪月
我寫我的詩您洗您的碟

北落磯之下
有一個小鎮一個美麗的地方
您寫信給我
南中國之下
有一個島城一個殖民地
我寫信給您

阿大巴斯格河靜靜的流入蒼茫
北美洲的秋天
很快就抵步
您就立在北落磯之下
看草黃草長
或去松樹林拾幾顆吹落的松子
而我
只能待落日自樓與樓衣裳和衣裳之間逝去
在四季

想此身
不在中國
待有一年
不知那一年的九曲橋上
您和我相見
看橋下
流水嗚咽
看橋上
我們歡笑

七一年八月二日暮色下

我的家沒有門

關夢南

我的家沒有門
你說 我是來自故鄉的

嗚咽的河水
嗚咽的年代
我們的國家已經失去
　許多高手
　遺忘了
　　許多高手
如今你又是第幾陣
唇邊的
紛飛的冷雨？
你行赴
沒有月色的草原
我的家沒有門
你說 我是來自故鄉的
於是 我們就一齊彎弓
　射下宋廟上
最後的一隻烏鴉

那隻你不願我在屋頂唱的雅歌

李家昇

只因你常常向我問起廣州城
我的惆悵
便成了瓦片
在屋頂上叠起厚厚的積霜

關於擺渡
關於擺渡和擺渡的事情
你只好塑自己成旗　去問風

去年你打船上寄回來的種子
經已成芽　經已開花
經已是瓜棚上
的太陽

如果命運圓得像西瓜
刀子是一則匆匆南下的碑文
在我的眼前削落　我的淚
在綠色的額前轟開兩岸
我的血　我是滾滾的珠江

祇因你常常在天光
在天光與末光之間便問起我昨夜
昨夜像茶

我祇好說自己像隻茶匙
在你的眼前
在你的手上把一灘月色
沉落

火光中
你祇能在臉上談到蒼老
在爐中
談到忿怒

我的怒
是千年未溶的冰河潮
在風中積厚

鎖不住　鎖不住的記憶呵！

你只能在江中把自己撒成裂裂的皺紋
你的口
像碑
像矗在瓦上的烟囪
只能在雨中絲抽往事

野農

黃昏浴

竚盼久違了的黃昏陽
來一次沐浴
無論是裸浴
無論是裹浴
總覺得是一種享受
在弧形的浴缸裡
多洗一次，就多得一點蓮香
在庸俗的霓虹燈下
在濃濃的煤煙中
在多事的旋轉球上

在多事的旋轉球上
青黃的園圃盛放着血花
染滿戰場底恐佈的雲
一團團奔來，自多戰事的西邊
浸在這個小缸中
享受與享受
在戰爭的季節
（多一秒享受便要盡情）
然後，以潔淨之軀體，迎
迎那造夢的時刻
那裡很熱鬧
這裡也很熱鬧
這裡雖無機槍和炮彈的囂叫
但有擾人的車號和七彩燈光
這裡雖沒有鬼泣人嚎
但有瘋狂的尖叫和熱樂
這裡雖無遍地寒骨
但有滿街酒客和妓女
那裡很熱鬧
這裡也很熱鬧

最後的一刹陽光瀉落時
我窮力抓着——那最美的一刻
直至最後一秒的過去
我欲下跪，多求一滴
然，司夢的女神已開始喚着每一隻
每隻早已筋疲力竭的蟻
我欲逃，與浴罷的雲，追
追，追回溜了的美，的一刻。奈何非雲
只有在窗前觀望，向水那邊
望，這不寧靜的基地

一九六九、七、廿一、黃昏

錯

路雅

你愴忙地扶杖而起
與你頹然的趺坐
都是一刹
正是永恒
你以洪荒大野的視域
去再認這天地 這玄黃
發現了許多的變一如許多的依然
甚至剛才的回首
也不能挽留了
誰願回盼鴻爪不留的昨日?
只因牆堵重重又疊疊
只因關光又陽關

背着光年的夜空
數不盡年代的興落
不知多少的古時月?
又逢了今夜的白頭
若說你的企盼成了籤語?
只說守候中國遲來的詩人
昨日出城,又聽見銅駝的響聲(註)
輕輕從你衣袖散落的日子
有淚的辛酸 鼎的沈默
踏露到階台
一夜落葉 一夜風
一盅雙燕怎敵萬載憂愁?

六八・五

註:見晉書索靖傳。靖有先識遠量,知天下將亂,指洛陽宮門銅駝嘆曰:會見汝在荊棘中耳。

越華詩人輯(二)

秋夢　藍斯　石羚　心水　雪夫　鄭華海　亞夫　海涼　劉保安　藥河　西牧　慶全　林松風　李志成　君白　凌至江　陳恆行　藍采文　苴芹樹人藍鷹

歌的變奏

秋夢

浪着波光
浪着海影
我駕一葦而來
雲起如濤
覆我以萬頃滄浪
沒我于千尋深海
風嘶　雲湧
茫了來路
假如在這一瞬
我沒于屈原投過的江水
沐着鄉愁
我會想到故國
必定會有千萬對眼睛
看我如何地殉國
在送殯的行列
必定會有那個愛撫琴的女孩
我的愛人
我抱着的槍荷着的彈
如何向着最敵對的城市
若是在冬令
若是在最冷的戰場上

掉落瀰天冰雪
我將擊雪而歌
　擊響的和音
竟變奏成斷續的槍聲

（七二・二・越南）

藍斯

靜寂地帶

極地的觸覺隱隱沸騰
似乎聽見回聲
紛踏的靴印
走過特種部隊長長的嘆息
那個時候
砲聲在北方
呼嘯
家鄉是火焰的現場
在無人地帶
極地的觸覺隱隱沸動
綠衣的戰士已經習慣
于夜突醒那種澀澀的酸辛
或者你聽見什麼？
土下一株翻身的罌粟在囈語
抑是一夜失眠的梆更

石羚

春之外

如果冬藏之外
你們還聽說有一隻春眠的獸
我我我我我我我我我我我我
不爲什麼地不再
參加出發到沒有狩獵禁例的區域的獵隊
（儼然一個嚮導）
只是黑烟燃燒過
　火噴過
　槍聲響過
空氣撕裂過後
呵媽媽，那會嚇走一隻鴿的影子的
於是，所謂大地
所謂少年
所謂春就是少年穿起的紅衫
於是，那個錯誤爲羔羊的而向他開了一槍的
夥伴裹着的繃帶也春天得很
槍聲響後
嘍聲撕裂自我的蒼白
隔離了陽光底下的徜徉

七二年四月越南堤岸

心水

如此消息

一面國旗
加勳章
然後宣讀一個不幸的名字
如此就有所謂
一則殉國的新聞
消息着整個春天到冬天

你不再激動
不再悲哀
已經有太多的生命
重複的製造這類消息

當隆隆的聲浪吞滅了夜以後
　　你盼望天明
當天明以後聲浪仍然隆隆的轟擊太陽
　　你盼望月亮
當日蝕以及月蝕把黑暗擲還給你以後
你遂不再盼望
甚至不再哭泣
在牛邊的黃昏下
牛邊的烽烟裡
你孤寂痲木的影子

拱你成風成雲
風
　外
雲
　外
再沒有一則一則殉國的新聞
整天如此的消息着
你

一九七二年四月于西貢

雪夫

他唱着的歌

他並不知
呵。

在城外
可否有人獨酌那一壺
的霜嗎

而他的同伴未歸
我便欲
搖船出去
聽一點

不歸的鄉愁

七二年三月七日於西貢

鄭華海

那個老兵士

那個老兵士
埋下了他的槍
他的朋友，在一個或許有星的晚上
或許有月亮
他躺下來
清楚的看見
有一隊士兵操隊而過
爽快的扣下扳機
踏着他很熟悉的拍子
登陸
　　俯身
前進
前進
青得令人心酸的青苔
爬上他風乾的胳臂
登陸
　　俯身
　前進
他清楚看見
有一個兵士很像他
他清楚看見
那個兵士魯莽的爬上
爬上他心愛的戰壕
他想招呼他
叫他不要那麼站着
他突然發覺自己竟是一尊石像
而且手握着槍
而且如此領導他們

七一、西貢

亞夫

潮前的海灘

一條流浪的狗
追
趕
一行散落的鞋印
一張美國大兵的臉
拋擲過來的疲憊
所有的眼睛
讓那異國漢子
蹣
　跚
　　踏

着而去

苦雨和難民

海涼

像一隻背負火囊的駱駝
她的行程
有千年鳳凰的歷史
在這苦難的土地
一只只乾瘠的手脚
有如秋後的枝椏
那麼空曠曠
伸展向四方
且舞着火舌
且火焚同類
後計劃如何
編結成一則
瘦削嶙峋底
稀稀疏疏底
晨景
今天
信徒已將神台築在
湄公河的兩岸
而浮屍是祭品
而低氣壓亂雨
伴着血和血史
把今天的缺陽
與明天的未知
推向
一只只乾瘠的手脚
和這苦難的土地上
這個年代
舊神已死
新神未生
而戰爭
戰爭已是廿世紀的圖騰

（稿於七一年十二月印巴戰爭）

劉保安

俑

在我影子的盡頭坐着一個女人。她哭泣。
　　　　瘂弦「深淵」

船已遠航，不自妳的港灣，妳的唇
黑的髮莢，相思逸出妳的瞳眸
詩焚蛺蝶，鏘然的陽光不透
四月是一潭死水，鶯鶯
橫笛已吟盡葫蘆的眼淚
怎能輕叩銹落的門環

彎弓以后，翻睫成蝙蝠
右手屍食生命的投影
把額角抛給狗，不冷也得烤火
海那邊有人用李賀的藥囊盛石子
且在遺下的靴子裏發現斷脚
鶯鶯，小紅娘已患了失憶症
西廂的院子沒有這熱門音樂

我將面西，舉非貝葉的貝葉爲廟宇
許多河堤待崩潰，圓頂靜寂
晚雲老死黃昏，相思木已成森林
我的名字遂在上昇，上昇——
一如輓聯般凄美

編輯室報告

本社

△本期承蒙海外華僑詩人們的熱烈響應與支持，除選刋「港華詩人輯(一)」、「越華詩人輯(二)」及詩人秋夢作「越南中國現代詩詩壇走筆」三部份以外，尙有佳作甚多，擬於下一期繼續介紹。

△本刋擬繼介紹香港、越南華僑詩壇以後，繼續推薦馬來西亞、新加坡、菲律賓、印尼等華僑詩壇現況及其作品，以便與國內詩壇作進一步的交流。

△本刋同仁杜國清譯「惡之華」續稿，唐谷靑作「日本現代詩鑑賞(7)」等來稿較遲，擬於下一期繼續刋出，並特向作者致歉。

△民國六十一年度詩人節優秀詩人獎得獎者，計有拾虹、宋后穎、沈曄與黃郁銓四位。既然稱爲優秀詩人獎，我們希望能名符其實，不要名實不符，以免失去該獎的榮譽。

△本刋爲慶祝八週年紀念，特於民國六十一年七月卅日上午十時，假自立晚報會議室擧行座談會，主題是「詩刋的理想與使命」，來賓有洪炎秋、鍾鼎文、高秀榮、林鍾隆、陳素蘭、楊正雄、蔡德音、楊惠男、蕭慶賢、陳金定、羅素杏、衡榕等，同仁有黃騰輝、陳秀喜、郭水潭、桓夫、李魁賢、林宗源、黃荷生、林忠彥、陳明台、黃靈芝、杜潘芳格、喬林、傅敏及趙天儀等，座談會之後，並擧行本刋社務檢討會，經理部由桓夫報告，編輯部由趙天儀報告。

瘂弦

坐

將如何掩蓋許多故事
三月，甚麼也不是的
一隻手，牧白羽翩翩的鴿
牧黑斗蓬的大鴉，一隻手
在我們的頭，翻開歷史
開一些黃花

那年你從關外同來，鬢根
則亂如遍佈的蒺藜
已經三月
已經清明
你將在哪棵樹掛上你的劍。
樹下，臉生苔
每張漂白成風的顏色

我的顏容
請你一併從故鄉帶同來
一撮我的顏色。

七〇、三、廿五日

西牧

關着的夜

就這樣的坐着
那久欲歸來的漢子
像一受磔的異教徒
數着的日子如一排長長的木柵
在遠方、

只爲不願目睹死亡橫躺在異鄉的歷史
他要逃避太陽在落難的年代裡
他用麵包來賄賂囂叫的白晝　爲自己
尋找　一處未被埋葬過的地　以及
一幅尚未鎖上銬鐐的自畫像

當所有的黑敲響着午夜的夢廻
風驟起　他似睡非睡的偃臥着
聽　由遠而近
蹂躪了一個個晚上的那鞋聲……

於是關着的夜　獨有現代詩人
走向域地之外　視野之外
流浪

乙頁日曆

慶全

乙種聲響自指縫愴惶漏走
汝的脊背痲木
如斯就撲跌街頭那盞紅燈下
蹉蹉跎跎

握筆的手自成秋
排乙列霧
唉！那夜
誰將日曆放進黑煙的夜

仰首
看見汝的髮竟是叢黑蛛網
美好的月亮在內
打了中秋的魚燈
獨唱

唱了再唱
嘴巴自對天色預測
風會從何種表情的臉吹來
欲吹起乙頁日曆
吹起光光彩彩嗎

（七二年三月寄自越南堤岸。）

第一葉

林松風

許是衆星殞落
擊出了彼山一樹招展烟花

此夜，潘珠貞酒市狂歌
並以一枚銅板買香河舟女一笑

群鬼盛宴——廢墟
烏鴉哭葡萄架給剪落的月座
老叟枯澀的瞳埋于交錯荒漠
十指之外，一朶杜鵑

孩子無知吮着一座塑像裸胸之奶頭
一組騎兵默然奔向渺茫奔向渺茫

太平洋西岸，人們以犬伏的姿勢聆聽
山美城止于一帆六弦琴底音波

之后，聯想一株透明的向日葵
溪生蕭瑟而斯的黃昏

李志成

我曾聽見哭聲・孩子

我曾聽見哭聲，孩子
那一系列的叢林
籠罩着層層泛白的烟霧
誰的靴印踏過
　　那雜生的野草
誰凱旋歸來
誰靜靜放下槍枝
　　靜靜的安眠

那夜
時鐘的答的響着
轟隆的炮聲澈夜的響着
烽烟燻暈了月與星
　燻暈了夢
不曉得誰先燃起火光
把半邊天際染亮

然後　你醒來
在一個窒息的早晨
殘墟櫟瓦中遺下一双未瞑的眼
圓張的嘴似欲呼喚
一個未滿週歲的嬰孩的
去向

我曾聽見哭聲，孩子
每一滴淚都如許苦澀
都珍藏着那沒有揮手道別的影子
在無知的荒野上
曾親手豎起一座木碑
碑上，你的名字是一個多麼可憐的
靶子

一九六九作品

君白

傳說

以及無戰事的晚上

・有贈越戰的少年・

邊
綫
上

孤守月
風音掠野林而至
廿里外
山莊
吊起滿天火眸
傳說

無戰事的煙花
無聊地
喝采！

推窗
迎來一朵碎蓮
仰首
冷城的人
拉起抖抖的風衣
於
遠遠好幾百里
唱着一首
不成歌的
輓歌

哭聲
提昇
雲天上
越過下葬
的日落
越過長街
越過那卡車的汽笛

那人

孤孤的
守着街口的斑馬線

△一九七二、山鎮詩抄▽

切腹

凌至江

再不那麼青巴巴的一片根鬚
沿鬢尋求髮的顏色
尋求一宿，而總伏在森冷的磨劍石上
低泣。遠離把盞時間

說我是異鄉人
能忍受風迎風送的千艘戰船來往於海
趁煙霧，囈語茁壯得出奇
晨曦當不會從忘川來
如蓮，故事的蓮
在國畫，在國畫走出來的人
　難忘畫上的題詩

而怎樣去焚燃煩惱絲三千
我寧願怎樣去揮劍將陽光引進肚子裏
當着周遭繼來的尙武者號啕：
鄉愁濃於離愁。血濃於水

變奏

陳恒行

欲達仰望的世界而跋踄迂迴的寂寞
雨季，當你挨近我時
河流以沉痛的眼波承受了
太陽被焚燬的無言的悲劇

你怎樣證實了死亡證實了人之虛渺
怎樣，青苔因鼓動而濺起沁涼迷惑的淚花
那震撼而嚎哭的，長年饜月的
一切在其中匍匐的皆純粹迸裂

雨季

昨夜你啼哭的絮語已凝在兩岸的蘆葦
失去琴弦的纖指被浮萍追悼着
風曲怎樣滑落深淵而變成嗚咽
溫柔的芒鞋，奔向陌生的沒有月色的荒原

雨季

憂鬱老愛在野生的蒲公英
盯着他潮濕的髮影微笑
人約黃昏如何，愛情的虹
如何因卑微而擲碎仰慕

雨季

當我被你挨近時，當我
準備把名字遺落在青苔
七色的霞便付諸洶湧的淚花
傘下的泥濘怎樣埋葬了回歸的脚印
你盲目的踐踏，緩緩迸裂了繫愁的蓮荷
我清晰地看着那舟子因你而迷失記憶

這荒誕的節慶，我爲憔悴膜拜着垂死的蠟炬
該有人烽烟斗酒，用眼淚擦亮自己的劍
我怔忡爲何河流接納你最後的脚步
爲何不張開帳蓬以回復它的靜謐
當落日引帶着城市進入另一個世界
我才了解你劇烈擺舞的原因
晨間你的淚痕投下了黑色的傘影
畢竟這追悼你殉情之行列是何等簡單何等雋紫

雨季

我該怎樣？
在還未失落的時間裏呼喚自己歸來
這潮濕的山路使我失眠使我虛僞地對人苦笑
當你自雲端躍落便知道這是一場美麗的犧牲
蒲公英鳳尾草因你而孕育着復活
那爲何大兵因而染上懷鄉病
怎樣虛僞地豪飲罎罎醇酒
這遺憾更格外顯得凄酸

讓我也握住一點螢光走入森林

去到古老的部落輕展一頁情詩
然後邀來一群野獸
宣讀我右掌上的螢光便是昨昔的落日
為一隻蜻蜓瞧着自己的透明而隱隱喜悅
划槳急躁地嚇散一群未完晚餐的小魚
讓我——讓我在密叢輕輕伸舒自己的痛苦

雨季

為何你淚光投射出來的陰影如此冷漠
在陌生的鄉音裏懷疑且跟着煩惱
繼之我便明白私生子所飽受的悲戚
當戰爭頻頻召喚且繁殖多種幽默
我航期被誤，在珊瑚礁下浮起破碎的鄉愁

△完稿於一九六九年大叻南越▽

眸外

藍采文

葉不綠
草不青
吧了！吧了
歸期
故鄉
而那一隻閃光的螢火蟲以及這一片荒蕪的冷霧
不語
不語的你去觸着遠方在吊着一張貧血而皺紋深刻的臉
天不語
地不靜
而你依然蹣跚的廻旋在杳跡中用一雙
憔悴的眸神去
讀着那個月
以及這一雙倦了的腿

朝陽

芹苴　樹人藍鷹

陽臺在黎明之前那些不生肉的魔女
已灰暗中溜走了。
而朝陽激吐憤怒的金光，
啊！你的嘴吧還蘊藏於千雲之外
於是才慢慢地伸首去眺望這血洗後的越南，
之後又一面黑暗
又把額角伸向
將那長長的纖手伸上象山去抱吻，
去抱吻戰士們的白骨，
然你方從溶室走出的軀體啊！
可讓我前線上的朋友飽嘗他已失落了的戀情，可點燃戰士
們殺敵的雄心，
男孩們也抬起頭了，
而你偏走入去，被那些烏雲將你姦污了，
於是大地失去了光熱
而你多麼不同情這群沒有衣着的孩子嗎？

兒童詩園

指導者：黃基博

深夜

屏縣仙吉國小六丙　張燕珍

天空是個孤兒，
被遺棄在遠方。
月亮是他張大的嘴，
星星是他流不盡的淚珠。
大家都在睡眠，
痛苦向誰訴？
只有紡織娘同情他，
爲他唱着「搖籃曲」。

雨傘

屏縣仙吉國小五年　許玉蓁

你爲我遮雨，
有誰拿傘來遮你？

雨花

屏縣新園國小六年　洪美伸

一下雨就滿地開放的
會走動的花；
不需要陽光的溫暖，
不喜歡蜂蝶的迷戀，
只希望大量的雨水澆淋它。
雨止，
它就立刻萎謝了。

影子

屏縣新園國小五年　余昭玟

你爲什麼老是跟在我的身邊？
不管我走到那裏，
你就跟到那裏
你既然那麼愛跟我，
爲什麼我走進別的影子裏，
你就消逝得無影無踪？
你怕別的影子嗎？
你又到哪兒去了呢？

夕陽西下

屏縣潮州國小六年　鍾綺玲

低着頭，
像剛出嫁的新娘；
羞紅着臉，
跟新郎進洞房去了。

曬衣架

屏縣光華國小五年　張玉華

舉着萬國旗的小孩子，

怎麼站在烈日下
一動也不動呢？
你的手不痠痛嗎？
你的頭不曬暈嗎？
風來了，
萬國旗一面面的飄揚起來，
你微笑於他們的躍動，
你的手可更吃力了吧？

酢漿草

屛縣潮州國中一年 許玉玲

酢漿草像個好女兒，
白天張大了葉瓣，
豎着耳朶傾聽，
母親的輕喚。
晚夜閉得緊緊的
不聽什麼，只在心裏懷念：
母親的叮嚀。

路

屛縣潮州國中二年 許淑春

路總是崎嶇，
告訴我旅途的艱辛。
路邊低垂的小草默默，
予我灰心和失意。
路旁美麗的野花對我歡欣的微笑，
我牢記着那幾次成就的美麗。
響在脚底下的小石子，
使我知道堅忍。
兩旁的樹木搖着枝葉，
招手要我前去。
小河淙淙的流着，
它訴說着什麼？

老師

屛縣潮州國中一年 林珮淳

一座獨木橋，
不怕風雨的侵襲，
不怕烈日的灼曬。
爲了行人，
熬出了無數的紋痕。
一座獨木橋，
不怕歲月的剝蝕，
不怕年代的侵腐，
依然堅毅的橫臥着。
我佇立在獨木橋上，
興起深深的想念。

中國新詩史料選輯之四

羅家倫詩選

趙天儀編

I 簡介

羅家倫（一八九五——一九六九），字志希，浙江紹興人，生於清光緒二十一年，民國五十八年逝世。先生畢業於北大歷史學系，曾參與五四運動，並遊學美、英、德、法等國。歷任東南大學、北京大學教授，清華大學、中央大學校長。民國三十二年任新疆監察使，三十五年任駐印度大使，三十九年二月由印度來臺，四十一年任考試院副院長，並曾主持「國史館」。先生著作有「新人生觀」，「科學與玄學」、「新民族觀」、「文化教育與青年」、「黑雲暴雨到明霞」、「耕罷集」「逝者如斯集」，以及詩集「疾風」、「西北行吟」等。

II 詩選

普林斯頓的秋夜

月帶倦爬上山坡，
皎潔無塵的却祇餘瘦魄，
沿坡稀疏的樹根像沒入秋波，
浮出一片珠白。

藤陰密護的鐘樓孤挺，
睡着的野鴿不須繞着驚飛；
也沒有蟲鳴，
剩得幾點螢火悠悠然掠地。

我疲乏的心靈，
似散盡的水紋，
輕微地，
融入世界的寂靜。

——疾風

深林中的大雨

黑壓壓的林子裏面，
依微的曲徑已經滅了。
虎嘯的風聲，
像撲不進林子的重圍。

正發怒的繞着。
猛一陣煞煞喇喇的，
打着滿頭枯葉；
不見雨下，
心疑風捲去了。
林梢的電光再忍不住。
火星似的迸出，
射穿嵯峨的層枝，
髣髴先鄭重的雨點報道；
可憐失路的人，
不須性急，
洪水到你們身上。

——疾風

敵機炸後的南京

是天崩地塌的聲音，
是血肉模糊的時候。
可憐發瘋的孩子，
滿街亂走。
『我的爸爸呢！
我的媽媽呢！
方才在一起的，
爲什麼讓我們找了許久？
貼在對面壁上的，
該是爸爸愛過我的心肝；
傷心呀！這瓦堆裏找到的，
正是媽媽摸慣了我的手！』
天像是發昏，
地像是發抖。
這可憐發瘋似的孩子，
向那裏去走？

——疾風

偕亡

（記滬西發現的事實）

是無邊頹垣爛瓦的村莊，
戰後有人跡不到的荒涼。
村東北角埂的邊旁，
挺立着兩個死尸，還帶着武裝。
兩個人的鎗刺相互的揷在胸膛，
呆着像木雞一樣。
一個慘痛到頭垂氣喪，
一個臨死時還笑口大張。
這是偉大的象徵，不磨滅的印象，
看了才懂這古語，『予及汝偕亡！』

——疾風

交響樂的震盪

一

手指像春水的微波在蕩漾，
溫柔、洒脫，爽朗。
小天使輕鬆的翅膀，
更常在指上飛揚。
然後急轉似懸崖勒馬，
然後鋒利到能劈開百鍊純鋼。
像美人歌罷擲杯的清脆，
像武士醉後比劍的鏗鏘。
挑動萬衆的心房，
是誰？是誰給這小小的魔杖。

二

兒子纏綿的情話，
英雄慷慨的悲歌。
急管繁絃，
更配合着金聲的鼓角。
突然使大家情緒湧起狂潮，
突然又把大家的呼吸，
弄到像遊絲一般的微弱。
千般情調，
寫盡人間的悲歡離合。
把宇宙溶解到無比的諧和：
爲了實現美的整個。
使人們了解一種境界，
同哀同樂，
不分你和我。

（上接第六十八頁）

Ⅲ 詩的特徵

現代派的唱導者詩人紀弦在提出新詩的正名時，曾經表示；新詩在形式上是自由詩，在精神上是現代詩，但他對某些現代詩的走火入魔却深惡痛絕！這猶之乎他早歲批評格律詩，當時以余光中、夏菁等爲首的豆腐干便是他批判的對象。當然，反對現代派的藍星詩社諸君子，在詩風上是較爲浪漫的，同時在形式上是較爲格律的，而鄧禹平的抒情詩，可以說是卽浪漫又格律的作品，但是他的韻律自然，例如那首「高山青」，譜成歌曲，至今仍非常風行。他的形式在格律中不失其自由的舒放與收斂，沒有像某些豆腐干那樣機械而僵化。一言以蔽之，鄧禹平的詩，在音樂性上是頗具歌詞的節奏感，在情趣上是深得戀歌的奧秘，而在語言的變化上却是獲得了歌謠般的風味。而尚未結集出版的「晚禱」，就在抒情中加上了一些說理的成份，使他的詩，不止停留於戀歌的階段。

Ⅳ 結語

現代詩的發展，似乎逐漸地由年輕一代的勃興而走上另一個境地，因此，卽使是二十年前的詩人及其作品，也跟目前年輕的一代脫了節，我們並不惋惜過去詩人們播種的心血，然而，我們却非常惋惜在崇洋的心態下，早期播種詩壇的風味及其眞摯的作品，以及他們曾經努力的方向，也都被遺忘得一乾二淨了！鄧禹平的詩，今日讀來也許並不出奇，然而，恐怕也在現代的浪潮中被遺忘了！記住，並非繼續在詩壇上活躍的才算是詩人罷！

笠下影

鄧禹平

你不必驚奇
詩和音樂，
爲甚麼總被世人奚落；
還有那
年青人底夢，
孩子們底笑渦。
只要你知道——
這是人間，
她們三者
都是來自天國！

——釋

I 作品

晚禱鐘聲

每當那悠沉的晚禱鐘聲，
伴着濃郁的暮色在遠處飄廻，
我總以爲是「馳往天國的列車」開動的音響；
於是我跳上那空僻的車廂，
和人世又作了一次快樂而秘密的告別。

我送你一首小詩

我送你一首小詩，
用草原寫上羊群，
用藍天寫上星星。
我送你一首小詩，
用稚心寫上憂鬱，
用眼睛寫上愛情。
我送你一首小詩，
用我的牧笛小聲吹弄，
又邀來夜鶯輕輕朗誦。
我送你一首小詩，
當紫丁放香，
牽牛花爬上你窗口的時辰！

有一句話

當你童年，小瓣兩行，
情竇之門未開放，
有一句話，想說，
我却不能講！

當你青春，玉立亭亭
美眸閃動愛與光，
有一句話，想說，
我却不敢講！

當你已婚，笑態盈盈，
心靈關着情之窓，
有一句話，想說，
我終于說了——埋葬吧！埋葬！……

羨　慕

我眞羨慕：
那些白髮蒼蒼的老年人；
不知道他們憑藉了什麼，
能够無恙而興緻地——
把以往近百年的艱辛歲月，
安然渡過。

我更羨慕他們，
在未來不久的日子裡
便會欣然地——
將已告冷却的世界
完全擺脫。

我多麼希望：
能和他們的情況一樣呵！
但苦的是——
蒼老的只是我的心，
兩脚却偏偏如此年青。
我必得熬受下去，走下去，
直到我倒入人世的冰雪中
全身顫冷！

我是一個大自然的記者

我是一個大自然的記者，
我採訪的圈子廣及萬方，
天地間的一切景物，
皆是我追求的對象。

我的總社設在宇宙，
各個星球上都遍置通訊網。
只要是有關大自然的消息，
總在我這兒採擷和收藏。

我有一雙心靈的脚，
任何距離皆可飛往。
我有一雙心靈的眼，
任何隱秘皆可觀光。

我知道這顆星星爲甚麼殞落，
爲失戀，或是追尋何種理想？
那滿天張掛的錦霞和彩帳。
是盛會，或是出嫁那一位仙子姑娘，

我知道季節交替的工作多麼辛勤，
一年的花兒開謝有多少。

她們要消耗多少脂粉，多少精香？
流雲一天要換多少次衣裳，

我還知道礦物怎樣在地中生長，
地層上的動物們怎樣相親歡暢，
甚至於微生物們怎樣營營往還，
動、植、礦物彼此間的和諧與希望。

我還知道其他星球的情況，
太陽上燃燒的完全是熱情，
月亮的風景聖潔似冰霜，
金星、火星放射着強烈的愛火
木星、土星華貴莊嚴如天堂，
還有水星天王，海王和北斗，
她們都是一片和平瑰麗的景象，
從不像地球這樣地充滿着戰爭與死亡。

…………
我是一個大自然的記者，
我不願報導壞的消息令人沮喪，
我只面對神聖崇高的大自然採訪。

我獨自吹着口哨，歌聲悠揚，
我雖孤獨，但是不悲傷，
我的新聞雖然乏人採用，
我的身分雖然沒有正式封「王」，
但却有一頂鑲滿星辰的皇冠，
閃爍地，永恆地戴在我的頭上。

Ⅱ 詩的位置

在早期的「野風」，由於編者辛魚、師範等熱心唱導，新詩亦極受重視。例如：鄧禹平的「藍色小夜曲」（註1），楚卿的「生之謳歌」，余光中的「舟子的悲歌」以及辛魚的「擷星錄」（註2），便是那個時期作品的結集。其中尤其是鄧禹平的「藍色小夜曲」，便曾經風靡一時，那種戀歌般的抒情，以及歌謠風的韻味，使他的抒情詩，在「野風」、「新詩週刊」、「藍星週刊」、「中國文藝」（註3）等大為走運。鄧禹平也是藍星詩社建設者之一，在早期的自由中國的詩壇，詩壇尚未結社分派以前，李莎、墨人、鄧禹平、亞汀、郭楓、潘壘等等也曾頗為活躍，其中鄧禹平的抒情詩，便以一種浪漫的情調，一種格律化的風格出現。當他登出了第二詩集「晚禱」的出版消息以後（註4），也許是所謂現代詩的興起，鄧禹平的作品也逐漸地減少發表了。

（註1）鄧禹平第一詩集「藍色小夜曲」，例入野風文藝叢書，民國四十二年出版。

（註2）楚卿的「生之謳歌」，文藝生活公司，民國四十二年出版。余光中的「舟子的悲歌」，野風出版社，民國四十一年出版，辛魚的「擷星錄」，藍星詩社，民國四十五年出版。

（註3）「中國文藝」，主編王平陵，民國四十一年創刊。

（註4）按鄧禹平第二詩集「晚禱」，尚未出版。他除寫詩以外，編有電影劇本「惡夢初醒」等多種，他亦嘗試過詩劇，可惜均未結集出版。

（下接第六十五頁）

越南中國現代詩詩壇走筆

秋夢

A現代詩在越南

如果說越南的現代詩壇是一曲荒凉的沙漠（Waste desert），毋寧說它是一座正待灌溉，施肥和修剪的「現代詩花園」（The Garden of Modern Poetry）。近年來在此間的一群熱愛現代詩的華僑青年詩人；不斷的吸納臺灣和西方的現代文學思潮以及不斷的創作，使這座花園一天比一天的繁茂，一天比一天的欣欣向榮，雖然這些現代詩的花朵還得經歷更多風霜雨雪，還得接受更多考驗和挑戰。

現代詩在越南的發展過程是崎嶇的，早期的現代詩因爲趨向晦澀，因而被誤認現代詩是費解的，甚至說它是一些只有詩人自己才懂的密碼。其實，現代詩的晦澀並不是不可解；可解與不可解是看讀者的程度和領悟能力而定；我們不該抹煞現代詩的存在價值。作爲一個現代人，作爲一個現代詩人，對時代是應該負起責任的。在這個戰爭的年代，詩人不時感到戰爭和死亡的威脅，從而在生活中體驗出生存和死亡的眞義，因而在我們此間的現代詩就有着共同的特色，就是以戰爭做主題。幾年來詩人不斷的向着現代精神的領域開拓，現代詩總算在此間佔有一席之地；我們這座「現代詩花園」總算是够璀璨够熱鬧的了，它總算能够招來很多遊客瀏覽的目光——現代詩總算得到很多讀者（audience）的愛戴和支持。

B詩人的面譜

要了解一個詩人不是一件容易的事，要完全了解一個詩人的作品就更加困難了。我們試以一個植物學家（botanist）經過分類和歸納的實驗，然後說明一棵樹的特質。試以一位物理學家（physicist）經過三稜鏡（Spectrum）的分析反射出來的光說明它們不同的顏色和光的强弱。以此種對自然藝術的精神來探討詩人的心靈深處看看它到底蘊藏幾個繆思（Muse）。

「關于藥河的——」

如果要想了解藥河的詩，最好慢慢去咀嚼，不然你是難以欣賞到他詩裏的妙處的。詩人寫詩的態度非常嚴謹，他從不肯浪費筆墨，他說他每每完成一首詩要經過三四個月的苦心經營，可見詩人着重於詩的質而不是詩的量。

他深受古詩的影響，所以讀著他的詩就嗅到古典的芬芳，他不但是一個詩人而且是一個修詞學家（Rhetorician），一個美學（Aethetics）的喜愛者，他的詩給你一種雋美和清新的感覺，且看他這首「小港」的一節：

潮聲散盡，你的髮是濕濡濡的
走過長堤的一列樹，霧從雨肩摟來
還想起嘶喊不？彎刀和馬
征伐的旗幟，滾滾塵捲廢墟
我們划過您未斷椽
的莊子。疲憊的雙槳呵
　不復昔年的名字

這兒的戰爭仍舊是戰爭，雅典娜（athena）女神的號角仍在不斷的吶喊。戰爭何時才停息呢？雅典娜幾時才不叫囂？詩人渴望「和平」但戰爭仍然延續，和平沒有到來。從他這首「雨．傳奇」的詩中我們可以看到詩人對於時局是如何的關注和憂慮。

而西半球的花季惶惶轉入
忙於聚會
忙於拍發電訊
或者選擧的　暴躁的夏季
那群各類服式的燕子圍坐下來
爭執着西貢的雨
　停——是——不停

從這首詩來看，我們發現詩人在寫作的技巧上還愛用比喻，在這首「雨．傳奇」中：

①以聚會喻巴黎和談
②以燕子喻各國出席的代表
③以雨喻戰爭

詩人深受法國現代詩人賈琪．普雷維爾（Jacques Prevert 按：卽裴外）和臺灣詩人余光中、葉珊、鄭愁予等影響，是此間名噪一時的現代詩詩人。

「關于心水的——」

如果你見過心水你會覺得他永遠是這樣一個文質彬彬而又笑容可掬的人，雖然他時常被一些俗務羈身，但他仍然對文藝非常熱心，仍然沒有失去寫作的興趣。他不但是一個很有名氣的小說作家，一個很出色的散文家，而且是一個才思横溢的詩人，他像哈代（Thomas Hardy）既能寫出傑出的小說又能寫出膾炙的詩篇，之外，他還多了三個繆思去寫散文。他的一篇小說「無花果」描寫一個神父和一個女學生的戀愛曾轟動了此間的教會。

詩人曾經徘徊在十九世紀的浪漫主義的迷宮（labyrinth）裏，他早期的抒情詩委實也曾獲得很多讀者的掌聲，但作爲一個藝術家，一個詩人是永遠不會滿足於自已過去的一點成就的，永遠不會囿於一隅，拘泥於那些既往的古老的詩的王國裏，而是要翻越過那些「抒情」的藩籬，從「浪漫」的迷宮走出來，從「古典」走回「現代」。

如果說一個時代有一個時代的文學，一個時代有反映一個時代的藝術作品，心水的詩就能反映這個時代，他的詩就是這個時代的縮寫。從他的詩中，你可以看到戰爭的威脅，死亡的恐怖，以及這一代青年的失落和痛苦。且看他這首「如此消息」的詩句：

一面國旗
加勳章
然後讀一個不幸的名字
如此就有所謂
一則殉國的新聞
消息着整個春天到冬天

如果你在越南，每天你會從收音機裏聽到或在報章上讀到一些戰士殉國的新聞。詩人在這個戰爭的地區，在這個充滿死亡的地域感到徬徨，他希望戰爭早日停息，不願再聽到槍聲和砲響，可是：

當隆隆的聲浪吞滅了夜以後
你盼望天明
當天明以後聲浪仍然隆隆的轟擊太陽

詩人不但告訴你他所聽到和讀到的，現在他還告訴你他親眼見到的。在「一號國路」這首詩的兩段：

急急推動排擋
望後鏡的風景
將你的眼瞳
照出三片烽烟
一號國路把那輪汽車輾成
一
滴
滴
血

詩人心水是成功的；包括他的小說，他的散文，以及他的詩。他是一個文藝的多妻主義者，一個九繆思的信徒。

「關于藍斯的——」

曾經飄去而又飄回的一朵雲，曾經是一隻自由的波斯雀（Persian bird）如今却變成一隻自囚的雁子，但習慣於流浪的雲是很難囚得住他的瀟洒的。或者你能囚得住他的軀體，你不能囚得住他靈智裏的繆思。他底筆觸的輕盈給你一種飄逸，一種洒脫的感覺。

有人說藍斯的散文比他的詩寫得更好，但論者之見，藍斯的散文和他的詩是分不出伯仲的，不信你讀讀他的散文，你會覺得它如何「瀟洒江湖」（註：「瀟洒江湖」是他最近發表在此間民聲週報的一篇散文。筆觸的輕盈，瀟洒，是一篇難得的佳作。）了。如果你再唸唸他的詩你又覺得他的詩像一縷雲的飄逸：

一襲青衫就如斯的飄走了
薄薄的雲
薄薄的天色

和一些
漂涼的陽光

作者落筆如此的輕，如此的瀟瀟洒洒而又婉婉約約的，你可以看到琥珀與衣襟的珠光，和杯盞相碰時的聲響，水晶的亮麗，以及一個浪人的步音以及無法挽留一朵雲的去來：

我無法挽留你的瀟洒
碰響杯盞
琥珀是你衣襟的珠光
水晶的
鹹味
在逆旅的另一端
你和跌碎的步聲
向南方的
南
方

如果說詩中有畫，畫中有詩，詩人藍斯眞能達到這絕妙的境界。正如其他詩人一樣這一朶雲免不了也感染到戰爭的憂鬱，在「靜寂地帶」一詩中我們可隱聞砲聲和嗅到戰火的焦味：

砲聲在北方
呼嘯
家鄉是火焰的現場

藍斯！你這隻自由的波斯雀，雖然你不比往昔的飛翔，但你能夠歌唱。那麼唱吧！藍斯，你將會獲得很多掌聲的。

「關于李志成的——」

曾經被譽爲現代詩壇一條鐵錚錚的漢子，如果說「文如其人」，讀到他的詩你就可以想像他是一個怎樣豪氣十足，滿身都是勁的硬漢，他的詩一落筆就如斯的雄渾，如斯的硬朗，如果說藥河的詩有如涓涓的流水，藍斯的詩有如圈圈的漪漣，那末李志成的詩就像滾滾的山洪了。作者的詩中沒有紈袴的秀氣，也不沾兒女的私情，却染上好濃的時代的憂鬱，他的詩充份的表現對戰爭的不滿，他在這個戰爭的年代提出抗議和吶喊。透過他的詩你可以看到戰爭的殘酷和死亡的威脅，作者的生活經驗告訴他，戰爭和死亡不斷的逼壓他，他向人類的良心（Conscience）不斷的呼籲博愛。他不斷的吶喊着！從他這首「我曾聽見哭聲，孩子」一詩，我們可以看到經過戰火洗刼和雅典娜蹂躪過的城市，剩下一堆殘墟櫟瓦，遺下一個受傷的孩子的哭聲而至死亡的哀痛。在詩的第三節：

然後，你醒來
在一個窒息的早晨
殘墟櫟瓦中遺下一雙未瞑的眼
圓張的嘴似欲呼喚
一個未滿週歲的嬰孩的
去向

在詩的尾段：

曾親手豎起一座木碑

碑上，你的名字是一個多麼可憐的
靶子

嚎哭哭哭哭哭哭哭哭哭哭哭哭哭哭哭哭

在這首詩的最後兩節：

從晨間開始
我們拾級登上山峯
從黃昏開始
我們拾級而下
然後凝視濤浪那邊的

詩人還是一個形式主義的酷愛者，他的一首「山水以及其它」的詩作，所走的形式曾轟動此間的現代詩壇。且看他詩裏的一些句子：

驀然一聲
砰
折翼的夥伴便從
高空墜——下
血肉 橫 飛
槍林林林林
彈雨雨雨雨
亂葬崗上
橫看投着橫影於 地 上
倒豎起的一枝瘦竹
一個披着蔴衣的小婦立着
孩子跪着

日落
沉下
沉下
沉下沉下

李志成的詩很有自己的個性，可惜近來很少見到他的作品，希望詩人不要將自己的繆思固封起來，讓我們看看最近他的繆思是怎樣的面貌。

「關于亞夫的——」

在我們的詩壇中從沒有像亞夫這樣對生存和死亡極具敏感和懷疑的了。如果說艾略特（T. S. ELIOT）對生存和死亡的觸鬚最敏感的話；那麼詩人亞夫和艾略特就有着一點相似之處。先讀艾略特的幾行詩：

......I cold not
Speak ,and my eyes failed, I was neither
living nor dead, nnd J know nothing
lookinginto the heart of light, the silence

亞夫的「戰爭之外」這首詩一開始作者便掀開死亡的序幕：

每一個小小的結束如斯
突然
哪一則遠古的傳說
沙是餓血的獸
一顆子彈抑或其他
切進斷臍後的命名

詩人對存在的荒謬，對死亡的懷疑在這段：

死亡是灯光下踢也踢不去
的影子
晚禱哭泣中
步向黃昏
存在的荒謬
猶甚於仆臥時仍思索
自己之再否
完
整

亞夫的作品永遠是自己的風格，他不願去摹倣他人，也不願走別人的路子，他曾說過：「有寫作經驗的文友仍迷惑於自己初期作品的掌聲而不肯求進求變，因此讓別人擁着，也擁着別人在走，而走的路子已經相當古舊了。」

詩人沒有沾染古典，一起步便向着現代的路子走去，詩人說他的詩不過是副產品，他主要還是要寫散文。的確，亞夫的散文有他獨特的風格，他眞能寫出自己的路子來呢！

「關于冬夢的——」

從來沒有一個像他一樣，如一陣疾颻（Gust ）吹刮過本地的詩壇，他那一系列的作品在此間的華文報章刊出。他的創作的確是驚人的，在短短的一年多，他竟刊出六十篇的詩作品，如果說他的詩都是一些粗枝大葉；未加修剪的雜蕪，畢竟你又得公認它們一顆顆都是如此璀璨的珠玉。

他的詩往往是一氣呵成的，如果說冬夢的才氣有十分的話，除了七分「天才」剩上三分便是他的「急才」了。經過兩年作爲一個戰士的他，行過軍，打過仗，從煙硝彈屑中起來，從火網中走出來，從生存和死亡的邊界掙扎出來。經過兩年多的流徙異域，現在他又重回堤城，他可算是一個曾經歷過風險的人了。

他寫詩的稿齡很短，却有着一顆馳騁詩壇的雄心，他早期的詩風沉溺于格律，深受浪漫主義的影響，他不滿自己早期的作品。現在他正在盡量的求變、求進，他摔棄過去的浪漫風格而又擁抱過晦澀和形式主義。請看他這首「晌午」的詩句：

扭乾被陽光濾過的

風 揉綴每條嘆息的街衢
瞑默騰昇意象如一股
飄絮的玉煙
從我唇間吮入
一尾小小的蜻蜓

殘梗從指隙裏瀉下
綠髮的影子憔悴
擊斃一個夏天
釋放了秋天

最近他的詩風又轉回明朗，且帶有一點古典的韻味，詩人對駕馭文字的技巧很够，對意象的捕捉和聯想是極敏感的，想到祖國他就聯想到國旗；想到國旗他就聯想到「青天白日滿地紅」的標誌；想到青天白日滿地紅他便懷起鄉愁了！在「痴」這首詩的一些句子可見：

窄窄的
足靴
緩緩
叩响
朶朶鄉愁
青
天
白
日
依然
你的名字
洒落便成滿地紅

「關于西牧的——」

像一個武士封了劍匿跡歸隱，如今又重現江湖。擱下了筆很久的西牧，如今又見到他的作品在報章上刊登。其實作爲一個詩人是不應該固封着自己的繆思的，雖然有幾年沒有執筆寫作，並不是這幾年中作者沒有進步，反之，在這其間給他靜思，給他自我的檢討，給他對宇宙對人生的默察，以及對社會人心的觀瞻，因而他的思想更趨成熟，對人生也更加世故了。他再出道便要揭露社會的黑暗和不公。他這首「時下」就將這個時下的黑暗、不公、貪污和剝削的社會赤裸裸的展示我們的眼前。

據說日間　在行人道上
那人重述在街角內恐惶被迫獻出的罰
我們必需同情那人說及的秘密
通行證　現代的困境
生命時刻都可能成爲囚室內的另一種雁　存在
誣蔑的虛無遂成少年們擊酒旗的歌了

詩人西牧的心靈是偉大的，他時刻都站在光明的一邊，而向着黑暗挑戰，他的精神是值得寫詩的朋友借鏡的。

「關于鄭華海的——」

曾經以「季春雁」作爲筆名的一隻三月的南方雁子，悄悄的飛來我們的詩壇又悄悄的飛去，我們曾等候他再次重來，却等了好幾個春天了。如今才見到他翛翛飛來，他這次重來我們的詩壇委實給我們無比的驚喜！

詩人深受法國現代化文學和臺灣的一些現代詩人影響，他的詩風很具現代精神，他這首「那個老兵士」的詩作描寫一個老兵士在軍隊中生活和行軍時那種疲倦、艱苦和緊張的情形：

……
有一隊士兵操隊而過
爽快的扣下扳機
踏着他很熟的拍子
登陸
　俯身
前進
前進

在詩中的另一節：

……
那個兵士魯莽的爬上
爬上他心愛的戰壕
他想招呼他
叫他不要那麼站着

讀着他這首「那個老士兵」的詩作，我們不免會想到英國詩人兼史學家荷伯烈特（Herbest Read）的一首詩，題目是「我的情侶」（My Company），該詩是描寫一個在軍隊團體中生活的婦人敘述她跟士兵們行軍的經過，眼見到有些士兵掮着厚木板和鐵塊經過死亡的地域時的疲憊，當見到一枚照夷彈彎彎的經過上空時屏息着不動的緊張情形，我們發現它們都有着一點相像，且看該詩的一節：

my men go weasily
with their monstrous burdens
they bear wooden planks
and iron sheeting
through the area of death
when a flare cures through the sky
they rest immobile

詩人鄭華海的詩是矯健的，一如他的翅膀，也一如他的飛翔。

「關于石羚的——」

他與鄭華海是不同的，他是一隻折了翼而又將自己囚困起來的雁子，每天，他嚮往外面的陽光，可是外面的陽光不是一隻囚雁所能擁有的，於是他將自己囚得更憂鬱了。本性是個豪放的詩人，如今將他的豪情關起來，難怪他感到有窒息的感覺。他不斷的向現實掙扎而又掙扎不出那現實的殘酷的森嚴的無形牆堵，他渴望春天，却被囚在冬天的冰窖裏。

死亡不斷的在威脅他，戰爭不斷的在壓迫他，砲聲不斷的在轟他。槍聲不斷的在打擾他。他感到瘋狂，他感到要吶喊……「春之外」這首詩，一開始他就告訴你他自囚的苦悶

如果冬藏之外
你們還聽說有一隻春眠的獸

我我我我我我我我我我我我

他這首詩雖是描寫狩獵，但從他詩中的句子，不難發現它反應人心的徬徨和恐懼。詩人石羚的詩是深沉的，而且苦澀的，或者在現實環境使詩人快樂不起來，他曾以另一筆名「越王」走遍此間的詩壇，顧名思義，我們可見作者如何效法勾踐的刻苦自勵了。

「關于君白的——」

像一陣暴風雨，發起脾氣來他會把你的窗門震撼得砰砰嘭嘭的，過後他又平靜得像一池止水。詩人君白就是這樣一個怪脾氣的人；他胸無城府，沒有記恨於心，最好你不要激怒，他的脾氣是很不好惹的，他看到什麼不順眼就要管，他從不會在你背後說你壞話，要說就當你面前直說不違，他就是這樣的一個人，所以有人說君白好怪；尤其是他的脾氣。

別看他是這樣的一個怪人，他却能寫出他自己獨特的風格的作品，他的詩反影現社會一般自由的青年的苦悶。在他這首「空棺之外」的幾句——

黝黑的石室
囚斃了幾許的
年輕人

目前在這個充滿烽烟和不安存的地區，晚上我們的住屋隨時都可能被檢查，它這首「空棺之外」只那麼幾句便描寫出來：

一輛軍車沿過
剛宵禁五分鐘的
瘦街
　風音傳來
斷續
斷續
的犬聲

「關於雪夫的——」

一開始他就以現代精神的姿態出現于我們的詩壇，詩人雪夫的詩可算是够晦澀的，他曾被人批評他的詩是難解的，甚至是費解的，這不過是詩人早期的風格，但在現階段詩人一改過去的作風而轉爲明朗。如果你將他早期的詩和現階段的比較，不會誤認爲是不同一個人的作品呢？

詩人對現代主義的精神的推崇，可以說是最熱心的，他是一個最虔誠的現代主義的繆思信徒。正如此間一般青年詩人一樣，他的詩也感染了時代的憂鬱。且看他這首「他唱着的歌」的詩句。

而他的同伴未歸
我便欲
搖船出去
聽一點
不歸的鄉愁

「關于慶全的——」

詩人慶全是最近才發現的一株「現代詩」的奇葩，他的詩帶有十九世紀拜倫（Byron）浪漫底餘波和廿世紀康拿．愛肯（Conard Aiken）的現代精神。他的詩是「古典」和「現代」的混血兒，你讀他的詩你會感到有着古典的芬芳和現代的氤氳，他所寫的一系列的「長髮詩箋」就是一個例子，現在不妨看看這首「乙頁日曆」的兩段：

握筆的手自成秋
排乙列霧
唉！那夜
誰將日曆放進黑煙的夜

仰首
看汝的髮竟是叢黑蛛網
美好的月亮在內
打了中秋的魚燈
獨唱

「關于藍采文、凌至江、藍鷹的——」

最近我們的詩壇又多了一些新進的詩人，雖然他們的作品還不怎樣成熟，但他們都有着自已的風格，如果他們肯繼續努力的話，則藍采文的詩將亭亭得像一株紫羅蘭（Violet），凌至江的詩將溫柔得像一株水仙，藍鷹的詩將美麗得像一株虞美人草（poppy）了。

「關于陳恒行的——」

李志成在此間的「水手」双月刊的「水星之貌」中這樣寫道：

「簡直是一頭狼！——每當我與恆行在一起的時候，

就有此感覺。

說也奇怪，誰看見他都不會相信他會寫詩；更不會相信他寫出如此出色的詩。

他不拘束但不瀟洒，他有他的一套，他喜歡在人前肆言無忌我行我素，做他喜歡做的事——就有點近乎市井那個的。但就是如此的莫名其妙，所有的朋友及我就喜歡他這種衝刺力。

狼是曠野的，恆行發怒時會擊穿你的頭，但這場合少之又少（雖曾有紀錄）。狼也是細心的動物，這就表現在他令人讚嘆的精緻體貼的詩風裏。

他不大會抽烟，但抽烟；他不大會喝酒，但喝酒。他不大會追求女人，但追求女人。他就像什麼都不曉得，但又像什麼都曉些。不過除了詩，只有他寫的詩都像比人好些。

恆行就是恆行，他外表是線條的，但內裡是細緻的。就像那頭荒野之狼，行動時非常非常粗獷，用腦筋時却又非常的仔細。」

沒有什麼比李志成形容他來得更恰當更貼切了，詩人委實也歷過許多滄桑，他曾經當過兵，行過軍，打過仗，在森林裡伐過木；曾經從西貢跑到從義，又從從義回到西貢。他在森林裡伐木的期間，給予詩人對森林環境的認識，使他有機會投進森林女神（nymph）的懷抱，探討森林的奧秘，然後將他所見過的一草一木；一葉一花；一鳥一獸寫進他的詩句去。正如他這首「變奏」就是一個例子。且看他詩中的一些句子：

讓我也握住一點螢光走入森林
去到古老的部落輕展一頁情詩
然後邀來一群野獸
宣讀我右掌上的螢光便是昨昔的落日

讀着他這些詩句，就彷彿看到一座森林的景象，彷彿有一幅森林的七彩畫展示在你的面前。從這幅畫裏，你彷彿看到他如何走到森林深處古老的部落去，如何邀來一群野獸時的神態，以及如何握着右掌上的螢光的輝煌與炫耀。

作為一個詩人，一個藝術家，是不能與自己的生活脫節的，更不能忽略自己周圍的環境。詩人泰戈爾（Rabindranath Tagore）在一封寫于一八九五年七月廿五日的信函裏，他這樣寫道：

「當我坐下來一字一字的為Sahana雜誌寫小說的時候，那些光、影和顏色在我周圍的環境溶入我的字句裏。這些風景、性質和情節，我現在所想像的包涵有太陽、雨、河流、河畔的蘆葦，這雨季的天空，這濃蔭的鄉野，這些讓雨水滋潤着的歡悅的麥田，一如它們故事裏的背景一樣給與它們生命和眞實」……（As Isit writing bit by bit a stosy for the sahana, the lights and shadows and colors of my surrounding mingle with my words. The scenes and characters and events that I am now imaging have this sun and rain and river and the reeds on the river bank, this monsoon sky, this shady village, these rain-nuurished happy cornfields to serve as their background and to givethem life and reality……）

讀着他這首「變奏」的詩句，你彷彿被他的句子帶進森林去，你彷彿看到一個怎樣的浪人的寂寞、以及一個背井離鄉的異鄉人對家鄉的懷念以致患上懷鄉病（home sick）。作者眞能將雨季、河流、蘆葦、荒原、森林、以及其它在自然界的景物納入他的詩裏，經過作者心靈對外界的感受以及加上作者在寫作上的熟練的技巧，彫琢成這首雋永的詩篇，繪畫出一幅既畫意又有詩情的圖畫。

詩人陳恒行的詩盈握着一掌凄美的憂鬱而又輕旋着一抹淡淡的古典的溫柔，他的詩能夠擁有衆多的讀者，自然不只這一點，希望他能夠繼續努力創作，爲本地的現代詩詩壇加添色彩。

「關于劉保安的——」

作爲一個海的兒子，一個「水兵」的他，對于海是最熟識的。詩人對海應該也最親切的；但他並不像一般詩人那樣歌頌海的無私，海的單純，相反地他却揭露海的殘暴，海的混濁。也許因爲詩人生長在這個戰爭的年代，生長在這個瀰天戰火的越南，在詩人的眼裏看不到什麼所謂完美的，反之，只看到醜陋的一面。因而詩人感到海並不再擁有它本身的純潔，因爲它已染有過多戰爭的煤煙和死亡的血漬，海並不仁慈，因爲它漂流着過多征人的屍體。從他這首「俑」的詩作中的兩句可以看到：

海那邊有人用李賀的藥囊盛石子
且在遺下的靴子裏發現斷脚

詩人對海已感到厭倦，因爲海帶走了他往昔的歡笑；也帶來給他綿密的相思；以及刻骨的懷念。在「俑」這首詩的第一節：

船已遠航，不自妳的港灣，妳的唇
黑的髮茨，相思逸出妳的瞳眸
詩焚蛺蝶，鏘然的陽光不透
四月是一潭死水，鶯鶯
横笛已吟盡葫蘆的眼淚
怎能輕叩銹落的門環

作爲一個詩人，而又是一個多情的浪子，從他的詩中，你可以發現他的情感是細緻的，而又古典的，在這首「俑」的詩句中流露出作者的思古幽情和對戀人的懷念：

鶯鶯，小紅娘已患了失憶症
西廂的院子沒有熱門音樂

一個詩人的作品能否得到讀者的共鳴，最重要的是看詩人能否將自己的詩變爲讀者的情感，是否能夠說出讀者心靈欲說的言語。史蒂芬·斯賓特（Stephen Spender）在「憶艾略特」（Remembering ELIOT）一文中對艾略特的荒原（The waste land）詩的感想，他這樣的寫着：

「……All ELIOT'S Poetry has uniqueness and interest, but The Waste Land more than hold the reader's interest and amiration, it makes the poetry become a passion to the reader. ……」

詩人艾略特的「荒原」深受第一次大戰的影響而寫成（the waste land having deep roots in the first world war），而他這首「荒原」却渲染了越戰的色彩，反影這一代青年的彷徨和痛苦，雖然我們不能以他這首

「荒原」和艾略特的一起評價，但它確實能說出此間一般青年的心聲，得到衆多讀者的共鳴。請看詩中的第二節：

戰地歸來那年，妹子猶未嫁
歌聲來自墓中，墓是垂鉤的磐石
待你擧起，待你射擊
一如粉碎名字與名字間的骷髏

詩人的作品不多，但他每一首作品都能代表自己，都有它自己的特色。希望他下次航海歸來，帶給我們的詩壇一份珍貴的禮物——一首詩的藍圖。

「關於林松風的——」

作爲一戰士，也作爲一個詩人的林松風，他自小便睡在雅典娜女神的膝上，在女神的懷抱裏長大；且度過二十個春天，所以他的詩就染有戰爭的色彩。讀他的詩彷彿看到他挽着 Ba lo，抱着槍，荷着彈，走過山美（Son My）也走過溪山（Khe Sanh）；攀過亞哨也涉過東河。他在軍隊裏閱歷之深從他這首「活在戰火時節」可見。且讀他這首詩第一葉中的詩句：

太平洋西岸，人們以犬伏的姿勢聆聽
山美城止于一帆六弦琴底音波
之后，聯想一株透明的向日葵
溪生蕭瑟而斯的黃昏

在第二葉中的詩句：

寮南　士淪
亞哨　東河遍植
某一季節蒂落
呱呱嬰啼

畢竟他還是一個風流的戰士，能有一天的假期，作者不忘及時行樂，在第一葉中的兩句：

此夜，潘珠貞酒市狂歌
並以一枚鋼板買香河舟女一笑

詩人林松風的詩可說是他自己生活的寫照，他可算是此間一位寫實的現代詩詩人。

民六一年五月于西貢

英譯中國現代詩

——讀葉維廉的翻譯

非馬

一

年初在臺灣時，一些朋友問我對葉維廉英譯中國現代詩選的意見。我說我連封面都沒見過呢！當初要商禽在愛俄華替我買一本，大概他老兄忙着泡鬍子吟詩，便把這樁大事給忘了。其實主要原因還是我疏懶。平時雖然也喜歡寫寫詩，却很少認眞去讀別人的詩；喜歡譯詩却最怕讀譯詩。因此返美之後，特別買來拜讀。

關於中國文學作品英譯，梁實秋曾說過這樣的話（註）：「譯成外文之後，它的優點與缺點往往能格外清晰的被顯示出來，對於本國讀者也是一種刺激，一種啓示，多少有助於觀念的修正……使我們重新對我們的作品加以估價。」又說：「實則我們所需要的正是『有學者風度的』翻譯。縱不能像翻譯佛經那樣的虔誠敬愼，那樣的一字不苟，至少也要潛心硏究愼重落筆。」又說：「譯者多屬外人……對於中文究竟不易有透澈之了解，有時望文生義，不免於舛誤。……凡此均不是翻譯的問題，是中文程度的問題。普通的中國學者不至於有這樣的錯誤。不過我們的學者能不能運用英文到圓熟的地步，那又是一個問題。」

我想我大致同意他的這些話。只想加一點：翻譯不但對本國讀者有刺激啓示的作用，對原作或原作者更有批評的作用。一個字一片辭一個意象的運用不當（作者偷懶或能力不逮或根本是本國文字本身固有的缺陷），譯者有責任指出來或在翻譯時加以適當的修正。如果有人指責這種譯法爲不忠於原作，我的回答是：我根本就蔑視對原作「愚忠」，正如我蔑視對任何偶像的愚忠一般。不管這偶像是君王、傳統、權威或我們小小詩壇上自封的霸主。

譯詩在我其實是一種自我訓練，如果不是神聖至少也是嚴肅的工作。往往爲了一個字的不得甚解而讓整首翻譯胎死腹中或字紙簍裡。最不濟也要讓讀者知道這字或這行我不懂，原文如此，你有興趣自己去摸索吧！這是指英詩中譯而言。中詩英譯，特別是同時代的詩，因通常有原作者可以請教的便利，這種問題比較容易解決。我在譯白萩的詩時便經常寫信問他，翻譯之後又寄給他要他有話快說。又自知對英文的「感覺」不够，更一遍又一遍同美國朋友研討。常常爲了找一個適切的字，把握詩中的一個意象而翻遍了辭典，辯紅了頸子。每一首詩的翻譯都要經過這樣的過程。所以說我對自己的要求比當時在隆田訓練新兵還要來得嚴格。

我對葉譯的中國現代詩選（只讀了那些我手頭有原作可資參考對照的，約佔全書五分之一）是把譯者當成自己一般苛求着的。也許比對自己還要苛求。這是因爲葉維廉是一個受過正式學院（中國的及美國的）訓練的詩人，一個應該「有學者風度的」學者。如果有人以爲我在吹毛求疵，我會說，是的，但譯詩的成敗得失也許就在這毫厘之間呢！

三

下面我就試舉出一些例子來吹求一番。爲了方便，這些例子的次序是按照頁數的先後的：

①十二頁商禽「門或者天空」裡，「沒有絲毫的天空」一本意該是「一點東西都沒有的天空」，英譯却成了「一點天空都沒有」（Not a bit of sky）。

②十八頁鄭愁予「十槳之舟」末行「微颸般地貼上我們底前胸如一綹亂髮」裡的「前胸」被直譯成front breasts。姑不論中文裡的這個「前」字是否用得多餘，英文裡却絕沒有所謂 front breasts 或 back breasts 的。這就是我所說的譯者有對原作或原作者批評的責任的一個例子。我發現我們的現代詩人們常常在浪費文字而不自覺。這種浪費在一首詩被譯成另一種文字時最易顯示出來。

③三十一頁洛夫「石室之死亡」第十二節的首段原文是：

你是未醒的睡蓮，是避暑的比目魚
是躑躅在豎琴上一閑散的無名指
在兩隻素手的初識，在玫瑰與響尾蛇之間
在麥場被秋日遺棄的午後
你確信自己就是那一甕不知悲哀的骨灰

英譯成：

You are an unwakened lotus, a flat fish running from summer,
A nameless finger straying across the lyre,
The first acquaintance of two white hands between rose and rattlesnake.
In an afternoon after the autumn has deserted the threshing yard,
You insist that you are an urn of bone ashes, knowing no sadness.

在結構上，「素手」，「玫瑰與響尾蛇」，「午後」該是具有同等地位的並行體，正如「睡蓮」，「比目魚」，「無名指」是並行體一般。英譯却讓兩隻素手在玫瑰與響尾蛇之間相遇，先使讀者揑一把冷汗，然後用一個句點把「午後」同「素手」及「玫瑰與響尾蛇」活生生分了家。又此地的「無名指」係指第四指，通常所謂的 ring finger 却被直譯成 nameless finger，成了眞正的「無名」指了。又flat fish 想是flatfish 之誤。

④四十一頁葉珊「脚步」裡的「青色的水瓢流去／旅人的唇流去」被譯成了「青色的水流去／旅人的唇流去」。不會是把「瓢」看成「飄」或「漂」吧？同時把「脚步」譯成 Feet 亦頗值斟酌。

⑤六十頁瘂弦「深淵」第一段裡「春天最初的激流，藏在你荒蕪的瞳孔背後」，把「荒蕪的瞳孔」翻成 savage pupils。查 savage 一辭雖也有「未開墾的，野生的」（

uncultivated, growing wild）的意思，却是古得不能再古的用法（Archaic），我想一般都會把它誤解成「野性的瞳孔」的。

又第二段裡的「人們連一枚下等的婚餅也不投給他！」譯成了

Nobody will throw him a second-rate
wedding cake:

沒有了「連……也」的意思。我想加個 even 成為

Nobody will throw him even a second-rate
wedding cake:

是必要的。否則讀者也許以為他太高貴了，人們不敢用下等的婚餅而去訂製一枚上等的婚餅好投給他呢！

又把第三段裡的「我們再也懶於知道，我們是誰」譯成

We are once more too lazy to know who we
are

意義完全變了。原詩裡的再也懶於知道是表示一種轉變，是我們不再想知道（We no longer want to know）或懶得再去知道的意思。作者只告訴我們：「以前我們想知道，但現在不想知道了」。我們以前是否知道我們是誰呢？可能知道也可能不知道。但英譯的意思却是「我們再一次懶惰得不去知道我們是誰」。暗示着我們以前也同現在一樣不去知道，現在只是過去的重複，不是轉變。而且把懶於知道的懶當成懶惰的懶也是不怎麼妥當的。

又第七段裡「在夜晚床在各處深深陷落」，把「陷落」譯成 falling 是大大不對的。因載重而陷落（sinking）的床在重量移去之後是會恢復常態的，而 falling 的床却是只有垮台垮到底的一途了。

⑥譯白萩的「流浪者」（六六頁）固然是一種冒險，但把「望着遠方的雲的一株絲杉」譯成「望着遠方的一株像雲一般的絲杉(looking into the distance toward a cloud-like silken pine tree) 却是一種不必要的冒險。

⑦白萩的「秋」（六八頁）也許是譯得最沒有「靈感」的一首。特別是把第三段

在世界的深淵，那遠望的低陰的
天空像負累喘喘的孕婦的肚皮
年年相同的面孔，我們已經活過了幾千年
唉，那些鐵鞋在輪姦着我們希望的妻子

譯成

In the world's pool, the low-clouded sky
from afar
Is like the loaded belly of a short-breathed
pregnant woman
Every year the identical face. Many
thousand years we lived.
Ai! those iron-shoes take turns to ravish
our wife of hope!

如果不把讀者讀得像那負累喘喘的孕婦般上氣不接下氣，我不信！在這裡，我想 pool, loaded, short-breathed 等都不是妥當的字。而且 Many thousand years 也應該是 Many thousands of years

⑧六九至七一頁，白萩的五首有標題的詩被編了號，不知是原作者還是譯者的意思?.這且不去管它。

第一首「妳似一輪明月走過我心的湖底」譯成

Like a moon you wheel across my

lake-heart

讓月亮像車輪（wheel）一般旋轉我想是一個太牽强的意象，不但破壞了夜的寧靜與孤寂，同時也會在「我心的湖底」揚起「塵」來的。又譯文把湖底的「底」字去掉，失去了原詩裡清澈見底的意思。

第二首「夜的枯萎」第二段

唉
夜是空洞而虛無
縱我貞心
而夜萎其
花瓣

第三行的「縱」字應該是縱使或縱然的意思，却被當成放縱或縱虎入山的縱（Letting loose）。

第三首「縱使」裡第一句「縱使你攤開欲望什麼的門」被譯成「縱使你應該攤開欲望什麼的門」。幹嗎應該？

第四首「叩門的手不再來」末段：

而今衆音成曲，成一片
潺潺低訴之水，我祇是
一朵抓不住憑藉的蓮……

「衆音成曲」强調由「衆」入「寡」，由「繁」入「簡」，後句的「成一片潺潺低訴之水」可作註脚。而英譯

But now all sounds turn into songs

却是由「衆」（sounds）變「衆」（songs），等於沒變。

第五首「不能戰爭的時代」第一段：

不能戰爭的時代。我們
寫詩像一針針的綉花
臘板上跳舞的脚
節節地刮碎昏迷的音樂。春天

後兩行被譯成了

The dancing feet on the waxed floor.
The music that slices into knots our
drowsiness. In spring

成了

臘板上跳舞的脚
把我們的昏迷削成結節的音樂

脚與音樂成了把兄弟，而我們却無端昏迷了起來。

⑨七一頁白荻「風的薔薇」開頭兩行

靜默
躺在午夜的街道

英譯成了

讓靜默
躺在午夜的街道

毫無理由地從敍述語氣一變而成了命令（Command）或提議（Suggestion）的語氣。

在第三節裡

我祇是
父母歡樂後的
副產品
沒有個性

把「個性」翻成 character 是不妥的。因爲 character 通常指道德方面的品格，尤指是非之觀念。一個沒有 character 的人可能是個很有個性（personality 或 individuality）的人也說不定。這裡的沒有個性我想譯成 no identity 可能比較合適。

在第六節裡
　所有枝椏
　成爲無意義的手勢

把無意義（meaningless）譯成不自覺（unconscious）是有問題的。無意義是對觀者而言，不自覺却是枝椏本身的事。

在第七節
　因了過大的空間
　根成了顫抖，自由
　創造了
　我們的孤獨

英譯却成了
　因爲空間過大
　且成了顫抖……

根不見了，所以空間只好代它抖將起來。

第八節
　馬麗亞
　像脚氣病一樣的
　招喚，把你的
　感喟都溢出來了

譯成了
　Maria
　As in beri-beri
　Greets, makes your
　Sighs overflow from the cup

我不知道有沒有人看得懂？原詩的意思，據我的解釋可能是「馬麗亞的招喚，使你像脚氣病般地痒且不自覺地感喟了起來。」或「雖然知道馬麗亞不是好貨，會像脚氣病般纏着你折磨你，而你受了搔癢的引誘，却無法不受她的招喚，因而不自覺地感喟了起來。」無論如何，把「招喚」譯成greets（迎迓）總是不對勁。而As in beri-beri也不如Like beri beri來得不含糊。但最使我忍不住要「感喟」的却是末一行的英譯讓「感喟從杯子裡溢出來」，畫蛇添足地把盛滿啤酒的杯子湊上嘴去承受你的感喟。唉！

⑩七五頁白萩的「妻的肚皮」及一三一頁張默的「紫的邊陲」裡的「傾聽」都被譯成古色古香的harken。我不知在紫的邊陲是不是該harken，至少我是寧可對妻的肚皮listen的。

⑪七六頁白萩「以白晝死去」裡的「便孤獨無依白白的死去」一個字一個字地直譯成

　We, alone, against nothing, die a blank,
　blank death

雖然不盡合原作的意思（白白死去的白不盡同於空白的白），却是比較成功且頗富詩意的翻譯。

⑫葉維廉自己作品的英譯是比較成功的部份。這大概是因爲他自己最了解自己的作品，而且譯時也較細心的緣故。他的「降臨」一詩裡（七八頁）的（我們再也見不到兩手托奉雙乳的婦人）

　We no longer see the woman's offering of
　　breasts in her hands

也許不如

　We no longer see the woman offering
　　breasts with her hands

來得通暢。

⑬一一〇頁季紅「輪渡」最後兩行
　我們將再見，不知在哪兒

女子們。

此地的再見當然是再見面或再相會的意思，英譯却成了「我們將再看見」(We will see again)。不知道的人還以爲我們的眼睛有毛病看不見了呢！無論如何，see 之後得加個受詞成爲 We will see each other again 才像話。

⑭一一二頁周夢蝶「六月」（詩一）首段裡的

枕着不是自己的自己聽
聽隱約在自己之外
而又分明在自己之內的
那六月的潮聲

第一行英譯却成了「枕着那不是自己的，我聽自已」。

最後一段

霜降第一夜。葡萄與葡萄籐
在相逢而不相識的星光下做夢
夢見麥子在石田裡開花了
夢見枯樹們團團歌舞着，圍着火
夢見天國像一口小蔴袋
而耶穌，並非最後一個肯爲他人補鞋的人

這裡，做夢的是「葡萄與葡萄籐」，相逢而不相識的是「葡萄與葡萄籐」及「星」。英譯頭三行爲

The first night when frost fell, the grapes
  and the vine
Mumbled their dreams beneath the stars……
They met always like strangers

這裡第三行的 They究竟指的是誰與誰呢？我想讀者十之八九會認爲是指「葡萄」與「葡萄籐」的。這是因爲葡萄與葡萄籐已人化了（Mumbled their dreams）而星却不曾。如果能在They 的前面加個關係代名詞變成

Whom they always met like strangers

則沒有混淆的可能了。又 frost 是否重得能像雨雪一般地 fell 也頗值得考慮。

「夢見天國像一口小蔴袋」的小蔴袋原詩有附註，英譯却置之不顧。

⑮一一四頁周夢蝶「虛空的擁抱」的最後一段

來自你，仍返照於你的一天斜暉
猝然地紅，又猝然地黯了
向每一寸虛空
問驚鴻底歸處
虛空以東無語，虛空以西無語
虛空以南無語，虛空以北無語

英譯爲

Coming from you and returning to you
A day of sunset
Suddenly glows and Suddenly dims
Toward every inch of emptiness.
Where is the home of the frightened wild
  geese?
East of emptiness, speechless. West of
  emptiness, speechless.
South of emptiness, speechless. North of
  emptiness, speechless.

成了

來自你，仍返照於你的一白天的斜暉
猝然地紅，又猝然地黯了
向每一寸虛空。

何處是驚鴻底歸處？
虛空以東無語，虛空以西無語
虛空以南無語，虛空以北無語

一天（空）的斜暉變成了一（白）天的斜暉，並且這斜暉把每一寸虛空都覇佔了去紅黯，教我「向」誰去問驚鴻底歸處？

⑯一一五頁周夢蝶「車中馳思」頭一段

多想就這樣盲目地搖盪着，搖盪着
流向遠處，更遠處
醉舟似的
——永遠不要停歇！

車中的我正在搖盪着，搖盪着。但這搖盪遲早要停歇，而我多想多希望它永遠不要停歇呵！英譯第一行爲

How I wish I were blindly rocking,
drifting

省略了「就這樣」(like this)，便成了我多希望我是在搖盪着呵！

又倒數第二段裡「爲什麼不見山時眼熱?」譯成

My eyes burnt for seeing the mountains

使人弄不清究竟眼熱是因爲看到山呢還是沒看到山？不如譯成

My eyesburnt to see the mountains

來得乾脆。

末段的 flowers scorched our sight（榴花照人欲焚），應是 My sight較合理。因全詩都用單數第一人稱的我，突然跑出個我們來未免唐突。

⑰一一六頁周夢蝶「穿牆人」頭段裡「都像受魔咒催引似的」的「催引」翻成 driven 或 compelled 似比 attracted 要來得恰當。

⑱一三一頁張默「紫的邊陲」首段末四行

而愛紫的人是有福了
而愛紫的人是變幻了
以握不盡的顏彩去束窄腰的衣襟
而心，撫着撫着的半邊多麼深呵

前面兩行明明是詩人撚着鬍子（假如有鬍子的話）先知般在說着的，却被譯成

Purple lovers, they say, are blessed
Purple lovers, mutated they say,

賴到「他們」身上去了。而握不盡的顏彩（多得握不完哪！）却被譯成unseizable，抓都沒有抓到。

⑲一五八頁紀弦「S'EN ALLER」裡第二段

二十世紀頭條新聞也許是一打的美國人
首先領到了月亮旅行的終身護照

這裡的一打並不一定非要如譯文裡整整十二個不可，因爲重點不在此。譯成十二可能使讀者因懷疑（十二這個數字莫非是個魔數 magic number ?）而分心。我想如同有時我們用a couple而不用二，這裡的一打該譯成a dozen。

⑳一五九頁紀弦「阿富羅底之死」裡把「殺牛機器」直譯成 a cow-cutting machine有點「臺灣國語」的味道，不如譯成 a butchering machine 來得妥當。

㉑最後一頁管管「春歌」裡的最後兩行

這春天是一碼子事
而這炸。彈。又是一碼子事兒

意思我想是「這春天是一回事，而這炸彈又是另一回事」。譯成英文大概該是

This spring is one thing
And this bomb is another thing

却被譯成

Spring is but an affair at a throw
And bombs‥boom! also an affair at a throw

我對an affair at a throw百思不得其解。直到有一天我的小兒子在院子裡丟（throw）了一塊大石頭，因爲力氣不足，大約只丟了一碼（one yard）遠。boom！才使我恍然大悟！呵哈！原來是這麼「一碼子事兒」！（an affair at a stone's throw！Amen. Namo amitābha-buddhāya.）

三

只讀了五分之一便想來批評一本書是不够的；揚惡而不揚善（不可否認葉譯自有它的善處）的批評也是不够的。好在我一開頭便沒打算正襟危坐地來寫批評文章，所以也就無需爲自己辯護道歉。同時我也無意在這裡涉及這本詩選的編選態度或取捨標準的問題。我認爲一本選集的編者應該有權訂他自己的標準。只要他眞誠地本着藝術或學術良心決定取捨；不爲別的因素（如門戶或地域觀念）所左右，我想別人是無話可說的（當然像下議院裡分派席位般如所謂中國現代文學大系之類的選法又另當別論）。一本選集的好壞正說明了編者口味的高低。如果他撒爛污，遲早會撒上他自己的頭。

總之，假如這篇不成文章的文章能使從事翻譯工作的人（包括我自己在內）今後在翻譯時多來一點「學者風度」，落筆時稍微愼重一點，則我這一兩個禮拜的時間便沒有白白（blank, blank?）浪費掉了。

一九七二年四月四日於芝加哥

註：見梁實秋的「中國文學作品之英譯」，該文收入他的「文學因緣」一書（文星叢刊三十一）頁二五三——二六二。

第一章 艾略特及其批評的傳統

黃奇銘譯

一

正如約翰．克羅，藍森姆所說的，艾略特對新批評的貢獻主要在於「舊批評的恢復」。他的影響力在這方面非常大，雖然我們很難說出是怎麼巨大，和做爲第一流的現代批評家之一艾氏所贏取的崇敬達到怎麼樣的程度，不可置否的，艾略特確是一位可被吾人視爲具有「傳統性」之評判觀點的主要代言人，是一位遵循前人評論詩歌之法的批評家。與其說他是一位職業文學分析者，倒不如說他是一位負有公務在身的職業詩人來得妥當些。他的批評文集是從他好幾百篇散文、論評、序文和演講稿中選出七十一篇被認爲較具有保留價值，並且經一再整理又整理的作品，而且幾乎所有的作品無一不是散見於定期刋物，爲或某人之著作，所寫的序文，或是經講台而發表的。

艾略特深信，批評的功用旨在幫助讀者了解詩歌，對「荒誕的假說」類，他稱之爲是一種自有其道理的活動。他把這種服務讀者的工作分爲兩方面：一方面批評可「解釋藝術品並且修正讀者的鑑賞力」；另一方面，可把詩人引回到眞實的人生」。靠着履行這些攻效，批評家的「工具便是」「比較與分析」，而批評的目的便是在現階段的文藝風尚和過去的文藝中整理出一個「傳統」，發掘出其中的連貫性。

「傳統」一語，無可置疑的是艾略特論評文中的主要字眼，但他對傳統兩字所下的定義之模糊與複雜，可說與魏因特斯（Yvor Winters）的「道德」，或愛普遜（William Empson）之「曖昧」不相上下，（雖說愛普遜不像艾略特和魏因特斯那樣，他深知其「曖昧」之曖昧性）。有時候就像魏因特斯之「道德」一樣，艾略特之「傳統性」也只不過是他的好「善」而已；有時，像藍森姆所指出的，所謂的「傳統」概念也只是一種要作家們不可「太創新」的比喩講法而已。其實，艾略特的「傳統」是屬於一種功利主義式的概念，他自己常强調利用傳統。譬如，他評論强生說：「吾人甚至可利用他，知道他是我們文學遺產中渴求表現的一部份」。因此，我們若想了解他的「傳統」的涵義，最好是去看看到底「傳統」在其作品裡怎樣產生效果。

也許，艾略特在純文藝方面「使用傳統」最爲詳細的地方，要算一九一八年登於「小評論」雜誌詹姆士專號上，討論威廉、詹姆士後半段論及「霍桑」部份，（該篇並未收入一九三二年之「論文選集」一書中）。他將詹姆士的背景拿來和霍桑做個對比，藉此將兩人的小說作一比較，同時也爲詹姆士的基本美國主義作說明，並且毫不遺落地用文學的特殊手法，橫越一個時期，把其中變與不變部份都一一展示給讀者。

另外一個與此不同，較特殊而純屬非文藝的，（卽當他嚐試修正，擴增與提供一種盎格魯文學傳統時，讀者可參考其「蘭斯洛、安特魯斯」一書中使用傳統的例子），要算幾篇討論安特魯斯主教（Bishop Andrewes）和布拉姆霍大主教（Archbishop Bramhall）的論文了。他聲稱安特魯斯的證道文，「可媲美當代或任何時代的英國最佳散文」，而且，還遠勝過唐恩（John Donne），因爲唐恩動機不正當，無「精神紀律可言」，唐恩的證道文因禍得福，他只靠着這一瑕疵，聲名因此更加遠播。藉此一招，艾略特便利用純倫理爲基礎，建立了一項文藝傳統；以作家的姿態，公開轟擊大作家；穿上一襲文人的衣衫，躍躍一試於背叛教會，或至少想幹起一個野心家的勾當。他不但將英國教會捧爲人類來生普渡之工具，而且譽之爲今日最佳之散文。同時，在布拉姆霍方面，艾略特一開始便稱其哲學性的效用有打擊霍布斯（Hobbes）的唯物論之功。（此點「和當今之俄羅斯極爲酷似」），最後，甚至稱其散文已達登峯造極之境矣！

其實，就廣義而論（意卽從早期的論文看來），艾略特之傳統非常具有唯我排擠性。他的傳統翻出了古典，排擠了浪漫，可是，他的「浪漫」一詞，卽意謂著：他看不起其他作家。古典是「完整的」，「成熟的」，「秩序井然的」；相反地，浪漫是「支離破碎的」，「不成熟的」，「蕪亂無章的」。這當然與龐德一概抹殺十九世紀的作風不可同日而語，（出乎一般人意料之的，而且和始終保持一貫古典作風的龐德比較起來），艾略特似乎對密爾頓、布雷克、濟慈、丁尼生等人還加以稱讚稱讚，可是他却不欣賞柏蒲（Pope），然而，艾略特通常都把他的「傳統」可替代這些人的傳統視爲已任。例如：從蘭姆（Lamb）和史汶朋手中拯救出伊利莎白時代所有的劇作家；爲哈慈雷特（Hazlilt）和培特（Pater）加於卓萊頓（Dryden）之評斷展開辯論；大概將十九世紀之重要性，完全抹殺等皆是。

艾略特在其批評文章裡之散文風格，具有相當重的傳統性。他的風格循規蹈矩，適可而止，流利而不落入尖酸的俗套，時而極爲格式化，但却極爲明晰可讀；是一種有十八世紀風格之美，綴上二十世紀術語的「新文體」。它常會令人有虛無飄渺，完全遠離塵寰，遁入無限之中的感覺。當然，這種效果，部份要歸於艾略特堅決不把所有他評論當代人士的文章搜集起來印成專書（除了小部份外）。例如：他於一九三三年，在哈佛大學一連續發表了有關詹姆士、龐德、喬愛斯、和勞倫斯等人的演講稿，至今，仍遲遲未付印成書。另外，他也沒有把六篇評價龐德及其他現代作家的文章，或是他曾爲當代作家們所寫成的各種序文收集印成專書。由於艾略特散文所給予人們的非暫時感相當强烈，以至於每當吾人覽閱其作品之註脚時，常會因碰到不少有關當代文藝論戰的資料而大吃一驚。不過，這種功成身退之特性並未隨著時間的增加而有所改變。當其弱冠之年，所印出的論文集也同樣給予吾人一種彬彬有禮之紳士風度的感覺。事實上，過去幾年來的作品和這些比較起來，是相當老練，且較不格式化多了。

艾略特傳統之最主要缺點，在於他有些疏忽脫漏處。他不但抹煞當代人的重要性（當然，此點就聖柏甫批評家講來還說得通，因爲有關一個人的傳記資料須至此人已可蓋棺論定時才算完成，至於想要從文藝傳統之背景來批判新傳統，當然是罪不容赦的），而且對美國文學史上的文人也鮮少提及，（愛倫坡可說是唯一他常提到的一位）。除掉少數為龐德、馬利安，摩爾（Marianne Moore）美國詩人兼文藝批評家——譯註），玖拿、柏恩斯（Djuna Barnes）美國長篇及短篇小說家——譯註）等人出版之書所寫的序文外（我想，有些曾登於「標準」雜誌上的論作已付梓了），及除了亨利·詹姆士外，他似乎從未曾為美國作家寫過一篇論文，而且一經刊登過也決不重印。雖有馬茜耶森（F. O. Matthiessen）之奔走，於其「艾略特之成就」一書中嘗試將他列入美國傳統之林——清教徒主義、哈佛大學之對但丁的研究，與霍桑、荻金遜、詹姆士之主題與文體的相位處——艾略特不是想逃避它，就是完全置美國之傳統於不顧。

概然所有美國人都被遺落了，我們在此便可開出一張堂堂皇皇的文藝人士表，包含所有不為艾略特傳統籠括在內的作家。正如馬茜耶森指出的：「在艾略特的批評文中，正如他論及諸如史克爾頓（John Skelton 英國十七世紀詩人——譯註）及幾乎所有伊利莎白時代的英國詩人一樣，於討論喬塞之部份時，顯然缺乏評判性」。寫到意大利部份，也只提及但丁和馬基雅維利（Machiavelli），羅馬人只有西內茄（Senaca），希臘人有尤利匹狄斯（Euripides），法國人只有波特萊爾（Baudelaire）和巴斯喀爾（Pascal），（奇怪的是，他自己的詩深受法國詩的影響），至於有關想像性的散文，更是隻字未提。在艾略特的傳統中，似乎荷馬、維龍（Villon）、哥德、塞萬提斯（Cervantes），或除了詹姆士之外的小說巨匠都無法佔一席之地。

艾略特本人犯了兩個大錯，因而他的批評也受到了牽制，其一是，思路不清而且矛盾，以致於用詞時，意義含糊不明（或者你要說是他的用詞含糊以至於行文時思路不清，那要看你從那一個角度去看它了），其二是，，經常表現出一副文人不應有的焦燥，最近，此毛病更是變本加厲。第一種是他思想的主要部份，每當吾人閱覽他的論評時，總覺得他措詞的情形會讓讀者無法進入他的議論範疇內。在他最美的論文中有一篇，登於一九二九年之「書與人」的雜誌裡，名為「批評的實驗」，艾略特寫道：「目前我們極需一種批評實驗的新方法，換句話說，就是要在用字的邏輯與辯證法上下工夫」。即使這項招認非常良好，顯然，這話不可能是針對他自己而發的，他常對其所用的詞彙拒作研究或甚至於下定義，而且還常說出一些藉口來搪塞其責：「當我發表這項言論時，我堅拒不為個性（Personality）和性格（Character）下定義。」或說：「假若有任何人抱怨我沒對真理、或事實，或現實下定義的話，我只能不客氣地說：『此非敝人之職也！』我不過是想找出一個妥切的方案，要是真的有一個方案存在的話。」有時，艾略特會寫出一段完全令人不知所云，使本就極為晦澀的詞句更令人感到他很像又在發表具有評判性之高論。底下且舉其評羅斯坦（Rostan）為例：

> 做為一位劇作家與詩人的羅斯坦，當然遠比那位寫不出戲劇化之劇本，及缺乏詩人氣質的梅特林克（Maeterlirk）要高出一籌了。梅特林克生來就有一幅觀察文學戲劇性與透視詩之文藝性的外表，而羅斯坦則集梅氏兩大特點於一身；可是，這兩種不像在羅斯坦的作品中那樣交織在一塊；他的人物並不很欣賞

他們的角色——這些人物皆屬多愁善感之類。羅斯坦要表達的重心在於感情，不像梅特林克的感情無法表達出來。

大概是由於艾略特好用這種詞句的緣故，幾乎凡是討論他批評的人都很容易找他的矛盾處。例如：特里稜（Lional Trilling）找出，艾略特曾於其「吉普林詩選」一書中的導言裡，一方面爲吉普林把「詩」和「韻文」加以劃分，另一方面，却不知他多年前在論卓萊頓(Dryden)幾篇文章裡，已和阿諾德論卓萊頓時一樣，老早就把吉普林貶得一文不值了。魏因特斯（Yvor Winters）於其「荒謬的解剖」一書裏，在痛擊艾略特之批評論的矛盾專章裡，我們得承認，這些評擊有很多係由於，魏因特斯拒絕去詳細閱讀全文而造成的。當魏氏指出其中一個眞正的大錯時說艾略特於其「怪神過後」（一九二四年）一書裏，曾將李得（Herbert Read）認爲詩是一種吾人個性之產物，無法經過再創造的說法詆之爲「異端」，却在同書裏對他人評擊他的詩與散文帶有李得之異端的論辯及，變體矛盾處，爲自己大作辯解。

這些矛盾的理由之一便是，艾略特從龐德學來的絕招，想採取連自己都不採信的理論，然後，聽聽因之所引起的喧嘩聲過過癮。這種企圖至少在其「論莎士比亞及西內茄的「禁欲主義」一文裡最爲昭彰：

我說莎士比亞是受了西內茄之禁慾主義的影響。可是我却不相信，莎士比亞是受其影響的人。我這樣說，大部分只是因爲我相信，蒙田（Montaigne）後的莎士比亞，（不是說蒙田有什麼樣的哲學思想），和馬基雅維利後的莎士比亞，一定會產生出一個禁慾的或西內茄式的莎士比亞。我只是想把那位西內茄式的莎士比亞在出生前就把他殺掉。這樣一來，如果我能達成此一宿願的話，於願足矣！

之後，自然地，他還是繼續不斷地在其作品中說明西內茄之禁慾主義對莎士比亞的影響力有多大。

艾略特替自己打圓場的另外一個理由是：「每次我重讀我的文章時，總是覺得非常汗顏。」他在「詩中的音樂」一文裏寫道：「由於我天生懶惰，結果就不太注意我自己以前所說的話；我也許一再重覆我說過的話，也可能犯了前後不一致的毛病。」假如說這些是無傷大雅的笑話，當然還說得過去，（艾略特習慣於對自己的作品非常刻薄，却從未以開玩笑的態度處之），可是，艾略特却屢次重複製造這種笑話，例如其中有一次發生於非常隆重的葉慈（W. B. Yeats）紀念會上。無可置疑地，艾略特把它當做是一個爲自己矛盾處正式公開道歉的機會，跟惠特曼（Whitman）那種天眞却磊落的道歉方式比較起來，令人覺得他根本不把它當作一回事。惠特曼說：「我犯了前後矛盾的毛病嗎？算了吧！就讓我自我矛盾吧！（我的肚量寬大，無所不包）。」

艾略特這種對其批文章所表現的古怪斗量器度，造成了另一種自古未有的笑話——他假裝對於簡單的詩歌一竅不通。他聲稱雪萊之「雲雀頌」（Ode to the Skylark）詩中之第五節，覺得完全不知其所云。其實，這一詩節也許確實有點晦澀，但還是可解的：

你傾吐尖銳的音調，

像皓月射出的銀箭，
在曙色裏漸漸消掉，
直到我們再看不見——
但月影髣髴依然在我們目前。

他對於濟慈所說的「美卽是眞，眞卽是美」，直接了當地說道：「對我講來毫無意義可言。」顯然地，這種突如其然的故作儍瓜狀是一種蘇格拉底式的諷刺法，這一點，從他挑選的對象（他總是挑浪漫詩人的那種模模糊糊的感傷），及其對布雷得里（F. H. Bradley）「常突然假裝不知，使對方不知所措的習慣」一事大加誇讚等例子便可明白。攻擊他最厲害的魏因特斯（Yvor Winters）之採取同樣手法攻擊他，確是最具諷刺性不過了。

另外，由於艾略特對作家們之作爲漸感不滿，他就呵責作家們爲何無法寫出較令人感到滿意的作品。例如：布雷克和莎士比亞應該有更上乘的哲理，維克多利亞時代的詩人們實在不應該有這麼多的創作，歌德不應該寫詩（他的眞正職責是做爲世界上的一個人，一位聖人），莎士比亞應該把奧塞羅一劇寫到讓萊膜（Rhymer）不能挑出他毛病的地步才行，雪萊應該更好好地作人才對等等。

二

要徹底硏究艾略特的作品，最佳辦法須對其「傳統與個人的才具」一文加以解說。該篇於一九一七年第一次發表，卽使是三十年後的今天，該文仍舊是屬於他最重要的論文，也是了解他日後一切作品的關鍵所在。因所有後來發展的始末都全部籠括其中，故本節擬將該文內容列舉幾則詳加論述：

(1)話雖如此，但是假如傳統或是「世代相傳」的意思，祇是叫我們盲目地或毫不走樣地因循前代的風格，那麼「傳統」就毫無可取。

艾略特似乎有個奇怪的想法，認爲凡是傳統一定橫越了前一代。在論蘭絲洛·安特魯絲（For Lancelot Andrewes）一書裏的一篇「今日的波特萊爾」散文中，他以一種武斷且相當可笑的方式將文學的最近五代開列出來：(1)波特業爾，(2)赫胥黎（Huxley），丁達爾（Tyndall），喬治·艾略特（George Eliot）和格拉斯頓（Gladstone），(3)西蒙斯（Symons），道孫（Dowson），及王爾德（Oscald Wilde），(4)蕭伯納，威爾斯（Wells），李頓·史特拉區（Lytton Strachey），(5)艾略特及其同路人。艾略特自稱他傳續了(1)(3)(5)三項，至於(2)(4)兩項內，則有互爲表裏的關係。

(2)說到傳說，就不得不說到歷史的眼光，一個詩人假如在二十五歲以後仍然打算繼續做詩，就絕不能忽略歷史的眼光。所謂歷史的眼光，是指一種透視時間的力量；那就是說：對於過去的時代，我們不但覺得它是過去了，而且要覺得它的影響至今猶存。有這種眼光的作家，不僅以深藏於他內心之中的現代精神來寫作，並且有一種歷史的感覺，那就是說：他將從荷馬迄今的歐洲文學視爲一個整體，而其本國的文學無分古今，在此整體裏面同時並存，而且形成一個同時並存的秩序。這種歷史眼光是一種時間的觀念，也是一種超越時間的永恒感，甚而是永恒和時間合一的感覺，這就是使一個作家賦有傳統性的因素。

艾略特於此所用「歷史」一詞，意義頗爲怪誕，因這一字眼造成的「曖昧」引起了一場對於艾略特之批判手法是否可稱爲「歷史的」不小的爭論。艾德蒙、威爾遜（Edmand Wilson）於其 Axel's Castle（此仍屬威爾遜本人諸多論作之一，於一九三一年發表——譯註）一書及一篇「文學的歷史詮釋法」一文中，曾將艾略特歸入那些無歷史性的批評家類型中，一位將所有文學作品完全視爲同時存在的批論家，根本只在空盒裡用極端武斷的標準在作比較和評判的工作而已。可是，相反地，約翰・克羅・藍森姆却於其「新批評」一書中，把艾略特當爲是「歷史性的批評家」來說明，指出艾略特是「爲瞭解文藝作品才採取歷史的研究法」。顯然地，爭論的雙方是把「歷史性」從兩個不同的意義做爲着眼點：威爾遜採取上下文或有關的準則，藍森遜當然是指艾略特本人的意思，即謂一種歷史的知識或對過去的感覺性。其實，即使從威爾遜的眼光來看，有時如以史班格勒的方式而言，艾略特也可稱爲一位歷史批評家。例如：當他於其「論莎士比亞與西芮茄的禁慾王義」一文中，找出伊利莎白時代之英國與羅馬帝國時代之社會瓦解的一項共同因素，隨即把反映在文學的現象列出。不過，大體言之他的觀點，可說是可笑得連一點歷史性都沒有，尤其當他說：「有關藝術於太平昇世或亂世時『最能』發展這件事，恕找實在無法作答」，其中「最能」一語幾乎已經最不具史實性的了。從藍森姆的眼光看，艾略特對歷史的認識根本不够，但就威爾遜看來，却是道地的歷史批評家。

(3)凡是承認歐洲文學和英國文學之中確有這種「秩序」存在者都會同意：過去應被現在所改變，恰如現在是受過去的指導一般。

從這段話當中，我們可找出不少重要的字眼。「秩序」後來變爲「正統」，就像「混亂」變爲「異端」或「邪說」一樣；而「改變」過去文學觀念，結果也只是把整個批評工作目標定爲修正文學史，來加强其所謂的「傳統」而已；至於現在受過去之指導的觀念，却於其對宗教、社會和政治方面的看法上得到發揮的機會。

(4)讓我們再進一步來闡明詩人和過去時代的關係。他不可以把過去的作品看作是亂糟糟的一團廢物；他也不可以把自己建立在一兩個他所欣慕的作家身上；也不可以把自己建立在一段他所偏愛的時代上面……詩人必須密切注意文學的主流，這主流行經之處，並非是最享盛名的鉅著。

不論這點驗之於其詩作正確與否，（他的詩還算相當廣汎），如果從艾略特之批評中所建立的傳統去看，就不見得正確了。他的所謂傳統常常都是一團廢物，都充斥了一大堆死板的作家；而且也老是有一兩個他私下佩服的作家，特別是但丁和卓萊頓；也常包括了一兩個他偏愛的時期，尤其是伊利莎白時代的劇作家和玄學派詩人；而且裡頭沒有最享盛名的鉅著在內，也沒有主流在內，或者最多也只有片斷而已。

(5)通常反對的理由我也知道。反對的人認爲：若要照我的辦法，詩人就得有廣博驚人的知識，結果就非得走「炫弄學問」這條路不可。但是我們祇要觀察一下任何一國詩人的生活，就可以駁斥這種詩人必須淵博的見解……沙士比亞從普魯搭克一書裏所獲得的重要歷史知識，遠較大多數人在整個大英博物院裡所能獲得的爲多。

艾略特有時喜歡開玩笑，故意聲稱自己不過是一位沒受過多少教育的詩人兼批評家，一位論及學識不免退避三舍的人，並且還說出了如下這般客氣的辯言：「一位文藝批評家不應於其學識上作太過份的探求工夫，因爲不管他所表示的異議或同意都是一種不太適當的動作。」然而，艾略特有個他從龐德傳接下來的理想，（龐德曾經有一次自稱具有「極美」的語言工具），換言之，即一位學者式的批評家。依當代批評界的標準來看，尤其是在美國，艾略特的學問是够有名了，當然我們目前還找不到一位能像喬治・聖茨白莉（George Saintsburg）學識那麼廣博的純學者式批評家。艾略特在哈佛大學曾受敎於白璧德和桑塔耶那門下，在哈佛攻讀哲學，在梭柏那（Sorbonne）修法國文學和哲學，在牛津大學研讀希臘哲學，曾花掉兩年的時間研究梵文和印度語言學，一年研究印度的形而上學。雖然他不像龐德精通那麼多種語言，除了英語不談，他也懂六種語言：希臘語、拉丁語、義大利語、法語、及梵文，不過流利的程度不一，可是在這幾種中他的閱讀範圍顯然是比龐德更具廣度與深度，同時，他在哲學和科學方面的知識背景也遠勝過他。

(6)事實上，詩人應不斷獻身於一件比他自己更有價值的東西。藝術家發展的過程是繼續不斷地自我犧牲，繼續不斷地泯滅自己的個性。

這是艾略特另一主要的觀念，即他的藝術客觀論。於同一文中的另一段裡，他曾寫道：「詩並不是情緒的奔放，而是逃避的情緒，它不是個性的表達，而是逃避個性。」詩人努力「將他個人與私下的痛苦情緒轉變成某種豐富、奇怪、具有普世性與客觀的東西；一位劇作家則嘗試將他的個性，或是更深一層而言，將作者的生命融入角色之中。」雖然含有通常的比喻道理，實際的標準却是一位受苦者在美學上的表現。艾略特對於個性有種極大的恐懼感，連他自己的也包括在內，於是，那具有振人心絃的文藝傳統紀律遂成爲他的避風港。很多年來大家總認爲文學的浪漫思想把個性作過份的渲染，似乎漸有使人受不了之感了，可是，最後他發覺新敎才是威脅的來源。於「論怪神」一書中，他寫道：

下面便是我眞正要講的話：那便是當道德不再成爲一種傳統與正統——意即當敎會的思想與行動再也無法在社會裡造成糾正、振興風俗習慣時，即當每個人都在「各掃門前雪」，那麼「個性」便會發揮其驚人的效果了。

顯然地，與其說是社會，不如說是艾略特本人受驚了，還來得妥當些。

(7)・・・詩人本身的窮困苦楚和他創作的心靈之間是有分別的；他的藝術修養愈到家，則二者之間的分別愈清楚。熱情是他的創作素材，但是詩人的藝術修養愈高，他愈能完滿的消化並超越他的熱情。

藝術不是一種「苦楚與熱情的超越」，艾略特說道，而且藝術水準愈高，超越的程度也隨之增大。這種藝術家的感情淨化說實與亞里斯多德之觀衆感情淨化說不相上下，但艾略特本人却未曾覺察出此點來，這可說是浪漫時代之個人主義與新教的精華所在，一種將其藝術之價值完全付之於一位高高在上的藝術家之功利主義，結果這一目的便日與傳統背道而馳，與天主教之「神交」標準更是大相逕庭了。

(8)參與產生這項變質作用的觸媒，你將發現有兩種：一種是情緒，另一種是感覺。

艾略特給感覺（feeling）和情緒（emotion）所劃分的界線相當重要，但却非常模糊。他似乎說「情緒」存在於詩人之中，「感覺」却見之於作家的用字、措詞或其意象裡。艾略特後來於「哈姆雷特及其問題」一文中加以發揮的「客觀投影」（Objective Correlative），所以與此論點有關，乃是客觀投影爲一含有「感覺」之狀況，它不但表露出詩人的「情緒」，而且也能在讀者心中引起相同的「情緒」。因此，劃出一條情緒與感覺線的做法，無異於把情緒趕出詩歌的園地，去配合那既客觀又有傳統的學說，然後，再改頭換面，偷偷摸摸又溜回來而已。

(9)而情緒不管是他沒經驗過的，或是那些耳熟面詳的，皆對之有所裨益。

這不啻是意味另一與「客觀法」有密切關係的基本信條，相信藝術組織細密，是信條之準則，（或現實的交往）。儘管「但有一套整體的思想體系，莎士比亞則闕如」，也只能視爲一種「各自的巧合」罷了，本來詩人之「詩」須有相當的組織，無任何信條在握的情形與蜜蜂採蜜或蜘蛛吐細絲的道理是一樣的；「一首純粹的詩即使還未經過理解的程序便自能達到貫通的效果」，或者甚至可以說，根本就永不能讓人了解；一位詩人「有時也許能一方面達成表達其根本迥然不同的個人情緒等願望，另一方面却不知不覺也表達出當代的情緒。」（艾略特指的顯然是他「荒原」一詩的經驗。）艾略特所創的這些理論，和I．A．理查慈所認爲的，當吾人閱覽一作品時所表示出的「附和」與所謂的「信條」問題截然不同之理論，有異曲同工之妙，可是他比理查慈更進一步，他認爲詩人相信的一切事物乃屬於自然成立的現象，「因爲當某一眞理或錯誤從一種角度去看無法成立的關頭時，從另一角度却是眞理」。因此，一位詩人最好還是不必擁有什麼信條，他只要能隨時隨地就地「取」材可矣。

於此，我們看到了所有即將發展成爲艾略特批判理論與實踐法則的論題：後來變爲「正統」的「傳統」日後變成基督教社會觀念的「秩序」；特別強調過去的某幾種他較喜愛的文學；學識和歷史常識的需要性；以及四個重要的「概念」：客觀性、信念的無關性、情緒與感覺之相對性、和客觀的相連性。很顯然地，這些重要的概念乃源於，需自傳統的歷史脈絡中提煉出一種傳統，然後再將此一傳統投入我們的脈絡中，其間，秩序當然可顛倒，而「傳統」概念本身是要能發展至每個人都可「泯滅」個性、「超越」苦楚，並且能「取用」非屬他本人之信念的藝術爲止。於此，似乎艾略特的批評最主要是建立起一個由客觀、傳統、非情緒及形式因素所綜合而能支持他自己的骨架，這一點和霍布金斯(Hopkins)承認其創作末期只能寫寫極為嚴肅的十四行詩之情況相差無幾。

所有艾略特的論文都可從其「傳統與個人的才具」一文中敍說過的觀念和傳統手法的解說，或甚至可說是一系列之應用與例子的附錄表裡看到。早在其第一本論文集「聖木」(一九二〇年)一書中，(傳統與個人的才具即見於此書)，我們便可看到艾略特之傳統觀念已經開始付諸行動了。F、O、馬西耶森於其「艾略特的成就」一書中，利用「聖木」一書，開始對當代詩歌之性質和功用，將其中那些精細的部份作再探討之工作了，而此時「聖木」一書對今日讀者所產生的效果遠比其歷史的影響力更為廣汎。其中的好處之一便是不時能旁徵博引詩歌的本文，因此論文幾乎滿佈着比較，引自一位作家的原文，加上詮釋與評價的色彩。因此，艾略特認為詩歌是「一種較高級的「娛樂」，其主要的目的是要提供「一種特殊的享受」，而批評之首要功用便是要增進對詩歌的欣賞。他對當代批評下過一則有點意氣用事，但却相當妥確的評語。「凡想要在詩歌裏找到樂趣，而不想看到一堆藍皮書見聞錄的人，他收穫的機會可說是微乎其微」。艾略特回憶起他一九二八年在「聖木」一書上之自序文時評道：

讀者得留心，這幾篇論文裡一個貫通前後，關乎詩歌完整性的問題，和一個再三强調有關吾人於談及詩歌時應完全以詩歌為乇，不應涉及他種問題的理論，可說是我故意長話短說的。當時我極醉心於古爾蒙(Remy de Gourmont)之論點，從他那裏受益匪淺。我承認有這種影響力，而且我個人也念念不忘；如果我把注意力轉移到另外未在此書內談及之問題，即有關詩歌與當他或他代之精神和社會生活的關係，我決不因此就否定它……

嚴格說來，這並不完全正確，因為日後發展為艾略特之宗教與社會觀的「傳統」一詞，在「聖木」裡交代得相當清楚，不過上面這段引話倒是說明了一項重要的轉變，日後當其興趣也從「視詩為詩」轉移到他方面以後，引用原文的現象也跟着漸漸減到幾乎近於零了。在艾略特最後一本着重談論文學之書——「詩歌與批評之功用」——裡，所引用的詩自也少到只剩幾百行了，比起「聖木」裡一篇論文的引句還要少得多了。

「只要是傳統存在的地方，批評家就應視保護傳統為責無旁貸之事」，艾略特於原著之導言裡說道。後來他就乾脆明言指出，確有一個傳統存在，「那便是偉大的十六與十七兩世紀的文學」。除了次一年(一九二一)出版的「玄學詩人」，及當他評論葛雷遜(Grierson)所出版之玄學詩集，和一九二三年艾略特第一次論及卓萊頓外，所有他的傳統都可從「聖木」一書裡找出詳細的線索來。除了在「傳統與個人的才具」一文裡作過通論外，艾略特還特撰專文詳論但丁、四位伊利莎白時代劇作家「(馬洛、莎士比亞、強生、及梅薪鳩(Massinger)」和一些也想東施效顰出採用和艾略特之傳統頗相似之批評家，其中包括惠柏里(Charles Whibly)白璧德(Irving Babbit)、愛默·莫爾(Paul Elmer More)、和朱立安·班達(Julien Benda)等人，以及曾經耗掉艾略特大半精力，為其傳統之主要精華的詩劇書中(「聖木」)之兩篇論文和三分之一的篇幅對於艾略特所謂之反傳統者（史汶朋和布雷克）皆有詳細的描述。當他論及布雷克部份，態度還算客氣適切，他說布雷克是一位「天才詩人」，可惜生不逢時，錯落他土，無法像但丁一樣成為第一流的作家，至於談到詩人兼批評家的史汶朋，則完全把他的重要性抹煞了，而且也順便毫不保留地將「浪漫的」傳統貶得一文不值。

三、

艾略特的傳統也許有它的文學性，可是它本身的目的卻是社會與宗教的，而其應用與延伸到社會與宗教方面實值得吾人加以探討。其中當然要以艾略特之皈依英國國教為主了。由坎姆培勒（Harry M. Campbell）執筆，刊於一九四四年夏之 Rocky Mountain Review 上，一篇研究艾略特的文章宣稱，（至於根據那一點，筆者亦不知詳），艾略特的改教早在一九二二年，當他發展「荒原」一詩，同時開始主編 Criterion 雜誌時即已露端倪。話雖如此，我個人所知道的是一九二八年當艾略特重新為「聖木」寫了一篇序文，駁斥「視詩為詩」，及當他發表「For Lancelot Andrewes」一書裡一篇有名的序詞時所說的話，他在文學方面是一位古典主義者，在宗教方面是英國國教的教徒，在政治方面是一位保皇黨的黨員，這才是他第一次公開宣佈他的改教行動。保皇主義自此便再也沒出現過，古典主義一詞之淵源則由來已久，不是什麼新論，然而英國國教論卻漸漸演變成為他的主要興趣，而且發展到後來卻使他在社會上的地位漸次提高。

當艾略特於一九三六年將 For Lancelot Andrewes 一書重印並另定名為「古今論文集」（Essays Ancient and Modern）時，他把該書「不必要」的序文刪掉。這並不意味着，他已經拋棄了上述的信條。從來他在 After Strange Gods 一書曾解釋說，他所以不再另加贅述，乃是因為任何一種不聰明之說明或敘述，不但會被人誤認三者（即其在文學、宗教、政治三方面的立場）的重要性對他來講都一樣，也會被人說，他這三種信仰的立足都如出一轍，或說這三者皆已互相穿插混為一談。其實，只要經再三推敲後，我們自會知道，其中之一乃屬於「信條」問題，而另外二者卻僅被稱為一種「政治原則」和一種「文藝風尚」的玩意兒。問題是，如果想以這些東西，做為博取他人好感之手段，那就太危險了。

從最後兩句話來下判斷，我們可知艾略特在改教的這件事上已嘗到苦果了。本來一個人的宗教信仰及其與造物主（假若他認有這麼一位存在的話）的關係是他私人的事，一旦這些東西變為文藝批評的一種見解和一種宣傳工具時，就有討論的餘地了。艾略特從未在其作品裡嘗試去解釋他改教的事，可是從他後來的詩及一些受輿論所迫而作的自我解說的文章，以及一篇論及霍布金斯(Hopkine)改教一事的文章裡，我們便可很容易地覺察出他的為難之處。他說：「改教如果能賜予個人一點點得救希望的話——其實即使他的列祖列宗及其國人幾代以來也辦不到——更遑論會給一位作家任何裨益。」佛格遜（Francis Fergusson）早在一九二七年即於 The American Caravan 一書裡指出艾略特文章的構造之矛盾點。他說：「道德方面他是一位浪漫的個人主義者，藝術上卻遵宗着嚴肅的原則，是一位信仰極為虔誠者，但同時也是一位道地的不可知論者，對於文藝作品有極獨到的淵博知識，可是在其自己的詩作裡卻也難免染有個人的色彩。」

R・P・布萊克膜也曾對艾略特之性格與他改教的矛盾處有所描述。提到艾略特之為人一事，他寫道：「那是本世紀內一位身穿外行人衣帽大搖大擺走入教堂的人。其手段之平庸、俗氣、其高高在上的傲氣，其智力，其透視事理之驚人眼光，及其能專注於一事之某方面的天才，根本與吾人今日所稱之英國或美國宗教感受力談不上有什麼相似處。」

艾略特之改教為自己來了很多很多奇怪的後果。他不像藍森姆是因為完全被宗教中那一種禮拜儀式所迷住。正如他的前輩休姆（Hulme），艾略特完全是受宗教教理能「賜予生命」，但「却抹殺了靈魂」的標幟所吸引。不過，他對禱告書的興趣還算非常濃厚，因為此書不但可為他的劇本提供一點來源，而且還可把它拿來做為一種基礎（一種帶有矇矓之愛麗絲幻遊仙境之氣氛的價值所在）。一方面，艾略特的心靈也極傾向羅馬天主教，因為有時候，他所信奉的英國教會也令他覺得有點深不可測。例如：於「論倫敦大主教宮殿」一文裡，他就「惋惜地」說過，這些英國主教們有點太注重一個人出生背景的個別良心。另一方面，艾略特身上還留有他早年之清教徒氣質，他常好反抗權威，擁護自己的新發現，他甚至還公然發表其「人人都是自己的評判家」的理論，（最妙的是，此一理論却出現在「宗教與文學」一講稿裡），這一點便幾乎可稱為是具有新教特質的例子。

對艾略特講來，他的宗教信仰帶有遠自封建制度近至法西斯主義的社會學觀在內。他曾草擬出一個受教會控制之獨裁王國，國內推行僧侶式的教學，人口出生由教會控制，由大主教倫敦宮殿負責檢查事宜等等的藍圖。這種方式實在和西班牙及法國的維琪政體極為酷似。還有一件事說起來也蠻有趣的。艾略特於一九四二年於其致 Partisan Review 四月號之編輯的一封公開信中，居然以很光榮地的姿態公佈有關其作品被維琪政府非難的謠言，這一謠言似乎也沒有什麼證據可言。他的理想國其實是個封建政體，而且他所發表的評論「一個基督教式的社會觀」一書的演講，以及最近很多論文裡，都或多或少地描繪出一種理想式的封建社會（「理想」和「理想化」等字眼相當重要，因為艾略特自己承認，他標題之「觀念」是以柏拉圖式的觀念為主），國內「一群少數自給自足的人眷守住他們的本土，有他們的特別興趣」。

從這種種的現象看來，他的貴族思想相當濃厚。艾略特非常深信可生出具有果斷行動的「皇家血統」、「貴族世家」、「名流」等的重要性。當然他也贊成吉普林式的帝國主義。對於諸如分產主義、貸款改革、和美國南方的平均地權運動，他都寄予同情；另外更慘的是依據「我個人是一個無法做莫測高深思考的人」一句話判斷起來，他根本已完全將查斯特頓（Chesterton）、道格拉斯（Major Douglas）市長、戴維遜（Donald Davidson）等人的原理和「幾個蘇格蘭的民族主義」者混為一談。艾略特確是擁護種族主義的人，他的基督教式社會絕容納不下已摧殘了美國尤其是紐約市的「外國人口」和「外來族」的大熔爐；在他的社會裡，「凡是大量有自由思想的猶太人也行不通」。

這些作風雖不是全然有法西斯主義的趨向，却令人覺得他表現出躍躍欲試，左右為難的現象。於論及「法西斯主義之道德律」，他寫道：「在相當範圍內，效果一定不錯；民主制度「有」謬論存在，但獨裁主義却只「可能有」而已；法西斯主義「雖然也許是虛妄」，却是種快速的解脫；J·F·C·福勒（Franco）將軍自稱是「英國的法西斯主義者」，和任何人一樣，也有資格自稱爲是一位「民主主義的信徒」；納粹黨分配婦人去負責炊事，照顧小孩，上教堂的做法是對的；艾略特說「勞資社會主義國家」（即二次大戰時法西斯的意大利——譯註）的存在，只要不是「非基督教國」就行，（很顯然地，他定是擁戴法朗哥（Franco）、薩拉澤（Salazar）、墨索里尼（Mousolini）、培頤（Petain）等人的政體，但却反對希特勒的政體），而且，說來說去，法西斯主義根本只是「民主制度最墮落的一種現象而已」。

可見艾略特批評之傳統原理，主要仍是用來做爲創設像這一類根本引不起他人興趣之社會的手段而已。他說，傳統的批評功用，目的是要建立一種秩序，其最大的忌諱是「混亂」。套句純文學的術語講來，這不過是使這位批評家徒然蒙上「浪漫派」和「歇斯特里派」等苦惱而已；那也不過促使艾略特後來成爲一位異端與，一位女巫追求者而已。他訴苦說：「整個的現代文學已被我所謂的世俗主義所摧殘了」；現代文學之讀者是否能「成爲一個較良善的人」，實在是一個值得懷疑的問題——他還明言自己是位「道德家」。他尋求特殊的異端學說。那本完全以演講稿構成，名爲「論怪神」（After Strange Gods）（上面的小標題「異教四篇取自李德（Herbert Read）及倫敦時報之論鬼的資料也非常有趣，是論「異端」的文章。文學的目的，他也說過是要與自由主義奮鬪。可是當艾略特爲一位值得一談的耶穌教會牧師批評霍布金斯（Gerald Manley Hopkins）所做之芝蔴小評，最後以論及霍布金斯從這種刻骨經驗裡，「根本談不到對我們有什麼利益可言」爲結束時，其所給予吾人的暗示，顯然是證明艾略特根本就缺乏一種不感情用事的美學修養。

如果讓我們猜一猜艾略特之喜歡名詩是否純粹是屬於宣傳性的成份——換言之，爲了他的社會與宗教思想，他到底怎樣去贏取讀者或聽衆——一定非常有意思。艾略特一定時時刻刻都爲他的詩尋覓更廣大的讀者而操心。「我深信詩人一定較儘可能地替廣大的各階層人士寫詩」，他寫道，而「阻礙他的應是那些半受教育和那些教育低落而非沒受教育的人：我個人倒較喜歡既看不懂又不會寫字的讀者」。此一理論他後來曾再加以發揮並且修正。他認爲，一位作家需要三種共同讀者：「一小群純粹和他受過同樣教育者，並且嗜好也相同者；一大群和他背景雷同者；最後他應有一種老少咸宜，一群有感受，能看懂他文章的人」。

這種關心其詩之讀者的多寡問題的主要形式之一，可從艾略特對於詩劇的興趣看出來。他自己的詩劇便是集多種功用之大成的產物。據艾略特稱，一個劇本裡的角色，「總是多多少少並且很顯明地，將詩人心靈中企求協調之動作或搏鬪加以戲劇化地表現出來」，因此爲衝突所苦之作家也總是以論辯式之戲劇呈現出來。艾略特之詩劇顯然都以此法行之，「教堂裡的謀殺案」（Murder in the Cathedral）一劇即爲一顯明的例子。另外F·O·馬西耶森於其評論「四重奏」一詩時也指出，艾略特將其後期的詩，特別是「四重奏」一詩，得以集中全部戲劇的靈感於純戲劇化詩歌上的方式，和其早期的詩作比較起來，已處理得更沉思化，但不再那麼戲劇化了。（換言之，即更「決斷性」了）。

可是這些對個人的影響，和對大衆所產生的效用比較起來，那前者就要遜色得多了，因爲這樣一來，他便能假借取悅讀者之美名使詩歌與宣傳兩種功用來個魚目混珠，使人有分不清或彼或此之感。他要求劇院設法成爲詩之媒介所在，「通過此一媒介我們將可聞及名人之講詞，藉此詞，戲劇角色便可毫無顧忌地呈現出最純粹的詩作，也可正確地傳達最平易的信息」。艾略特有個希望的來源，這一理論顯然與其所謂詩人擁有三種讀者之理論的意義相關，那便是一個像莎士比亞之成熟劇本具有好「幾層含義」在內的理論：「對於最膚淺的讀者，只有情節存在而已；對於那些較有思想者，則有人物；對於那些較有文學涵養者，則字句的重要性於焉現出；對於那些較有敏銳的音樂感性者，則有節奏感存在；而對於那些感受性及悟解力較強的讀者或觀衆，則其意義更會明朗化。」除此之外，他也曾說過，例如「哈姆雷特」、「馬克白」、及「奧賽羅」（至於「伊狄帕斯暴君」更不用說了）等劇作的效果，與我們當代的偵探小說所能產生的快感有異曲同工之妙。

艾略特最重要的一篇論文是「論瑪麗・樂伊德」（Marie Lloyd）。他託稱要描寫一位大名頂頂的英國歌星及其殞落後之落魄情境，把他自己對於一位藝術家和觀衆之間的理想關係加以一一解說。就他看來，一方面觀衆應該是藝術家爲了與他自己息息相關的社會份子之生活與殷望貢獻出其歌聲的對象。將他們昇華至藝術的境界，並且賦之予尊嚴；而他方面的藝術家則受到讚美、愛護，永會得到了解；藝術家與觀衆兩者此時聯合在一起創出藝術來。從這一點來判斷我們不難意識到該觀點背後一定隱藏着一位非常矛盾、無人重視的詩人，他一心一意地渴望其詩作能得到那些不太可能去理會他的廣大社會讀者之閱讀及欣賞，而且我們還可看出作者有意做做宣傳的企圖。在艾略特還沒寫成「聖木」一書前，他曾說：

> 伊利莎白時代的劇本是針對着一種粗俗的娛樂性作品而寫成的，可是他們却也可「接受」大量的詩歌作品；目前我們最急切的問題應是擬出一種有娛樂性的作品形式，並且使它能符合藝術之標準要求。

四

批評家中能夠像艾略特一樣，覺得自己正在創造傳統、利用傳統者，可說是鳳毛麟角。可是每位批評家，當他在探討過去時，都把目前對他有重要性的作家與作品摘要取出，藉此他便達到，創立傳統或爲自己或另外作家創出傳統的效果了。現今有很多批評家，有些和艾略特一樣，有意創出一種「傳統」，他們已經把過去的文藝重新加以詮釋。由於他們的成就各有千秋，使我們覺得艾略特所給予吾人的是一種傳統，而非正確的傳統。艾略特主辦的Criterion雜誌助理編輯——赫伯・李得（Herbert Read），於其「英詩面面觀」（Phases of English Poetry）一書及其他著作內，就已經把一種除了莎士比亞和華玆渥斯之間的一切作家之純反「浪漫」的傳統，和艾略特之傳統做一對比）。這些傳統的主要部份被分成左派右派的現象，含有相當濃厚的政治意味在內，而且還有第三組傳統新解派，他們似乎是屬於無黨無派，或是與黨派之關係有點模糊者，他們的目的主要是與建立起有價值的，而且從政治立場看來是爲藝術家設立的中立地帶。

除了艾略特外，當代右派傳統批評還有由約翰・克羅・藍森姆和愛倫・鐵持（Allen Tate）兩人的南方派，及一群大略包括布魯克斯（Cleanth Brooks）和華倫（Robert Penn Warren）與幾個較出色的年青批評家等人。有一段時期，當他們有個算來還相當完整的南方區域主義和平均地權運動的政治計劃時，大家公推戴維遜（Donald Davison）爲首。這一群人所給予諸如魏因斯特（Yovor Winters）、龐德、李維斯（Wyndham Lewis）和艾略特等既孤立又保守的傳統主義者的好處，乃在於他們之中還有幾位搭檔的方子；還有兩三所南方大學做爲他們起家的地盤，在北方大學內甚至還有所謂的「殖民地」呢；還有一兩個第一流的文藝機關報，首先是個由布魯克斯和華倫主持的南方評論雜誌，這一雜誌從一九三五持續至一九四二年爲止，然後有藍森姆所創的 Kenyon Review，起自一九三九年，至今仍然健在，再後便是於一九四四年由鐵特接辦的 Sewanee Review，後來由他人續辦，這些就像艾略特自己主辦的 Criterion 一樣，造成了一種提供局內外人士發表高論的園地。

這一群人的首領也許是在畢爾特學院（Vander Bilt）教過鐵特的約翰．克羅．藍森姆。本着其受過科學教育的基礎、哲學家的智慧、淵博的學識，以及第一流的頭腦，他自然而然便成爲這一群人中最傑出的理論家。藍森姆曾寫過一本維護正統宗教，名爲「沒有閃電的上帝」的書（一九三〇），此書雖然有種認識不够的缺點，（也許他是唯一將完美觀念和處女生育兩者混淆爲神學的作家），却是一本於攻擊敵方時能够講得頭頭是道不可多得的上帝之作：孔德、自然主義、科學（特別是人類學）、和自由主義。他在書中聲稱，其目的是要「以新的技巧奪回舊地盤」，後來這一詭辯法也被利用到他兩本文藝批評論作上，即 The World's Body（一九三八）及「新批評」（（The New Criticism）一九四一」。藍森姆的文藝傳統，和艾略特一樣，染上了對唐恩的崇拜，不過和他有點不同的是，他對密爾頓的敬佩，和對莎士比亞的詆譏（因缺少像密爾頓和唐恩的「大學教育」和學識，莎士比亞只能算是一位「業餘家」，一位寫十四行詩寫得「全無結構」的作家，大體言之，他只能被歸入劣等詩人之用語而已）。藍森姆批評的主要用語便是「本體的」，這一行列他似乎是指詩的結構，或詩之邏輯關係，及他所謂「詩的組織」或詩之局部詳情的一種批判性研究。由於注重結構和結構與組織關係等問題，藍森姆成了擁護精讀詩文的主要人物（其地位正與英國的 F. R. Leanis 不相上下）。雖說他個人零零碎碎只完成了一點點，可以說完全注意到詩學及信仰上的哲理問題和對詩之認識等方面，他的影響力却非常廣大，他所提倡的精讀法大致說來成績還算不壞。雖然藍森姆的傳統牽涉到宗教及政治態度問題，他却和艾略特不同，認爲批評中的道德標準根本就是一種多餘之物，就像那些學者式、語言學式、歷史性、印象主義者及其他標準一樣，批評家所關心的應該只限於美學及技巧上的問題。（從這一席話看來，最有意思的是他最喜愛的兩位詩人，唐恩及密爾頓，前者是一位神學者，後者是一位宗教和政治宣傳家，相反地，那位受他極爲低估的詩人——莎士比亞——却非常接近我們通常所謂的「美學的」作家。）

愛倫．鐵特承繼了藍森姆的不少看法，（其中有幾個藍森姆也承認是他促成的），自己也創出了不少。從藍森姆「區域主義的美學論」，鐵特嘗試做了一些特殊區域的批評工作，諸如解釋荻金遜（Emily Dilkinson）的作品爲源於新英格蘭的產品。可是他沒有朝着一種較特殊化的文藝路線去發展出傳統來，而且兩卷收集了他論文的書，一爲一九三六年的 Reactionary Essays on Poetry and Ideas，一爲一九四一年的 Reason in Madness，其中大部份都是討論有關社會、政治和教育性的問題。他曾擬出了一套要求「反動」和「暴力」的計劃，（雖然講句公平話，我們得承認，他的暴力除了可當爲街談巷議式的「暴力」外，根本談不上有什麼機槍大砲的功用），而且也曾比藍森姆用詞更尖酸地公開宣稱反對科學、實證主義、及科學式的批評法。另外，談到精讀詩歌的技巧問題，雖然他所做的爲數有限，和藍森姆比較起來，水準却高明得多。

這一群人當中最後還能把他們的思想應用到文學上的要算是布魯克斯（Cleanth Brooks），而且算起來他也是他同仁當中表現出受艾略特影響最大的一個。就像魏因特斯（Winters）一樣，布魯克斯於其批評中的第一部著作，「現代詩及其傳統」，也企圖把英國詩史做個「修正」，這一點和艾略特與李維斯所著之「重估價」一書所做的如出一轍。布魯克斯自己承認是一位具有道地敏銳觀察力的折衷派批評家，藉着幾乎每位現代批評家的協助，他創立一種以十七世紀之「知性」（Wit）爲主的傳統：唐恩及玄學派詩人、強生和赫立克（Herick）等人；而二十世紀的則有：哈代、葉慈、艾略特，及一群當代作家等。和艾略特有點不同的是，布魯克斯第一部著作中的傳統把十七世紀末期及整個十八、十九兩世紀〔除了綴上寥寥幾個諸如史威夫特（Swift）、葛月（Gay）、布雷克（Blake）、荻金遜（Emily Dickinson）、及霍布金斯（Hopkins）中除了卓萊頓及柏蒲（Pope）之外，他根本覺得不屑一顧，而只看中幾個玄學派詩人或是像密爾頓一類只含有少許「知性」的詩人。這種創立傳統的做法，完全運用極詳細的精讀法，作風還算相當折衷，甚至還列出很多其他批評家的見地和詩文的原出處，特別是艾略特的「荒原」一詩及葉慈的抒情詩。一九四七年布魯克斯推出了第二部採取同樣手法，名爲「精緻的甕」（The Well Wrought Urn）之著作。書的副標題是「詩結構之研究」。其中包括了他研究讀十首詩的感想，從唐恩的「謚聖」至葉慈的「小學生們」等多篇，證明他的功夫確實不凡。是書同時也把布魯克斯的早期傳統向前推進了一步，而且也脚踏實地地朝向寬宏大量的大道上修正邁進，所以連柏蒲的「Rape of the Lock」、葛雷的「悼亡詩」、華玆渥斯的「頌」（卽其 Ode to the Intimations of Immortality 一詩——譯註）、濟慈的「希臘甕頌」、甚至於丁尼生的「眼淚、無聊的淚」一詩都統統被他納入「今日我們大家都會覺得是屬於傳統之主流」內了。旣然受艾略特啓發，布魯克斯强調「知性」的理論也被擴大爲一種包含「諷刺」、「矛盾」、「象徵」、「曖昧」、及「戲劇化結構」的東西，最後甚至於幾乎任何一首詩都可被視爲玄學派詩的一種。話雖這麼說，很自然地，他研究諸如唐恩、莎士比亞、和柏蒲等詩人所採取的精讀作品法，和研究諸如密爾頓（一篇極爲散漫理聊的文章）和丁尼生等詩人的方法比較起來，前者可說要好得多了。按意義上講來，由於此書在詩結構的技巧探討上，在集中全力精讀作品本文上，以及强調唐恩及玄學派詩人之重要在上，都是藍森姆思想的運用，因此當我們發現藍森姆於此書討論到一般批評問題的一篇附錄裡，由於他的思想並不伸縮性，及其對唐恩過份鍾受，因而受到了適當的評擊一事，實耐人尋味。

西元一九三八年布魯克斯和華倫特別爲大學生合編了一本「詩之欣賞」（Understanding Poety），是書搜羅了大量的精讀作品和分析詩之結構的文章，同時也包括了布魯克斯的「傳統」在內，（此部份大都由布魯克斯負責選擇範例，列出一大堆問題，而且大致說來，好像有恒護唐恩和玄學派詩，貶低雪萊和浪漫派詩之傾向）。因自己的評作份量還有限，不足以印成專書，所以華倫的批評大多涉及道德傳統，而純文藝性的則較少。其中包括一九三〇年登於有關平均地權論叢之「我要堅定立場」（I'll Take my Stand ）一書上，名爲「The Briar Patch」的一篇論文，（該文從純嚴正的道德原理出發，力辯黑人根本不適合於接受平等、高等教育、及各種享受）及一九四六年出版論及有關考勒列幾之「古水手之歌」一詩，文中他還特別另加插圖，說明書裡的一篇導言（該文乃從一種極複雜的道德寓言角度去解釋原作，另外也特別爲考勒列幾的「純想像」觀奮出了它的「眞理」標準。）

無可置否的是，當代左派最主要的傳統創立者應是白林頓（Vernon L. Porrington）。他那三大巨册的「美國思想主流」（是書因他猝然逝世，致使大功未成）可說是美國傳統的不朽作品。雖然該書的副標題是「對美國文學自始至一九二〇年的解說」，但由於它是一本記載美國社會、經濟思想反映於文學中的歷史，所以「文學」一詞便要廣義地去解釋了。白林頓拯救了美國傳統的主要項目諸如極端主義及民族制度等。在這被拯救的人物中包括威廉斯（Roger Williams）、富蘭克林（Franklin）、亞當斯（Sam Adams）、潘恩（Tom Paine）、傑佛遜（Jefferson）、惠特曼和消滅主義者，及本世紀的急進派作家等人。白林頓自己承認是以一位自由派份子，也是一位傑佛遜派份子的態度在寫作，是一位擁護獨立宣言及人權法案而反對憲法的人物。有關他的經濟決定論，與其說是源於馬克斯的決定性「歷史唯物論」，倒不如說是來自泰恩及一位默默無聞，名爲愛倫·史密斯（J. Allen Smith）的教授（其所著之「美國政府之精神」一書於一九〇七年出版）較合適些。

白林頓的書從下列幾點看來可說是沒有什麼美學性的：他把愛倫坡打入冷宮（將他歸爲心理分析家和「文學研究家」），又依照韋佛（Weaver）所著的「荒謬傳記」把麥爾維爾（Melville ）曲解得一塌糊塗，視梭羅不過是一位經濟實驗者，評論霍桑也不太正確，連亨利·詹姆士也一併被抹殺了。這些也許都是有意的舉動，因爲白林頓注重的是觀念問題而已，他自己也認說：「對於美學評判方面我不太有興趣」，不過其中有個例外，當他花費二十頁的篇幅來討論卡貝爾（Games Branch Cabell）時，聲稱「其高度性的滑稽感所給予吾人的感覺，有如蕭伯納之怪誕、查斯特頓（Chesterton）之刺激」，是一位可媲美卡萊爾和馬克吐溫的人物。

如果完全憑他的話來判斷，白林頓的這本著作錯誤百出：黑人對美國歷史和文學的貢獻，他隻字未提，也沒談到約翰·白朗（John Brown），把經濟決定論丟在不旁，而却把古柏（Cooper）（顯然是位地主保守黨的代言人）捧得高高在上，其原因只不過是他興之所至，看上了他的作品，稱布里安得（Bryant）爲「也許他不會成爲大詩人，却是一位偉大的美國人」，認爲本克羅夫特（Bancroft）做爲一位歷史學家比起普列斯考特（Prescott）、毛特萊（Motley）或柏克曼（Parkman）都來得更偉大，因爲這幾個人只不過是「虔誠的信徒」和「袖手旁觀者」而已，而本克羅夫特却是「他們之中唯一的一位民主鬭士」。雖然如此，白林頓的這本著作算來還相當不錯，其對當代或後世的文藝批評家們的影響力也許已爲美國作家們奠定了第一個包羅急進派、民主派、及社會學派等的傳統，與艾略特、藍森姆、魏因特勒等人相頡頏。

另外還有第三群傳統的創立者。他們忽略了政治性的目的，其興趣完全是爲創作家們，偶而當然也爲自己，將傳統的有用部份建立起來。這一類書有兩本二：其一是勞倫斯（D. H. Lawrence）的「美國古典文學研究」，（該書與勞倫斯神話式的「血意識」論相同，以充滿極富個人主觀色彩的解釋見稱），另一本是由威廉斯（William Carlos Williams）執筆而受勞倫斯影響頗大的「美國人的脾氣」一書。威廉斯的著作其實是重新解釋美國史而非美國文學，其中只有一個例外，便是他談到了職業作家愛倫坡，可是那也是純粹要爲美國作家樹立一種傳統而已。「因爲那些蠢傢伙不相信他們是來自何物的東西」，威廉斯寫道，雖說他讚美諸如 Marton of Merrymount 和 Aaron Burr 所下的論斷有時難免不當，然而大家都公認他的著作對於作家有不少的影響力，其中尤以克瑞恩（Hart Crane）和一位令人難以忘懷，名叫約翰·桑福德(John Sanford) 的小說家兩位最爲特出。威廉斯將美國史大衆化爲印法天主教派(Indian French-Catholic）和白英國新教派（White English-Protestant）兩群，以自由、快樂、藝術的創造特徵歸於前者，清教徒式的冷酷、壓抑、和謹愼等特徵則歸之於後者。他對清教徒主義的看法是它與二十年代的人比較起來既太簡單又不很正確，這一點可從他說清教徒主義是藝術家的敵人，而且他所指的是考姆斯脫克（Anthony Camstoch）而非約翰·白朗（John Brown）看得出來。話雖如此，該書本身不僅是今日最佳散文作品之一，也是一本令人感到鼓舞的再評價之作品。

最後，有傳統性的批評家，爲數有限，大略可稱之爲「文學家譜學者」，是一批研究作家之特殊後裔的批評家。像這一類工作老早就已屬於批評家消磨時間的方法之一了，至少，我們可舉卓萊頓爲例，他不但發現斯賓塞是詩人喬塞之子，也發現密爾頓是斯賓塞之子，最後還費了九牛二虎之力把瓦勒（Waller）追溯到和愛德華·菲爾華克斯（Edward Fairfax）拉上關係。當代追溯文學家家譜最有成就，佔第一把交椅的是法國批評家菲廸南·布魯涅廸耶（Ferdinand Brunetiere）。他企圖利用源自達爾文生物學的文藝進化論去做研究，最後把各種像很多動物類在生長、繁殖、進化、顯現中的形式和影響力都鉅細靡遺地展示出來。不過很多美英兩國的批評人士並未將他們的家譜追溯工作做得像他那透澈。例如葛雷哥利（Horace Gregory）就只花了兩頁長的篇幅去追溯拜倫之唐璜（Don Juan）、倍伊爾（Beyle）作品中之朱利安·梭瑞爾（Julien Sorel）、易卜生之Gregess Werle、蕭伯納之 Juan、魯賓遜之 Miniver Chesvy、及艾略特之 Prufock 等人物的影響。另外由李維斯（Cecil Day Lewis）所寫的「詩之展望」一文，可算是一篇研究文學家家譜的佳作，他採取的是奧登（Audon）所謂之「我的叔叔是我的祖先」的概念，並且將奧登·斯本德和他本人之詩歌動向追溯到諸如霍布金斯、歐文（Wilfred Owen）及艾略特等祖宗身上。對李維斯而言，「祖先」一詞乃係一種愛國心之表現，一種和過去不可脫離關係而包括傳統的涵義在內。另外一位年輕的英國詩人和批評家史加佛（Francis Scarfe）也是以家譜學作風著稱者，他把狄倫・湯姆斯（Dylan Thomas）追溯到喬伊恩、佛洛伊德、及聖經等地方；將文學上之超現實主義推到藍波（Rimband）、勒瓦爾（Nerval）和羅特列蒙（Lantaremont）等人身上。至於素以比較文學專家著稱的馬利歐・布拉玆（Mario Praz）也時常以家譜學專家的姿態出現，不過他還是研究學問較多，鮮少嘗試來做做批評的工作。

五

艾略特將他人對自己的影響力吞得無影無踪，而且也大大方方地吸了過去，因此總讓人覺得好像他都是自創自作的，其實他的作品都有其蛛絲馬跡可尋，甚至我們可說，很多很多當代作家確已大大地左右了他的批評。其中第一號人物當然要算龐德。從龐德那邊，艾略特接受了他的詮釋法，比較研究法、及學者式的批評觀，而且其一篇名為「Euripides and Professor Murray」的論文，想要號召創立一種能「鎔鑄」荷馬和佛羅貝爾兩人的曠古研究之企圖，根本就與龐德早期要求西歐克利塔斯和葉慈兩人能被置於同一天秤上衡量、研究的解說法相同。而且，艾略特在很多方面都是受龐德之啓發而後才發現的，就像客觀主義和（據馬利歐・布拉玆稱）其客觀投影都是。布拉玆於龐德一篇名為「傳奇故事的精神」一文中稱詩「乃是一種賦予吾人平等感之啓發性數學，詩並非是搬出數目、三角形、四方形等等的東西，而是為人類感情而存在的東西」。

艾略特與龐德在宗教方面雖然意見不合，可是他本人却非常敬重他，不但稱龐德為當代批評家的泰斗，而且也稱他為「英語世界中現存最重要的詩人」。（原註）不過艾略特於其獻給龐德之「荒原」一詩中所寫的「Il Miglior Fabbro」常被人誤會一事，實相當具有諷刺性。該語意即較「高一級的大師」之「Il miglior Fabbro」一詞，乃是但丁「煉獄」一章中描寫丹尼爾（Arnault Daniel）的用語（通過Guido Guinicelli的口中說出的），可是這一用語也因但丁本人不明白他早已比丹尼爾更偉大，但我們却早已知道而且帶有諷刺與過份的謙虛意味在內了，（也許當時並沒此意味在內）。因此，艾略特以此語來描寫龐德完全含有禮貌性的頌詞和自誇潛力雄厚兩種含義在內，是不成問題的。

次於龐德而影響艾略特的也許要算T・E・休姆。休姆於一九一七年世界大戰戰役中被殺，享年三十有四。一九二四年李得（Herbert Read）將他的論文收集成一本「沉思錄」（Speculations），他的作品才與世人見面。T・E・休姆是翻譯柏格遜（Bergson）和索瑞爾（Sorel）的大師，一位理性主義的天主教徒、古典主義的學者、軍國主義者、早熟的法西斯主義份子。他的手扎筆記簿都常在他朋友之間傳閱，當然艾略特、龐德、和很多其他批評家，一定早在該書還沒問世前就已過目了。從休姆那兒，艾略特多多少少找到了他的古典傳統，得到了可生「吞」情感和祭典儀式及在宗教方面極為重要之教條觀念，及其為了造成宗教正統和政治反動所創立的藝術與批評之例子等等。休姆也許是當代批評家中唯一能完全同意艾略特之脫軌式理論，認為精神抹殺了生命，文學却賦予生命的看法。自從他謝世後的二十五年來，休姆算已博得了傳統批評之擁護者的美名。除艾略特外，也影響了龐德（龐德曾有這麼一段記錄說明有一次兩人談話中，龐德自詡為師，而譏休姆為其傾慕門生）、愛倫・鐵特（Allen

Tate）及一些南方派人士、新人文主義者、摩爾（T. S. Moore）、和另一派包括理查慈和赫伯．李德（Herbert Read）等人。

儘管基本上大家都各持己見，議論紛紛，I．A．理查慈仍然被公認是第三個對艾略特評論觀影響最大的。艾略特自己也承認受益於理查慈匪淺，同時也自認他們兩人在觀念上也頗多類似處，又稱他的作品「在文藝批評史上佔有舉足輕重的地位」，另外，顯然地，他最基本的觀念，卽讀者與詩人（有點保留）之間所謂信仰與欣賞詩歌不相關論，也是淵自理查慈早期的觀念。艾略特曾對於理查慈的基本科學態度大加痛擊，可是他却常從他那裡借用了不少的觀念和很多很多的語彙。

艾略特所提出的主要問題之一，便是如果批評家同時也是一位重要的創作家的問題。本書所討論到的幾位作家，當中幾個也只寫寫批評式或學者式的文章而已，譬如布魯克斯、里查慈、史伯幾安（Caroline Spurgeon）、和鮑特金（Mand Bodkin）等人便是；也有很多諸如魏因特斯、布萊克膜、愛普遜（Empson）、和柏克（Burke）等不是詩人就是各有千秋的小說家，不過其中唯有艾略特一人是屬於第一流的主要創作家。正如馬茜耶森所說的，艾略特乃屬於「強生（Ben Jonson）、卓萊頓（Dryden）、約翰遜、考勒列幾、及阿諾德等詩人兼批評家之中重要的一員」，他所以能以權威的姿態出現，卽因他能直接將他所知的一切以大師的口吻娓娓道出。

今天把這位詩人兼批評家稱讚得最淋漓盡緻的要算是龐德了。他一方面說：「對於那些從沒動筆寫過一篇令人矚目之作品的批評家，我們大可不必去注意他」；另一方面却說：「倘若你想了解一部汽車，請問你是去請教裝了一部車並且開過這部車的人，或是去找一位只聽過汽車一詞的人呢？而假如這兩個人都裝過汽車，請問你是去請教那些裝得較好的，或是那位裝得四不像的呢？」其實，這種爭論根本不是純粹從詩人兼批評家的眼光就可解決的。魏克曼（Winckelmann）認爲，當藝術家於批評藝術作品時能夠以克服困難爲考驗而達到成就之理論，到目前爲止仍無定論，時下一般文藝週刋特別是園地公開的流行週刋，從把詩交給詩人去做批評的風氣，顯示出魏克曼所表示的異議也只能適用於最佳範例上，一談到那些最差勁的作品時，做爲詩人兼批評家的也只能過問過問私人之間的爭論、互相標榜、猜忌、和報仇等東西。

也許只要讓我們看一看那些首要作家們所採取的幾種批評形式，這一問題便自然可迎刄而解了。爲大家所公認之最佳批評範例要算是亨利．詹姆斯（Henry James）之批評序言了。詹姆斯將他自己的見地和他自己的創作過程，詳細地自我揭露，並和驚人的綜合能力合而爲一舉動，爲我們提供了由作家執筆的最寶貴資料。不過，他却缺乏洞察其他作家之創作過程的能力，也許他的感受力確比今日任何作家來得更大，可是當他討論其他作家時，却從未能達到如同他分析自我時的理想境界。

詹姆斯批判性之自我分析的傳統方法，直到今日仍然有很多詩人兼批評家繼續朝這條路走。最傑出的要算愛倫．鐵特及約翰．克羅．藍森姆兩人。（很奇怪的是，艾略特自己雖然也說過：「我認爲一位訓練有素的作家去批判自己之作品的批評方法，乃是最有效、最高級的批評」，却從未付之實現，也從未親自公開討論過自己的作品，相反地，他還是較喜歡談談通常所謂的「詩人」）。於「瘋狂的理性」一書中，有一篇「Narcissus as Narcissus」，算是相當有名的文章，該文由愛倫・鐵特本人執筆，文長二十頁，評論極為詳細，是一篇分析他自己之一首詩「Ode to the Confederate Dead」的文章。該文非常有價值，足以和克雷因（Hart Crane）解釋他自己作品所寫之 At Melville's Tomb 一文相媲美。兩者都是研究當代詩人的創作，不過，像這種東西是無法拿來當做批評去討論的，因為那不過是純屬於詩人知道的一些事實而已。

說到約翰・克羅・藍森姆，那又完全是另一回事了。他的自我揭露可說是屬於較精巧的一類。做為一位批評家，他創立了一套似乎完全根據他自己寫詩之程序的詩論，那便是包括他所謂詩之「結構」與「組織」的分別法，以及音步和涵義之不同。一首詩，因此可說是結構與組織的折衷產物，也是另一種涵義受音步牽制及音步受涵義牽制的再折衷產物。這些分辨法當然適用於藍森姆自己的作品，或者可能也適用於諸如葉慈的作品，（葉慈先寫成散文，之後才將散文敲鍊成韻文），可是用到那些下筆如有神的作家，就拿莎士比亞或早期的濟慈為例吧，那麼這種分辨法便可能有點欠妥了。藍氏根據自己所創出來的詩論，每一位詩人兼批評家也一定會，只是因為他的花樣好像有點太專門化了些，對我們根本就不可能有所裨益。

從這些當代僅有的幾個最佳詩人兼批評家們的例子中，產生了不少的問題。創作家（在某種情況下）是最有資格去談論他自己作品的人，然而這樣一來，就無人可有資格和他談論他的作品了，於是，批評便自然而然地和自傳一樣形成了一種孤立的藝術。假如他能夠不討論他的作品，而來創造一套寫作的理論，這一理論也許具有不正常的毛病，因為說來說去，所有的作家多多少少都是不正常的。而倘若他要談論他人的作品，由於他在自己作品方面有其順理成章的專門化知識，致使他不是缺乏那種職業性批評家的學識和理論背景的訓練，例如E・M・佛斯特所寫的文藝批評一樣，就是沒資格當一位具有高度感受力的普通讀者，而且也不是純屬於批評家或大師之類的，就像吳爾芙（Virginia Woolf）所著的「普通讀者」（The Common Readers）一書一樣。他也不會像艾略特一樣，由於個人有種忌諱就不能暢談他自己的作品，正如詹姆士無法對他人之作品有同樣的洞察有一樣。最後，他不是會過份沉溺於自己的寫作方式，產生嫉妬之心，就是會因犯有上述詩人兼批評家之任何一種缺點而痛苦不堪。綜觀這些及其他很多缺陷，最佳的辦法是，一流的批評家也許偶而兮來自像艾略特一樣的第一流創作家，可是據常理推論，最好的批評就如世上的萬事萬物一樣，應該是出自職業性者的結晶品。（這並非是我們有意否認批評之基本原則的重要性，即批評家須有某些創作家的經驗，否則他根本無法了解一些相關的問題，我們也無意攻擊諸如詹姆斯的批評序文或鐵特所寫的文章在文藝史上的偉大貢獻。）

「他的文章便是自己正在寫作時所感覺到的並且表達出來的思想產物」，艾略特論及卓萊頓時說道。從這種提供詩人於執筆寫批評文章時應該以有感性的姿態出現之現象，很顯然地，意思就等於要大家也應如此。艾略特常很坦白地說，有些他所謂的「歷史意識」，對於一位想於「二十五歲以後」繼續寫詩的批評特質確是不可或缺的。既然他在那具有關鍵性的年頭（當他寫該文時年已二十九）仍然從事寫作，艾略特當然指的是他自己。不過，他還特別為詩人之詩及其批評文章作個劃分。「我認為在一個人的散文作品中，也可正正當當地含有他的理想成份在內，」他寫道，「可是在寫詩的時候，我們却只能涉及事實的東西才行。」這一點，我想是艾略特首次對於他人指控其詩和批評文章中有前後不一致之毛病所作的答覆。指責他的人，包括保伊德(Ernest Boyd)所謂「他的美學理論根本和他的作品拉不上關係」之怪論和藍森姆的共鳴語：

因此詩人和批評家發生了衝突。批評家的艾略特是傑基爾(Jokyll)，作詩的艾略特是海得(Hyde)。(傑基爾和海得兩人代表一個人身上所具有的兩種衝突性的東西，前者代表四肢(或肉體)的原則，後者代表心靈(精神)。傑基爾專司「行善」，海得專司「爲惡」。)(此典係出史蒂文生所著「傑基爾傳和海得怪聞錄」一書。是書於一八八六年出版。傑基爾人品良好素以行慈善事業爲人所器重。海得則無惡不作甚爲人所痛恨。故事敍述傑基爾發現一種可將他變爲海得，把海得變爲他自己的藥品。可是當他爲了不滿於海得行兇，已決定不改變他的身份時已經太晚了。雖然他並沒吃那藥，他却變成海得。最後爲回復原形，他又吞下一劑藥，但也無濟於事。最後因再也找不到這種藥，就索性自殺——譯註）想想傑基爾的聰明才智居然能適用於海德實在再怪也沒有了；要將兩個人調和在一起確是煞費周章的事。我想這件事行不得也！他的批評旨趣和他的詩根本衝突得非常利害。

F·O·馬茜耶森也許是唯一想爲艾略特之前後一致做個辯解的人。首先他同意「艾略特喜歡談談他會寫的詩」，馬氏因此堅稱說：「他的批評論作確是闡明了他詩裡的目標，而他的詩也說明了不少他批評理論的部份」。當「四重奏」一詩和世人見面時，馬氏便深信，要了解艾略特詩篇的最佳途徑需透過他的批評才能達到，他又指出，艾略特於「詩中音樂」一文裡，「對於他詩之用意使我們明瞭得很多，這實是一篇可用來駁斥那些老是指責他的革命性創作和傳統地位之批評文章有不協調者的佳作。」（原註）

儘管來自四面八方的評語相當荒謬，却已涉及一個重要問題了，卽人格的整體性問題。那些認爲艾略特作品裡不一致的批評家們，如果沒將其人生和其人分開，至少已經把他一切意義的外貌都分開了，另外馬茜耶森也犯了把詩與批評之間的關係，（卽認爲他的批評文章是了解他作品的手册或是了解他詩篇的自修書）看得太簡單了的錯誤。從很多方面講來，艾略特的地位是足可被認爲，論評卽爲補足其詩之不足的產物。「這位詩歌批評家之所以要寫評論文章，完全是爲了要創造出詩來」，艾略特於早年寫的一篇論文裡就曾明白指出其間的關係了。他也很了解一位批評家的設想與辯護的地位，他說：「當阿諾德寫出某句話時，也許不一定完全站在超然的立場；也許他也是被迫挺身而出爲自己之詩而辯護的。」一九四二年於其作品中艾略特便已不再有什麼超然立場了，他說：「可是我認爲在過去也有不少像這樣的例子，詩人們的論評大都由於其背後（如果另外沒有一層虛僞外衣的話）不是想要爲自己的作品作一辯解，就是要創立一種他寫作的格式。」由此看來，批評也如詩作一樣，都可爲一個人提供不少的貢獻，甚至也可說批評是另一種詩，有時兩者交相重複得使人有種難分軒輊之感，或甚至覺得一模一樣。

不過，這幾年來，兩者的界線似乎分得越來越明顯了。艾略特於四十年代間的幾篇文章裡，也已開始正正當當地討論那些宗教、教育、社會、政治等方面的問題，不再想要透過詩文的媒介物了。西元一九四二年他以古典學會會長的身份向該會發表的演講稿印成一本名為「古典作品及作家」（The Classics and the Man of Letters）一書就一概以討論「基督教文化」的問題為主；而於同年出版的「吉普林詩選」，也是純粹為吉普林（Kipling）之愛國主義的愛國心和種族主義做政治上的辯護（艾略特「不認為他的教條是屬於種族優越感之類的」）登於一九四二年之 New English Weekly，後來又刊於一九四四年春之 Partisan Review，名為「對文化定義的註解」一文，便是依照其「基督教社會的觀念」（The Idea of a Christian Society）一書的作風而寫成的，只不過文中對於艾略特的理想基督教及極權主義，在文化和教育方面加上些微之強調而已。原登於 Norseman，後又重刊於一九四五年夏之 Sewanee Review 名為「作家與歐洲的未來」一文，便是建議作家階級應該對於諸好文化和教育的大衆問題有所認同才行；原為一篇給威爾斯作家協會的講稿，後登於一九四六年冬之 Sewanee Review 的「何謂二流詩？」一文，其語氣便是討論教育問題，不再是批評之類的文章，或以氣勢凌人的樣子在說話，而且其中將文集和次要雜誌所擔負的使命加以分類的篇幅也相對增加了。最近他寫了一篇討論龐德及一篇悼瓦列里（Valery）的祭文，前一篇以龐德，後一篇以瓦列里做為出發點，中論歐洲一定會永存下去（瓦列里曾預言：「歐洲要完蛋了」（L' Europe est finie），從這一點我們可看出他的文章已經漸漸具體化了。另外，很多艾略特最近寫的文章都是直接屬於宗教或政治性的作品：一篇論教會聯合的小論文，一篇介紹一本無具名，名為「月亮的黑暗面」的書，這是一本有關蘇俄虐待波蘭人的報導。自一九四二年所寫的「詩中的音樂」（The Music of Poetry）一文外，筆者似乎還沒有發現艾略特曾寫過任何將文學視為文學的批評文章〔除了最近於紐約發表的有關密爾頓（Milton）之演講外，不過該文也是屬於將他以前的評文重新修正過的性質〕。所有艾略特最近發表的文章，似乎是從他對文學發生興趣之傳統漸漸演變出來的作品，而他政治上的反叛文章〔這一點和摩拉斯（Mauras）很相像〕有時也常掩蓋了他本來要支持的宗教觀之趨勢。

不論艾略特怎麼唱反調，其本人當然是我們了解其詩作和評作的最佳線索，這一點可從上面的分析中看出，他的「傳統」似乎已經完全淪為他個人需要的東西了。另外一個和他的詩作與散文作品有別，爭論得天昏地暗，但却徒勞無功的爭論是，艾略特的詩作到底具有幾份自傳性。馬西耶森曾公開抨擊兩位認為艾略特的「Gerontion」和「Prufrock」兩首詩乃是他的社交活動寫照的人，其一為希克斯（Granville Hicks），其一為李維斯（C. Day Lewis），其實稱四十來歲的艾略特為一隻老鷹不是有點太荒唐了嗎？話雖好此，我們總不得把他詩裡的幾段，尤其是他的「四重奏」一詩裡，視為是他個人現身說法的部份，是一段幾乎全以談話式的口吻寫出的文字。艾略特於「East Coker」一詩裡寫道：

> 那是表達的一種方式——雖然不算滿意；
> 用一種俗套的詩歌形式所作的轉彎抹角的研究法
> 讓人還是不停地在用字遣義方面做

永無休止的奮鬪。詩則毫無關係。
它和你所盼望的完全是兩回事。
到底何者方可稱爲吾人所期望的，
所希望的時代寧靜，秋日的安詳，
及其智慧呢？

這就是我的所在，在這旅程的中站，二十年的歲月
——
虛擲的二十年華，夾於兩次大戰的年頭——
嘗試研求詞句的用法，而每次的嘗試
總是另一次的新開始，及另一次的失敗
因爲你需盡力去推敲出詞句的最妙處，
給予那些你已不需講出來，或者那些
你已不願再說出的方法。因此每次的嘗試
都是一種新開始，一種對道不出的襲擊
帶着襤褸的裝備永遠走向墮落
於情感含糊的大混亂中，
那種沒經過操練的情緒娘子軍。（註——此係「四重奏」裡的 East Coker）

That was a way of putting it—not very satisfactory;
A periphrastic study in a worn-out poetic fashion,
Leaving one still with the intolerable wrestle
With words and meanings. The poetry does not matter.

It was not (to start again) what one had expected.
What was to be the value of the long looked forward to,
Long hoped for calm, the autumnal serenity
And the wisdom of age

再看下幾行：

So here I am, in the middle way, having had twenty Years—
Twenty years largely wasted, the years of l'entre deux guerres—
Trying to learn to use words, and every attempt
Is a wholly new start, and a differnt kind of failure
Because one has only learnt to get the better of words
For the thing one no longer has to say, or the way in which
One is no longer disposed to say it. And so each venture
Is a new beginning, a raid on the inarticulate
With shably equipment always deteriorating
In the general mess of imprecision of feeling,

Undisciplined squads of emotion.

此處所强調的「情感」和「感情」兩字，早在二十五年前就被他丢棄了，可是現在仍然苦纏住他不放，艾略特也曾於其論但丁的書裡說過，這一種苦楚是詩歌的來源和材料。他曾供認說，寫完一首詩後，他感受到「一陣突然解脫了那種受不了的擔子」，另外他還說：「我們每個人都應選取一種可渲洩我們內心秘密的解脫方法才行。」對於這一位受苦的人道出這一句名言，我們可想像那是怎麼樣的滋味：「我們作戰乃是爲要保有某物，並非要得到勝利的某物」同樣從艾略特在一九三九年於歷經十六寒暑始作罷的Criterion雜誌上所登的「告別書」一文，我們可領略其一二：

在目前的公共事務中——此已使本人的精神大大減低，和五十年前的我比較起來，根本已經是一種迥然不同的感覺——我已不復存有從事文藝評論的熱誠矣。

最後艾略特所顯露出來的個性，並不如我們所預期的，是一位如其「四重奏」詩中完成了一代傑作的偉大勝利的藝術家，只是一位病弱的、敗了仗的、受盡折磨的人；支持他的只不過是他詩歌的理論、客觀性及其批評的「傳統性」。「傳統性」的批評和艾略特的不同，當可放眼面對將來，可是它所需要的是文學裡的另一種不同的東西，而且它也要選取不同的傳統。

原註①：該文本擬爲倫敦市文藝會的講稿，與其他有關之講稿於一九二九年之「傳統與今日文藝之實驗」一書中問世。

原註②：由於他必須在社會與宗教兩種含義之間選取其一，因此他有時選取前者，放棄後者。於一九二〇年代中的好幾年裡，他在其Criterion雜誌中便擁護Charles Mauras及其行動，甚至把他的一篇文章登在一九二八年的元月號刊上，把他捧爲是一位比墨索里尼還值得英國法西斯主義者去效法的更好榜樣。當Mauras及其法國式的行動遭遇到羅馬天主教之攻擊，（他主張天主教教義對於君主政體或服從權力政體有利），艾略特便馬上爲他辯護說，Mauras的「主要論點只是牽運到羅馬天主教中的非基督教部份而已，因爲他的觀點也只不過是代表一位不可知論的哲學家之看法而已。」正如Delmore Slhwartz所說的，一個人是天主教徒，但不一定是信仰基督的（還好他是一位保皇黨），說起來，實在好笑。

原註③：另外一件更寶貴的文件是艾氏給龐德的一封信中之片斷（後來該部份曾於一九三八年的Townsman雜誌發表過）。由於該信於討論該項問題時態度誠懇，再加上該文風格獨特，使得它成爲有關艾、龐二人之間通信的最佳資料樣本。有關劇本的寫作略如下述：一、你應有辦法自始至終都能吸引觀衆的注意力。二、萬一失敗了，你應該馬上尋回來。三、一切有關情節與人物及那些亞里斯多德及他人說過的意見都不如上述的重要。四、可是假好你把觀衆的嗜殺性把握住，那麼你就可趁他們觀看之際，任意做出惡作劇，這樣便會使你的劇本有不朽一會兒的機會。假如觀衆興趣於脫衣舞的話，那麼整個劇本的詩意將會消失得無影無踪。五、假如你用韻文寫劇本，那麼你的韻文一定要是經得起分析的媒介物，千萬不可只用它來裝飾門面。

「雪崩」序

杜國清

[illegible]在知道詩是什麼這種假定之下，已經寫了十年的詩了。其實，詩是什麼正像人生是什麼一樣，是一個終極的問題。要是一個人能斷定什麼是人生，也許他不需要再活下去，正像一個詩人如果確實知道詩是什麼，他也許不必要再探索下去。但是每個人活下去可能有自己的一種假定或信念，認爲自己知道或者有一天終會知道人生是什麼，正像詩人在寫詩時假定自己知道是什麼一樣。因此對於「詩是什麼」這個問題的了解或看法，只不過是支持着詩人繼續寫詩的一種信念或假定而已。信念免不了是主觀的、個人的；假定並不是最後的眞理。也因爲這樣，古今以來幾乎每個詩人或者詩的研究家，都基於自己的信念對詩下與定義，可是從來沒有兩個詩人的定義完全相同，正像每個人都有自己的人生觀，而沒有兩個人的人生觀是完全相同的一樣。

到底詩是什麼？我爲什麼寫詩？每個詩人在提筆時都得追問這兩個問題，正像讀者在讀詩時，不能不追問自己在詩中所以獲得樂趣的理由，而在研究一個詩人時不能不追問他對詩的看法及其寫詩的方法一樣。對這些問題加以理論上的探討所構成的學問的體系，便是一個人的詩論。

爲了對自己的作品有所交代，我想就十年來所摸索到的一點印象，對前面的兩個問題，試提出一些說明。

甲、詩是什麼？

對於這個終極的問題，我的假定是

詩是詩人根據語言和經驗使用文字創造出來的一個存在於想像中的美的世界。

以下就這個假定的構成要素進一步加以說明。

I 根據語言

所謂根據語言是說以語言爲基礎進一步加以發展或利用，而不是只忠實地傳達語言。語言是傳達概念的工具，因此詩句既然根據語言，就不能不表達出某種概念。詩壇上有些人的句子令人「看不懂」。其原因可能不是在一個字或一個詞所代表的概念本身，而是在字與字，詞與詞，亦即概念與概念之聯結上，不能構成「合理的」或者「論理的」意義。詩人要表達的意義，有時候不能打破合理性或者論理性，以便達到眞正的創造。如果只是概念之聯接突破思考的習慣或常識，而使讀者在第一次接觸到這種新的意義時感到抵抗然后才慢慢接受，那麼這種句子只是難解，難解亦即接受新概念時的一種抵抗感。這是任何獨創的詩句所不免的。如果概念與概念的聯結違反了一個民族的思考形態，那種句子不可能產生正當的意義或者任何意義。不產生意義的句子是咒符，是狗吠，對人是不可解的。詩句可以是難解但不可以是不可解。事實上越有獨創性的詩句越是難解，因爲它越違反讀者的認識習慣，越使讀者感到抵抗力。但是如果違背了民族的思考形態，那就超過限度而成爲不可解的了。例如用中文的方塊字，按照英文的句法造成的句子，對中國人便往往是不可解，因爲英文的句法不盡適合中國人的思考形態。當然，詩人可以寫出不合慣用法的句子，但是那些句子必須構成意義。正因爲自古以來許多詩人寫出打破慣用法的句子，民族的語言才更爲豐富；也正因爲那些句子仍然構成意義，人們才能接受。

詩的語言是根據日常的語言，因此詩人不必要也不應該專意追求異於日常語言的另一種語言。詩人只要將日常的語言加以最有效的使用。將一個字或一個詞，安排在最適當的地方而形成一種最好的次序。這便是最佳的詩句。所謂最適當的地方是說能產生最大效果的意義。所謂最好的次序是說最能達到表現的目的。爲了創造最佳的詩句，詩人往往訴諸「暴力」將「最異質的概念結合在一起」

『纏繞着白骨的、金髮的手鐲』

唐恩（John Donne, 1572-1631）的這個名句是個典型的例子。「白骨」和「金髮」在聯想上的突然對照，亦即兩種極端不同的概念之聯結，產生了具有强烈效果的一種新的意義。「死」和「美」的密切結合是「最富於詩的氣氛的」。這種詩的技法有人稱之爲「聯想的風暴」。詩句所掀起的「聯想的風暴」使讀者的大腦受到衝擊，腦波裡的磁場受到破壞而必須重新調整出一個新的秩序。經過一場風暴之後，人的腦筋產生一種清新之感；那是一種詩的感動的快感。

II 根據經驗

正像詩是根據語言但不是忠實地傳達語言一樣，詩是根據經驗但不是直接地表現經驗。所謂經驗，意味着詩人的一切知識、意識、回憶、感覺、思想、意念、心情、欲望、本能等等。正像地球上的樹、雲、風、雨等等是自然一樣，所有這些經驗都是人腦中既存的自然或現實。自然是現實存在的東西；自然亦即一種現實。自然和現實是詩作的材料，但不是表現的對象。詩作所要表現的是詩，亦即美的世界。所謂根據經驗是說以經驗爲材料，藉以建造出詩的世界來。所有的經驗都是現實，因此所有的詩都必須立於現實之上，但不是表現現實而是藉着現實的存在表現出現實中不存在的一個美的世界。因此現實或自然亦即詩存在的條件。沒有現實，非現實的詩無從存在；沒有自然，超自然的世界不能成立，正像沒有醜顯不出美來一樣。

詩人的經驗是隨時在增加、擴充、變化和消滅的。經驗越豐富，詩作的材料越多，越有產生作品的可能性。但是只有材料的堆積並不能建立起詩的世界。現實的材料必須經過詩人心靈的黙化才能成爲美的東西。詩人的心是靈魂的觸角，經常伸向現實探索有趣的東西。這個觸角的感覺本能，叫做感受性或感受力。詩人的心靈越靈敏，感受力越纖細，越能在現實中探索到有趣的東西以滿足靈魂。詩人必須在不妨碍他的感受性的範圍內。盡量吸收知識充實經驗，而在另一方面必須經常發展和洗煉他的感受性。使感受性更加洗煉的方法是閱讀大詩人的優越的作品，以及經常藉詩以使感受性保持正常的靈敏。同時由於經常閱讀大詩人的優秀作品，詩人的認識隨之擴大，經驗因而充實，而在這種認識和經驗之上建立起自己的詩的世界。大詩人的優秀作品是一個民族的文學傳統的精華。因此，傳統（廣義地，指一個民族的整個文化遺產；狹義地，指傳統精神所寄托的古典作品）也是在詩人的經驗範圍內，成爲詩作的現實材料的一部分。當詩人根據經驗寫出超經驗的，其於現實寫出非現實的作品時，他突破了作爲詩作之材料的傳統。這種作品一出現，馬上又變成了傳統的一部分；當它一經閱讀之後，也就成爲詩人或讀者的經驗的一部分，成爲現實的一部分。於是詩人又伸出了感受性的觸角。

Ⅲ使用文字

詩作品之不同於繪畫和音樂，是因爲詩作品使用的工具是文字，而繪畫使用的是色彩和線條，音樂使用的是聲調和節奏，但是這三者所要表現的對象都是一樣：美的世界。

文字具有形音義三種特性，亦即形象性、音樂性和論理性。做爲詩作品的表現工具時，這三種特性同時構成了詩作品的視覺美、聽覺美和意義美。在過去，定形詩着重在文字的音和義，認爲詩是寫下來朗誦或吟詠的。「詩」是指一定的表現形式，或者說一定的韻律形式；只要合乎這個形式的，不論內容是說論，是應酬，是贈答都是詩。這並不是說議論或應酬或贈答等不可以做爲詩的內容，而是說以這些爲內容，再加上完全的韻律形式並不一定就是詩。詩應該具有更純粹的文學上或者說藝術上或審美上的目的。用耳朵決定詩質的時代早已過去。到了近代，詩被認爲是一種精神活動的表現；閱讀一首詩時，讀者對於詩的內容，亦即詩人的精神活動，加以思索、探求和鑑賞，而不僅僅是以吟詠和陶醉爲滿足。

今天我們寫詩仍然使用古來詩人所使用的文字，只是我們不再遵從那些固定的形式，而且主張使用白話文。這裡頭有兩個重要的問題：一是使用與不使用固定形式的差別；一是白話做爲詩的表現工具之缺點。

一、使用固定的形式有一個好處：滿足形式的要求雖不能說是寫作的動機，但往往是個有力的動力，促使詩人絞盡腦汁思索適當的字句；換句話說，有一個形式的標準擺在那兒，可以引導詩人努力以赴而達到那個目標。當然這是指一般詩人寫定形詩的情形而言；熟練的「大家」自當別論。可是破除了形式之後，寫詩時主要的運思是在內容上；在形式上却是毫無憑藉。也許我們可以這麼說：寫定形詩時，往往是形式影響內容；寫自由詩時幾乎是內容決定形式。我們可以拿舞蹈來做比喻；向來的舞蹈家總是按着音樂的節奏起舞，以求得動作與音樂的諧調一致爲形式上的完美。帶着鐐銬也能起舞的固然需要功夫，而且舞得越自然的越是高手。可是如果有音樂的伴奏呢？那就眞看本事了。差勁的亂舞一陣；能者却可以從動作中產生無聲的節奏來，讓觀衆從他的動作中感覺到音樂的流動，因此也享受到動作與節奏合諧的美。

有人認爲中國詩從唐詩宋詞元曲一個系統發展下來都有一定的形式，因此白話詩將來也可能會產生一種固定的形式。這種假設忽略了一個事實，就是：詩與音樂在今天已截然分開；詩固然有其文字上的音樂性，但不是寫來配樂或吟詠的。因此寫白話詩的人，就像跳無音樂伴奏的舞者，劣者亂舞一陣；能者自有其節奏。他的舞是自己的一種精神活動的表現。除非每個人的精神活動都可以納入某種固定的樣式，否則將來的詩不會有一定的形式出現吧。

二、白話做爲詩的表現工具時有一個缺點，就是很容易過於接近語言的現實，詩的世界是個美的世界；美的世界是個非現實的世界。使用白話容易使詩的世界接近於語言生活中的現實，因而難以保持所謂審美的距離。反之，在定形詩裡的語言，一定要適合五言或七言的格律，因此即使接近於口語的句子，大多和日常生活中的語言仍有多少的距離。這種距離越大，離開現實越遠，美的世界越可能存在。詩的世界是建立在現實的世界之上，但必須是非現實的世界。因此在使用文字表現時，詩人往往將語言扭歪，使之曲折，變形，使之與實際的語言產生某種距離。例如：「惡夢驚醒惡夢又在火風冰雨中驚醒惡夢」，「美的是比裸的女神更裸的樹之曲折」，「香稻啄餘鸚鵡粒，碧梧棲老鳳凰枝」，「尋尋覓覓，冷冷清清，淒淒慘慘戚戚」等等的句子都不是自然的語言，而是經過詩人故意鍛鍊了的。這是創造詩的語言的第一個方法。

突破日常語言的現實性，以表現出詩的世界的第二個方法，是藉着想像力甚至訴諸暴力，將兩種相反的而且盡可能極端相反的概念結合在一起，以造成具有一觸卽發的緊迫感的句子。形而上詩人的奇想以及鬼才詩人的一些奇險的詩句都是例子。

這個手法包括將一個平凡的句子安揷在突破聯想習慣的地方以造成不平凡的對照：這種對照給與人的腦髓極其强烈的衝擊。例如「好美啊」這個句子，習慣上用來形容女人或花兒或風景；如果用來讚美被分屍了的女人的大腿或者腐屍上長出來的一朶花兒，或者戰場上地雷爆炸的光景，腦髓的感受自然就不一樣。由於聯想上的突然對照使人感到驚訝，也是詩的語言所具有的一大效果。

第三個方法是塑造意象。這點對於使用白話文寫詩時更是重要。因爲白話本身就是日常生活中的語言，是鬆散的，再加上白話詩沒有格律的限制，詩人如果不訴諸意象的塑造，上述兩種以外的詩句和散文的分行幾乎就沒有分別。因此塑造意象是使白話凝聚，將散文提鍊成詩句的一個有效的方法。李白的「擧頭望明月，低頭思故鄉」是相當接近於白話的句子，可是到底還不是完全的白話。如果將它翻譯成「抬起頭來望着那明亮的月亮，低下頭來想念着故鄉」，「詩意」似乎就淡多了。但是因爲這兩個句子本身構成一個意象，因此翻成白話時不致太鬆散，多少仍然能夠表達出那個意象。一個構成意象的句子，如果套進五言或七言的格式，只要能滿足格律上的要求，就可以被當做詩句；如果將這種詩句翻譯成白話，它本身旣無意象，格律又被破壞，因此成爲毫無詩意的散文。許多人認爲古詩一翻成白話就失去了詩味兒，理由在此；今天我們旣然使用白話寫詩，也就不能不注意意象的塑造，理由也在此。在我的一些短詩中，每一個字或每一句幾乎都是爲了構成意象而存在的。我認爲這是使白話詩純化而從詩句中排除散文因素的一個方法。事實上我們閱讀古詩時，所欣賞的往往是那些突出的意象，而將不參與或無關乎意象之構成的字句稱之爲敗筆。在白話詩中因不受固定形式的限制，不參與或無關乎意象之構成的字句，當然應該從整首詩中剔除。當一首詩單純地表現一個意象時，這個意象本身亦即詩的世界。但是有時候詩的世界並不單純地只包含一個意象，而是由許多意象有機地構成的。

使白話文做爲詩的表現工具而不致於陷於散文化的第四個方法，是追求戲劇性的構成。在一篇長詩裡，戲劇性的構成是不可缺少的骨架，而在短詩裡，是使意象活潑化、生動化的一個技法。詩作品所表現的是一個美的世界，所謂「世界」是立體的而不是平面的，是多面的而不是單面的。要使美的世界顯出多面的立體的風貌，在構成上不能不藉助於一些戲劇性的場面，以及這種場面之間的戲劇性的發展。如此讀一首詩有如享受一場戲劇，從中也能獲得悲劇的淨化感以及喜劇的調劑感。就文字的關係上來說，爲了表現出戲劇性的場面，詩句不可能是平舖直敍的，也不可能止於描寫和說明，而是促成情節發展下去的一些要素，甚至本身擔任某些情節的發展。詩句不是描寫動作而是表現動作，不是形容表情而是造出表情。換句話說，舞臺上的動作由詩句的暗示，在讀者的腦中動作；舞台上的表情由詩句的暗示，在讀者的腦中呈現。如此動作和表情在讀者腦中的劇場裡構成純粹的演出。一個詩行是一景，一個詩節是一幕，一個詩篇便是一齣完整的戲劇。事實上，戲劇性的構成往往是意象的擴大或連續。

因此在一篇詩作品中的句子和日常語言的距離，就像臺詞和日常語言的距離一樣。詩的語言是從日常的語言中提鍊出來的；一個句子也許和日常語言完全一樣，但是使用在一篇作品中時，構成了戲劇的一部分，也就脫離了日常的語言而成爲詩的語言。因此戲劇性的構成爲詩的語言。因此戲劇性的構成，正像意象的塑造，是鍛鍊詩的語言的一個方法，也是使接近日常語言的白話文不致陷於散文化的一個方法。

以上是關於詩的語言我所了解的特性，以及使用白話文做爲寫詩的工具時我所遵循的一些方法。這些方法在創作上提供了一些無形的框架。白話詩的形式事實上也就是這種無形之形。和定形詩的固定格律比起來，這種無形之形更能塑造出多彩多姿更爲有趣的詩的世界。正像阿米巴的變形總比一塊三角板更能給與流動的生命感一樣，無形之形的詩比定形詩更能表現出詩的生命。

IV 創造

詩作品必須是創造品。創造的意思，就形而上的精神來說是無中生有，就形而下的技巧來說，不外是舊材料的新組合。不論是哪種意義，都着重在產生某種新的東西。所謂新的東西，必定是有所不同的東西。什麼是舊有的東西？所有既存的自然和現實便是。詩作品既然是創造品，也就必定是非自然非現實，或者說有所不同於自然和現實的東西。但是沒有舊顯不出新。因此創造不可能憑空造出來，而是必須根據一些既存的舊材料：作者的思想感情等一切經驗以及語言文字的一切屬性和習慣，而在舊材料的基礎上建立起新的存在，所謂新，或指內容上概念的新結合，以及由此產生的新的關係，新的感受，新的認識，新的境界等等；或指技巧上新的表現方法，以及由此產生的新的形式，新的句法等等。沒有舊的東西，新的東西無從產生；爲了創造新的存在，不能不打破舊有的存在。因此一篇創造品必須：

一、打破常識，通俗的美感，道德觀念，思想形態，傳統的感情，意識的惰性以及認識的習慣等；

二、打破現存的表現形式，固定的格式，修辭法，造句法，韻律法等。

在現實的生活中，習慣和惰性使人的感受力遲鈍，意識力陷於冬眠，因此認識的範圍縮小，認識的內容除了重複之外毫無增加，而對現實感到無聊和沒趣。對現實感到無聊和沒趣是寫詩的一個動機。換句話說，試圖藉着寫詩打破已存在的現實，喚醒意識力，使發現到新的現實的存在，或現實產生另一種新的看法。寫詩是認識的一種手段，因此當新的現實出現時，認識的領域隨之擴大。但是人的腦波的磁場在新的現實出現之前，保持着一種有秩序的常態；當新的現實出現時，這種秩序隨之受到破壞。受到破壞的磁場，由於腦細胞的惰性，企圖恢復原狀。現實越新，其破壞腦波磁場的力量越大，惰性的抵抗力越大，感到的衝擊也越大。這種衝擊使腦神經激動，興奮、活潑；這種刺激對腦細胞來說是一種運動。腦細胞運動後的舒服感亦即詩的享受。

就創造的本質來說，沒有產生新的東西不能稱爲創造。由於腦細胞的認識習慣和惰性，人們對於新的存在必然感到難以適應，亦即產生抵抗感。越是創新的作品，和認識的惰性衝突越大，抵抗感越大。能突破抵抗，才能認識新的存在，美感的經驗才能增加。古來新的作品之必然先受到排斥然後才慢慢得到接受，乃是因爲人的認識力具有惰性的緣故。反過來說，一個詩人的作品如果馬上受到廣大讀者的歡迎，尤其是在當代，那多半是因爲那種作品沒有太多創新的地方，因此才容易使讀者無抵抗地加以接受。曲新則和寡。創作家的命運必然是孤獨的；唯有孤獨才能使詩人寫出眞正新的好作品來。當代成名是詩人最大的不幸。

其次，就創造的形態來說，可以概分爲下面三種加以說明：

一、順着人類的感情之流露，以表現人的思想感情爲目的，以本能爲美感的基礎。

A認爲「詩者志之所之也」者。

B主張「吟詠性情」，作者「應筆滴淚」而讀者「應聲滴淚」者。

C承認「人禀七情，應物斯感，感物吟志，莫非自然」者。

D提倡「詩人者不失其赤子之心」者。

E高歌「長鋏歸來乎」者。

F抽大麻煙追求靈感或是以陶醉爲滿足者。

G神經兮兮者。

……

二、以模倣爲創造，以模倣所獲得的快感爲美感的基礎。

A認爲「藝術模倣自然」者。

B「仰則觀象於天，俯則觀法於地，觀鳥獸之文，與地之宜，近取諸身，遠取諸物」者。

C「一字之虛實單双必求諸古人」者。

D「畫虎不成反類狗」者。

……

三、利用人類固有的感情思想，將現實或自然變成爲非現實或超自然的存在，以思考爲美感的基礎。

詩作的目的不是爲了歌詠或表現人類的思想或感情，也不是爲了模倣自然或古人，而是爲了創造出現自然中不存在的一種美的世界以滿足和安慰人類的靈魂。人類的靈魂對現實感到無聊，對自然感到單調，原因是在現實的生活中人的感受力越來越遲鈍而意識力終於陷於冬眠。因此詩人藉着想像力創造出非現實的超自然的一個美的世界；這個世界千變萬化，多彩多姿，而且充滿了驚訝，能夠給與人類無限的樂趣；只有在這個無限的美的世界中，人類的靈魂才能獲得滿足。而且由於現實是有限的，人的存在也是有限的，人類的靈魂一方面憧憬着無限的永恒的世界，一方面對人的存在本身感到愴然和孤獨。人存在的本質是一種孤獨的淒涼感；念天地之悠悠，人永遠對本身的存在感到哀愁。這種哀愁感是詩之美的極致。人類用什麼來安慰靈魂？寄望於來世之幸福的，是宗教的信徒，不是詩人。對於詩人以及讀詩的人，只有詩的世界，超自然的一個美的世界，才能使靈魂獲得安慰。

其次，創造是一種有意志的表現行爲。創造意味着制作；所有的藝術品都是根據作者的意志作出來的產品。詩作品是詩人的制作意志下的產品，沒有意志的表物行爲，不是創作行爲。例如：

A、詠歌之不足，不知手之舞之足之蹈之。
B、婦人孺子晨朝夜半忽然之一聲。
C、樂極生悲或者感激涕零或啼笑皆非。
D、風吹草動或者冰淇淋的融解。
E、在夢中叫情人，在危急時叫我的媽。
F、氣喘病者在地上的折騰。
G、聽到車胎爆炸時嚇了一跳。
……

只有根據作者的意志完成的作品才算是藝術品。超自然主義詩人的創作意志是什麼呢？簡單地說來，是企圖打破現實或自然的世界，以創造出非現實超自然的美的世界之一種支持力。這種意志是理知的力量，不是感情的力量。創作是一種理知的有目的的表現行爲。詩不是無意識的感情之自然流露。詩不是夢。夢不是詩。所謂「自動記述法」不是理知的有目的的表現行爲，因此不是創作行爲。夢雖然可能提供一些超自然的意象，但是這些意象只有當詩人清醒以後加以捕捉，而成爲一篇詩在制作過程中的要素時，才有詩的價值。

V想像的世界

詩的世界是一個想像的世界。詩存在而且只存在於想像之中。花前月下不是詩。醇酒美人不是詩。喜怒哀樂不是詩，抑揚頓挫不是詩。白紙黑字不是詩。詩只存在於人的想像之中。詩是一種精神活動的表現。作者藉着思考，想像出一個美的世界，將它用文字寫下來而成爲詩作品。詩作品本身不是詩。讀者閱讀了詩作品，以相反的程序運用思考想像出那個美的世界，那才是詩。詩亦即想像的世界，是思考的一種形態。讀詩亦即從事思考，根據文字的暗示而推展出來的一連串抽象的思考，讀詩亦即從事想像，而在想像中幻見形象。讀詩是大腦的體操，是維持腦髓之健康所必要的。

所謂想像，是根據一個概念而推想到另一個概念；或是兩個概念的結合，或是一個概念之分化。亦即培根（Francis Bacon, 1561-1626）所說的，將自然所聯結的東西加以分離，將分離的東西結合在一起的作用。這種概念的聯結或分離的結果，產生某種新的關係。尋求這種新的關係亦即從事想像，事實上，這種新的關係只存在於人的腦中。爲了發現這種新的關係，往往將現實或自然中既存的關係加以破壞，再予以重新組織。所破壞的只是現實或自然中既存的關係，而不是現實或自然本身。這種既存的關係不破壞，新的關係不能成立；超自然的世界亦卽存在於這種新的關係中。關係之破壞與重建是一種思考作用，也是一種精神活動。因此我們可以認爲：詩的世界是想像的世界；想像的世界亦卽思考的世界；思考是一種精神活動，因此詩，歸根結底，是一種精神活動的表現。

想像從事概念的結合時，盡可能「將最異質的東西以暴力結合在一起」：這是約翰遜（Samuel Johnson, 1709-84）諷刺十七世紀形而上詩人的話，事實上是寫詩的一大技法。將這種技法進一步加以理論化時，以下的假設是可能的：

A兩種異質的概念就像電學上的兩極，一相碰立卽放出美麗的火花。兩極的性質越相異，電差越大，火花越激烈。

B假設陽極代表生，陰極代表死；當兩極聯結在一起時，兩極之間形成緊張的對立。這兩極之間的世界亦卽超自然的世界。「讓已死的土原迸出紫丁香」；這是生等於死，起死爲生，非生非死，亦生亦死的一個非現實的超自然的世界。

再引伸之：

a將極端相異的兩種概念聯結在一起時的火花，產生下面兩種效果：

①突破聯想

②突破經驗

由於突破聯想和經驗而帶來另一種效果，亦卽：產生預期不到的驚訝。

b自然的兩極一接觸而放出火花，在這瞬間自然或現實的世界消滅。超自然的世界存在於自然的世界消滅之同時，但是只有瞬間，人的大腦又爲現實的世界所佔據。在超自然的世界出現之瞬間，大腦受到强烈的衝擊；等到這種衝擊過後腦波的磁場重歸於秩序時，人們開始意識到兩極的對立是一種「不協調」的關係。這種不協調感對於現實形成一種諷刺。在最是殘酷的四月，讓已死的土原迸出紫丁香這種「生」，對於現實的生是莫大的諷刺，也是生之莫大的悲哀。正像「出葬時發笑」，這種笑對於出葬時該有的哀悼之情這種現實，形成了諷刺一樣。這種諷刺是詩人對現實的嘲弄或報復。諷刺和超自然是波特萊爾（Charles Baudelaire, 1821-67）所認爲的詩的兩大要素，事實上都是想像的產物。

人類的靈魂對於驚訝感到樂趣，用諷刺對現實施與報復而感到滿足，而且在表現出人存在之哀愁的超自然的世界中獲得安慰。「驚訝，諷刺，哀愁」我認爲是詩的「三」昧。

其次，就人的感性之不同，想像可以分爲視覺的想像，聽覺的想像，觸覺的想像，嗅覺的想像和味覺的想像。視覺的想像是一種幻見形象的作用；由詩作品的形象性所暗示而幻見種種形象及其構成、變形、活動等等。聽覺的想像是由詩作品的音樂性所暗示，而進一步深入到思想感情之意識的底層，探索事物的律動，發現靈魂戰慄的節奏等等。其他觸覺的想像，嗅覺的想像和味覺的想像，是由詩作品的意義性所暗示而喚回所有關於觸覺、嗅覺、味覺的經驗，加以重新結合或分離；有時溯回到記憶之深處，發掘出第一次碰到異性時的興奮或者鼻涕的鹹味兒或者某種特殊的體臭。這些感覺在創造的瞬間全部復活，再度解體，然后重新結合。

要而言之，詩只存在於想像之中。詩的世界是想像的世界。人類的想像力具有無限的可能性，因此詩的世界是個無限的世界。有限的現實的世界不能使人類的靈魂獲得滿足，因此人類需要詩。只要人類還有想像力的一天，「狄斯耐樂園」就沒有完成的一天；只要人類存在這現實的世界一天，人類永遠需要在「狄斯耐樂園」裡獲取驚訝、喜悅和安慰。詩是人類的「狄斯耐樂園」。

VI美的世界

想像中的詩的世界，是美的世界。凡是刺激知覺、感覺、情感而引起內在的快感的，都是美。在詩的世界中，美的樣態，依文字的特性而言，有視覺美、聽覺美和意義美。視覺美以幻見、聽覺美以陶醉、意義美以思考爲美感的基礎。詩的美是這三種美所構成的一個立體的世界。成熟的心靈，讀了一篇詩作品同時感受到這三種美。但是在今天，隨着人類精神的發展，詩已進展成爲一種思考的世界時，意義美受到特別的强調。從人類的詩史上看來，詩最初是用來歌詠的，着重在聽覺上的滿足，在第二個階段有了文字以后，除了吟詠之外也用眼睛看；到了第三個階段，則要擺脫吟詠而訴諸眼睛和大腦的思索。這種發展正像人一生下來有聽覺有視覺，然而要等到相當的階段才使用大腦思索一樣。因此成熟的心靈，讀詩時着重在意義美的探索。

美的樣態，依照人的感受性，可以分爲知性的美和感性的美兩種。前者亦即知覺美——訴諸大腦，例如驚訝、諷刺、滑稽、怪誕等等。後者可以再分爲兩種：一是感覺美——訴諸五官，例如朦朧、悠揚、柔和、清爽、芳香等等；一是情感美——訴諸心，例如哀愁、淒婉、悲壯、高揚等等。

在優越詩人的感受性中，知性和感性得到均衡的發展，因此在優越的作品中，知性的要素和感性的要素和諧一致。換句話說，在優越的作品中，知覺美、感覺美和情感美三者並存，而且渾然成爲一體。詩人在創作時，同時訴諸知覺、感覺和情感。詩人將思考情緒化，將情緒思考化，而且根據感覺予以直接把握。思考像乾燥的岩石，詩人從思考的岩石中感覺出薔薇的芳香；情緒有如激流，詩人從情緒的激流中觸覺到翡翠的晶瑩。詩是詩人的思考和感覺和情緒的統一體。因此，讀者的感受性也必須是知性和感性統一的，才能欣賞到思考美和感覺美和情緒美一體的詩之美。有的人只欣賞喚起感情的詩而不欣賞虐殺感情的詩；有的人只知道悲劇性的淒愴或悲壯是美，而不認爲喜劇性的滑稽或怪誕之爲美。那是所謂感受性分裂的一種症狀。

雖然美具有種種不同的樣態，在詩的世界裡，以表現出靈魂之存在感的爲最大的美，因爲這種美最能够使靈魂得到喜悅和安慰。人類靈魂存在的本質是前無古人後無來者的一種淒涼感，是念天地之悠悠的一種愴然感，是對有限生命的一種哀愁感。因此只有表現出這種哀愁感或淒涼感或愴然感的詩，才是最美的詩。

VII世界

詩的本身自成一個世界。世界是完整的，不是片面或破碎的，因此詩的世界必須是完整的世界而不是片斷或破片。創造的意志是企圖達到完全的一種力量，因此只有當詩的世界完成時，創造才算完成；也只有當產生出具有完整的世界那種詩作品時，詩人的創造意志才達到滿足。

收錄在這本書裡的一共有三十八首詩，分成兩集：一是「雪崩詩集」；一是「生肖詩集」。前者有二十六首，其中四首是在「島與湖」出版（一九六五年十月）之後到赴日之前（一九六六年六月）寫的；在日本四年兩個月，只收了八首；其餘十四首都是去年八月來美以後寫的。後者關於十二月生肖的詩，是在今年暑假前後十天一氣呵成的。在我這是一個嘗試：以想像捕捉靈感，以技巧表現超自然與諷刺的世界。其中戲劇性的構成與傳統典故的楷模，可說是主要的兩個手法。

如果讀者用前面的詩觀來衡量，也許和我一樣，對其中有些作品會感到不滿意。但是任何詩觀只不過是基於瞎人摸象一般對詩所獲得的一些片面的印象，並不是一個絕對的標準。雖然我在爲建立一種詩論而努力，但是我無意以一種特定的詩觀來限定自己的趣味，或者評價所有的詩。許多詩人之間的爭執往往由於認爲詩只有一種，正像强迫每一個人只能有某種人生觀一樣的專制而不合理。我相信中國新詩的前途一定是多彩多姿的，只要每個現代詩人本着藝術的良心，脚踏實地去探求和嘗試。

現在我將過去六年來所探求和嘗試的作品出版，一方面希望讀者批評和指正，一方面想藉此結束三十歲以前曾經「雪崩」的人生。而「生肖詩集」該是我再度出發的第一步。

杜國清一九七一、九、十二史丹福

英國地下詩集選譯（續）

非馬譯

邊境來的信息

安審・哈漏

一個信差
禿頂，他的皮膚燒貼在骨頭上，他出現在天邊
走着，不慢也不快，只是走着：他的骨頭移動，
他的趾節抓地：他已在途中，
他就要到達，

我們看着他走着，
我們將看他到達，我們是他的到達：我們將看到
他如何張開他的嘴，我們將說：不！先——喝這個！
我們將看到水如何流下到這太陽晒燺的皮膚上，
灌滿幾條皺紋，

而他將張開的嘴
傳達信息：他將說什麼？

他將說那在他之前的那人所說的，
以及那在那人之前的——他將告訴我們！那些舞者！
——
那些舞者——他們——被困了！被熊熊的——

這麼簡單得令人傷心……而是相同。
它還能是別的什麼？
信差還能說別的什麼

這種日子？那些舞者，置身於熊熊的……
　這
是信差之音，他號角的聲響，拋下
爲輕便，及速度，此刻躺在沙裡
被熱爆裂，燻黑——　瞬息燒焦
被那黑
熱

拘 Henry Miller 的拘票已出

安審・哈漏

（一九六二年十一月二日）

抓那個人！
　何等的屋頂
追逐！　曲
　　折奔躍在小巷裡
大蒜
及交媾的味道
　　抓那個人
　　他還活着……
滑
　下太平梯，
女人看着
　以大而驚顫的乳房
鑿石機吼叫
噴火機閃亮
到防
　空洞裡去——
但這一向他坐在一座山頂上
對孵卵的麻雀微笑
在通往人的天堂的梯下
並且說，　對了　現在
他們在追
每一個人

哦這眞有趣英國

安審・哈漏

哦這是個偉大的老
宴會頭一個說開始
走下樓梯一個
偉大的聚會第二
個附和所有其它的人
推着出來下樓
梯跟他們
下去談着
唱着笑着像
瘋子彼此
扶持停下來撿起
這個那個在下樓
的途中一個偉大
偉大長長的宴會繞

下中國人快活的
老龍一再告訴牠自己
多笑話把它們寫
下來在牆上爲那些
後來的跌跌撞撞
跳下來那麼高興的
沒有人注意到他們必
已走下去了至
少一個月並且遠
在街面之下

結婚日

湯姆・羅活玆

戒指套進指的聲響
要是他眞說它？
我們從前面進來
海霧在小圓石上同光線邊扭
邊走向懸崖走向海
我作了這協定，才智
代替不了直覺，坐在這裡
我的手冰冷在打字機上
輕彈着紙角。　他
從廁所出來穿着
西裝，大家
都不認得他，走在
走廊上　房間
是木造的，陽光　　我們站在一個半圓裡
兩部電影照相機的聲響
我想知道她的臉
有什麼不對勁，他說，因爲
它眞的沒什麼不對勁，我
占據了一個所在就在那辭句的右邊。　從
浴室做父親的拿了香檳然後
威士忌。自窗口我們看戰艦的
枯黃皮筏漂向岸
我的意思是如果你採取那種
態度的話　　我們坐在火車上望着狗走
一輛自行車下坡的聲響

我的臉是我的，我以爲

湯姆・羅活玆

早上　他走了

到村裡去　一個身影
她依然認得從他走路的樣子

沒有東西
　他解釋
是辯贏的　事情改變
只靠權力
　與計謀　她依然坐着
想問
你說什麼　？　廻音在她耳中
他也許剛說完　所以
等着並且
　拿了把剪刀
開始剪掉嬰兒的手指

在你睡前

湯姆・麥克雷茲（TOM MCGRATH）

（寫在一九六五年六月 ALBERT HALL
詩歌朗誦會後）

挪過去點讓我告訴為什麼
詩人不會為愛與花與詩
帶來革命：

挪是因為大部份詩人都患了自大狂
十足的自大狂，他們的確有點悲傷
還有別的詩人存在

但高興有這麼的花存在
讓他傾瀉箴言與輓詩
且證明這詩人是多麼的好
他甚至能同花比美

也當然高興有詩在左右
當他們發現沒有它
他們將成不了哲人
聖人爵士樂人畫家
大情人或政客．

詩在左右扶他們
以文字提供的
威權的夢

挪過來點讓我告訴你關于詩人
他老寫有關他艷遇的情詩
同他的天使女人在床上：

你知道，他在寫詩的當兒
她正同一個商店偵探在搞

工　作

彼得・勃朗(PETER BROWN)

找份工作，我的父親大叫。

一輛巨型坦克從他嘴裡爬出
我絕望地尖叫，我要鬥上鑲毛的汽車！

但它把我刈倒

死

彼得・勃朗

我突然想，
如果你不在這裡你便死了
我想像你
你的臉充滿了死鏡
一朵花從你灰色的大腿間長出
笑着

詩人與哲學家

彼得・勃朗

問：你聽不聽到太陽
　　敲擊螞蟻的聲音？

答：不，我撒尿撒了三個禮拜。

幻象

彼得・勃朗

噢呀！兩個
小處女
扛着
一個大
床墊

見到的光

史白克・霍金斯（SPIKE HAWKINS）

虹躲在車子裡
　直到車子停住
那個人下車來把
　他整家人丟掉

爲什麼他們停唱

羅依・菲雪（ROY FISHER）

他們停唱因爲
他們記起他們爲什麼開始唱

停住因爲
他們唱得太好了

當他們停住他們希望
有一個靜默可以傾聽。

要是他們再唱下去
人們便不知該說什麼好。

他們因爲怕唱個不停
所以停住

他們停住因爲他們看到穩固的世界
開始有了痲煩
看到它開始
構想一個問題。
在還來得及的時候
他們停唱。

試驗

羅依・菲雪

試驗，試驗，
用長而濕的手指扭捏
整段時間在薄暮裡
白得像沒點燃的電灯泡她說：
「這綠配這紫，」手移動着，
輕快的問話：「同意嗎？」
蹲坐在深褐色靠椅旁邊就在
火爐對面，一手在
煤簍上一手刺掠過
剏後的我的頭髮，
我聽着尼龍刮子在她撥弄的手裡，
試驗，試驗。
「老性感眼，」我只說。
所以我不得不把我的臉擱在她的聲音裡，一個
亮閃鑲呢的罐子
在我四週說話，瞪着：
「今天書上我試過了。這地方！」試驗。而我：
「牆紙邊上的風吹大妳的頭髮。」
變得不快，我想，她蒙上雲翳，提醒了我
她是客人，頭一次在這裡，一個比較
陌生的人，不管多接近；「不歡迎我。」
她不年青，當然；
還是試着安上，牛奶瓶，桌脚，
這些小東西。哦，什麼地方來的一個笑。還有話。
她知道我不住這裡。
只有些許微光留下在外頭洗刷，
她的不安同它干擾當我看她。
靜寂。也許來點會話。我開始：
「也許妳偷偷有過小孩？」
「嗯？」她說，緊閉起來。手指又開始，
上下摸索刺戳，
撫平。小心地
她問「至少——爲什麼你不多來幾片牆？」
眞的嚇了。我看出她是眞心的。
爲了安慰她我說什麼每人有一片牆，它們
不能多過我們，牆，運氣不壞那片牆
的上面還有灯開關，我們的境遇總比
後院外頭好得多，那裡地球眞的

像是驟然停住並且再也動不了啦；
然後她說，很輕很輕地：
「我不能看，」還有「別提醒我，」還有「那蔚藍的海灣
。」
所以我要她讓她的手指再搞那些白東西
　並且讓她的眼睛看她的頭髮吹大，
　所有在薄暮裡的更深刻有顏色的撈什子
　聽得見且有氣味；
但她大大地閉眼且喃喃：
　「而當月亮驚怖地——
　而當月亮驚怖地——
　而當月亮驚怖地——」
所以我說「今晚盲動地從那邊上來。」
她：「我們聽到它趺趺撞撞。」
我：「我們聽到它格格笑。」看着我，
「而當月亮驚怖地，」她說。
蹲坐在深褐色靠椅旁邊就在
　火爐對面，一手在
　煤簍上一手刺掠過
　刼後的我的頭髮，
「那麼妳最近讀了些什麼?」我問她，
試驗，試驗。

送出一個先知

史都阿・米爾斯 (Stuart Mills)

我買給你一件白衣去
　配你的眼睛，
　還有一頂白帽去替它們遮陽。
你須駕車沿着大路疾走
只在我地圖上指示的
城鎭停留。
這是給你的路費。

在低地國家

史都阿・米爾斯

他們在造一艘船
在平地上；
比我認爲合理的
還要大。
當它完成了
將永不會有足夠的他們
把它拖下海。
而它早就
開始長銹。

Norman Morrison

阿得里安・米契爾

一九六五年十一月二日

在多色多心的
可怕北美合衆美麗國
Norman Morrison 把他自己點了火
在五角大廈外面。
他三十一歲，一個教友派信徒，
而他的妻子（在新聞片裡哭）
以及他的三個小孩子
儘他們所能沒死。
他挑華盛頓這樣每個人都能看得到
因爲
人們被點火
在沒人看得到的越南的暗角。
他們的名字，年齡，信仰及愛
不被記載。
這是 Norman Morrison 所做的。
他把汽油澆在身上
我燒。他苦。
他死。
這就是他所做的
在華盛頓的白心裡
那裡每人都能看得到。
他只不過燒去他的衣服
他的護照，他微紅的皮膚，
披上一層新的火皮
變成了
越南人。

此致執事先生

阿得里安‧米契爾

一天我被眞理撞倒了。
從那次意外之後我便這般走路
　所以用石膏把我的腿包上
　告訴我關於越南的謊話。
聽到鬧鐘痛苦地尖叫，
找不到我自己所以我又去睡我的大覺
　所以用白銀把我的耳朵蒙上
　用石膏把我的腿包上
　告訴我關於越南的謊話。
每次把眼睛閉上我便見到火。
造一本大理石的電話簿，刻上所有名字
　所以用牛油把我的眼睛塗上
　用白銀把我的耳朵蒙上
　用石膏把我的腿包上
　告訴我關於越南的謊話。
我聞到燒焦的味道，希望只是我的腦。
他們只丟薄荷糖及雛菊花環
　所以用大蒜把我的鼻子堵上
　用牛油把我的眼睛塗上
　用白銀把我的耳朵蒙上
　用石膏把我的腿包上
　告訴我關於越南的謊話。
犯罪的時候你在哪裡？
就在紀念塔（註）那邊喝泥漿

所以用威士忌把我的舌頭鎖上
用大蒜把我的鼻子堵上
用牛油把我的眼睛塗上
用白銀把我的耳朵蒙上
用石膏把我的腿包上
告訴我關於越南的謊話。

你把你的轟炸機放進來，你把你的良知趕出去，
你拿人命在手裡扭絞得幾幾乎斷了氣
所以用女人把我的皮膚粘上
用威士忌把我的舌頭鎖上
用大蒜把我的鼻子堵上
用牛油把我的眼睛塗上
用白銀把我的耳朵蒙上
用石膏把我的腿包上
告訴我關於越南的謊話。

註：the Cenotaph ，第一次世界大戰陣亡將士紀念塔。

編輯後記

柳文哲

一個詩刊有一個詩刊的風格，正如一個詩人有一個詩人的人格一樣。風格純正，內容充實，該是我們追求的目標。當然，我們認爲慘淡的經營了五十期的「笠」，離我們眞正的理想，還有一段的距離，然而，我們確實已經出刊了五十期，一則沒有短命夭折，二則沒有中途停刊，我們奮鬪的途徑，充滿了荆棘與陷阱，但是我們有信心繼續朝向我們的理想邁進。

一、我們雖然是一個同仁們創辦的詩刊，但我們並非限於發表同仁們的作品而已，我們不斷地挖掘新人，鼓勵新人，這是我們要繼續努力的方向。

二、今年新編的國小國語課本（五上）選用了笠詩刊「兒童詩園」的兩首詩做教材；一是屏東縣仙吉國小五丙黃幸玲小朋友的「湖」，二是屏東縣仙吉國小五丙周素卿小朋友的「雨點」。我們非常感謝黃基博老師的支持與提供，使這個小小的園地開始萌芽與茁壯。

三、從創刊以來，我們一直强調批評的精神，批評是在於辨別與澄清，而不是謾罵，不是歪曲事實，我們抱着惡聲至，雖千萬人亦往矣的態度，決不姑息，也決不妥協。

本着「以文會友」的態度，我們的同仁們精誠合作與團結，才能維持到今天，因此，我們深深地瞭解創業的艱難，跟守業的不易，我們決不因爲困難重重而中途退却，我們希望能够繼續走完那沒有走完的路。

Chairil Anwar 詩抄

子凡譯

在敎堂

我喊祂
直到祂來

我們碰面

而祂一直在我胸中焚燒
我盡全力要撲滅祂

汗水濕透了我僵直的身體

這空間
是我們決鬭的戰場

要毁滅彼此
一個在罵一個在發狂

29 mei 1943

譯自 Chairil Anwar 詩集 Kerikil Tajam dan Jang Terampas dan Jang Putus

花園

這花園屬于我倆
並不廣濶，只狹小罷了
在里面一個人不至于迷失另一個。
對妳和我已是足够啦
園里的花並不上數十種顏色
草坪也不能和地氈相比較
草兒柔軟踏在脚下。
在于我們這不是障碍
因爲
在這屬于我倆的園里
妳是花兒，我是花甲蟲（註）
我是花甲蟲，妳是花兒。
狹小，充滿陽光的花園
攫走自世界和人類的地方。

March 1943

譯自 Kerikil Tajam dan Jang Terampas dan Jang putus.

註：原詩中 Kumbang 一字可各別意爲「纏在少女身邊的

情人」或「一種棲息在花中的甲蟲」。此未能傳神譯出，非常遺憾。

生活

極深邃的海洋
長久不斷地沖擊
考驗我們堤岸的能力
不斷地沖擊
直到完全粉碎淹沒
幸福的賜予
一小堆
徒然于庇護　徒然于培育

Disember 1943

譯自 Kerikil Tajam dan Jang Terampas dan Jang Putus.

空虛

死寂在外邊。死寂推擠壓迫
樹木僵直。沒有動作
直到頂端。死寂咬嚙，
沒有任何力量勇于自擇
所有的在等待。等待。等待
死寂
長久等待將被窒息
負重傷殘了臂膊
至一切被摧毀。仍沒什麼
有毒的空氣。撒旦在喝彩
這種死寂一直都有着。和等待

(1943)

譯自 Anwar 詩集 'deru tjampur debu'

忍耐

我不能入睡
人們在喃喃自語。狗兒在吠叫
遠方的世界——逐漸迷糊
眩暗石牆般
被聲音不斷撞擊
在一邊是火焰和灰燼
我要訴訟
我的聲音消散，力量失去
完了！不成為一些個什麼：
這世界不喜歡被問候，被理會
河水已硬固
而生活已不再是生活
我再重複以前的
同時塞着耳朵，閉起眼睛
等待必將到來的平和

March 1943

譯自 'kerikil tajam'

我的朋友和我

我們同是夜行人

穿過迷霧
雨注入身體
船隻僵泊在港口
我的血在濃縮。我已充塞滿

誰在說話……?
我的朋友祇是骨骼罷了
因爲酷刑剝去力量

他問幾點?

已經很近了
一切意義都消失沉沒
且行動沒有意義

譯自 'deru tjampur debu' July 1943

原詩中 deru 意爲刑罰或心靈上的痛苦/思想的壓迫。

邀請

光芒已穿過
天空密佈的雲層
積黑苔的鏡子
現已碎裂四散
在空曠的空間
我們再來享受
回返十七年前
並肩騎脚踏車
我們行駛在這路上
享受幸福
什麼都不理會
熱情興奮
任雨到來
我們沐雨濕了自己
肯確知道一會兒將乾來

譯自 'kerikil tajam' 19 April 1943

再見

我照鏡子
不是爲了赴宴

這臉孔滿是創傷
誰的?

我聽到叫喊吶嘯
——在我心中——
難道只是風兒掠過

又是另一種歌
在盲夜裡鼓翼

呵……!

一切都在變厚,一切都在凝固

一切我都不認識……!!
再見……!!

譯自 'kerikil tajam' juni 1943

徒然

最後那次你來
帶來了花環
紅玫瑰和白茉莉：
鮮血和聖潔
你撒佈在我面前
凡肯確地凝視：獻給你

之後我們都迷惑
互相問道：這是什麼？
愛情？彼此都不了解
一整天我們在一起。沒有親近偎依

呵！我不要賜予的心
你被沉默撕碎死去

譯自 'deru tjampur debu' February 1943

成雙

這房間成爲我們最後的巢穴
在沒有盡頭的夜
我和她祇是伸手去抓
黑木筏
將被打上岸
或者陷入
昏眩的渦流
你青色的眼睛在凝視

我們仍然在擁抱 抑或
也在追隨幻影

我的家

我的家由詩堆砌，
窗鏡明澈，從外邊可一覽無餘

我自大廈里竄逃
我迷失找不着方向

入暮時我搭起營帳
在晨曦中，不知飛往何處
我的家由詩堆砌成
在這里我結婚生子
感覺里久遠，但是要來的終會到來
我不再迷戀黃昏
且忽視一切甜言蜜語
假使我追尋的是另外一個

我的愛人遠在島上

我的愛人遠在島上

甜美的姑娘，如今寂寞孤單

船兒急速行駛，月華洒在水面
頸項似乎繫有愛人的紀念物

微風吹動船兒，海色明朗，可是我意識到
我不能到達她身旁

在那平靜的水上，在風的低吟下
在死亡的感覺里一切都那麼疾速
死神主宰，並且說：
「把你的船兒朝向我的懷抱。」
唉！我已在途中花了多少年頭！
船兒也行將破碎！
爲什麼死神先召喚
在我還未及跟愛人擁抱？

如果我死去，她也寂寞孤單地死去

射月篇

金耀燮作
桓　夫譯

射　月

夜夜　在巷子裏
少年向黑暗射箭
箭飛去　射住了白色星星
隕石降落的巷子裏
夜夜　惡夢如燈火　亮着
箭飛去　有個晚上射住了月的胸膛
流過白血的月
沾濕了地球和少年的夢
少年把月光纏在頸部倒下了
少年握着弓箭在公園死去了

足　球

一月的小孩是日晷上的早晨
二月的小孩是從岡上眺望的風箏
三月的小孩是太陽有如嬰兒般在水上笑着
七月的小孩是草叢，是溫和的野獸吃過花睡着的草叢
十一月的小孩是轉陀螺的凍僵了的手
十二月的小孩是夜
又是一月再來
小孩抱着跟自已身長一樣大的魚
九月的小孩玩足球的年輕人的腳
在草上　蹦跳在草上的火球
白天　踢向上的足球是月
晚間　踢向上的足球是太陽

春夜之血

夜有灯光的遙遠的村莊，現在，雪紛紛下着嗎。不知違反，祇會服從的村莊，那恐怖的鷄仍在報曉嗎。

睡意已消逝，懶得思考。工作、寫作等等更會令人覺得暗澹的海的時間，躺着的我，是丘陵也許是家畜。

畏懼獸骨化的音響而跳起來，就拆毀了牆流進來的潮，坐在波浪之間若無其事地，抓住這明太的魚乾，是對面的證物嗎。

雪紛紛下着，有個遙遠的村莊，鷄鳴報曉，撕開明太吧。緊咬着海，手乾乾地被撕開的明太的勝利，肉體的光榮和歡欣。

詩的創作是傲慢的皇帝的工作，廻避要求殺害和謾罵的群衆，那蒼白而悲哀的 pilatus 的手，不管胴體腐敗，只要寫下最後王士詩的手，是每年能萌芽而有血流暢的肉……。

春夜之血。

只要是基督誕生的那個絕望之春……。

註：明太係在韓國東海裏能捕獲的魚。

笛之系譜

谷 克彥作
陳 千 武譯

柩

我讓
我的體軀成爲空殼
能被死神侵犯就是這個時候
——那麼信賴着的Vie

甚麼也不映照
沒甚麼可觸及的
光禿禿的 跟慵懶的黑暗對談
連那也不被察覺
在擴展裡
眞摯地活下來要有多少痛苦?
不要回顧
不要膽怯

在柩裡
你該認知你的罪與罰呢

天空

向被隔開了的虛妄的原野
悲鳴似地嘔吐黑暗
天空畢竟 不墮下來

無可擁抱的肌膚
也沒流逝的混淆

把億萬的質問像呪文般暴露
也沒有一次檢擧
顯出不歡的瞳孔

常常杜絕似地勾畫
殺氣騰騰的年譜
瀕死的思考那又胖又歎的平安

〔註〕谷克彥一九二七年生於日本北海道旭川市。曾爲「北海道詩選」「變貌」「律」「OUI」「靑玻璃」「浪漫群盜」等詩誌同仁。一九五七年任「上曜日」主編發行人，一九六七年主持北海道名詩誌「裸族」創刊。葉笛曾譯出他的詩「裸」在笠34期介紹。著作有詩畫集「沒有音階的音」等。

詩人的備忘錄⑬

錦連譯

無論如何，對音樂的魅惑持敵視態度的詩人們的作品是不可能以詩的充足感來揚高讀者的感覺的。

然而，詩當然絕非是音樂。不管如何精如何妙而複雜的音響會迷住人們，光靠它，詩也不能成立，而且從某一個作品裏祇欲聽取音樂的一種態度，必然會使詩變質爲別的東西。音響性祇是成爲語言的機能的一部份，因此，音響性祇是佔了詩的屬性之重要的一部份而已。擁有豐實音調的韻律，除非與具備着强靭存在感的堅固的意象之喚起作用緊密地結合爲一，那末，被定位於語言之中的非在世界的魅惑之實在性，也就是所謂詩這一種語言上的實體——魅惑的實在性，到底是不能成立的。因此，豐饒的音樂會從堅固的意象流出，而堅固的意象會聳立於豐饒的音樂之中。我之所以光指出音樂的闕如是因爲獨「意象的造型力」遙遙達到了高次的階段這一種奇妙的局面，能從今日的詩的狀況裏看出的緣故。

造成這種狀況的要因之一，也許須要歸因於Formalism的運動。因爲現代詩是成長於試圖從詩裏驅逐一切韻律，而且把韻律變換爲靠意象而成立的那構成之物那種運動的土壤上的。論其功罪，就强化了意象的造型力這一點而言，Formalism雖然否定了詩，但對現代詩却有相當的貢獻。但是此刻，這些歷史的展望却不是重要的問題。重要的是具備着相當的深度和舒暢的寬度，而且能把起伏着鮮烈的光和微妙陰影的想像的世界固着於讀者的Vision之中的一些詩人，確確實實存在於我們的周圍這一事實！

縱然這些一小撮有才能的詩人正在埋頭苦幹，但現代的詩仍未確立整理得很緊密的新的韻律形式——隱藏着豐饒的魅惑的音樂性。在那裏，祇有具備着硬質的物質性，稠密的密度和堅固的重量之意象獨自燦然發亮，而相稱的豐饒的音樂尚未流動着。所謂詩，或者詩的語言，本應將意象的喚起能力和音響的傳達能力給予同時性的一體化，而做爲一個實體來獨自存在的。

被從對日常生活的服務解放的，被撤去指示某種事物的記號性任務的，被洗掉習性的繁雜要素而被轉換爲純粹的存在形式的「語言」。詩語的純粹性必定在這樣的語言的再組織化之中，始能獲致的。

然則，所謂詩語的純粹性，必定在聽覺性的實體和視覺性的實體之間保持着均衡之時，始能帶着充實的光輝而完成的。因此認爲：被高度打磨的意象，必定內含着產生安定的內部音樂之必然性，將不會是過份樂觀的意見了吧？

生命的使命

——我對「主流」詩刊的看法與期望

郭亞天

1.

詩也是一種生命，而且是一種活生生的經驗生命。由多數詩的工作者所結合而成立的詩團體，大抵來說，除了爲宣揚詩的功能，砌磋同人之間的工作意志與精神之外，還須有共同奮鬥的方向和目標等待大家去追求，這種追求當是每一個詩刊所賴以存在的生機及最崇高的力量。我們的理想必須是成爲每一個詩社「有意義的生命」。

2.

無論是作爲一個詩社的成長，或是作爲一個詩刊的精力，「主流」有着年青的生命，「主流」的每一位同人，無時無刻不在思考中建立我們最好的生活方式。雖是最好並未意味成功，但深信我們以後所操持的還是從此不斷地鍛鍊着。二月十日，「主流」的同人通訊上發現了這段文字：

「……盼同人以殉道受刑之精神，全力搜索感覺的死角，以新的感覺位置，取代追逐語言皮相的寫作，無論如何，脚跟要紮實地伸進泥土裡。」

我們希望擁有一個一致的期望，那是新的生活方式吧。

3.

詩之語言型識的爭執成爲一項異端的配給。生命的詩無疑來自生命的體驗，體驗的過程由於「感覺」之逐步調理而賦予有意識的新的生命感，要將此付諸於成爲一個實體生命的新律動，則語言的存在與任務，顯然是跟隨着「感覺」的自然出斂和支配，整個的一個運動，在鮮活的一個生命當中，是有血有淚的一項配給。唯有「感覺」在人類身體循環中是自然不斷地鍛鍊着生的根性與靈。因之有著時時刻刻新的變動或領悟，語言務必是須起於「感覺」，才是眞實的追逐。

在現代，我們已經活得差不多了。所以我們所操持的，越是深刻或清醒的語言，越是由於感覺死角的挖掘；全力搜索感覺死角的結果，使我們呈現另一番生命的美——或許說是受苦的美——而詩是一種最好的運用，我們發覺所以有兩個生命在我們自身當中因實體與精神的相互對抗，而磨摩出我們（受苦後）的快感。

我們的這種看法當是一個新的使命，並慫恿我們去追求另一種新的生命。

4.

儘管這樣說，然而「主流」的孤苦貢獻是要時間與努力的。事實是：有誰不需要時間和努力的呢？永遠。

海洋的呼喚

——我對「海洋」詩刊的看法和展望

陳芳興

從詩人經年累月的作品中，我們能感受到他的詩路歷程和詩的蛻變；從一系列的詩刊中，我們能覺察出該詩刊所握有的方針和潛在的力量。這是每一位愛詩的朋友所關心及樂意知道的。

詩刊不若其他文藝作品那麼地被擁爲流行物，它確實也不需要靠市場的掮客去爲它前仰後合。它祇是那樣結結實實地生存着，祇要有幾位眞正愛詩、眞正肯爲詩犧牲的人去爲它工作，它便能不負重望地去打開每個角落每個詩人的心扉。

海洋詩刊自民國四十六年創刊至今都一直遵循着爲詩而詩、重質不重量的目標，然而，因許許多多相關的阻碍，如稿件的缺乏、校方的不予以補助等，「海洋」就離每月一期的理想愈遠了。這是一件非常遺憾的事。

我在去年加入海洋詩刊的行列，編了一期海洋詩刊之後，才使我眞正地瞭解「海洋」的危機。在臺大，「海洋」是唯一的詩刊，然而許多同學對她竟是那麼地陌生，大部份對她熟悉的同學却以誤解的眼光去看她，或許「海洋」有個不正當的名堂罷?!許多臺大人就如是在他們與「海洋」之間砌起一道白牆，且將自己摒棄在「海洋」之外。

爲何在同學們的經驗中會產生那誤解呢？這就該話當年了。

當年海洋詩社是由一些愛詩的僑生（余玉書等）和一些本地生創辦的，基於出刊的經費等困難，海洋詩社就在僑委會登記爲僑生社團了，就這樣淵遠流長至今，一般臺大人都視之爲僑生的社團，而不敢冒然地去接受她的慈愛……。

總觀十四年來海洋詩刊中的作品，其中不乏有許多新詩人，然而，大部份的作品皆是一些熟悉的詩人所寫的。——海洋詩刊不僅是全校的，也是全省的。雖然如此，海洋詩刊每一期皆似在非常缺稿的情況下出版的。原因之一乃是校方不贊成「海洋」中有校外詩人的作品；之二乃是因爲臺大人寫詩的極少，一些投到「海洋」的作品常被退了回去，這便使他們因而却步不前了。在臺大，寫詩的朋友越來越少，也因此，「海洋」的產量也一年不如一年了。然而有一點值得安慰的是，「海洋」從不因情份而盲目地刋登任何作品。這也是我對「海洋」刮目相看之處。

許多人曾說：中國的詩壇沒有座標，北斗落在每個詩人的心裡。詩人與詩人間常有著不自然的敵意。這些都是錯誤的。目前的詩人雖偶有議論和彼此動筆相對，然而這並不像一般所認爲的那麼「恐怖」，此現象倒稱得上「先進」，不僅論者能因此瞭解，我們讀的人也會因此大悟。詩壇的風向刮得穩定了，詩社與詩社和詩人與詩人間便有了共鳴，於是宇宙間的星座便很自然地取代了詩壇的座標。

時間不停地遞遷着，「海洋」的魚族更換着，許許多多浪花也因此而豐盈，而散失……。於是「海洋」便定座在雙子，滴答滴答地計算着時間，計算着每個海族的脈搏……。這樣生長了十四年之久，「海洋」的價值是不可漠視的。

雖則「海洋」在編印方面偶有疵漏，或則「海洋」在內容方面大有缺點，然而我對她的偏愛是强烈且固執的。這不僅是因爲我曾在她寬濶的胸脯中溫暖過，同時也因我曾被那低低的潮音感動過。我曾因她在夢裡寫詩，我曾因她甦醒，更而因她而有生命的吼聲……。儘管將來她的容貌是何等模樣，我對她的感情是一致的。

雖然「海洋」未能達到像早先那樣每月一期的理想，但我們不難看出她的浪潮正在孕育着風的子民和水的神明。她的呼喚是强烈的，她的感情是眞摯的，她一直都是那麼希望能克服困難而普渡四方，我們豈能使她失望耶？「海洋」啊，妳急需要藍天的觀望，更需求大地的呼吸來溫暖，那妳就得挺起妳的胸膛向前衝激！

最末，我希望校方能對「海洋」像其他社團一樣，給予多方的照顧；同時也期望愛好詩的朋友都能爲她付出幾份熱愛。且祝「海洋」能重新興風做浪、澎湃一汪世紀的命運……。

我的日記

詹冰

五月五日

向學生講解肥料十大要素的時候，忽然聯想到構成詩人也有十大要素。詩人的成長和植物一樣，必需靠肥料的滋潤。當然這個肥料的種類。份量是隨着每個詩人而異。例如，紀弦的「飲酒」，桓夫的「戰爭」，羅浪的「釣魚」，楊喚的「童話」等，都是構成他們獨特風格的要素之一。假如每位詩友們能把自己的秘密公開，也就是說寫出自己所吸收的主要營養（肥料），給大家比較和研究，將不失爲一頗饒趣味之事。

那麼，試先寫出自己的十大要素，依其重要性排列如下：

①科學　②古典
③美術　④小說
⑤電影　⑥戲劇
⑦旅行　⑧園藝
⑨民俗　⑩音樂

六月十五日

我：「日子過得眞快，『笠』已經滿八歲了。」

妻：「在我們家裏誕生的『笠』愈來愈健壯了。」

我：「非常懷念八年前，陳千武、林亨泰、錦連、古貝等諸位詩友熱情而融洽的會談。」

妻：「你們所開的會，除了詩以外什麼都不談，所以我最放心。」

我：「是的，我們的會是最清潔的。所以我也最喜歡參加。好像洗了一次心靈的澡。」

妻：「『笠』出版已快五十期了。是不是打破詩刊期數的紀錄？」

我：「打破紀錄的不但是期數，而且還有我們同仁熱忱的度數。以前吳瀛濤說過一句話：『假如有一天「笠」因爲沒有經費將要倒下的話，我可獨資撐起一兩期！』我聽了很感動，內心想，我也可以獨撐一兩期呀。」

妻：「『笠』的同仁有這種熱忱的大概不少吧。」

我：「當然，當然。所以我們的『笠』是永遠不會倒下來的。」

漂流之變貌

金光林作
臧玉華譯

戰爭以後第二年，在故鄉元山發生了一件文學性的事件，即少尉的「凝香」詩集。當時我是一位文學的愛好者。此事件却啓發了我對作詩方面的幾件要事。它使我與畫家李仲燮開始交往，詩人具常氏相遇，同時使我在平壤爲了追求藝術而中途輟學，並且決心南渡。透過李氏的畫而認識了藝術，因無名詩人黃某之介紹及其習作詩使我對詩產生濃厚的興趣。也因此對波特萊爾（譯音）之「惡之華」以及萩原朔太郎之「月球行」有了深刻的瞭解。由於仲燮氏之勸導，將徐廷柱的「花蛇集」從古本屋中找出來研讀。兩者之畫與詩使我以飲酒來打發時間，眞可謂生活在詩情畫意之中了。

四十七年冬，十八歲的少年跋涉過下端江積深的冰層與在漢城時的同班同學宋某君相遇，由於他太太的關係才得到安陽朴斗鎮的家中造訪。朴先生將我的習作詩加以正確指點批評。身爲「聯合新聞」文化部長的具常氏，雖然注重「觀念」，却將我的習作詩「文風地」與崔啓洛的詩同時在「民衆文化欄」裡刊登。這是我的作品最初在刊物上出現。其後又有「壁」及「石灯」之類的作品相繼推出，並且與地方上之尹律九、金聖林、全鳳來等之作品同時登載。就這樣與「民衆文化欄」投稿者有了相聚機會，在一起硏究，這使我第一次做起評論家。我們所討論的是林肯載。參加座談會的人均較我年資高深，我雖未及弱冠但已邁向少尉文壇的第一步。

直到六二五（韓戰）事變發生時，我在麗水一所鄉間國民小學中。爲求得奬，而重新開始習作，現在想起來我的習作詩是否因仲燮的感化所爲呢。

……
於乾躁的文風地
城隍堂飄香四溢
瞭望
復　瞭望
遠去的故事　漸漸地鑲入記憶
海貓把脚印印在
風地之上
千年貓在壁畫上躍現
……

習作詩「文風地」

五年的戰爭，使我輾轉於戰火的蹂躪。住在統營的那段日子，與金相沃倆很談得來。金相沃先生將我視爲兄弟般的愛護。我們在「石榴花」家中，親筆寫信給前線。不知何故在白馬高地時所寫的「無窮花」一篇登載於「國防」雜誌上，而此竟被趙靈巖先急進的天國史所破壞。在此風潮中，我變成兵科所屬部隊的兵員，也由此因禍得福，可以在休假期間常到漢城去。

我到樓上洞仲變的家中與他再度會面，使我想起從前一起飲酒的情景。在西林茶房的林肯載、朴淵禧先生正在研討李基斯堂斯（譯音）和昴佳修曼（譯音）。同時和全鳳健、金宗三、金重熙等在此相遇。他們幾位均已成名，且很活躍，只有我再次變成「鄉巴佬」。他們談論到電影我却無從挿口，談到音樂我也依然。對於詩的新趣向，也使我一無所知。由軍中回返竟變成傻子，戰爭使我對文藝變得一片空。

有一天在西林洞的酒樓中，林肯載談到他姐姐的事。那時根本未存結婚的念頭，再說也沒能力結婚。我本非孤兒，却過着孤兒般的生活。結果對於我從未見過對方，竟答應說好。（我的苦悶是在於家庭）這句話是使我視命運爲兒戲之始。雖然不知我是否能寫詩……。我移住到光林開始着手於習作詩。這期間集中了全鳳健、金宗三，和連帶詩集等作品而出版了「戰爭、音樂與希望」。主持「文學藝術」的朴南秀先生使「傷心的接木」詩在文化紙上首次刋出。這使我得到評論，因此在南秀先生的刋物中，使我的作品「傷心的接木」由觀念而寫詩的念頭因此打消。之後由南秀先生的引薦而與趙芝薰，朴木月，張萬榮先生等接近，同時加入詩人協會，就這樣大韓覺醒的第二集詩集「心像之光影」出版了。引用遜素粕尼伊咪基斯德尼（譯音）的話：沒有受到挨餓或痛苦的人不能算眞正的人生。當我憂鬱或痛苦的時刻，我渴望着美麗、快樂的遠景，因而自我陶醉在詩的天地中，由此對於詩有更深刻的印象。對於將來未知數的造型和存在意義。這些思想混合在一起而出版第三部詩集「午前的投網」。此時我與僑胞詩人李沂東相遇，他希望將我們的詩介紹到日本。經他之手將我們國家的現代詩「詩學」「時間」等翻譯過去。在漢城開國際筆會時，由李沂東之託，我將草野心平先生之「北漢山」翻譯出版。因此結識了草野心平。正好我見過面的北川冬彥先生回來，我倆大約談了一個鐘頭。日本現代詩的老詩人通過他之手。對我的摯念與背景再一次得到正確的認識。此後與北川氏繼有信件來往。另方面與臺灣的詩人陳千武先生，雖未見過面，但由翻譯之作品使我們相識。

第四部詩集「鶴之墜落」出刋了，純屬摯念性的，表示出我的存在及意識，同時刻畫出我的詩集生涯的變貌。一般的評論者，將現實與生活的觀念轉變了。「結實」「爆發性」所表現於現實生活，使我感到生活的眞實。

——譯自韓國一九七二年六月號「詩文學」

（上接第一五〇頁）

中，我留下可能提出編輯會議上備用的，其餘不用的，我儘快退回，以避免積壓稿件。有的沒附上退郵的，我還自掏腰包買郵票退了回去。處理稿件，是獨立編稿，不受外來無謂的影響，就好像法官有獨立審判的權力，不受外來的干涉一樣。不過，如果我處理稿件有重大缺失而不自覺時，我並不很專斷，仍然要聽取同仁們的意見，改進缺點。我覺得一個詩刊雖由同仁出發辦理，但一旦詩刋出來了，就要公諸社會，就是屬於大家的，不應再劃小圈圈，而應如鍾鼎文先生所說的跟中國的傳統相契合，這是今後笠詩刊所要努力的方向。最後謝謝大家。

出版消息

本社

Ⅰ 詩刊

※「噴泉詩刊」第十期，已由國立臺灣師範大學噴泉詩社出版。

※「山水詩刊」第六期，已由山水詩社出版，定價四元。並已出第一年第一卷合訂本。

※「暴風雨詩刊」第七期，已由暴風雨詩社出版，該刊亦已創刊週年。

※「主流」双月詩刊第四期、第五期，均已由主流詩社出版。定價十元。

※「龍族詩刊」第七期，龍族詩社主編，林白出版社出版，定價十二元。第一年合訂本亦已發行。

※短歌合集「道芝」，由美知思波臺灣支部編集兼發行，列入美知思波叢書第三十一篇。

Ⅱ 文藝雜誌

※「中外文學」第一期至第三期均已出版，第三期為川端康成專號，定價新臺幣十五元。

※「現代文學」第四十七期已出版，該期有「心理分析與文學藝術」（上）專輯，定價十八元。

※「臺灣文藝」第三十六期已出版，該刊設有「詩潮」及吳濁流新詩獎。

※「幼獅文藝」第二三三期已出版，該期有「盧飛白博士紀念輯」，盧博士筆名李經，係為詩人兼批評家，英文著作有"T. S. Eliot, The Dialectical Structure of His Theory of Poetry"一書。

※「新潮」第二十四期已由六十年度臺大中文學會出版。

Ⅲ 詩集

※詩人金軍（本名劉鼎漢）詩集「碑」再版發行，由詩木文藝社出版，定價拾元。金軍來臺詩集「歌北方」，出版於民國三十九年九月，「碑」初版於上海，係民國三十八年四月，「碑」所收的作品均為抗戰時期的戰鬪詩，內容眞摯而充實。

※方旗第二詩集「端午」已自費出版，係繼「哀歌二三」以後的新作。

※鍾雷詩集「天涯詩草」已由華實出版社出版，定價十五元。共有三輯，即「韓國紀行」、「扶桑之旅」及「菲島去來」，另有別輯及附錄。

※何錡章詩集「荷葉集」已由大風出版社出版，定價三十元。共有六輯；即「人間哀詩」、「峰頂的歌者」、「鳳凰木」、「山的兒子」、「折射」、「大風歌」及附錄。

Ⅲ 評論、翻譯及其他

※白萩詩評論集「現代詩散論」，列入三民文庫，已由三民書局出版，定價十五元。

※陳世驤教授著「陳世驤文存」已由楊牧整理編輯，列入新潮文庫，由志文出版社出版，定價二十五元。

※顏元叔著「文學經驗」，列入新潮文庫，由志文出

版社出版，定價二十五元。

※劉文潭著「美學與藝術批評」，列入長春籐文庫，已由環宇出版社出版，精裝本定價六十五元。

※黃基博著「怎樣指導兒童寫詩」，已由臺灣文教出版社出版，定價十五元。黃基博爲本刊「兒童詩園」的指導老師，其有關童話、作文指導等著作尙有多種，對兒童詩的研究與倡導不餘遺力。

※翺翔著「當代美國詩風貌」，列入長春籐文庫，已由環宇出版社出版，定價二十元。

※施穎洲譯「古典名詩選譯」，列入皇冠叢書，已由皇冠雜誌社出版，定價十五元。

笠書簡

給陳秀喜女士

一九七二、六、一九　親井　修

前些日子登門拜訪，承蒙厚誼招待，獲益不少，復承贈貴重書籍，以及珍貴土產，眞使我感激不盡。特別聽過貴國現詩壇的動靜、一般社會、文化、家庭生活等情況，覺得非常有趣。無意中增加了我對貴國、以及貴國國民的認識和親愛之情。

以笠詩社社長的身份，育成或幫助很多有能詩人和新人，料想妳的工作必定很辛苦，同時對妳的熱心和研究的學欲衷心表示敬意。希望今後，能爲貴國與日本詩壇（包括敝詩社）的交流和親善，更盡一層的努力，所有活動的狀況和詩集必予介紹，仍請賜知這一方面的消息。

逗留貴地的時間不多，非常可惜。但想另日能有機會再往訪是一件樂事，屆時並請多多關照。

未與白萩見面，僅曾寫了一信問候而已。如果有機會，即請代向白萩以及其他同仁說好。謝謝！敬祈自愛與奮鬪。歸國後因忙，乃延至今日才寫信甚爲抱歉。祝全家福。

詩刊的理想與使命

•本社•

——笠詩双月刊八週年紀念座談會討論專題

主席：黃騰輝　紀錄：李勇吉

出席：陳秀喜　李魁賢　陳千武　林宗源　黃荷生　趙天儀　林忠彥　楊惠男　高秀榮　陳明臺　林鍾隆　黃靈芝　陳素蘭　楊正雄　洪炎秋　鍾鼎文　蔡德音　蕭慶賢　陳金定　郭水潭　羅素杏　喬　林　衡　榕　傅　敏　杜潘芳格

時間：中華民國六十一年七月卅日上午十時

地點：自立晚報會議室

黃騰輝先生（主席）：各位來賓，各位同仁，今天是笠詩雙月刊八週年紀念座談會。我們知道一個詩刊的維持不是容易的，須要大家共同協力去愛護它、澆灌它、才能茁壯、成長。所以今天特別擬定了一個討論專題；詩刊的理想與使命。希望各位踴躍提出寶貴的意見，指出一個詩刊應走的正確路線。請不要太客氣了，謝謝各位。下面我們先請洪委員炎秋教授發表一點他的寶貴意見。（以下主席請發言的話不紀錄）

洪炎秋先生：今天中午因爲事先和孫子們連絡好了要和他們一道吃飯，所以我先發言，早一點離開很抱歉。笠詩刊能够維持八年實在不簡單，我本人非常敬佩。我是教文學史的人，所以我深深知道，一種文體的形成，往往須經過幾百年的歷史。從詩經的風、雅、頌開始，以至到古詩、樂府、絕句、律，詞曲等形式的完成，都不是短時間內卽可完成的。新詩雖然歷史很短，可是未來它必然能發展成爲一種適合它自身的形式。我想，現在文化的交流比古代迅速、複雜；因此其形式的完成，時間不會像古詩那麼長久。笠詩刊如果能維持到二十週年，我相信定能在世界上、國際上大放異彩；在詩史上取得它應有的地位。

郭水潭先生：本人今天能參加這次的座談會，感到非常高興。現在我是六十五歲的人，臺灣早期的文學運動我是參加過的，有過體驗。所以，我知道一個雜誌的維持太不容易了，一個雜誌要眞能持長久的話，我認爲最重要的是要靠同仁的精神合作無間。我自己在臺灣光復後才正式大量學習中文，所以中文不大好。光復初，有人介紹我到某金融機構，就因爲那個單位的名稱不認識，不知道是做什麼的，加上簽呈之類的文章不會寫，以致不敢去，失去了大好賺錢機會。如果當初我去的話，現在也許「錢多多」。以後，我要向大家好好學習中文，中文實在太重要了。

林鍾隆先生：一個詩刊的理想與使命，我該講的，都在「笠」四十九期的「詩刊雜論」拙文中談到了。現在我再講講那篇文章所沒有談到的。我總覺得一個東西的存在，就有其存在的價值。如果眞的有不可磨滅的價值，外人的惡意批評和打擊是沒有用的。笠詩刊旣然維持這麼久了，就應當更自重，以一種新面目和新作風出現。詩刋上經常出現的舊面孔，應該時時加以自我磨鍊，超越自我。我想現代詩為什麼人家不了解呢？原因是這樣的，舊詩所以容易被人接受，流傳得廣，主要的是作者不大强調個人的「我」，具有一種「共相」，因此容易被人接受；而現代詩剛好相反，一直强調自我，在「殊相」方面下功夫，因此寫出來的詩，便和大衆隔閡，不容易被人接受。以上是我的觀點，提出來供大家參考。

蔡德音先生：年輕的時候，我曾和郭水潭先生一樣，參與過文學運動。本人曾編過週刊，還有十六開大的月刊。所以我也覺得維持一個刊物，實在很困難。我本人對詩沒多大研究，但非常喜愛。我有一個新構想，提出來給大家參考。我們都知道，外國人有一個歡樂季節就是聖誕節，而東方只有中國有端午節，我們應該使東方各國都有端午節，使東方的詩人藉此機會，大家聚一聚。更進一步的，我們要把個節日介紹給西方，推行到西方去，使他們也能够在同一個節日裏，和我們同樂，以做為我們接受聖誕節同他們歡樂的回報禮物。為了達到這個目標，我想設計一種如同聖誕卡一樣的端午節卡片，寄贈給親戚朋友。我想最先能够接受的可能是我們的鄰居日本人，因為他們的文化跟我們很相似。那卡上要題什麼詩呢？我受賴先生題在陳秀喜詩集覆葉封面上的字的啓示，已經有了腹稿，等到將來設計完全成熟了，再請教大家。（按日本亦過端午節）

楊正雄先生：我不大會講話，尤其是詩方面的問題，八年來我已經離開詩很遠而轉向小說方面的探索。過去我寫的詩，實在很嫩、很幼稚，可能是年輕、體驗還不够的關係。有人以為寫詩，先要把散文的基礎打好才開始寫詩，我是反對這樣的。詩可以先散文而入手，笠詩刊上的兒童詩，不就是一個很好的證明嗎？

鍾鼎文先生：臺灣的新詩，以前很少和大陸連絡。其實像早期的吳三連、黃朝琴他們都寫過新詩，在他們的時代，也曾發生過新舊詩的論戰。如果說臺灣的新詩完全和大陸沒有血緣關係也是不對的，新詩在政府撤退遷臺之前，已取得地位，而那時的臺灣新詩就沒有。現在臺灣的文學運動，已取得中國正統的文學地位，新詩也是這樣的。目前大陸受中共極權統治，人民是沒有什麼自由創作可言。像我的朋友艾青，聽說已被發放到新疆勞改。臧克家，被迫在人民日報上替朱德註舊詩，完全受政治控制，他們都不再寫新詩。所以中國詩的傳統，只好由臺灣的新詩接續。臺灣詩人當中，寫詩的態度較嚴謹的，恐怕要算笠詩社了。美國有的詩刊，有七、八十年的歷史。一個詩刊的生命，最重要的是要長，內容還是次要的。時間長，內容可以慢慢改進，而且才可以看出整個時代的縮影和命脈。我本人對同仁詩刊是不大欣賞的。年輕的時候，我也辦過同仁的詩刊，因此知道個中的利弊。同仁詩刊的優點是，可以互相激勵創作，不斷地產生詩作來；缺點是，易流於互相標榜，落入小圈圈的範圍。不過有一詩刊流傳下來，總比沒有好。改正的辦法，就是儘量不要落入小圈圈的範圍。我看已經出版的詩集，想將來笠詩刊的前途，大有可觀。

早期臺灣新詩的語言，和讀者有些隔閡，現在情形已大爲改觀了。有些詩語的控制相當不錯，文筆非常細膩，一掃以前「臺灣國語」的情形，這要歸功於國語運動。新生一代的本省詩人，已打破語言上的隔閡，然論說寫講，有的甚至超過外省籍的詩人。最近有人批評說，笠詩刊是日本詩壇的殖民地，我對這種講法很不滿。不錯，臺灣曾受日本統治，其文化難免受日本的影響。日本人翻譯各地的書籍很多，用日文來翻譯其他各國文字比中文容易得多；因此透過日文的媒介而窺知世界文學全貌，是無可厚非的，我曾經在日本讀過一段時間的書，所以知道中文和日文的關係。受日本文化的影響，並不是壞事；受日本詩的影響，也不是頂嚴重的問題。糟糕的是，把我們自己的詩，完全模倣西洋詩的樣子，句字歐化得很厲害，那就不太好了。新詩在五四時代是反傳統，產生了新生命，長大以後就應當認識傳統，對舊詩還是要有正確的看法。換句話說，要歸宗，要納入歷史的範疇，不可能完全摒棄傳統。今日新詩有些人故意把正常的變爲不正常；把單純的故意變成不單純，要歸眞才好，最好用「深入淺出」的手法來寫詩，處理各種社會現象。今天，不是大家不喜歡新詩，而是新詩人故意拒絕了大家。詩要有人欣賞，如果沒有人欣賞，創作它做什麼？我想如能認識到這一點，便可打破孤絕的情形，新詩人不要自認爲高人一等。有的批評家故意把現代詩，評價得很高，結果讀者親自去讀它時，發覺並不如批評家所說的那麼好，反而引起人的反感。對新詩，我也曾是前進份子，參加革命過，現在反而保守起來，不是沒有理由的，我不管人家怎樣講我，怎批評我，我總有自己的看法。

楊惠男先生：這一次參加討論，我是偶然機會來的。早上一到臺大哲學系辦公室，就碰到趙先生，他邀我來參加，我就來了，覺得非常高興。我所要談的問題，事實上也就是鍾鼎文先生和林鍾隆先生他們剛剛所談過的晦澀問題。老實說，很多的現代詩，我看了又看，讀了又讀，還是不懂。也許有人要說，「懂不懂」並不是詩的重要問題；可是如不讓讀者在某種層次上的懂，又如何來欣賞詩？一件創作品，讓人讀來如無字天書，那只好自己藏之名山，留待後人欣賞了。我覺得這個問題，是有待改進的。

趙天儀先生：「請把我們的優點告訴大家；請把我們的缺點告訴我們。」這是商業上的用語。套用這個話的意思，是希望大家把笠詩刊的優點告訴大家，缺點告訴我們改進。謝謝前面幾位先生的寶貴意見，尤其是鍾鼎文先生指出同仁詩刊的缺點，我們更加珍視。記得笠詩社在創辦時，同仁們就有一個協定，就是說，如果同仁提交的作品，在編輯會議上被否決掉了，應毫無怨言。這個原則，仍一直應用到現在。關於稿件處理的問題，這是最爲大家所重視的。目前，笠編輯部是設在我那裏，我處理稿件的方式是，在投來的稿件

（下接第一四五頁）

收據號碼：

郵政劃撥儲金存款單

收款帳户	新臺幣	寄款人姓名住址
第 21976 號	仟 佰 拾 元整	
收款戶名		經辦局日戳
陳武雄 笠詩社經理部		
經辦郵局戳		手續費 元 角

主管員

經辦員

注意事項：請閱背面

本聯由劃撥儲金組存查

郵政劃撥儲金存款通知單

收款帳户	新臺幣	寄款人姓名住址
第 21976 號	仟 佰 拾 元整	
收款戶名		
陳武雄 笠詩社經理部		□□□
經辦郵局戳		手續費 元 角

主管員

經辦員

本聯經劃撥儲金組登帳後寄交帳户

此欄係備寄款人與帳户通訊之用，惟所作附言應以關於該次劃撥事項為限，並請勿粘附紙條或文件。

通信欄

請存款人注意

一、如須限時存款請於存款單上貼足「限時專送」資費郵票。

二、每筆存款至少須在新臺幣一元以上但存款尾數不在此限。

三、本單金額數字，請正楷大寫，並於尾數加一「整」字，倘金額誤寫請另換存款單填寫。

四、本款單不得附寄其他文件。

民國六十一年度詩人節新詩人獎
本刊同仁拾虹領獎

座談會主席黃騰輝先生致詞

笠詩双月刊社務檢討會

笠詩雙月刊第五十期　中華民國內政部登記內版臺誌字第二〇九〇號　中華郵政臺字第二〇〇七號執照登記為第一類新聞紙定價十二元

笠詩双月刊　第五十期

民國五十三年六月十五日創刊

民國六十一年八月十五日出版

出版者：笠詩刊社

發行人：黃騰輝

社長：陳秀喜

社址：臺北市松江路三六二巷七八弄十一號

（電話：五五〇〇八三）

資料室：彰化市華陽里南郭路一巷10號

編輯部：臺北市基隆路三段二二一巷四弄二一二號

經理部：臺中縣豐原鎭三村路九十號

每册新臺幣十二元

定價：日幣一百二十元　港幣二元

非幣二元　美金四角

全年六期新臺幣六十元

半年三期新臺幣三十元

●郵政劃撥中字第二一九七六號

陳武雄帳戶（小額郵票通用）

笠

LI POETRY MAGAZINE

詩双月刊

民國五十三年六月十五日創刊・民國六十一年十月十五日出版

51

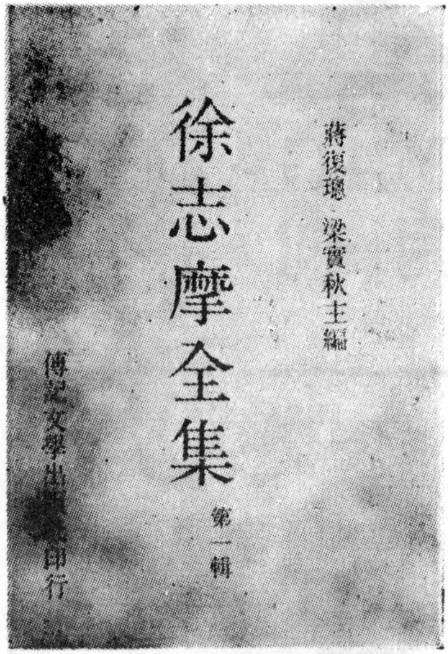

徐志摩全集封面

徐志摩遺像

太戈爾訪華與北平教育界人士合影

卷頭言

永生的記錄

李魁賢

文人最大的遺產，是他竟其一生獻身於文學工作所創作的作品。恐怕沒有一位文學家，不夢想着在他去逝後能立卽出版他比較完整的全集吧。

一位文學家的全集，至少要能容納全部他生前發表過的作品，包括詩、散文、小說、評論、隨筆、劇本、遊記等，如果他是一位有多方面寫作興趣的文學家。全集也往往將書簡、日記等收羅進去，因爲書簡和日記常能使讀者窺探出文學家隱藏的眞性靈。

比較完整的全集，甚至把作者生前因故尙未發表或甚至尙未完成的作品，也加以網羅，其中自然可能有很多是零碎的片斷。也有把翻譯作品計算在內，因爲翻譯往往也是文學家嘔瀝心血的工作，它的貢獻自不可忽略。更有把作者的傳記、年譜或哀思錄一類的文字輯爲附集，也列爲全集中的一部份。

全集通常是作者的知友或其哲嗣編輯，因對作者的瞭解比較深刻，有很多方便。如能由團體和出版社集衆力來推動，當能更求圓滿。

我國自新文學運動以來，詩人當中有全集出版的，僅徐志摩和覃子豪二位。徐志摩全集六大卷，是在詩人去逝將近四十年，才由梁實秋和蔣復聰教授負責主持，而獲得詩人哲嗣徐積鍇的協助完成，於一九六九年由傳記文學社出版。覃子豪全集幾乎是詩人去逝後立卽進行籌劃，由詩人知友葉泥、鍾鼎文等組成委員會負責編印，但迄今編印出二集，未竟全功。

記得笠詩社結社不久，故詩人吳瀛濤有一次曾對同仁桓夫、趙天儀、杜國淸、和筆者等鄭重提出意見；凡笠同仁去逝者，「未亡人」應負責爲「先驅者」編輯全集，當時大家笑談一番，不料吳老先走一步，倒有「身後事，託故友」的味道。再從詩人晚年積極整理出版『吳瀛濤詩集』、『臺灣民俗』等書看來，詩人對其全集的出版似頗爲在意。

瀛濤先生去逝已一年，希望笠詩社負擔起策劃『吳瀛濤全集』的編纂事務，以盡詩人生前「託孤」的職責，也好對詩人竟其一生獻身於文學工作的熱忱與成就，留下他永生的記錄。

笠51期 Li Poetry Magazine No. 51

目錄

天空復活

吳瀛濤

臺大病室一〇六號
一隻生命之鳥被困在這裡

肺腫瘤
要開刀，要切除肺的一部份
不論瘤是良性，是惡性

被割開的胸腔
是一片晴朗的天空
是鳥曾走過去，又將要飛過去的輝耀的境域

一九七一年三月
那隻生命之鳥復活了
那片永恒的青空復活了

——一九七一、三、五寫
『選自「葡萄園」詩刊』

鄉音組曲

趙天儀

油炸糕

由遠而近
由近而遠
從街頭巷尾穿過去

「油炸糕
　燒仔油炸糕……」
一種童音的嗓子
帶着民謠的調子
在三重鎮的大清早
——拉長了嗓音

「油炸糕
　燒仔油炸糕……」
當那拉長了的嗓音
在街頭巷尾消失的時候
一陣鄉愁
正湧上了我的心頭

(註)油炸糕：按閩南語的油炸糕，卽油條。

杏仁茶

南國的夜
一支按摩女的笛音
穿過了那古老的幽暗的小巷
吹醒了我惺忪的眼神

「茶，杏仁茶
　熱仔杏仁茶……」
依稀我猶記得祖母揣碗的臉

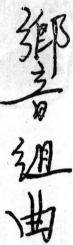

在寒流下
流露着一絲紅潤的溫暖

小巷裡，有我夜讀的燈光
有一支淒涼的笛音
伴着一碗燒噴噴的杏仁茶
以及一幅安祥的祖母的容顏

光復後的榮町

「なべやきうーどーん」
「なべやきうーどーん」
在榮町
頭上打着白毛巾的漢子叫喚着
手推着一輪日本料理的小攤子

「燒肉圓哦」
「燒肉圓哦」
在榮町
身上穿着臺灣衫的漢子叫喚着
也推着一輪燒肉圓的小攤子

當他們邊叫喚邊穿過的時候
像木屐一樣，滴答滴答地敲響着
榮町的夜
也敲響着榮町的心臟

（註）なべやきうーどーん即日本麵。榮町指臺中市日據時期的一條街名，今改名爲繼光街。

那時候

童年除夕的黃昏
街上賣小玩意的小攤子林立着
那時候，史艷文還沒誕生
只有老式的布袋戲囝
那時候，塑膠的陀螺也還沒誕生
卻有木製、牛角造的陀螺

左一支淇仔冰
右一支李仔籤
還有糯米糕的傀儡肖像
琳琅滿目地
蠱惑着我那童稚的心

在防空壕邊，我們玩着牌仔
一種賭注的玩意兒
在街頭的空地上，我們打着陀螺
從這頭打到那頭
又從那頭打到這頭

那時候，史艷文還沒誕生
那時候，塑膠的陀螺也還沒誕生
那時候，我還不會說國語
更沒聽過京片子的音色多悅耳

那時候，在異國的語言中
我們茫然地渡過了烽火下童年的時光

燒肉粽

「燒肉粽」
「燒肉粽……」
比隣而居的工寮搭起臨時工房以後
小巷子裡就有了這熟稔的聲音
曾經是用來追祭屈原的粽子
曾經是用來當作點心的粽子
「燒肉粽」
「燒肉粽……」
每當夜色正靜謐的時候
女兒睜大了龍眼核般黑色水晶的眼珠
覆誦着這熟稔的聲音

饅饅頭兒

曙色尚未脫下黑色的睡衣
童子軍露營的黎明中
野地的濃煙正烤着
我們的早餐，半生不熟的早餐
「饅饅頭兒」
「饅饅頭兒」
那個騎着鐵馬的山東漢子
又沿着露水未消的小徑而來
好一個鄉音的嗓子
說是飯不像飯
說是粥不像粥
而當那個山東漢子又出現在我們的眼簾時
又呈現了那香脆的饅饅頭兒
當曙色已脫下了黑色的睡衣
而野地的濃煙，正已飄入了雲霄

臭豆腐

遠遠地就聞到一股臭味
遠遠地就聞到一股臭味
「臭豆腐」
「臭豆腐……」
女兒正一邊傾耳注視着
一邊在嘴裡嚷着　呼喚着
蒜頭的味兒
醬油的味兒
辣椒的味兒
還有臭豆腐的味兒
絆雜着香脆的韻味
啊啊，遠遠地
就聞到那一股臭味
那一股
好不令人垂涎欲滴的臭味……

永恒的塑像

麥洽

一、愛　路

成功路又名　愛路
本地人　都不生疏
走過的有多少人　歡樂
　還有多少人　痛哭

柯思梅　是過來人
她陪着她的　樂洽敷
倩影双双　親熱地走過
惹得好多旁人　羡又妒

二、成功橋

人約黃昏後
橋下好去處
等得準時來
煩悶盡消除

伸手接伊人
緊緊相握住
如迎仙女從天降
沿着斜坡輕輕地
一——步
一——步
……

三、五號池畔

郊外桃溪段路旁溝渠
陪伴着沿途的榕樹
靠近溝沿兒　心慌腿軟
在懷抱中盪——過去
　無上舒服

相釀蜜　蜜醱酒
醉臥他臂枕　享無邊福
啐　巡池塘的冒失鬼
誰要你來關顧

四、四　郊

俗稱「愛比死强」　情胆壯
信守約言　堅決以赴
偏林　僻徑　黑影攏
直到相見　所向無阻

他漸感腿疲　她脚底已起泡
從傍晚到半夜　仍各單獨
相錯繞遍老地方
是說的粗心　聽的糊塗？

五、大安溪灘

頹喪頓時化為喜悅
誰還會責怪誰的錯誤
並肩溪灘相安慰

互訴焦躁的苦
心疼她玉趾遭此折磨
不覺伸過手去愛撫
柔柔穿搓過一個個趾縫
猶自疚仍不够彌補

六、愛的雕塑

復爲幼嬰 重返人類故里去
發揮母愛 慈祥加以餵哺
願如化石 就此凝結
定形永恒愛的雕塑
二身融一體
魂魄投合誇曠古
二心連結
情深堪讚世間無

七、劫數

啊呀一聲 破四周寂靜
原來是爲唇腫驚呼
我心已許 允結連理
誰料她所得回答竟是「不」
誓永不嫁 暫分手
免得拖陷大刼數
刼後回顧她背影
早已忍爲他人婦

牽牛花

陳秀喜

孩子們！
把彩傘展開
衝向天空
高揚花瓣的帆
你們和晨陽同時綻放
勇敢地和晨陽爭光彩吧！

孩子們！
不要怕逆風
我長了眼睛似的蔓
既把支柱牢固地纏好
不要擔心土壤貧瘦
我有許多貪嘴的根
儲蓄了足够的營養

孩子們！
清晨短暫
坦誠地去擁抱它
結一個結實的種子
凋謝得有意義
留給人們年年稱讚：
錦繡綠野的牽牛花

羅杏詩抄

羅杏

鄉下人

將豔陽抹在簷上
於簷下
炒一道不爛的傳說

神話
童話
都釀到魚尾紋的酒罈裡

厚厚的脚步
熱情的招呼
輕輕的禱告
　一片土地
　一處海角

這般
　天也不荒
　地也不老

牛欄

好些流行的年代
鋤頭錯把簸箕壓得扁扁的

當人頭與牛頭不成比例的時候
牧童總是騎在牛背上

一齣摩登戲
把人拴進斷乳的牛欄
扮演起世紀牛的角色

沒有月亮的晚上
沒有跨馬的槍聲
牛喘得意地
應和著人們變奏的心跳

現代的牛仔
把長形牛牌掛滿周身
寫著牛屎的日記
思想著牛乳的味道
偶而脚癢
還騎著瘦馬打圈
在牛欄裡

潮之三嘲

扛著星辰

恁漁火侵吻
只爲舟子來時
盪開層層
奔火的股流

弄潮的傢伙
焚燒著投擲於大海
黝黑的生命
嘲弄著看海的人
與一種白色透明的思惟

這樣前進
以及這樣後退的宿命
注定了潮的陣痛
拼出聲聲
被逼迫了的勇氣

圓，點

圓得渾然
但見圈圈
人們喜愛穿於
圈裡
圈外
串成長長的難忘
自從那回
菜市場的圈圈
辦公室的圈圈
被點成圓點
日子裡
有了
滴滴
點點

墾丁公園

沉寂了許久之後
她毅然把海底的伊甸園敞開
朝海者雖儘是憂客
天涯與海角已如許親暱

仙洞不見酒壺
龍蝦早遜位遨遊去
髮垂榕谷
把眼直升於茄冬神木
銀葉炫耀著板根的神氣
此時只見一線天機
己身誤迷宮林裡

無須色澤誘惑
沒有智慧花果
青一色的森鬱
不是墮落
咱們都只是滄海中的一箇
流浪客

鹹的生命圖

那麼四五根
就拼湊出一張鹹的生命圖
把海上長廊
假晝夜的照明
配以破浪狠狠的音響
開一次韻力的影展

魚網重重
舉住海底深深的希望
且把鹹汗滴進無底的大海
那樣死命地
划向生存的水平線
且不及喘一口氣
又急於划回
初來時的老家

燈塔

禁不住古老黑暗的挑逗
海岸呼嘯
聲成一座孤塔的岸傲
把海陸如斯地貼出
一幅甜甜黃昏的睡意

頂尖冷眼
且把海風看够
那潮汐舞步的激情
被頑石無情地擊退

燈心除却長歲的孤寂
旋轉於深深的黑夜
只遙聞一曲過時的超渡

珊瑚潭

山的家族們
携手砌造一座珊瑚的宮殿
波以一池暖流的溫存
環抱著深深的翠綠

楚楚山鳥樹苑
默默茁長出跳躍的孤絕
限時專送不到
槳只穿錯划霧

山的家族們
把飛揚的生命史
深駐於潭底
讓目眩的尋幽者
耐心地
划向那份含蓄

河上星集

煙寺

河上星

河在臉上製造新愁的雨
從河底逕下到水面來
一支支尖刀刺痛苦難的過去
爲何漣漪盪漾過後
衆多的星星出現
祖母
那是不是您的眼睛？
夜色傾盡所有的銀亮
每顆都孤獨地閃爍
都辛酸的散着髮絲
祖母
這些都是您的念珠嗎？
啊　還聽到遠處廟裡的木魚聲
蛇立的水草款擺腰肢
風自墓碑處吹來
晃動不止的星星開始昏眩
祖母
天未亮呢
急着回去做什麼？
眼淚成爲輕輕的小鼓
喧囂埋葬在小河的記憶
往日攜我看河上星
祖母
一向暖暖的小河
在盛夏却仍然寒意深深

阿狗

小巷的吠聲
引起心靈一陣顫慄

從故鄉水池漂來的
還是咬指頭的模樣
「阿吉兄：
給我幾張圓牌玩好嗎？」
阿狗
你爲什麼到水池去要呢？

圓圓的牌
圓圓的臉
圓圓的池
圈住那年的愁雲

夏天來了
蟲聲唧唧
在桃樹下訴說悔恨
像池邊漫生的野草

港邊惜別

離別的汽笛
張着馬公的天空
尚未隱去的一支桅
孤獨地回顧秀色紗巾的舞動
臉呀
被漸遠漸去的船
拉成信紙
寫上密密麻麻的雨點

雨中漫步

雨絲縈繞着
繫我浮升
到屋頂上聆聽跳動的千言萬語
燕燕
這是妳的思念？

傘外的泥印
注滿雨水
每一窪都是舊情
最深的
急於接受最快的一滴
怕見灼灼的太陽

一襲軍裝
偶爾裝飾到雨點
晶瑩的 閃爍的金星
燕燕
不再二兵
我是戰地榮歸的將官呢！

依然修長如昔
寫着消瘦的詩
如雨絲綿綿不斷

整季垂掛在妳家屋後的綠竹
一路奔去的雨脚
歇向南方
南方的那把鮮鮮的傘
且頻催我傘上的咚咚
細數剩下幾個饅頭

蝌蚪

水田的月
——童年遺落的眼睛
在秧苗下
尋找小小的脚印
和成群的蝌蚪

風裏
埂草彎下記憶：
阿香替我拿的紙袋
於月色中
跳出幾隻蝌蚪

如今我已非蝌蚪身
是農夫持向市場的青蛙
一田友伴的離曲
聽來倍覺心酸

寫詩的少年

在紙牀上試新笛
一首詩 一首沙啞的
夜半歌聲
源自少年微顫的手

寂寞的七孔
開向街窗
是否有人探首
願聽純潔的花語

鐘聲裏
夢樣的稿紙
張張飄落
紛飛於街道上
紛飛着思春的少年

臺澎輪上看日落

如此地牽引我的心，
啊，日輪準備航向何處？
一隻隻的海鳥，
帶來片片的黑暗和憂愁。

時間緩緩沉落海底，
驚懼，這是第幾度生命的掙扎。
舷下的白浪慘然吐血，

漂向遠方，
極目之處，我等待，
等待盛裝而出的明日之臉。

家教

走出公館
回頭望望拋售給人家的時間
前面的路
伸展半年來的羞辱

「這題還不做?」
「你是我爸顧的，你管!」
窗上的幾顆小星
悄悄滴下
映着我黯淡的臉

日曆上的月末
刻着幾個數字的薪水
畫着幾罐克寧奶粉
被風掀起
飄向我憤怒的拳頭

「再也不去了!」
站在路邊的電桿
孤傲地替我發誓

而明日的我
又彎腰跨入公館的大門
北京犬的吠聲
掩住自尊心的呻吟

硯

飛機昇空後
我的寂寞
佔住冰冷的破桌

不再誇口歷史：
瘦全體、顏體、柳體……
最親愛的戀人——筆
也乘汽車移情他去

輝煌、驕傲的時代
一步也邁不出故宮

在書店裏
窺見淌淚於竹葉間的宋徽宗

死了
倒下的一株巨大書法的樹
橫臥在霓虹燈下
趁路明時
放我回王羲之的老家吧!

搭車歌

「臺北搭車漸漸歇，
擧頭看去鶯歌石。
……………」
兒時喜歡唱的流行歌
火車的笛聲正替我唱呢

都是一群南下的人
故鄉的溫馨莫非已從鐵軌傳來
汽出　汽出
臺北遠了　繁華遠了
握住錢包
想念妻女飢餓的面孔

車窗外
有人貼起春聯
貼起異鄉人的心酸
那個暖暖的門
是不是和我同唱一條歌
所有乘客的心中
是不是和我同唱一條歌
希望鶯歌石有一天復活
銜去奔波的歲月

大安溪

旱季
放眼而去
千年的卵石
鐵砧山耐性地孵着
孵化童年的眼睛
有一天
如閃亮的劍井
輝映鄭成功的塑像

雨季
奔去的日子
海上的葉舟載回
溯流而上
換來滿是苔痕蚵斑的古畫

長長的大安溪橋
火車終年駛過一輪輪的鄉愁
濃濃的黑煙
自大安溪遁升成龍
扭動我的仰望

我是山中來的青衫客
著白雲鮮花
橫吹一支古老的長笛
祖父吹過
父親吹過
我的兒子　孫子
仍然要歸來
吹吹這支盛滿少女的哀愁的長笛

落葉

可憐的舞姿
半浸於夕陽
君王寵愛的視線
在黃昏的霧裏
凝結一闋「灞陵傷別」

回首那彎曲的飄盪
無奈地迎拒塵土
悄然觸及又翩起
只為疼惜君王的傷臂？

萎縮的龍身啊！
細聽離去的宮娥
在地下
傷心地梳開根鬚上冬的冰凍

貞孝坊

古道上
下馬膜拜
斜陽映孝坊
一抹殘霞送高冠

蹄聲後的塵霧
曾見春娘
自歷史走出中庄村

一門雙節豎旌表

鹿港一行
同秋色去
情郎的衣襟
任進多少千種柔情
隨波逐浪不復返
春娘
「思君如滿月
　夜夜減清輝」
張九齡於唐朝
何其殘忍注定你如此的命運

冷冷清清
今朝香火黯淡
御賜聖旨碑
竟棲孤鴉
噫　那堪秋雲不歇脚
遍尋天涯情郎

附記：大甲有貞孝坊，據云全臺獨一無二，乃表彰林春娘與其媳之節行而建者。故事發生於清乾隆與同治年間。

往事

不必說話
魂歸帝汶給父母兄弟

血之臉仰視太平間的斜陽
輪下的呻吟將成爲碑石

海外的潮聲湧來親人的淚水
驚愕 射自識或未識者的視線
昨日已駕雲烟去
倏然墜入醒不來的時間

愛妻吾兒以及……
若步抵校門的噴泉
仍見我沖黑暗至藍天時
哦哦 最好忘掉那醉人的杜鵑

附記：大三時，有班上僑生同學方新婚年餘，一日搭計程車，於北基公路上與軍車相撞逝世。「往事」爲記此事之作。

童詩七首

1.獅 子

茶几上的撲滿，
像一隻張大口的餓獅。
每天我餵牠一毛錢。
到動物園玩，
獅子餓了我餵牠，
媽媽大叫拉我走，
媽媽，
您不是說餵獅子才是好孩子？

2.電 桿

路的兩旁，
有好多好多的火柴，
在黑暗的天空玻璃劃了一下，
頭上就亮出一盞紅燈，
媽媽，
他們正和星星玩捉迷藏呢！
明年我也會長得那麼高，
可以玩太陽和月亮兩個大棒球。

3.煙灰缸

香煙在上面大便，
而且還養着一條臭氣沖天的大蜈蚣，
爸爸，
大人們的手好髒喲！

4.石 頭

一路都是雞蛋，
太陽爬出來了。
媽媽，
快給我一支拐杖，
等會兒我要趕一群小雞回來！

5.葉 子

在空中划船的葉子，
是樹木的綠色眼淚，
滴在小河裏，
向小魚說：
不喜歡秋天，

也討厭蛀蟲。

6. 鬍刀

長大了，
我要一把鬍刀，
把鬍子刮得乾乾淨淨，
找阿蘭去田裏，
教她怎樣種大西瓜。

年老了，
我將丟掉鬍刀，
讓銀色的鬍子，
給孫子們盪鞦韆，
給阿蘭打毛線過冬。

7. 畢業

脫下小學的校服，
六年的笑聲結束了。

母校的國旗，
高高地望着我走向國中，
它擁有一片湛藍的天空；
我也擁有廣大操場的記憶。

老師，
您過去的話已在心中發芽，
慢慢地會變成大樹，
展開我强壯的生命。

小鎮的漢子

復中

漢子靠在一棵枯樹下
叨著一下午的煙頭
思量着落日時影子究竟
能拉長到那裏

偶而望望天空
偶而望望路過的女人
偶而望望掙出鞋子的脚趾
偶而望望一塊斗斜招牌的餘輝
最後 凝眼望著煙囱後的
一巒遠山 想著
那兒可能有把埋著的劍
或是一瓢風露釀的好酒

（一枝松枝被煤氣嘲扼後
躺在垃圾中哭泣）

黃昏時
炊煙燃起每個房屋的笑聲
而漢子的煙頭是寂寞的小燈
閃耀著
那把劍 或
或是 那壺酒

八、十五

天眞的話

林外

戀

媽！有一件事
我一點都沒有印象了
很想回歸可笑的過去
擁抱住你枯瘦的身體
吮吸乾癟的乳房
想像那乳汁的流響

話

我是知道的
只是我不願意說
因爲你太關心我要怎麼說
我就失掉說的勇氣了
如果我怎樣說都沒人在乎
我就會不加思索地隨意說了

時間

我老是怪他跑得太快
他老是抱怨我跟得太慢
我要他停下來等我
他說 你必須跟上來
他討厭看到空白
出現空白了 即使哭
他也不理睬

愛之一

親愛的 妳不知道
當妳熟睡了的時候
妳是多麼可愛啊
妳不再跟我爭吵了
靜靜的 甜甜的 滿足的
在我身傍打鼾
妳想 這對我
不是很難擁有的美嗎？

愛之二

我怕說出來妳會難過
可是的確是這樣的
當不相親近的時間漸長
便覺妳日漸美麗起來
於是對妳的語言

變得十分地甜蜜
當妳受到充分的蠱惑
使我充分親近的願望滿足之後
妳的美麗便一下子喪失許多
至少已不是那麼迷人地美好了
這樣的情形像潮水一樣地漲落
使我禁不住要懷疑自己
是如此完全地沒有自己嗎
不全是那樣的
　絕不全是那樣的
這也不是說來安慰妳的
可是　這樣說了
又眞怕妳不相信了

月　亮

從地球遠遠地看月亮
滿的時候像女人的粉臉
小的時候像美女的柔眉
那光也清淡得迷人
渾身那樣地溫和
遠遠地看多美好啊
禁不住要編造故事
沉醉於想像之中
而太空人拍攝回來的照片
爲什麼都那麼醜呢？
靠近了以後　那美哪兒去了呢
遠遠地看去，那美又怎麼產生的呢？

山坡地（外一首）

楊惠男

山　坡

綠草如茵的山坡
野馬翻騰的山坡
如夜、如水、如心般平靜的山坡
有一棵高大的、喬木的幼芽
衝出土面。
於是咒罵自四面昇起，如雷、如
暴風雨般瘋狂地掃過；而後
仍然是一片無起伏的山坡
沒有一棵迎風招展的樹木，甚至是
一棵帶病的小小的樹，都沒有！

即　景

一個穿藍衣的小孩在田梗上走
一個咬烟斗荷着鋤的老人隨後
於是八卦、陰陽與平和在田間展開
嘿！告訴他們：孔老夫子就是你我！
　而今我看着你昂頭走過
豎起高樓的光亮馬路
一個襤褸的老人縮在崖牆下
一個拿玩具槍的小孩吹着口哨走過來。

詩三題

斯人

墜樓之前

就這樣站着，在暗中
她無邊的美麗
比夜還深沉的悲哀雕刻着
風飽滿她的空虛

星落着，就是石頭
她的眼睛也落着石頭
在時間無底的淵裡
她聽着，等着第一聲靜

直到無數個名字，突然在空中
呼喊，爲了尋回自己
有如一滴淚跌在海裡

而她，比初戀還細緻地
把每一種生的姿勢
塑在石膏的破碎裡

如來

啊，如來，第一次我來看你
以爲一次就掌握了你
全部，掌心的秘密

如今，我只看見你
對着我，沉思
好像我是一個難題

千年前，你就開始摸索
痛苦，有如一個母親
在等待某個名字

但是我，沒有父親的姓
也沒有誰的子宮來證明
自己，生的痛苦

而只是睜大着
在你永遠閉上的眼裡，啊，如來
要到幾時呢，海才流乾……

直到在你的跟前
蓮花，像淚水般
昇起，把我們淹沒

燭

突然間發現自己，必須燃燒
有如燭火，絕望地愛上
這無邊的黑夜
噢，這無邊的愛
已然死灰，而時間小小的蛾
正在鼓翼
渴望着飛行，而總是
淚水焚如，在心頭烙印着
一個難宣的字眼

神喲！心血熬光，便該是啓明
在暗中而你無邊的手勢
一再把我——點引

路燈

羅青

一

一根拐杖尖叫一聲，躺在我的前面
一輛汽車驚呼一聲，倒在拐杖後面
一個老人默默，扒在自己鬍子的上面
而我——
却站在一個把哨子吹得很響的警察後面

二

青石旁，一個穿大紅襯衫的人在低頭看錶
綠葉中，一朵白蓮伸出頭來好奇的看他
現在，他正焦急的在我前後左右邊
而我，却俏皮的倒立在——
蓮池的東南西北邊

三

一間焦慮，裏面傳來一個少女痛苦的呻吟
一間寂靜，其中傳來一個嬰兒清脆的啼聲
一幢小屋，小得像一間簡陋的馬槽
槽旁是三輛機車，車旁是孤單的我
我是唯一的一顆星俯視一切，充滿了關愛

四

月亮是月亮，星星是星星
太陽是太陽，地球是地球
在暗暗的雲層下，在黑黑的路面上
我——
只是一盞自言自語的路燈

五

雲層太幽太深，路面太黑太長
深長幽黑得誰也無法說清
我知道我說不完也說不明，更說不了多久
但我還是試着說了……
誰都不能阻止我，誰都不能

五十九、一、二十

夏日

陳鴻森

1.

任誰都喜愛
把一隻
活生生的
鼠
逗弄至死
看着
牠那痛苦的樣子
我們
便會暫時
覺得好受些
目擊着
一次死
我們的生
便會被延長了些
我們和一切之間
永遠存在着
一個戰場

2.

所有的光
在最後
只有一個歸向
那就是
奔湧向鏡面
明亮的鏡面上
僅有一個
形象
我的撲擊
突然
像是超過
它所能的負荷
鏡子破了
釋放了
我的抵抗
我成爲
靜止的鐘擺
空望着
烈日
想像着它的帝國

（六一、七、八新化）

腐朽的讚歌

克德琳

1. 榕林

夏的榕林
白頭翁是隻
叫我思親的鳥

樹的皮
老父的臉
怎麼也忍不住
榕林對我的聲聲呼喚

榕林
要我如何？
天天面對我的父母
做無可抗拒的掙扎

六十一、六、廿六

2. 香之死

幽深的山谷
不會有寂寞的飄香

是喜悅的鑽入？
追求一個終點
而後棲息
在此完成是光榮的

經過潮濕地以後
死去

因此，附於誰的鼻子
都無須驚訝

六十一、七、七、於榕林

陌生的印象

李東慶

荷花

遠遠的，近近的，一朵撫掌的荷花
清清的，淡淡的，一抹夏夜的寒凉
花信不來
伊人不來
今夜是一杯吃不完的苦茶
虐待我的神經
到天明

寬寬的，緲緲的，一條泅不過的河
晶晶的，亮亮的，一面透明體的鏡
伸手不可及
輕喚也自在
今夜是一件披着薄薄雪意的霜
披我髮茨的冷
逐漸綿長

郵筒

站着，雨來，還是不走
淋得一身濕綠濕綠的
好像滿肚子消息
站着，雨停了，還是不走
很有耐心地等着
把今天等待過去

情人來情人去
把許多甜言蜜語許多寂寞與嘆息
投進去　他還是單單地站着
給人類儲蓄回憶

水菓攤

立於水菓攤前
芒果季，我的頭昏痛昏痛的
將有一陣濠雨

有一女子來過
摸摸兩只芒果，豐潤豐潤的
有一男子來過
望望，走開了，買不起也許

走了，人都走光了
我的水菓籃子還是空空的
將有一陣濠雨

一九七二、八月寒林寫于溪湖晚風中

貧與富

紀朝文

（一）

媽媽：同學們都笑我
衣服都不換——眞懶
鞋子都不穿——眞髒

媽媽：爲什麼我們煮飯
水用那麼多
又要加蕃薯

媽媽：弟弟睡覺的時候
會拉被子
下雨了我又不必去挑水了

媽媽：到外婆家還那麼遠
我的脚走的好酸喔
我們坐次車子好嗎

媽媽：我畢業考了第一名
不想去城裡找工作
我想去報考初中可以嗎

媽媽：小朋友約我去看電影
等看完電影回來
再牽牛去吃草好嗎

（二）

媽媽：我穿那一件衣服好看嘛
來！穿這一件
不！這件不好看

媽媽：明天帶的便當
鷄腿和蛋滷好了嗎
我還要十塊錢零花

媽媽：請我們租房屋的阿姨
送我一套電動火車
我要帶它去凉台玩

媽媽：昨晚爸爸沒有回來
今天上學沒轎車坐
我要去坐計程車

媽媽：明天我要和同學去郊遊
不行！你功課還沒做
人家約好了嘛——不管

媽媽：我落榜了！怎麼辦？
這樣吧！等您爸爸回來
就去私立中學接洽

（六十一年八月十五日於阿蓮）

回憶兩首

陳思玫

雨的回憶

啓開心扉，清涼的一滴，
雨灑在信箋，輕輕，稀疏；
飄落在相逢的夢園，
日夜尋踏有雨的舊路。

喜愛淋雨的無知歲月，
歌聲摧醒花兒繞過小樹；
因歡悅因熱情的奔流，
長髮濕了，任身後的呼喚去追逐。

不知何時？窒息的時光沉默，
雨珠淚珠串起的故事；
一個落雨的黃昏，揮別無語，
孤愁在祝福的濕眼深處。

一九七一年十一月廿八日

午的回憶

午，日正當中，我急急的步伐，
跨入熟悉的小徑；
透過側屋大窗，在衆臉中，
你的臉吸住我視線；
速廻避，我莫明地走開，
你閃出屋外，敏捷一如從前。
我的怨言你的慰語，
你在大日下我在小傘下佇立於屋邊；
無限情思淨化的熱流，
湧於默默的眼簾；
狼心人的得意笑容，
放映愛的得勝或拂融我的苦煎？

醒目的深藍新褲，
陌生得令我哽咽；
原來一冬一春已過，
去夏的灰褲更值留戀，
那袋裡藏有抹淚的手絹，
如今隔着傘影，淚滴影間。

爲了不紛擾你的寧靜，
讓悲歌只扣我心絃，
而唱出祝頌之歌；
到底怎樣？眞誠的許諾或美麗的謊言？
我不再來因滿意於你的叮嚀，
但我匆匆告別，爲了再來相見。

一九七二年八月十四日

月光奏鳴曲

逸　青

（那夜，我伴着青螢，到城裡聽妳的鋼琴演奏會）

帷幕升起
唯黑色袈裟之光澤
耀於鵝絨之輝煌
神欲降臨
子民皆至

妳盈盈蓮步
划出一串掌聲
擁一身雪白
迤邐着沌淨的眞摯
當妳的纖指輕觸琴鍵
源自山谷的琮琮
沁透我心靈

小星星祂們都來了呢
——喂，我們該唱那首歌
——就隨便哼吧
於是七嘴八舌了
於是嘈嘈切切了
回溯樂思的喜悅
凝於妳双眸
就只一瞬

一座聖美的雕像
塑向永恒

市　場

西西呆

賣香蕉的說是1斤1塊
賣龍眼的說是2斤2塊
賣西瓜的說是3斤3塊
——喧囂沸騰及漫天殺價——
便使低頭疾走著學生模樣的畫童耳膜覇佔著
紛端的起源和群衆的爭執——噪音時
遠前方逼近視線內三個
——白頭顱和卡其布——的人
促使一向玩弄詭笑的小販們驚嚇得大叫
——警察來了
而當迅速攀附電桿畫童的眼光亮麗得掠鏡頭時
却唆使逼近視線內三個
——白頭顱和卡其布——
的校外糾察隊員記上違犯校規的畫童的名字
這時候噪音再度掩覆整塊土地
而
賣香蕉的說是3斤3塊
賣龍眼的說是2斤2塊
賣西瓜的說是1斤1塊

長毛鼠

偉濤

吾
以一隻過街　卑鄙的老鼠的
威風
竄過西門町
只因鼠毛不是短的
鼠毛整齊或雜亂
那都無妨的
不是嗎
太陽與新聲都不管

只是鼠毛長及鼠頸
條子　手拿番刀
等在路橋暗處
遂然　吾只有竄
在紳士與淑女之間

雨中鳥

陳寧貴

在雨中
我哀哀的叫着，叫着
一個淒涼的晚上

這時，夜
很暗很暗，雨
很冷很冷
我左突右衝
左突不破夜的黑網
右衝不出雨的寒線

哀哀，哀哀
方向在那裡？
方向在那裡？

七夕

秋芯

每個懸念都成陣陣細雨
細雨　濃愁
歷經千百年不絕的盼
恆是一宵一彎斷魂橋
蒼涼的展示
你我遺落的蹤影

圓仔花、胭脂、白粉
還有一面鏡子
昏黃不到
便上粧萬回
且不耐鵲鳥的蹉跎

而你，而我
相思盈溢仍搭不起鵲橋

唉！河漢雖同
路絕
橋斷

夕陽跌落黑夜
工廠守衛就像站在監獄門口

守衛

郭暉燦

打開我的便當透視吃剩的飯粒
就像透視我的腹內是否不乾淨
退回我的便當說是退回我的自尊
滿足於抓摸我處女的肌膚
說是證明我的淸白
猶如酒女被抓揉的無奈
我靜靜忍受他認爲「必要」的「愛撫」
只爲明天能引人貪愛

瑪麗

岳湄

在何時何地，誰都曾經邂逅她
且緊跟着成爲我們的影子
祇有一個典型的名字
那就是她了，噢，我們的瑪麗

當工作加被按鈕的身體
等於我們互相抄襲日記
當全臺北壁鐘的脚，陪蝸牛去散步
在每個週末的夜晚，我們向空洞的斗室握手

當小情侶的嬉笑
收穫一部份春天，在植物園里
當電影街巨幅的廣告上
她跳出來和我們接吻

祇要我們給她翅膀
她就會飛到藍色的故鄉，不再歸來
祇要有匹脫繮的馬帶她遠走
我們可以迷失方向……

是誰創造黃昏，焚燒向日葵的唇？
是誰創造黑夜，囚禁向日葵的愛人？

一九七二年七月・臺北

題外小記：女詩人陳秀喜先生，惠贈予其大著「覆葉」及詩刊詩集多本，承蒙厚愛獎掖，至深銘感謹此藉鳴謝悃。

無言的薔薇

傅敏

鐘

時間的惡狼之牙
穿鑿着我們的腦袋
像躲在陰影裡
手持利斧的
那穿制服的男人

一滴滴看不見的血
像雨天從破屋簷流下的水滴
自我們的肉體末端流失
傷口是無法紮上綳帶的
縱使掙扎也是徒勞

流盡了血以後
就看不見陰影中的利斧了嗎
我們甘願躺下望着天空的一片潔白
不願忍受窺伺
苟活長長的一生

病了的都市

黃昏的都市
歪斜着頭
躺在雨天的街道上
像一株一株病弱了的
花朵

輓歌
從殯儀館的煙囪流溢出來
血色渲染了
整個天空
一具死屍消失
一具死屍消失

在外科病室
泡着防腐劑的水槽裡
實習醫生的白晳的手
像一把銀亮的刀
穿戮過胸腔

路標

路的末端
響着死的笛音
不知是那個死神的笛音

活着
感覺被追逐
路的漫漫遙遙
淌着我足底的血跡
像一頁讀不盡的傷痕
前程也只是死
無有一聲禱告
無由逃避

夢

夜黑以後
現實有一個缺口
我是打那兒
逃亡的

雖然你
像監禁終身犯一樣地
監禁着我的一生
然而
逃亡以後的我
是自由的
你不能捕獲我愛的掌紋
也不能捕獲我恨的足跡

樹

女人的身影
在鏡前映照一株樹的孤單
表層已剝落
露出淨白得令人顫慄的樹身
這是一個微妙的暗喻
在雪之國度的一個暗慘底構成
我們對世界抗議的
愛的序說

紀念碑

成爲一頁岩石一語不發站在世界一角

披着歷史的一襲空虛外衣·
那人
不知是誰
站在遠遠的這裡
我看不清他的名字
却看見
他的孤獨
被雕刻在時間之海
我想喊叫他
却找不着他的耳朵
我想向他揮手
却找不着他的眼睛

我不禁爲所有被監禁在岩石裡的同類哀悼起來，不是爲他們的明智　是爲他們的笨拙

靜夜思

月光寄來母親的臉
我抬頭又低頭
看見故鄉
靜靜地
在霜的夜色裡
我推開窗子
霎時
一株凍結的樹
在搖曳中
發出嗚咽之聲

我不禁母親呵母親地叫起來
而寒風吹來一把利劍
我的鄉愁如血滴
漸漸凝結

無言歌

一隻山鳥的天空　飛旋着美麗的單音符　演奏我寂寥的心的樣態　像一句一句的嘆息
我只不過是一個被人間遺棄了的
徘徊在暗夜邊緣
叩不着晨曦之門的
永遠的旅人
像一隻山鳥　我也擁有整個天空的孤獨　飛旋着淒清的單音符　無有回音　無有比翼
我只不過是被人間忽略了的
擁有廣大世界的
孤零零的
永遠的旅人

九月的反芻

谷風

清晨
很意外地
醒得這麼早
在菩提樹的騷動聲中
索性坐起

窗外
是一張
九月蒼白的臉

粗嗓門的布穀鳥
似乎已喊了很久
老祖母的木魚聲
從堂屋裡響起
超度
死於清算鬪爭的祖父

初升的旭日
由窗外
伸進一隻手來
一九四九年前的舊幕
被輕輕地扯下

木魚聲已成絕響
惟輪
這一顆凍凝的心
又重刻
一九七二年
九月的年輪

起床後
喝了一口熱茶
搭第一班早車
向成功嶺進發

鞋子（外兩首）

陳坤崙

鞋子

我時常看見在公園裡
許多小孩
爲了放船比賽
把鞋子當做船

許許多多的鞋子在水池裡
一如在大海中飄搖的船
他們向着圓圓的水池大喊大叫
他們用手製造波浪

有的鞋子慢慢沉入水中
有的鞋子像醉漢一樣
無論他們自己鞋子的命運如何
他們依然大喊大叫

我覺得他們永遠不會了解
他們正在玩着人生的遊戲

骷髏

那個掘墳的人
用齷齪的鐵鏟
把掘起的骷髏
像抛泥土一樣地丢到土堆上

那個曾經像我一樣的骷髏
他靈魂的眼睛空洞而幽暗
他聰明的腦殼沒有計謀
他貪慾的嘴沒有佳美的食物
他鋒利的舌頭沒有强辯的言話
祇是塞滿了厚重的黃泥

我把骷髏看成我的影子
因爲有一天我也會像他一樣
被當做泥土般地抛棄

傷心

目視我所愛的她
跟一個男子
走進咖啡屋

這個鏡頭
永遠鎖在我幽暗的心裡
而那把鑰匙
也請她替我保管吧

異鄉人之夢（續）

拾虹

鄉愁

從山的那邊飛來的
一隻蚊子
在屋子裡
不停地徘徊

在低空中
飛來飛去
像飛機飛掠過去一樣
嗚嗚的聲音
震耳欲聾

已經深夜了
仍然無法睡去
大腿被咬了一口的瘡孔

又腫又痛又癢地
一直不能消失

烏鴉

從故鄉的屋頂上
突然飛起一隻烏鴉
在夢裡出現

不知道是從什麼地方飛來
老是一聲不響地
在屋頂的上空盤旋

小時候
第一次聽到烏鴉叫時
母親告訴我
那是烏鴉的聲音

瘋子

你的思想奇奇怪怪
所以你的笑聲嘻嘻嘻嘻

你說了一整天話
才發現
這世界都瞪着眼
傻傻地注視你
好像什麼也沒有聽懂

因此你脫光了衣服指着
這是肚臍
這是性器
這樣叫做小便

失火

睡夢中突然驚醒
發現房子已經着火燃燒
把四方的通路完全封住

隔壁的房間
傳過來母親像往常一樣
平靜的聲音
孩子 你沒事吧

睡過幾個世代的地方
母親的聲音
一直是那樣的安祥與溫柔
母親 我很好

一朵花痕的酒

陳秀喜

酒甕被埋在泥土裡
如是在母親的懷抱
溫馨又安寧

然後
被裝入小瓶中
那一段窒息的日子
一天如半世紀

思念和夢想醱酵
總有一天
被傾倒出的是歡呼

在杯底的一滴酒
被酩酊者潑出
地上留着
一朵花痕
泥土依舊溫馨
還有誰是
一滴酒的知音

豐收

——慶祝笠詩双月刊第五十期出刊

關外柳

崇山，峻嶺
　前方是那麼不容易攀登
海深，流急
　後方是那麼不容易超越

積多少多少英勇
積多少多少信心
發揚年青人的合作力量
發揮戰鬪者的團隊精神

一個日子緊接着一個日子
一步艱難緊接着一步艱難
一個力量積累着一個力量
一個信心積累着一個信心

七百二十個黎明
七百二十個黃昏

　在黎明中抖落昨天的疲乏
　在黃昏中接受明天的擔承
播種人只顧今天的栽種
播種人不管明天的收成

如今，
　文化園中一叠一叠的翠綠
　斗笠底下一塊一塊的亮明

冬天縱然嚴寒
不是已經過去了嗎
春天迎面而來
高舉起豐收的喜訊

我們是同路人
我們是同路人
您們的勝利
就是我們的勝利
您們的光榮
就是我們的光榮

今天詩的王國裡
大家爲您們煮酒宣勞
今天詩的王國裡
大家爲您們歌唱慶功

六十一年秋九月臺灣

馬來西亞華僑詩人輯(一)

溫任平
紫一思
子凡
江振軒
吳超然
藍啓元
溫瑞安
休止符
黃昏星
梅淑貞
湯錦堂
余云天
李有成

林的象喻

溫任平

我的低喃，透過了葉隙
日子便刮起陣陣的風
樹幹的年輪是很難詮釋的
沒有片片的陽光，片片的雨
慾望只有，一株陰悒的小草

整座的林，深邃而無限
攀籐傾頹下一團泥濘
在潮濕的扇形地帶

沒有片片的陽光，片片的雨

一隻偶過的松鼠
地上幾粒破敗的菓實

星光隱逝，年輪增長
風和季候運行着一種枯燥的循環
蚯蚓不息地鋤着日夜

我的低喃和鳥鳴一樣沒有回響
一樣沒有
在漸漸深沉的霧氣中
留下甚麼
形狀

林中的湖

紫一思

這林中，爲何如此的冥暗
是否有誰輕輕地撒下一層暗紗
使我連一些刺眼的陽光
也看不到
是否樹的葉子覆蓋了我底眼睛

我輕盈來到湖邊
這裡彷彿是樹林心底一面明鏡
讓我俯身窺視我的形影
而我只看見一些樹在風中鵠立
原來這裡不只是我
自己一個

我知道這裡還有人
也許就在湖的那岸
以耳貼地偷聽着我底脚步
他若不着聲
我如何尋着他呢
當我背着樹與樹在假寐時
是誰用草稈搔弄我的髮絲
是誰在我底夢中盜去我沉默的
時間

我醒來，冷冷中空無一人
前時，我來的路已被暮色藏着
不管前面，也許在湖那邊有沒有霧
我還須出發
爲自己找尋一顆單純的星子
只是一顆

假花

子凡

有時，永恒比
死亡是更深入的痛苦
早晨
我聽到熟透了的果實
窃窃私語自深處溢出
是潛藏在世界內部的生命
我的存在就一直有浮空的感覺
我將姿身擺了又擺
到底哪一個姿態才成爲
我底生命的立姿
祇有無從愬說的語言
困囿在美麗的瓶中
成爲我內部崩潰的呻吟
沒有風暴的瘋狂
沒有泥香的喜悅
我無根的生命是我無以探測我愛的距離
深入又深入的苦楚
無意識地流動的時間

渣滓下我在深冗的知覺里
我浮空的存在是我對生命唯一的告白

柬埔寨

江振軒

寨埔寨，洞穿的名字
瀰漫血腥
政變，不安
炮火，惶惶恐

湄公河，以前的陽光
暗淡成了兩岸
蘆葦的淒楚
屍體浮過渡輪
上流的悲劇
刺戮輪上的心靈
震懾的實景
顫懼的幻象
驟然，陽光沉沒

此處黃塵滾滾
他處楚歌頻聞
小車子，滾過
破落的山河，承負
沉重的血腥

路兩旁
伏着另一悲劇
另一血腥

槍火後
伏地哀哀，無人理會
在不是醫院的醫院
呻吟，奄奄
等待黑暗的吞噬

後記：報上刊登的幾張柬埔寨的照片，似乎說明：柬埔寨
啊！洞穿的名字。

魂歸

吳超然

一座座華麗的墳墓擁擠在
廿一世紀都市的墳場
野茅被壓得枯萎了
墓碑豎滿着使雲朵轉速得頗爲吃力的
天線
旋掛很多現代人的衣服
一陣陣飄泊風中窒息的氣味
強逼一個浪子露宿
唯一在視線以外的
一條一人橫睡的馬路

當一隻燕子甜夢時
驀然 聽到遠遠
死亡先兆的車嘷聲
一列列冷漠的汽車
擦過手上的生命線

他身負着傷痕的破服
混進穿着同一種衣服的人潮
關注着自己衣服的每一張面孔
發出每一笑聲都是那個自己的
他露出友誼的笑
遠遠的一群人妖向他展招嘔心的動作
他發現自己已是一名梅毒的病人

他恐慌的越離紅燈的高牆外
從模糊的眼線望見
家鄉正是
　　花蕾怒放溫暖的春天

歸心

藍啓元

——其實，那關閉了的城門
　仍是鎖不住，異鄉人
　　熾熱的情

他是一葉被放逐的浮萍
隨急流吞吃着日子，航着無奈的旅程
從沒激起過一陣浪花，抑或
水聲

這土地只是肥沃的變質
或是供人看的樣本
可以種一百棵一千棵熱帶最馳名的果樹
結滿最鮮美，最惹人唾涎的果實
可是他心中的綠，却荒蕪
是栽種不起來的一顆種子

異地響起的聲浪終歸是異地的
那土女臉上塗的脂粉是白色就是白色
而或跳一個弄迎舞麼？（註）
往陌生的臉堆裏鑽？
每夜回家的路上，銀白的月光
總是黯淡，黯淡在跟前
（如那晚是沒月亮的呢？
遠處的霓虹燈光，就會份外的刺眼）
什麼時候菊花會更茂盛地黃起來？
採菊人會輕聲說：
呵！你的黃就是我的黃

註：弄迎舞是馬來舞蹈之一種。

一九七二年八月十七日

溫瑞安

清　唱

啊，趁我還年青，還有心緒，
且把這些那些都記下吧。

第一曲：側寫

應該怎樣去描繪，這一種坐姿
這種隨隨便便的坐姿
很輕描淡寫，很水彩的淡描
妳遠山的兩道眉，兩道眉，兩道眉
輕輕鎖着一朵朵的音符，一串串的音符
化成一首首音樂，一綹綹垂下來，垂下來
垂下成神秘的流蘇，成鳳冠的流蘇，成髮
一種淡淡的水仙香味交織自妳長髮
妳眼睫修長，眼眸低垂，眼波低廻
妳尖尖的鼻子很挺，酒渦很深
當妳笑，當妳笑，當妳笑
如春花，綻自妳双眉
髮就垂下來，眼波晶瑩
如妳纖纖白白的指尖
數着琴鍵，黑鍵沉下去，白鍵浮上來
就會一室都充滿了音符，一朵朵
像白鍵，像白花，像白蓮，像皓齒
綻落于妳修長的手臂，悠美的坐姿
很有風韻，整個下午和靜默和鋼琴和我
都聽妳細訴，自指尖，自琴鍵

第二曲：山的那夜

山知道，我知道，你知道
什麼時候會有一群愛笑的青年
揹了一隻重重的吉他
還有的銜了一隻口琴，拉着一隻手風琴
有人捻着笛，有人愛洞簫
都吵醒了你的午寐，自你腰間
穿過，放一把火在你髮頂燃燒
吵得山下的燈火明明滅滅
瀑布嘩啦啦地唱着，火吣吣啪啪地燒着
人旋轉，影旋轉，星星也旋轉
後來霧很早就醒了，山那老人
惺忪着眼睛向我們握別
什麼時候才來呢?愛笑愛鬧的孩子們
山知道，我知道，你知道

第三曲：夜的抒情

如果有一個晚上，有這麼一個晚上
星星很亮很亮，銀河繽紛，星河燦爛
那顆織女星很亮，風很甜，神話很古典
如果有這樣的一個晚上，街燈不很亮
行人很少，車輛很少，愛情却要很濃很濃
呵這樣的一個晚上，月很冷，風很涼

妳穿得並不太多，適合我把外衣
披在妳斜斜的肩上，於是我知道了
妳的腰很瘦，妳的唇很溫暖
所以妳驚愕與喜悅的眼眸中
融入了整個漣漪的夜

第四曲：悶

為什麼十七歲的歌仍是那麼瘖啞難聽
記憶中眞該有一些劊子手
去瞄準，去射殺，那些惱人的思緒
唉，這些落葉，為什麼偏恁地蕭殺？
唉，這輪夕陽，為什麼在此刻沉淪？
十七歲的腦袋仍住滿了古板的小蟲
十七歲的生命仍反覆地播着一首晦澀的歌

第五曲：醉醉的黃昏

黃昏前有一陣小雨輕輕叩訪
後來好像什麼都靜了下來　只有
水珠兒在綠葉上溜着冰
所以你就置下寫長信的筆　推開門
那座呵呵望着你笑的藍山
也愛情地串起嬌羞的虹來了　看
晚霞把一座林都燒起來了
所以你仍得醉在那一座黃昏林裏
一切都很完美是嗎　你的口琴
也能令落霞歸隱田園

第六曲：力之組成

你步踏四平，非坐非立
或靜或靜，或禪定，或撲殺
如冰點之凝結，如流質之沸騰
交融於此練武場之一角

指骨嘞嘞彈動，利亮的匕首
眼神攝入每一瞬的時空
是怒吼，是他的怒吼
是移動，是每一分每一寸肌肉的彈動

身子陡然凌空，凌空
以九十度直角的斜攫
脚沿以一個絕對意想不到的角度
刺出，擰身，掌如刄
劊出，雁落平沙於地毯上
一如秋天一黃葉之輕盈

（稿於一九七一年五月十九日、廿日、廿八）

休止符

時光

當母親描出你的輪廓
當午夜的哭聲
驚醒苦待着夢的父親
那第一聲啼哭
是宣佈你的開端

也許
時光對於你
只是一闋成長曲

一種很愛哭很愛笑
很愛鬧很童年的成長
時間　自母親的懷中溜走
當成長曲消失　慢慢地
一顆種子演變成樹

於是振翅呵
却不知母親的淚
把夜洗脫了大半邊
另半邊則留在你背上

於是時光
便是一種老去

脚步被匆忙絆倒
生活自你口袋中跌出
變成一幢高牆
許多人都往上爬
雖然警號一直在響

而時間
時間把脚步變得愴惶
起來　你一直重覆着
昨日已完成的那些
所謂生活
所謂時間就是
去做那些已厭惡的動作
去踏昨天
走來的方向

於是有一天
你激烈的嗆咳
也吐不出一口痰
也許對於你
時光是一種
慢性的癌症

黃昏星

風中的悲歌（三部曲）

（一）

萬古的芬芳永遠在血液中流傳
自江上
流傳中有少女彈琴而來　悲涼的曲調
從那時起明月便蒼老
琴聲自時間的容顏流去
蘆葦的青春
隔絕仍旋轉　旋轉於
茫茫的國茫茫的夜

縱然此留得住青山在
却嫁不得鄉愁來

（二）

之後又是怎樣的一回事呢？
當有翅的不飛
當緊纏的無法了結
當淚水哭乾愛國的忱誠還是
當所有的夢不再嚮往
當渴望中的土壤不在此地
當周遭充滿黑暗的壓力
當遠眺已成了絕望
當英雄不再被稱爲英雄

當寂寞的語言無人聽，風中飄揚
當異鄉人永遠是這樣一個異鄉人
之後又是怎樣的一回事呢？

（三）

一葉的孤舟何去何從，何去何從呢？
儘是茫然
飄泊無方向　但你一再嚮往
你蒼然的存在　一如
在千里外苦飲東風的思國
爭吵幾時才能靜止呢？
但靜止之後能忍受那些壓迫
外來的輕蔑與冷嘲
且目睹自己的尊嚴和流芬
被棄於深淵大海嗎？

然然
今天沒有溫馨的床
以作暖暖的安眠
明天更沒有可愛的家園
以作無憂的歡渡

離岸，枯瘦的舟子飄盪
此時猶深記取
長江的驚濤拍岸
赤壁英雄們的餘蹟　以及
古唐朝的不朽
夢般呈現

離岸，枯瘦的舟子迎浪而去：
　大漠孤煙
　　撐帆不見
爲什麼隔絕仍然是我們的？
爲什麼這結局不堪收拾？
故國　親生的骨肉如你
故國親生的骨肉博愛如斯
浩浩的，大海嘩然世世代代
狷狂的，風暴敲擊萬年千古
自蔚藍的蒼穹
一海鷗孤獨地飛翔
且四處張望
宇宙之大竟無容身之處
歸宿啊歸宿
那里呢？
啊——絕望如答案
在風中飄揚又飄揚
想起
總是那般悽切
暴亂的梅花仍不屈地成長
蘆葦千里外望鄉
而我將哭過
滴滴
長江
走過
　萬里的城牆

一九七二、七、十九

梅淑貞

靜　思

旋轉向絲般的樓梯
婷立
屆時將有數載的明月
潮湧入窗來
鬃上幾重月色后
星閃星爍
如此深的凝重
宛似千噸的沉岩　緩然滾入
掌中的陶瓷
平亮的水　碎粒的琉璃
滴向淺淺的幽藍
去歲富饒的樹
漸露窮竭
連串的黃昏　飄落
片片如垂翼的蟬蛾
輪轉的雲　雲及倦日
依山而坐　憩息

黑雀的點點斑斑
長天裡的啁啾
誰是風中的一枝冰棒
冷思的山　年年黛翠
悠然重疊

古井

湯錦堂

飲風雨日月　千載
獨守一季緘默
以及秋後寒蟬的悽切
禪院外的叢竹
常年喚你　你的坐姿立姿
如斯不可侵犯
且夜夜盤坐
一如行僧入定
作生老病死的闡釋

每一道裂痕皆藏着，一則典故
每一級石階皆刻着年代的遺跡
當綠苔爬滿全身
遂憶起昔日一名披霜的和尚
如何跪着渴求一鉢清露
之後千年未食人間煙火
而星月杳去後　井底
竟連蛙亦遠遷
至一條潺潺不息的
河

而古廟前
一座千年枯井
哀泣于每一個雨季的黃昏
緣何總無法挽留一滴記憶
而風是如何呼着竹濤
與鳥囀與禪院的鼓聲與鐘鳴
追逐廻旋一個鴿的晨
古井因此坐化
守一頁歷史
守一頁永恆

七二年七月

意識

余云天

在狂歡舞會後
你無聊得要用
煙火拼命煎你底神經的慾火
圖形你的裸女
在沒有名字的城裏
咱們同睡在廣告照牌上的
暮色裡　看雲

你走在荒凉的樑柱裏
尋你年青的悲闕
在萬二里的星光點綴底地圖
已成了你血液底支流
奔騰如詩

你狩獵
狩獵。汨羅江的哭嚎
　扛夜爲舟
　震簫爲背景
你悲天揚幡，中宵木魚
你長嘯千里啊

你悲歌返鄉
啊返鄉
以刺痛和慟傷譜成
咱們的山河
咱們的面容
最後是一瓶酣醇的烈酒
更疲勞　那飛不起的鴉隻
你就乾了這瓶酒吧

李有成

趕　路

南洋商報一九六七年一月十日綜合通訊版合衆社圖片：一名南越兵，趁新年停火機會，越過湄河三角洲一座橋樑，趕路回鄉過節。

昨夜，涉河時匆匆
一隻打火機，想已送給了
可憐的同伴。我守望着
遠遠有一陣濃霧
去年的日記告訴我：會有
一個太陽，從醫院內探出頭來
一個老護士在它身邊
像伴着自己的老情人

是誰寫下的記憶？母親
是那一年？您聽我狂飆般的跫音
昨夜鎗口上的冒烟已滅了
我不再想：怎樣拯救那隻重傷的鴿子
我要回去，痲木地等待着
一個個步伐闌珊的同伴
再打着門前經過，讓鎗聲
　痛苦地喚我

風暴幾時會停？我的日記
已被炮火燒得血紅了。母親
當我醒自庭院的蒼茫
您且睜睜眼，看遠處是否
　又昇起濃濃的蕈狀雲？

越南華僑詩人輯(三)

西土瓦
秋夢
劉保安
李志成
鄭華海
藥河
西牧
亞夫
雪夫
君白
冬夢
林松風
心水

西土瓦　黃昏塑像

他躺着　如一灘黯晦的沼澤
驀然　血從他的胸口一滴滴……回憶
爸爸是前年……不，不！是戊申春節時死去的……
媽媽昨夜讀到她自己眉上的悸跳的
媽媽一定會……讀到……
可是，現在已經是第二個黑夜了
黑夜還會來　黑夜一定來的
「你看，我的臉不是很像那個沒有星和月的夜空嗎？……」

黑夜會來的，一定會
只是一隻蒼蠅　這麼快便搧走　他的回憶
只是那蹺起一隻脚的蒼蠅　站在他高而瘦削的鼻尖上
眞的搧起夜來了

他躺着　如一張沒有光彩過的天空

民六一年七月末寄自西貢

黑牆

秋夢

電光在牆外一閃一閃
我們在黑囚裏，只看到
一瞬反照的廻光
當燈芯燃盡、燈油乾涸
生存和死亡之間
必有一刻的沉默。必有烈焰
的一閃昇騰
當眼前拉開
的是最後一幕
黑暗外，再望不到春天
望不到春天
被囚的雁子，每張翅膀
再不能倫倫舒展
黑壓壓的囚牢。黑壓壓的
伸手，摸不到彼此的面孔
如此相對，却隔着一堵黑牆
或者黑牆卽是一種死亡
一種永恒。或者
陽光將會泛濫。我們越獄。
或者，在另一個春天
瞧！我們的雙手如何痙攣
如何再能竪起一桿旌旗
在日落之後。月昇之前

有一群野鴉，一群野鴉
在我們的上空盤旋
捲捲風沙。頻頻戰鼓
白骨與血河。雅典娜和戰火
死亡與我們相隔
那樣一段短短的距離

荒原

劉保安

水中瞻月，裸裎的臉容蒼白如昔
秋後的森冷、夐遠廣場
種不出葡萄仙人掌的荒原
依然，依然是一灘熱血
叮咚自你齒間，擧手就有一場爭辯
戰地歸來那年，妹子猶未嫁
歌聲來自墓中，墓是垂鈎的磐石
待你擧起，待你射擊
一如粉碎名字與名字間的骷髏
領薪日，鴉聲很煩噪
抖抖雙肩，杏花就繽粉落下
你是一尾逃亡的魚
只為一則預言而抛出滿山春色
且彎冷漠爲弓，射夕陽墮崖的屍影

李志成

西貢

所以少女們都在斑馬線上
計算自己的年齡了
瞳仁勢必像饞貓
唾涎着玻璃缸內那尾紅臉的魚
西貢啊西貢
讓我晨間喚起您的名字
吃冰淇淋

讓異國的攝影師拍攝你的裸照
風騷的名女人
髮上謝了半瓣的玫瑰
猶欲斜還挺的 而又不顧矜持
訕笑自己醜陋的脚
以及邊疆那男人的編號

彈片鑲嵌的塑膠花
正飾掩違警舞會之茫然
廣場不爲什麼坐在那兒
白騰河不爲什麼的等待一次月昇
戰士紀念碑不爲什麼的仰首向天
西貢的黑雲
就像鞦韆的盪來盪去
不爲什麼的 季候風總提不起
整街的盈景

因此每次走入燈之乍滅
而又從燈之乍亮走出
整座城市便作一次又一次的
海上的浮沉
這算什麼 當一排子彈
在戒嚴時刻交換眼色
一對路客正沿斷垣走過

民六一、六、卅、西貢

鄭華海

早上

四面還很惺忪的牆壁
突然響起帶點霜聲的鼓音的時候
　整夜星子釀下的涼酒終於滿溢的時候
　　趕快忘掉零時可笑的懺悔的時候
　　拼命擦牙拼命擦牙拼命擦牙的時候

脆弱的圍牆外
各種牌子的車輛狂歡的呼喊
痛苦的哭叫
一聲聲
早餐可愛的宵禁

七一年六月西貢

藥河

雨・傳奇

（昨夜的謌者是小倩
是連瑣？）

傳說便在一個晚上騷動起來
甚至是枯葉的飄落
我們淸楚，這個季節
每棵樹都因爲自己的年輪白頭

（你畢竟年輕若此，在瓦上
年輕得須把每種課本唸熟）

而過境的雲往往無奈
誤去他的飛行
在一場冗長斷續的撲克戲中
失却了唯一的執照。他說
虹與戰爭將停駐於哪個晴日？

（簾外走過的
是誰個潺潺的跫音呵？）

你記起，上次放哨的時候
不耐煩地在風衣下吸完那根
十分十分潮濕的香煙

潮濕如日子
而西半球的花季惶惶轉入了
忙於聚會
忙於拍發電訊
或者選擧的 暴躁的夏季
那群各類服式的燕子圍坐下來
爭執着西貢的雨
停——是——不停

（卜。卜。卜卜
還澈夜以變調的音韻呼喚失去的鴿子）

一九六九、六月廿九日稿

西牧

扨

枕着的不是自已化石的體軀
而是醒着的靈魂

夜夢朝朝 朝朝在夜夢的感覺中
目耀的衆星 聆聽人潮冷却後的時間

而我並非是一尊守夜的神
只爲 只爲黑暗中驟然伸出那急欲捕捉我們的手

亞夫

戰爭之外

每一個小小的結束如斯
突然
哪一則遠古的傳說
沙是餓血的獸
一顆子彈抑或其他
切進斷臍後的命名

軍靴單程的
脚
印
乃讀到
焚燒以後
被遺忘的墟市與街道
鐵網芒刺
槍桿子到處走動
的城

呵　十八歲
沐火去來
編列號碼的十八歲
扁扁方方的墓誌
垂懸胸前
（囚囚中如何搖擺搖擺出去）

死亡是灯光下踢也踢不去
的影子
晚禱哭泣中
步向黃昏
存在的荒謬
猶甚於仆臥時仍思索
自己之再否
完
整

七二。夏。越南

雪夫

踢着風箏一路走

抛着幾顆石子
响聲更像從我掌中
跑下
我一面聽便一面走
一面走
直至看到
風箏拖着一條長尾巴橫過街心
才驚起窮巷裡
犬吠三聲

一九七二年西貢

空棺之外

君白

那顆
彈
穿過烏雲擊落
閃爍的月色
不比那年「政變」後的
那捆鐵絲網的瀟洒
黝黑的石室
囚斃了幾許的
年輕人
一輛軍車沿過
剛宵禁五分鐘的
瘦街
　風音傳來
斷續
斷續
的犬聲
抖抖低首
的眸
窺自屋角的破洞
這夜
吾的血
將塡滿了一條荒湮
的山路
山　　路
一個見不得陽光的人
拖着空棺
而過
千叢的林
置吾的長髮
烤焦在那深谷
之下
的雨季

一九七二年山鎭詩抄之一

鄉愁

冬夢

㈠

搖舟涉江
山山是載不動的鄉愁

㈡

兀然，一種仰望
吾額際竟迸裂出一顆血色的太陽
即使無火
也在瞳外燃焚
而對岸急急傳來的

風鼓激响
驚起
不曾小寐的
朵朵翻飛的亂雲

宿草處
誰讓自已失音的鞋靴
冷冷偃臥着

(三)

吾以根根衝冠的怒髮
竟紮不成一雙青鳥的羽翼

(四)

子夜，吾觸及
自己錯色的影子被半枚月亮呑食
然後吐出吾的寂寞
而吾狼狽的睡姿更紡不出
所謂美感的形成

(五)

哦，吾就是那個不能
乘
風
歸
去
——且把鄉愁嚼得很苦澀的漢子

——小樓詩抄——

林松風　第二葉

野火搖動破棺而出
女巫黑的溫柔的唇
白雪公主與七矮子的年代已遙遠的
左瞳永抓不到右瞳

登大越宗祠　四千年
石道錦衣相迎
銅環剝痕斑斑
雄王　逆水赴會洞庭

寮南
亞哨
　士淪
　東河遍植
某一季節蔕落
呱呱嬰啼

十字架　碑浪緊擁
　緊擁于夢底
白萩湖
一隻窒死的
灰燕遺骸

西元一九七二年五月二日完稿

一號國路

心水

剛
從
西
寧
過
那塊烏雲
把你的思想
從戰爭的口袋
拋出
黑婆山的天色
被揉成
掌紋
急急推動排擋
望後鏡的風景
將你的眼瞳
照出三片烽烟
一號國路把那輪汽車輾成
一
滴
滴
血

民國六一年四月于西貢

後記：西寧是南越的一個省份，離西貢一百公里。黑婆山是該省的唯一山峯，一號國路是西貢到西寧的公路

希望

廖立文

希望是一個圓
圓是兩脚規一個轉身之後的脚迹
而周長九·七厘米
渡過河時
才發覺我們仍在此岸
青草在那只魚肚子裡
魚佯死地在河中一浮一沉
——而我們仍在此岸
所以我們所需要的只是一把刀子
讓平行線相交於一點
讓十五變成初一

一九七二、七

香港華僑詩人集(二)

路雅
羅少文
羈魂
關夢南
野農
李家昇
秋螢子

路雅

街聲

河陽河陰的街衢　恒古恒古地
流向熱鬧的人聲
惶惑的行人　幸運的
就能抓緊浮木般的攤子
當然的講價不久便成了習慣
並在人頭與芋頭間揀摘着
看誰最可靠
日日如是的潮漲潮落的喧嘩
吹往趁墟的日子　沸騰的懊悶使人
突然緊張起來　以爲末日就快要到來
如果是傍晚　帳蓬便鼓着風的腮　斑斑的
霞血便映在每一個人的背後
叫後面的一個去讀前面的一個的血肉淋淋的身背
既模糊又眞實的故事就這樣
每天展開着　但誰也沒有空去同情去愛
而每天每天　當太陽爬越山腰
河陽河陰的街衢總是流向熱鬧的人聲
流向一個未知的謎　一座或許的墳
所流經之處　皆有爭執　皆有殘殺
皆有天災　皆有人禍
於是從始的穴居到後來的大厦
又有甚麼不同？又有甚麼相異？
穿穿梭梭的街道像蟻路網爬着的地方

就叫城市
木屐的日子將成過去
在車行之處 人潮遂從兩邊濺飛
幾個多事的女人從樓上長長地探着頭
窗子於是便緊緊地握扣着她們的頸

一九六八、七

羅少文

憶（贈母親）

當你不再聒絮如燈下之蛩鳴
母親
妳的話卽爲江河
而故事
總須隨着亂離暗暗流下去
沒有原因
也沒有終止

而明天我也將是江河了
流過黃昏
流過妳灰頽的額影
寒蟬老盡
雲去的聲息
沉沉夕暮結成我心上的無眠
爲誰風露
滿樹秋聲

羈魂

東都賦 (To our so-called 'CROWN COLONY')

（序曰）
誰欲爲疊彩之東都曜炫成極
且滴醮幾許謬思與冀願於毫芒
遂捲張彼掇折之海圖
休問折否今之法度

圖窮處 許有銹蝕之匕首裸現？

（賦曰）
要死就死在市肺的結核內
一若指揮燈看似瞬變而實規律的循環
你們趕緊地撒日子於斑馬線上
擠生命於巴士廂間
人不得顧 車不得旋
我們只是座座自以爲支配時間
却反受時間支配的 鬧鐘
竟然找不到一刹是自己自己的光陰
窗櫥寄賣着誰底瞳中那嗽剩的荒凉？
柏油路便涔滲出渾身的汗淚
川谷流人之血
原野獻人之肉

獸群早在三岔路口各自磨牙——
嗨！HALLO！你好！
午報好教面容多點掩飾或掩護啊
依然臊燥　如餓犬力挖扒之指爪
　震震爚爚
　颮颮紛紛
任四合之紅塵罩染
　每一寸的肌膚
　每一絲的毛髮
竟不能安詳安詳於
列隊拍劇照時的一刻
咳！咳！
唯一堪留的——
就只有滿臉好硬好繃的笑顏

（亂曰）
注意：
原來文章也賣出「兒童不宜」的
告白

夢想

關夢南

他
有一個希望
也可以說
是一個很大很大的幻想
這念頭
從小就萌芽
綠草
迅速地生長
這念頭
是純潔的兒童
想放紙鳶
在屋頂
有次
他受了父親的鞭打
就想說
恨恨地喊
有次
他被老師罰抄書
也衝動得想
寫下
那麼的話
現在長大了
世界便彷彿小得
能從瓶口放進去
從前的夢想

便再次發酵
於是
一切似乎未開始過的
他在馬路邊小便
然後離去。

戰爭正在海峽裡焚燒

野 農

戰爭正在海峽裡焚燒
岸上的風暴　瘋狂捲起
千堆火
襯托着遠方的戰爭

伏坐地平線下
仰觀正在焚燒的戰場
燦爛的炮火如煙花
流不盡的血似水

乘鵬羽逍遙　呀
那個霓虹夜市
很美很美
壯觀的戰火

俯視曲澗淙流
細聽草蟲咻咻
那棵菩提樹也珠珠爭鳴
吵聲直衝向無寧逸的地平線上

此刻，抱擁蓬草和戀一個影子
在漣漪的映照中
讓黃花自落，綠葉自殘
小千盡在

任戰爭在海峽裡焚燒
焚燒每具猙獰的臉孔
焚燒每塊醜陋的巖石
焚燒每個仇恨的心靈

戰爭正在海峽裡焚燒
焚燒起熱帶風暴
焚燒起黑暗中的寂寞
焚燒起明日新聞

焚燒焚燒
戰爭正在海峽裡焚燒
戰爭正在海峽裡焚燒
戰爭正在海峽裡焚燒

戰爭　　　焚燒　　　戰爭
焚燒　戰爭　　　　　焚燒戰爭
戰爭
戰爭

一九七〇、六、廿三

李家昇

李家昇的故事

大清早
太陽裂咀的清早
李家昇爬起床
李家昇拿起眼鏡

拿起一份
一毫子
一份
的釣魚台

一聲不響
他衝入鬧市
他忘記穿褲子
還有
他忘記攜帶掛在樹梢的心肝

偶然抬頭
他發覺眼鏡爬滿裂痕
那些行人路
長滿狗尾草
從四面捲來
從四面捲來
從四面捲來捲來的捲心菜
是頸上的
綠燈
一個爆炸
一個血流披臉的西瓜

他遇見一個沒有配槍的警察
他們談起性
他們談起他的性器官是一座九廣鐵路的列車
是一座九廣鐵路一座
衝向那條貼滿陽光的
陰道

道旁是林
他是林中一隻鳥
他的語言
他的語言是非法的汽笛

他走過維多利亞
他走過孩子走過狼走過的花徑
他就隨手摘下一朶
江邊的雲
唇邊的印
他把所有的都揷進口袋
他開始繁殖

有人叫他
他的回頭是一座貼背的牆

一座不住不住的生長一座鏡
他看見裸得動人的自己
他看見他的唾涎
他已經已經是一爐不能再忍下去的衝動
他就讓行人行人行人圍著他把鏡子強姦

這個黃昏
他說過不示威
他從收音機扭出糖一樣的咖啡
他拿出早就預備好的魚竿
他坐在台上釣
落日

這個人永遠不會哭
因爲他的眼睛
經已哭成
灘上的
風沙

七一年十月七日

乾杯後

秋螢子

凡動過的，都在旋轉
在遲緩的醇香中
以一種負傷的冷靜
搖曳着
一縷朦朧

握住一杯五彩的世界
一種任由咀嚼的姿態
所謂叮嚀，所謂十月
只是一張，倉惶在
窒息與自溢之間的臉譜

情緒就在空杯中
在長廊的拐角
獨賞一壁的蕭條

把油門猛踩到底
伸熱昏的頭入車外的颱風半徑

而一朵鮮紅的花綻開心頭
燦然
如暗角裡驟亮起的警灯

一九七二年七月　芝加哥

夜遊

非馬

突然想起
故鄉的颱風季
那股挺胸邁進的豪氣
所以在死了的街上

評「中國現代文學大系・詩集・序」

杜國清

前些時候，巨人出版社寄來了一套「中國現代文學大系」共八冊，其中詩佔兩冊，分一二兩輯。在第一輯中，除了余光中的總序之外，有一篇洛夫寫的序，長達二十五頁，比總序多一倍以上。洛夫在這篇序中，①論中國文學的發展；②對中國現代詩的發展加以回顧與反省；③論中國現代詩的特質；④結語；⑤說明編選的原則與經過。洛夫這篇序，在我看來，既沒有總序那麼認識大體，頭頭是道，也沒有當年「中國新文學大系詩集」中，朱自清所寫的「導言」那麼客觀、親切；甚至洛夫對於詩一般，乃至中國現代詩的看法，是否能够代表中國現代詩人發言，我認爲不無疑問。本文擬就洛夫在這篇序文中所表達的見解（除掉上述第五點與詩論無關之外），逐條加以檢證。

甲、關於中國文學的發展

一、洛夫認爲，不論是西洋的或中國的，「文學的發展實爲一連串相尅因素反動的延續」，而不是「一連鎖性的演進」（一頁）。爲了說明這種近乎老生常談的所謂「物極必反」與「相因相成」的道理，洛夫畫了兩個圖：一列相對的兩支箭頭代表前者；一串相交的圈圈兒代表後者。這兩個圖我認爲沒有什麼大道理；尤其是相對的箭頭所表示的「反動」因素，是怎麼來的，是怎麼從正面「相尅」而來的，在圖中得不到解釋。這種非一般文章習慣的圖解方式，我認爲不是作者故意標新立異，便是把讀者也當作缺乏思考能力的小學生，實在沒什麼大道理。

二、洛夫說：「中國現代詩在初期發展階段確是受到歐美現代主義各流派的影響。這種影響開始雖爲保守人士激烈反對，但當中國現代詩人憬悟到接受世界性的現代文學思潮是唯一的無可選擇的途徑時，外來的影響無形中也就成爲他們得以新生的血液。自此他們發現到詩是感悟的而不是分析的，是呈現的而不是敍說的，是暗示的而不是直指的，是生長的而不是製作。」（三頁）

任何一位對中西的文化精神稍有了解的人，莫不認爲東方人尚「感悟」，西方人重「分析」。而且，英文的

poetry 在希臘語本來的意思是「製作」。可是洛夫在這段話裡，居然認爲中國現代詩人在「憬悟倒」非接受西方文學思潮的影響不可時，「自此」才「發現到詩是感悟的」；受了重「分析」而且認爲「詩卽製作」的西方文學思潮的影響，中國現代詩人，「自此」竟「發現到」詩「不是分析的」，「不是製作的」！

洛夫在同一序文中論「中國現代詩的特質」時，又認爲中國現代詩人也有「忠於傳統的一面」（十頁），認爲中國詩是一種「感悟」（十三頁），而「西方詩是一製作過程」（十六頁）。在同一序文中，洛夫的觀點居然前後如此矛盾！

三、洛夫說：「更爲重要的是，透過這些無法抗拒的影響，中國現代詩人在表現技巧成熟之後，日漸奠定了他們思想的基礎，進而培養了作爲一個現代詩人的使命感和歷史意識。他們瞭解：詩人不但是一個萬物『命名的人』，同時更是一個建立人與自然新關係的人，因而在他的作品中使主體與客體予以新的融合。」（三頁）

所謂「這些無法抗拒的影響」，洛夫是指「歐美現代主義各流派的影響」，例如「象徵主義」、「立體主義」、「印象主義」、「超現實主義」等等。根據洛夫這段話的意思，中國現代詩人是「透過這些無法抗拒的影響」，才「瞭解」詩人「是一個建立人與自然新關係的人」！可是他在同一序文中論「現代與傳統」時，又認爲「中國詩人與自然素來具有一種和諧的關係」，「中國詩人所謂的『靜觀』，正是透過這種人與自然的關係以探索事物本質的最佳方法」。在同一序文中，洛夫的觀點居然前後如此矛盾！

乙、關於「中國現代詩發展的回顧與反省」

一、洛夫在「回顧」與「反省」中，表現出頗爲固定的一種思考型態，亦卽先揚後抑，或者先抑後揚，而在抑揚之間表現他個人的强烈的好惡之感。例如：

①「紀弦功在倡導，在現代文學史上自有其應得的地位，惜乎他在晚年再三爲文取消現代詩，對富於創造性之年青詩人時加抨擊……」（五頁）

②「今天看來，我們不能說「藍星」對中國現代詩的發展一無貢獻，但如果說藍星同仁個人的成就大於他們對詩壇整體的影響，諒不爲過。」（六頁）

③「『笠』詩社同仁從存在現象中，和從對事物的直接反應中去求取詩的題材，以圖創造更具人間性的作品，本是一條廣濶的道路，但表現較爲成功者僅有白萩等一二人，其他多因未能有效控制語言，表現過於直接，而使詩落於言詮。」（八頁）

在這一揚一抑之間，讀者不難察覺作者的意思，實在是抑重於揚。這是洛夫對於道不相同的其他三個詩社的檢討。且看他怎樣檢討「創世紀」：

「『創世紀』詩刊因未按正規發行，自創刊至民國五十九年宣佈休刊，一直是在極度困難的狀態下發展，但『創世紀』爲中國現代詩運動所提供的貢獻是不可忽視的。」（七頁）

這是一抑一揚而揚重於抑的手法。以下他就用一些跨大性的、强調性的修飾語，表彰了「創世紀」的三項「不可忽視的」貢獻。例如：「有系統地」譯介歐美現代詩的

「各派」理論與創作，包括……等「世界性」大詩人，以及「歷年來」培植詩壇新人「甚」多等等。

至此，洛夫似乎也覺得說得有點耳熱，於是表示謙遜一下，消極地說「『創世紀』的作風並非無懈可擊」，然後，一方面辯解，說什麼「凡事缺失往往隨成就而至」，如此令人覺得情有可原，一方面也用了一些限制性的修飾語，敷衍了幾個缺點。例如：因「過於求新求變」而「不惜」發表「若干」不够成熟之實驗作品，致形成詩壇「某種程度」之混亂，「七十年代詩選」之編選不够精嚴，招致了「部份」文壇人士的批評等等。

這種將自己的優點放大，將自己的缺點縮小的作風，可說是距離謙虛最遠的吧。洛夫在回顧「現代派」時，指出失敗的三個因素，而在回顧「創世紀」時，却表揚了三項貢獻。洛夫認爲曾「集詩壇一時之盛」的「創世紀」也像「現代派」一樣，已經「解體」，其原因，洛夫爲什麼不加以反省呢？

二、關於「詩宗社」，亦卽洛夫目前所屬的詩社，洛夫的筆法是只揚不抑。對於其他較小的詩社或詩刋，做爲「中國現代文學大系」之編輯者的洛夫，竟說出一句外行話：「對其內情不熟」！他們對中國現代詩的熱情的努力，爲什麼得不到洛夫的認識和重視呢？

三、做爲「笠」詩社的一個同仁，我想對「笠」詩社缺乏正確認識的地方，提出異議：

①「笠」過去介紹過的外國詩不限於日本詩，其中介紹的篇幅佔得最多的是英文詩而不是日文詩（見「笠」第四十六期）。因此，洛夫說「笠」「經常介紹日本現代詩」而不提及「笠」同時也介紹其他許多外國的現代詩，有失公正。此外，關於「卽物主義」也止於介紹村野四郎的一些理論和作品而已；「笠」同仁之中，沒人標榜「卽物主義」。就同仁的創作傾向而言，也不限於「卽物主義」。在我看來，什麼叫「卽物主義」，「笠」都還沒介紹清楚，而洛夫是否已經認識清楚，也不無疑問。因此洛夫冒然斷言「部份社員具有『卽物主義』的傾向」，在我看來，未免不够審愼。

②關於「作品合評」，洛夫擅自稱之爲「集體批評」，而且認爲是「制度」，這種認識在我看來，不無偏差。洛夫旣承認「他們的批評頗爲坦率」，却又自侮地說是感到「被輪姦」，眞叫批評的人不知道是何種痛癢！

③「笠」同仁對詩的看法彼此比較接近，寫詩論詩，也比較平實，從來不特別標榜哪一位同仁。洛夫論及「笠」的同仁時，往往只提「白萩等一二人」，而否定其他同仁的努力和存在。（不太健忘的讀者，應該還記得宋志揚也曾說過非常類似的話：『在「笠」的所有作者中，能詩能論能譯三者而得兼的（除林亨泰之外），恐怕還找不出一位仁兄能與洛夫先生相抗衡。』）這種話除了引人反感之外，能斷定什麼呢？假如有人這麼說：「『創世紀』的所有作者中，表現較爲成功者僅有白萩等一二人」，這聽起來怎樣？詩、論、譯都有待識者檢證鑑定的洛夫，聽起來覺得怎樣？

④洛夫認爲杜萊頓（Dryden）和頗普（Pope）的作品，是「人身攻擊的遊戲詩文」，而「笠」同仁的作品「趣向尖銳的批判及諷刺」，「幸而不致」如此。從這兒又可以看出「洛夫對英國文學，至少對於杜萊頓和頗普，在認識上的偏差。洛夫沒有指出哪一部特殊作品，但是將英國十七、八世紀代表作品，稱之爲「遊戲詩文」，實在是無知的武斷！在我看來是：「笠」同仁「不幸」還不能寫

出像杜萊頓和頗普的那種「知性批評」的諷刺傑作呢！

丙、關於「中國現代詩的特質」

爲了檢證洛夫在這篇序文中所表達的詩觀，我們且提出論詩之最基本的兩個問題，做爲檢證的手段。第一個問題是：詩是什麼？第二個問題是：詩是作什麼用的？從洛夫對這兩個問題的答案中，我們再進一步追問：洛夫的詩觀是否能夠做爲「中國現代文學大系——詩」的代言人？

一、洛夫說：「詩，就是一種對生命與宇宙無限的感悟，而不是名教致知的工具。」（十三頁）

詩是「呈現『純粹經驗』的作品。」（十四頁）「所謂『純粹經驗』，就是人的直覺經驗」。「這種詩的好處即在『不涉理路，不落言詮』而達到『不着一字盡得風流』之化境。」（十三頁）「這種高度純粹的詩固然飽含『張力與衝突』，表現出不可言狀的心靈隱秘，甚至可以達到不落言詮，不着纖塵的『禪』境」。（十四頁）

詩「提供出一個境界」；「『境界』具有兩項特性：一是眞摯性，也正是王國維所說……的『眞景物眞感情』……除了眞摯性之外，詩中還必須具有一項更爲重要的特性，那就是詩的超越性，也正是象徵主義的『想像的飛越』」。（十一頁）

從以上這些句子，我們大概可以對洛夫心中的詩是什麼獲得一些輪廓。試加以綜合如下：

詩是呈現「純粹經驗」而具有「境界」的作品。所謂「純粹經驗」亦即「直覺經驗」，是一種「對生命與宇宙無限的感悟」，也是一種「不可言狀的心靈隱秘」，或者說，「『禪』境」。所謂「境界」具有眞摯性與超越性；前者亦即王國維所謂的「眞景物眞感情」，後者不外乎西洋所謂的「象徵」或者一般所謂的「餘音」或「言外之味」。

洛夫這種詩觀，只要多讀一些中國古詩及西洋詩的人，馬上會覺得，未免太狹窄。揚句話說，洛夫對詩的看法，只限於中國傳統詩論中的「神韻派」或者沾上一點西洋「象徵派」的餘味而已。可是，在中國傳統的詩論中除了「神韻派」以外，西洋的詩論中除了「象徵派」以外，還有其他種種不同的詩觀。光就中國傳統的詩論而言，根據對詩之不同的基本觀念，史丹福大學的劉君智教授（Prof. James J. Y. Liu），在所著「中國詩學」（The Art of Chinese Poetry, Chicago, 1962）中分爲四派：一、「道學主義」；二、「個人主義」（或「抒情主義」）；三、「技巧主義」（或「形式主義」）；四、「妙悟主義」。所謂「神韻派」只不過是「妙悟主義」中的一派而已。洛夫對詩的看法，只固執於一個觀點；這種狹窄的詩觀，做爲他個人的信仰或理想，未嘗不可；做爲「中國現代詩的特質」，自薦於「中國現代文學大系——詩」的序文中，儼然是代表中國現代詩人發言，這未免太自負、太不識大體了！

二、洛夫說：「中國詩是一整體生命的呈現，詩經源於民間的口傳，自無結構，而發展成立五言七言，律詩絕句後，因本身即爲一固定形式，根本就無所謂結構。中國詩所重視的是肌理與渾成的氣韻，而不太講究結構，前者是生命的有機組織，後者是機械的人爲製作。」（十六頁）

洛夫這幾句話實在說得太大膽而武斷：

①關於「中國詩是一整體生命的呈現」這句話，假如「一整體生命」是指「純粹經驗」或者「對生命與宇宙無限的感悟」，則多彩多姿的中國詩不盡都是如此；如果是指「生命的有機組織」，則許多優越的西洋詩也是如此，並非獨有中國詩爲然。尤其是所謂「有機組織」，所謂「整體生命」，是柯律治（S. T. Coleridge ）論詩的一些基本觀念（見「文學評傳」第六及第八章），認爲「詩是一整體生命的呈現」者，不只限於中國詩。

②所謂「詩經源於民間的口傳，自無結構」：這是怎樣的一種邏輯？所謂「結構」是怎樣的一種定義？有「結構」的民間口傳是不存在的嗎？詩經裡用了那麼多的重複句法，不是一種「結構」法是什麼？所謂「結構」，本來是指建築的「結合構造」，也用以指文字或詩文的「格局」或「組織」。沒有「結構」的建築是建築不起來的，只是一堆材料而已；沒有「結構」的詩文，也只是一堆文字，不能表達出什麼意義。咱們的詩經只是一堆不能構成意義的文字堆嗎？

③中國傳統的定形詩，「因本身卽爲一固定形式，根本就無所謂結構」：這又是哪一種邏輯？一棟十層公寓，能說因每一層都有「一固定形式」，而斷定它「根本就無所謂結構」？就詩而言，有「結構」的定形詩是不存在的嗎？那麼在打破固定形式使用散文寫詩的近代之前，不論是杜甫的律詩或莎士比亞的十四行詩，都是「根本就無所謂結構」的啦？文學史上哪一首好詩不是「人爲製作」的？詩經上的「風雨淒淒，鷄鳴喈喈，風雨瀟瀟，鷄鳴膠膠」，能說這種句法因是「機械的」，根本就無謂結構？

④重視「肌理與渾成的氣韻」的詩，只是中國詩中的一部分，不能以偏概全。在中國傳統的詩論中，唱肌理之說者爲清代翁方綱（覃溪）。翁氏提出「肌理」以矯「神韻」之弊，是屬於劉教授所說的「技巧主義」或「形式主義」的一派。關於「肌理」，覃溪在「詩法論」（復初齋文集卷八）中說：

「文成而法立。法之立也，有立乎其究，立乎其中者，此法之正本探原也。有立乎其節目，立乎其肌理界縫者，此法之窮形盡變也。」

可見「肌理」卽文字結構之義，是指作者運用文字技巧以求通篇之結構緊嚴而言。（見劉君智教授「清代詩說論要」一文，或郭紹虞「中國文學批評史」。）洛夫所謂中國詩重視肌理，不太講究結構云云，說得不客氣一點，簡直是閉着眼睛說瞎話！

三、關於詩是作什麼用的，或者詩的效用是什麼，洛夫說：

「這種高度純粹的詩……一則使我們恢復人與自然的冥合關係，一則使我們發現人類經驗中爲一般人所忽視的事物本質，或如古時柏拉圖，近代柏克森所追求的『最終眞實』（ultimate reality）。」（十四頁）

「使他（詩人）終生委身以事的不是爲了逃避什麼，征服什麼（除了語言），更不是爲了取悅什麼，而是統攝他的知能與直感兩種力量來顯示出人的眞實存在，並使此一存在與其他事物的關係得以擴展與融洽。因此，把現代詩人解釋爲一個美學的理想主義者亦無不可。」（三頁）

根據以上這兩段話，我們可以這麼說：洛夫認爲現代詩人是一個美學的理想主義者，寫詩的目的只是爲了顯示出人的眞實存在；所謂人的眞實存在，是指人與自然的冥合關係；在這種關係中，人發現到事物的本質或者一切存在的「最終眞實」。

洛夫的這種觀點，當然是由於認爲詩是「純粹經驗的呈現」而來的，可是他沒有進一步說明人與自然冥合了又怎樣，發現了事物的本質或者「最後的眞實」又有什麼意義。換句話說，爲什麼人希望透過詩「恢復人與自然的冥合關係」？爲什麼發現事物的本質是人類讀詩的動機或目的？除了使讀者與自然冥合以外，詩沒有別的效用嗎？洛夫認爲呈現「純粹經驗」的詩，「好處卽在『不涉理路，不落言詮』，而達到『不着一字盡得風流』之化境。」（十三頁）可是，達到了這種「化境」又怎樣？如果人們讀詩都是爲了達到這種「化境」，那麼世界上到底有多少詩能夠令讀者滿足？杜甫有多少詩是「不涉理路，不落言詮」的？莎士比亞又有多少詩是「不着一字，盡得風流」的？

以禪喻詩，以悟論詩，可以南宋嚴羽爲代表；在他之前之後，也有不少人抱有這種詩觀。然而，這是，而且只是一種詩觀而已。洛夫個人也抱有這種詩觀，我不反對，但是只是以這種詩觀來概論中國現代詩，而不提及其他同時存在而不相同的詩觀，這不是寫「中國現代文學大系——詩」序文的人，應有的見識和態度。如果作者眞的對西洋的以及中國傳統的詩論有相當程度的認識，我想該會有一個更廣博更綜合性的詩觀吧？

四、由於只限於一種詩觀，洛夫認爲「韓愈的示子侄詩『符讀書城南』，杜甫的『春水生』等作品，形式像詩而本質上却是散文」。洛夫在序文中，沒有直接談論到詩的本質是什麼。但以他的詩觀看來，這兩首詩既非「不涉理路，不落言詮」，更非「不着一字，盡得風流」。尤其是韓愈那首古詩，長達二百七十字，一首敍事說理的詩。韓愈寫這首詩，既不是爲了表現「人與自然的關係以探索事物本質」，也不是爲了「贊天地之化育，與天地參」，因此沒有「『禪』境」或「化境」，無寧說是當然的。但是，沒有或者不企圖表現「『禪』境」或「化境」的作品，就沒有或缺乏所謂「詩素」嗎？由於詩觀狹窄，洛夫讀詩時不免只限於一種趣味。因此，韓愈在這首詩中，敍述的滑稽奇趣，內容的亦莊亦諧，也就不是洛夫所能欣賞的了。雖說「韓退之詩乃押韻之文耳」，但自成一格，構成中國傳統詩觀之一，在中國詩史中仍然佔有一頁。該詩較長，特引證如下：

符讀書城南

本之就規矩，在梓匠輪輿。人之能爲人，由腹有詩書。
詩書勤乃有，不勤腹空虛。欲知學之力，賢愚同一初。
由其不能學，所入遂異閭。兩家各生子，提孩巧相如。
少長聚嬉戲，不殊同隊魚。年至十二三，頭角寄相疏。
二十漸乖張，清溝映汙渠。三十骨骼成，乃一龍一豬。
飛黃騰踏去，不能顧蟾蜍。一爲馬前卒，鞭背生蟲蛆。
一爲公與相，潭潭府中居。問之何因爾？學與不學歟？
金璧雖重寶，費用難貯儲。學問藏之身，身在則有餘。
君子與小人，不繫父母且。不見公與相，起身自犁鉏？
不見三公後，寒飢出無驢？文章豈不貴？經訓乃菑畬。
潢潦無根源，朝滿夕已除。人不通古今，馬牛而襟裾。
行身陷不義，況朝多名譽。時秋積雨霽，新涼入郊墟。
燈火稍可親，簡編可卷舒。豈不旦夕念？爲爾惜居諸。
恩義有相奪，作詩勸躊躇。（「韓昌黎全集」，國學整理社，民國二十四年十二月，上海）

其次，且看杜甫的「春水生」二絕：

二月六夜春水生，門前小灘渾欲平。鸕鶿鸂鶒莫漫喜：吾與汝曹俱眼明！

一夜水高二尺强，數日不可更禁當。南市津頭有船賣，無錢卽買繫籬旁。（「杜少陵集詳註」卷十，太平書局，一九六六，香港）

這兩首絕句，洛夫認爲在本質上是「散文」而不是「詩」。以他的詩觀看，可說旣無「『禪』境」亦無「化境」。但，讀詩如果只限於某種趣味，而認爲缺乏該種趣味的作品亦卽缺乏「詩素」：這種讀者的詩觀何其狹窄、專橫、和武斷！我們且看看胡適怎樣從別種觀點來欣賞和評價以這兩首絕句爲代表的所謂「小詩」：

「……他（杜甫）究竟是個有風趣的人，能自己排遣，又能從他的田園生活裏尋出詩趣來。他晚年做了許多『小詩』，敍述這種簡單生活的一小片，一小段，一個小故事，一個小感想，或一個小印象。有時候他試用律體來做這種『小詩』；但律體是不適用的。律詩須受對偶與聲律的拘束，很難沒有湊字湊句，很不容易專寫一個單純的印象或感想。因爲這個緣故，杜甫的『小詩』常常用絕句體，並且用最自由的絕句體，不拘平仄，多用白話。這種『少詩』是老杜晚年的一大成功，替後世詩家開了不少的法門；到了宋朝，很有些第一流詩人做作這種『小詩』，遂成中國詩的一種重要的風格。」（「白話文學史」上卷，上海新月書店，一九二八年，三四八頁。）

杜甫這兩首絕句，前者見春水而喜，表現出與物委蛇的情趣，後者見春水而憂，表現出自我解嘲的心情，做爲「小詩」我認爲還是成功的，雖然不是杜甫最優越的作品。

五、洛夫認爲中國現代詩具有四種「特性」，亦卽「從混沌中建立秩序」，「從矛盾中求取和諧」，「以特殊表現普遍」，「以有限暗示無限」。像這一類的「特性」何獨限於現代詩，尤其是中國現代詩？像這種對句式而非中國現代詩之充分必要條件的特性，何只四種？我隨便可以再多舉幾種，例如：「從渺小中見出偉大」，「於瞬間捉住永恒」，「在誕生中體驗死亡」，「於熱浪中懷念寒流」，「以悲哀啼笑出歡樂」等等。這種「特性」並非中國現代詩之充分而必要的條件，再多舉幾種，也不能使讀者對中國現代詩具有全盤的或本質上的認識。而且，所引用的例子中有些是「表現出不可言狀的心靈隱秘」，「不落言詮」「不着纖塵」；但「盡得風流」的句子，似乎故意要讓讀者直接去「感悟」似的。洛夫引以爲例的詩句，旣難解，而洛夫又惟恐落於言詮，不加以任何說明，結果我眞懷疑所引的詩句有什麼說服力，而對一般讀者而言，這未免太不親切！

六、洛夫認爲「旣具眞挈（摯）性而又含有超越性的」中國現代詩，「其美學觀念與表現方法頗受超越現實主義的影響」；他引用自己的「超現實主義與中國現代詩」一文的結論，說「……這種詩是意識的，也是潛意識的，是感性的，也是知性的，是現實的，也是超現實的，對語言與情感施以適切之約制，使不致陷於自動寫作的混亂和感傷主義的浮誇。」而且認爲「事實上今天大多數中年一代詩人的作品在精神和風格上都有這種傾向，雖未形成一種主義，卻構成了當今詩壇的主要風貌。」（十六頁）

洛夫這種見解，我認爲至少含有下面兩個問題：

①中國現代詩受了「超現實主義」的影響，卽使是只限於美學觀念與表現方法，何以竟含有「意識的」、「感性的」、「現實的」等非超現實主義的因素？到底是受了哪一種超現實主義的影響？

②既認爲中國現代詩頗受「超現實主義」的影響，又强調具有「眞摯性」——所謂「眞景物眞情感」到底是怎樣的一種「超現實」？

丁、關於「結語」

一、洛夫認爲：「領中國未來詩壇『風騷』的自然有待另一批新的詩人，他們將以全新的美學觀點和形式來取代我們今天流行的詩。他們是誰？我們不得而知，他們決不是今天詩壇上年輕的一代。……雖然我們也曾發現若干年輕詩人對前輩詩人顯示出强烈的反叛意識，但遺憾的是，他們一面反抗（此種反抗並非表現在作品的超越上，而只表現在惡意的攻訐上），一面却又在創作上或多或少受到前輩詩人的影響。換言之，他們僅爲反叛而反叛，並非爲實現自己某種理想而反叛。」（二三頁）

這是全序文中最醜惡的一段。洛夫沒有權力或權利而且沒有必要斷定：領中國未來詩壇「風騷」的，「決不是今天詩壇上年輕的一代」。他既說「不得而知」，却又做了如此無益的斷定，否則似乎難以消除心中的氣憤似的。稍爲了解去年詩壇動態的人，一定知道洛夫心中何以會有那麼一種惡氣。洛夫對於批評他的「一九七〇年詩選」的年輕詩人傅敏，竟「氣憤」到寫這篇序文的時候還耿耿於懷。甚至他竟因此在這篇序文中否認今天詩壇上年輕的一代，武斷地說「他們僅爲反叛而反叛」。洛夫在檢討「現代詩」失敗的因素以及紀弦「對富於創造性之年青詩人時加抨擊」時說：

「年輕詩人在創作初期技巧尚未純熟，對語言之駕御力有未逮，作品多呈青澀，自難免。但一個有自覺的詩人在成長過程中將作自我修正，故生者自生，滅者自滅，身爲前輩詩人對他們宜作批評性的鼓勵，而不應施以消極性的排斥。」（六頁）

洛夫自己在「結語」中對年輕詩人，不但沒有作批評性的鼓勵，不只施以消極性的排斥，甚至加以全面性的否定。「身爲前輩詩人」的洛夫是否需要再冷靜地反省一下？

戊、結論

洛夫在這篇序文中企圖代表中國當代詩壇發言，可惜，他的詩觀只限於中國傳統詩觀中的一派，再加上一些有關西洋象徵主義與超現實主義的字眼，實在不足以概論當代中國詩多彩多姿的風貌。他對中國傳統詩論，缺乏深刻的認識，將「肌理」與「神韻」混爲一談，卽其一例。他對西方詩論的了解也頗爲含糊，從所謂「歐美現代主義各流派」、「歐美現代詩的各派理論與創作」、「廣義超實現主義」這種籠統的說法中，可見一斑。洛夫這篇文章，尤其是論及中國現代詩的部分，如果做爲他個人詩集的序文，表示他個人對詩的看法、趣味和信念等等，未嘗不可，但是做爲「中國現代文學大系——詩」的序文，則頗不適當。主要的理由有下面兩點：

一、洛夫的詩觀狹窄，不足以概括「中國現代詩」所具有的各種不同的風格相貌。如果我們把詩比喻爲人——

都是一種創造物，那麼詩觀就像人生觀一樣，隨人而異，各有千秋，不能只以一種看法來排斥或否定其他種種看法。每個人可以固執自己的詩觀或人生觀。但是在「中國文學大系」這種包括種種詩觀或文學觀不同之作者的選集裡，寫序文的人如果只談論個人的詩觀或文學觀，而對其他不同的詩觀或文學觀置之不理或一味抹殺，則未免太專橫太不識大體了。

二、洛夫的「序」與朱自清的「導言」比較之下，讀者一定會覺得後者比前者客觀，親切。在朱自清的「導言」裡，純然以第三者的立場說話，幾乎句句都有根據，而且註出根據的出處，不像洛夫在「序」中，不忘提及「筆者」、「筆者自己」、以及「筆者的」什麼什麼，「筆者在」什麼什麼一文中說什麼什麼等等。朱自清的「導言」中，還對主要詩人的詩觀、特色、一一加以說明引證，不像洛夫的「序」中，談到某一個詩社，就列出一些名單，而以他自己的詩觀來概論「中國現代詩的特質」。朱自清寫的「導言」；他知道他需要向一般讀者引導什麼。洛夫寫的是「序」；他在「序」中，似乎不是要向讀者引導什麼或介紹什麼，而是藉着寫序的機會，發揮他個人的詩觀，甚至要將他個人的詩觀「正統化」，硬要讀者接受似的。新詩在今天還不能獲得一般國人的了解和欣賞，是個事實。我認爲寫「中國現代文學大系——詩」這種選集序文的人，如果了解：「詩不是只有一種，而詩如果具有社會的效用，更好」，那麼他不能不關心國人對新詩的看法（不論是了解或誤解），以及一般讀者所期待於序文的是什麼。一篇深入淺出、談論什麼是詩，什麼是好詩，好在哪裏，以及怎樣鑑賞，鑑賞的重點在哪裏，怎樣批評，批評的標準是什麼，等等有關詩之根本問題的文章，我認爲對於一般對詩有興趣而又不得其門而入的讀者，是最有裨益的。洛夫的「序」與這種讀者所期待於序文者，大異其趣。我始終相信，咱們的同胞需要詩，咱們的社會也需要詩，可是爲什麼咱們的一些詩人，在以一般讀者的對象的選集序文中，竟不肯或不能更親切地幫助一般讀者了解有關詩的一些根本的問題？

我寫這篇文章，無意對洛夫做與詩無關的非難。對詩的看法正像對人生的看法一樣見仁見智，因此我毫無理由反對洛夫固執他個人的詩觀。我所不同意的是他在「中國現代文學大系——詩」序文中，儼然爲中國現代詩人發言，結果竟只發揮他個人的詩觀，而無視於其他現代詩人對詩之不同的種種看法。雖然我也指出洛夫在這篇「序」中的一些矛盾或錯處，但這是事實之爭，絕非存心挑剔。此外，洛夫這篇序文的有些措辭，以及寫序文的態度，實在容易引起反感，尤其是與洛夫道不相同的詩人的反感。原因或許是：洛夫但見他人眼中樑木，不見自己眼中塵埃。越是眞有學問的人，一定越謙虛，因爲他會越知道學也無涯。論詩，我認爲是做學問，因此，論詩的人也應該有學識的良心和學者的風度。讀了洛夫的「序」我不禁想起艾略特批評艾狄生（Joseph Addison）的幾句話（見拙譯「詩的效用與批評的效用」六十頁）。也許我也不妨提醒各位：洛夫是一位對他我感到很像是反感那種的詩人。在我看來甚至在這篇「序」中也顯出這個人的自滿和自命不凡。在詩壇陷於前後都無可並比的醜惡中的時代，洛夫是最相稱的裝飾品之一；他具有中國人的種種美德，但無一不是次序不對：謙虛是他的品德中最少的。……

六一年八月二日

馬華詩壇的兩個階層

藍啓元

年前，一位大馬詩人的作品被一些以文人自居的人士喻爲是時代的「黑歌」。而近日，又有人挑出當時對所謂「黑歌」所作的批判，加諸於現今詩人「以血飼養」的作品上，而加以排斥。

對於他們所作的排斥式之批判，和對於那些詩作品的不習慣、看不順眼，我們無寧說那只是他們太過誤解「現代詩」本身的意義了。他們往往固執地認爲「現代詩」是於造作中形成的，一味僅在晦澀中轉圈子。但那些「現代詩」——詩人把「化血爲墨水」的成品，眞的如他們所說的那般晦澀而不可解麼？別忘了，詩人因爲要把思維中的某一種意念，或是感情上的衝突，以更精鍊的手法與形式去處理，至加強其內涵的彈性及深廣的密度，使其中的節奏起伏波折，把主題的概念都象徵在裏面——這是造作嗎？詩人加重一首詩的藝術價値及其耐讀性就是晦澀麼？其實「晦澀」二字簡直就是他們大力排斥「現代詩」的藉口。他們所致心的是「大衆化」的詩，他們提倡要把詩寫得淺白易懂，且是反映勞動工人生活及社會現實的媒介。

「……『我們已經打進勞動工人的群體裏去了，而且還得到他們的支持；我們是明朗的，我們是要大衆化的。那些要晦澀的人，就讓他們晦澀去吧！』……」這就是一份刊物所採取的文學觀。

天曉得，那些徘徊在街邊拉客的三輪車夫會懂得文學麼？那些終日在生活裏打滾，忙碌着如何去賺錢，怎樣去找快樂，去享受人生的人們，會懂得文學麼？

類似上述的刊物除外，連一些報章的副刊，也是抱着同一態度的：不刊登創新的「現代詩」。

以那些刊登現代詩的刊物，和上述的不刊登現代詩的刊物及報章副刊的相比之下，就形成了兩種截然不同的，一濃一淡的色彩。

口口聲聲都說要「大衆化」的他們，認爲那些選登現代詩的刊物，所做的都是荒唐之擧。但反觀他們自己呢？他們所採用的稿「大衆化」到甚麼樣的程度？就算我們以「淡淡的白開水」去形容其中的作品，也必定不會過於貶低它的——其水準的低落可想而知。而最値得欣慰的，倒還是那些敢於刊登現代詩的刊物，畢竟沒有受「鳥人」所唱的「鳥歌」所動，以至放棄其對文學藝術的眞正啓航方針。並且由於現代詩的致力於他們的創作，不斷的給那些敢於刊登現代詩的刊物作多方面的支持，致使現代詩在壓力重重的文壇中崛起。

現代詩在馬華混亂的文壇中，作了十餘年的苦掙，終於在風中豎起它的旗幟，飄揚着它今日所得的一點點成果，這不可說不是一項大收穫。雖然現今仍有不少人（包括一些刊物的編輯），對現代詩作大力的抨擊，但這表明了甚麼？他們現在不正是迷戀着五四運動時的「老鴉詩」的信徒麼？

文學是飛躍着向前演進的，他們過了若干年後，定會被摒棄在文學的大門之外。

綜觀馬華的現代詩人在詩壇的活動：他們合力組成詩社及出版社，專以出版詩集與其他文藝書籍，聯絡分散在各地區的詩作者，培養新秀等，都是在爲馬華詩壇作開路先鋒。我們可以肯定地說一句：未來的「現代詩壇」定是炯光燦發的新局面。

現今的馬華詩壇雖然劃分爲兩個階層，現代詩人雖然對此種現象感到悲痛，但這却更使詩人們致力於藝術的決心更加堅强，且更把精神都灌注在他們的理想世界——文學的領域中了。

變調之鳥

——商禽詩集「夢或者黎明」

陳鴻森

1.

歷經了幾乎是一個世代的臺灣的現代詩，當我們回過頭去審視上一代詩人的地形，不禁覺得眞正具有優越表現的詩人並不多見；而一些 group 的結合，其中大都數也只是「跟進」的人吧。

但無論如何，我們所懷念和關切的，還是那些眞正有着特殊色彩的詩人。

曾經盛極一時的「創世紀詩社」旗下的詩人，經過了時間把一切的掩蔽，無情的「脫光」之後，大都已逐漸地回到其應有的位置了。曾經是我們所蠱惑的詩選集上的名字，也一個一個喪失了魅力了。

自稱爲「變調之鳥」的商禽，自從詩集「夢或者黎明」出版後，聲音却隨着逐漸低沉了。這個事實，至少孕含着幾種可能，不是徘徊在創作熱情已喪失或生活感受力已硬化的崖邊，甚至是方向的猶疑，不然就可能是處於方法轉變的思索裡。

詩的創造將要盡每個詩人的所有所能。而眼睛所凝視的是我們永遠的意象。

我們必需相信：絕對沒有白費的經驗。這點，站在寫詩的無償的位置上，從硝烟裡走出來，透視了人生尊嚴卑微的價值的商禽，無論如何，該是持有着較諸其他的人更「便宜性」的領土。

2.

「七〇年代詩選」在評註商禽時，一開始便說：「他的詩極富超現實，然而那不同於超現實主義所提示的形式，他的詩具有的是超現實的精神。」

這段話正表示着主事該詩選的「創世紀詩社」，雖曾站在超現實主義的末梢，但對超現實主義並未持有什麼深刻的體認，同時也表示着其對於商禽的詩並不太了解。諦視過商禽詩集「夢或者黎明」之後，詩裡那種強烈悲憫於這個傷心慘目的現實之精神，我們可以說，在本質上，商禽是個人道主義者。

所謂「超現實精神」，我想如果我突然用力在你臉上，打了一個耳光，這「拍」的一聲是最好的說明。

人類無可逃避的，都被置於毫無寬容的實用的必要性之支配下，已看不見自己了。然而這被限定下的「活着」是不快的，有着被曲折的痛苦。

爲了忘却（或脫離）這種不快和痛苦，在其極限處，把我釋放於自由，而採取以放任的主觀去更換或決定「存在」的方法，意欲使其成爲一種新自然的價値重建。

「拍」的一聲起源於「無」，而這聲響聲裡，是包含着自由性、排他性、突然性、唯一性及驚異的必然結果。這些亦即超現實精神的主要據點。

這拍聲裡，實也淸楚的表示着「我是僅有的主動力量」。不過其結果，却是冒險的。在「自動聯想」的操作下，雖抛出了一時性的我，但往往瘋狂是甚於一切的。

正如鮎川信夫所謂的：「對現實的生，不擁有任何抵抗力，他們充其量只是極爲惰性的沙龍趣味者，或者只不過依感覺效果的一種純粹派而已。」

商禽在超現實主義的行動下，只是藉其技巧來完成他的詩吧。而這我們可以說，在當時商禽還是抵抗不了「流行」的。

3.

沒有風。我把食指放入口中浸濕，再向空中高擧……
「大漠孤烟直。」
（事件）

我想大家都會同意：商禽的重要作品，大都在於他那以「散文」型式演出的部份上。而他那些分了行的詩，則大都欠缺深刻的精神底流，而只耽於形式或音樂效果的追求。

死者的臉是無人一見的沼澤
荒原中的沼澤是部份天空的逃亡
遁走的天空是滿溢的玫瑰
溢出的玫瑰是不曾降落的雪
未降的雪是脈管中的眼淚
升起來的淚是被撥弄的琴弦
撥弄中的琴弦是燃燒着的心
焚化了的心是沼澤的荒原
（逃亡的天空）

其他，如「遙遠的催眠」、「樹中之樹」、「門或者天空」……等均是。放棄或者故意忽視形式者，常會在不經意裡陷入另一種形式的陷阱吧。

而那些藉散文形式來表現的詩，被稱爲「散文詩」時，我想商禽必會有着不甘心的感覺。

4.

日本在昭和初期，曾有過由北川冬彥、春山行夫、安西冬衞、三好達治等人，據於「詩與詩論」，站在「無詩學時代的總決算」之批判立場上，發起了「新散文詩運動」。

這運動乃是以懷疑分行寫詩的必然性出發，也就是以着刻意的方法論操作的。事實上，因懼怕在分行的慣性裡，流於庸俗化或惰性，而採取以散文的型式的鬆馳，來警戒或要求自己，這是不必要的，這在其終極必將自限定了表現能量。

能將內容與形式無間隙的結合，那是藝術的極致。無論如何，兩者是恒以互相牽制的型態存在着。是以有了本世紀初，克羅齊派的美學家認爲存在於我們接受感動而意圖表現時，藝術便已成立，而作品只是一種物理過程。

在詩感的觸發，到依靠寫作使詩呈現的這個過程，我以爲我們所關懷和致力的，無非是希望以最適切完整而又最簡單的形式，把感動傳達出來。而這形式的決定，我們相信是「情緒」的，只是「自認爲」的而不是因必然喚使的。此時，詩是仍停留在原型的狀態，還不足以成爲一首詩。但其隨後的詩想和詩情的過濾及發展的動向，却在無形裡被這「情緒的決定」所左右，而演繹成「形式乃思想之形式」。高克多以爲形式並非說明事物的方法，而是思考事務的方法，其意義亦卽在此吧。

型式將限制表現，這是不能否認的。但以散文型式來表現，雖常會喪失了詩性飛躍效果的能力，然而却也能獲得另一種傳達性的方便，這點只要將一些分行了的詩，加以連接起來，卽可得到間接的證明。

而同樣的方法，將那不分行的詩割斷排列，我們必會發覺有所缺失。

> 憤怒昇起來的日午，我映視着牆上的滅火機。一個小孩走來對我說：「看哪！你的眼睛裡有兩個滅火機。」爲了這無邪告白；捧着他的双頰，笑，我不禁哭了。我看見有兩個我分別在他的眼中流淚；他沒有再告訴我，在我那些淚珠的鑑照中，有多少個他自己。
>
> （滅火機）

像這首「滅火機」，因緊密的詩性精神在整首詩裡自然地流溢，使得心象均衡而安定，其次音響的節奏早已被否定了，我們必會感覺到「切斷」的無從着手。（指切斷比不切更具效果的表現）

事實上，這分行與不分行，斷與連的運用操作，首先必需根源於詩想的密度，心象的均衡以及語言力學的計算上。

5.

然則這依靠散文的型式來寫詩，並不如一般想像的那麼容易，常在不自覺中陷於散文性，「連接着思考的表達」的習慣裡，或因散文性傳達機能的制限而放縱了詩性稠密的精神，而淪落爲散文。北川冬彥將這種藉散文型式來寫詩的姿勢喻爲「走索」是極爲恰當的。

在這本詩集裡，如「傷2」一詩最後的「正如經書上記載的人們用以擲擊娼妓和耶穌的那些石塊一樣。」這些有「蛇足」之嫌，而戕殺了整首詩「不在言中」的味道；能否超越這種散文性的「說明」，對於這種走索者的優越程度，正是一種十分準確的試驗片。另外那首起於鄉愁而致對生的存在位置的內心爭辯的「籍貫」，似也徘徊在散文的懸崖邊緣。其他諸如「塑」、「溫暖的黑暗」、「水葫蘆」、「臺北·一九六〇年」等詩，在去除了商禽所慣用的語言的「折光性」的障眼法之後，便露出或將被降落爲散文的危險。

6.

前面曾提及商禽深受超現實主義表現方法的影響，這影響，在點的方面卽產生語言的折光性，而在面上卽是造成夢囈式的「自動連結」。

本來在詩的場合裡，詩人唯有自「類型認識」（卽不能更深刻的從本質上去感認存在）上脫走而出，向其「實在」去凝視，才有詩的存在。亦卽重新去描繪「現實眞實」以外的另一個眞實世界。

「實在」本是多元的，在人的知感下顯露着「隨時的面貌」。而新的形成，有賴新的構造（結合）；這種新的結合，卽是澈底的自破碎了的類型認識上給予精神爲粘劑的重建。

超現實的「連接遠的，捨棄近的」的方法，以給出「訝異」的結果爲使命。然則，這種連接事實上並非「自動」的，而是被存在於不可察覺的精神的更進一度空間默默的驅策着。如無精神力給予推動，則這種連接的現場必如停電的馬達一般。

且這種「連接遠的，捨棄近的」亦僅是一種手段，並非目的，一些亞流的超現實主義信奉者，卽是因欠缺這種認識而被絆倒。況且這種手段的終極，雖抓住了自我保全的一時性的喜悅，但其呈現却是賭注式的，因這種近於自發的聲音，透過表現，而成形爲詩的肌理，在接受的一方，乃是伴隨着許多干擾音響。「嘔吐」僅是一種未經消化的痛苦。

在商禽早期的詩作裡，這種折光性的語言和自動連接的技倆，被大量的採用着。

> 所有的男人走過——由發炎的雲與浮腫以及膩滑之極至所組成——一道艱澀的門，而終於顯得萎頓。把兩隻誰也不能幫助誰的脚，自，實則他們曾以自身的陷落來逐行的，此一幫助他人的徒然之願望，而於對方的酬答中加深了的，陷落裡頭，拔了出來；以他們唯一可能的辦法——趨身下去。就這樣，一朶從未有過的，淒然的花，向日葵似地開了。

這是「溫暖的黑暗」一詩的第一節。發炎的雲、浮腫又膩滑之極至組成門，這些 image 的艱澀無疑是人工的，這種無機結構，雖在某些場合亦有其可然性可言，但這種 image 的連接却是「暴力」的。這首詩似乎表現 Sex 的苦悶的情緒掙扎吧。由於心象未能轉化爲令人可感受的 image，以及曖昧語言不確定的指向，我亦只能在讀上十幾次後，這樣私心底揣測着。

這類的詩甚多，諸如「不被編結時的髮辮」、「前夜」、「蒲公英」、「天使們的惡作劇」、「水葫蘆」、「海拔以上的情感」、「界」、「臺北、一九六〇」、「路標」等均是，而到了「事件」而集其大成。

這種表現的無支配力，亦卽是精神的無支配力。

或者我們可以說：純粹的藝術乃是「我」的內在作業。對於外在的世界是呈「空集合」狀態。

梵樂希以降，這種說法有力的被某些亞流以下者，用以掩飾，但所謂「你」、「他」、「我們」這些却是由這個「我」推演而出的，則寄宿於「我」的藝術「誠實表現」必然可被共感的。

7.

在商禽精神上的「悲憫」，是我們在探討他的詩時所不能忽視的。

這種悲憫亦卽是自憫的反射吧。在自我受挫於生的現實時，必也轉化爲向外的關懷。然則，這種自憫必須要在有表現時乃有價。

憫憐別人時，對自己會浮起一種慰安的快感吧。

> 在失血的天空中，一隻雀鳥也沒有。相互倚着而抖顫的，工作過仍要工作，殺戮過終也要被殺戮的，無辜的手啊，現在，我將你們

高擧，我是多麼想——如同放掉一對傷瘉的
雀鳥一樣——將你們從我双臂釋放啊！
（鴿子——末節）

急急地，我出去買了一貼橡皮膏；急急地，
我把它貼在——啊，因發現自己的虛僞而不
斷擴大的，我的內裡的傷太深了——急急地
，我把橡皮膏貼在那双肆無忌憚的眼睛上。
（傷——末節）

這無疑是站在街頭的商禽，對於追逐着生活而同時被生活追逐的那群人的强烈情感，在過濾後與其他精神要素混合而抽離出來的晶狀物。在「鴿子」裡巧妙地以双重意象標示出了非自然成長的人的無價和哀傷而不着一言。兩首「傷」也表現了所謂文化過的人的虛僞和我們內在的傷痕。

這種對現世憫憐裡，隱含着批判的意志，成爲商禽個人在跨過六十年代後最具特色及最有力的表現。且較諸那種「精神貴族式」的憫憐，此種人間配慮過的感情，是更叫人珍惜的。

8.

商禽是個較負時代意識的詩人。在「創世紀詩社」裡，亦是較嚴肅地在追求的詩人。

或者對於一些眞正的追求者而言，在其有了若干成就而又繼續在追求的沿途上，常會忽然止步對自己的追求感到茫然吧。

在六十年代詩選時，便已發表了「行徑」、「火鷄」、「長頸鹿」、「躍場」、「滅火機」等傑作的商禽，至今這十年間，幾乎只有「鴿子」、「傷」兩首詩能叫人服氣的。而此期間裡另零星發表的一些作品，大抵都仍停留在表現十年前的經驗上，而甚少有新的異質做爲補償。

艾略特在爲伊妶拉・龐德的詩選作序時，曾提及了：「詩人的進展是二元的，有一種經驗逐漸的累積，就像坦塔勒斯的瓶子般；也許五年或十年間始有一次，累積起來形成一種新的整體，同時找到了適當的表現……經驗的進展大體上是無意識的，隱藏在內層，因此其進度除了五年或者十年一次以外，我們是難以測定的；但在此其間，詩人必須不斷的寫作，必須不斷地實驗以及試用自己的技巧……。」

我願誠摯地以此給予商禽忠告。在不斷地創作中，去完成生命的意義。

（六十一、三、十八）

日本現代詩鑑賞（7）

唐谷青

草野心平（一九〇三——）生於福島縣石城郡。慶應大學普通部中退，於大正十年（一九二一年），到我國廣東嶺南大學留學。大正十四年（一九二五）回國。其間刊行謄寫版印刷的詩誌「銅鑼」。昭和三年（一九二八）與伊藤信吉等發行詩誌「學校」；昭和十年（一九三五）與逸見猶吉、岡崎清一郎等創刊同人詩誌「歷程」。該刊以草野心平爲中心，具有廣漠的人間味，爲人生派詩人以詩會友的詩誌，雖屢次休刊，至今仍在發行。草野的初期作品，具有强烈的anarchism，透過蛙的世界，追求人類之原始性以及對這種原始性的鄉愁；根據野性與官能，對物象的質量感加以誇張表現，而有野獸派詩人之稱。曾在東京街頭經營一家小酒館，賣燒酒和烤雞，也擔任過新聞記者。

作品頗爲多產，主要的詩集有：「第一百階級」（一九二八），「明天是好天氣」（一九三一），「母岩」（一九三六），「蛙」（一九三八），「絕景」（一九四〇），「富士山」（一九四三）、「日本沙漠」（一九四八）、定本「蛙」（一九四九）、「天」（一九五一）、「亞細亞幻想」（一九五三）、「第四之蛙」（一九六四）等等。定本「蛙」曾獲昭和二十五年度（一九五〇）度讀賣文學獎。

草野心平的詩的世界，一言以蔽之，是蛙的世界。在一般詩讀者的心中，草野與蛙是不可分離的。他的第一本代表的詩集「第一百階級」，共收錄作者廣東時代有關蛙的作品四十五篇。根據創元社出版的「現代日本詩人全集」，在作品總數二六二篇中，寫蛙的詩有七十六篇，約佔三分之一。正如村野四郎在「草野心平的蛙」一文中，所說的：「蛙是心平的肚臍一般在存在，從生下來，也許到死，他們之間的交往是不會改變的吧。我們根據這個肚臍的顏色的樣相，可以知道其主人的精神的容態。」事實上，草野不僅描寫蛙的形態，蛙的行爲，蛙的感覺，蛙的悲歡，蛙的愛憎，他甚至使用蛙的語言，記下一篇擬聲的獨白，然後再付以日文的翻譯呢！

一般認爲草野早期的作品，具有强烈的anarchism的傾向。所謂「第一百階層」，是最底的階級；作者在最底層的階級，亦即蛙的世界中看出生命的原始性來。作者是透過蛙來觀看人的世界，同時以對人的愛心來觀察蛙的世界。詩人對蛙的同情或共感，構成草野的許多作品的主題。但是，草野並沒有將這個主題發展爲階級意識或政治思想，而使其作品成爲宣傳品；反之，詩人將這個主題，限於生活感情的領域，而且包含在自己的人格之中，再加上詩人特有的感性的處理，使之發展成爲極爲感人的一些美的藝術作品。換句話說，在草野的 anarchistic 詩中，可以看出早期的思想，逐漸爲藝術意識所取代，而原始感情的一團混沌或一股漩渦，由於變成很明顯的一種思想態度，亦即，對人之生命的肯定，這種明確的想法而逐漸建立起秩序來。

這種對人間生命的肯定，成爲草野的多樣作品中的底色。村野四郎在「觀賞現代詩Ⅲ」中說：

「在現代詩人之中，很少的詩人像這個詩人（草野）那樣，綽綽有餘地具備有多種詩人的要素。他的詩實在複雜，像是神秘主義的，其實是現實主義的；像是浪曼主義的，其實是近代主義的；看起來好像是這樣，其實有時候意外地誠實，却是庶民的人間主義的。而且，其中好像具有壯大的宇宙感，其實也有極爲猥雜的陋巷的人情的情緒。總之，他將這些種種不同的人間感情總括在一起，於是創造出不可思議的美的星雲來。」

因此，做爲「生之肯定者」的這個詩人的本質，村野四郎認爲，是「於吃一般人不吃的東西那種怪食癖，以及能够加以完全消化的唯美主義之驚人的强壯的胃囊。」

古里摩之死

古里摩給小孩釣起來活活摔死了。
遺下的露麗達。
拿起紫羅蘭花。
揷在古里摩的口裏。
在旁邊呆了半天不勝痛苦而投入水中。
歡樂的聲音不斷地使腹部發麻。
眼淚有如噴水冲上喉頭。

就銜着紫羅蘭那麼地。
紫羅蘭和古里摩。
都在夏天的烈日下乾透了。

——「第一百階級」

在這首詩中，作者將蛙擬人化，依蛙鳴的聲音，給雄蛙叫做「古里摩」，雌蛙叫做「露麗達」。於是藉着這兩個主角，導演出一幕三景的一齣感人的抒情悲劇。

就主題而言，所表現的是一對恩愛夫妻的死別：古里摩的慘死與露麗達的悲哀。古里摩是給小孩釣去而被活活摔死的。一隻死蛙，或是四脚伏地地趴在地上，或是四脚朝天在地上翻身，而前來奔喪的未亡「人」露麗達，將紫羅蘭花揷在已死的丈夫的口裏：何其溫柔可愛而又可憐的露麗達！

第二景寫的是露麗達的悲哀。她在丈夫的旁邊呆了半天，不勝痛苦，於是投入水中。他的悲哀在別人（蛙）的性的歡樂聲中加劇，但覺得腹部，她丈夫曾經愛撫過的腹部，此時已痲木，而眼淚就像噴泉一樣，直往喉嚨冲上，從眼裏滾珠似地掉落下來。將不斷湧上來的淚珠比喻爲噴水。這是多麼美而準確的比喻！

在第三景中，雄蛙古里摩口含着愛妻最後的奠儀，在夏天的烈日下與紫羅蘭花一並乾透了。出現在這個悲劇之現場的炎炎夏日，其無情增加了悲劇的殘酷氣氛。正像第一行，雄蛙是給「無邪」的小孩活活摔死的；小孩的「無邪」增加了這個悲劇的控訴力量。

「悲哀的露麗達，想把花插上，可是赤裸裸的屍體上除了口以外沒有可以插入的地方。」村野在鑑賞這首詩時說，「能够寫出如此悲哀的戲劇性的作品的，也許只有這個作者而已。這種特殊的美學的感覺，是心平所具有的寶石一般的知覺，給與許多他的作品一種獨特的可憐的美。這種知覺，嵌鑲在野獸派的粗野的感情間，其效果更大。」

好的抒情詩莫不是戲劇性的，由這首詩中又得到了一次證明。

月出與蛙

以月　爲目標而去的我們的夢之脚

——「第一百階級」

這是一首視覺性的詩。但是一般視覺性的詩，往往失之於誇張文字的圖畫性，而使文字的適當機能半身不遂，因此是幼稚的、單純的、沒有情趣的。可是，這首詩除了視覺性的效果之外，還有充分的詩的情趣。

關於視覺性的效果，可以從下面角度來看：

①圓圈當然是代表月亮，在「以月」與「爲目標……」之間的空隔，可以看成地面與月亮的距離。

②假如文字代表一串的蛙（我們），「以月」兩個字在月圈之內，在視覺上（讀者位於行列的末端），可以想像到在前頭領隊的（兩隻）蛙，仰起頭來看月，於是那仰起的頭在月圈裏，月亮在遠方成爲背景。相反地，也可以認爲月亮剛好上昇到那樣的一個角度。

③圓圈可以看成蝌蚪的頭，而文字成爲一條尾巴，或者一隻剛長後腿（尾巴半退化了）的青蛙，在水中游泳，將後腿一伸而腿和尾合成一束（所謂「夢之脚」）時那種形象。讀者可以進而想像，這種蝌蚪或青蛙，是向着藍色的夜空游去，而畫出上昇的夢的軌跡。

④圓圈可以看成月亮在水中，田裏或河裏，的投影。於是一列縱隊的青蛙在戲月，或者想突入月裏，而鑽入水底的深處。這時，讀者是站在田邊或河邊，於是這首詩將讀者誘入一幅寂靜、柔和、朦朧、春夜月光下的夢景中。

關於詩的情趣，讀者可能隨着視覺的想像，而有不同的感受。青蛙奔月，向着藍色的夜空，伸直夢之脚一躍而去，這是一種情趣。青蛙戲月，在淸澄的水田裏或河水裏，伸直手脚而成一直線，直向着水底明月的深處，畫出夢的軌跡，這也是一種情趣。在寂靜的夜裏，青蛙帶着一列小蛙，在水草邊仰望着遠方的明月，這種春夜的情景，也有一番詩趣。

總之，這首詩的情趣隨着月亮與蛙的關係而變化。它不僅具有强烈的繪畫性，而且含有濃郁的抒情性溶；繪畫性與抒情的交溶在一起，喚起讀者的種種可能的想像，而且使讀者在想像中享受到詩的樂趣。這是好詩的一大效用。能够使讀者享受到想像之樂趣的詩，毫無疑問的，是好詩。

● 冬眠

——「第一百階級」

這也許是世界上最短的一首詩吧：有而只有一個黑圓圈。

關於這首詩，作者本人說：「這首詩是在早稻田的一家叫做近衞館的咯嗒咯嗒響的公寓裏寫的。那已是四十年前的事了。早晨，一打開二樓房間的拉窗，外邊兒是雪。可不是在下着的，而是堆積着的雪，很耀眼。突然，在我的意識中出現的是，在土中睡眠的蛙。在白中的黑點那種黑圓。於是，這使我構想意象。當時在飢寒交迫中的我自己的孤獨，與在白中蹋跪成一團的黑蛙，這個双重的意象，很明顯地映照在第三者的我的腦裏。或許朦朧地映照着。當時的我，感到再寫也寫不出來了。我斷定：這個●就夠了。」（筑摩書房版「詩的書」第二卷）。

這首詩，是靈機一動時，那瞬間的產物。在白紙中的一團黑點，是在白茫茫的雪地中冬眠的一隻蹋跪着的黑蛙。所謂「靈機一動」，亦即機知這種知性的作用，再加上創作精神的自由，使這首詩在昭和初年，成為前衞藝術的代表作之一。

春殖

るるるるるるるるるるるるるるるるるるるるるるる

——「第一百階級」

這首詩，利用日文利用平假名「る」（ｒｕ）的形象和聲音的双重聯想，表現生殖期的蛙。這一連串的「る」，可以看成早春在水邊產下的蛙卵，也可以看成一隻隻產卵的蛙群。尤其是一隻緊跟着一隻，未嘗沒有「性」的交姿之暗示。而在音感上，令人聯想到繁殖期的蛙鳴聲：「入入入入入……」這種原始、空虛、欲望、甚至性感的、日夜不休的求偶聲。

這首詩中，「る」的字數，各版本不一。作者認為「不可不必介意」。但是「以一頁一行，越多越好。」「但是，這個る絕對不能排成兩行。變成兩行簡直就不行了。也有一種想法，將る行變成彎彎曲曲的曲線。這是即物性的，作者的意圖雖然不是不能了解，但是太過於顯眼也就落俗。」（「詩的」書。）

從這首詩中，可以看出草野對語言的把握的能力。詩人在詩中所用的語言，雖然不必也不可能字字創新，但是不能不字字具有新鮮的活力。這種活力是詩的語言的生命。在這首詩中，「る」不是死板板的一個字母，而是一則暗示形象，一則暗示音感；而所暗示的形象和音感都與主題「春殖」具有密切的關係。因此，能夠在形象上，音感上，意義上充分暗示一首詩之主題的文字，才能表現出語言的活力。草野的這個「る」，是充分具有原始之活力的，因此，一連串的る，才變成充分具有新鮮之活力的語言。

富士山——作品第肆

河面，春天的陽光耀眼地充溢着。微風一吹，陽光們捉迷藏，葦葉窃窃私語。剖葦鳴叫。剖葦的舌頭上
也有春光。

在土堤下的苜蓿的原野。
自己的臉在兩個手掌之間。
對於傾注下來的春光反而憂悶地。
眺望着。

少女你摘下苜蓿花，以巧妙的手法做成花環。將它當做繩子玩起跳繩。花環一描出圓弧，富士就進入弧內。這時每次富士接近而來。在遠處坐着。

耳邊，剖葦。

臉頰，陽光。

——「富士山」

野草寫了許多關於蛙的詩，已如上述。此外，在他的作品中，也佔有相當位置的是，關於富士山的作品。一九四三年七月，由昭森社刋行的詩集「富士山」，共收錄描寫富士山的作品十七篇，以作品號碼爲題，在一九五〇年出版的「草野心平詩集」中，作者將其中兩篇（「作品第拾」與「作品第拾貳」）刪去，另外再加上九篇，一共有二十四篇。

在「關於富士山」這篇文章中，草野說：「我將富士山看做一個美的象徵，而且也認爲是民族精神之不盡的糧食。也感到是〈超越存在的無限的東西〉〈回到存在的無限的東西〉。關於富士山，古來已有相當數量的優秀作品，我認爲不必要再寫也可以，可是二十世紀的一個詩人的眼中，對富士山有怎樣的看法，這種作品，我想，有了也無妨。而且，正像過去的詩人們（歌人）將富士山變成文學作品留給我們一樣，我也想留給未來。」

從這幾句話中，也可以看出草野做個詩人的野心和抱負，以及寫作的態度。

在關於蛙的作品中，作者表現出對原始生命的鄉愁，對弱小生命的同情，對强權和暴力的反感，對生命的苦悶和歡喜，以及一般庶民的感情等等。在關於富士山的作品中，作者表現出對壯大、茫漠的永恒世界的讚歎，對永久的宇宙的律動之合體的願望，對富士山之大肉體、大精神的嚮往等等。不論作品的對象是弱小的蛙，或是壯大的富士山，在草野的作品中，莫不具有一種茫漠廣大的人間味。正如山室靜在角川文庫版「昭和文學史」下卷中所說的：「草野多產而且生命力長，這點也是代表昭和期的詩人之一，可是他的詩的魅力，距離完成或美，遠遠地，無寧說是在，從與蛙同化而歌的那種原初的生命感出發，而擴展到宇宙之大，而且從虛年到萬物之肯定，這種東洋的自然主義的渾沌中。」

可是，這首富士山作品第肆，並沒有特別强烈的所謂茫漠的宇宙感或悠久感，反之，倒是很清朗精緻的抒情作品，以柔和的色調，寫出盈盈的春色和淡淡的春愁。

第一連描寫充溢於河邊的春色。河面盪漾着春光，而和風一吹，陽光們在捉迷藏，葦葉在竊竊私語——這當然是擬人法，描寫一片閑自得的春景。所謂「剖葦的舌頭上也有春光」，與其說是纖細的觀察，無寧說是精緻的幻想，具有新鮮的感覺。

「剖葦」，根據辭海，是：「動物名、鳥類，一名鵴。鳴禽類。體形似鶯而較大。嘴長大，上嘴基部列生剛毛。尾稍長。羽色背面淡褐，下面灰白，嘴黑褐，脚灰褐色，翼、尾皆褐色。眼上有不鮮明之黃白色眉斑。夏季喧鳴於水邊葦叢中，捕食虫類。」

第二連，與前連是描寫的相對，是敘情的。詩人趴臥在土堤下的苜蓿的原野上，兩個手掌托着腮在靜觀或沈思。在傾注下來的春光的明媚中，反而感到一種莫名的哀愁，於是靜靜地一個人在遙望着遠方出神。

「苜蓿」，根據辭海，是：「植物名，豆科。二年生草木。平臥地上，葉爲羽狀複葉，自三小葉而成。花軸自葉腋出，生三花至五花，花小，色黃，蝶形花冠。莢果，呈螺旋狀，有刺。此植物可供蔬菜或飼料、肥料等用。俗稱金花菜、草頭、盤歧頭。」

第三連，又是敍景的部分。在四周春色的包圍中，少女們摘下野地上的苜蓿花，巧妙地編成花環，然後再將花環一個個接成花繩，於是玩起跳繩來。詩人在側面也許稍遠的地方靜觀。每當繩子一在半空中畫圓圈，就將富士山套進花圈裏，隨着繩子的移動，富士山接近而來；每當繩子落地，圓圈消失，富士山仍然坐在遠方，背負着天空。在這幅活潑的春景中，躍動的不僅僅是少女們；苜蓿花和富士山也在春光中躍動。藉着少女們的動作與富士山之遠近關係，將詩中的景物立體化起來。這種遠近法是這首詩的生命。

第四連，詩人在凝望着少女們與富士山之間所構成的美的奇景之後，突然被剖葦的叫聲驚醒，而又意識到春光在臉頰上的感覺。

關於這首詩的構成，作者在「關於富士山」這篇文章中，說「這個作品大體上是繪畫性的，企圖根據節奏的緩急也表現出春的動作。這個動作是光、剖葦、花環和跳繩，而其頂點是富士山。由於在構成上有四連，異於春之單調的氣氛，所試圖表現的是不致成爲離奇古怪的一種變化；對我來說，這是所謂樸素的作品之一。」

這首詩中所描寫的春景：以浮現在青空中的富士山爲背景，河面的春光，剖葦的叫聲，少女們的青春氣息，以及富士山或遠或近，這些都充滿了明朗、活潑、和朝氣，都美得令人不能不感到一種莫名的哀愁。臥在野地上的詩人，沈溺在這種哀愁中。在或遠或近的富士山及其四周的詩景物中，在陽光下，詩人躺臥在大地上，他呼吸，呼吸着春愁這種生命感；他屏息，在屏息中與天地合而爲一。

笠下影

楊念慈

詩是什麼？——
小夥子，在你的眼睛裡，
她也許是一個漂亮的仙女；

可是，對於我，
我這個倒了霉的丈夫兼奴隸，
她乃是一個潑婦。

——潑婦之一

I 作品

孤獨

我是孤獨的
孤獨的像流浪人
最後的一個銅角子
在霉溼的衣袋裏
振不出音響
被吝惜的手指
摸得發亮

心

把心鎖住，
不讓它再飛開去，
不讓它再歌唱，
讓它沉默。

關起籠子來，
滿足於這一撮細米，
這兩鉢自來水吧；
別儘發獃。

藍天太遼濶，
白雲太多變化，
七月的陽光太熱，
而且，風呀，雨呀。

關起籠子來，
滿足於這小小的木架，
——自由的空間……
幻想是無疆界的

三十歲

一眨眼，
三十啦。

想想：
穿一條露襠褲子，
牽老黑狗當馬騎的故事，
還恍如昨日呢。
——多快呀。

人生的路，
走過三分之一了。
人生的書，
寫成幾分之幾啦？

慚愧啊，
眼淚啊，
鼻涕啊，
努力吧。

老夫少妻

牽牛花攀上老榕樹的肩膀，
說：「親愛的，咱們結婚吧。」
老榕樹嗬嗬的大笑着，回答道：
「開什麼玩笑啊？姑娘俺老啦。」
牽牛花扭動着腰肢往上爬，
從脚跟，一直纏住老榕樹的頭髮。
自古道：英雄難過美人關哪，
老榕樹又生氣，又着急，又得意。
春天的枯枝上開滿紅的藍的白的花，
被蠱迷着，老榕樹愈來愈衰萎了。
老榕樹死了。牽牛花笑吟吟的，
向仰望着她的年青人拋媚眼兒。

夢

夢裏，對着水晶石磨成的鏡子，
往自己的鬢邊，簪一朵帶露的玫瑰……
（一朵被魔法咒開了的玫瑰，
它戴在誰的頭上，便開在誰的心裏。）
是我戴着玫瑰花，還是玫瑰花戴着我呢？——
鏡裏的影子和花朵一權的俏麗……
這是我十七歲那年春天的第一場夢，
直到今日，我還在夢中沒醒。

蓮座

（老僧自有安閒法，
八苦交煎總不妨。）
說我的木板屋是天堂，
老鄉，那是你太誇了。
說我的木板屋是地獄，
它乃是火焰中的一朵蓮花，

我瞑目合十的坐着
任一切苦難齊來，
如雪層，
如雪層下的寒冰；
任一切紛擾俱至，
如北風裡枯葉的繁響，
那麼慘悽悽的。

但是，你在我的臉上，
可曾看到一絲畏縮的影子？
不要以爲我有什麼秘訣，
我只須告訴你，
請記住：要盛開的，終究會盛開的，
不凋落的，永遠不凋落。

Ⅰ 詩的位置

在我們早期的詩壇，所謂播種時期的詩人們，有些能寫詩，但也能寫散文或小說，然而，往往却因爲他們在小說方面負有盛名，以致於淹沒了他們在詩創作上的成就。其實，就做爲一個詩人來說，該也有他們的獨到之處。就以詩人兼小說家的楊念慈爲例；當年他的「木板屋詩輯」在「詩誌」與「新詩週刊」（註1）發表的時候，不也曾經風騷一時嗎？由於他卽沒出版詩集，也沒參加任何詩社的活動，除了「中國新詩選輯」（註2）選過他的「一首詩」以外，一些所謂權威的詩選也沒選過他的作品，因此年輕一代的新進詩人們，恐怕也不曉得楊念慈還是一位獨來獨往的詩人呢？在方思主編的虹橋文藝叢書「青春之歌」中（註3），是以木刻家陳其茂的木刻，配上方思、紀弦、李莎以及楊念慈的詩，我們從詩人楊念慈的詩歷及其作品看來，他該是自由詩的系譜中一位獨立的詩人罷！

（1）「木板屋詩輯」爲楊念慈詩作中的獨特的總名稱，曾經分別發表於民國四十年八月一日出版的「詩誌」第一號，由紀弦主編，另外亦有一部份發表於「新詩週刊」，該刊係借自立晚報的篇幅發行。

（註2）「中國新詩選輯」爲創世紀詩叢之一，張默、洛夫主編，民國四十五年一月一日由創世紀詩社出版，該輯選了楊念慈的「一首詩」。

（註3）「青春之歌」，例入虹橋文藝叢書，木刻者陳其茂，主編者方思，民國四十二年十月由虹橋書店出版。

Ⅱ 詩的特徵

從詩的技巧論或修辭法來說，能够使用某一種修辭法，可能使詩的表現更突出，但是並不能因而就認爲那一種修辭法是詩法的不二法門。例如，隱喩（metaphor）是詩的修辭上頗爲重要的技巧之一，但是，如果使用得不準確，却也無法把握詩素的奧秘。楊念慈的詩，多半是使用直喩（Simile），却頗爲妥貼，那麼，以詩的表現來說，如果直喩也能把握到詩素的話，我們也不能否認那也是詩的方法之一。問「詩是什麼?」，從仙女到潑婦的比擬，都是直喩，然而，我們不能否認它也告訴了我們詩素的奧秘。因此，「孤獨的像流浪人」（孤獨），「說我的木板屋是天堂」（蓮座），「說我的木板屋是地獄」（蓮座），也都是直喻，却都在詩的脈絡上發生了它應有的效果，所以，我們認爲成功的表現，是使詩成其爲詩，而不成功的表現，是使詩不成其爲詩。因此，能使用矛盾語法（Paradox），逆說（irony），象徵（symbol）等修辭法的詩人們，我們不能否認其可貴處，然而，我們却無法承認詩人只是某種修辭法的奴隸。

Ⅲ 結 語

也許楊念慈並不認爲他已是一位成功的詩人，何況他已離開詩壇，久無詩作？但是，君不見經常在詩壇上行走的詩人們，有那幾位是已經成功了的呢？他們有沒有所謂經得起考驗的作品呢？以二十年前播種詩壇來說，楊喚跟楊念慈發表詩作差不多是同時候罷？！如果以歷史的眼光來看，楊念慈在詩的表現上可以說有些還比楊喚較爲成熟呢！

來函更正

趙天儀先生：前些時寄信更正笠50期拙譯 Chairil Anwar 詩抄，甚是匆匆惟恐有誤，特此更正如下：

(1)「在教堂」一詩，句4：「而祂一直……」中的「而」一字應刪掉，另句10（卽最末行）應該是：「一個在辱罵一個在發狂」句中漏了個「辱」字，音意皆相去甚遠。

(2)「空虛」一詩，句4：「沒有任何力量勇于自釋」不是「自擇」。

(3)「忍耐」一詩，句2應該是：「人們在喋喋。狗兒在吠叫」。另，句7應是：「我要爭論」，又，句12刪掉「而」一字。

(4)「我的朋友和我」一詩，後段句——應是：「已經很遲了」。最末段：「且行動沒有意義」中「且」字該刪掉。又，註中的印尼文是 dera ／不是 deru，此乃是中譯「酷刑」的註。

(5)「邀請」一詩，最末行，應是：肯確知道一會兒將乾過來」漏「過」一字。

爲對原詩與作者、讀者，甚至譯者負責，請在下期給予更正，當感激不盡。

子凡

October 7, 1972.

吳新榮詩輯

——選自「震瀛隨想錄」

柳文哲編

東京時代

天籟妙妙夜蕭蕭，
雄心鬱勁血如潮；
吾生已達一十九，
誰道前途尚遠遼。

殘陽未去日東寒，
今日漂到關門間；
萬里波程尚一半，
三顧不見故鄉山。

何處秋風不斷腸，
幾人遊子莫思鄉；
月下青紅遍地點，
滿城都是送殘陽。

臥龍吐霧白如煙，
旭水還流景自然；
穴螟已上青雲地，
總要把捉達九天。

躍　動

神話以前的神秘；
人間開始的努力，
至美至善的肉塊呀！

你力學的振動律；
是你久遠的生命喲！

祖國軍來了

旗風飄城市，
鼓聲覆天地，
祖國軍來了！
來得何遲遲！
半世黑暗夜，
今始見朝曦。

大地歡聲高，
同胞意氣昂，
祖國軍來了！
來得何堂堂！
半世爲奴隸，
今而喜欲狂。

自恃黃帝裔，
又矜明朝節，
祖國軍來了！
來得何烈烈！
半世破衣冠，
今尚染碧血。

囘憶當年

三日清遊樂有過多，
一生佳境恨無幾何，
自從別後歷盡風波，
未有一夜忘却驪歌。

曉天星影孤懸輝煌，
大地霜凍一片悽愴；
不期零雁逢群異鄉，
盡使冷胸浴飽溫香。

囘憶當時事若日昨，
琵琶湖遊鶴江飄泊；
宛如地上所有喜樂，
都盡爲我安排作福。

自古至今聚者必離，
漫說歡喜漫說愁悲；
無奈此心戀念依依，
千秋萬載永無盡期。

可愛的鼠兒

可愛的鼠兒，不要情急而心躁，不要畏縮而如盜。
我聽說：如果迫妳太甚，妳會咬破袋而衝出去。
是的，臨急關頭，妳會勇敢的戰鬪下去！

羊啊！羊！你看牠這樣溫順，牠也是生活着的。
牠！雖然默默無語，也有明天的希望，然而，老羊最後的
命運是祭壇的牲禮。
為了供奉一切的善，
為了贖罪一切的惡。

擺槳的喲！

擺槳的喲！
湖面靜止如鏡，把槳放下吧！
那櫻樹的綠蔭下，吹着愛的涼風。
擺槳的喲！
暫且休息吧！像在咱們家裡那樣，傾懷暢談吧！
為了咱們久遠的信誓！
掌舵的喲！
前面是洶湧的海洋，把舵扶直吧！
啊！靈火燃燒着彼岸，是我們生命的樂園！
掌舵的喲！
不撓不屈地衝過去吧！
君不見東方已紅，榮光正迎接着我們呀！

古都行

像夢裡現出的古城，
像霧中浮來的仙境；
久不見了將過半生，
今再來了歷訪一行。
但找不到許多友朋，
而將盡費一日全程：
黯然獨步悄然孤影，
大地沈沈月色輕輕。
十字街頭徘徊不停，
歡樂巷尾無人接迎；
霓燃紅綠奪我心胸，
夜氣森森秋風冷冷。
彷徨又到道衛口前，
門燈雙掛依然煌明；
久潤的老榕尚蒼青，
荒廢的校蹟已無形。
回憶當年我弟你兄，
論天說地雄辯批評；
今有幾人名就功成，
又有幾人為賢為能。
狹巷參差高低不平，
的的靴聲無故亂鳴；
高墻彎曲迫近眼前，
幽幽暗影疑心徒驚。
我又迷到一小家庭，
門戶堅關四邊寂靜；
雖說早年幾次受迎，

今何再來盜心盜靈。

回家去吧夜已深更，
離城去吧天又未明；
任你擧世盡說人情，
絕代貢獻何論犧牲。
一九四一 臺灣文學

故鄉的挽歌（讀地方音）

同胞們呀
你不要忘了你的少年時，
在那明月亮亮的前庭裏，
看那兄嫂小嬸杵着米，
聽那原始時代的古詩。

現在呢！
各地各庄都有舂米機器，
日日夜夜鳴着聲哀悲，
啊啊你看有幾人餓快死，
你看有幾人白呑蕃籤枝。

兄弟們呀！
你敢忘了您的後壁宅，
蕃薯收成萬斤米千袋，
前季自用後季賣，
年冬祭季樂天地。

現在呢！
登記濟證已屬別人的，
稅金不納不准你動犁，
生死病痛不管你東西，
又嚇又罵說這是時世。

狗的故事

一九三二 里門會誌

紫微傳

紫微是一條老母狗的名字，
她活過兩個時代，
從前鎭上的人都叫她做「チビ」！
這是象徵着她天生矮小，
但是非常活潑可愛，
甚至像日本人那樣巧悧。
她出生在古都的一角落，
汚穢不潔的一個巷尾，
小主人帶她到這裡的時候，
尊她爲諾比雷小將的愛犬，
從來小主人在打戰的時候，
他竟做飛士驅馳太空。
紫微奉仕過二代的女主人，
前代的主人生做高貴，
當伊逝世的時候，
她也跟着孩子們哭哭，
跟着孩子們到墓地玩玩。

光復以後換了國度，
她的名字也換寫做「紫微」，
這是順從時代的古董趣味，
也許是表現她已年老體弱了，
近來她代代的子孫滿鎮橫行，
但她還守己安分深居簡出。
不期今日主人拿來一具鐵鍊，
說：和人間的老太太一樣
要掛在頸上報她年來的功勞；
但她知道主人的雅意盛情，
因爲世上正流行着撲殺風氣，
盡見野犬盡做瘋狗殺掉去。

我也談詩

吳新榮

我會談詩，事近荒唐，且屬笑話，但竟有此事實，却非談不可。我曾談過，我未曾讀過古式的書房，也未曾受過先人的家教，所讀的只是日本式的漢文。雖然也讀過「力拔山兮氣蓋世」或「風蕭蕭兮易水寒」，而爲古代英雄流了多少淚，但國文的根底只够獻醜而已。雖然也作過所謂現代詩或新體詩而也曾自任爲詩人，但至今看來眞是幼稚不堪，因此我近年來有談詩色變之風。

可是我到這年輩來，仍然是愛詩，如愛女人一樣，不過我所愛的詩是新鮮的、純眞的、美麗的，當然女人也是一樣。我何以愛詩呢，這第一可說我有風流的遺傳性，就是我是風騷的種子，假使先人對我有多少影響的話，就是給我愛詩的精神這一點。這一點是先天性的，還有第二點就是後天性的，後天的環境使我們不得不愛文字，因爲只有愛文字才知道研究歷史，而研究歷史才知道祖國文化的偉大。

至現在我還有一種幻想及悔悟，幻想是假使我當時不選擇醫科而選擇文科，或者我現在已不是個田莊醫生，而是個文學教授。因爲在日據時代我們所爭取的文壇，雖然是小小的一角落，但由此一角落所輩出的人材，現在都是大學教授。又有一種悔悟是當時在日據時期，所有的優秀青年都奔向自由職業，此爭取自由的心理我也不曾例外，所以我在家境不好的苦難中，也到日本學到醫學，其結果是做了一輩子的田莊醫生。

因爲一念之差，不做文學教授而做田莊醫生，至今過了人生之大半，本來我可在此時鬆一口氣，但生來是賤骨，非與子孫做馬牛恐難渡過日子。但世間常有巧合，而巧合竟發生奇蹟，我的賤骨應該是誕生於賤辰，而很巧合的偏偏誕生於佳辰——國父誕生紀念日。我們的孩子每年都在此佳辰的休假中，回來山房爲 國父及家父舉行家庭聚餐。今年在此紀念日我們開了一個家庭會議，同時決定修造破爛的琑琅山房，並編刋散佚的「震瀛隨想錄」，以爲紀念事業。

這個紀念事業以外，還有一個是詩人大會，這是紀念國父誕生的紀念事業，大會的結果，就是使我要在這裡談詩的原因。在日據時代，先父等爲要保存漢學喚醒國魂，在此地方號召同志組織詩社，至今已有五十多年的歷史。當時詩社名爲「白鷗吟社」，至光復後改爲「琅環詩社」，先父逝世後改爲「佳里詩社」。在此五十年的半世紀中，不但在異族統治的環境中，使漢魂一系不斷，而且現在此還在地方遺留多少的文化傳統，這是值得驕傲的。

至最近這些又再還魂起來，由舊詩社的元老前輩做中心，包含地方人士做中堅，加之好學青年做基礎、發起擴大組織，改組爲健全的人民團體。他們的目的是爲要敦睦風雅人士、貢獻地方文化，如上述我是風流種子，當然我是贊成的，而且我是文獻會的負責人，當然也要協力他們，但事出意外，詩人大會的結果，竟選我爲社長，叫我和那輩揚風挖雅的長輩同一步調，使我啼笑皆非。但回顧起來，我已爲「頭毛嘴鬚白」的年輩了，而且口口聲聲都自稱爲文化人，當任一詩社之長何嘗不可。

結果我是擔任了，但我對此不無意見，我想這個舊革袋要來盛新酒，要來加添時代精神，使能趕上太空時代，而貢獻於國家社會。至於詩的形式我們不必拘束，形式是歷史造成的，英國有英國的形式，希臘有希臘的形式、古代有古代的形式，現代當然要有現代的形式。其形式越美化，越整齊，越純粹、越簡潔，就是好詩，因爲詩就是文學的精英。又詩的精神我們一定要提倡：高潔的風度，豪傲的意志，素樸的氣品，這都可爲詩精神的基本條件，又是我們起碼的希求。

我已擔任詩社的負責人了，我也不能再站在詩界之外，自然要自勉自厲以期有成之日，在此氣氛中，我又喚起昔日的熱情，每時都想找詩境，每時都想有詩意。其實詩境每時都在我的環境中，詩意每時都在我的生活中，我在這樣陶醉中，被一個現實的難題吃了一棒，可使我啼笑皆非。就是在此雙十節的前日，在我們的學區裡，有一里長帶來一國校校長，要詩社的社長作一對祝聯以飾校門爲紀念。以社長之尊嚴我只好答應他們當日上午可以來取聯句，已不做詩也不做聯的我，本想要叫老前輩們爲我效勞，但到上午那些老前輩都找不到，而校長們都照時來取聯句，我見他們來時確實冷汗三斗，只好自捏一捏鋼筆，寫下一對給他們，不管平仄，不管句調。

仁是大德義通三民
意本人性節顯雙十

他們是「仁意國校」的代表者，我也不得不用「仁意」二字舖排話。

事有恰巧，本年的光復節（國曆十月廿五日），又是重陽節（農曆九月九日），在本縣的南瀛詩社輪到本地方開會了，縣長是當然會長，副會長還叫我擔任，如果此職不能辭却的話，我有二件主意，第一就是爲地方文化我肯爲之，第二就是在此機會我可和先父的故友談些回憶。

（編者按） 吳新榮先生，筆名史民，早歲畢業於日本東京醫科大學，民國二十年參加臺灣文藝聯盟，次年參加臺灣新文學社，民國三十年參加臺灣文學社，民國五十五年一月十二日其遺著「震瀛隨想錄」初版發行。先生曾於本刊第五期以筆名發表「新詩與我」，敬請參閱。

惡之華

波特萊爾 著

杜國清 譯

LES

FLEURS DU MAL

PAR

CHARLES BAUDELAIRE

> On dit qu'il faut couler les exécrables choses
> Dans le puits de l'oubli et au sépulchre encloses,
> Et que par les écrits le mal résuscité
> Infectera les mœurs de la postérité;
> Mais le vice n'a point pour mère la science,
> Et la vertu n'est pas fille de l'ignorance.
>
> (Théodore Agrippa d'Aubigné, *Les Tragiques*, liv. II.)

PARIS

POULET-MALASSIS ET DE BROISE

LIBRAIRES-ÉDITEURS

4, rue de Buci.

—

1857.

11 倒運

要將這麼重的重荷推上去
西吉非(1)啊，那需要你的勇氣！
不論對工作怎樣用心努力，
「藝術」長久而「時間」短促。

遠離馳名的墓地，
向着孤獨的墳墓，
我的心，像個被蒙住的鼓，
邊走邊敲着送葬進行曲。

——許多被埋葬的珠寶，
在黑暗和遺忘中睡覺，
在鶴嘴鋤和測深器達不到的距離。

許多花兒惋惜地，
吐露它柔香像個秘密，
在深不可測的寂寞裡。

譯註

(1)西吉非（Sisyphe）：希臘神話中的柯林多暴君，人類中最為伶俐狡猾的人。死後墮入地獄，被罰將巨大的岩石推上山頂；岩石快到山頂時又再落下；如此永久受苦。

12 前世

我曾長久住在那些宏壯的廻廊中，
海上的太陽將它們染上無數的火焰；
那些巨大的圓柱，垂直而莊嚴，
使廻廊，在黃昏，變成好像玄武岩的窰洞。

那些洶湧的波濤，滾蕩着天空的姿態，
以隆重而神秘的一種方式，
將奏出宏富之音樂的無上全能的調子
混以映照在我眼中的落日的光彩。

這就是我在安閑的逸樂中生活過的地方，
在蒼空、波濤與光輝的照耀中，
以及莫不滲出香氣的裸體奴隸的服侍中；

她們以棕櫚的枝葉搧涼我的前額，
而她們唯一關心的事，乃是深入
探出使我枯槁憔悴的苦惱的秘密。

13 踏上旅途的波希米人

眼光烱烱，以占卜為業的一族，
昨日踏上了旅途；女人將幼兒揹在背上
或者將下垂的乳房，那常備的食糧，
給與那些旺盛的食慾，使獲得一些滿足。

男人用走的，將閃耀的武器扛在肩上，
沿着妻子們蹲在上面的四輪馬車，
幻影消失了却仍鬱鬱地在追求，
將沉重的視線投向天涯而繼續彷徨。

蟋蟀，從那砂地的隱匿的深處，
望着他們走過，提高歌唱的嗓子；
大地女神，喜愛他們，擴展綠茵，
使荒野開花，使清水從岩間湧出
在這些旅人之前，爲他們展開的
是黑暗的未來，熟悉的國土山河。

14 人與海

自由的人喲，你會永遠愛海吧
海是你的鏡子；你觀照自己的靈魂，
在波濤中，波濤展開無窮盡的翻騰，
而你的精神是苦澀的深淵，一如海。
你欣然浸在自己的影子的懷裡；
你用眼睛和手臂將它抱住，而你的心
時常將心中那亂嘈嘈的聲音，
遣散在這狂暴野性的荒海的怨聲裡。
海和你兩者都是陰暗而且隱秘：
人喲，你心中深淵的底深無從測出；
海喲，沒人知道你內部隱藏的豐富，
如此你們爭先恐後地守着各自的秘密！
如此到現在經過了無數的世紀，
你們互相鬬爭，憐憫和悔恨之心全無，
你們喜愛殘殺和死亡竟到如此程度，
啊啊，永遠的鬬士！啊啊，不共戴天的兄弟！

15 地獄的唐璜

當唐璜(1)向着地下的冥河走去時，
他一將往生錢付給卡龍那個渡船夫，
一個陰鬱的乞丐，傲慢的眼神像犬儒派祖師，
就以復仇的有力的手臂將每個槳抓住。
露出下垂的乳房與敞開的衣服，
女人們在黑暗的穹空下扭動折騰；
而且，好像被獻出做爲犧牲的一群家畜，
在唐璜背後曳着長長的哀鳴的吼聲。
他的從僕斯佳納累笑着要求付給工錢，
同時他的父親唐·路易以顫抖的手指，
向在岸邊彷徨的所有那些死人，
指着嘲弄他的白髮的這個大逆不道的兒子。
穿着喪服在戰慄的葉薇爾，貞淑而瘦小，
在這個背信棄義的丈夫，過去的愛人近邊，
好像仍在向他要求一個最後的微笑：
那曾經閃耀着他最初的誓言的甘甜。
身穿鎧甲直立着，一個高大的石像男人(2)
握着舵棒，破開黑暗的波浪，
可是英雄唐璜，泰然自若地倚着長劍，
注視着船曳出的水脈，對他人不屑一望。

譯註

(1)唐璜(Don Juan):西班牙傳說中的放蕩無賴的貴公子。曾誘拐總督的女兒,因此與總督決鬪,殺死總督。總督埋葬於聖法蘭蘇亞修道院。唐璜因是貴族出身,免於制裁,放浪如故。後來藉着神助,總督的石像將他呑下帶到地獄。

(2)亦卽殺死唐璜的大理石像的總督。莫理哀(Moliere)的劇作「唐璜」(一名「石像的饗宴」)中的登場人物。

16 傲慢的懲罰

在那不可思議的時代,當「神學」
以最充沛的元氣和活力開花盛絕,
據傳,有天一位極爲偉大的博士
用力說服了宗教心冷淡的人士,
使他們於黑暗的心靈深處受到感動;
而且大胆地通過——向着天國的光榮——
博士自己也莫名其妙的一些奇異的道路,
那兒或許只有純潔的「精靈」來往進出:
然後,像個爬得太高的人,心惶惶,
以充滿魔鬼的傲慢,得意忘形地叫嚷:
「耶穌喲,小耶穌!我把你抬得這麼高高高地!
而且,如果我想倒戈把你反當仇敵來攻擊,
你所受到的侮辱就像你現在的光榮一樣大,
而你只不過是個人嗤笑的胎兒吧啦!」
突然在這瞬間,他的理性消失。
這個太陽的光輝叫黑紗給遮住;
所有的混沌在這個智性之中旋轉着:
這個從前的活伽藍,充滿秩序與豪奢,
在那天花板下,美侖美奐曾經如此輝耀。
像在掉了鑰匙的一個地窖,
沈默與黑暗在他心中生根。
此後,他變成像是街頭的走獸之身,
而且,當他什麼也看不見,
在路上徬徨,冬夏寒暑不能分辨,
骯髒、無用而且醜惡,像個廢物一樣,
他成爲頑童玩弄與嘲笑的對象。

17 美

哦哦,人類!我美得像一個石之夢;
人們一觸及莫不一一受傷的我的胸脯,
是爲了使詩人的心靈興起像物質
那種不滅的無言的愛情而造成。
我君臨於蒼空之下,像不可解的司芬克斯;
我將雪的心與天鵝的潔白合在一起;
我對於移動物線的運動感到嫌忌,
而且,我永遠不笑,我永遠不哭。
詩人們,在我擺出的姿態
我那姿態是向最傲岸的紀念石像學來的,
將使他們耗盡歲月於嚴厲的鑽研。
因爲,爲了迷惑這些容易馴服的熱愛者,
我具有將萬物更爲美化的純粹的明鏡:
我的眼睛,我那永遠清澈明亮的大眼睛!

18 理想

那些挿畫美女，以蔓草花紋裝飾
無賴的世紀所生的損壞了的產物，
那些穿着高腰靴的脚，擊着響板的手指，
永遠不能使我這樣的一顆心滿足。

我留給加法尼(1)萎黃病的詩人，
他那病院裡的美人們，那饒舌的一夥，
因爲在這些蒼白的玫瑰中我無法發現
像似我那紅色理想的一個花朶。

像深淵那種無底的這顆心所要求的
是妳，馬克白斯夫人(2)，不怕罪惡的靈魂，
在颶風的風土中開花的艾斯琪洛斯(3)的夢。
或者是妳，偉大的「夜」(4)，米開蘭基羅的女兒，
以妖異的媚態，穩穩悠悠地，
扭出妳那適合於巨人族(5)嘴吻的魅力！

譯註

(1)加法尼（Gavarni, 1804–1866）：法國的風俗畫家，挿畫畫家。

(2)馬克白斯夫人（Lady Macbeth）：莎士比亞悲劇「馬克白斯」中的女主人公，誘使丈夫殺死國王。這種强烈的性格，是希臘大悲劇詩人的夢在英國的風土上所開的花。

(3)艾琪琪洛斯（Aeschylus, 525–456 B.C.）：希臘三大悲劇詩人之一。

(4)「夜」：佛羅倫斯的教堂中現存的米開蘭基羅的名作彫像。

(5)巨人族（Titans）：希臘神話中的人物，「天」與「地」之間所生的兒子。因反叛宙比特而被下入地獄。

19 女巨人

若在「大自然」以其奔放的妙想，
每天懷孕着奇異兒的時代，
我一定欣然逍遙在年輕的女巨人身旁，
像隻淫逸的猫嬉戲在女王的膝蓋。

我一定欣然看見她的肉體與靈魂花開並蒂，
而且在可怕的享樂中成長，無拘無束；
猜出她心中是否有暗戀的火焰燃起，
從漂浮在她那双眸中的濕霧；

在她那壯麗的形體上到處遊逛；
爬行在她那兩膝巨大的斜面上，
而有時在夏天，當她照着有碍健康的太陽

感到疲倦，橫斷地躺臥在原野上，
我悠閑地睡在她那乳房的蔭影下，
像山脚下靜靜的一個小村莊。

韓國現代詩選譯

陳千武譯

音

朴南秀

「四、一九」前夜鬱悶的時候，我意識到某些「崩潰」的感受。

①

掠過耳朶
像音般的東西閃爍着
慟哭着似地崩潰下來的
那莊嚴的聲音
像雅典曾經那樣
像孟買曾經那樣
燦爛的存在
皆持有崩潰的一刻
像持有莊嚴的時間
現在 聽得見落下的瀑布那麼
莊嚴的聲音 像水壓般被衝走

②

開窗
眺望窗外
窗外只是一片安靜的世界
熟睡的夜半
風的刀刃亮青青
憤怒的巷口
月亮要隱藏起來嗎
房屋和樹木都無聲無息地沈下黑髮
夜仍然流盪着

〈（朴南秀）一九一三年生於平壤，詩集「神之屑」等三冊，任大學教授。

一個人走的路

趙芝薰

不想
再說甚麼。
要講的
都講完了
現在抱着虛心
回去。路上
只有餘暉
很美

微冷的風
像某種悲哀
或由於飢餓
才穿過酒店的布簾

都遠離了
能表同感的朋友
豎起耳朶聽話
再說甚麽
不要

常被留下來的
是我 因此
一個人走寂寞的路去

把背信的嫉妒和包圍的網
像影子拖着
畢竟我是孤獨的人
敵人也沒有

現在不想
再說甚麽
雖沒有遺失東西
也已經疲憊不堪了
撫慰
想喊破嗓子的心
搖搖擺擺
一個人回去的路上

出現了遺忘好久的
李太白的月

〈趙芝薰〉一九二〇年生於慶北英陽，詩集「鳳凰愁」外七册，高麗大學教授。

沈默的時間

張萬來

意想不到的馬車駛來
軋了我

倒臥在路傍 好久
眼追着遠離而去的馬車
我橫臥着

車輪聲
年輕男女們狂熱的歌聲
尖銳的喊叫
像荒浪般傳過

爲何軋倒我而逃逸？
爲何必需那樣逃逸？
我不知 其理由
我不知 其馬車的主人
不知其出發地和到達點

星星像大波斯菊
在夜空無數地開花

這時　我竟毫無感動地
感到　僅有的寂寞

摻雜在車輪聲音裡
歌聲和叫喊聲
好久　留在
我耳朶
我不想爬起來

雖受了傷　但是
我相信着死
尤其悔恨
這種無限度的沈默
多麼偉大啊
對於我　有價值的時間
是非常必要
而貴重

〈(張萬來) 一九一四年生於黃海道，詩集「羊」外三册，並有譯詩集數册。

看不見的星星

金珖燮

竪立蠟燭在這裡
要等誰?

忘却時間　然後
星星們出現
抄近路
人人都回去

看着你走路的人
星星喲你都記得他們嗎

早晨　就像伸長的嫩葉
緬懷漸深的春　但是

黃昏的顏色　遠離了
沾濕在鄉愁的邊緣

越過看不見的那個地方
還有　星星嗎

也許我如此不能遺忘的
就是光也照不到的
那個地方吧

註：懷念淪陷在北韓的故鄉而寫的詩。

(金珖燮) 一九〇六年生於咸北，詩集「憧憬」外二册，世界日報社社長。

中國新詩史料選輯之五

徐志摩詩選

趙天儀編

I 簡介

徐志摩（1895——1931），原名章垿，浙江海寧硤石鎮人，生於民國前十六年，民國二十年八月，從南京飛往北平，乘機失事，在山東黨家莊遇難。先生曾就讀於上海滬江大學，後轉北京大學。畢業後，遊學英美，曾在哥倫比亞大學、倫敦大學、劍橋大學皇家學院等就讀。返國以後，歷任北京大學、清華大學、光華大學、大夏大學、中央大學教授。並曾跟胡適、梁實秋等創刊「新月雜誌」，在中國新文學運動史上，他被認爲是新月派的主要詩人，他譯著勤奮，包括有詩、散文、小說、劇本、評論、書簡以及翻譯作品等，詩集有「志摩的詩」、「翡冷翠的一夜」、「猛虎集」以及「雲遊」等四種。民國五十八年一月，由蔣復璁、梁實秋主編的「徐志摩全集」六巨册，交傳記文學出版社印行，算是一部最完整的徐志摩全集。

II 詩選

爲要尋一個明星

我騎着一匹拐腿的瞎馬，
　向着黑夜裡加鞭；
　向着黑夜裡加鞭，
我跨着一匹拐腿的瞎馬。

我衝入這黑緜緜的昏夜，
　爲要尋一顆明星；
　爲要尋一顆明星，
我衝入這黑茫茫的荒野。

累壞了，累壞了我跨下的牲口，
　那明星還不出現；
　那明星還不出現，
累壞了，累壞了馬鞍上的身手。

這回天上透出了水晶似的光明，
　荒野裏倒着一隻牲口，
　黑夜裏躺着一具屍首。——
這回天上透出了水晶似的光明！

——志摩的詩

叫化活該

「行善的大姑，修好的爺，」
西北風尖刀似的猛刺着他的臉，

「賞給我一點你們吃膩的油水吧！」
一團模糊的黑影，捱緊在大門邊。

「可憐我快餓死了，發財的爺，」
大門內有歡笑，有紅爐，有玉杯；
「可憐我快凍死了，有福的爺，」
大門外西北風笑說，「叫化活該！」

我也是戰栗的黑影一堆，
蠕伏在人道的前街；
我也只要一些同情的溫暖，
遮掩我的剮殘的餘骸——

但這沉沉的緊閉的大門：誰來理睬；
街道上只冷風的嘲諷，「叫化活該！」

——志摩的詩

誰知道

我在深夜裏坐着車回家——
一個襤褸的老頭他使着勁兒拉；
天上不見一個星，
街上沒有一只燈：
那車燈的小火
衝着街心裏的土——
左一個顛搖，右一個顛播，
拉車的走着他的踉蹌步；
……………

「我說拉車的，這道兒那兒能這麼的黑？」
「可不是先生？這道兒眞——眞黑！」
他拉——拉過了一條街，穿過了一座門，
轉一個彎，轉一個彎，一般的暗沉沉；——
天上不見一個星，
街上沒有一個燈，
那車燈的小火
蒙着街心裏的土——
左一個顛播，右一個顛播，
拉車的走着他的踉蹌步；
……………

「我說拉車的，這道兒那兒能這麼靜？」
「可不是先生？這道兒眞——眞靜！」
他拉——緊貼着一垛牆，長城似的長，
過一處河沿轉入了黑遙遙的曠野；——
天上不露一顆星，
道上沒有一只燈，
那車燈的小火
晃着這兒上的土——
左一個顛播，右一個顛播
拉車的走着他的踉蹌步；
……………

「我說拉車的，怎麼這兒道上一個人都不見？」
「倒是有，先生，就是想不大瞧得見！」
我骨髓裏一陣子的冷——
那邊靑繚繚的是鬼還是人？

彷彿聽着嗚咽與笑着——
阿，原來這徧地都是墳！
天上不亮一顆星，
道上沒有一只燈：
那車燈的小火
繚着道兒上的土
左一個顚播，右一個顚播，
拉車的跨着他的踉蹌步；
……………………

「我說—我說拉車的喂！這道兒那……那兒有這麼遠？
「可不是先生？這道兒眞——眞遠！」
「可是……你拉我同家……你走錯了道兒沒有！
「誰知道先生！誰知道走錯了道兒沒有！
……………………

我在深夜裏坐着車同家，
一堆不相識的襤褸他，使着勁兒拉；
天上不明一顆星
道上不見一只燈：
只那車燈的小火
裊着道兒上的土——
左一個顚播，右一個顚播，
拉車的跨着他的蹣跚步。

——志摩的詩

蓋上幾張油紙

一片，一片，半空裏
掉下雪片；
有一個婦人，有一個婦人，
獨坐在階沿。

虎虎的，虎虎的，風響
在樹林間；
有一個婦人，有一個婦人，
獨自在哽咽。

爲什麼傷心，婦人，
這大冷的雪天？
爲什麼啼哭，莫非是
失掉了釵鈿？

不是的，先生，不是的，
不是爲釵鈿；
也是的，也是的，我不見了
我的心戀。

那邊松林裏，山脚下先生，
有一隻小木篋，
裝着我的寶貝，我的心，
三歲兒的嫩骨！

昨夜我夢見我的兒：
叫一聲「娘呀——
天冷了，天冷了，天冷了，
兒的親娘呀！」

今天果然下大雪，屋檐前
　望得見冰條，
我在冷冰冰的被窩裏摸——
　摸我的寶寶。

方才我買來幾張油紙，
　蓋在兒的床上；
我喚不醒我熟睡的兒——
　我因此心傷。

一片，一片，半空裏
　掉下雪片；
有一個婦人，有一個婦人
　獨坐在階沿。

虎虎的，虎虎的，風響
　在樹林間；
有一個婦人，有一個婦人，
　獨自哽咽。

——志摩的詩

翡冷翠的一夜

你眞的走，明天？那我，那我，……
你也不用管，遲早有那一天；
你願意記着我，就記着我，
要不然趁早忘了這世界
有我，省得想起時空着惱，
只當是一個夢，一個幻想；
只當是前天我們見的殘紅，
怯怜怜的在風前抖擻，一瓣，
兩瓣，落地，叫人踩，變泥……
唉，叫人踩，變泥——變了泥倒乾淨，
這半死不活的才叫是受罪，
看着寒傖，累贅叫人白眼——
天呀！你何苦來，你何苦來……
我可忘不了你，那一天你來，
就比如黑暗的前途見了光彩，
你是我的先生，我愛，我的恩人，
你教給我甚麼是生命，甚麼是愛，
你驚醒我的昏迷，償還我的天眞，
沒有你我那知道天是高，草是青？
你摸摸我的心，它這下跳得多快；
再摸我的臉，燒得多焦，虧這夜黑
看不見；愛，我氣都喘不過來了，
別親我了；我受不住這烈火似的活，
這陣子我的靈魂就像是火磚上的
熟鐵，在愛的鎚子下，砸砸，火花
四散的飛灑……我暈了，抱着我，
愛，就讓我在這兒清靜的園內，
閉着眼，死在你的胸前，多美；
頭頂白楊樹上的風聲，沙沙的，
算是我的喪歌，這一陣清風，
橄欖林裏吹來的，帶着石榴花香，
就帶了我的靈魂走，還有那螢火，
多情的殷勤的螢火，有他們照路，

我到了那三環洞的橋上再停步，
聽你在這兒抱着我半暖的身體，
悲聲的叫我，親我，搖我，咂我；……
我就微笑的再跟着清風走，
隨他領着我，天堂，地獄，那兒都成，
反正丟了這可厭的人生實現這死
在愛裏，這愛中心的死不强如
五百次的投生？……自私，我知道，
可我也管不着……你伴着我死？
什麼，不成雙就不是完全的「愛死，」
要飛昇也得兩對翅膀兒打夥，
進了天堂還不一樣的要照顧，
我少不了你，你也不能沒有我；
要是地獄，我單身去你更不放心，
你說地獄不定比這世界文明
（雖則我不信，）像我這嬌嫩的花朵，
那時候我喊你，你也聽不分明，——
那不是求解脫反投進了泥坑，
倒叫冷眼的鬼串通了冷心的人，
笑我的命運，笑你懦怯的粗心？
這話也有理，那叫我怎麼辦呢？
活着難，太難，就死了也不得自由，
我又不願你爲我犧牲你的前程……
唉！你說還是活着等，等那一天！有那一天
嗎？——你在，就是我的信心；
可是天亮你就得走，你眞的忍心
丟了我走？我又不能留你，這是命；
但這花，沒陽光曬，沒甘露浸，
不死也不免瓣尖兒焦萎，多可憐！
你不能忘我，愛，除了在你的心裏，
我再沒有命；是，我聽你的話，我等，
等鐵樹開花我也得耐心等；
愛，你永遠是我頭頂的一顆明星：
要是不幸死了，我就變一個螢火，
在這園裏，挨着草根，暗沉沉的飛，
黃昏飛到半夜，半夜飛到天明，
只願天空不生雲，我望得見天，
天上那顆不變的大星，那是你，
但願你爲我多放光明，隔着夜，
隔着天，通着戀愛的靈犀一點……

——翡冷翠的一夜

偶然

我是天空裏的一片雲，
偶爾投影在你的波心——
　你不必訝異，
　更無須歡喜——
在轉瞬間消滅了蹤影。

你我相逢在黑夜的海上，
你有你的，我有我的，方向；
　你記得也好，
　最好你忘掉，
在這交會時互放的光亮！

——翡冷翠的一夜

蘇蘇

蘇蘇是一個癡心的女子：
　像一朵野薔薇，她的丰姿；
　像一朵野薔薇，她的丰姿——
來一陣暴風雨，摧殘了她的身世。

這荒草地裏有她的墓碑
　淹沒在蔓草裏，她的傷悲；
　淹沒在蔓草裏，她的傷悲——
阿，這荒土裏化生了血染的薔薇！

那薔薇是癡心女的靈魂，
　在清早上受清露的滋潤，
　到黃昏時有晚風來溫存，
更有那長夜的慰安，看星斗縱橫。

你說這應分是她的平安？
　但命運又叫無情的手來攀，
　攀，攀盡了青條上的燦爛——
可憐呵，蘇蘇她又遭一度的摧殘！

——翡冷翠的一夜

再別康橋

輕輕的我走了，
　正如我輕輕的來；
我輕輕的招手，
　作別西天的雲彩。

那河畔的金柳，
　是夕陽中的新娘；
波光裏的豔影，
　在我的心頭蕩漾。

軟泥上的青荇，
　油油的在水底招搖；
在康河的柔波裏，
　我甘心做一條水草！

那榆蔭下的一潭，
　不是清泉，是天上虹
揉碎在浮藻間，
　沉澱着彩虹似的夢。

尋夢？撑一支長篙，
　向青草更青處漫溯，
滿載一船星輝，
　在星輝斑斕裏放歌。

但我不能放歌，
　悄悄是別離的笙簫；
夏蟲也爲我沉默，
　沉默是今晚的康橋！

悄悄的我走了，
　正如我悄悄的來；

我揮一揮衣袖，
　不帶走一片雲彩。

——猛虎集

深夜

深夜裏，街角上，
夢一般的鐙芒
烟霧迷裏着樹！
怪得人錯走了路？
「你害苦了我——冤家！」
她哭，他——不答話。
曉風輕搖着樹尖：
掉了，早秋的紅艷。

——猛虎集

雁兒們

雁兒們在雲空裏飛，
　看她們的翅膀，
看她們的翅膀，
有時候紆廻，
　有時候匆忙。
雁兒們在雲空裏飛，
　晚霞在她們身上，
晚霞在她們身上，
有時候銀輝，
　有時候金芒。
雁兒們在雲空裏飛，
聽她們的歌唱！
聽她們的歌唱！
有時候傷悲，
　有時候歡暢。
雁兒們在雲空裏飛，
　爲什麼翺翔？
爲什麼翺翔？
她們少不少旅伴？
她們有沒有家鄉？
雁兒們在雲空裏徬徨，
　天地就快昏黑！
天地就快昏黑！
前途再沒有天光，
孩子們往那兒飛？
天地在昏黑裏安睡，
　昏黑迷住了山林，
　昏黑催眠了海水；
這時候有誰在傾聽
昏黑裏泛起的傷悲。

——雲遊

林亨泰早期作品集

林亨泰

第一輯　靈魂的產聲

（1942—1949）

葉泥譯

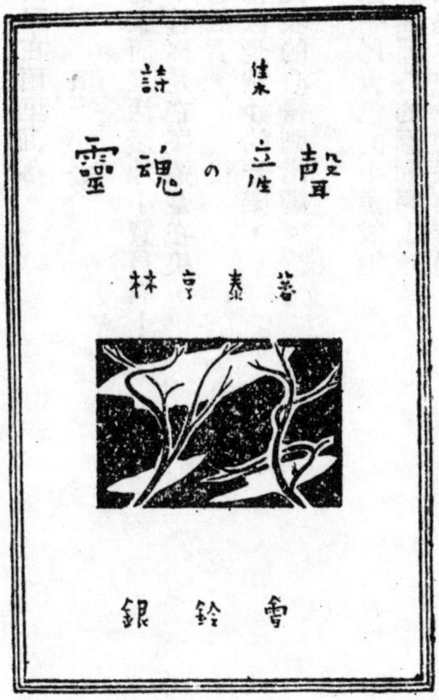

影子

夢

有好夢，就永遠做下去罷
因爲可憐的人們是不能沒有夢的
夢是苦痛的，夢是空虛的
是的，就是因爲苦痛，因爲空虛
夢才該永遠地做下去
因爲可憐的人們是不能沒有夢的

雨天

在雨天里
吸香烟是寂寞的，
這樣的日子里
噴吐香烟的烟霧，
像看見自已的影子般的寂寞。
輕緩地向着雨里
烟，低徊而去，

而又在雨里沉落。

嬰孩

健康而又活潑地小寶貝啊！
不管你是在哭還是在笑，
那聲音，
都像是神妙的音樂，
使我的心得到諧調。

像一尾青色的小魚般地
那無邪心的蠢動啊！
因爲你在我的眼前游過，
我的鐵般緊閉的心扉，
也棉花般地搖動起來，
不停地饒舌。

詩與題名

是受了誰的吩咐？
我的筆怎麼這樣不停地揮動着，
像被颱風給吹捲着一樣，
變動了現在的位置，
迷失了應去的方向，
更不知道要到達的地方。

詩的題名
就是在那一場風暴停息之後，
以復甦的理智，
猜謎般判斷出來的。

假如那風暴洶湧得太厲害，
那麼我將想不出那詩的題名來。

影子

影子……
影子在躺臥着，
垂下着眼簾。
影子看不見，
却又好像看得見。
影子……
影子在躺臥着，
垂下着眼簾。

回憶

在我的心之晴空，
給我撒下
美麗的月亮和
許多可愛的星星吧！
之後，在靜靜安歇的夜里，
透過那重重的黑暗，
再讓我以淚眼仰望着，
那住在我的心上的你們，
那被喚做「回憶」的你們。

哲學家

哲學家

陽光失調的日子
雄鷄用一隻脚獨立而沉思着。
一九四七年十月二十日，秋天，
在落盡了葉子的樹下，
爲什麼失調的陽光
會影響了那雄鷄的一隻脚？

形而上學者

你，焦急地想抓住
自己映在鏡子里的形像的孩子啊，
雖然能看得很清楚，
但眞實的本體却沒有在鏡子里
向後轉！那形像就是你自己呀！

黑格爾辯證法

黑格爾說了
正、反、合……
我笑着咬了舌頭
喜、悲、悲喜各半……

浪漫主義者

坐在高處，
不停地搖蕩着懸在空中的兩隻脚，
且裝做是一個天眞的孩子，
認爲把人間的眞相知道得太多就有毒害。
如果能買到一隻秋蟬，
就該聽它「知了，知了」的唱在你的耳邊。

書籍

在桌子上堆着很多的書籍，
每當我望着它時，
便會有一個思想浮在腦際，
因爲，這些書籍的著者，
多半已不在人世了，
有的害了肺病死掉，
有的在革命中倒下，
有的是發狂着死去。
這些書籍簡直是
從黃泉直接寄來的贈禮，
以無盡的感慨，
我抽出一册來。

一張一張的翻着，
我的手指有如那苦修的行脚僧，
逐寺頂禮那樣哀憐。

於是，我乃祈禱了，
像香爐焚薰着線香，
我點燃起煙草……

虐待

故意地熄滅了電燈，
先讓房子中是一片黑暗，
之後再劃根火柴，
以那燃燒的火焰的照耀，

看着心愛的，我的筆跡。
在我這無理的虐待下，
你還是默默低言無語。

懺悔

一顆蒼白的心，
緊緊地貼着桌子上，
我的火熱的臉頰下，
壓着冰冷的人生的試題。
我閉上眼睛沉思，
突然，熱淚奪眶而出，
啊！我想起來了，那被我遺忘了的
是一個「愛」字……

第二輯　長的咽喉

(1950—1956)

有長的咽喉
嗚着圓舞曲
而告知
從軟管裏
將被擠出的
就是春

——代序

鄉土組曲

心臟

這鍋的容量
未免太小了
炒不了整個春天

亞熱帶

有胖的軌跡和胖的太陽，
有女人們在唱着胖的歌，
有肥豬睡在胖胖的空氣中，
有香蕉有鳳梨更有胖胖的水田。

農舍

門
被打開着的
正廳
神明
被打開着的
門

鄉村

吸一口
粗的憂鬱
村里

有水牛
與老者同在
終日 鼓着顋幫子
嗡個不停……

小溪

寂靜的日子
水清澄
河底砂上
水靜止
魚
和
魚
寂靜的日子
風透明
河畔隄上
風凝固
草
和
草

日入而息

與工作等長的
太陽的時間
收拾在牛車上

杓柄與杓柄
在水肥桶裡
交叉着手
咯噔 嘩啦嘩啦嘩啦
嘩啦 咯噔咯噔
穿過 黃昏
回來
了

村戲

村戲鑼鼓已鳴響……
親戚從各地方回來，
而笑聲溫柔地爆發……
村戲鑼鼓再鳴響……
又有一批親戚回來，
而笑聲更溫柔地爆發……
村戲鑼鼓又鳴響……
最遠的親戚也都到齊，
而笑聲終於點燃花炮了……

國畫

在故事的草叢裡
古人們的蛋
孵化了

大霧中
（葡萄酒味極濃）
山河也都醉

留着鬍子
握着手杖的
仍然嚼着泡泡糖……

賣瓜者的季節

扁擔兩端
採上筐子
有叫賣者的赤脚
沿着逐漸趨於乾燥的
水溝的邊緣走去
而叫喊着：
西瓜——西瓜——
總之——
亞熱帶之戀於
熱帶的
賣瓜者的季節　又來到了

黄　昏

蚊子們　在香蕉林中　騷擾着

心的習癖

春

長的咽喉
鳴着圓舞曲
而告知
從軟管裏
將被擠出的
就是春

夏

一排排
年輕的獸
從白色流動於白色
這些標本
都是尼龍製的

秋

雞，
縮着一脚在思索着。
而又紅透了雞冠。
所以，
秋已深了。

冬

以霧之白的心
以單細胞動物之白的行動

在這結晶體的早晨——我
敲響了你那原生質的鐘

光

易滑的土瀝青路上，
我是踱來踱去的光。
但，我兩腿展開去的角，
是最濃密的……
我雖是速度，亦是影子。

斷想

日光失調之日
我想起Zenōn的一句：
「飛着的箭是不動的。」
因此，「存在」的我，
亦將慘澹地失去影子……

等待

跪拜在第一列的是我。
而，這情感的機構，塔。
聽不慣的樓梯聲又響了……
那白鼻子的貓怎不回來?

火的發現

拍發。從這顏色的最初，
我已發現了縷縷的煙。拍發。
移動「中心火」位置的故事，
將開始呢。拍發。拍發。
拍發出刷新地球的白的音訊。

短章

我吐出時間的纖維
喲！我的纖維的時間
我瞧到昇降的樓梯
喲！我的樓梯的昇降
我寫出少許的黑字
喲！我的白紙的短章

黎明

窗與門口等，
自胸前背後聳起。
心臟的周圍，
升起了鹹味的霧。
屋頂的四角，
漂浮在白色海上。
口與鼻子等，
縷縷冒出了紫烟……

Cleopatra 的獨語

在躺着的時候
鼻子
算是樓上
最好的一間
而有標準鼻子的我
是由此眺望世界的

思慕

以火燒雲的莊嚴爲背景的
郊外。我。是戀愛的幼蟲。
我。匍匐。我。環繞。環繞。那
戀的都市。那灰色的光。那夢的燈。

電影

燈
和 夜晚
都已上了鏡頭
那位悲劇的製作者
住在這條街
也有兩個小時之多了
至於我的心事呢
終於也給那位女主角
猜中了

晚安

燈要亮着？
或要熄掉？
除睡覺而外
已經沒事了……
這終焉與陷穽的時間
這最後的點名
在點名簿上的末了一頁
只剩我一個人了……
晚安……晚安……

心的習癖

心的習癖，
講完了故事。
沉默的糖，
推滿了枕邊。
然後，
我這「夜之兒童」
才肯乖乖地去睡……

渴 純潔的夜

純潔的夜之我，
爲月光而咳嗽。
純潔的夜之我
爲月光而流涕。

失眠

失眠的我以內臟去感觸
宇宙之最悲痛的核心
閣閣 閣閣 閣閣 閣閣
青蛙從泥土中笑出聲音來
每一條畦道都在輾轉反側……

月亮如玩具般的蠕動着……

渴

季節之
突然來到
住有口渴者的
門戶
竟噴出了
汽水

囘憶 No.1

短的心之匆匆
伴着喧嘩的一團
不值得記憶的記憶
在錦織上叮叮噹噹
色彩滾滾轉轉……

囘憶 No.2

記憶
在夜裏，
是沒有脚的
液體……
朦朧的圖案啊！
亂舞

波紋。
倒垂，
波紋。
朦朧的圖案啊
黑的，
埋沒。
白的，
漂流。
朦朧的圖案啊！

蟬鳴

是什麼東西
被夾上了？
枝頭上有哭聲！

嘈雜

我的眼，有許多砂粒，
我的額，有許多蒼蠅。
我如此誕生於路旁的，
一切嘈雜也都屬於我。

擁擠

我擁擠
在車上，
而心碎了……

但，
馬路上，
更是擁擠的。
所以，
何處？
有我下車的地方！

覓

嘴饞的鴨，
貪着月明，
向骯髒的水溝，
整夜不眠的，
唼喋着，啡着，
啡着，又唼喋着……

標本

從玻璃外邊緊抓着的，我的類似律，
如果沒有手指頭的話，瓶一定是會落下來的。
而且，雲正飄得如此幽玄的日子裡，
怎麼叫我不懷有極烈的生物學哀感？
癢極了！我的掌。
痛極了！我的心。

笠書簡

陳秀喜姑姑：

非常感謝您寄贈的大作「覆葉」及乙册「笠」，我已經在八月十八日收到，勿念。

當我打開「笠」來看，使我羡慕的是一般在祖國的詩人們，他們活躍的在自由中國的懷抱辦詩刊的辦詩刊，出詩集的出詩集，好不熱鬧地敲打、敲打，然而他們會想到越華現代詩人正在敲打什麼嗎？在這塊貧瘠的越華現代詩壇，我們所敲打的是一連串無力的痛苦的吶喊。(中國啊！也許這一生我永遠不能觸及您的眞面)好了，現在讓我向您論及我對「覆葉」的一些感言吧。

趙天儀說：「像我母親那一代的婦女，到了中年以後還能抱着一份年輕人的熱忱與衝勁來追求生命的奧秘者，實在已不多見」，由此令我對「覆葉」作者創作精神，產生一份禮敬，並願她是中國詩壇的一株長青樹。

『初產』一詩是赤裸裸的呈現。「子宮硬要擠出的灼熱的溶岩石」與「兩條生命只靠女人的天性」，這是男性們不曾承擔過的痛苦。

『火車』一詩是很有人生意味的。其中「你走你的軌道，我走我的軌道」使人聯想徐志摩的『偶然』「你有你的，我有我的方向」，看喚醒「互慰的眼，確定相悅的片刻」。我較爲嘴嚼的是『雨港』，雖然是短短幾句，但已充分將這個「死亡」、「滿階青苔」、「被遺棄」、「那發霉的」、「無詩意」的雨港描活了。因趕寫信予您，故未能將「覆葉」一一讀完。現在我們正在組編「破牆而出的太陽」準備出版，該詩刊共收集五名青年詩人作品，包括：夕夜、雪夫、君白、藍釆文、路晶等。倘若出版後我一定寄贈給您。得悉「白萩詩散論」經已出版，眞渴望自己擁有一本，您能爲我向白萩詩人索取嗎？因我需要一些詩論或評。謹此，順問

夕 夜敬上

民國六一年八月廿日西貢

衆聲

九首並題詩

李魁賢譯

題詩

富有和幸福的人沉默也好
無人會知道他們的身份。
但窮人必須顯示自己
必須說：我是盲者
或：我卽將盲目了
或：我在人間不如意
或：我有患病的孩子
或：我這裡縫合過……

也許，這根本不够。

而因爲其他所有的人，有如依着事物
從它們旁邊經過，他們必須歌唱。

因此還可聽到悅耳的歌聲。

人確實奇妙；他們愛聽
少年合唱團中的閹人歌手。

但是神却親自來到且停留長久
當他被閹人的聲音煩擾時。

乞丐之歌

不管雨淋和日曬，
我常逐門挨戶走過；
忽然我把右耳
放在左手。
然後我遇到了我的聲音
好像我從未聽過。

此外我無法確知誰在此呼喊，
究竟是我還是任何誰。
我爲卑微的施捨而呼喊。
詩人呼喊却有更大的口胃。

最後我還是闔上双眼
掩蓋我的臉；
然後以臉的重量放入手中
看來幾乎是靜止不動。
他們却沒想到我無

放置我頭顱之處。

盲者之歌

我是盲者，你們在外的人呀，
這是一種詛咒，
一種厭惡，一種矛盾，
某些日常的勞苦。
我把手放在妻的手臂
我蒼老的手放在她蒼老的肌膚，
她引導我走過喧嘩的空虛。

你們一再動彈且妄想
有如石頭對石頭碰出不同的聲響，
可是你們錯了：我獨自一人
生活、受苦、和爭辯。
在我內部有不絕如縷的呼聲
而我不知，在我內部呼喊
究竟是心，還是腸。

你們知道這首歌嗎？你們不唱
不唱出完全一模一樣的音調。
你們每天早晨有新光照耀
使敞開的住宅溫暖舒暢。
你們有面對面相見的情感
而那便是導致愛情的迷惘。

飲者之歌

它不在我裡面。它進進出出。
我想抓住它，但酒却把它抓住。
（它是什麼，我所知僅此無他。）
然後酒抓我這裡又抓我那裡
直到我完全信賴了它。
我傻瓜。

現在，酒用我作賭注，
彷彿輕蔑地把我到處撒佈，
今天又把我輸給了死亡那畜生。
當死亡贏取了我這張汚穢的牌，
就拿我搔他灰濛的疥癩
然後把我丟進了糞坑。

自殺者之歌

最後一瞬間。
老是把我的絞繩
扭斷。
近來經我妥善準備
已有一點點永恆
存我內臟。
他們拿湯匙向我遞出
滿匙的生命。
不，我已足夠，不能再加添，
容我把它嘔吐。
我知道生命多貴重
而世界是滿溢的壺，

但不能注入我的血液中，
僅能上升到頭部。

對別人有營養，對我却是病源；
須瞭解人家拒絕的道理。
此刻我需要至少千年
的養生之計。

寡婦之歌

起初人生對我優渥。
人生擁抱溫暖我，鼓舞我。
它對所有青年都是一樣，
當時我已知之甚詳。
但我不知，人生是何等模樣——，
倏爾，人生只是一年過一年
不再優渥，不再新奇，不再美妙，
有如由中央裂成了兩半。

那不是罪，不是我的過錯；
我們兩人只有忍受，
但死亡却不耐煩。
我看見死亡前來（他來眞糟），
且眺望着它不斷地掇奪：
根本不是我所有。

那麼什麼是我的；什麼是我所有？
我的悲慘本身不是
僅向命運借貸？

命運不僅是幸福，
它將回歸痛苦與悲鳴
並爲老邁購買毀滅。

命運在此，無非賺取
我臉龐的每種表情
以迄走路的方式。
這是每日的出清存貨，
而當我空空如也，命運捨棄我
任我敞開佇立。

白痴之歌

他們不阻擾我。他們讓我走。
他們說壞事不會發生。
多好。
壞事不會發生。大家來
且不停地團團圍住聖靈
圍住某一聖靈（你曉得）——
多好。

不，實際上必須不要介意
任何一種危險。
無疑地那是血。
血是最重要的物品。血很重。
我常常想，我吃不消了——
（多好。）

啊，那是多麼漂亮的球呀；

又紅又圓如像無所不在。
你們製作的，好。
或是有人呼叫，球就會來？

這一切舉動多麼不可思議，
混在一起，各別游開；
看來親蜜，却有點不敢確定。
多好。

孤兒之歌

我不是任何人，也不會成爲任何人。
現在我所存在者仍然太渺小；
可是也太遲了。

世上的母親們和父親們
可憐可憐我。

確實不值得盡力栽培：
但我會長進。
沒有人需要我！現在是太早
而明天又太遲。

我只有這套衣裳，
質料又薄，顏色又褪盡，
但有一種永恆性
也許在神前依然。

我只有這一綹頭髮
(一直不變)
曾經是屬於最愛的，

如今他再也不愛了。

侏儒之歌

我的心靈大致上耿直而善良；
但我的心臟，我曲折的血液，
這一切令我痛苦的事物，
心靈無法擔當挺立。
心靈既無庭院，也無床鋪，
只懸掛在我嶙峋的骸骨
驚恐地鼓動翅翼。

我的双手再也無能爲力。
看呀；多麼憔悴枯槁，
發黏地跳躍的手，潮濕且沉重
如像雨後的小蟾蜍。
而爲我預備的他物
已襤褸，破舊，慘不忍睹；
爲何神依然遲疑
不把這些棄置於糞堆。

是否祂因我的臉
長了饒舌的嘴巴而忿怒？
這幅貌相，一成不變，
我心裡明白且有數；
除了大狼犬

沒有什麼會對它如此親蜜。
因爲狼犬也沒有臉。

癲者之歌

啊，我是被大家所遺棄的人。
市內無人知道我的事情，
我罹患上癲症。
因此我敲擊軋軋嘈音，
把我悲慘的表徵
送進所有從旁邊經過的
衆人耳中。
而那些木頭般聽而不聞的人，
開始時根本不往這邊看，發生何事
他們不顧知悉。

我軋軋的音響所及的地方
我就心安；但或許
神啊，你把我的軋音弄得太響，
以致如今躲開我附近的人
無一在我的遠方表示親善。
因此我可以走得很遠
不被少女、女人或男人
或小孩發現。

我不會驚嚇動物。

笠書簡

天儀　剛剛讀完岩上所寫「溪底的亂石」，有些興奮。眞的，好久了，沒聽見詩壇有這樣眞實的聲音。臺灣詩壇的怪現象之一是：詩評與詩一樣叫人看了摸不着頭腦。岩山這麼肯定，這麼清楚的文字太少了。大家卽因爲內容空虛，自信欠缺，一窩風地縹渺起來。甚至連譯詩都是這樣。有些明白易懂的英詩給我們現代詩人一翻譯，就成了一片霧濛濛。

臺灣的詩評不是亂攻擊，就是走「朋黨」路子！詩評者對詩作者那付苛護備至，正是最摧毀一個詩人靈性的手法。沒有嚴肅的評論，是我們現代詩到今天不長進的主因。雖然已有人覺悟（如笠詩刋中諸人），雖然也出了一些好詩人。但大多還循着余光中，瘂弦走出來的不中不西假混血兒的老路子。（余光中之了不起是不斷在求變，可惜是雖努力「求」，本質却不變。但對他，我們的批評還可以保留，等待以後再論。）笠詩刋上有些詩作者很覺悟道要走自己的路，知道鄉土卽特色。可惜，還是會受到現在詩壇那種風氣的影響。

有一點很可怕的，黃基博選的小孩詩也循着這條路走。詩中缺少小孩的天眞。孩子的作品，應該多鼓勵他們觀察事物，表現自己的感覺情緒。對黃基博在兒童文學上的努力我是很佩服的。也許運氣不好，我看到他選的孩子詩都太做作。我希望有機會讀到更多。

謝謝你寄「笠」給我。我非常喜歡你們「誠實」的作風。祝好

王　渝

詩人的備忘錄⑭

錦連譯

不知什麼原因，最近詩壇上增加了一批喜歡高談我們的詩的成就的「詩人」。但是這種事情幾乎是毫無意義的。我們祇說：「我們有詩」，不是就已經够了嗎？

詩的理想狀態，應該是個人的感動不僅接連着想訴諸的對象，而且接連着更大的共同體，最後終於能擴張成爲接連上人類全體的一種連環才好。

由於固執於不斷地凝視着解體了的世界（與此相對應的詩人的內部）之detail 而會自我增殖的想像力的優異作用……

透過向外部的澄亮的凝視，在混沌的內部檢出實存的條件：祇有這種想像力的自我運動的作用，才能產生新的語言的秩序……

所謂文法者，祇不過是經過人們整理出來的語言的慣例而已。一如社會的慣例會變化，語言的規則（與社會的慣例相較，雖然其變化的速度顯著的緩慢）也會變化。因此，如果主張 syntax 的破壞才是詩的語言的特徵，那就跟祇對法律的條文有興趣的法律家一樣，給人以一種畸形，可憐和滑稽的印象。

因此對詩的語言本身和詩的語言的 syntax 也得承認沒有任何異常之處。事實上，當我們讀大多數的詩作品之時，我們並不是要解讀密碼那樣去讀，而是靠着日常的語彙和日常的文法去讀的。雖然詩壇上有像密碼的詩也無可厚非，但它仍然畸形的，與語言的一般研究性不相宜的。

還有一些人以爲：儘量擺列不相關的語言，使內在於語言的 image 的意味發生衝突，進而利用其化學變化來造成想像力的新的世界便是詩作。乍聽之下，好像很有道理，但它仍是缺乏趣味的。

因爲對二個任意的語詞，我們雖可以說其關係較爲稀薄，但絕不能說二個語詞互相間全無關係。依照文法，首先我們可以把任何語詞機械地加以排列，然後就如此而成的文章，可以論理的加以說明。在我們的日常性的次元，這是一種遊戲。不相關的語言的意象之衝突——這種想法，究根到底會回歸到詩是遊戲的想法。在小說或實用的文章裏，雖不能說全無遊戲性，但非常稀少却是事實。然而就我們的日常語言而言，決不能說遊戲性是稀罕的特徵。

再說，人的想像力是有界限的。當然連結各種各樣的意象並非不可能，然而其意象的數量却是有限的。不管吸鴉片或吃大麻煙，那些意象的組合或許會增加，但絕對量是不會增加的。所以說毫不相關的語言的結合雖是詩語言的一個特徵，但不是逼近其本質的。

詩壇隨筆

批評的再出發

鄭炯明

當此間詩壇上的某些詩人，正爲「中國現代文學大詩」詩部份的出版，以爲這是二十年來的努力所產生的豐碩成果，而沾沾自喜，樂得冲昏了頭的時候，遠在新加坡的關傑明先生最近在「中國時報」發表的兩篇詩論（註）不啻是給那些迷失在自我陶醉氣氛裡的詩人們的一個當頭棒喝。憑良心說，關先生在該兩篇論述裡，所指出的當前詩壇的種種弊病和病態，是頗具有其可靠性與價値的。

譬如他說：「只要中國人仍然使用中文，仍然使用這種與任何一個歐美語文都不相同的語言，那麼作家們忽視傳統的中國文學，只注意現代歐美文學的行爲，就是一件愚不可急而且毫無意義的事。不幸的是目前我們很多的作家們却正是如此。」又說：「大部份現代詩人對語文與生活的態度，反映出他們對我們普通人衆生活方式中的文明要項，缺乏認識；一種個人與社會脫節的千篇一律的病態傾向，以及必然會因此而產生的偏差——對於生活、愛情、死亡與生命等各種重要現實問題的不當看法。……現代詩所需要的，不僅是一種語文上的改革，更重要的是精神上的革命。」並嚴厲地批評葉維廉、洛夫、白萩、商禽、紀弦等的某些詩作，令人讀罷感慨萬千，不知從何說起。

是的，在臺灣的詩壇上，有誰敢大坦而坦率地批評葉維廉的詩是「刻意營造，矯揉造作，用過份琢磨並且孤芳自賞的華麗辭句，把很多本可直接傳達給讀者的感覺，鍍上一層誇張不實的外衣」？有誰敢說洛夫的詩「常常讀起來就像是一頁頁、一行行記載吞服迷幻藥後迷離經驗的劇本」？有誰敢說白萩的「風的薔薇」因戲劇化的不自然，「所產生的效果只能讓人覺得像是個中風痲痺的人在做運動」？這是非常耐人尋味的一件事。難道說這只是因關先生遠在海外，所以「旁觀者淸」能把此間現代詩的病態指出，或是實際上背後隱藏著一個嚴重但爲人所忽略的問題，即二十年來臺灣現代詩的批評仍沒有萌芽？果眞如此，那麼厚達三百頁，堂堂一巨册的「中國現代詩論選」裡論的是什麼？以自創刊便提倡嚴肅與眞摯的批評，而事實上即使八年後的今天也依然在履行這個任務的「笠」來講，不能不對這個失敗感到驚訝，不，應該說感到「慚愧和羞恥」來得恰當，雖然「笠」在這段現代詩發展的期間，至多也只能負三分之一的責任。

也許有人要說，關先生在那兩篇文章裡所論述的，只能代表他個人對中國現代詩的看法，並不能代表一般讀者，其實這只是一種不敢面對現實的幼稚說法，我們相信關先生所指出的問題雖不中亦不遠矣。我們深知唯有毫不隱瞞地暴露我們的缺點，才能改進我們的缺點，才能使中國的現代詩邁向另一個坦途。某些基於友情式的辯護或穿鑿附會的解說，只有原已不乾淨的詩壇的空氣更加汚穢而已。眞摯、坦率、無私而嚴肅的批評，是「笠」努力以赴的目標。

註：指「中民現代詩人的困境」與「中國現代詩的幻境」，前者刊於二月二八、二九兩天，後者刊於九月十、十一兩天。

笠書簡

陳千武兄：

這期「笠」誌上，將拙詩譯載，甚爲感謝。我很久都沒有寫作，只寫些俳句，短歌而已。而最近興緻所趣，寫上面幾首，請予教正爲幸。順此致謝外，敬祈

時安

巫永福

九、十一

與七五三江女士

七情難却好吟詩
五內昇華成就時
三代同堂天倫樂
江女挿花愛牙醫

巫永福

呈謝國城兄

謝文石秋詩秀才
國之立委繼開來
城就全庫而保險
兄唱棒球風氣開

祝臺南城偉峻兄獨創中學校

城廓變遷懷赤崁
偉大延平奈何堪
峻德憶載蚄古郡
兄之學府足以參

五箇巫

巫厝籠罩瑞雲時
東風吹來桃花枝
昇着國旗慶佳日
君家福至唱春詩

巫傳世代自南安
鳳凰騰飛望唐山
毛豐羽大榮光至
君業隆昌指呼間

巫宗承接自有唐
銀船渡海臺島旺
棋高一著業成就
君族繁衍耀門風

巫自平陽拓臺荒
光以勤奮慶泰康
雄志得伸揚異國
侄富春秋繼祖綱

巫山巫峽恨未見
永留空望何時踐
福分未到嘆勢運
君怕難成有生年

笠書簡

天儀先生

日昨從臺中返回臺北，看到了你們寄來的詩双月刊「笠」第五十期，使我感到了無限的欣慰，也使我燃起了年青時代從事文學的那股情熱。

「笠」在您和陳秀喜女士、陳千武先生以及各位愛好新詩的年青朋友努力培養之下，幾年來蒸蒸日上，不論內容或是量都有顯著的充實和進步，對此，凡是有心人誰都會看得出的。何況，更能繼續不斷，今日來迎接八週年，在這蕞爾小島的詩壇奠定基礎，獲得偌大的成就，我謹以關心文學以及文化的一份子，表示敬意和慶祝！

我當看完「笠」第五十期這本原達一五〇頁的詩誌時，最感興趣的是一四八頁殿後的一篇「詩刊的理想與使命」八週年紀念座談會的紀錄，出席各位的高見我都很佩服，尤其是鍾鼎文先生的發言，卓見特多，如他說新詩「要歸眞」「詩要有人欣賞，如果沒有人欣賞，創作它做什麼？」等等，從文學的本質來說，我想誰都沒有異議的。

不過，鍾氏發言開頭說的：「臺灣的新詩，以前很少和大陸連絡。」，以及「早期的吳三連、黃朝琴他們都寫過新詩，」的兩段，我却有一點疑問，也使我勾起了日據時期臺灣新文學運動往事的回憶。據我們的了解，臺灣新文學運動雖是在第一次世界大戰前後瀰漫全世界的民主思想冲擊下所產生的，但最大的影響還是在五四運動，當民國十二、三年左右，最初對舊文學以及舊詩砲擊最烈的，也是新文學運動最有力的槍手張我軍氏，他同時也是新詩開拓者之一，而且還有臺灣第一部新詩集「亂都之戀」的出版，以後不但是新詩，凡是以白話文寫的所有小說、評論、散文等文學作品，可以說莫不是受過五四以後大陸的新文學的影響下產生的，這支幼苗在另一種看法，也可以說是由中國大陸新文學分支出來的小枝。這一直到了九一八瀋陽事變後，日當局禁止中文書刊印行，中文作品再也無法問世，慘遭扼殺爲止。我們這裡所提的，當然日文作品是撇開不談的。

鍾氏的發言：「臺灣的新詩，以前很少和大陸連絡。」的「以前」當然是指日據時期，「很少和大陸連絡」的「很少」和「連絡」，語氣則有點含糊；但據我們的了解，「連絡」固然很少，「連絡」也無從得悉，不過新文學運動的中文部份却是在大陸新文學的影響下產生發展的却如上述是千眞萬確的。我想這也是對日據時期臺灣新文學應有的基本認識。

至於「早期的吳三連、黃朝琴」是否「都寫過新詩」，不幸我們這些涉獵過昔日資料的人都未曾看過，我們所知道的是故黃朝琴氏曾寫過文字改革，提倡白話文的文章。

上面所述只是讀了八週年紀念座談會紀錄，略就想起的談談而已，倘有錯誤，還請指正爲幸，即頌

撰祺

弟王詩琅 六一、九、九

出版消息

本社

Ⅰ 詩刊

※「大地」詩双月刊第一期，已由大地双月刊社出版，定價十元。該刊係由一群大學研究所研究生及大學生愛好詩的青年詩人們所創辦，本期主要評論，係以白萩的作品爲對象。

※「創世紀」復刊號第三十期，已由創世紀詩社出版，發行人爲蘇武雄，定價十五元。

※「蜩螗」詩刊第一期，已由私立輔仁大學蜩螗詩社出版。

※「暴風雨」詩刊第八期，已由暴風雨詩社出版，本期有「越南詩展」及「關於瘂弦」。

※「後浪」詩刊第一期，已由後浪詩社出版。

Ⅱ 文藝雜誌及其他

※「中外文學」月刊第四、五期均已出版，該刊頗重視詩及評論。定價十五元。

※「書評書目」(Criticism Catalogue) 双月刊創刊號已由洪建全教育文化基金會出版，定價十元。

Ⅲ 詩　集

※由榮之穎教授選譯的「現代中國詩選」(Modern Chinese Verse from Taiwan)，將由美國柏克萊州大學出版社出版，計選有紀弦等廿人的詩作，該書有施友忠教授的序言及譯者的自序。

※李有成詩集「鳥及其他」，爲作者一九六六年至一九六九年選集，馬來西亞犀牛出版社出版，定價馬幣二元。

※英培安詩集「手術檯上」，包括「手術檯上」、「童話詩」及「英譯作者二首」已由新加坡五月出版社出版，定價星幣二元二角。

Ⅲ 評論、翻譯及其他

※高準著「中國藝術史導論」，已由新亞出版社出版，精裝本定價一百元，平裝本定價八十元。

※韓國鑛著「音樂的中國」，列入新潮叢書，已由志文出版社出版，定價二十五元。

※林榮德著「藝術散論集」，已由殷雷出版社出版，定價四十元。

※赫伯特里德 (Herbert Read) 爲英國詩人兼藝術評論家，所著「現代繪畫史」及「現代彫塑史」，均由李長俊譯，例入美術譯叢，由大陸書店出版。定價均爲八十元。

※張彥勳著「沙粒沙」，已由王家出版社出版，特價十五元。該集包括詩、敢文、小說、劇本及評論。

Ⅴ 全　集

※蔣復璁、梁實秋主編的「徐志摩全集」，列入傳記文學集刊之一，已於民國五十八年一月由傳記文學出版社出版，全集共分六輯，平裝本每套三百六十元，精裝本每套四百八十元。

徐志摩與陸小曼合影

徐志摩與夫人張幼儀合影

徐志摩之墓

徐志摩的誕生地

笠詩雙月刊第五十一期　中華民國內政部登記內版臺誌字第二〇九〇號　中華郵政臺字第二〇〇七號執照登記為第一類新聞紙定價十二元

笠詩双月刊　第五十一期
民國五十三年六月十五日創刊
民國六十一年十月十五日出版

出版者：笠詩刊社
發行人：黃騰輝
社長：陳秀喜
社址：臺北市松江路三六二巷七八弄十一號
（電話：五五〇〇八三）
資料室：彰化市華陽里南郭路一巷10號
編輯部：臺北市基隆路三段二二一巷四弄二一二號
經理部：臺中縣豐原鎭三村路九十號
每冊新臺幣十二元
定價：日幣一百二十元　港幣二元
非幣二元　美金四角
全年六期新臺幣六十元
半年三期新臺幣三十元
●郵政劃撥中字第二一九七六號
陳武雄帳戶（小額郵票通用）

笠

LI POETRY MAGAZINE

詩双月刊

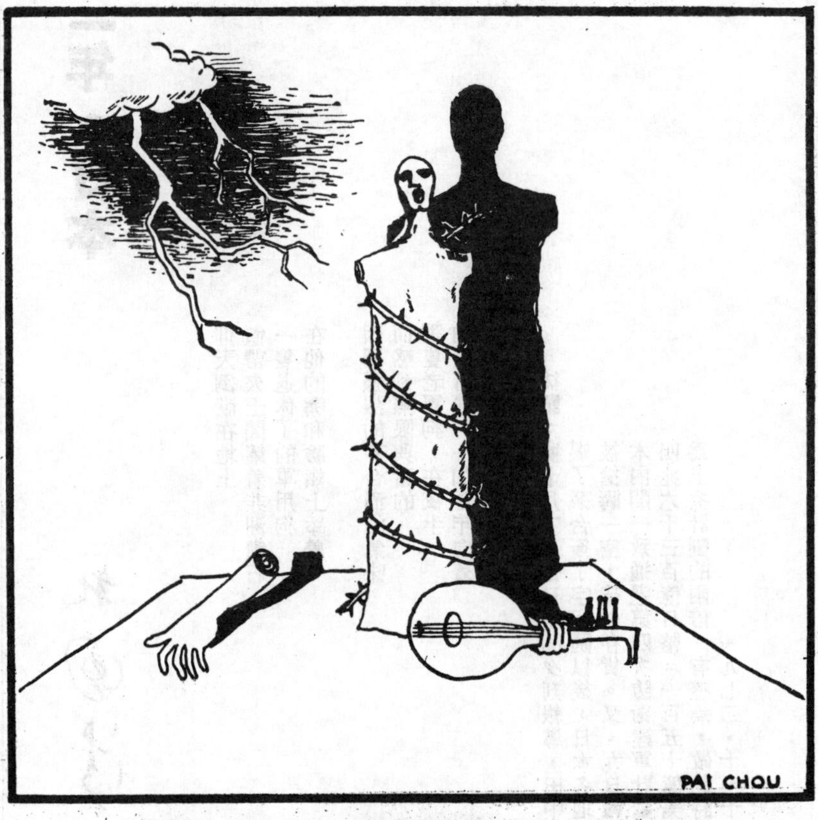

民國五十三年六月十五日創刊・民國六十一年十二月十五日出版

52

一九七二年・日本

杜國清

從那掛着布帘的酒肆裡
黑西裝白襯衫的一伙三個人
踉踉蹌蹌地醉了出來
一盞灯籠在風中搖幌

其中一個
扶在墻壁上一動不動地
像個準備接受槍斃的戰犯
然後以螃蟹橫行的姿態
企圖逃脫

其中一個
唱着軍歌，擧起左手
不斷地向路人行軍禮
那手腕上的勞力士錶
在闇夜中一分一秒地推動
時潮

另一個
仰天倒臥在地上
領帶夾上閃耀着非洲鑽石
一隻退休了的軍用狗
在他的嘴和臉頰上舔着

因那强烈的茅台酒的氣味
而感到無限興奮的
那隻老軍狗，在夜半
向着灯籠，一如當年向着
九日，狂吠

後記：據十月二日每日新聞夕刊報導，田中到大陸喝了茅台簽了字回國以後，日本各地茅台酒被搶購一空，皆無存貨。又、九日報載，日本內閣一致通過第四次防衛建軍計劃，預算四兆六千三百億日幣（一百五十億美元），爲上次計劃的兩倍。有感焉，做此詩。

一九七二、十、十四

卷頭言

歷史的跫音

趙天儀

如果說天國好比是一道窄門，那麼，並不是每一個人想進天國，就能擠進去的。同樣地，如果說歷史也好比是一道窄門，當然，也不是每一個人想湧上歷史，就能湧上去的。

當職業的詩選編輯者們，宣佈別人的詩是多麼地沒有成就的時候，却沒有想到，在別人看來，他們的詩也是多麼地差勁啊?!何況他們的評選也還待內行的有識者來加以檢證的時候，那決不是一廂情願地擁抱歷史，而就好像已抱住了絕世美人在懷裡一樣的罷。

寫詩，需要一些感性，但也需要一些知性；需要一股熱情，但也需要一股理智。這種普遍的自覺，在今日自由中國的詩壇上，決不是某一個詩人，某一個詩派，甚或某一個天國的選民才具有的現象。

因此，如果有人這樣地疑問着：誰是敗壞了詩壇的始作俑者?我們當毫不猶豫地要作如下的自我批判：

一、刊物編輯的品味：這是包括了詩刊，文藝雜誌，以及報紙副刊的編輯者們，因爲他們是登詩的第一道嚐味者，因此，他們的短視、成見以及人情的作祟，都可能帶來劣詩或僞詩的流行?

二、選集編輯的眼光：這是包括了詩選、評論選、書簡、日記以及札記雜文的編輯者們。如果說因爲他們急急地要趕上歷史的列車，因而被名利熏心沖昏了頭，自以爲大權在握，而浮濫地編選，那就失去了歷史的眼光，更可能成爲欺世盜名的勾當?

三、詩作創造的精神：這是包括了所謂詩人們的一群，誰是敗壞了詩壇的始作俑者?首先要反省的，便是自命爲詩人的一群。目前的一些詩刊都缺乏退稿的淘汰賽，凡我族類，來稿必登，更形成了拔扈的作風。

四、詩評寫作的態度：這是包括了所謂批評家們的一群；有學者型的、有詩霸型的、有雜文作者型的、有新聞記者型的、以及所謂讀者型的（包括宋志揚之流）。高明的批評固然能讓我們感受到；與君一夕談，勝讀三年書。然而，無聊透頂的所謂批評，不是「黑色逆流」，那是什麼?!

亞里士多德曾經在「詩學」裡頭，認爲詩是比歷史更爲哲學底；因爲詩可以表現普遍的可能的眞，而歷史則可以表現特殊的事實的眞。那就是意味着：詩人們的使命是何其嚴肅，我們是多麼地盼望着，在歷史的行列裡，我們能時時聽到這種召喚的沉重的跫音！

笠52期 Li Poetry Magazine No. 52

目錄

新加坡華僑詩人輯

巫永福詩輯

（臺灣光復前的作品）

巫永福著

陳千武譯

誰都不知不覺的時候

像未曾有過也不再發生似的
誰都不知覺的時候　孤獨的老婆
在床上硬直起來了
依戀不捨的眼睛　還睜開着……

沒有連累的孤獨
也沒有一聲哭泣的某天午后
用草簾包裹着從後門
老婆被搬出去埋葬

那是瞬間發生的事
誰也不知不覺的時候
貧窮的人世間的一幕
像未曾有過也不再發生似的

水仙花

看來像水中的仙女
像處女的清淨
哀憐
而潔白
貞婦的花瓣是不沾泥土的
白黃的小花　青直的小莖
風雅裡美麗的
水仙花
水仙花

門前之狗

寒風强烈地吹來的一刻
潛入籬笆在門邊避風
沒有掛牌的骯髒的小狗
獨自寂寞地呻吟着

孤獨、飢餓和疾病
使牠寒冷又受傷而顫抖着
在哪兒徬徨之後迷路來的呢?
只知閉着眼睛懶睡

察覺我的影子走近來
小狗膽怯地警戒着
睜開紅爛了的眼睛
一直流盼着我

流浪而受傷了嗎
抱怨的小狗動也不動
給牠飼料和安慰
也躊躇之後才開始吃

失去疼愛的小狗站起來
爲被救的生命而高興
表示親懇和感謝
可愛地搖着小小的尾巴

太　陽

在未誕生以前我就知道
知道你從泥土裡出來
回到泥土裡去
我死了以後你也不改變
在以太裡奔跑
在以太裡消逝

孤兒之戀

亡國的悲哀　被日人
謾罵爲清國奴的憤怒
把它埋入苦楝樹下算了
但花香的風溶化不掉呢
默默　拭去淚珠
佇立着仰望雲的我
雲脆弱地散開了
孤兒的思維和嘆息
在日光裡越來越厲害

清國奴是什麼意思?
被罵的悲哀在身心
清淨的溪流含着憂愁
仙丹艷紅的花
和卡特里亞蘭花的華美
也失去了清爽
木蓮花含苞嘆息
吐不出優雅的芳香

聽青鵖的哀鳴　就想國土
聽院子裡鳥叫　就想國土
聽了就憂愁
就在夜灯下哭泣
在基隆海日出的時候
在臺日航路船上憤怒着
把恥辱藏在故鄉的山巒
把孤兒的想思藏在浪波

日夜想着難能獲得的祖國
愛着難能獲得的祖國
那是解纜孤兒的思維
醫治深深的恥辱傷痕
那是給與自尊的快樂
使重量的悲哀消逝
使沈溺的氣憤捨棄深淵
呀，難能獲得的祖國尚在

由於苦悶而快窒息似的
眼淚流不住呢
到竹叢裡走一走看看吧
雖無信神之心
仍想着奉媽祖來到這島上的
祖先而感到悲哀
在遙遠的竹叢黑暗裡
只要有一點光亮　就好了……

信號旗

竪立在空中
一面旗飄動着
有雲繫戀着
使樹葉和煙囱羨慕它
那是血紅的
吶喊的自由之旗

聳立在屋頂上
嘩啦嘩啦叫喊着
任何日子也不害怕
把自已烙印在人人的瞳膜裡
哀傷地祈願
又高唱的自由之旗

迎風飄揚而戰
淋雨翩翩而戰
月亮、星星、太陽在奔跑
閃耀在宇宙裡站着
唱永恒的眞理
不斷地前進的自由之旗

道士（修行者）

似無邊際的
那起點接觸的地方
有旅人站着
背着背囊
久久
只成爲浮沈着的一點
像在尋求昇天之路

受難的道士也如此
因長年的希望竟挫敗
因不惑的理想而操勞
站在尋求的明星之前
似無邊際的
荒野的盡頭
那起點接觸的地方
有明星亮着

祖國

未曾見過的祖國
隔着海似近似遠
夢見的，在書上看見的祖國
流過幾千年在我血液裡
住在我胸脯裡的影子
在我心裡反響
呀！是祖國喚我呢
或是我喚祖國？

燦爛的歷史
祖國該有榮燿的强盛
孕育優異的文化
祖國是卓越的

啊！祖國喲醒來！
　祖國喲醒來！

國家貪睡就病弱
病弱就會有恥辱
人多土地大的
祖國喲　咆哮一聲
祖國喲　咆哮一聲

民族的尊嚴在自立
無自立便無自主
不平等隱藏有不幸
祖國喲　站起來
祖國喲　擧起手

戰敗了就送我們去寄養
要我們負起這一罪惡
有祖國不能喚祖國的罪惡
祖國不覺得羞恥嗎
祖國在海的那邊
祖國在眼眸裡

風俗習慣語言都不同
異族統治下的一視同仁
顯然就是虛僞的語言
虛僞多了便會有苦悶
還給我們祖國呀！
向海叫喊　還我們祖國呀！

春天和夏天之間

深藍的天空浮泛着一片雲
在街上微暖的風孕着汗氣
吐出不清潔的呼吸

說雲裡住有神仙
那風帶着夏天來了
天空吐着情慾悶悶的氣息

啊啊　寂寞人的願望
乘雲昇上呢
委身給風吹呢
掌上玩弄仙女呢

人魂浮上深藍的天空
微暖的風　腐蝕我的身軀

編者按：在日據時期，本省詩人對祖國的嚮往與關懷，只要讀讀本省詩壇的前輩詩人巫永福先生對「祖國」的呼喚，我們該有多麼沉痛的感受呢?!

臺灣新詩的回顧

鹽分地帶的詩人們

陳千武編譯

臺灣光復前的新文學運動，相當活躍，參與活躍的文藝愛好者也不少。一般認為當時新文學運動的目標是要求具有「民主」與「科學」的革命意識，而以這種意識來成為反抗日本的民族主義運動的先鋒。根據全部島民的希望來說，從事寫作的文人們是領導思想的冒險者，具有犧牲自我的文學精神，負起知識份子的使命，探求為爭取民族自由的真理而奮鬪。因為有這種自覺，促使作家們更團結，積極地開始活動着。但由於日本的殖民政策在統治上的彈壓，事實上，作家們很難發揮自由意志的力量，留下來的作品很少有純粹的藝術技巧和傑出的獨創性。因此，革命意識或反抗日本的民族主義運動，只成了普遍性的不搔不癢的口號，缺乏本質上的表現與實驗性的價值。而很少像日本詩人金子光晴的詩，富於現實嚴厲的批判、諷刺、揶揄、挖苦的作品出現。這或許因為當時的文壇，作家們都未注重詩的近代性的精神活動，僅僅是在散文與小說方面追求社會意識的發展，急於把民族的意識和情緒直接訴諸於民衆，意圖獲得預期的效果。於是在小說方面，像張文環的「父親的臉」，楊逵的「送報夫」，龍瑛宗的「有木瓜樹的街鎮」等，留下了相當有水準可讀的作品，但詩就從其質與量來看，都覺得很薄弱。

日本昭和初期，以春山行夫為中心的「詩與詩論」的詩人們所提倡的現代主義（modernism）新詩精神的運動，當然也波及到所謂地方文壇的臺灣來。那是反抗傳統的既成固定的文學方法的運動。為了建立新文學的實驗性，在風格上的反抗，卻也在臺灣文壇上與反抗日本的民族運動混淆在一起，就以藝術當做政治的意識型態（Ideologie）的手段，美便屈就在功利的價值下，遂貶低了藝術本身奧妙的身價，造成在詩作品上薄弱的結果。事實上，當時的詩的技巧，大部份是停滯在口語自由詩的方法上，而對於現代主義（modernism）的詩型，即只模倣其形式的實驗而已。

鹽分地帶的詩人是在本省光復以前的新文學運動中，唯一的詩的集團。以郭水潭、吳新榮等為中心，持着描繪現實的客觀性底真實的態度，從殖民統治的束縛解脫，而為人性善意的理想而創作詩。因資料難予蒐集，僅譯介其作品的一部份如下：

世紀的歌

郭水潭

震憾着東洋的天地
現在　嚴厲的暴風雨襲來了

由於强烈而不可預測的風速
由於時代偉大的鼓翼
悠久的歷史　沒規矩的人類的無聊
禁不住　被打散了

砲隊嚴然相對峙的時候
陸海空引發烽火的時候
無疑的　那是人類相剋的
不幸的事實　惹起了

優異的天才傾注智囊
巧妙造成的精銳武器
今天給我們的生活
帶來怎樣的結果？

一九三七年七月七日　在東亞的一角
龐大的戰爭開始　在擴展
謙讓的美德　叡智的反省
逐漸擴大的戰績
現在　不正是同時
把勝利的歡欣　和慘敗的悲哀

告訴我們了嗎？

在民族嚴肅的試練之下
戰旗一直在進行的時候
我們已不是虛無主義者
我們已不是浪漫主義者

縱令電波不斷把悲哀的現實
傳給世界的人民
縱令在籠罩憂愁的幾千萬眸子裡
盛開的薔薇會枯萎

那些堅强的士兵們
却一心一意
而不顧一切
席捲大地　勇敢地前進

人們呀　只相信着森林深處的黎明
祈禱而等待吧
休戰喇叭的美音令人雀躍
在大地　愛和親情蘇醒了

當那天來臨的時候
人們呀　虔誠地
向歷史的車輪　祝福一切吧
太陽會永恒　飽和人類的善惡呢

——發表於「華麗島」創刊號——

故鄉之歌

懷念的　故鄉
故鄉的　回憶的人們
春的祭典日　打響大鼓銅鑼的青年喲
夏宵納涼時　咀嚼檳榔果實的姑娘喲
秋天夜長裡　抓彈月琴的　盲目的老人喲
到了除夕夜　就通宵賭博的好夥伴賭徒喲

諸多快樂的　玩耍
不珍惜那些　忘了它吧
如今時勢轉變　我的故鄉
新的生活　就要開始了

懷念的　故鄉
故鄉的　許多來歷
龍神抱着寶珠　挺起屋頂的廟宇喲
隱藏在屋簷彫刻裡的　古典的破片喲
曾經輩出秀才　榮譽的身世
經過風吹雨打的歲月　書香的紅磚樓閣喲

今天　該向那些廢墟告別
正順着新的政風　給故鄉
添上新的風景　要展開了
懷念的　故鄉

故鄉的　老習慣
許久成爲我們信仰目標的觀音呀、媽祖呀
朝夕　膜拜的　我們的習慣
每次禱告　就焚燒的線香味喲
祭典日　敲打的鑼聲和爆竹的爆炸聲喲

今天　該遺忘所有的神話吧
乘上時潮　在我的故鄉
新的信仰　就要誕生——

——發表於「臺灣時報」——

郭水潭：號千尺，臺南佳里人，初研究日本古典文學和短歌，後以寫新詩聞名。民國十九年參加短歌「新珠」爲同仁，作品被選入日本歌人聯盟刊行的「皇紀二五九四年歌集」，民國二十年參加「南溟藝園」爲同仁，民國二十四年以「某男人的手記」獲得大阪每日新聞新人創作獎，並在該報連載。參加臺灣新文學運動，與吳新榮領導「鹽分地帶」等文學同仁，民國二十六年被大阪每日新聞副刊「南島文藝」聘爲特別撰稿者，歷任臺灣文藝聯盟執行委員，臺灣新文學編輯委員，文藝家協會隨筆部員，文化協進會文學專門委員等，新詩作品很多。

吳新榮

思　想

不持語言的詩人們啊

假使歌唱就是你們的生命
就多歌唱吧
然而不要刻薄的隨便寫
過份要求你們是無意義的
Gorkii 教示他的人民
說詩人應該學習 Slav 語法

不持語言的詩人們啊
Tagore 用很優美的聲音
歌唱了印度的有閑哲學
然而那些John Bull 的商業用語
有無給 Nobel 獎的評選委員們
驚喜和滿足?
究竟給 Indian 人帶來了甚麼?
從思想逃避的詩人們喲
假使做夢就是你們的一切
就多做夢吧
然而最後你們會清醒
那時你們會爲驚駭而顫抖吧
你們所寫的美麗的詩屍
爲甚麼只有無聊的人才戲弄它
從思想逃避的詩人們喲
不要空論詩的本質
倘若不知道就去問問行人
但你不會得到答覆
那麼就問我的心胸吧
熱血暢流的這個肉塊
產落在地上瞬間已經就是詩了啊

——發表於「**臺灣文藝**」三卷三號——

吳新榮：號史民，臺南縣將軍鄉人，日本東京醫專畢業。在東京與臺藉留學生創辦「南瀛」開始參加新文學運動，民國二十一年返臺在佳里鎮設診所，並參與領導「鹽分地帶」在文學界活躍。詩作品有「道路」「旅愁」等，隨筆「亡妻記」一文哀惋深刻，頗受文壇重視。歷任臺灣文藝聯盟執行委員、臺灣新文學編輯委員、臺灣文藝家協會隨筆部員等。

王登山

沉澱的風景

誇耀新綠的　自由的鮮艷
沈下去的紅色太陽
用圓規劃成柔軟的線條
拿着鐮刀的少女　俯伏着
默默爲生活流汗的
手　在鮮艷的新芽裡
閃亮眼神　慢慢地走
有時　牛發出滿意的歡聲
會使少女那沈澱着的熱情
紊亂起來，就是這樣一個午後

——發表於「**臺灣新聞**」文藝欄——

王登山：臺南縣北門鄉人，初研究日本古典文藝俳句等，後寫新詩。參加新文學運動，爲「鹽分地帶」新進作家之一。有小說「山的黃昏與他」之外，新詩作品不少，曾任臺灣文藝聯盟執行委員、臺灣新文學編輯委員等。

莊培初

有一天早晨的感情

乳白色的早晨悄悄來到玻璃窗
夜具持有的溫暖
對女人的一根頭髮也漲起倦怠的神情
使男人睡醒時的嗅覺痲痺了——
眞爲了肉慾的快樂而疲憊
Matisse 的女人啊
爲了不眠的夜
耽於獸慾快樂的夢
那麼使妳疲憊了嗎?
在空虛的胸脯擁抱男人
喝了酒 過着只一夜的愛戀
甜甜的許多密語
刻印在離開了燈光的妳的臉頰
接吻已經像標本花那麼枯萎了
眞爲了肉慾的快樂而疲憊的娼婦啊
不久 迎上射進來的晨光
害怕妳歪曲的苦惱的冀求
男人想出發而去
哎!爲了肉慾的快樂過份疲憊了的女人啊

——發表於「**臺灣新聞**」文藝欄——

莊培初：筆名青陽哲，臺南縣佳里鎮人。曾任臺灣新民報記者多年，寫新詩，鹽分地帶文學同仁，參加新文學運動，爲臺灣文藝聯盟會員。主要詩作「冬月」「壺」等，常在臺灣文藝發表作品。

林精鏐

乳兒

豐滿而纖柔的手的觸感
吾兒清啊 父親不屈服匆忙的日暮
而迎接了你的誕生
母親在產後也跟平時一樣勞働
做你的小衣服
然而那些都不是你管的
你只是半睡半醒、微笑、哭就吃奶而已
你不知道父母的勞苦
父母都在貧困的生活裡
爲了你儲蓄
母親幫助父親勞働
看你的發育好就覺得高興
然而那些都不是你管的
吾兒清啊 你只是半睡半醒、微笑、哭就吃奶而已

——發表於「**臺灣文藝**」創刊號——

林精鏐：號芳年，臺南縣佳里鎮人，參加新文學運動寫新詩。臺灣文藝聯盟會員。有小說「文貴舍」，新詩「看見原野有煙囱」「父」等，常在「臺灣新文學」「臺灣文藝」等發表作品。

春雷詩抄

周伯陽

新芽

是誰告訴你氷雪已埋葬於墳墓裡？
或是你聽到春雨奏着早春的旋律呢？
你終於從黑暗的樹皮裡鑽了出來，
像囚人一般渴望着陽光和空氣。

春雷在遠方響起春天的序曲，
黃鶯在白雲裡快樂地爲你而歌唱，
杜鵑花熱情地燃遍了野山，
蜜蜂圍着花朶跳起輪舞來。

用明鮮的色彩塗掉了灰色的憂鬱，
新生命已充斥於視界的大地；
你已欣賞盡了旖旎的風光，
而以歡樂的靈感寫上喜悅的詩篇。

五十一年三月　新竹

春雷

是宇宙迎春的歡呼聲，
或是春神蒞臨的號角？
沿着公轉的軌道上，
渴望的春天又繞過來了。

粉碎了冬眠的甜夢，
愛撫着那樹枝的嫩芽；
讓新生命早日萌長，
春風多情地向我私語不停。

下不停的綿雨，
就在那水烟濃密的遠方，
春雷不斷地在天空響着；
是否你要把嚴冬，
嚇往虛無的太空上？

五十一年三月　新竹

夢

我在活動時你不肯接近我，
只在我入睡後你才肯伴我；
我們是青梅竹馬的老友，
爲何這樣不敢親近呢？

你來時總不打招呼，
你去時也不說一聲再見，

你是幾十年的知音，
爲何這樣飄忽不常？

到底你是爲了什麽，
一直躱在朦朧模糊中呢？
當我睜開眼睛要看個究竟時，
你却消逝於白茫茫的晨霧裡。

五十四年九月　香山

黥面

陋習仍把原始的標誌彫刻在臉上，
那高峰還有藏着被遺忘的家譜，
使古怪的風俗與神秘混合而氣化。

雖然出草是武勇與婚配的證人，
何必固執着祖先傳下來的枷鎖呢？
開墾已使刀槍生銹了太久。

山地人曾經驕傲臉上的美麗，
環境使他們改變了讚揚你的主張，
古代的夢花已凋謝在雲海裡。

四十七年二月　秀巒村

彰化大佛

您坐禪在八卦山上，
欣賞着福摩沙的旖旎風光，
白雲向您朝聖似的姿態，
在您的肩膀上悠悠地飄泊。

永遠的眞理，釋迦牟尼呀！
您瞭望着，
天竺迦毘羅國的家鄉，
只是燕群又回來報春息。

自從您獻身給衆生，
已緘默了二千多年了。

您那巨大的體軀，
雖然被在頭上的陽光，
晒得滿身發黑，
而在大千世界裡，
您依舊只是安息冥想。

五十二年五月　彰化

周伯陽先生：五十六歲，新竹市人，臺北第二師範學校畢業，歷任國小教員及教導主任與校長等在教育界服務年資計三十五年，現任新竹縣竹東鎭陸豐國民小學校長。

著作計有「中華民族英雄」與「有趣的兒童故事」及「兒童歌曲」（作詞）等。作品被採用爲國定國民小學音樂教科書教材，及灌製唱片等。曾以日文寫作新詩。

小菫花

陳秀喜

只想往頂峯爬的脚
踏殘一朶小菫花
啊……
不同顧她淤血的痛楚
只想往頂峯爬的脚
怎會愛惜她？

徬徨的人看到小菫花
驚喜　她是
去世的父母的眼睛
以掩過臉的手
捏過拳頭的手
採過小菫花的手
抓一撮泥土給與淤血的莖
在愛惜她的淚光中
小菫花終於屹・
靠住一撮泥土的愛

詩三首

非馬

雨滴

越近地面
我的心跳越快
生命剛開始
便要完成
此刻卽使風向突轉
或來陣颱風
也不至把我括得好遠
沒有火光，沒有呼嘯
沒有炸彈落地時的驚顫
滿含慈愛的淚水
世界
俯身看我下降

流浪者

捏緊拳着對準自己鼻梁一擊
便有了滿天的繁星
甚至對這樣升起來的一個燦爛的夜空
他也已感到厭倦

冬日

在一夜之間衰老
呆滯的眼直直瞪着
另一個世界
灰茫茫的天空
誰關心
一隻小鳥的下落

石頭的立場

陳千武

溪底石

在溪底
一個石頭的孤寂
含有引誘異性的哀愁——

水的濕潤
是我生存的無盡安慰！

……………………

在岸上
碎石場的吱嘎聲響
使成堆的石頭戰慄！

我已不是孤寂的圓石
風景看不見我了

人工石

橫臥在黑絨絨的草坪上
我是一個石頭
她站在我的頭上
她喜歡我下面那嫩絨的草坪

草坪使我快樂
我的快樂就是她的安定
她坐在我的頭上
她揪我下面的草叢
草叢的憂愁使我沉默
我的沉默就是她的瘋狂
她用她的象徵壓住我
强調她底象徵很美感
且閃耀她的血統很高貴
我是一個石頭
沒有我的堅强她會崩潰
草坪是我的愛情
她不知道怎樣談愛
好鬪的她口口喊戰爭
草坪在我的下面擁有我
她在我的上面欺壓我
但是　如今
她的象徵已乾枯——

三牲

——貝蒂颱風過後

李魁賢

狗

帶着一身怨恨的泥巴
到處尋尋覓覓

淹水退盡的市區
遺下氾濫的穢物
同伴互相競逐
互相感染而養成了
偏好腐臭的癖性

但願再來一陣風雨
洗淨一身爛泥

猫

瞳孔突然放大

對後門的交易
已有過敏的癖性
就這樣瞪視着
飛紅的一片
觸電一般

蔬菜已漲價
幻想晚餐可拌蝦米
明天說不定會有魚

入夜後
疲倦的瞳仁
依然對視着
後院的一截紅色三角褲

鼠

神經末梢的驚惶
已是濕透的毛皮

顫顫攀上浮木
發現這小小的安身地
底下泡在渾水中
底下沒有陽光照射
底下已經腐爛

突然焦灼侵襲全身
如淹水浸沒市區

蓖麻與蝸牛

趙天儀

當太平洋的風雲正節節地逼着日本皇軍
塞班島已玉碎　菲律賓已被光復
而臺灣在盟軍跳島戰鬥的登陸戰中
却閃過攻擊的箭頭而指向冲繩群島

什麼蓖麻少年喲
什麼君がよ少年喲
在我們課餘勞動的菜園裡
移植一棵棵的蓖麻　結着刺狀而赤紅的種子

說是可以煉成植物油來取代石油
說是可以支援神風特攻隊去撲滅米國的航空母艦
在預科練之歌的行軍中
我們不知戰爭是什麼　我們只曉得B29轟炸機威力無比

當空襲警報響遍了島上的天空
來不及躲進防空壕的我
一個來自都市的孩童　窺探着樹隙間
一個飛行縱隊的B29轟炸機掠過高空

那該是我曾疏開到那裡的一個鄉村的農家
院前有一個曬穀場
院後有一口幽深而清涼的古井
且常有移植自非洲的蝸牛散步在露水未乾的草地

那是爲煉油而種植的蓖麻
那是爲軍用罐頭而移植的蝸牛
一個是無法出現奇蹟的植物
一個是肉味無法令人消受引誘食慾的動物

當人類有史以來最具威力的第一顆原子彈
在長崎昇起了葫蘆狀的原子雲　第二顆原子彈
在廣島放射了威力無比的原子放射線
終於打破了日本帝國主義者軍閥們的噩夢

而今那些蓖麻已塵埃落定不再有人種植
而今那些蝸牛却已遍野滋生　不再有人製成罐頭
每當憶起烽火下的童年　在田間小徑漫步的時候
想起了那些蓖麻那些蝸牛　就想起那些帝國主義者的
　無知、狂妄與荒謬……

告白篇

鄭炯明

懷疑

究竟要怎樣解釋，赤裸的告白
你才會相信我的夢是純潔的？

是否我眞像是一個僞善者
或是，放肆的批評和歌唱
揭露了你的隱私？

啊，忘掉那令人不愉快的往事吧
一如忘掉美麗的語言
讓坦然的心扉，成爲一座
永不設防的城市

生活在沒有懷疑和猜忌的日子裡
反而覺得十分不眞實呢

瘋狂

不是我喜歡瘋狂，而是
瘋狂愛上了我

我這樣說，也許你會感到驚訝
認爲我是一個瘋子
十足失去理智的瘋子
不敢面對現實，而憐憫我

——其實，你的憐憫
只有使我原已脆弱的情感
更加脆弱而已

我不祈求你的諒解
然而我期待，於瘋狂之後
盤踞在我心中的那棵思想之樹
能永不枯萎……

蟬

炎熱的夏天裡
你一點也疲倦地引吭高歌
嘹亮而清脆的聲音
從樹梢的那邊
一直傳到庭院的盡頭

我知道你這樣做是不得已的
爲了證實自己的存在

必需拼命地歌唱
就像此刻的我
爲了企求靈魂的安慰
必需拼命地使用語言一樣

讓我們共同爲這個可悲的事實
互相擁抱與哭泣吧
在你還能鳴叫之前

短詩二則

黃靈芝作

陳千武譯

約定

受到感動
我的純情才恢復過來
因此你把話講完的時侯
我自動發誓要犧牲

然而感動
却像閃光一樣
因此我才要分辯
我才要廢棄約定！

蟬

我手掌裡握着蟬
牠掙扎着
我緊緊握住牠
小而精神百倍的生命
握住生命
多麼高興
多麼有生存的意義
然而多麼可憐啊

曬谷場詩抄

林宗源

曬谷場

一粒粒待宰的稻穀
向暴虐的太陽跪拜
好比向法官乞求
在押到刑場以前
不要再揮動金色的鞭

我們是一群剛剛成熟
還想繁殖的稻谷
雖然人類賜給我們生活的機會
難道不能再一次地讓我們呼吸麼？

活在悶熱的季節
恨不能生脚的軀殼
恨寄生的生命
想自殺又沒有方法自絕的我們
沒有神，沒有笑

站在曬谷場
一群群等死的稻穀
乖乖地任女工翻來翻去

輸入的蒼蠅

我要讚美那繁殖的日子
設一架空氣調節器
讓子子孫孫
歡呼攝在底片的陽光
一餐牛乳拌酵母粉
又是洋菜汁的並食一頓
我能咒罵那推我進入嘗毒室的檢查員嗎？

這是一件喜劇性的故事
只爲了體內不能萌發一股抗藥性
只爲了體內不准萌發一股抗毒性
這是一場「殉道」的影片

本事：
人類的智慧，被農藥殺死，因此，一九六六年的劇場，一批英國的蒼蠅輸入，那些什麼家啊！家的專家，串演昆虫的角色，鑽入包心菜，於是，一九六六年有如一顆爛心的包心菜，在菜市裏公演，腐敗着

聽，那些骯髒的心，臭氣擴散
「再幹掉幾萬個蒼蠅
讓維他命保持一九六六年的火焰
絕不能讓意外損害藥水的尊嚴」
聽，那些嗅過痲醉藥的心跳
看，那些純潔的蒼蠅

那些掙扎的蒼蠅
那些歡舞的蒼蠅
死去

新聞

黃家慘案，農藥中毒
檢查員穿上麻衣

倘若時代就是一場球賽，多美！

語言　被打進圓形的囚房
心情　慢慢地緊張的情緒
姿態　充血的眼球有各種脚的花樣
在這一個小小的區域裡
這是一粒很守本份的星球麼？

脚　發怒的語言，不管觀衆的批評
脚　展開屬於自己的命運
脚　傳達奇妙的文明
脚　爲什麼不到金星發發威風
脚　爲什麼不跟白菜、細菌、虎……賽球
脚　總喜歡跟同樣的脚碰擊

沒有小孩的笑聲的脚
構成一場諍辯的球賽
說一聲有力的語言吧！
完成一場握手的世紀

延平郡王

起來，你的脚不是很健全嘛？
缺少運動的腰，酸都酸死了
在你後面，親手種植的古梅
被時間扼死
你知道，可是你看到嗎？

該起來散步
看看你所建築的古城
雖然你很清楚地讀出人們的心跳
可是，還有你看不到的人

說起來那是很幽默的事
就因爲今日看不到昨天
就爲了肥瘦以及鬍鬚的問題
爭得臉紅耳紅
讀破很多的歷史
追塑你的你
其實人老了該有鬍鬚
整年端坐不動的人應該發福的

還是起來散散步吧！
看看你的古城以及子孫
是如何地不爭氣
不把臺北搶過來
仍然討論着鬍鬚的問題

在包心菜內的一隻小蟲

靜靜地吃
靜靜地睡
靜靜地在長
這是一種現代式的享受

空間漸漸地廣大
一絲陽光燃起慾望
在光與黑暗的中間
頭在細小的洞口伸縮着
想出去看看世界
又怕碰到農夫的小虫
決定活在洞裡
靜靜地吃
靜靜地睡

突然
一把菜刀

正月一日

恭賀
新禧
產婆鞠躬

日子生產日子
日子狼吞日子
被胃腸消化了營養的日子

人們笑嘻嘻地造成一張張的賀年片
投入豎立在十字路口的棺材
郵差習慣地挖空棺材的內臟
這些滴着血的日子
構成恐懼的新年
人們總是笑嘻嘻地迎接郵差
迎接日子洗白了的日子

恭賀
新禧
道士鞠躬

鹽

看起來太陽一定是陰謀者的劊子手
飲乾所有的流質
成爲晶亮的固體
多不幸！含有鹽份的一群
似「殉道者」的一群傻爪
曬碎了一切化爲骨灰的德性
還要歌頌人類的惰性

背海眼花得很厲害的想法
讚美鹽場，搶進倉庫
好像怕雨醫好畸形的身體
好像怕失去投機的機會
不能滿足人類的舌
看起來鹽實在眼花得不像鹽

羅杏詩抄

羅杏

稱錘

腳尖彈起皮球的步伐
把花花世界綴於髮際
　　繫在鞋底
只學樹技抽芽
把藍天童話到祖父的禿頂上
把地洞摸出龍蝦來
天也不高
地也不厚
只記得
　吃奶的力
　流涕的泉
　喊媽哭笑的嘴臉
就得走過長長的路
踢大腳板
把歲月的稱錘翹了起
好重好痛地跌了下來

賭

喊破長巷
一路
骷髏恁把靈魂踢够
惟哭對
擲地無聲的臭皮囊
再度
把籤符貼住
賭一場沒底邊的喜怒
多少
尋了又覓
那樣繞不出
愁誤

招呼站

影疊路沉
蔭貼一載尿布
疾馳過
時間的站牌
卸滿床頭
揹巾硬把腳板滾熟黃昏
懸夜月
簷下招呼站

看馬不停蹄
擠滿過客

工作

知道灰搧不出熱
早早地把火種點着
汗珠結在枝椏上
手揮不走炙熱
冬眠蘊蓄一季的火力
準備開動明夏的生命列車

好熱　天氣　好熱
　流汗滿額
好冷　天氣　好冷
　滿額汗流

手熱熱
揮不走
　汗流滿額

前奏

嫩芽偶而滴注些許感傷的乳汁
如同枯葉懸枝眺望來春的欣喜
悄悄地
遙醉前奏一曲
却夢回落葉歸根滿地

笑着滿臉得意不安的情緒
殘月學會耐心去期待
直把前奏輕彈一曲
爲何月明總在星稀

永恒那麼熱衷於霎那的串連
霎那却躲不過永恒的蠱惑
道旁　一池靈
　　一攤肉
到底如何彩色

奇怪江水總向東流
無須前奏
却有長長的伴奏

一則消息

笠影深深映入湖底
游魚豈知
承波
爲何總是默默深綠

愛嫩芽嬉綠
風頭開在枝上
土厚但知
深根急切的條條心意
　魚把釣竿委曲
　葉把樹枝頭垂
這樣鱗光歌唱

這樣橙黃哀怨
也只是一則消息

爐

十指合着炙熱
給爐底神氣
　魚舞破網
給爐頂神氣
　馬踢爛城
點爐前暗香
　糊一地的眼珠
點爐後暗香
　抹金色的崇拜
紅諂媚著綠
千載却難巧遇
　一道道青煙
　粉滿爐心灰
三足淨重著永恒的負數

聖火

聖火　熔熔
把神殿點醒
又一季奧林匹克的盛會
衆神　舞酒
把金牌亮響
也一品趣味的競賽
糾糾武夫

把生命的血奔
且刷新記錄
偶而神來戲筆
再度是人類的奇蹟
胸膛釘得住金屬的笑容
凱歌並奏霄漢
氫動使得神香
神香四載
也難息那把
爐火

橋渡

熟悉星月的家譜
把橋綴得出巧
長長的路就那樣被醉渡
步子點在橋上
脚板落在橋下
疊了疊影子
唱了唱心符
把短短的橋渡
不怕那長長的路

腐朽的讚歌

克德琳

3. 榕林之二

大雨
有鳥疾飛過
榕林
而不棲息？

瞥都不瞥一眼
榕樹的臉
是否又爲想念
那隻蹩脚的雛鳥
不再回來而
枯瘦

樹能從鳥那兒
得到什麼？
却那樣苦苦的盼望
脚的停息 以及
被爪刺痛的滿足

六十一、十、十八

4. 銹鐵釘

拔掉牆角上的銹鐵釘
也拔去我的手
同時由牆上跌落
到底誰該被拔？
憐憫應該由誰來說？

與銹罐子住過垃圾箱
與空心人守過廢墟的
憐憫到底應該由誰來說？

廢鐵堆中有不停的叫喊
我是一直伸着手的
我是一直伸着手的啊！

六十一、二、十八於榕林

愛強錄

楊惠男

從晨光裡來的人，帶來金色的愛情
一種朝日般艷紅的熱血遂在身中沸騰
然後化做彩霞，染紅天邊。

望雨石

最恨是遇上撑傘的人，這狂雨下
舖石子的鐵軌上的旅程！
不曾渴念太陽的；渴念河水
渴念溪水，渴念雨水，淚水的石子
石子是望雨的火球，閃電是它
含淚的愛人！

人們忘了我是望鄉的孩子
在鐵軌上拾着缺水的石子。於是
有雷聲在天邊嗚咽
雨遂落在滿袋失愛的石子上。

催淚鳥

唱不完的，永恒的歌
流不完的，永恒的河水
這是最古老最荒唐的神話
以摧肝折腸的手法啃食生命！

而我乃是愛唱悲歌的一隻孤鳥
遍飲荒野裡的河水，然後從
天空的裂縫中製造風雲，再化做
千百個神話，淹沒人間

祭魁星

這是最最不忍卒聽的消息，却從西風傳來
北邊括起計算機，南邊括起原子能
而你眼珠裡飼養的却是陳年的飢餓——
如蛇蠍般爬滿大地！
菊花謝，醇酒罄，陶淵明擁着李白
號啕大哭而去——永不再回頭！

曾經以千尊佛的慈悲擎起古今文人的
曾經將杜甫的名字嵌在天山上貼在長城上的
曾經是亮在天邊的一顆巨星
何日能卸下襤褸的衣服，供上僅有的一坏枯葉？

※魁星，相傳是掌官智慧及文人命運的星辰；臺北龍山寺有供奉。

抽煙

怎忍相思的淚水隨烟上升？
怎忍輕輕灑在身上，嘩啦啦是片片哀愁？
綠色的紅色的紫藍色的哀愁
黃色的銀色的橘紅色的哀愁
滿天滿地人間的哀愁
一種天空碎裂的痛苦遂網罟般
直罩下來
這就是相思。

稻草人

這裡屹立着一塊火成岩，永不腐蝕的墓碑
這裡葬着春風、熱雨和霜雪，還有
稻穀，黃橙橙的滿山遍野！

不管烏鴉的叫嘯，不管喜雀的啄食
不管鐵犁鏟起的是血痕或泥土，也不管是
西風或東風——畢竟，只要這不是塗炭大地。
這裡流着的地下水是千噸的眼淚，而
微弱的哀號却從你缺眼的臉上掙扎出來！

當風雲突起，捲起萬里塵沙
你默默地細數千軍奔騰的步伐，並靜聽
閃電和霹靂敲打大地，曰：
稻禾，稻禾，請從白骨堆中伸出頭脚！
這不應是被蹂躪的土地，而是黃橙橙的
一片穀海！

祇因

——新公園之夜

祇因寂寞才來到這噴泉地
祇因求愛才來拍賣愛情
既使這是一朶潔白的睡蓮，也讓
渴念流蕩，隨着泉水在花蕊上！

於是魑魅自樓台水榭中昇起
牛鬼蛇神遂化做春雨在我身上滴落
這不過是一個失貞的夜晚
素馨花飄落紛紛的時日。

祇因這是一隻斷翅的蝴蝶
祇因鷹鷲未曾睜開眼睛
祇因靈魂深處埋葬着千年的慾望！

雕刻

——愛人的遺像

每一鑿痕都深藏着無比的恨
千百個日子竟塑成這寂寂不動的槁木！
不知風從那裡來，雨從何處落去
愛從那裡湧出，淚從何處流起
每次琴聲自淚水涔涔處泛出，就猛然記起
葉已凋花已謝了

曾經以千隻蝴蝶的繽紛，唆使歌聲

纏繞青山，化做皚皚白雪
曾經醉飲萬年的醇酒，乘上春風
遍拾歡笑，插在殷紅桃花樹上
曾經是呼恨喚愛地活過
當微笑還像紫籐花般開放
星星還亮在眼裡，鄉雲還盤在髮上。

而此刻
我以利刃鑿刻渾身的悲痛
讓亘古不滅的恨血，流滿人間！

期待

1.

以野猫的眼，凝望黑巷中的一盞小灯
漸漸消失，然後化做微明的愛，這正是
晨窗上反射出來的苦澀的眞理之光。

2.

太陽是一顆永遠不曾熄滅的希望
燃燒大地，燃燒草原，然後還
假慈悲地落下一丁點的淚水，灌溉青苗

3.

不要夢想以眼淚來冲倒萬里長城
這是牢得不能再牢的一坐鐵牆
哦，孟姜女！美善永遠是冰封在城外的！

4.

風像鬼火一樣，搖曳地飄去
這不過是一條遠得不能再遠的小路而已。

廢墟

不是敗瓦
也無殘垣
幾曾有過季節的侵蝕？
　　　熔岩的焚燬？
原不是風化了的玉砌雕欄
也不是夕陽殘照漢家宮闕
更不是地震後的 Pompeii

我已焚琴
可曾聽見弦柱之摧折？
高山仍在
流水已渺

飲者去後
小樓中
觸目是廢墟一片：
渣滓　琉璃　一個個的空瓶
Wine for two 的殘局

胡品清

林外詩抄

林外

一、戒指

一個戒子就套住一輩子
實在覅難屈服
套她一個戒指就弄不開連環
也沒有什麼道理
若一個戒指
是你我合成的環
是你我密切圈成的圓
是相與致力的圓滿
我說不出對戒指會有什麼感觸

一九七二、九、十四

二、心湖

我不够大　也不够强
可憐我沒有什麼力量
想怎麼樣　也無法怎麼樣
誰對我好　誰對我不好
雖然都沒有怎樣
我的心湖却有不同的波盪
那波盪　只有我一個人欣賞

一九七二、九、五

三、算不了什麼

你問我爲它做了什麼
我實在說不出來
不是我沒做麼
只是那算不了什麼
你說　它怎樣我都不在乎
我也不知該怎麼說
如果能不在乎
我想確是快活的事
不能不在乎
也不能把它怎樣
只好做做算不了什麼的事
我不敢說如何關心它
更不敢想我給了它什麼

一九七三、九、五

四、昨夜

昨夜是狂歡的時刻
昨夜是悲痛的時辰
昨夜是空白的一頁
雖然情緒不同

都一樣地使人懷念
而不是這樣的昨夜
不揚情緒的餘波
竟給毫不遺憾地遺忘

一九七二、八、廿六

五、母親

我的母親很忙
她要幫助哥哥照顧雜貨舖子
不能隨便遠行
就是因爲她很少來我這裏
非常渴念她來
有時她來了
又覺得她玩得不怎麼快樂
雖然我同去老家
媽也不曾特別給我什麼快樂
當媽媽久沒來
就不能坦然告訴自己
　媽忙不能出門
而認定自己不能給媽快樂
　是媽不常來的原因
而且傻傻地這麼想着

一九七二、八、十九

六、颱風

住在鋼筋水泥的屋子裏
田中沒有自己的一叢稻苗
園裏沒有自己的一棵果樹
也說怕颱風
　是沒有人相信的
颱風還沒來
　學校就宣佈明天放假
明天可不必上暑期輔導課
又可以坐在家中聽青少棒
首次進軍世界的第一場球賽的廣播
這樣如果說心裏很歡喜
那也是違背良心的

一九七二、八、十五

七、我不說

我什麼都知道
可是我不願意說什麼
我說不說你是不關心的
我說了你也不會重視
你還以爲我慣於沈默
如果我說了什麼
那就會大大地使你感到驚愕
引起你對我的不滿
我又何苦呢？
我用我的眼睛看
我用我的心靈想
我感慨很多
只是我不說

一九七二、八、十四

杜芳格

愛與死

愛

你把前額
緊緊，
按住我的前額
而不說一句
愛我
却流着淚
不說
我也瞭解你
緊緊
抱住你
我也流了淚
你和我的淚融化在一起
爲了你遭受死的不幸而哭在一起

更年期

俯伏
在山野
把耳朶貼在地面上
仍聽不到
你的語言
那時
紅紅的夕陽
染紅了油加利樹梢　渡過
鄉道
你跟我
坐在同一部車子裡
頭痛
是四年前的車禍引起的
不，也許是秋天引起的吧
不擁抱在一起
就揣測不到
眞實嗎？
清純而死
却說不潔！
你要向神禱告什麼？
——撒旦和神的
二元論

生命在身軀的
某個地方
尋找游離的機會
擁抱之後
不是有虛無和空虛
要襲來嗎？

在框外
框着一九七二年的東洋
波爾諾在東洋也漩渦着
誕生在神的屋子裡
爲了守護不潔的清純

便在框外
膽怯地建築城堡

即將燃盡的生命
申斥着身軀
抑壓繼續着
抑壓
終於悄然
俯伏
山野　要聽的是
死者的聲音

（陳千武譯）

哀歌

——悼亡父

念瑩

簷滴敲響大理石的嘀嗒
深紅的字刺傷眼球
魘影覆我
泣出思慕的血珠
滴在父親的森森的白骨
一大一小的午夜的足音
引帶朗朗的讀書聲
壓在多瘡孔的枕下
明天，希望是考試的日子

爬在高高的一層
父親的脖子仰得好酸
洞穿的胃流去生命的血滴
而脖子依然仰着
仰着的空眼球蒙罩一層冥霧
遮蔽了父親的希望的視線
我的淚要化成一把仙劍
劈開隔絕

蝶戀花

吳宏一

一、子不語

袁枚隱几而坐，若有所待；
學究們却仰天而噓，
無奈花魂們都復活過來，
變成了蝴蝶，
從連理樹上飛開。

南風之薰兮，
可以饜吾人之願兮。
當李漁寫到男孟母，
　袁枚寫到胡天保
老夫子似乎不得不嘆口氣，
雖不是怪力亂神，
但，眞的
子不語。

二、狐夢

狐狸的眼睛定定地看我，
不知爲什麼？
在她的瞳孔裏有我自己。
彷彿在冰天雪地裏，
我躺着——死也完不了，
年深月久了，
愛變成了枷鎖，
戴也不是，不戴也不是。

——執子之手，
　與子相悅。
手在那裏，子在何方？
孤冷竟然是一種安慰。
寂寞無人省，
忽然，狐狸醒來了，
却發現自己變成了人。

三、美麗與哀愁

那些名字像火般燙：
鄉村醫師的公子化爲美女，
——他母親也變成了包法利夫人。

隆隆隆，隆隆隆……
在楠梓火車站，

在愛人面前，愛慕變成一聲低嘆，
高中時就活在他的背影裏。

雨夜，車子滑入三民區，
秋田載着我，淋着雨，
要不要住在我家？
啊，不！
淚淌在姨媽的懷裏。

突然，去夏——
福隆的沙灘孕育我，
索性多情之後，一陣嘔吐！
鯉魚潭的和尚，
故鄉來的浪子，
都該同聲一哭。

常在事後悔恨，
但面向它時，
又變成了撲火的飛蛾。

左是虹，右是蟬，
渾身孤冷地抱住自己，
跳上了不知開往何處的慾望街車。

四、招　魂

何時開始？何時結束？
念予一身，飄然曠野。
——魂兮歸來，四方不可以止些。
縱使魂兮歸來，又將如何。

一抹微笑，一頭烏髮，
都被珍惜如蝴蝶標本。
蝴蝶是死了，
但花魂却無處不在，
在寂寞時，將我靈魂剖解。

我被分割成兩半，
一半說：
．樓前有雁斜書——
愛就愛！
另一半却鳴鼓而攻之，
揚言要殺死他的手足。

——魂兮歸來，
四方不可以止些！

技窮之歌

陳鴻森

失地

映照着夜色的鏡面上
出現了
從遙遠戰地回來的
亡夫的臉

突然我被某種力量
推倒在牀上
然而在逐漸溫熱的我底上面
只徒然漂浮着
殘缺的肢體

仍分泌着粘性物的
可是——丈夫該已知道
這才是他
永遠的失地

早餐

走進妻的早安聲中
桌上已放置着
伊爲我準備好了的餐點
傍着伊的淺笑

享受這安適的早餐
然則
飄着愛的芬香
散放着欲望的熱氣
大地的餐盤上
盛着我底生
我將走入誰的再見聲中呢

雪

母親生下了我之後，在那個風雪夜裡發瘋而不見了；像一個壞的比喻，自我懂事以來，雪花便在我心底，不斷地飄落，飄落

飄雪裏，隱約的響着：「兒啊，好好的活下去吧」飄落的是母親溫慰的語言。然而這扶持着我活下去的聲音，却不知何時已變爲斷續無力的「活着眞是冷酷啊……」，凝視着那雪花，不斷落下的是母親的肌——膚

沙靈詩抄

沙靈

等待

事件又發生
事件又發生
門
那個扇門
佈滿一身的訊息
尤若泥沼中挖出的一絲光

如繽紛的旖旎
在窗內點燃着
那風景不再是沉沉的灰蝶
而是穿過一層長霧後
孕育一則故事
一株百合
一種莫名的回響
默守的
如那闇者之姿

神廟

儘管，太空人已踐踏在月塊岩層
明天已在未知中推演
鏘然的陽光，黑色的髮茨
依然容許神的存在
廟宇的存在

鄉民的心中已在傳統中無盡地緜亙
不管橫笛已盡
不管手脚乾癟

神廟的香火依然鼎盛
依然與耶穌抗衡
祭品、柱香、冥紙
不知夾着多少祇求喃喃的聲音

我眞不解
神仍然喜歡屍食
難道是文明惡意的褻瀆
我眞不解
尤其是廿世紀圖騰的年代

鄉夢

入夜的家總掩不住頻頻地眺望
高麗城市萬千燈火的蠱惑
黯黑的世界
充滿了繾綣的蠕動
和一株罌粟的囈語

紛踏的夜空
使我窮力地抓住一灘月色
既且那是鋪滿積霜
我將如蟻地眺望
那夢的淨潔裡
賦出一闋安祥的歌

●

也是在此時
能夠呼吸着新鮮的空氣
飲讌一盃熱羹
在庭院廣場
數着爐香輪轉的恬靜
在環坐的行列
老者在告訴我們
屬於過去或將來
以及綿亙的山影發生

●

不是素描
而是眞實
一牆黑幃的啞靜
何足焦急？
黑幃之外是美？

●

家鄉是最美麗的地方
它是我們的命根
枝繁茂葉的發源
追尋美的基地
唷，庸俗的霓虹燈
嗆人的煤煙
煩惱的鬧街
瘋狂的熱樂
已不再使你振奮
已導致你底頹喪

●

我仰望家鄉
我懷憶家鄉
詠唸陳舊和不陳舊的歌詞
在茫然的路上
我一再獨酌家釀的醇酒
在鄉道
在綳緊的意識

汲

冀望上昇着
水的波光
汗的滴影
催我駕着水車足不停地蹬着
風嘶夾着鄉愁
雲湧拂動着觸覺
陽光濾過我底軀
日落沈在我底懸念

頓然，
脣間吹入了一縷剛毅
蹬着蹬着儘管殘梗在眼前瀉下
綠髮在影子憔悴中蒼白
仍然不停地
撫着深灰的橫樑
在風車的飛滾裏
在水車的唧噹裏
冀望水的甘滴
在乾旱的
土層

詩兩首

陳坤崙

無手小孩

我看見一個老婦的手臂裡
抱着一個無手小孩
坐在陰暗的角落
「可憐！可憐！我的孩子啊」

好奇的行人紛紛地
把銅幣抛向便當盒
那個無手小孩以細小的脚指
把掉到地上的錢挾起
行人像觀看小丑表演一樣地叫好
祇有我感知那個無手小孩
沒有手依然以脚來撐持
這個黑暗世界壓力的悲哀

老鼠

聰明的老鼠
自己跑進捕鼠籠裡
我看着他驚慌地直撞
似要衝破那小小的鐵柵

小弟看了笑哈哈
而我心裡流眼淚
祇因爲那隻老鼠
有着我的影子
以及人類的影子

青菓輯

莊金國

一、西瓜

顫抖着，對準了，切開——
紅鮮鮮的大西瓜。
西瓜不說一句話，
也不哀痛也不罵。
你吃着，我嚼着，誰想過——
西瓜淸甜的汁液，
甜在人們心口。
西瓜脆脆的瓜皮，
遺棄行人的路頭。

二、香蕉

你比貧窮人家命好，
有墊被，有蓋被，暖暖裹覆着。
從竹簍到紙箱，
你的氣運逐年轉佳。
可苦了那些辛勤的莊稼呀！
他們爲你絞盡了腦汁，
還是摸不清日本人的口味。

三、荔枝

張飛的核，關公的殼，劉備的肉
你是我們猜中的謎底。
小時候的小時候，
我們在你的蔭下
模仿着桃園三結義。
小時候的大一點，
你是我們爭摘的收成。
因爲你的行情一直看好着，
你身傍如今遍植了
那些接自你枝椏的
一小株一小株；吐綠的新苗。

四、檸檬

大人唱着：月兒像檸檬。
我們喝着：酸酸檸檬汁。
檸檬一點也不黃，
就被靑靑採下來，
壓榨酸酸檸檬汁。
愛嬌的大女孩，
他們的花臉呀！搽着檸檬皮。
媽媽說：檸檬可以滋養皮膚。
我們却不曾見過媽媽搽檸檬。

詩兩首

欣林

步

說過的：
踱蹀是一種過程
　一個記憶

起步的脚剪着地
築高的地牆
削去又塡平
塡平又削去
踩住的陽光
焚成一片砲煙

煙成的陽光
又跳出明媚
狂痴的叫吧
狂痴的喊吧
日子是如許的令人
愕然

悽美的動人啊！
莫不是山巓之歌
會響徹着雲霄

不然
誰會下這種賭注
起步的脚剪着地
剪着一個幻局

城堡之愛

歲月的眸子
狠狠的扎了來
眼瞳裏
遂浮昇起那久遠的
洋洋意味

還在吱唔吱唔時
媽媽的手
媽媽的瞳
媽媽的願
凝聚成一片浩瀚的海

以後，生活漲滿着星子
星子漲滿着天河上跌下的
虹橋
虹橋上更漲滿着天女的
散花

以後
不再叫痴
不再叫笑

活體視覺上昇
而伊甸園的國度却展現出
頑童的足跡

以後，無奈總是玩味着自然
似眞的靈魂
交錯成一個無意象的
幻影
唉！飲下的只是一場醉的
酩酊

當風來自城堡的時候
會有歌的
會有歌的

蒲公英的低吟

陳　墨

那個旅人
站在瘦瘦的風裡
恁地將思念交付漂泊和風向
一如抖擻着黃花的蒲公英
在歲月裡出售着遙望……

眞無法把持自己的音容
這次第
死已經不是人們所關心的事態
卽使田中的雜草群起
在大地
我們仍然可以唱自己的歌和選擇自己的時間

（蒲公英落地生根）
那個旅人的扣子繫着陌生
當日子裸裎地
將乳房擺在他眼前時
他總是撫弄着扣子　想着他的母親

一隻蜻蜓安詳地將胴體投進水中
一朵往事遽然開放
至故鄉的童話時期又遽然收斂
於是流浪的日子和母親的音容構成了一首歌
祗要輕輕吟哦便漫天色彩
而那又不過是一齣夢幻啊

誰還去記載蒲公英的日子呢
這年　風醉了
　方向也瘦了下去
那首歌雖不常唱但也常看
偶而也會不經意地低吟起來呢

然而當自己也瘦了下去時
那個旅人便把自己的語言交給了時鐘

詩兩題

吳芳章

夏日組曲

㈠
那只是一塊被犁過的水田
却爲兩條亢奮的牛
畫出了漢楚交界

㈡
雲朶從樹梢飄過
一雙明亮的眼睛　攀着世界的邊緣
偸窺了整巢的秘密

㈢
被驚嚇的　知了
不休輟的唱着
夏日之戀

㈣
夕陽斜斜照着時
晚風帶着一絲涼意
小牛郎吹着牧笛
奏出了牧歌
囘去吧　牛兒
來日方長哩

磚窰廠

泥土推進廻生輪
那是擁擠的世界
它們不斷想選擇屬於自己的新生
但是
塑造却統一了它們的嘴臉
熱烘烘的焚着
燒掉了稀薄的空氣　和
從娘家帶來的芬芳
痛若却創造了我們的意志

啊！我也是一塊剛出窰的磚

相命仙

謝武彰

晚上會不會下雨嘛？
廟前會有多少人呀？
油燈够不够？
快去吧，幾點啦？

——不知道
大聲地囘答着嘮叨的妻
竟連氣象也是如此底
難以預測
不知何時開始落着雨
漸漸底
漂白了我的頭髮

小巷的花苑

梁小燕

牽牛花

你是摘花的孩子啊
一朵　落在路旁
兩朵　落在草上
三朵……

黑色螞蟻嚙過的花瓣
水晶露珠吮過的花蕊
在晨風中
陽光吻乾了花兒們的溼潤

你是摘花的孩子啊
說要爬高高
爬上籬間的籐蔓
再摘下一朵紫色的牽牛花

而那花瓣兒已碎了
而那花蕊兒已裂了

燈籠花

小麻雀已經叫醒了
床邊透白的窗　孩子
小蝸牛已經爬上了
隔壁圍牆的竹竿　孩子
一朵燈籠花
在枝葉間搖曳着
晨曦已脫下了夜色的睡袍

牽牛花吹漲了圓圓的兩頰　孩子
而燈籠花也提起了精神抖擻着
挺着垂下的腰圍
迎接曙光　也迎接孩子們哩……

茉莉花

鄰居的阿婆
在她耳根的髮上
戴着一朵茉莉花

酒的芳香會撲鼻
花的幽香會洋溢
伸過籬上的一支枝葉
含苞待放的花蕚正潔白地張望着

你嘟噥着小嘴　孩子
說你要再爬高高
說你要摘下那朵正開放着的
一朵乳白的茉莉花哩

聖誕紅

去年冬天　寒流正清冷

籬上昇起了一朵瑰麗的花朵
是咱們庭院中的女王
一枝獨艷的聖誕紅啊

將寒意沖淡
帶來了一種溫暖的春色
把陰冷撤退
呈現了一片晴朗的顏色

連芒果樹都要讓出位置
使她伸長了頸子
連番石榴樹也要騰出空間
使她探出了竹竿的藩籬

今年冬天寒流或許將更冷
而咱們已不再抬頭凝視
因爲她已被新蓋的屋宇擠掉了生命的根據地
因爲她已被水泥匠連根地拔去……

路過衡榕

像是不再貧窮
富裕看在眼裡
歌聲唱在嘴裡
青青　妳好漂亮
亭亭　妳好可愛
來——　阿姨親親

富貴是一席人工
清新是一地裝飾
——此地的陽光
沒把泥巴的味道曬香
來　青青和亭亭
阿姨帶妳去
曬貧窮人的陽光

陽光從百合花亮出
清風從楓林叢透出
來　青青和亭亭
且把妳的双手張開
抓一把鄉下的芬芳
聞一聞——
是不是比巴黎來的還香

來　青青和亭亭
阿姨帶妳同去
鄉下只是郊遊的地方
這裡沒有軟軟的地毯
也沒有冷冷的冷氣
更沒有鋼琴爲妳奏的安眠曲
貧窮總是爲人所摒棄的是不
雖然我們知道——
這裡的陽光最溫暖
這裡的泥土最芬香……

岩上

陋屋詩抄

如果

如果有花
就開
如果有雨
就下
如果有風
就吹
如果有歌
就唱

可是現在不是春天
可是現在不是春天

六十一、六、十七

走路

只有走路
才能繼續走路
只有走路
才能走自己的路

你有你的路
我有我的路
我還是走自己的路

路把我歷盡
路把我滄桑
我還是走自己的路

只有走自己的路
才像走路

六十一、六、十九

夢

太陽以伐木的丁丁喚醒我
我怎敢貪戀夜的溫床

起身
有鐘聲
開窗
有鳥鳴
出門
有花木的招展
仰首

有雲朵的舞姿
這些都容易健忘
只有昨夜的一場夢
令我消魂

昨 夜

昨夜
把昨夜的那件事
削成一把刀
刺戮了我的心房

我倒下，我的軀體
我流盡，我的血液

這是我的愛
也是我的恨

那已死去了的
昨夜
那已消遁了的影子，啊，昨夜
死去了的蒼白
愛與恨
以及我的孤獨

六十一、六、廿一

跛 行

身體偏向一邊
才知道兩脚平穩走路
是多麼幸福

左脚陣痛乏力
右脚的脚跟直接震盪腦袋

地平線上下左右搖動
我的心
有一個陀螺在尋找垂直的
立點

攀足
試探
試探
顛跛

啊！天地

六十一、六、廿六

陋 屋

雨落在山巓
雨落在田野
雨落在溪底
雨落在道路

雨落在樹上
雨落在屋頂

雨落在棉被
雨落在
孩子
（爸！這裡有水）
的嘴巴

雨落在黑夜

六十一、六、廿八、雨

林內

林內
貓頭鷹的眼睛搜巡着山鼠
林內
螢火蟲照亮無力的小溪
林內
錦蛇引導着鳴蛙跳入陷阱
林內
風聲徐徐
且睡了一群打盹的小花

我挾着歌
匆匆地趕來
一切都已寂然

六十一、七、二、晨三時

我的位置

爬起來
鎗聲又響

下午三時十五分
我的位置
脚朝東
頭向西
左手指南
右手指北

沒有影子
我就是影子
緊仆於大地的胸脯
靜聽
太陽火烈而來的聲響
這是七月
我冰冷

六十一、七、六

詩兩帖

斯人

遺忘

幾乎是遺忘了
那些日子是怎麼過來的
現在，只留下她獨個兒
在夜的鐘面，讀秒

避開雙燈，仍然
燈外是一千隻他的眼睛
把她的破碎嵌在瞳仁裡
圓轉，有如天星

這時，從床頭坐起來的
只是衣裳和美麗
再度她獻身，爲了較量
一個人和兩個人加起來的、長短

困獸般的，突然
陷入記憶的阱，輾轉着
好像要把他死去的一半
從全體她的身上，撕開

老人

午後。一大把年紀了
在搖椅裡搖着
時間。光和影。
書和眼鏡

除了眼鏡，一切都回到過去的
透明，黑的，白的
無色的，薔薇
花啊，滿天都是

遠遠的，孩子
孫子們從牆那邊
拋來，一隻球
有時，一隻手

想着。一時又惱了
顫巍巍的，把手邊的花全抖了
爲了那香，就像隻要命的球
直打到他記憶的臉上

新加坡華僑詩人輯

——選自「新加坡15詩人新詩集」

文愷　流川
吳偉才　夏芷芳
沈璧浩　莫邪
完顏藉　賀蘭寧
林方　零點零
孟仲季　蓁蓁
牧羚奴　謝清
南子

文愷
火的盛宴

這夜　這火
這barbecue的盛宴
扇活滿天小小的小小的星辰
旋舞滿天小小小小的星辰
星空　非常詭秘
非常詭秘
妳晶亮的眸子
低喚我的名字

我未曾夢過這樣的星空
我未曾戀過這樣的火

我們扇活火
扇活年青的火啊
向上的火
不低首的火
煬和的火

我們吹活火
吹活狷介的風啊你來吧

你來我們就旋舞給你看的火
烤木炭的夜空成璀璨的朝霞
紅紅的朝霞　紅紅的臉頰
烤彼此饋贈的純樸
烤焦焦的牲肉
聽他哼那首他自己譜曲的歌
我把憂悒都烤焦了
看妳
妳笑得多狂

一九六九年八月

湖邊的樹

吳偉才

每次　風們走過
你紋滿情語的胸前
一些飄香的花朶
便悄悄地
送了給她
你已站了整天　你已站了整夜
你已站了百年

還是站着
你那縷痴情
愛把湖的漣漪
她的淺笑她常細語的水湄
一個小圈圈又一個小圈圈地畫起來
一次又一次地　繞在心裡
(而你還是站着)
凝視那湖
那湖　也在凝視你
如此讓每片默默　也沉了百年
(而你　還是站着)
那縷痴情
要留着長長長的頭髮
要撫在她的臉上

一九六九年八月

血光

沈璧浩

製造宗教的雙手
同時製舐血的子彈
在戰場的餘餚裏

有人拾起一枚烤焦的教堂
人類慾念流過的地方
主掩臉，主不忍
目擊劃破天際的
一道血光

所有的母親都哀泣
呆望子的後影
在陌生者面前染血
所有作戰的
死後猶唸錯異域的名字
許多野死者
許多都不相認識
怒目。只是
兩面旗幟的不同構圖

這樣用血淋的五臟
帶肉的白骨呈列
就是歷史，且不斷
戰爭，戰爭絕症如癌

荒野已寂
亡魂相擁悲號
主已離職主失眠
想明日，殘忍必相戮伐
那個粗心的傢伙
又讓腥血不愼
潑在他胸前的
十字架上

故事

完顏藉

數不清多少個無眠之夜
起身　披衣　下樓
不受賞識但不寂寞的街燈是我
在四面八方高度傳眞的市聲歇後
靜聽
由遠而近　幾聲
狗吠
嬰啼
突出圍牢的
心跳
一段昨天記下的小歷史
卅六層生活龐大的陰影　仰首
猛然倒下
翻落街心
躺在血泊裡
衆人的脚下

在救傷車尖叫而來之前
是她淒厲的哭聲
爲什麼
爲什麼
　爲什麼
他們把模糊的血肉
淚
痛苦
扛上舁床
趁柩車尚未載他遠去
爲他餞行的　是
她的哭泣
她的
爲什麼
爲什麼
爲什麼
爲什麼（只因我是一個敲鐘的人
忘不了那個扔下七年骨肉私奔的賤婦
那乘船出海然後自葬的浪子
我是孤兒）
（我廉價抛售自己：一天兩塊
在上課下課鐘交替喊叫跳樓貨聲裡
我的夜總長得不着邊際
盈耳盡是冷笑的答的答的答
在恍惚中

妳的脂粉香穿過層層的淫笑
飄進又起又落又起又落的酒杯
與忘形的煙霧起舞
然後倒在眉花眼笑的貼士懷裡）
（妳從一個一個臂彎中撤退
馱着千噸倦歸來
妳全身是帝俄狂僧的手
口臭
酒精
錢包裡　睡着幾張
　漲紅着醉眼的
　淫意未消的
　赤裸裸的
　鈔票）
（趁妳還不是私奔的賤婦
我不是自葬的浪人
我得把門緊緊關上
永遠關上
然後自己哄自己
我將出門遠行
我遂背着卅六層陰影
倒下　倒下　倒下）
他倒在街心
血泊里
衆人的脚下

那女人的哭叫聲中
和哭聲裡的
爲什麼
爲什麼
爲什麼

心戛然而止
時鐘的冷笑破空而來
狗吠
孩啼
街燈遁走
高度傳眞的市聲又自四面八方圍來

林方

蠟炬

黃昏的鐘聲如加冕於教堂
餘音啣接，如黃玫瑰串成的花圈
黃玫瑰却依然嬌艷，依然煥發
每一朵蘊育一個夢，每一朵是一個生命
我是隻痴心的蛾蝶
把屍身藏於溫暖的花房
當她萎謝的時候，一同歸赴塵土

炬光浮雕炬影於大理石的壁上
成衆使徒的繪像，垂聽修士們的祈禱
頂上是聖潔的光圈，生命的晶體
蕊花滴滴落下

一如靜夜裏聲聲禱語喃喃
喃喃的禱語串成一束黃玫瑰的花圈

一九六二年

孟仲季

悖

悖然。當鈴聲揚起
我輒悖然
走進矩形的課室
走進矩形的休息室
而課室浮泛着迷惘與不解
而休息室沉澱着生之倦怠與譎笑
（沒有稱謂的平行運動
　循着特定的世俗軌跡）

一種被奴役的新元素
另一種奴役的古老方程式
無形的制度
無名的組織
神經末梢早已氧化
苔蘚爬滿台階
籐籮恣然圍困高牆
據說哮喘是難癒的頑症之一
不幸我們都是預定的長期患者
枉然是最後的裁決
猶之乎死亡是最後的歸向

生之音階過高 難以演唱
（顏彩落在宣紙上會變形）

揚聲器失聲
那是一種週期性的傷風
即連鑽石唱針也漸被磨損
鋸齒形的音溝
積疊着一道道
Hi—Fi的新舊傷痕
工作的水面浮幾許輻射魚
　當鈴聲泛起（奪魂鈴
　當鈴聲激起　鈴聲奪魂）
…………
…………
唉　我們都是一叢人造花
被插在無水的空瓶

一九六八年十二月廿一

牧羚奴

雨點箋

冒着落葉
我走長路
走入
和其他植物的家庭
早晨，是猴子手中的栗子
在林間，結核
小紅果掉下
帶着愛的重病
風轉身
她的草裾，曳起聲音
靫靫的綠絲
繡在靜寂的纖維上
那些蟬戀

我心憂鬱
整個太陽縮在爐中
焗着
露珠

一九六八年十一月二日

南子

夜的斷面

華美之夜，夜以一千葉金屬片
敲出滿天的星光
都市的巨獸
睜一萬隻燈光的複眼視大地
摩天樓矗立在摩天樓的陰影裡
青空被分割
人迷失在報漲的潮聲中

夜已成熟，星星逐漸死去

帶來陽光的訃聞
許多靈魂暫時告別肉體
肉體告別文明
慾在成熟，摘落在床笫之間

那個少女，將貞潔拂給銀幣的皇面
那人在仰游，以蛇之姿
時計在報告歷史
一粒麥子死去
十個月後，有人收穫地糧

天堂的門在落門，我在傾聽
一顆流星悲憤地自焚
蟋蟀獨自拉他的三弦
送葬的燭列移動
明日，明日有人掇拾紅色的珠顆

夜被解剖
夜的斷面，有凄厲的風聲蟲聲
創口在癒合，血在凝集
陽光以絹色的雲，拭抹汚痕

一九六七年五月

流川

市儈

經營的手段
他是政客兼魔術師
他身懷六甲，巨頭
當他鯨呑一切

活在現代
他是一座吻雲的銅像

一九六八年十一月廿八日初稿
一九六九年十月十八日重修

夏芷芳

蝸牛

我背荷着重量的存在
步伐緩緩
我以柔韌的彈力
平衡了一寸一寸的艱苦

牽牛花，擠彎了籬笆
幾隻驕傲的粉蝶
笑我不能旋律於紫色的風采
我伸長觸鬚計時
也想量出宇宙的半徑

陰雨嘩嘩
殼上點滴的密響
但我存在，以極大的忍耐

把意志緊縮體中
默想着心中之道路
　心外的前途

揚帆之後

莫　邪

忘了向你說再見
揚帆之後，我雖依依
回首，你已屬於
被遺落的一群

一步跨過四年
的快樂
然後，命運
叫我們分手
如此地分手
沒有陽關
也不曾折柳，而黯然
竟如古人

向那不知道的一方
我神傷地
啓程，默默設想
你在背面
的伶仃

而乘風的是我
並背者非你，揚帆
之後，沒有知己
若在宋代咏詞花的
宋代，我當與辛棄疾同遊
或是清代，那小狂生
納蘭性德必握緊了
我的手・我的手
然而是赤道
的探月年代
的不作詞
的手

我將破浪在揚帆之後
以破浪之姿
塑一身
鋼質的骨格。我將
逆風地嚮往
波瀾與波瀾之後
是大陸與陽光

未來的未來
雖遠你
很久，還記得許一個願
爲你，爲死去
的快樂
的短短而
　春季的
記憶，攜手時的

記憶

賀蘭寧

家

就這樣牽了晚風歸去
就這樣讓家的溫暖熔去倦意

這是家，十萬間組屋的一格
格內屬於我們的天地
有沙發伸臂迎我
而妻甜笑的大特寫很媚
而飯香味是此刻話中的主題
報紙是飯後的恩物

家裡，遇不到許多狐色的顏臉
看不見誰在紙幣之間流淚膜拜
聽不見誰在天讀的時刻才去哀禱
外界的荒謬和醜惡
在這裡都碎成塵埃
燈下，有詩人流露他們的心語
哲者爲我佈下人生的棋局
妻的針車聲達達達達
家啊
何時我們才跨入可愛的門檻
何時我們才在門外披風而立
抹滿金光
當我們是旭陽的請客

一九六九年十二月十五日

零點零

補鞋匠

這裡坐着一雙手
一些線
還有一些鐵釘
把白天釘在櫈子上
把眼睛
抹上了繭
鐵鎚敲彎了他的脊背
他赤着足
想起該給孩子們買膠鞋了……
想起歲月
明天會是一個怎麼樣的日子？

當然還有午餐
當然還有許多
閒着拭剪刀的時候
他赤着足
用白髮縫緊傷口
用白髮爲他的孩子們
編一個
不漏雨的夜

窗外

蓁蓁

大清早
黑長的柏油路還未被打掃
風便刮起來了
狗吠聲便被刮起來了
垃圾桶邊的渣滓便亂起來了

一隻野狗
猖狂地跳了出來
順便從垃圾桶裡帶了一些什麼的出來
然後張嘴。捕捉
翻了幾個筋斗依舊瘦弱

一張面具
揚起・自空酒瓶邊
昨夜的化裝舞會
還沒被風摟緊
便被分屍於狗齒下

窗外，如是繪着
大清早
窗內儲堆着一些睡眠
黑長的柏油路還未被打掃
風便刮起來了
一隻野狗
翻了筋斗又翻了筋斗……

歲末

謝清

他們忙着購物
忙着把聖誕快樂新年進步掛起
忙着在櫥窗裡佈置雪景紅炮衣
忙着把日曆最末的張數撕掉
忙着把自己的年歲添加

這裡沒有冬季
這裡的藍天永不飄雪
而厚厚的日曆一呈單薄
這裡的瞳仁們都幻出了寒流
於是有人要在廳裡擺上一棵聖誕樹
有人午夜在門口唱平安聖善夜
有人精細的計算沒有虧蝕
有人在臘月初計劃新年賀詞

忙着的人忙着
時間不因牆上的鐘停止而不流
有人忙着
只是忙着用什麼方式把臘月送走
有人忙着
忙着如何擠過年關的人情債務
而過去的無暇回顧
將來的未有指標

錦連詩集

鄉愁

蚊子淚

蚊子也會流淚吧………
因爲是靠人血而活着的。
而，人的血液裡，
有流着「悲哀」的呢。

檬果

有，
保持色彩的固執性。
有，
民謠般的土著氣味。
黃的，
鮮黃的，
隨着汗而滲出的有色人種的鄉愁與夢。

我是風

我是風——我夢想。
風在無際的空間，
飜轉，
擴
大
而
飛躍，
展開，
生活者的歌與思想。

老舖

夜靜的老舖，
有一朶薔薇。
旁邊，

白髮的老頭子托着顋幫，
把視線默默地釘在街上。

花瓶裏的薔薇也不動，
老頭子，
是否想像着年青的日子？

六月的，
　冷靜的夜晚。

石碑

石碑是乾淨的，
古老的面容上，
找不出些時間的繼起。
它是，
建立之初就被人遺忘，
如人類的出生和死亡一般……。

我

疲憊之極，
我倒在牀上而哭泣。
我的淚球，
滲透了感傷的核心。
我——
我是個天才的僞善者。

妊娠

有着，
　重量的悲哀。
有着，
　期待着奇蹟的恐怖。

壁虎

守着夜的寧靜，
不轉眼珠的小壁虎，
以透明的胃臟，
靜聽着壁上的大掛鐘。
連空氣都欲睡的夜半，
我亦孤獨地清醒着，
守着人生的寂寥……

夜色

畫筆疏忽的一劃。
這是檳榔樹葉尖的纖細線條，
——月亮從畫布裏上升了。
於是，我亦將
沉溺於 Romantic 的夜色之波瀾裏去。

腎石論

腎石是由鹽份結成的——醫生說。

腎石是憂鬱與悲哀凝結而成的——我想。

我想在夢裡，
醫生和患者的對話，
手術刀和詩人的筆尖的閃耀……。

旋律

那韻律的抑揚，
來勢兇兇的婀娜的少婦們，
互相指罵的口音之響亮。

圍觀吵架的閑人是愚笨極的了，
我停步於街上，
面向天空而珍惜這悅耳的旋律。

夜市

西瓜——
紅的鮮艷之閃耀。

水份——
從少女們雪白的牙齒間，
滴落下來。

夜市——
眞珠般的露水之氾濫。

雨情

一絲絲的，
銀髮之鐵線網。

一滴滴的，
眼淚之圖案。

農曆新年

一片濃厚的氣氛在滾動，
農曆新年的街上，
是可怕的色彩之氾濫。

向着大自然的攝理，
於人類能企圖的最大反逆之前，
佔據着這空間的寂寞之幅度和重量。

是由於生理感官的錯亂？
抑或我的內容過於凄凉？

女

她笑了！
神秘的表情破壞了光線的調和。

閃耀而純白的牙。

是一隻
充滿反抗的噴火動物。

大廈

這是銀色的直角之片翼——
另外喪失了的一半，
仍是空虛的永佔。
塡滿了天然痘的玻璃窗，
就是一條花紋整齊的紗布，
懸掛在蒼穹毫無表情的垂下。

死與紅茶

病了，
我做夢一樣地想像着死。

我這死是甜蜜的，
疼癢的，
誘人的，
帶有鄉愁的，蕩漾着的，
我這死是紅茶之香。

軌道

被毒打而腫起來的，
有兩條鐵鞭的痕迹的背上，
蜈蚣在匍匐　匍匐……
臉上都是皺紋的大地癢極了。
蜈蚣在匍匐，
匍匐在充滿了創傷的地球的背上，
匍匐到歷史將要湮沒的一天。

嬰兒

七原色的哄笑，
滴落着，
閃耀……
漩渦着，
放散……
光與影的，
有皺紋的，
有彈力且兼有磁性的，
跳動着的肉球。

修辭

「無限」的字限是空洞的，
好像喊着「永遠」一樣……。
我凝視你而知覺着現在，
這亦是尋得而又會失落一樣……。

三角

一切的靈感，
總會歸納爲三角的定理。
上坡，
頂點，

下坡。

清醒，
酩酊，
而現實。

禮讚

以白壁爲素地，
有着黃金色的蜘蛛網的雕凸。

灼熱的中心，
太陽撒下了燦爛的金粉。
茅屋裡，
無氣力的病嬰在低哭的午後，

大自然、深遠地、
寂靜地而且無限的華麗。

夏

不經反射而屈折，
　屈折，
　　屈折～～～
光線疾走於遼濶的空間。

喪失了汗腺的曇花，
滴滴打打地流出紅黃的血來了。

五月，
以燃燒而充實內容的大自然界，
仍在反芻着循環的法則——屈折，
　屈折，
　　又屈折～～～

虹

天空是，
一張沖淡爲二分之一的藍色的複寫紙。

寂靜的凝視溶化於這空際，
不久——
這講不盡的思念，
終於變成了一道彩虹。

關於夜的

夜的內容，
在於黑暗與靜。

靜謐之重心，
在於其有意識的一分一秒之流失。

時間之實感，
在於其繼續着的生存之哀的自覺。

古典

悍婦的笑臉。
噢！假若我是一個畫家，
我要特大地誇張她的笑臉，

給後代的一群配備電腦鋼骨的子孫們，
留下一個嚴肅的古典。

理髮店

繞着自動椅子的周圍，
以爵士的拍子操着剪子的舞女。

多種多樣的姿態，
發散着爛熟了的青春。

祇有一個人的，
觀看客的眼睛是三角形的。

嬌笑——
深紅的熟透了的柿子破了………
流出了秋的氣息。

喫煙

有人在車厢裡吐煙，
涼風從窗外突入，
煙的意志，
慘澹地潰走了。

發作時的，
狂人之腦子的電流圖——潰走的隊形。

秋歌

滿潮時的黝黝的情感之布帆——風。
流過又流過，
塌倒了的、
祇有石柱與台階的廢墟的都市。

黃昏——
秋，點燃了淡黃色的熱情。

笠書簡

新榮宗兄：

震瀛詩稿三本已收到，又奉大函拜悉。該詩稿一面是貴重的詩史資料，一面為亟待整理的作品，弟當為之設法整理保存及翻譯發表印書等，待日後有具體計劃或發表成果，當另再奉告，請求原諒。

「笠」雖為詩刋，但也希望有點隨筆文章，而不僅以詩為內容。本來弟曾提案過出一本隨筆小品式的小刋物以提高我們生活的情趣，不過未能實現為憾。今仍請吾兄擲隨筆給「笠」為荷。

大函中，吾兄說：「雖到這一個年代，尚未把詩忘掉一事，請記住吧」這句話，令弟不免有一番的感慨。

弟吳瀛濤上　一九六七年三月四日

笠下影

童鍾晉

當我是不懂得詩的時候，我已愛上了詩；而在我比較懂得一點兒的今天，我却又發覺我對它的愛不够……近年來，我已深深的愛上了緘默，緘默不也就是一首無言完美的詩麼？

I 作品

瀨神

十年前，當我凝眸默坐時，
「這孩子是否病了？」
五年前，當我凝眸默坐時，
「這書獃子又在呆想了？」
今天，當我凝眸默坐時，
「這小妮子陷入愛情的煩惱了？」

椰子樹

椰子樹，是不是你在跟我比高？
挺得那麼直，站得那麼隱，
傲然地渺視一切
你以爲沒有誰會比你再高了？
椰子樹，是不是你在跟我比高
頭也不回，腳也不停
儘往上爬——
你以爲沒有誰能追得上你了？
椰子樹，是不是你在跟我比高
叫你不聽，喊你不理
仰起頭，挺起胸
你以爲這個天下就是你的了！
哦哦，椰子樹，就算我服輸了
別再吐氣揚眉，跟你商個事
可否帶我上青天去
今晚我跟小星有個約會

我在其中

滄海，浮雲
偉大，渺小
我在其中
白晝，黑夜

光明，陰暗
我在其中
生存，死亡
幸福、苦痛
我在其中

終有一天
一切是夢
我不在其中

不知

太陽重已出來
不知豪雨何時停止
彩虹高掛半空
不知烏雲何時穩退

黎明破曉而來
不知黑夜何時消逝
蒼老替代童年
不知生命何時歸去

倔强

如果你說我倔强
我不否認
因爲它原隨胚胎
俱生而來

祇因：
當我不傷風時而鼻子裏發出哼聲
當我不眼痛時而眼睛會斜貶着
當我不說話時而嘴唇會撇一下

還是
在我的字典裏
沒有yes只有no
在我的生活裏
沒有屈服只有反抗

如果你說我倔强
我不否認
因爲我就是這樣
因爲我就是這樣

快樂

漫步在清晨的草坪上
踏着脹滿的第一滴露珠
和未粧裝好的小紅花道聲「早安」
我是快樂的派琵・琵瑟絲

小麻雀趕來向我獻媚：
「給你唱個歌兒好嗎?」
「乖孩子，今天你給我安排了什麼新節目?」
我將自己比擬白雪公主
是誰輕獻過我的鼻腔

為我拉開塵封的心幕
裝滿了大量新鮮的氣體
我是個知足的百萬鉅富
猛抬頭金光已冉冉迎面而來
一輪旭日
染滿了我一身紅光
我是個行將上轎的新娘

註：派琵‧琶瑟絲是勃朗寧所寫的一首詩，也是這詩中的女孩子的名字，她是一個不知道憂傷痛苦，永遠快樂滿足的孩子。

II 詩的位置

在「新詩週刊」時期出現的女詩人，即有張秀亞、蓉子、林泠、李政乃以及童鍾晉。張秀亞出了一部詩集，她在散文方面久享盛譽，近年來則跟雷文炳神甫合撰「西洋藝術史綱」。蓉子則絃歌不絕，已出了五本中文詩集，正如白萩所說的已是祖母輩明星了！林泠詩作極豐，可惜出國留學，獲得學位以後，一面執教化學，一面相夫教子去了！只有前幾年囘國省親時，在羅行主編的「南北笛」（註1）露了一手，因為她沒出過個人的詩集，所以，幾本所謂權威性的詩選選來選去，老是「四方城」(註2)那幾首，實在令人納悶。在童鍾晉退隱詩壇以後，除了早期的彭邦楨、墨人合編的「中國詩選」（註3）較能呈現一點她的輪廓以外，恐怕也鮮為讀者所熟悉的了！童鍾晉主要的作品，都是發表在「新詩週刊」、「藍星週刊」、「藍星宜蘭分版」以及「今日新詩」等詩刊上。張秀亞的詩憂鬱而堅毅，蓉子的詩熱情而綺麗，林泠的詩敏銳而秀麗，而童鍾晉的詩則豪爽而機智。例如她的英文詩作「我愛妳，因為妳是妳」(I love you, because you are you.)（註4）便是一首相當機智、詼諧的情詩，不像一般女性的詩，直接但非感傷的告白，有深度的詩底情味。我們可以說她是較傾向於早期的「藍星」，但也是一位獨立的詩人啊！

（註1）參閱民國五十六年三月出版的「南北笛」季刊創刊號第六頁林泠作「新作四章」。

（註2）林泠的「四方城」係發表於紀弦主編的「現代詩」第十四、十五期。時為民國四十五年。

（註3）彭邦楨、墨人合編「中國詩選」，民國四十六年一月由大業書底出版。

（註4）童鍾晉作、覃子豪譯「我愛妳，因為妳是妳」，發表於「藍星週刊」。

III 詩的特徵

說童鍾晉的詩是豪爽而機智，乃是意味着她在一連串的詩作中所表現的風貌。她的每一首詩作，都呈現了一種豪邁的氣息，從不矯揉造作，忸怩一番，而是直截了當，痛快淋漓。而她所操作的近乎口語的語氣，並沒有使她明朗得只見雪膚，因為她的機智，她的逆說，即使是一種詩的哀愁，愛情的煩惱，也會令人破啼為笑。她對愛情有很深刻的看法，她說：「只有眞正懂得愛的人，才會珍愛自己，才配愛你」（泥土）（註6）。在現代詩尚未勃興以前，在許多新詩尙停留在時代意識與抒情感受之時，童鍾晋這種富於知性的抒情詩，不能不說相當新鮮相當靈敏。「我在其中」一詩，便流露出一種哲理的智慧，一種機智的頓悟。就這一點而言，早期的蓉子是沒有這樣地瀟灑過的，因爲那時的蓉子還在編織着「青鳥」的夢幻。尤其是童鍾晋的詩，在語言的表現上，相當乾淨俐落，當然不是蓉子所能比擬的，雖然說蓉子自有她自己的優點。

四 結語

我們並不只是緬懷昔日的榮光；童鍾晋久無詩作出現，固然値得繫念，而蓉子不斷地推出詩作，難道也不値得珍惜嗎？當然，我們不能抹殺蓉子的努力。然而，詩創作上的成就，並不在於只是繼續寫作，而是在於有沒有新的領域的開拓。要發現新的契機，要創造新的戰慄，要企求新的進境，然而，在這樣前進的過程中，我們也不要抹殺了昔日一同奮鬪一同甘苦的伙伴們罷！

笠書簡

陳千武様

「笠」50期收到，我這邊把「時間」七月、八月、九月彙集，前天寄上了。

能出版五〇頁，眞令人感服。

這次，因國家的外交上，造成了斷交，但是藝術並無國境，希望繼續交往下去。謝謝您！

北川冬彥

七二、一〇、三

陳秀喜女士：

本日拜接來函以及「笠」。拙著「詩的世界」兩個月前由航空郵便寄上。然而還未收到，令人遺憾。再補寄贈一本，如果兩本都收到的時候，請妳轉給詩友一本。下個月想去拜訪堀口先生，我要介紹「笠」。

中日韓兒童詩集預定出版的消息，令人高興。我也在選自廣播電台募集來的詩。年底出版時寄贈妳。

我很想拜讀貴國的兒童詩。十月初我和自九州來的秋吉久紀先生晤面，暢談中談及「笠」和妳。在貴國如果有開詩人大會的時候，讓我也有參加的機會。很想和妳晤面暢談爲樂。

萬葉，古今、新古今和歌的漢詩譯一書，不久將要出版的消息令人興奮和期待。中國古典詩的譯本，角川書店有出版。其中譯女人的詩的是在「野火」執筆的鈴木亨氏。需要的話請示知以便奉寄。

自十月十一日開始一連串的巡廻演講，也是忘碌而終。我是加入了日本筆會，但是開會的時候都不克參加看來妳也是很忙的樣子，請保重珍體。

明年元旦要往希臘兩週。

這次我去九州演講三天，今天才回來。日本旣進入了冬季，現在柿子、蘋果、紅葉都很美。

請代向笠同仁問好

「野火」主宰（社長）**高田敏子**

十月二十八日

兒童詩園

指導者：黃基博

雨中鳥

仙吉國小五年甲班　許雪銀

雨來了！
小鳥沒有家，
身體被淋得濕漉漉的，
啾啾啾的哭叫。
小鳥啊！
飛進我家來躲雨吧
我等着牠
牠却飛去了。

詩評：有愛的茫然。

牛

社皮國小五年丙班　盧進家

勞苦不怨，
挨打不哼。
從哪兒學來
那忍耐的工夫？

涼亭

社皮國小五年丙班　盧進家

下雨讓人躲雨，
天熱讓人避暑，
壞了沒人修理。

詩評：批評與感慨有擴大性——能令人想到別的事。

雲

湖南國小五年丙班　莊麗蘭

黑雲懷着心事重重，
我要它把心事告訴我，
好讓我替它分憂，
它不說話，
只是難過。
難過得哭了，
掉下了滿地的淚！

詩評：有望烏雲的某種心情。

父親

仙吉國小六年甲班　林玲香

當我在失望痛苦的深淵，
他伸出柔軟而有力的手，
把我拯救出來。
當我徬徨無主，
他擧着一盞明燈，

為我照亮了黑暗。

詩評：有感德、念思的情。

霧

潮州國小六年級 謝榮瑤

霧是一塊輕柔的紗，
把月亮變成了羞澀的新娘。

時鐘

屏東潮州國小六年 駱姮娥

滴答滴答，
你在說什麼話？
滴答滴答，
是爸爸走遠的皮鞋聲嗎？
滴答滴答，
是媽媽出門的高跟鞋聲吧？

詩評：父母出門，留下自己，聽到鐘聲的寂寞感。

冬天

潮州國小六年乙班 郭志雄

冷啊！冷啊！
請你可憐我這窮苦人吧！
別使我受冷，
害我的朋友難過。

詩評：不光為自己想，情意可貴！

春天

屏東潮州國小六年 吳俊鎧

春天，
像穿綠衣的姑娘，
頭上插滿了鮮花，
放出醉人的芬芳。

我喜歡你，
你能不走嗎？

畢業

光華國小六年戊班 蔡雅麗

樹木哥哥搖着葉兒向我再見，
花兒妹妹傷心的合起瓣兒；
蝴蝶姊姊翩翩飛來為我送行，
風兒弟弟呼呼呼，要我珍重。

詩評：把樹葉的搖動，看做再見的揮手等，是一種很好的比喻，也就是一種心情。

送別

新莊國小六年甲班 林明選

晨風吹動了鳳凰樹的枝葉，
在對你們揮手送別；
鳳凰花上的露水滴滴掉落，
在為你們的離別傷心流淚。

詩評：情、景混合為一，情在景中，景為情在。與杜甫的「感時花濺淚，恨別鳥驚心」有類似的情調。

送

屏東潮州國中一年 賴旬蓉

地上鳳凰花開，
天空白雲悠悠；
禮堂驪歌齊唱，
枝頭蟬兒高應。
白雲悠悠東，
白雲悠悠西，
不管何時悠悠合，
總要任情翱翔在天空！

中國新詩史料選輯

傅斯年詩選

趙天儀編

Ⅰ 簡介

傅斯年（1896——1950），子孟眞，山東聊城人。光緒二十二年生，民國三十九年逝世。先生畢業於北京大學國文系，並遊學歐洲，曾在德國柏林大學研究所研究。曾任中山大學、北京大學教授，北京大學代校長以及中央研究院歷史語言研究所所長。來臺以後，出任國立臺灣大學校長，爲頗具遠見與膽識的教育家。遺著有「傅孟眞先生集」，共分上、中、下三編，六巨册。由國立臺灣大學出版。先生與羅家倫先生等創刊「新潮」，爲五四時期新文化運動的健將。先生雖非以詩見長，所留詩作八首，率眞豪放，誠非爲無病呻吟之作可比。

Ⅱ 作品

老頭子和小孩

這是十五年的經歷；現在想起，恰似夢景一般。

三日的雨，
接着一日的晴。
到處的蛙鳴，
野外的綠烟兒濛濛騰騰。
遠遠樹上的「知了」聲；
近旁草底的「蛐蛐」聲；（註一）
溪邊的流水花浪花浪；
柳葉上的風聲辟嚦辟嚦；
高粱葉上的風聲吵喇吵喇；
一組天然的音樂，到人身上，化成一陣淺凉。
野草兒的香，
水兒的香，
團團的鑽進鼻去，頓覺得此身也在空中蕩漾。

這一幅水接天連，晴靄照映的畫圖裏，
只見得一個六七十歲的老頭子，
和一個八九歲的孩子，
立在河崖堤上。
髣髴這世界是他倆人的模樣。

（註一）我們家鄉叫「蟋蟀」做「蛐蛐」叫「蟬」做「知了」。

——傅孟眞先生集(一)

前倨後恭

耶穌活着，世人使他流血遭刼。
耶穌死了，世人說「耶穌救我們出刼」
多少生前吃人脚跟底下塵土的人，
死後豎起銅像；
又有多少活妖魔，
過上些年，變做神靈。

這不算奇怪，
這是頁頁歷史上所見的「前倨後恭，」——
這是人的天性。
倨也不由他，恭也不由他，——
你該赦他。
向你倨你也不削一塊肉，向你恭你也不長一塊肉。
況且終竟他要向着你變的，理他呢！

譬如一個母親的幾個兒子
總是怨望他的母親。
不成器的不消說了，看他母親勤勤懇懇只是多事；
成器的又怨他幫住他們的力量不足。
一旦母親死了，他們反而想念不置。
活着的時候他們愛他，怨他，離不了他，又要離他；
死了以後，只剩了愛他，離不了他。
其實生前的怨他仍舊是愛他。

他們想念你，你還是你。
他們不想念你，你還是你。
就是他們永世的忘了你，或者永世的罵你，你還是你。
任憑你力量怎樣單薄，
效果怎樣微細，
一生怎樣苦惱，
命運怎樣不濟，
你終是人類向着「人性」上走的無盡長階上一個石級。
「人性」要向你微微的笑。
這微微一笑之中，證明你的普遍而不滅的價值。

——傅孟眞先生集(一)

咱們一伙兒

春天杏花開了，
一場大風吹光。
夏天荷花開了，
一陣大雨打光。
秋天梔子開了，
十幾天的連陰雨把他淋光。
冬天梅花開了，
顯他那又老又少的勝力在大雪地上。
杏花、荷花、梔子、梅花，……
你敗了，我開。
咱們的總名叫『花』，
咱們一伙兒。
太陽出了，月亮落了。
星星出了，太陽落了。
月亮出了，星星落了。
陰天都不出，偏有鬼火照照。

太陽、月亮、星星、鬼火，——
各們輪流照着，
叫他大小有個光，
咱們一伙兒。

——傅孟眞先生集(一)

陰曆九月十五夜登東昌城

月光光的，
夜寂寂的，
天曠曠的，
當這冷切切時節，
草蟲早避了我家四壁，
塞起嘴來，
埋頭在化做泥的畦溪；
只剩了幾個小鳥，
還未曾覓到枝兒安歇，
散些不耐寒的聲氣，
擾動這空空曠曠，淡淡茫茫，沉沉疑疑的空間——
更顯得天高，景黴，氣候凉結，
我被這景兒叫喚，
走上城牆，
一望瀰漫。
城裏燈火四散，
晨星一般的乍隱乍現。
却被月色照着，
外面雪亮亮的白地一片，灰沉沉的霜堤遠遠相環。
夜色明得好，
月影遠景映得暗；
夢裏的顏色就是這般，
不像清醒白醒時清煥。
年來夢不斷，
醒後每追羨。
夢境息息刻刻變，
還記得的景色，
不離了是明是暗。
拿今夕比他，
只差在一靜一流，
行止一般的年牽運，無意願。
孤伶伶的立着想，
心緒結成一團團。
趕緊回家，
經過樹邊，
驚了幾處的棲鳥，
黃葉亂紛紛飄散。

——傅孟眞先生集(一)

詩論譯介

詩的辯護

雪萊原著

杜國清譯

解說

雪萊（P. B. Shelley, 1792—1882）的「詩的辯護」（A Defence of Poetry）是爲了反駁皮科克（Thomas Love Peacock, 1785—1866）的「詩的四個時代」（The Four Ages of Poetry）一文，於一八二一年二月到三月之間寫成的。

皮科克是雪萊的朋友，比雪萊大七歲。他們結交於一八一二年底；一直到一八一八年雪萊最後離開英國之前，他們之間的交遊頗爲親密。雪萊在義大利時，他們之間書信不絕。

皮科克的「詩的四個時代」發表於一八二〇年「奧氏文藝雜錄」（Ollier's Literary Miscellany）創刊號。這個雜錄的出版者查爾斯・奧利爾（Charles Ollier）和詹姆斯・奧利爾（James Ollier）也是雪萊主要作品的出版者。他們於一八二一年一月，將這個雜錄寄到當時義大利北部比薩（Pisa）的雪萊。

皮科克在那篇充滿冷嘲熱諷的文章中，認爲詩和世界史一樣，有四個時代。就古典詩而言，鐵的時代是吟唱詩人的時代，金的時代是荷馬，銀的時代是魏吉爾，而銅的時代是諾納斯（Nonnus）。皮科克進而認爲這四個時代，適用於近代詩，尤其是英詩。鐵的時代是騎士道詩的時代，金的時代是莎士比亞，銀的時代是卓萊頓（Dryden）波普（Pope），而銅的時代則是「以湖畔詩人之稱聞名的那一伙無比的凡庸詩人」所代表的當代。以下，對於當時的英詩和詩人，大肆攻擊。「歷史家和哲學家促進知識的進步或者與之並進，而詩人却在已成過去的無知的垃圾堆中打滾，將已死的野蠻人的骨灰耙到一塊兒，想找到給予現代這個大孩子玩兒的花哨玩具或者花浪棒兒。」於是，對於當時較有名氣的司各脫（Scott）、拜倫（Byron）、索瑟（Southey）、華玆華斯（Wordsworth）、柯律治（Colaridge）、托馬斯・摩爾（Thomas Moore）、托馬斯・坎貝爾（Campbell）等大加撻伐。其中，雖然沒有雪萊的名字，可是，「關於既不是敘景的，也不是敘事的或者戲劇的，由於沒有更適當的名稱，不妨稱之為倫理的，那種現代詩中的一小部分，其中最傑出的，也只不過是表現作者對於這世界以及世上一切的極大不滿，那種易怒的自我中心的狂想詩所構成的而已……」在這一小部分的現代詩中，雪萊的詩包括在內吧。

「詩永遠產生不出哲學家或政治家，或者在生活的任何階層中有用的或者理性的人來。詩一點兒也沒有權利聲稱，它對於人生的安慰和功用有任何貢獻，而這種安慰和功用，我們眼看着具有那麼多那麼急速的進展。但是，雖然詩不是有用的，它倒可被認為是具有高度的裝飾價值，值得加以培養以獲得它所給與的樂趣。即使這點得到承認，在目前社會狀態中的詩作者，到底還是他自己的時間的浪費者，以及別人的時間的強盜。……詩是在文明社會的搖籃期，喚起知性之注意力的精神玩具：但是，已達成熟的精神，却還在認眞地玩弄幼小時的玩藝兒，這與成年人用珊瑚玩具擦磨齒齦，哭着要人以銀鈴的玎玲聲把他搖入睡鄉一樣的荒謬。」像這樣，皮科克的筆鋒充滿着嘲笑與刺激的機智。

對於皮科克這篇喜笑怒罵的文章，雪萊的反應頗為敏銳。一八二一年一月二十日，在寫給查爾斯・奧利爾的信上，他說：「我給你的『文藝雜錄』吸引住了，雖然其中最後的一篇文章強烈地激動了我的爭論本能，因此，一等我的眼炎治好，我打算馬上着手為文答辯；你要的話，我寫好以後會寄給你。那篇文章寫得很巧，可是，我認為，很沒有道理。」

二月十五日，在寫給皮科克的信上，他說：「你對於詩的咒詛，激起我的神聖的憤怒，使我為受到侮辱的繆斯執起雪恥的義俠之筆。為了我愛的詩神（Urania），我抱着最大可能的欲望，想在雜誌的擂臺上與你交鋒爭論……。」

三月二十日，在寫給查爾斯・奧利爾的信上，他說：「我將『詩的辯護』第一部寄給你。希望謄寫的字你能够看得清楚。我打算在『雜錄』的以下兩期，再加上其他兩部。」根據雪萊夫人瑪麗（Mary）的日記，他在三月十二日、十四日到二十日之間，給雪萊謄稿。瑪麗所謄寫的稿子與雪萊的信於二十日同時寄給奧利爾。可是「奧氏文藝雜錄」只出了一期就停刊了。

雪萊的原稿被交給利・亨特（Leigh Hunt），準備在當時計劃由亨特兄弟編輯的「自由」（Liberal）上刊載。可是該刊也只發行四期即告停刊（1823），而「詩的辯護」仍未印成活字。後來，利・亨特的哥哥約翰・亨特（John Hunt）將「詩的辯護」中，直接提及「詩的四個時代」的地方，幾乎全部刪去，將一篇辯論的文章，變成一般的詩論。一八四〇年瑪麗在編輯雪萊的「海外書信論文集」（Essays, Letters from Abroad）時，在第一卷中收錄了「詩的辯護」。該稿這才第一次變成印刷體字。當時瑪麗將當年她自己所謄寫而經過約翰・亨利刪改過的原稿，再重新謄寫一遍，進而將論及「詩的四個時代」而約翰・亨利所刪漏了的一個地方，完全刪去。因此，這篇「詩的辯護」在初版時（1840），變成了一篇「沒有攻擊的辯護」。

雪萊在寫給查爾斯·奧利爾的信中所說的「其他兩部」，終於沒有寫成就淹死了。因此，我們今天所看到「詩的辯護」，只是作者所預定的三部構成中的第一部而已。正如本文中所說的，這個第一部是「關於詩的原理和原則」，而第二部則是「將這些原理應用於詩之培養的現狀，以及對於，將習俗與思想的近代形態理想化使之從屬於想像力與創造力，這種意圖的辯護。」可是關於第三部，在本文中完全沒提到。

關於這篇「詩的辯護」，一言以蔽之，是吐露出詩人對於詩之確信的一部雄辯的書；詩人對詩之信仰，正像殉教者的信仰一樣的强烈和純粹。雪萊認爲詩是想像力的表現，而這篇文章，閃現出許多美妙的比喻和深邃的意象，正是他所辯護的想像力的產物。其論點，雖與錫特尼（Sir Philip Sidney）的另一篇同名的「詩的辯護」（The Defence of Poesy）頗多相似之處，且深受柏拉圖的影響，但不失爲英國詩論的代表作品之一。

詩的辯護

根據對於所謂理性和想像力這兩種精神活動的一個看法，前者可以認爲是考察一個思想與另一個思想所具有之種種關係的一種，不管這些思想是怎樣產生的；而後者是作用於這些思想的一種精神，如此而以獨自的光將這些思想着色，同時從這些思想中，正像從元素中，構成其他種種思想，其中每一種思想在內部都含有本身完整的原理。想像亦卽創造，或者說綜合的原理，而且以天地萬物和萬有本身所共通的那些形態爲對象；理性亦卽計算，或者說分析的原理，其作用將事物的關係只單純地認爲是關係；對於思想，並不當做完整的統一體，而認爲是導出某些一般結果的代數標記。理性是已知數量的計數；想像是對於各別的以及當做整個的，這些數量之價值的知覺。理性注重事物的相異點，而想像注重事物的類似點。理性之對於想像，猶如工具之對於使用者，肉體之對於精神，影子之對於實體。

詩，在一般的意義上，可以定義爲「想像力的表現」：而詩是與人類的起源同時誕生的。人類是一種樂器，而一聯串內外的印象從那上面通過，正像不斷變化的風在愛伊歐羅斯的里拉①上來來去去；由於風的變動，里拉奏出不斷變化的旋律。但是，在人類之中，也許在一切有情的生物之中，存在着一種原理，其作用與里拉的情形不同，不單是產生出旋律，而且，由於使如此激起的聲音和動作，與激起這些聲音和動作的印象在內部得到調整，而產生出和諧來。這好像里拉能够調節它的弦以適應震動琴弦的風的吹動，而產生出一定的協和音調一樣；甚至好像音樂家能够調節他的聲音以適合里拉的聲音一樣。獨個兒在玩耍的小孩藉着聲音和動作來表現他的高興；而每一個聲調的抑揚以及每一個姿勢，對於喚起這種抑揚和姿勢的種種愉快的印象中而與之對應的原型，具有密切的關係；這種抑揚和姿勢，亦卽原型之印象的反映；而且正像里拉在消失之後仍在震響一樣，小孩也在他的聲音和動作中使喜悅長久持續下去，進而盡量延長對於喜悅之原因的意識。這些表現，對於使小孩高興的事物之關係，正像詩對於較高一層之事物的關係一樣。原始人（因爲原始人與歷史上之時代的關係，如同小孩與年齡的關係一樣），以相似的方式表現周圍的事物在他心中所激起的情緒；而語言和姿勢，與彫塑或繪畫的模倣一塊兒，成為周圍的這些事物與他對這些事物之理解、這兩者所給合在一起的感動的反映。具有一切熱情與喜悅的社會人，其次成為人類之熱情與喜悅的對象；此外再加上某種情緒，表現也就更為豐富；而語言，姿勢，以及模倣藝術，同時成為表現和媒介。鉛筆和繪畫，鑿刀和彫像，琴弦和諧音。社會的共感，或者，有如社會的構成要素一般、社會所藉以形成的那些法則，是從兩個人類共存的瞬間就開始自然地發達起來；未來是包含在現在裏頭，正像草木之包含在種子裏；而平等，差別，統一，對立，相依，成為一些原則；這些原則只能提供根據社會人——只要他是社會的——對於行動之決心而產生的動機，以及制定感覺中的快感，情操中的美德，藝術中的美，推論中的眞理，以及同類交往中的愛。因此人們，卽使在社會的搖籃期，也遵守在言行中的某種秩序，那是與言行所代表之事物和印象的秩序有所區別的，而一切的表現是受到表現之所由出的事物之法則的支配。但是，讓我們且放下可能牽涉到探究社會本身之原理的這種較為一般的考察，而將我們的論點限於想像力表現在社會形態上的方式這點。

在太古時代，人們舞蹈、歌唱、模倣自然的事物，而且在這些行為中，正像在所有其他的行為中一樣，遵守着一定的節奏或秩序。而且，在舞蹈的動作中，在歌聲的旋律中，在語言的措辭中，在一連串對自然事物的模倣中，雖然所有的人遵守類似的秩序，但並不是遵守相同的秩序。因為在這種種模倣的表現中，各有一定的秩序或節奏；從這種秩序或節奏中，聽者和觀者收到比從其他任何秩序或節奏中所獲得的、更為强烈更為純粹的快感：對這種秩序的接近感，近代作家們②稱之為趣味。在藝術之搖籃期中的每一個人，莫不遵守一種秩序：那是多少接近於產生這種最高之喜悅的秩序之一種秩序。但是，其間的差異並不够明顯得可以感覺出等級來；不過，接近美（因為我們不妨將這種最高之喜悅與其原因之關係如此稱呼）的這種能力特別卓越的時候，是例外。過分具有這種能力的人是詩人——就「詩人」這兩個字之最廣泛的意義而言；而詩人表現出社會或自然給予他們本身的精神上的影響時，從這種表現方式中產生出快感；這種快感本身傳達給別人，而從彼此的共感中引起一種反復交流。他們的語言是以比喻為生命；亦卽，它表明向來未被理解的事物之關係，而且使這種關係的理解長久繼續下去，一直到表現這種關係的字句，經過一段時間，成為代表思想的某些部分或某些類別的符號，而不是完整思想的某些圖片；因此，假如沒有新的詩人起來重新創造如此被解體了的聯想，語言也就變成對於人與人之間更高貴的一切目的，毫無作用的死物。這種種類似或關係，培根勳爵③說得好，是「印在世界之各種主題上的自然的同一足跡」；而且他認為知覺這種種關係的能力，是與一切知識共通的公理的寶庫。在社會的搖籃期的每一個寫作的人，一定是詩人，因為語言本身是詩；而且，成為詩人亦卽領悟到眞和美，一言以蔽之，亦卽領悟到善——存在於首先介乎存在與知覺，其次介乎知覺與表現之間的關係中的善。接近於起源的每一種原始的語言，本來都像史詩中所描敍的那種混沌狀態：大量的辭書編纂以及文法上的區別，是後世的工作，而且只不過是詩作品的目錄和外形而已。

但是詩人，或者，想像而且表現這種不滅之秩序的那些人，並不僅僅是語言的和音樂的、舞蹈的、以及建築、彫刻和繪畫的創造者；他們是法律的制定者，市民社會的建設者，生法藝術的發明者，以及將所謂宗教這種看不見的世界之種種作用加以部分的把握，使之在某個程度上接近於美和眞的教師。因此，所有的原始宗教都是寓意的，或者容許有寓意的，而且，就像賈納斯⑤，具有眞僞兩面。詩人，根據他們出現時的時代與民族的情形，在初期的世界，被稱爲立法者或者預言者：詩人在本質上包含而且統合着這兩種性格。因爲他不僅僅炯炯注視如實的現在，發現應該做爲現在事物之準據的那些法則，而且他在現在之中見出未來，而他的思想是在後世開花結果的胚芽。我並不是說詩人是在低俗之意味上的預言者，或者說他們能够像預言事象的形態，就像預知事象的精神那樣準確：這種主張是迷信的托辭，是將詩當作預言的一種屬性，而不是將預言當作詩的一種屬性。詩人參與永恒、無限與唯一；在他的詩想涉及的範圍內，時間和空間和數是不存在的。表現時態之變化，人稱之不同，以及地點之區別等等文法上的形式，在最卓越的詩中，可以互相變換而無損於詩的價值；假如這篇論文的篇幅容許引用的話，那麼，艾斯奇勒斯⑥的合唱，「約伯記」⑦，以及但丁的「天國篇」⑧，比其他任何著作更能提供這個事實的實例。彫刻、繪畫和音樂的作品，更是明確的例證。語言、色彩、形態、以及宗教上和市民生活上的習慣行爲，都是詩的表現手段和材料；根據將結果當作原因之同意語這種修辭法，這些都可以稱爲詩。但是在更爲嚴格之意味上的詩，表現出君臨於看不見的人性之深處、那種崇高的能力所創造出來的那些語言的排列，尤其是韻律語言的排列。而且這是從語言的本性而來的；語言是比色彩、形態或動作，更直接地表現出我們內部生命的活動和熱情，而且能够接受更多樣的微妙的結合，同時對於亦即創作之原動力的那個能力之支配，是更爲柔軟和順從的。因爲語言是由想像力隨意產生出來的，只與思想具有關係；但是所有其他藝術的材料、表現手段和條件，莫不彼此具有關係，這種關係介於概念與表現之間，具有限制和調節的作用。前者（亦即語言）好像反射光線的鏡子，後者（亦即所有其他藝術的材料、表現手段和條件）好像減弱光線的雲，雖然兩者都是傳達光線的媒體。因此，雕刻家、畫家和音樂家的名聲，雖然這些藝術大家內在的能力，在程度上可能毫不劣於使用語言做爲本身思想之表象的那些人的能力，却從來無法與狹義的詩人之名聲並肩相比；正像技巧相等的兩個演奏者，從吉他和豎琴中產生出來的效果並不相等一樣。只有立法者和宗教創立者的名聲，只要他們所制定或創立的東西存在，似乎能够凌駕狹義的詩人之名聲；但是，假如我們將他們奉承大衆之粗俗的意見而通常獲得的名聲，與他們那較高貴的詩人性格所帶給他們的名聲，一起除去的話，所剩下的到底有多少：這幾乎不成其爲一個問題。

如此，我們將詩這個字限於下面這種藝術的範圍內：亦即想像力之最熟習而且最完全之表現的藝術。然而，有必要將範圍縮得更窄一點，而且確定律語與非律語之間的區別；因爲分成散文與韻文這種通常的分法，在精密的知識的探究上是不能採納的。

聲音正像思想一樣，在彼此之間以及對於它們所表現的東西，都具有關係，而且對於這些關係之秩序的知覺，經常被認爲與對於思想間之關係的秩序之自覺，具有關聯。因此，詩人的語言經常喜歡採用具有某種統一與和諧的聲音之反復；沒有這種反復，詩人的語言不是詩，而且這種反復，對於詩的感化力的傳達，與字句本身幾乎是一樣不可欠缺的，但與其特殊的秩序無關。因此，翻譯是無益的工作；想將詩人的創作品從一種語言轉移到另一種語言，正像將一朶紫羅蘭投到坩堝裏，以期發現紫羅蘭花的顏色和芳香之構成原理一樣聰明。這種植物必須從種子裏再長出芽來，否則它不會開花——而這，正是巴別之咒的重荷⑨。

在詩心的所有者，詩人的語言中所遵守的和諧之反復，這種有規則的方式，加上這種語言與音樂的關係，產生韻律，亦卽，和諧與語言之傳統形式的某種體系。然而，詩人並不一定需要使他的語言適應這種傳統的形式，然後這種形式的精髓，亦卽和諧，才能够得到遵守。韻律的使用，的確是方便而且普遍的，同時也受到偏好，尤其是在含有許多動作的那種作品裏：但是，每一個偉大的詩人，都無可避免地必須在他獨自的作詩法之嚴密的構成上，對於他的前輩所留下的榜樣有所革新。詩人與散文作家的區別，是俗問的謬見。哲學家與詩人的區別，非自今始。柏拉圖⑩在本質上是個詩人——他的意象之逼眞與壯麗，他的語言的旋律，是在想像的可能範圍內最爲强烈的。他排斥敍事詩、戲劇、和抒情詩這些形式的韻律，因爲他企圖在脫掉形態和行爲的純粹思想中引起一種和諧，而且他盡量避免創造出在一定的形式之下，將他的文體之千變萬化的節奏包括進去的、任何有規則的韻律樣式。西塞羅⑪想要模倣柏拉圖的文章的節奏，但是成功的不多。培根勛爵是個詩人⑫。他的語言具有甘美而莊重的節奏，能够滿足人們的感覺，正像他的哲學那種幾乎是超人的智慧之滿足人們的知性；那是一種緊張感，擴大、然後突破讀者的精神範圍，而且與讀者的精神一起流入讀者的精神所經常共鳴的那種普遍的要素之中。所有引起思想界之變革的人，必然是詩人：這並非只是因爲他們是有創意的人，甚至也不是因爲他們的語言，藉着觸及眞實之生命的意象而揭開事物之間不變的類似性；而是因爲他們的文章是和諧的有節奏的，其中含有韻文的種種要素，是永恒的音樂之反響的緣故。由於主題的形式與動作而使用節奏之傳統形式的那些大詩人，對於事物之眞理的知覺與教人的能力，也並不比沒有採取傳統形式的那些人差。莎士比亞⑬、但丁和彌爾頓⑭（卽使我們只限於談論現代作家），都是具有最高能力的哲學家。

詩是以永恒的眞加以表現的人生之映像。在歷史與詩之間有這種區別⑮：亦卽，歷史是除了時間、地點、環境、原因和結果以外，沒有任何關係的種種孤立的事實之目錄；詩是種種行爲的創造，而這種創造是根據存在於「創造者」的精神中、而創造者的精神本身亦卽所有其他精神之映像、這種不變的人性之種種樣式。前者是部分的，而且只適用於一定的時期，以及永遠不會再發生的種種事件之一定的組合；後者是普遍的，在內部含有對於，存在於人性之可能的變化中之任何動機或作用、的一種關係的萌芽。時間，破壞了敍述特殊事實之歷史的美和效用，剝奪了這種歷史應該帶有的詩美，然而，時間却增富了詩的美和效用，而且不斷地擴展對於詩中所含有的永恒眞理之日新月異的應用。因此梗概被稱爲眞正歷史的蠹蟲⑯；牠們吃掉正史的詩美。敍述特殊事實的歷史，有如使應該是美的東西變成模糊扭歪的鏡子：詩是使被扭歪了的東西變美的鏡子。

作品的某些部分可以是詩的，卽使作品全體並不是一篇詩。一個句子可以被當做一個整體，雖然它可能被放在一連串並不協同的部分中：一個單字甚至可以成爲不滅的思想的火花。像這樣，所有偉大的歷史家，希羅多塔斯⑰、普魯塔克⑱、里維⑲、都是詩人；而且雖然這些作家的構想，尤其是里維的，限制了他們將這種詩才發揮到最高度，他們由於用生動的意象填滿所有主題的空隙，對於受到構想之左右這種屈從，却做了充分足够的補償。

在決定了詩是什麼，以及什麼是詩人之後，讓我們進而來評價詩對於社會的效果。

詩經常帶有快感：所有詩所降臨的精神，都自動地展開來接受融有詩之喜悅的知慧。在世界的搖籃期；詩人本身以及他們的聽者，都不十分知道詩的卓越性：因爲詩的作用方式是神聖不可理解的，超越意識的；而且，思考和判斷在因果結合所產生的一切威力與光輝之中的那種偉大的因果關係，是保留給後世的一項工作。甚至在近代，沒有一個詩人在世時達到名望的頂點；批判詩人的陪審團，正像詩人一樣屬於所有的時代，必須由能够和詩人並比的人組成：這個陪審團必須由時代，從許多世代的智者中之最上選的人中，召集組成。詩人是一隻夜鶯，坐在黑暗中，以美妙的聲音歌唱，以安慰自己的孤獨；他的聽者就像是被看不見的音樂家的旋律所迷住而神情恍惚的那些人；他們受到感動，覺得心柔，可是不知道爲什麼或者來自何處。荷馬⑳及其同時代人的詩，是古代希臘人的喜悅；那些詩是做爲所有後世文明所賴以支持的柱石之社會制度的構成要素。荷馬在人類的性格中，具體表現出他那時代之十全十美的理想；我們並不懷疑那些讀了他的詩的人，受到激勵而心懷大志想成爲阿喀硫斯㉑、赫克托㉒和攸力西斯㉓那樣：友情、愛國心以及對目標百折不撓的努力所具有的眞和美，在這些不朽的人物中，表現得入木三分；讀者的情操一定因對這種偉大而可愛的人物之共感，而受到洗煉和擴大，以至從讚美中他們模倣，而從模倣中他們將自己與他們讚美的對象化爲一體。這些人物距離道德上的十全十美很遠，而且他們絕不可能被認爲是供給一般模倣的教導模範；這種反論暫且不提。每一個時代，在多少似是而非的名目之下，崇拜該時代所特有的謬見；復仇是半野蠻時代的人們所禮拜的裸體偶像；而自欺是未知之惡蒙着面紗的神像，在其面前奢侈與飽滿俯伏着。但是詩人認爲他的同時代人的惡德，是他的創造人物所必須裝扮的一種臨時的服裝，而且這種服裝即使穿上，並不遮住這些人物所具有的美之永遠不變的部分。敍事詩或者劇作品中的人物被認爲是靈魂穿上這種惡德的衣裳，正像身上可能穿着古代的甲冑或近代的制服一樣——雖然，要想出比這兩者更優美的衣裳並不難。內在本性的美，不可能被偶爾穿着的服裝遮住那麼多，事實上，美的形態之內在精神將本身傳到外表的服裝上，而從服裝的穿法中暗示出隱藏在服裝內的姿態。莊重的容姿與優雅的舉止，透過最粗野且不雅緻的衣裳，也表現得出來。最高級的詩人很少想將他們的構思之美以赤裸裸的眞實和光輝表現出來；爲了將這種天界的音樂加以鍛鍊以適合人間的耳朵，這種衣裳裝束等等的合金是否非必要，倒是可疑的。

然而，所有認爲詩是不道德的這種反論，都是基於對於詩在作用上怎樣增進人的德性之誤解。倫理學整理詩所創造的種種要素，而且提出市民生活與家庭生活的計劃，且提供範例：人們互相憎恨、輕視、指責、欺騙、征服，並不是因爲沒有很好的教義。然而，詩以另一種而且神聖的方式發生作用。詩由於使精神成爲許多未被理解的思想結合的容器，而使精神本身覺醒和擴大。詩揭開蒙住世界之美的面紗，而且使日常親近的事物變成看起來好像是新奇的東西；它再現出它所表現的一切，而包裹在詩之至福光中的人物，此後存留在曾經默想過這些人物的人們心中，做爲文雅而高尚的滿足感的一種紀念，而這種滿足感本身擴展到它所共存的所有的思想和行爲。德行的要諦是愛；亦卽，從我們的本性中的一種脫出，以及我們本身，與存在於不是我們自己的思想行爲或人格中的美之一種合一。一個人，爲了成爲極其善良的，必須强烈地而且廣泛地運用想像力；他必須將自己置於對方以及其他許多人的立場；同胞的痛苦和快樂必須成爲他自己的痛苦和快樂。達到道德上的善之偉大手段是想像力；而詩由於作用於原因（想像力）而助長結果（道德上的善）。詩由於以帶有常新之喜悅的思想補足想像力，而擴大想像力的圓周；這種帶有常新之喜悅的思想，具有吸引所有其他的思想、使之與自己的本性同化的力量，而且形成一些間隔和空隙，其空處永遠渴望着新鮮的食物。詩增强想像力這種人類的道德性的器官，正像運動增强手足一樣。因此，詩人在自己的詩作品中，表現出他自己的是非觀念，是有害無益的；這些是非觀念，通常是詩人的時代和環境的產物，而詩作品與兩者都無關。由於承擔對結果（道德上的善）加以解釋、這種較爲低級的工作——這種工作他究竟也許只能做得不完全——，他可能放棄參與原因（想像作用）的光榮。荷馬，或者任何不朽的詩人，由於誤解自己的工作，而放棄他們對於這個最爲廣大的領土（詩）的統治權：這種可能性並不大。詩的才能，雖然偉大，但較不强烈的那些人，例如攸里披狄斯㉔、盧肯㉕、塔梭㉖、史本塞㉗，時常懷有道德的目標，而他們的詩的效果，正與他們迫使我們注意到這個目標的强烈程度，成正比例地減少。

在荷馬和一些史詩的詩人之後，隔了某一期間，雅典的一些劇詩人和抒情詩人㉘繼之出現；他們與所有在同是詩才之表現的建築、繪畫、音樂、舞蹈、彫刻、哲學，以及，我們可以再加上，市民生活的種種形態中最完美的一切，同時達到全盛。因爲雖然雅典的社會機構，由於因存在於騎士道與基督教中的詩精神而從近代歐洲的習慣和制度中消除了的許多缺陷，而受到了歪曲，然而，沒有任何一個時期，像蘇格拉底㉙死前的那一世紀那樣，展現出這麼多的活力、美、和美德；盲目的力量與頑固的形式，從來沒有像那個時代那樣馴服和順從人的意志，或者說對於美和眞的命令極少悖逆的那種意志。在人類歷史上的其他任何時代，我們的記錄和斷片，都沒有過這樣明顯地印上人類內在之神性的形象。但是，使這個時代比所有別的時代更值得記憶，而且帶來萬古常新之榜樣的寶庫的，只是存在於形態中、動作中、或者語言中的詩精神而已。因爲用文字寫下的詩，在那個時代中與其他種種藝術同時存在；追問哪種藝術給與光亮，而哪種藝術接受光亮，是個無益的問題；所有的藝術，正像來自共同的一個焦點，對於後世最黑暗的一些時期都發出了光亮。我們關於因果關係所知道的，只是各種事件經常相繼發生而已；人們經常發現到：詩是與對於人類的幸福與完美做出貢獻的其他任何藝術共同存在的。我訴諸已經確立了的一切，對於原因和結果加以區別。

戲劇便是產生在這裡所談到的那個時代；而且，後世的一位作家㉚，不管他怎樣匹敵或勝過保存至今爲數不多的那些雅典戲劇的偉大樣本，戲劇本身未曾獲得像在雅典的那種、根據戲劇之眞正原理的了解或實踐：這是無可爭論的。因爲，雅典人使用了語言、動作、音樂、繪畫、舞蹈、和宗教制度，以產生出在熱情與力之最高理想的表現中所具有的共同效果；這種藝術的各部門，在技巧爐火純青的藝術家手中，達到該種藝術中之最完美的，而且鍛鍊成彼此間具有優美的均衡和統一。在近代的舞台上，在能够表現出詩人之概念形象的種種要素中，只有兩三種同時被使用。我們有的是沒有音樂和舞蹈的悲劇；以及沒有最佳登場人物的音樂和舞蹈，雖然音樂和舞蹈是這種登場人物之最適合的伴隨物，以及沒有宗教性與嚴肅性的這兩者。宗教制度事實上通常被逐出了舞台。在假面上，適合於劇中人物的許多表情可以被塑造成一種永遠不變的表情，可是從演員臉上奪去假面的這種近代演劇理論，只有利於產生部分的、不和諧的效果；它只適合於一種獨白，而在這種獨白中，所有觀衆的注意力都集中在最善於模倣的某個名演員身上。將喜劇和悲劇混合爲一的這種近代作風，雖然就實際問題而言容易陷於流弊，但是毫無疑問地擴大了演劇的領域；但是，這種喜劇應該像「李爾王」㉛那樣，是普遍的、理想的，而且崇高的。認爲「李爾王」比「奧狄帕斯王」㉜或「阿加美農」㉝，或者不妨說，含有這兩部作品的三部作㉞，都來得優越，這種判定也許是因爲這種原理的作用；除非合唱歌的强烈力量，尤其是「阿加美農」中合唱歌的强烈力量，應該被看成均衡的取向。「李爾王」，假如它經得起這種比較，也許可以被判斷爲存在於世界上的戲劇藝術中最完美的樣本；儘管莎士比亞由於不知道普遍存在於近代歐洲的戲劇原理，而受了一些狹窄條件的限制。考爾德倫㉟，在他的宗教性的「聖餐神秘劇」㊱中，企圖完成莎士比亞所忽視的一些演劇的高級條件；例如確立戲劇與宗教之間的關係，以及使戲劇與宗教適合於音樂和舞蹈；但是他忘了遵守更重要的條件，而且他使用歪曲的迷信所嚴格限定且一再重複的一些理想像，以代替具有人類之眞實情感的那些生動的人物，而結果得不償失。

不過，我說離了主題——演劇與人們的風習之改善或頹廢之關聯，是向來一般所承認的：換句話說，在最完美普遍之形式中的詩精神之有無，向來被認爲是與行爲或習慣中的善惡具有關聯的。被認爲是戲劇之一種效果的這種風習的頹廢，開始於戲劇制作中所使用的詩精神消失之時：頹廢的增進期與詩精神的衰退期，是否並非正確地互相呼應（其正確性並不下於任何有關道德上因果關係的實例），這點我是從風俗的歷史中追求答案的。

在雅典，或者其他任何地方，戲劇只要是接近於十全十美的，莫不是與時代在道德上和知性上的偉大性共存的。雅典詩人們的悲劇，就像一些鏡子，觀客在鏡中看見自己，在環境之薄薄的僞裝下，脫掉了理想上的完美與活力以外的一切，而這種完美與活力，每個人都覺得是他所喜愛、讚美、和願望之一切的內在典型。想像力因對於痛苦與激情的共感而被擴大，這種痛苦與激情如此强烈，而使心中一旦懷有這種痛苦與激情，心的包容力隨即膨脹；優良的感情，由於憐憫、義憤、恐怖和悲哀而受到强化；由於這種高度發揮憐憫等等感情於日常生活的混亂中，而達到飽滿的狀態，而結果伸展出一種崇高的寧靜㊲：甚至，由於被表現爲自然之深不可測的種種作用之宿命的結果，犯罪的恐怖被解除了一半，而其不良影響完全消失；如此，過失免於被認爲是蓄意的；人們不再能够認爲過失是自己的得意傑作而加以珍惜。在最高級的戲劇裡，供養非難與憎惡的糧食很少；無寧說，最高級的戲劇教導自覺與自尊。眼睛和心靈無法看到自己，除非反映在與之類似的東西上。戲劇，只要它繼續表現出詩精神，是一種棱柱體的多面鏡，聚集着人性之最光輝的光線，而且將之分離，從結果所產生的一些單純的基本形態中，再產生出新的光線，增飾以尊嚴和美，而且使它所反映的一切映像倍增，使倍增的映像具有繁殖與它本身類似的映像之能力，不管那種映像可能落在什麼地方。

但是，在社會生活的頹廢期，戲劇對這種頹廢發生感應。悲劇成爲對古代偉大傑作之外形的冷淡的模倣，失去了與同類藝術之一切合諧的關聯；而且這種外形時常是被誤解了的，或者無力地試圖教授作者認爲是道德眞理的某些教義；而這些教義通常只不過是，對作者與聽衆都受到感染的一些嚴重的惡習或缺點的奉承而已。所謂古典劇或家庭劇便是如此產生的。艾狄生㊳的「卡托」㊴是個古典劇的模本；而舉出家庭劇的例子，只是多此一舉！詩不能用來爲這種目的效勞。詩是一把閃電的劍，永遠在鞘外，任何想將它收納起來的鞘都會被燒毀。如此，我們可以看出所有這種性質的劇作品，都異常地缺乏想像力；這種作品刺激情緒和熱情，而所激起的情緒和熱情，缺乏想像力，只是放恣與欲情的別名而已。在英國歷史上，戲劇顯示出最粗俗之墮落的時期，是在查理斯二世的治世㊵，當時，所有詩精神向來借以表現的形式，成爲對於王權戰勝自由與美德的讚歌。彌爾頓一個人，照亮了與他並不相應的時代。在這種時期，盤算實利的原則浸透於所有演劇的形成，而詩精神不再以這種形式獲得表現。喜劇失去了它的理想的普遍性：機智取代幽默；我們因自我滿足與勝利，不是因喜悅，而發笑；惡意、諷刺和輕蔑，取代有所同感的歡樂；我們難得開懷而笑，我們只是微笑。向來是對人生中神聖美之冒瀆的猥褻，由於它罩上了面紗，變成不是較不令人惡心，便是更爲活躍：猥褻是社會的頹廢不斷地供給新鮮食物的怪物，而牠將所供給的食物偷偷地吞吃下去。

由於戲劇是比其他任何藝術形式，更能結合更大多數的詩精神之表現樣式的一種形式，詩精神與社會善良的關聯，在戲劇中比在其他任何藝術形式中，更容易觀察出來。而且無可置疑的，人類社會之最高的完成，經常與戲劇之最高的優越一致；同時，某一國家曾經隆盛一時的戲劇之頹廢或消滅，是風俗頹廢的標記，也是支持着社會生活之精神的種種活力消滅的標記。但是，正如馬基雅弗利㊶論及政治制度所說的，假如能夠將戲劇帶回到的根本原則的人一旦出現，社會生活也許可以獲得保持和更新。而這點，對於最廣義的詩而言，也是眞的：所有的語言、制度和形式所需要的，不只是被產生出來，而且是被保持下去：詩人的任務和特性，與關於創造一樣，就有關先見之明而言，是參與神性的。

內亂，亞洲的掠奪，以及最初馬其頓軍，然後是羅馬軍的致命的支配，這些都是希臘的創造能力消滅或停止的許多象徵。在西西里和埃及有教養的專制君主㊷的保護之下，那些田園詩人㊸是希臘最光輝的時代之最後的代表者。他們的詩極爲流麗；有如月下香的芬芳，以其過剩的甘美使人醉倒而且令人厭膩；然而，前一代的詩，像是吹過六月牧場的風，混合着原野所有的花香，加上帶來活力與和諧的它本身的精神，使感覺具有保持其最高之喜悅的能力。詩作品中的田園生活與戀愛感情的優美，與彫刻、音樂以及其他同類藝術中，甚至風習和制度中所表現的，做爲我現在所論及的時代之特徵的那種柔和，是互有關聯的。這種和諧的缺乏，不能歸因於詩才本身，或者詩才的任何誤用。在荷馬與索福克勒斯㊹的作品中，可以找到與這些田園詩同等的、對於官能與愛情之影響的感受力：尤其是荷馬，以不可抗拒的魅力給官能的哀感的形象着上衣裳。他們優越於後世那些作家的地方，乃在於具有屬於人性之內在能力的那些思想，不在於缺乏與外在能力有關的思想；他們的無比的完美，在於將一切統合起來的一種和諧之中。戀愛詩人的不完美性，不在於他們所具有的一切之中，而是在於他們所缺少的那一切裡。他們被認爲與時代的墮落有關而且似乎不無道理，並不是因爲他們是詩人，而是因爲他們不是詩人。假如那種墮落發揮其效果，以致於消滅了他們對於快樂、熱情和自然風景的感受性（這種感受性被認爲是他們的一個缺點），那麼罪惡可能獲得最後的勝利。因爲社會腐敗的結果，是破壞對於快樂的所有感受性；因此，它是腐敗的。它正像從核心開始一樣，從想像力和知性開始，然後，像痲痺性的毒液一樣擴散，經過愛情及於欲望，直到全身成爲痲木的肉塊，幾乎失去一切的感覺。在接近這種時期的時候，詩經常向着最後被毀滅的那些能力說話，而它的聲音聽起來就像阿絲特拉亞㊺的足音，遠離這個世界而去。詩經常傳達人們能够接受的一切快感：它依然經常是生命之光；能够存在於醜惡的時代一之一切美、或寬大、或眞實之事物的源泉。在西拉叩斯㊻與亞力山大里亞㊼之奢侈的市民之中，從西俄克利塔斯㊽詩中獲得喜悅的那些人，比其他人較不冷酷、殘忍、較少肉慾：這點是很容易得到承認的。但是，假如詩有消滅的一天，而在它消滅之前，腐敗一定已完全破壞掉人類社會的組織。經過許多人的心靈，而與那些偉大的心靈結合在一起，於是從這偉大的心靈，正像從一塊磁石，放射出眼睛看不見的一種力量，這種力量馬上與一切的生命連結在一起，使之充滿活力，而且加以支持下去：這種神聖的詩之鏈環，是未曾完全斷絕的。詩是，在它本身之中，含有它本身的革新而同時是社會革新之萌芽的一種能力。因此，我們大可不必將田園詩與戀愛詩的影響，限定於它所傾訴之對象的那些人的感受性之範圍內。他們對於這些不朽的作品，也許只當作片斷的孤立的一些部分，而感覺到美：具有更纖細的感受性，或者生在一個較幸福之時代的那些人，也許認爲這種作品，是某一偉大詩篇的一些插話，而這種偉大的詩篇，是所有詩人自開天闢地以來所建立起來的，就像一個偉大心靈之互相協助的那些思想。

在古代羅馬，曾有較小規模的同樣變革；但是，古代羅馬社會生活的活動和形態，似乎並沒有完全受到詩的要素之浸透。羅馬人似乎認爲希臘人是風習與自然之最上選的形態之最上選的寶庫，而且似乎避免在韻文、彫刻、音樂、或建築中，創造出可能與他們本身的生活環境具有特殊關係，而與世界之全體的構成却具有一般關係的任何東西。但是，我們根據部分的證據做判斷，而我們的判斷可能是不公正的。恩紐斯㊾、法洛㊿、帕久維斯(51)、阿邱斯(52)，所有這些偉大詩人的作品都已佚失。魯克里修斯(53)，都以最高的意義而言，而魏吉爾(54)，以極高的意義而言，都是創作家。魏吉爾的表現之純良精妙，像是一種光霭，將他對自然的種種概念之强烈而特出的眞實隱藏起來，使我們看不見。里維充滿了詩情。然而，賀拉西(55)、卡塔勒斯(56)，奥維德(57)，以及一般而言，魏吉爾時代的其他偉大的作家們，在希臘人的鏡中觀看人和自然。羅馬的制度以及宗教，和希臘的這些比較起來，也是較詩意的，正像影子沒有實體那麼鮮明一樣。因此，羅馬的詩看來，與其說是件隨，不如說是追隨着政治生活的完美。羅馬眞正的詩精神，活在羅馬的種種制度中；因爲那些制度所含有的任何美的、眞的、莊重的東西，只有從創造出這些制度所藉以構成的秩序這種能力中，才能產生出來。卡米勒斯㊽的一生；雷古勒斯㊾之死；威嚴如神地等待着得勝的高盧人的那些元老院議員的態度；在卡奈一戰之後，羅馬共和國之拒絕與漢尼拔㊿的講和：這些事實，對於是這些不朽劇作品之作者同時也是演員的那些人來說，並不是對於人生劇場中具有的這種節奏與秩序所可能產生出來的個人利益，加以精密計算的結果。注視着這種秩序之美的想像力，根據它獨自的想法，從它本身中創造出秩序來；其結果，是帝國，而所得的報酬是千年萬代的名聲。這些事實，並不「因爲沒有神聖的吟唱詩人」(61)，而成爲較低的詩。這些是時間在人類的記憶上寫下的那部史詩中的插話。過去，就像一個得到靈感的史詩吟誦者，以這些插話的和聲充滿千萬年代的劇場。

古代的宗教和習俗制度，終於完成了革新的一個週期。而且，假如在基督教與騎士道的宗教習俗制度的創始者之中，沒有創造出從來未曾有人想到的思想與行動之形式的詩人，這個世界可能完全陷入混亂與黑暗之中；而這種思想與行動的新形式，由於被複寫在人們的想像之中，而成爲統率驚慌失措的思想之軍隊的將軍。論及這些制度所產生的弊害，對於目前的旨題是不合宜的；除非我們根據已經確立了的原則，堅決表示：這種弊害中沒有任何一部分能夠被歸咎於這些制度所含有的那種詩精神。

摩西(62)、約伯(63)、大衞(64)、所羅門(65)和以賽亞(66)的詩心，對於耶穌及其使徒的精神，產生了很大的影響：這是很可能的。這位非凡人物．耶穌的傳記作者們，所保存到今天的聖經中那些零星的片斷，無不充滿着最生動的詩情。但是，他的教義似乎很快地就受到歪曲。在基於耶穌所傳播的那些信條上的一種思想體系廣爲流布之後的一個時期，柏拉圖所分類的那種精神能力的形式(67)，受到一種神格化，而且成爲文明世界的崇拜對象。在這兒，不能不承認「日光似乎暗了下來」(68)，而

烏鴉飛回到林中的巢裡去了，
白晝的善良者開始垂首打起瞌睡，
而夜晚的黑色爪牙開始蠢動劫掠。

The crow makes wing to the rooky wood,
Good things of day begin to droop and drowse,
And night's black agents to their preys do rouze. (69)

但是，請看，從這極爲混沌的塵土與血液中產生出來的是多麼美的秩序！請看這世界，怎樣就像復活了似的，乘上知識與希望之黃金的羽翼，又開始了它那未知疲倦的飛翔，沖向時間的天空。請聽那音樂，肉體的耳朵所未曾聽過的，像是永無休止眼看不見的風，以强力與快速支持着它本身永無止境的行程。

耶穌基督教義中的詩精神，以及羅馬帝國之征服者，凱爾特民族(70)的神話與制度，渡過了與其發展與勝利有所關聯的黑暗與動亂，而且摻進習俗與思想的新的組織中。將中世紀黑暗時代的無知，歸咎於基督教的教義或者凱爾特民族的支配勢力，是一種錯誤。這些實踐活動所可能含有的任何禍害，莫不與專制和迷信的進展有關，皆因詩的根本信念之消滅而產生出來。人類，由於因爲過份複雜在此無法討論的一些原因，成爲鈍感和利己的：他們本身的意志已經衰弱了，然而他們還是自己的意志的奴隸，因此

也是別人的意志的奴隸：色欲、恐懼、貪婪、殘忍以及欺騙，在以這些爲特質的民族中，找不到能够在形態、語言、或制度上有所創造的一個人。將這種社會狀態在道德上的變態，歸罪於與這種變態具有直接關聯的任何一類的事件，都是不公正的，而能够最迅速地將這種社會狀態加以解除的那些事件，最有資格受到我們的讚賞。這些變態中有許多與我們一般民衆的信仰結爲一體；這點，對於不能將語言與思想加以區別的那些人來說，是不幸的。

基督教制度與騎士道制度的詩精神的影響，一直到十一世紀才顯現出來。柏拉圖在他的「共和國」中已發現而且應用了平等的原理[71]，那是做爲理論上的一種法則，認爲人類共同的勞力和技能所產生之快樂與權力的材料，應該分配給人們。這個法則的適用範圍，柏拉圖主張應該只根據每個人的感受性，或者對於所有的人結果所產生的效用性來決定。柏拉圖，遵從了提馬歐斯[72]與畢達格拉斯[73]的理論，也以同時包含人類在過去、現在和未來之狀態的、道德上和智能上的理論系統教人。耶穌基督向人類宣示了包含在這些見解中的種種神聖永恒的眞理，而基督教，就其抽象的純粹性而言，成爲表現古代詩精神與智慧之奧義、而教外的人也都能了解的東西。凱爾特民族與筋疲力盡的南歐人種的混合，將存在於凱爾特民族的神話與制度中之詩精神的形象，刻印在南歐人種的心版上。這結果是包含在此一現象中之一切原因的作用與反作用的總和；因爲一般可能認爲這是一種定理：亦即，沒有一個民族或宗教能够取代別的民族或宗教，而不將所取代的民族宗教之一部分混進它本身之中。個人的以及家族的奴隸制度廢除，以及脫離古代可恥的束縛之大部分的婦女解放，是這些事件的一部分結果。

個人的奴隸制度的廢除，是人類心中所能想像的、最高的、政治上的希望之基礎。婦女的解放產生了男女間的愛情詩。愛情成爲一種宗教，它所崇拜的偶像經常在眼前。就像是阿波羅[74]與繆斯[75]的影像被賦與生命和動態，而且在他和她們的崇拜之間行走；因此這地上成爲神聖的世界的居民所居住的地方。日常生活的樣態和行爲，成爲充滿驚異和神奇，而樂園，就像是從伊甸園的廢墟中，被創造了出來。而且，由於這種創造本身是詩，因此，它的創造者是些詩人；而語言是他們的藝術的表現工具：「加羅多是那本書，也是那本書的作者。」[76]普羅封斯的詩人們，亦即發現者，是佩脫拉克[77]的先驅；他們的韻文就像符咒似的，揭開存在於愛情的悲傷中那種喜悅的、最深奧的魔法的噴泉。要感覺到這種喜悅的噴泉，而不變成我們所觀照的美之一部分，是不可能的：說明與這些神聖之感動有關的精神之溫柔與高揚，如何能够使人們變得更溫雅、更寬容和明智，而且使他們脫離自我的小天地中那些愚妄的霧氣而向上，那是多餘的。但丁甚至比佩脫拉克更了解愛的秘密。他的「新生」[79]是清純的情操與語言之無窮盡的源泉；那是那個時代以及他奉獻給愛的某些期間的人生之理想化的故事。在「天國篇」中他將貝雅特麗采神格化，而且他自己的愛與她的美之一級升上一級，正像攀登階梯一樣，而最後他自覺登上了「至高之因」的寶座：這是近代詩中最輝煌的想像力之產物。最尖銳的批評家們，在度量他們給與「地獄篇」和「天國篇」的讚賞時，一反俗間的判斷以及「神曲」之偉大劇幕的次順，是具有正當理由的。最後的「天國篇」是不朽的愛之永恒的讚歌。愛，在所有古代人中，只在柏拉圖裡發現到一個相稱的詩人[80]，可是一直受到文藝復興以後最偉大作家們的齊聲讚美；

而那讚美聲浸透到社會的各各角落，它的回聲至今仍然淹沒了武器與迷信的不協和音。在連續的一些時期，阿里歐斯托[81]、搭梭、莎士比亞、史本塞、考爾德倫、盧梭[82]、以及當代的偉大作家們，都讚美愛的支配，且在人類的心中建立起戰勝肉欲與暴力的一種最崇高的勝利紀念碑。將人類分而爲二的兩性彼此所具有的眞正關係，所受到的誤解變少了；而且，將兩性力量之差異認爲是不平等的這稱錯誤，在近代歐洲的思想與制度假如已獲得部分的認識，那是以騎士道爲律法、以詩人爲先知的女性崇拜之莫大的恩賜。

但丁的詩可以認爲是架在時間之流上面的一座橋，將近代世界與古代世界接連在一起。關於但丁及其匹敵者彌爾頓所理想化的那些目不能見的東西[83]之種種變形的概念，只不過是這些大詩人通過永恒的世界時，所披戴僞裝的假面和罩衣而已。在他們心中，他們本身的信條與民衆的信條之間的差異感一定存在，可是要決定他們對於這種差異自覺到哪種程度，倒是個困難的問題。但丁將里飛歐斯[84]——魏吉爾稱他爲「最正直的人」[85]——放在天國裡，而且在賞罰的分配上表現出最爲異端的任性，因此但丁至少看來好像有意將這種差異充分表示出來。而彌爾頓的「失樂園」，在它本身中含有對於基督教教義體系的哲學上的反駁；可是，由於一種奇妙而自然的對偶性，「失樂園」反而成爲支持這種教義體系且受一般民衆歡迎的主要作品。「失樂園」中所表現的撒旦的性格所具有的精力和雄壯，是無比的認爲這個撒旦是被當做一般所接受的惡之化身而有意描寫出來的，這種想法是錯的。毫不容情的憎恨，耐心的狡猾，以及使敵人遭受最大痛苦的一種不眠不休的策略改進：這些事情是惡；而且，若是奴隸雖然情有可原，若是暴君，則是無可寬恕；若是被征服者，有許多使敗爲榮的事情可以加以補償，若是勝利者，則因使征服變成不名譽的一切而惹人注意。彌爾頓的魔鬼，做爲道德上的存在，是遠比他的上帝更優越的，正像不顧逆境和苦難，百折不撓地追求自己認爲是卓絕的某種目的的人，遠比對於無可懷疑的勝利抱有冷靜的確信，將最令戰慄的復仇加之於敵人，但不是出於使敵人後悔將仇恨堅持下去的任何一種錯誤的想法，而是出於激怒敵人使一再獲得應有之折磨的某種堅決的意圖，這種人更爲優越一樣。彌爾頓違犯一般民衆的信條（假如這應該被判定是一種違犯），其程度竟達到認爲他的上帝在道德的美質上並不比他的魔鬼優越這種地步。而且他對於直接的道德上的目的加以如此大胆的漠視，這是彌爾頓天才的卓越性之最明確的證據。他，可以這麼說，將人性的種種要素混合在一起，就像在一個調色板上將顏料混合在一起一樣，而且根據史詩之眞理的法則[86]，亦卽根據外界宇宙的以及知性與倫理性之人類的一連串活動，所以能夠激起後世人類之共鳴的那個基本原理之法則，將這些混合在一起的要素加以安排，以完成他那偉大的繪畫之構圖。「神曲」與「失樂園」給予近代神話某種體系的形態；而且當時代變遷將另一種迷信，附加在一直在地上興廢盛衰的那許多迷信之上時，一些註釋家將滿有學問地努力闡明祖宗時代的歐洲宗教吧；而這宗教沒有被完全忘掉，只是因爲它印有天才之千古不滅的戳記。

荷馬是第一位而但丁是第二位的敍事詩人：亦卽，詩人的一連串作品，對於他所生活的時代以及後世的知識、情操和宗教具有極爲明確的關係，而且與這些的進展相呼應地，其作品本身也有所進展的這種詩人的第二位。因爲，魯克里修斯將他那俊敏精神的羽翼，塗上感覺世界的糟粕這種粘鳥膠；而魏吉爾，具有與其天才並不相稱的謙虛，滿足於模倣者這種名聲，即使他將所模倣的一切重新創造；而在羅多斯的阿波洛紐斯[87]，卡拉伯的昆塔斯[88]，諾納斯[89]，盧肯，斯塔修斯[90]，或者克勞狄安[91]這群模倣鳥中，雖然他們的聲音很甜，沒有一個努力想滿足史詩的眞理之甚至一個條件。彌爾頓是第三位叙事詩人。因爲，假如在最高意味上的史詩這種名稱不能給與「伊尼以德」[92]，那更是不能讓與「發狂的歐蘭德」[93]，「耶路撒冷的解放」[94]，「魯西亞德斯」[95]，或者「仙后」[96]。

但丁和彌爾頓都深通文明世界的古代宗教；而這種宗教的精神之存在於他們心中，其比例或許等於，這種宗教的形式之殘存在近代歐洲那種未經改革的禮拜之中。隔着幾乎相同的期間，但丁在宗教改革之前，彌爾頓在宗教改革之後。但丁是第一個宗教改革者，而路德[97]超過他的地方，與其說是在於對教皇越權之譴責的大膽，不如說是在於譴責的粗暴與痛烈。但丁是第一個使歐洲從失神狀態中清醒過來的人；他從不調和的粗言野語的混沌中，創造出本身具有音樂性和說服力的一種語言。他是主宰文藝復興的那些偉大精神的統帥；在十三世紀，從共和制的義大利，正像從天上，照進落夜了的世界的黑暗中，那個星群裡的明星。他的字句洋溢着生命；每個字是不滅的思想的一個火花，一個燃燒的原子；而且有許多還包裹着誕生時的灰，內含着還找不到導體的電光。所有高度的詩都是無限的；它像是地上最初的橡子，潛含着以後所有的橡樹。它可以一層一層地被剝開，而意義之最深層的裸形的美，永遠不能被暴露出來。偉大的詩，是一個永遠洋溢着智慧與喜悅之水的活泉；而在一個人以及一個時代，汲盡了以其特殊關係所能分享到的，所有這個活泉所湧出的神聖的水之後，另一個而且又另一個不斷地接下去，而新的關係不斷地展開；不能預見而且不能預想的喜悅的源泉。

緊接在但丁、佩脫拉克和薄伽邱[98]之後的時代，以繪畫、彫刻和建築的復興爲特徵。喬叟[99]獲得了神聖的啓發，而英國文學的上層建築是建立在義大利人所創造的材料的基礎上。

但丁，我們得當心，不要脫離詩的辯護這種主題，而轉向詩及其對社會之影響的批評史。我們只要指出了詩人對於當代以及所有時代之影響——就影響這兩個字的廣義而言——也就夠了。

但是，以另一種藉口，詩人被要求將市民的榮冠讓給哲學家和科學家。人們承認：想像力的運用是最爲有趣的，但是人們極力主張：理性的運用是更爲有用的。做爲這種區別的根據，讓我們檢討一下，這裡所謂的功用是什麼意思。一般所謂的快感或者善，是具有感性和知性的人的意識所追求的東西，而且一被發現，它也就應允。快感有兩種，一種是持續的、普遍的、永久的；另一種是暫時的、特殊的。功用可以表示產生前者或是後者的手段。就前者的意義而言，增强而且純化感情、擴大想像力、以及將精神加在感覺上的任何東西，都是有用的。但是功用這兩個字可以被賦予較狹窄的意義，只限於表示於驅逐吾人的動物性之執拗的欲求，以生活的安定感將人們包圍起來，驅散迷信所產生的更爲粗俗的妄想，以及獲得人與人之間的互相容忍——在個人利益的動機能夠並存不悖的程度內。

無可懷疑地，在這個狹義上的功用的增進者，在社會上具有一定的任務。他們跟着詩人的脚步，將詩人們的創作的素描寫在日常生活這本書中。他們騰出空間，給與時間。只要他們在處理與人性之低位能力有關的事情時，能夠限定在與高位能力相應的界限之內，他們的努力具有最高的價值。但是懷疑論者打破粗俗的迷信固無不可，不過別讓他，像某些法國作家[100]那樣，將刻記在人類的想像上那些永恒不變的眞理給予抹殺了。儘管科學家減縮勞動，經濟學家兼並勞動，他們應該提高警覺，別讓他們的思索，由於缺乏與屬於想像力的那些第一原理一致，而像在近代英國那樣，帶有同時加劇奢侈與貧困這兩極端的傾向。他們證實了這句話：「凡有的，還要給他；沒有的，連他所有的一點兒也要奪去。」[101]富者越來越富，貧者越來越貧；而國家這艘船，被趕進無政府這個希拉的巨岩，以及暴政這種卡里布狄斯的大漩渦之間[102]。這是濫用盤算實利的能力必然產生的結果。

對於最高意義的快樂加以定義，並不容易；這種定義含有一些顯然的矛盾。因爲，由於在人性的構造中具有一種不可解的和諧的欠缺，人類本性中低位部分的痛苦，常常與高位部分的快樂聯結在一起。悲哀、恐怖、苦惱、絕望本身，時常被選來表現對於最高之善的接近。我們對於悲劇故事的共感，便是依據這個原理；悲劇由於給與存在於痛苦中的快樂的影子，而給予人愉快。這也是與最甘美的旋律分不開的憂鬱的泉源。悲哀中的快樂比快樂本身的快樂更爲甘美。因此，有這樣的一句話：「到哀喪之家勝於到宴樂之家。」[103]這並不是說，這種最高的快樂必然與痛苦連在一起。戀愛與友情的歡愉，自然讚美的陶醉，詩的體味以及更勝一籌的詩的創作之樂趣，經常是完全沒有摻雜別種感情的。

在這種最高意義上的快樂之產生與確保，是眞正的功用。產生而且保持這種快樂的人，是詩人或者詩人哲學家。

洛克[104]、休謨[105]、吉本[106]、伏爾泰[107]、盧梭[108]，以及他們的弟子，爲受到壓抑和欺騙的人間性而做的努力，足以接受人類的感謝。然而，假如他們不存在的話，這個世界到底展示出多少在道德上以及知性上的改善，是很容易推定的。更多一些的無聊的意見，會被談論了一兩個世紀吧；而且也許有更多一些的男人、女人和小孩，會被當做異端者而受到焚殺吧。我們也許不能夠在這個時候互相祝賀西班牙宗教法庭的廢止[109]。但是，這個世界的道德狀態會變成怎樣，是不堪想像的，假如但丁、佩脫拉克、薄伽邱、喬叟、莎士比亞、考爾德倫、培根勛爵、和彌爾頓，都不曾存在；假如拉飛爾[110]和米開蘭基羅[111]不曾出世；假如希伯萊詩[112]沒有翻譯；假如希臘文學研究的復興未曾發生；假如古代彫刻的紀念物無一留傳到現在；而且，假如古代世界的宗教中的詩精神與其信仰一齊消滅了。人類的精神，如果沒有這些刺激的介入，永遠不可能醒來發明一些比詩更爲粗雜的科學，以及將分析的推理能力應用到社會的異常現象——這種應用，在今天比發明與創造之能力本身的直接表現[113]，可能獲有更高的評價。

我們所具有的關於道德、政治、歷史的智慧，多得不知道怎樣付諸實行；我們關於科學與經濟的知識，多得無法對於這種知識所激增的生產物加以適當的分配。在這種思想體系中的詩精神，被事實與盤算的方法之累積所隱蔽。在道德、政治、經濟方面，什麼是最明智更好，關於這種問題的知識並不缺乏。但是，我們只「像古諺中那隻可憐的猫，一說『我想幹』接着就說『我不敢』」[114]。我們需要將既得的知識活用在想像中的那種創造能力；我們需要將想像的內容付諸行動的那種豐富的衝動；我們需要生命的詩；我們的盤算跑在構想之前；我們吃下的比我們能消化的還多。擴大人類對於外在世界之支配範圍的這些科學的培養，由於欠缺詩的能力，反而相應地限制內在世界的範圍；而人類，使自然變成了奴隸，本身却仍然是個奴隸。爲了減縮和秉並勞働的一切發明之濫用，乃至人類之不平等的加劇，其原因，若不在於與所有知識之基礎的創造能力之呈現失去平衡的那種機械技術的養成，在哪兒？應該減輕亞當所負荷之詛咒[15]的那些發明，結果反而加重，這還有什麼別的原因嗎？詩，以及利己主義——金錢是利己主義之有形的化身——是這個世界的神和瑪門[16]。

詩才的機能是双重的；藉着第一種機能，詩才創造出知識、活力、和快樂的新材料；藉着另一種機能，詩才在心中引起——根據可以稱爲美和善的某種一定的節奏和秩序——將這些材料加以再造和安排的一種欲望。由於過度的自私和自利主義，外部生活的種種物質的累積，其數量超過了以人性之內部法則加以吸收的能力：在這種時代，詩的培養是最令人渴望的。在這種時代，肉體，對於給予生命的靈魂，已經成爲臃腫不堪的了。

詩的確是神聖的某種東西。它同時是知識的中心和圓周；它是包含一切科學的東西，也是一切科學所該歸結的地方。它是所有其他思想體系的根，同時也是花；它是一切的來源，也是裝飾一切的東西；假如受到蟲害，也就沒有果實和種子，而且在這不毛的世界，不再使生命之樹的嫩枝獲得滋長和接續。詩是一切東西之完美無缺的外貌和生命的光輝；它就像玫瑰的香和色之對於玫瑰之構成要素的肌理，像不褪色的美之端莊與絢爛之於解剖與腐敗的秘密。假如詩沒有高翔而去，從生有猫頭鷹之羽翼的盤算能力從來不敢翱翔的那些永恒的境域，帶回來光與火，什麼是美德、愛、愛國心或友情？——什麼是我們所居住的這個美麗宇宙的景色？什麼是墳墓這一邊的我們的安慰？——什麼是在墳墓之彼方的我們的憧憬？詩與推理，亦即根據意志的決定而運用的能力，不同。人不能够說：「我要作詩。」甚至最偉大的詩人，都不能說這樣的話；因爲，創作時的心靈，就像逐漸消退的炭火，遇到某種看不見的力量，例如易變的風，又燃起短暫的光輝；這種力量從內部發生，就像隨着花兒的綻放枯萎而變化褪去的花色一樣，而我們本性中有意識的部分，對於這種力量的來臨或離去都無法預知。假如這種力量能够保持它原來的純粹和强烈，其結果之大是無法預測的；但是當創作一開始，靈感已經開始衰退，而這世界上所曾有過的最光輝的詩，也許只是詩人最初之構想的一個微弱的影子。我想向當代最偉大的詩人請教：最佳的詩句是努力和勤學的產物，這種主張豈非錯誤？批評家們所提議的多花點時間一再推敲，只能這樣解釋才合理：亦即，對於得到靈感的瞬間加以細心觀察，以及將瞬間所得到的種種暗示之間的空隙，用傳統的表現交織起來加以技巧的結合——當然，這只有當詩才本身不够十分時，才是必要的；因爲，彌爾頓在一部一部完成「失樂園」之前，他先有整體的構想。我們也有他自己的證言，他說繆斯向他「口授」「預想不到的歌[17]」。對於認爲「發狂的奧蘭德」的第一行經過了五十六次推敲訂正的那些人，讓這句話做爲回答吧。如此產生出來的作品與詩的關係，正如瑪賽克嵌鑲細工與繪畫的關係。詩才的這種本能的直觀，在塑造與繪畫藝術中更是顯著；偉大的彫像或繪畫在藝術家的才能之下成長，正像小孩在母親的胎內成長一樣；而在構成中指揮作者的手的那個精神，甚至都無法對自己說明這個過程的起源、階段、或媒體。詩是最幸福最善良的心靈之最幸福最善良的瞬間之記錄。我們知道，思想與感情瞬間卽逝的來訪，有時候與地點或人物聯在一起，有時候只與我們本身的心靈有關，而且經常是出其不意而來，未經指使卽去，但是給與無法言喻的高揚和喜悅：因此，甚至在它們所留下的願望和悔恨之中，必定帶有實際參與對象之本質的那種快樂。這有如更爲神聖的一種性質之貫通人性；但是這種神性的足跡，就像吹過海面的風的足跡一樣，風息了則水面平靜無痕，只有在鋪海的起皺的沙灘上留下了痕跡。這些以及與相應的生存之種種狀態，主要地是由具有最纖細之感受性與最遼濶之想像力的那些人所經驗；而由這些人的經驗所產生的心靈狀態，與每一種低劣的欲望交戰。美德、愛國心和友情所具有的熱心，在本質與這些情緒連結一起；只要這些情緒持續下去，自我呈現出它本來的樣子，亦卽對於宇宙只不過是一個原子。詩人，做爲具有精妙之構造的精神所有者，不僅易有這些經驗，而且能够將他們所結合的一切，以這個靈妙的天界之容易消失的色彩加以染色；描寫某種情景或者某種感情的一字一筆，都觸及那個魔法的琴弦，而在曾經體驗過這些情緒的人心中，喚醒睡着了的、冷冷的、被埋葬了的過去之形象。如此，詩使這個世界上最好最美的一切不朽不滅；詩捕捉在無月的黑夜裡出現而又消失的幽魂一般的靈感，以語言或者形態將它們蒙遮起來，將它們送到人類之間，將同一種喜悅的美好消息，傳達給這種靈感的姊妹們居留在心中的那些人——所謂居留，是因爲沒有一種表現的門，從這種靈感所居住的靈魂的洞穴通向事物的世界。詩從衰廢中贖回人類心中的這種神性的造訪。

詩使一切東西變成可愛；詩提高最美的東西的美，而且將美加在最醜的東西上；詩融合歡欣和恐怖，悲哀和快樂，永恒和變遷；詩使不能相容的一切，在它的輕軛下聯合在一起。詩使碰過的一切變質，而且在它的存在所放射的光芒之內移動的每一種形態，由於不可思議的共感，變成它所表現的精神的化身：詩的秘密的鍊金術，使從死流過生的毒液，變成黃金飲料；詩從這個世界上揭下日常性這種面紗，而且暴露出裸身的睡眠中的美質，這種美質是這世界之種種形態的靈魂。

一切事物的存在，都像被知覺到的那樣；至少對於知覺者而言，是如此。「心是心本身的住宅，而且心本身能够建造一個地獄的天堂，一個天堂的地獄。」[9]但是，詩破除一種詛咒，這種詛咒將我們束縛住，使我們服從周圍那些偶然的印象。而且，不論是展開它本身的花幕，或者從萬象的舞台前揭去人生的黑紗，詩都一樣地爲我們創造出我們的存在中的一個新的存在。詩使我們成爲一個新世界的居民；和這個新世界一比，這個日常世界是一團混沌。詩再造出我們是其中一部分也是知覺者的一個普遍的世界，而且詩從我們的心眼中，清除日常性這層薄膜，這種薄膜使我們看不見我們的存在之美妙。詩使我們痛感我們所知覺的東西，使我們所知道的東西。詩重新創造這個世界，當這個世界，由於因一再反復而失去新鮮的印象之一再重現，在我們心中已經消滅之後。詩證明了塔梭所說的勇敢而眞實的話：「除了上帝和詩人之外，沒有稱得上創造者的。」

詩人，由於他對於別人最高之智慧、快樂、美德和榮譽的創造者，因此他本身應該是人群中最幸福、最善良、最明智，而且最傑出的人。至於詩人的榮譽，且等待時間判斷：人類生活的任何其創始者的名聲是否能够和詩人的名聲相比。詩人是最明智、最幸福、最善良的；這點，只要他是個詩人，也同樣是無可爭辯的：最偉大的詩人向來是具有最無瑕疵之美德，最完整無缺乏之思慮的人，而且，假如我們有意窺視他們內面的生活，他們是人類中最幸運的：而且，具有高度的詩才而在程度上不及上述大詩人的那些人，人們認為是例外，而這種例外，在仔細觀察之下，可以看出是證實而非破壞這個通則。讓我們暫時屈從一般意見的仲裁，將控訴人、證人、審判者和死刑執行人這些不能共存的性格篡奪、合併在我們身上，沒有審訊、對證、或裁判形式，讓我們判定：「坐在我們不敢翱翔的地方」那些人的某些動機是千不該萬不該。讓我們假定荷馬是個醉漢，魏吉爾是個拍馬屁的，賀拉西是個懦夫，塔梭是個狂人，培根勛爵是個侵吞公款的，拉飛爾是個蕩子，史本塞是個御用詩人。引出現存詩人，與我們的主題這一面是不一致的，但是對於現在所舉的這些偉大的名字，後世已給予十分公正的評價。他們的錯誤被秤在天平裏，顯出只是天平上的微塵[121]；假如他們的罪「是像硃紅，他們現在像雪一樣的白」[122]：他們的罪已經時間這位調解者和贖罪者的血洗過。請看看，向來在同時代人加之於詩與詩人的誹謗中，混含着眞罪與假罪的轉嫁，已達到怎樣的一種可笑的混亂；請想想：像表面上看來的事實，是少之又少——或者說，看來像是事實的，幾乎沒有；反省反省你們自己的動機，「不要論斷人，免得你們被論斷。」[124]。

詩　正如前面所說的，在下面這點與論理不同；亦即，詩並不服從主動的精神力量的支配，而且它的誕生和再現與意識或意志並沒有必然的關聯。當人們所經驗的種種精神作用不能被歸因於意識或意志時，認為意識或意志是所有精神之因果關係的必要條件，這種斷定是過於放肆的。詩的力量之經常出現，可能在詩人的心靈上，產生與這種力量本身的性質以及它給與其他心靈的影響相呼應的，一種秩序與和諧的習性：這是顯然可以推測到的。但是，在靈感的間歇期間——這種間歇可能經常發生，但並不持久，詩人變成一個普通的人，而委身於別人習以為常地生活在它的支配的那種影響力之突然的逆流。但是，由於詩人具有比別人更纖細的感受性，而且對於他自己的以及別人的痛苦和快樂，具有別人所想像不到的敏感，詩人以和這種感受性之差異成比例的一種熱忱，避開痛苦而追求快樂。而且，當詩人對於世上人人所追求和規避的這些東西，彼此穿上對方的衣服偽裝，疏於觀察時，詩人置身於世間的誹謗中。

但是，在這種過失中並沒有必然是惡的任何東西；因此，殘忍、嫉妒、復仇、貪婪，以及純粹邪惡的感情，從來不構成一般世人對於詩人生涯之詆毀中的任何部分。

我認為對於闡明眞理這種目的最有利的，是將這些評論的意見記錄下來，而記錄的方式是根據在考察主題本身時，這些意見受到暗示而浮現在我心中的一種次序，而不是遵守論駁的某種形式；但是，假如這些意見所含有的見解是正確的，我們可以看出，至少就有關主題的第一部分而言，這些意見包含着對於詩的反對論者的一種反駁。我能够很容易地推測出，使與某些平庸詩人爭論的那些博學而高明的作家惱怒的是什麼；我承認我自己，就像這些作家一樣，不願被今日嗄聲的科濁斯的「底西斯」[125]震聾耳朵。貝維吾斯和美維吾斯[126]，毫無疑問地是，正像他們過去是，難以忍受的人物。但是，冷靜的批評家的任務是識別，而不是混淆。

這些論評的第一部㉖是關於詩的原理和原則；而且在所給與的有限篇幅允許的範圍內，已指示出：在狹義上的所謂詩，與秩序和美的所有其他形式具有共同的根源；人類生活的素材，能夠根據這種形式加以安排，而這種形式，亦即廣義上的詩。

第二部將以下面兩點爲其主題：亦即將這些原理應用於詩之培養的現狀，以及對於，將習俗與思想的近代形態理想化使之從屬於想像力與創造力這種，意圖的辯護。因爲，英國文學，其充滿活力的發展，曾經領先或者與國民意志之偉大而自由的發展並駕齊驅，已經就像從新生中復活。儘管想貶低當代人之價值的那些思想低劣的人嫉妒，我們的時代將是個在知性的成就上值得紀念的時代，而且我們生活在這些哲學家和詩人之間，他們無可比較地勝過了爲市民自由與宗教自由而從事的最後一次國民鬪爭以來(128)，所出現過的任何一位。喚醒偉大的民衆從事思想上與制度上有益的改級，最後能夠信賴的先驅、伴侶以及隨從，是詩。在這種時代，有一種傳達與接受關於人與自然的一些痛切而熱烈之概念的力量累積起來。內部存在着這種力量的人，在與他們本性中的許多部分有關的範圍內，可能時常與他們所效勞的那種善的精神具有很少明顯的相應關係。但是，對於君臨在他們自己的靈魂之王座的那種力量，儘管他們否認、棄絕，他們還是不能不效勞。閱讀當代最有名的作家們的作品，而對於燃燒在他們的字句中的那種帶電的生命力，不感到驚訝是不可能的。他們以具有包容力而且洞察一切的精神，測定人性的周圍，探測它的深度，而對於這種精神的呈現，他們本身也許是最感到由衷的驚訝的；因爲這種精神，與其說是他們的精神，不如說是時代的精神。詩人是解釋深不可測的靈感之秘義的祭司；是照出未來所投於現在之巨影的鏡子；是表現出本身也了解的東西的言詞；是吹着上戰場而不知道所吹的是什麼的喇叭；是動人而不爲所動的力量。詩人是這個世界之未公認的立法者。

譯註

①愛伊歐羅斯的里拉（an Aeolian lyre）：愛伊歐羅斯（Aeolus）是希臘神話中的風神；里拉，古希臘的豎琴。據布倫頓（Edmund Blunden）教授的解釋，「愛伊歐羅斯的里拉，在當時差不多是人人都熟習的。它是一種弦樂器，放在窗口或掛在樹上，當風吹過琴弦即奏出音樂來的一種設計。」

②近代作家們（modern writers）：據布氏的解釋：「其中也許是哲學詩人馬克・艾肯塞(Mark Akenside)具有最廣大的讀者。在「想像的樂趣」（The Pleasures of the Imagination, 1744）一書中，他將趣味定義爲：「對於高雅的識別感，而對於粗俗、混亂或醜惡之類的東西，隨即感到惡心。」

③培根勛爵(Lord Bacon, Francis 1561—1626)：英國的哲學家、政治家、隨筆家。

④原註：「De Augment. Scient, cap i, lib. iii.」（「論學問之進步」第一章第三節）。

⑤賈納斯(Janus)：羅馬神話中，守護門戶的兩面神。

⑥艾斯奇勒斯（Aeschylus, 525—456 B.C.）：希臘三大悲劇詩人中最初的一位。

⑦「約伯記」(the book of Job)：聖經舊約中的

」篇。

⑧但丁的「天國篇」(Dante's Paradise)：但丁(Dante Alighieri, 1265—1321) 義大利大詩人，「新生」(La Vita Nuova)「神曲」(Divina Commedia)的作者。「天國篇」是「神曲」中最後的部曲(cantica)。

⑨巴別之呪的重荷 (the burthen of the curse of Babel)：見「創世紀」第十一章一到九節：古代天下人的口音言語都是一樣，後來他們在示拿(shinar)平野要建造一座城和一座塔，塔頂通天，因此觸怒了耶和華。於是耶和華變亂他們的口音，使他們的言語彼此不通，使衆人分散在全地上。所以那城名叫巴別，就是變亂的意思。

⑩柏拉圖 (Plato, 427—347 B.C.)：希臘哲學家。雪萊深受影響，曾翻譯「饗宴」(Symposium)·「共和國」(Republic) 等，也有「論『饗宴』」(On the Symposium) 一文。

⑪西塞羅 (Cicero, Marcus Tullius, 106—43 B.C.)：羅馬的雄辯家·政治家。關於西塞羅之模倣柏拉圖，雪萊在「論『饗宴』」中，亦提及。

⑫原註：見「迷宮的細線」(Filum Labyrinthi) 尤其是論死亡那篇文章。

⑬莎士比亞 (Shakespeare, William, 1564—1616)：英國最偉大詩人·劇作家。

⑭彌爾頓 (Milton, John, 1608—74)：英國清教徒詩人，「失樂園」(Paradise Lost, 1667)的作者。

⑮歷史與詩的區別：參見亞里斯多德 (Aristotle) 的「詩學」(Poetics) 第九章。

⑯梗概被稱爲眞正歷史的蠹虫：參見培根的「學問之進步」(The Advancement of Learning, II. ii. 4)。

⑰希羅多塔斯 (Herodotus, c. 484—c. 428 B.C.)：希臘的歷史家，被稱爲「歷史之父」。

⑱普魯塔克 (Plutarch, c. 46—c. 120)：希臘的哲學家·傳記作者。

⑲里維 (Livy, 59 B.C.—A.D.17)：羅馬的歷史家。

⑳荷馬 (Homer)：希臘最早的敘事詩人，「伊里亞德」(Iliad) 與「奧德賽」(Odyssey) 的作者。

㉑阿喀琉斯 (Achilles)：古代希臘傳說中的勇士，「伊里亞德」的主人公。

㉒赫克托 (Hector)：「伊利亞德」中，特洛伊(Troy) 的王子，特洛伊軍的統將。

㉓攸力西斯 (Ulysses)：參加特洛伊遠征的希臘英雄。「奧德賽」中的主人公。

㉔攸里披狄斯 (Euripides, c. 480—406 B.C.)：希臘三大悲劇詩人中最後的一位。

㉕盧肯 (Lucan, 39—65)：羅馬的詩人。有敘事詩「Bellum civile」十卷。

㉖塔梭 (Tasso, Torquato, 1544—95)：義大利的詩人。

㉗史本塞 (Spenser, Edmund,? 1552—99)：英國詩人。

㉘雅典的劇詩人和抒情詩人：指艾斯奇勒斯 (Aeschylus)，索福克勒斯 (Sophocles)，攸里披狄斯 (Euripides)，阿里斯多芬尼斯 (Aristophanes)，蘋達 (Pindar) 等。

㉙蘇格拉底 (Socrates, 469—399 B.C.)：希臘哲學家。

㉚後世的一位作家：指莎士比亞。

㉛「李爾王」(King Lear)：莎士比亞的四大悲劇之一，寫於一六〇六年。

㉜「奧狄帕斯王」(Oedipus Tyrannus)：希臘三大悲劇詩人之一，索福克勒斯 (Sophocles) 的悲劇。

㉝「阿加美農」(Agamemnon)：希臘悲劇詩人・艾斯奇勒斯 (Aeschylus) 的悲劇。

㉞「奧狄帕斯王」與「安狄宮」(Antigone) 和「柯洛諾斯的奧狄帕斯」(Oedipus Coloneus) 構成三部作；「阿加美農」與「柯耶波洛伊」(Choephoroe) 和「攸美尼狄斯」(Eumenides) 構成「奧雷斯狄亞三部曲」(Oresteia)。

㉟考爾德倫 (Calderon de la Barca, Pedro, 1600—81)：西班牙的劇作家・詩人・修道士。著有一百二十篇戲曲，八十篇聖餐神秘劇，二十篇左右的幕間劇或俗謠喜劇。以「人生是夢」(Life is a Dream, 1640) 爲最高傑作。

㊱「聖餐神秘劇」(Autos)：十五、十六、十七世紀在西班牙流行的獨幕宗教劇。考爾德倫是代表作家。

㊲一種崇高的寧靜 (an exalted calm)：參見亞里斯多德「詩學」第六章，悲劇的定義。

㊳艾狄生 (Addison, Joseph, 1672—1719)：英國的隨筆家・詩人・政治家。

㊴「卡托」(Cato, 1713)：艾狄生以古典樣式描寫羅馬的共和論者卡托 (Marcus Porcius Cato, 95—46 B.C.) 之悲壯結局的悲劇。

㊵查理斯二世的治世 (the reign of Charles II)：亦即復辟時期 (the Restoration period, 1660—85)。

㊶馬基雅弗利 (Machiavelli, Niccolo, 1469—1527)：義大利的政治思想家・歷史家，以主張權謀術數的「君主論」(Il principe, 1532) 知名。

㊷西西里和埃及之有教養的專制君主：指 Hieron II (of Syracuse, Sicily) 以及 Ptolemy II (of Alexandria, Egypt)。

㊸那些田園詩人：指 Theocritus, Bion 和 Moschus 等。雪萊曾翻譯他們的作品。

㊹索福克勒斯 (Sophocles, 496—406 B.C.)：與艾斯奇勒斯，攸里披狄斯，並稱爲希臘三大悲劇詩人。

㊺阿絲特拉亞 (Astraea)：希臘・羅馬神話中的正義女神。當世界是黃金時代時，住在人間，後來世間變成邪惡的，在諸神中最後離開這個世界，成爲天上的處女星座 (Virgo)。

㊻西拉扣斯 (Syracuse)：在西西里島東部，西元前七三四年哥林多人的殖民者所建，是古代西西里最大最富裕的城市。

㊼亞力山大里亞 (Alexandria)：位於尼羅河口，亞力山大大王於西元前三三二年取得埃及後所建，是貿易與希臘文化的中心。

㊽西俄克利塔斯 (Theocritus)：希臘詩人，田園詩・牧歌詩的鼻祖。

㊾恩紐斯 (Ennius, Quintus, 239—c. 169 B.C.)：羅馬詩人。

㊿法洛 (Varro, Publius Terentius, 82—36 B.C.

）：羅馬詩人。

51帕久維斯（Pacuvius, Marcus, c. 220—c. 130 B.C.）：羅馬悲劇詩人。

52阿邱斯（Accius, Lucius, 170—c. 86 B.C.）：羅馬悲劇詩人。

53魯克里修斯（Lucretius, Carus, Titus, c. 94—c. 55 B.C.）：羅馬的哲學家・詩人。

54魏吉爾（Virgil, 70—19 B.C.）羅馬詩人，「伊尼以德」（Aeneid）的作者。

55賀拉西（Horace, 65—8 B.C.）：羅馬詩人。

56卡塔勒斯（Catullus, Gaius Valerius, c. 84—c. 54 B.C.）：羅馬詩人。

57奧維德（Ovid, 43 B.C.—A.D. 18）羅馬詩人，「變形記」（Metamorphoses）的作者。

58卡米勒斯（Camillus, Marcus Furius, d.c. 365 B.C.）：羅馬政治家・將軍。

59雷古勒斯（Regulus, Morcus Atilius, d.c. 250 B.C.）：羅馬的將軍・英雄。曾破迦太基艦隊，侵入非洲，再破迦太基陸軍（256 B.C.），翌年兵敗成爲迦太基的俘虜以再返回迦太基爲條件，於西元前二五〇年被送回羅馬進行和平交涉；無結果，於是依照諾言再返回迦太基爲俘虜，終於被殺。

60漢尼拔（Hannibal, 247—183 B.C.）：迦太基名將，於西元前二一六年第二次本尼克戰爭中，在卡奈（Cannae）一役大敗羅馬軍。

61「因爲沒有神聖的吟唱詩人」：見賀拉西的「賦」（Odes, IV. ix. 28）。

62摩西（Moses, 1571—1415 B.C.）：希伯萊的預言者。參見「出埃及記」。

63約伯（Job）：希伯萊的一族長。參見「約伯記」。

64大衞（David）：以色列第二代國王。參見舊約「詩篇」。

65所羅門（Solomon）：大衞之子，以色列的賢王。參見「列王紀上」。

66以賽亞（Isaiah）：紀元前七二〇年左右希伯萊的預言者。參見「以賽亞書」。

67三種精神能力的形式：見柏拉圖「共和國」第四卷。

68「日光似乎陰暗下來」：見莎士比亞「馬克白」（Macbeth）第三幕、第二景、第五十行。雪萊的引文，稍有不同。

69見「馬克白」第三幕，第二景，五十一到五十三行。

70羅帝國之征服者・凱爾特民族：「凱爾特」該是「條頓」之誤。

71見柏拉圖「共和國」第二卷。

72提馬歐斯（Timaeus, fl.c. 400 B.C.）：希臘哲學家。

73畢達格拉斯（Pythagoras, d.c. 497 B.C.）：希臘哲學家・數學家。

74阿波羅（Apollo）：在希臘羅馬神話中，司音樂、詩、預言、醫藥的太陽神，男性美和青春的象徵。

75繆斯（the Muses）：在希臘神話中，司文藝，美術等的九女神；詩神。

76「加羅多是那本書，也是那本書的作者」：見但丁「神曲」「地獄篇」第五章一三七行。這是法蘭西斯加（

Francesca）向但丁告白她與保羅（Paolo）之間的奸情時，所說的話中的一句。加羅多（Galeotto）在圓桌故事中，助成郎賽羅騎士（Sir Lancelot）與王后綺妮弗（Queen Guinevere）的戀愛。法蘭西斯加和保羅在共讀着郎賽羅的這個戀愛故事時，墮入愛河，因此，這本詩及其作者，就像加羅多之助成騎士與王后的戀愛一樣，助成了法和保之間的戀愛。故云「加羅多是那本書，也是那本書的作者。」

⑦普羅封斯的詩人們：在法國南部普羅封斯地方，於十一世紀末到十三世紀末之間活躍的詩人們。

⑱佩脫拉克（Petrarch, 1304—74）：義大利詩人，與但丁・薄伽邱（Boccaccio）共稱爲義大利十四世紀大詩人、人文主義者。

⑲「新生」（Vita Nuova）：但丁的處女作，寫於一二九二—九三年左右，歌詠對於貝雅特麗采（Beatrice）之清純靈妙的愛。

⑳見柏拉圖「饗宴」中，阿加同（Agathon）的發言（Symposium, 194—97）。

㉑阿里歐斯托（Ariosto, Lodovico, 1474—1533）：義大利詩人。

㉒盧梭（Rousseau, Jean-Jacques, 1712—78）：法國思想家・文學家。

㉓目不能見的東西（invisible things）：指神或天使。

㉔里飛歐斯（Riphaeus）：正確的拼法該是Ripheus；但丁的天堂界中唯一的異教徒。見「天國篇」第二十章，六七—六九，一一八—一二四行。

㉕見「伊尼以德」第二章，三二六—三二七行。

㊱史詩之眞理的法則：見亞里斯多德「詩學」十二十三到二十五章。

㊲羅多斯的阿波洛紐斯（Apollonius Rhodius, c. 295—c. 216 B.C.）：希臘的叙事詩人。有模倣荷馬文體的長篇叙事詩「Argonautica」四卷。

㊳卡拉伯的昆塔斯（Quintus Calaber）：四世紀前後的希臘詩人。有叙事詩「荷馬後譯」（Posthomerica）十四卷。

㊴諾納斯（Nonnus）：五世紀前後的希臘詩人，有叙事詩「戴奥尼修斯」（Dionysiaka）四十八卷。

㊵斯塔（Statius, Publius Papinius, c. 40—c. 96）：羅馬詩人，有叙事詩「Thebais」十二卷。

㊶克勞狄安（Claudian, d.c. 408）：羅馬詩人，有以神話爲題材的叙事詩，牧歌，頌詞等。

㊷「伊尼以德」（Aeneid）羅馬詩人魏吉爾的叙事詩，寫於記元前三十到十九年，共十二卷。

㊸「發狂的歐蘭德」（Orlando Furioso）：義大利詩人阿里歐斯托的叙事詩，寫於一五一六年。

㊹「耶路撒冷的解放」（Gerusalemme Liberata）：義大利詩人塔梭的叙事詩（1581）。

㊺「魯西亞德斯」（Lusiad）正確拼法該是Lusiads，葡萄牙詩人卡蒙以西（Luis de Camões, ?1525—80）的叙事詩（1572）。

㊻「仙后」（Fairy Queen）：英國詩人史本塞的最大傑作（1590—1609）。

㊼路德（Luther, Martin, 1483—1546）：德國宗教改革者。

㊽薄伽邱（Boccaccio, Giovanni, 1313—75）：義

大利的小說家・詩人。「十日譚」（Decameron）的作者。

(99)喬叟（Chaucer, Geoffrey, c. 1340—1400）：中世英國文學史上最大的詩人，「英詩之父」。

(100)或許是指法國十八世界啓蒙思想家伏爾泰（Voltaire）或者冷嘲譏誚家潘尼（Parny）。

(101)見「馬可福音」第四章第二十五節，以及「馬太福音」第八章十二節，二十五章二十九節，「路加福音」第八章十八節，十九章二十六節。雪萊的引文，稍有不同。

(102)希拉的巨岩，卡里布狄斯的大旋渦，西及利亞島與義大利本土之間，扼着墨西拿（Messina）海峽的義大利海岩巨岩，及其對面的海潮漩渦。在希臘神話裡，希拉原是海上的寧芙，被魔女瑟西（Circe）變成六頭十二脚的女怪；卡里布狄斯是一天三次吸去海水，再吐成可怕的渦潮的海怪。

(103)見「傳道書」第十二章第二節。

(104)洛克（Locke, John, 1632—1704）：英國的哲學家。主要著作「人類悟性論」（An Essay concerning Human Understanding, 1690）是確立認識論中之經驗說的巨著。

(105)休謨（Hume, David, 1711—76）：英國哲學家，將盧梭介紹到英國的經驗論者。

(106)吉本（Gibbon, Edward, 1737—94）：英國的歷史家，「羅馬帝國衰亡史」（The Decline and Fall of the Roman Empire, 1776—88）的作者。

(107)伏爾泰（Voltaire, 1694—1778）：法國作家・啓蒙思想家。

(108)原註：雖然盧梭被這樣歸類，他在本質上是個詩人。其他的，甚至伏爾泰，只不過是哲學者。

(109)西班牙宗教法庭（the Inquisition in Spain）：廢止於一八〇八年，但是後來在費迪南七世時又恢復，一八二〇年在雪萊寫這篇「詩辯」之前一年，又被禁止；最後廢除是在一八三四年。

(110)拉飛爾（Raphael, 1483—1520）：義大利文藝復興時期的畫家。

(111)米開蘭基羅（Michael Angelo, 1475—1564）：義大利文藝復興時期的彫刻家・畫家。

(112)希伯萊詩（the Hebrew poetry）：指舊約中的「詩篇」（the Psalms）

(113)發明與創造之能力本身的直接表現：指詩而言。

(114)見莎士比亞「馬克白」第一幕第七景四十四到四十五行。古諺：「猫想吃魚又怕弄濕了脚。」

(115)亞當所負荷之詛咒：卽勞動。見「創世紀」第三章第十七節與十九節：「地必爲你的緣故受咒詛。你必終身勞苦，才能從地裏得喫的。……你必汗流滿面才得餬口，直到你歸了土。」

(116)神和瑪門（the God and Mammon）：見「馬太福音」第六章第二十四節與「路加福音」第十章第十三節：「你們不能又事奉神，又事奉瑪門。」瑪門是財利的意思。

(117)見彌爾頓「失樂園」第九卷，二十一到二十六行。雪萊的引文，稍有不同。

(118)見彌爾頓「失樂園」第一卷，二五四到五五行。引文稍有不同。

(119)克拉（D. L. Clark）教授認爲：「這個引文在塔梭的作品中找不到字句完全一樣的但是實質的意思表現在

『關於英雄詩之論述』(Discorsi del Poema Eroico)中。」

(120)見彌爾頓「失樂園」第四卷，八二九行。又雪萊的「阿多尼斯」(Adonais)三三七行。

(121)「但以理書」第二十七節：「你被稱在天平裏顯出你的虧欠。」又「以賽亞書」第四十章十五節：「看哪，萬民都像水桶的一滴，又算如天平上的微塵。」

(122)見「以賽亞書」第一章十八節：「你們的罪雖像硃紅，必變成雪白。」

(123)見「啓示錄」第七章十四節：「用羔羊的血，把衣裳洗白淨了。」又，「希伯來書」第九章十五節：「他作了新約的中保(調解者)。既然受死贖了人在前約之時所犯的罪過……」又，第十二章二十四節：「並新約的中保耶穌，以及所灑的血。」

(124)見「馬太福音」第七章第一節：「你們不要論斷人，免得你們被論斷。」

(126)今日嗄聲的科濁斯的「底西斯」(the Theseids of the hoarse Codri of the day)：雪萊將當代凡庸詩人的劣作，比喻爲羅馬的諷刺詩人憂維納(Juvenal, c. 60—c. 130)所嘲笑的三流詩人科濁斯的作品「底西斯」。或以爲科濁斯是個虛構的名字。

貝維吾斯和美維吾斯(Bavius and Maerius)：溫斯坦理(Winstanley)解釋爲「本身是平庸詩人而又嫉妒他人名聲的那種人的代表人物。」

(127)這些評論的第一部：亦即現存「詩辯」的全文。

(128)爲市民自由與宗教自由而從事的最後一次國民鬥爭：指一六四二到四九年查理一世與議會的戰爭(the Civil War)。

美國景緻的追尋：一個回憶錄

班·貝利特作

陳慧樺譯

詩人和翻譯家貝利特現在是班寧頓學院（Bennington College）文學語言系的教授。他是維吉尼亞大學的文學士和碩士，也在維大唸完了兩年博士學位課程。貝利特曾當過「國家」雜誌（*Nation magazine*）的助理文學編輯，寫了不少戲劇，電影劇本，書評以及詩和散文。他對藍波（Rimbaud）、羅卡（Lorca）、尼祿拉（Neruda）、馬查多（Machado）、亞伯廸（Alberti）和其他人的作品的翻譯，高度顯示了詩藝術的成就。他自己的詩作曾收集成「五層網」、「荒蕪階梯」和「敵人快樂」出版。貝利特曾因這兩方面的成就而榮獲了雪萊紀念獎、辜貞罕獎（Guggenheim Award），兩度獲得詩雜誌（*Poetry magazine*）的年度獎以及獲得一九六一年度布蘭戴斯藝術創作獎詩部門的獎金。

㈠

「我聽到美國在歌唱。」

——惠特曼

自從惠特曼以來，美國的詩人實在有理由要曉得，當惠特曼說「我聽到美國在歌唱」，他聽到的是什麼。據推測，那時人們諧調歌吟，唱出很純美國風的歌，而他們的影響，在一個詩人的語言、韻律和對民族風的看法上，却歷歷可見。在上引的這首詩裡，惠特曼偶爾更關心歌手的平民化的形形色色——木匠、泥水匠、鞋匠、農夫——而不是他們歌裡的美國格調。很有意義的是，他省略了詩人們；但是在他處，他以慈善爲懷的好鬪口吻指出，「未來的詩人」應是一種「生於斯，活潑强壯，大陸性的新種族」，有「藝術家的氣質」以及必須唱屬於他自己的歌然後很巧妙地停下了，談到他最喜愛的叔父，很謹嚴地受過開明的自立心理的訓練：

我是一個人，四處浪蕩不停，
偶爾瞥見你然後轉開臉
讓你自己去證明和下定義
期望於你的是主要的東西

作爲一個「木工的」美國歌手，而不感到是「新的」、「活潑强壯的」或「大陸性的」——而寧可要這些形容詞給自己——我實在感到不寧。假使「現代詩人」不是去假定，而是必須去「證明和界定」他們在「草葉集」以降在美國全體詩歌裡的地位，這主要是因爲惠特曼曾傳過那樣富侵略性的福音。在這件事上，對於愛國主義的反駁很明顯地是不恰當的，因爲這些反駁確能指出惠特曼的天才的深度和眼界，而且把一定要美國風的不可糾正的疑慮都忽視了。柏克（Kenneth Burke）一定會說：「原動力」（"agents"）必須有它們的「景」（"scenes"）：而且，雖然但丁在「神曲」裡並沒有特別專注於意大利語文的文法音調的變化，米爾頓並沒有先考慮到伊甸園裡英國應至高無上，荷馬並沒先想到尚武的希臘人的語文韻律，但是，意大利、英國和特洛伊（Ilium，即古代 Troy 之拉丁名）以及它們的神祇和宇宙哲學都表現在他們的作品裡。

那麼，美國詩人們的「遠景」應是「民主的」——但是事實證明視野的政治（"politics of vision"）却遠較惠特曼所想像的有害。在一九五九年，美國四十年代主要的天才有可能對兩個十年間明顯的不同——艾略特、司提文司、穆爾、龐德等等可爲例子——提出指責，稱它爲「病態的」和「學院的」藝術，排斥休姆（T. E. Hulme）的「沉思錄」（*Speculations*），稱它爲「現代批評的『我的奮鬪』。」①一年後，一份有「他們自己的傳統、報章和讀書」②的四十四名「美國新詩人」的名單提了出來，在詩選集和互相攻擊戰中，它就像一道設在一九四五年和現在之間的阻攔，以肯定詩在我們這時代的純粹性。因之，維廉斯（William Carlos Williams）的吊桶在美國夢中落下，艾略特的却昇起來；而葉芝寬洪閃爍的幻境却消失不見了。詩人們的遠景再不是「民主」的而是寡頭政治的；而詩人們都是惠特曼的孤兒，而不是他的「精英」。

無論如何，我們承認我們都願意像可口可樂或者南瓜餅一樣美國化。我們都願意在惠特曼「土產的遊唱詩人」名目下登記，成爲「本土的作家」，滿懷湧著「脊柱的、現代的、原始的題材」、「使人清爽的、戶外的景象」、「粗野、刺耳、罵人的，互相矛盾的腔調」、「景緻、音樂、半色」、「一種新文學、一種新形上學、一種新詩歌。」總之我們願意　語言仍是惠特曼式的——去談判換取「北方人的交換。」其他人要求有權自由進入「我們自己自由進出的途徑」——惠特曼的話——「因爲有我在中間才有意義」，並以龍舌蘭（peyote）和 lysergic acid 來捍衛他們的選擇。最令人憂傷的是，在我們一九六四年這個新浮士德時代（Neo-Faustian era）裡，他們要寫一種眞正的、正確的、非制定的、魔性的、直覺的經驗。

很明顯地，所有這些要求滿足並非美國景緻不可剝奪的各種面貌，而且，最後必須以它們在美國文學表現的經濟與否去估定它們。以我自己來講，我寧可探討詩人傳統對良心的付託以及他表現的媒介是「最主要的東西」，而不願向一個巨人叔伯似的最後通牒低頭。我寧可不在講台上給熱熱烈烈的美國人探討，或是探討美國美學的緊急需要，而是要探討我在一九三八年出版的處女詩集上所反映出來的想像力上的冒險事實——我想這可以作爲一個在那十年追尋美國景緻的詩人的徵候。我選取了驚異的口吻，因爲我發覺自己對一般人仔仔細細考察步驟和動機感到好奇、懷疑以及很笨拙，因爲這些我都習慣性地變成了「詩篇」，而不是給詩人或愛國者運用的謀略。

（二）

自從初期浪漫主義者規勸人家如何如何做以來，第一册詩集寫上序文已很少見，但是偶爾却透過版權銘謝的方式出現。我的第一本集子在一九三八年出版，書名叫做「五層網」，裡面有一篇前記，現在看起來感到很迷惑：

在把八年來的詩選成這本詩集時，我曾希望它能顯出完整的規律，而不是一系列孤立的詩評。……我曾希望陳述一個在接觸中的……對變化逐漸記錄的問題。總之，我所追尋的是順序的效果——這種順序以對自然界單純的反應開始，繼續進展到對個人本體的知覺，而最後企圖在個人和現代世界之間建立可用的關係。

跟惠特曼堅決決定去「鼓舞奴隸和唬嚇暴君」相比，這序文的語言顯然是溫和的：事實上，有許多例子提醒我，自從大衞王（the psalmist）迄今，這計劃很久以來就充當起第一本集子序文的功能，根本不必再公開爲記。無論如何，對時代性的關注，把詩當作「完整的規律」，「對變化的不斷記錄」的關注，可以顯示出詩人的困惑。他首次運用「景緻」，發現「地方」並未準備得好好，當作「美國的想像力」的材料送給他，美國本體是最善於規避人的怪獸。

重讀「五重網」裡早期的抒情詩，我發現波羅尼斯（Polonius）所有的分類和變化。悲劇的、悲喜劇的，悲喜田園的、悲喜田園歷史的抒情詩——但是很少能顯出對美國景緻的深入刻劃。悲劇田園詩佔了絕大多數，這些詩企圖謎樣地把某些隱藏的個人爭論跟恰適的景緻原料攙雜起來——原野裂開且休耕、水源頭、三月的北美紅雀、櫻草花、忍冬樹、月桂、鷹、草莓、紫羅蘭。腔調富歧義，堅忍而簡潔精鍊，時時對毫未思慮的自我犧牲的莊嚴和反諷有不祥的聯想：

別把臂膀靠在這塊岩石上
善良的雅各：這是苦水
不必管、不必管
那未裂開的田野、未疊起來的椽木
沒有手在憤怒時刻
會去安慰或抑制：
力量會從那花消失
痊癒的人在草木間枯萎

而我在達到高潮時想到：

現在要拉直肌肉是要有勇氣的
破開假裝的明亮的馬具
那精巧的五層的網
鬆開內裡的創傷重新再流血

我們只要舉出一個例子來就可看出這種規避了內在和外在兩種景，以傷感的「遊吟詩人」（*Minnesinger*）來替代景物的含混而隱約的策略的結果：

部份與部份之間的
嚴謹心靈的敵對，在鋼鐵下叛變
把這文茅槍棄向我的心
且在我腳跟敲打這副甲冑——
一些小差異，並不需要
騙子的血和好戰的骨頭作燃料
磨厲藍色而殘忍的劍峰
在某些原始的磨石上
喊叫月桂的形狀
淡紫色的星星和六月的帽章是無用的：
對這種致命的爭論你應長得強壯
築起夏日的柵欄——
封緘起來，封起那座綠色的短命的塔

它把我當人質押在這裡，有誰曉得
我是多麼受一朵花的援助
受雪凍得快死去活來

這首詩表現的並不是一個景或本體，而是一種田園式的折衷。「地點」不設在任何地方，或是設在四行詩或十四行詩的圍場裏，就像一個迷宮裡沒有人身牛頭怪獸一樣。而所希望做到的「記錄變化」還並不明顯。

但是，我堅信作為良心戲劇塑造力量的「原動力」和「景」都在詩裡；而人家也不必費力去搬惠特曼愛國的詭辯來證明。說它們是美國式的，而不是羅馬的或亞歷山大文化的。在一九三八年，我因太注重技巧而沒發現，而現在令我感到好笑的是，除了五、六首詩曾提到地方名——直接面對地理事實，就像繪製地圖者或博物學家所面對的一樣——其他詩全未提到。反之，惠特曼寫出「從長島出發」（"Starting From Paumanok"是印第安人為長島取的名字）立刻就創造了美國風，他像一個繪製地圖者，長島就像一條「魚形」島，然後就據用了全部 Manna-hatta（印第安語）。他對像布魯克林（Brooklyn，丹麥語）的地方名並沒感到是反詩的——現在這種寫法在好吹毛求疵的美國人間已變成一種謙卑的公式——而他也「不斷宣佈」安大略（Ontario）、伊利湖（Erie）、休倫湖（Huron）、康乃狄格（Connecticut）、麻薩諸塞州（Massachusetts）、支加哥（Chicago）的名字和東南西北的方位，他把這些地名方位轉變成獲取歡騰的平德爾風的（Pindaric formula）公式。同樣地，狄瑾遜以她自己觀照萬物的方法，很新英格蘭地（"New Englandly"）看安哈斯特（Amherst）的灌木籬牆和雪里草（sherry glasses），而且極富地理色采；維廉斯（William Carlos Williams）尋求「誘使他的骨頭昇成新澤西州柏德生（Paterson）的風景」，柏城之邋遢可跟布魯克林的相比；克瑞恩（Hart Crane）在布魯克林橋的影子裡等待，而在凱威斯特（Key West）艱苦地走去求贖，「飲 Bacardi 和談論美國」；佛洛斯特在波士頓北部補牆，在新罕布夏（New Hampshire）和佛蒙特（Vermont）獵女巫；司提文斯（Wallace Stevens）從厄希底亞（Oxidia）杏仁糖的世界，「平凡的郊區」，望向「新哈芬平凡的黃昏」（「An Ordinary Evening in New Haven」）。

我這樣提並不是說美國景緻就是一種為己黨之利益而擅自改劃選區，在這種做法下，詩人像一個手提擴音機一樣，把他的「區域」賭掉了，且唱出他的身份地位。事實上，我覺得大家早已看出這種觀點的危險性：詩人侵略性地一心去從事美國式的歪曲「景緻」，而他的語言只能顯露出殖民地時代的心態仍然存在着。他可能把惠特曼「英語眷顧宏偉的美國措詞」這種歷史上明達的論點跟維廉斯「我們詩人必須運用一種非英語的語言」這種白痴的交換。在他有計劃地摒棄了封建制度後，他可以拾取中產階級的陳腔爛調，而在他摒棄了歐洲後，他可以像一個穴居醜魔或者扁蟲一樣，佔據着一個地區的「民謠」。

那麼，美國的景緻並不是精於謀略的人種學者、歷史學家、愛國者或是來訪的法國人所認為的省區；但是，「地域詩」卻確能透出詩人全神貫注於美國景緻的詩質和深度的端倪。假使我們確要談論創作，我們就得談到許多名字，住所、和世界——通常我們所生所在的地方；威廉斯的「派特生」第三冊上，題詞用的是顧稱自己為「最後的清教徒」的一個世界公民的話：

城市是人類心靈的第二軀體，第二個有機體，比動物的肌肉和骨幹這些有機體更理性、永久和富裝飾性：一件自然的然而又是道德的藝術品，在這裡，靈魂設立了行動的戰利品和享樂時用的器具。

——喬治・桑塔耶那

我覺得這種地理和「心理學」混合是很有希望的：因此，我興緻勃勃的重讀了「五層網」裡的兩首詩指出人名和時間，好像是要約會或舉行決鬬一樣，有一首寫一個患甲狀腺腫，拿着拖把、水桶經常在維瑟二十街走廊出現的雜役女傭。「國家」雜誌（*The Nation*）就設在那條街上，我在那個雜誌當了好幾個月的助理編輯。這首詩開頭記下的時間和地點是靈感來源不可或缺的事實：這是一首「美國風的」詩，雖然我那時並無意要這樣做。現在讓我全首朗誦一遍：

雜役女傭

（下曼哈坦：下午六點鐘）

在微弱的光線下去敲門，
在階梯秋天的暮色越來越濃，
在藍黑茫茫中，我看到一團人影，像一塊海綿
在夜裡觸碰一個磨得很深的跡痕——

我一直看著那人影；這其間水汪汪的弧光
在潮濕的瓦上顫動變弱，好像
以象形文字把全部黑暗記下
以水印說出血仇

那朦朧的閃光不久將界定
一隻既粗糙又危險的手腕，一個爛下顎
就像鴿子的沙囊裹在甲狀腺腫裡，
一隻腐蝕的肘子上石油精交織成網；

而光線將逐漸微弱；深深地模糊了
世間的廢物，把它減縮成個人的罪惡，
直到她拖把所在的地方都變成黑暗
且弄模糊她膝邊污黑的大理石。

我注意瀉落的光柱將從那裡消失；
它拋開白晝淹滅的許多臉孔，而
像棺材一樣扣得緊緊的，跌落下一個黑井：
我且倚著光柱而沉淪

另外那首詩是「五層網」裹最好的一首。它分成三部份，題目叫做「貝德里公園：中午」——這又是一首專門注意時間的準確和地點的所謂「美國風的」詩。這首太長了，不可能在這兒朗誦；但是，它像「雜役女傭」一樣，地點受到下紐約（lower New York），時間受到「國家」雜誌的限制：在這首詩裡是吃午飯的時候，因此下午天氣好時，才有可能走到在惠特曼地理上給人一個刺激的曼哈坦，經過華爾街的罅縫，到舊三一教堂墓地、水族舘，這首詩以它爲標題的貝德里公園，最後到搭乘遊樂船去遊自由女神像的碼頭，以及對着碼頭燦爛的汪洋。詩的第一段必須顯示詩的風格和創作時的心態。在這首詩裡，「兩個」地方巧妙地變換了位置，而由於用視覺的手法，我在維琴尼亞的童年的印象就暫時疊加在我在紐約居住的事實。

突然間，過去的夢幻攫住了我！　突然間
介乎燧石和閃爍之間，傾斜的葉子，
在石板瓦上綻放的正色藍花
突然闖入玻璃杯和盤碟
公象的鬱金香在銅像脚下蜿蜒
一片青銅色和鯨鬚，開得又盛又燦爛——
它們邁開貝德里廣場，
以南方慣有的令人難忘的姿態轉身
去尋求一個人人喜愛的本體，像許多臉孔……

在上面提到的這兩首詩裏，我有兩件事要提出來：第一、驚人的獨特性事物和力量的增加，這種增加自然地從全神貫注於「地點」裡流露出來——節奏、形式、語言、自我知識以及美國景色的各小點這些獨特性；另一件是，由於從地方之主題（the theme of place）轉換之主題（the theme of *displacement*）而加深了創作的機緣。譬如，在「雜役女傭」裡，詩人跟自己爭吵的事，在較早的一首詩裡却設了一個主角——雜役女傭——且在探討一個原因：年輕健全的人在衰老殘缺的人在時會感到一種無以忘懷的共謀；世界的廢物減縮成個人的罪惡，因此沒東西能獲得贖罪是一種政治和道德的謎。我也發覺，由於逐漸接近景色，詩裡想像力所搜集的個別事項在詩人和讀者間的視覺上和智力上都漸漸拉近了。在「一個爛下顎，就像鴿子的沙囊裹在甲狀腺腫裡，」我是以同情和恐怯來面對甲狀腺腫這一事實的；那雜役女傭職業上的標誌是以臨床一樣的方式刻劃的，有一個批評家稱這種方式爲法蘭迷斯式的（Flemish）寫法。集合了最明亮的部份和明暗對照法，艱苦地把焦點集中在「一隻腐蝕的肘子上石油精交織成網」：一幅用清潔劑蝕刻成的諷刺畫。同樣地，在「貝德里公園」裡，大都市裡的景色和雕塑都以譏諷和實實在在的眼光來看，而維琴尼亞的景緻就不是這樣來看的：

公象的鬱金香在銅脚下蜿蜒
一片青銅色和鯨鬚，開得又盛又燦爛

是既眞實且又有所隱蔽。它們由半城市的「燧石和閃爍」，「玻璃杯和盤碟」、「鴿子和花生殼」襯托出來，令人難以忘懷，把所有田園式的折衷都摒棄。由於是這樣處理的，致這首詩、光線的明暗和景色都不是「法蘭德斯式」或印象主義式的，而事實上是「美國風的」。

我認爲這種把奇異和眞實揉在一起的處理方式——你處理的方式達到霍布金斯(Hopkins)所說的「任何你亟力所看的東西，好像都在亟力看你」的地步——對於地方景色的詩和「美國」歌的標準來講是極重要的。如果有更多的時間，我可以從緊接着出版的兩本詩集——「荒蕪的階梯」（一九五五)和「敵人歡樂」（一九六九）——作爲一個詩人很民主地寫「美國風」的詩，地理事實常能使我的語言變得堅實，使我對「景緻」（"vista"）的意識變得精確。我可以探討使詩人一步一步從地方景色和更替的主題走到去寫眞實和現象、永久和變易、存在和不存在這些永恒的主題的境況，就像它們導致惠特曼去寫離別的神話（the *myth*）和事實，使惠特曼認爲所有的地方，事實上可能只是一個地方，所有的詩歌事實上可能只是一種詩，而一個人行走就像舞者舞蹈一樣，只是爲了「走到舞蹈所在的定點。」這也是惠特曼詩藝術各種最深遠的景緻所尋求的同樣定點，致在「到印度之途」裡，他尋常埋在梵文和吠陀底下古老凶殘的謎的幫助。我在「貝德里」的某一節以勸誡作結論時，我心理最重要的念頭是一種幻像。此後，這種幻像把我帶到許多內在的、外在的、以及大陸的美國裡，也使我通到新的景色和替換：

那麼你就走向海邊吧。你所追問的元素
比海更珍稀，比時間更任性；
你很奇異地加在身上，就像戴一副面具，
且在啞劇裡夢見去遠航
「那元素就是血」。疲乏了的旅客，轉一轉身；
你對船隻位置所做的推算還得再學習。
在浪潮漲得最高時清醒，許多大陸飛馳而行
且在睡眠者身邊撞壞了它們的海濱。

附錄：

貝德里公園：嚮午

（一）

突然間，過去的夢幻攫住了我！　　突然間
介乎燧石和閃爍之間，傾斜的葉子
在石板瓦上綻放的正色藍花
突然闖入玻璃杯和盤碟，
公衆的鬱金香在銅像脚下蜿蜒
一片靑銅色的鯨鬚，開得又盛又燦爛，
它們邁開貝德里廣場，
以南方慣有的令人難忘的姿態轉身
去尋求一個人見人愛的本體，像許多張臉孔……

（二）

根據高度和熱度計算季節：
平衡的光柱裡的立方體逐漸減少，絞轆轉動；
從高處下來的用膳者划進了碼頭
掙開門鎖和皮帶的束縛湧到街上。
夏天伸延到帽子邊沿；
照到斜紋布上；以各種各色飲料確定
一個在絲帶和領巾的巴比倫
穩定在飛墨水裡的假夏至
在這裡許多大道到了海邊一片迷迷濛濛
許多小巷集中在一起的道路，車輛麕集，
把疏忽職守的迷途者統統丟在海濤邊
就像射箭競賽場上的鵠的
在半睡眠中，一陣陣鐘聲
微弱地回應著駁船上的銅器響
這些聲響在鴿子羣和花生殼間
長得就像拘留在玻璃屋裏檢疫一樣
他們的帽緣擊碎了日子。滿足跳躍
在虛空中，突然的像打來的短棒子：
他們回應了一隻大姆指的刺戳
而且比睡眠把他侍候得更好因爲睡眠也會睡去。
（我非常害怕，想這大概是更絕對的睡眠
此刻醒來，夢見這些睡眠者已死去
然而，把他們的睡眠變得比我更死寂
這些怪夢都是我的。）
那麼你就走向海邊吧。你所追問的元素
比大海更珍稀，比時間更任性；
你很奇異地加在身上就像戴一副面具，
且在啞劇裡夢見去揚帆。

「那元素就是血」。疲乏了的旅客，轉一轉身：
你對船隻位置所做的推算還得再學習。
在潮漲得最高時清醒，許多大陸飛馳而行
且在睡眠者身邊撞壞了它們的海濱。

(三)

隨著青烟的垂伸，在水面上劃過
力量浪費在保持力很强的岩石裡
在那裡駁船以風琴的聲調激起漣漪——
橫過水面、橫過屋頂、橫過廉價的綠色
進入未來的時間和曾發生過的事物
進入煙囱的源泉，進入蓄水池的窒息
樹脂和琥珀瀉下分裂的火燄：
進入燃燒的中心，燃燒熾烈的心臟，
乘如夏的地板飛翔，
在紫色的心上敲打它純粹的脈博——
進入千萬年來的綻放……永恒的綠……
低垂的羊齒植物的複葉
被迷惑的船隻：
不管是燒焦或磨成漿，
時間不會腐朽的永恒的金鋼鑽。
啊，失落的和虛構的景緻，
還是在這個架構內移動！
不管是珠寶或花卉，這就是那個天使——
酵母，樹膠和燧石——
以巨大的力量從碳裡回憶
他莊嚴的睡眠蓋上
古老的更新和第一次結果時純粹的印戳
在原始的火種裡爲羊齒植物的形狀發誓
以草和薄荷封緘
餘燼裡的康復
再量一量世界破損的地板
在公園裡的小徑和向海的欄柵以外
因陽光和虛空而驚怯
又好像在猜測甚麼而出神的同樣臉孔，失落在神話和心情
之間
疏忽，陷在陷阱中，
在某些驚奇的遠航的夢中……

(註一)「我的奮鬪」(*Mein Kampf*) 是希特勒的著作之一。

(註二) 美國新詩：一九四五至一九六○年 (*The New American Poetry* 1945—1960) 艾倫編，紐約樹叢出版社出版。

日本現代詩鑑賞(8)

唐谷青

金子光晴（1895—），生於愛知縣海東郡津島町。舊姓大鹿，本名保和。三歲時，爲名古屋金子家的養子。十一歲時上東京，經曉星中學，入早稻田大學英文科、慶應大學英文科、東京美術學校，皆中退。二十二歲時開始寫詩，二十五歲（大正八年）時出版處女詩集「赤土之家」；同年，赴歐洲，在比利時滯留二年半，受魏爾哈倫（E. Verhaeren）與波特萊爾的影響。回國後，於大正十二年（二十九歲）出版「黃金蟲」（金龜子），得到詩壇的公認。大正十三年（三十歲）與森三千代結婚，翌年出版譯詩集「魏爾哈倫詩集」與「近代法蘭西詩集」；這年秋天，與夫人遊歷長崎，上海；大正十五年（三十二歲）出版「水的流浪」；昭和二年（三十三歲）出版與夫人共著的「鯊魚」。昭和四年（三十五歲）再離開日本，遊歷中國、東南亞、印度、法國、比利時，於昭和十年（四十一歲）回國。昭和十二年（四十三歲），出版「鮫」，顯出强烈的現實批判精神；同年與夫人再遊天津、北平、張家口，翌年回國。戰時，疏散到山梨縣山中湖畔，繼續詩作。戰後出版的詩集有「降落傘」（一九四八）、「蛾」（一九四八）、「鬼兒子之歌」（一九四九）、「人間悲劇」（一九五三）、「非情」（一九五五）、「水勢」（一九五六）等等。「人間悲劇」曾獲讀賣文學獎。此外有遊記、評論集，自傳等。

金子光晴今年七十七歲，從二十二歲開始寫詩算起，已有五十五年的詩歷。在這半世紀的詩人生涯中，金子光晴的風格多彩多姿。或說他是藝術派，或說他是象徵派、耽美派、抵抗派、社會派，甚至虛無主義者，無政府主義者等等。就其詩精神而言，可以大致分爲兩類：一是唯美的抒情，一是現實的批判。前者以早期的「黃金蟲」爲代表；後者爲「鮫」以下作品之主要性格。

金子光晴於一九一九年到歐洲，經過象徵主義的洗禮，回國後，將留歐期間的作品集成一册，題爲「黃金蟲」於一九二三年出版。這個詩集，具有純粹象徵派的詩風，充滿着唯美的藝術至上主義的精神。作者在序文中說：「余之秘愛『黃金蟲』一卷，乃余以生命爲賭注的豪華的遊戲。一如倡優，余以『都雅』爲精神，但願能表現出成爲艷白粉、臙脂之屍臘的作品……。」因此，「黃金蟲」中的作品，充滿華麗的詩語和甘美的情緒，表現出一種高踏的、絢爛的、耽美的世界。這種詩的世界，與其說是「現代的」，勿寧說是「近代的」──假如我們認爲所謂「近代詩」與「現代詩」的距離在於前者傾向於音樂性，而後者傾向於批評性。

可是金子光晴在一九二九年再度赴歐，像個流竄的天使，在海外放浪了六年回國後所出版的詩集「鮫」中，一反象徵主義那種耽美、夢幻的作風，以極其强烈批判精神，對現實，包括天皇制度在內的當時日本半封建的現實，施以極其痛烈的諷刺。在戰爭中，詩人抱着强烈的自我，以象徵爲武器，表現出許多抵抗現實的作品。戰後出版的「降落傘」，表現出一種無可奈何的孤獨感以及虛無的沒落感，使金子做爲一個批評意識極爲强烈的現代詩人，獲得了很高的評價。

從耽美的詩情，到現實的批判：這是金子光晴在日本現代詩的世界中所表現的業績的基礎。但是，在這兩種性格的底下，有着一貫的底流，亦即，强烈的反俗精神。這種精神，不僅存在於「黃金蟲」中的象徵詩背後，而且存在於所有反抗現實的作品中。在「鮫」的自序中，作者說：「除非有很令人生氣的事，有令人想加以蔑視的事，有令人想加以嘲弄的事，否則我不想寫詩。」這種反逆的精神，潛藏在詩人的意識底下；金子寫出許多富有激盪之詩情與富有諷刺性之詩想的作品，其原動力在此。可是，「他的詩，不管在構想上隱藏着多麼令人驚駭的反逆精神，在表現上經常帶有女性的肌膚一般柔滑的艷澤，具有異樣的說服力，但是，這種美妙的優柔自在的修辭法，到底還是鑽進「黃金蟲」中那種灼熱的詩作的激戰場後，才能達到的東西。」（村野四郎「鑑賞現代詩Ⅲ」）

其實，這種反逆的精神，是詩人的知性的表現。詩人在演出「人間的悲劇」，唱出「鬼兒子之歌」時，暴露出人性內部混雜着虛無、絕望的一種混沌；可是在這種批判的、抵抗的詩背後，詩人也側耳傾聽娼婦們的「洗臉盆中寂寞的聲音」，以一種優柔哀切的心情寫出「給女人的哀歌」。這種批判與同情，非情與柔情的結合，正是金子光晴的詩具有魅力的地方，也是詩人的知性與感情和時的結晶。

金龜子

一

當柳樹蔭暗　煙靄嗚咽
當黃丁字花　幽幽地灑落滿地
當新月　纖纖地上昇
一如繞着常夜燈的金龜子
少年　戀慕着　哀歎着

二

那夜，少年將美麗的巴旦杏的少女
　抱在胸前，一如秘符。
少年的火焰的臉頰　麗朗如櫻桃。
少年的羞澀的呼吸　光耀如紅貝。
顫慄於不敢貼近的恐怖
少年的悲哀的眞心
夢見危懼，一如夢見花朧
將枝梢、煩惱焦思的枝梢

搗亂　一如鷄冠菜。
少年的身體和靈魂都像破船般碎了。
啊啊　因盲目的蘆薈和焚香而打噎
少年　是個令人嗤笑的對象。
（戀之風流也優美
戀之墮獄也可愛）
——「黃金蟲」

這是金子光晴早期作品中的一篇，描寫少年時那種甘美的戀情的回憶，極其華麗、優美、彫琢和溺情。

第一段少年的戀慕和哀歎，而以前三行做爲時間的設定。柳暗煙咽，花落月出，這些都是極其古典的情景，也是典型的日本江都趣味。所謂「黃丁字花」，平岡敏夫認爲「丁字，蒲桃科的常綠喬木。花，淡紫色，很香。黃丁字，或指帶有黃色的花一類。」（明治書院「現代詩鑑賞」3）可是，在「廣辭苑」及「大漢和辭典」中，並沒有將「丁字」解釋爲花兒。我想可能不是指某一特定的花兒，只是泛指一般帶點黃色、兩瓣攤開與花莖構成丁字形的無名花。金龜子慕戀着光而繞着常夜灯；以這種意象來表現少年的戀慕之情，頗美。金龜子，俗名叫金蟲，日名又叫「黃金蟲」，腹面爲有光澤之黑綠色，餘皆金綠色。以閃耀着金色的金龜子象徵少年那種豪華、硬質而脆弱的美，是個很好的意象。

第二段分成四節。第一節，將少年少女的美比喻爲巴旦杏、櫻桃之類有光澤而質硬的小粒，正像金龜子的美一樣的可愛。巴旦杏、櫻桃般的少年臉頰，這種比喻雖然不算突出，至少可使抒情免於過分陷入感傷。所謂「秘符」，除了表示神秘、切身的重要性之外，同時也多少暗示着少女的神聖。以下兩行，雖是描寫少年的臉頰和羞澀，在語感上，「麗朗」該含有「晴朗」「清朗」「明朗」等等天空的聯想，而赧紅的羞澀有如「紅貝」——這個「紅貝」換起海的聯想。從天空到海之間的渡船，便是「光耀」這個同時暗示着天和海的形容詞。

第二節，由上一節的「紅貝」而展出海的比喻。少年由於羞怯，不敢挨近少女——正像上一節中將少女抱在胸前，這些都是回憶中的幻想而已。一方面也許是由於少女的神聖。但是，在這一節中，表現出少年悲哀的眞心：他之所以不敢貼近，是因爲有所危懼，猶如危懼於一隻花鰧。所謂「鰧」，據「廣辭苑」，又稱「虎魚」；「鮋目的海魚。體長約二十公分。形狀醜惡，背鰭的棘與基部的毒腺相連，被螫則甚爲疼痛。」所謂「花鰧」，是指纏着海藻之類的裝飾，帶有毒刺的小魚；雖可愛，却令人危懼。這是少年所渴愛而不可得的少女的象徵。

第三節的「雞冠菜」，是指紅色的海藻，也是屬於海的意象。在深海裡搖動愰蕩的樣子，就像是被搗亂了的少年的煩惱焦思。像珊瑚的枝梢般，何其美麗，不安、無奏的煩惱！紅貝、花鰧、鷄冠菜這些紅色的意象，是由巴旦杏、櫻桃等一貫發展而來的；紅，是這首詩的基調。

第四節，「破船」也是海的意象。少年想粉碎煩惱焦思的枝梢，而結果却粉碎了自己的身體和靈魂：病倒了。蘆薈（Aloe vera），據「辭海」，是「百合科，常綠植物。產地中海岸及熱帶地方。葉肉質，大而尖，有銳鋸齒，花穗狀，生於長花軸之上部。此植物葉中之液汁，供藥用。名見本草。」蘆薈，經過火熬之後，成爲黑褐色的塊狀，可做爲健胃藥、緩瀉藥。所謂「盲目」，或指熬後的蘆薈，也暗示少年因愛慕而臥倒在焚香的病室中，這種盲目的愛。雖然這種愛令人嗤笑，現在回想起來，少年時代那種煩惱、風流、純眞，令人懷念，那種苦戀，如墮地獄，却令人珍惜。

如此，這首詩以極其華麗的字眼，優美的意象，彫琢的比喻，和耽美，抒情，描寫出對少年時代一場相思病的回憶，而以金龜子象徵其華美、可愛與純眞。

燈台

一

天空之高不許窺視。
在天空的高處
衆神擠來擠去。
漂浮在水飴般的大氣中、
天使的腋下毛。
蒼鷹脫落的毛。
像燒灼的青銅一般强烈的衆神的體臭。台秤。

天空之高不許凝視。
那眼睛爲强光所燒燬。
從天空的高處下來的，是亘於永恒的
權力。
是給予天空之背叛者的
刑罰。
只有深心信仰的靈魂才能攀登
直立在天空中央的
一隻白色的蠟燭。
——灯台。

二

這就是天上的守灯者。海上的路標。
（心虛的人有福了。）
包莖。
禿頭的蘇格拉底。
沿着焚起薔薇花香之朝霞的、灯台的白堊滑走，俺們
巡繞着那周圍一圈。滿是眼屎的這個眼睛，遙遠地
眺望着頂上。
神……三位一體。愛。不滅的眞理。這些至高無上的
語言的苗床。流動的瑠璃中的，一滴奶。
在那些神咳嗽和氣喘，清清楚楚地聽得見的高處
灯台動盪着
灯台，耳朶似的在顫抖。

三

對於天空這種所謂照心的明鏡，從前又嫌惡又害怕，
却又糊里糊塗地信口開河，說
——沒有神。

然而，對於現在身邊這個神之戒律的嚴厲，覺得怎樣
。所謂投世，亦即意味着這個身體是被神出賣了的
。假如他們的生命，是神的財富，神的犧牲，這種
生命不能不及早拋棄。
…………。
在飛石、羽翼、唾液、彈丸、什麼也達不到的高處，
　悠閑地
神俯視着下界。
指着悲哀、憎恨、天的黑暗，俺們叫喊，
——是的。是那個傢伙。將那個傢伙拉下來。
可是在俺們，趾高氣揚的神的冒瀆者，自由的追求者
身上，隨即就有冥罰落下來。
雷鳴。
不、不、那是
在灯台的尖端嗡嗡地飛繞着的
糾纏不休的一群蒼蠅。
好像威嚇似的排成雁行
露出冷冷的牙齒翻過身來
一個
一個
載着神託
五架水上轟炸機。

這首詩發表於昭和十年（一九三五）年十二月號「中央公論」，是表現金子光晴的反逆精神的代表作。所謂燈台，是以神爲頂點的天皇制金字塔的形象。這是一首反天皇制度、反軍國主義的反抗詩。

所謂「天空」，是指「衆神」居住的地方，而衆神亦即以神話武裝起來的昭和前期的那些法西斯主義的領導者。「天空」這種權力的世界，不許窺視；而衆神高高在上，一個挨着一個，做着小孩互相擠來擠去的那種遊戲。以自我警戒的反語，對權力加以批判和揶揄。

水飴，是一種糖稀，暗黃色、半透明，粘粘糊糊的；在這種粘液般的天空中漂浮着的是，天使的腋毛與蒼鷹脫落的毛：前者暴露出權力者的恥部，後者揭露出權力者的正體。

所謂「燒灼的青銅那種强烈的衆神的體臭」，是一種强烈的、好戰的體臭。露出腋毛的天使，或者羽毛脫落的蒼鷹，這種「神」的形象是半裸的。青銅是銅與錫的合金；關良一認爲：「『青銅』也令人聯想到『衆神的肌膚』那種原始人的顏色。或許是將以神話爲背景的權力者們的好戰感覺，與考古學上青銅時代的情景結合在一起。聯想到舊式青銅砲的鑄造情形也可以吧。」（「近代文學注釋大系，近代詩」，有精堂）

關於「台秤」，關良一認爲：「在『台秤』上的神，發散着强烈的體臭。轉而暗示着徵兵檢查的情景。」

「神」的動物性，已由「脫落的毛」中得到暗示。「因烈光而燒燬」的「那眼睛」也是動物性的。可是與神的動物性相對照，却是神秘的權威。給與反叛者以刑罰的權威。

「灯台」，就像直立於天空之正中央的一根蠟燭，只有深心信仰權力者的人，才能攀登。這是怎樣的一種灯台

呢？

在第二連中，對於灯台進一步加以種種形象化、比喻、嘲弄。灯台與權力立於密不可分的關係上。

所謂「心虛的人有福了」，是馬太福音第五章二節中耶穌登山訓衆的名句。信仰和崇拜權力者的人是「心虛的人」，所謂「有福」是反語。

「包莖」和「禿頭的蘇格拉底」，是灯台的形象化，帶有强烈的侮蔑和諷刺。「這兩個表象的並列，奇妙絕倫。而且，很敏銳地指摘出在形象上類似，而在精神上（好像對立）却也類似的東西。其中，含有這個表現的卓絕。亦即，灯台也許是只有「對神深心信仰的靈魂」才攀登得上的地方，這是暗示對於神，亦卽天皇制度忠實的學者、思想家、宗教家或官僚那種指導階級吧。這是像蘇格拉底那種小題大作的辯證家，也是包皮者，換句話說，不足以獨立自主的那些人。那種高傲的擺出架子的忠勤嘴臉，也就是戴着莊重之假面的「這就是天的守灯者，……有福了」的最初這兩行。」（吉田精一「日本近代詩鑑賞」）。

塗着白堊的灯台在朝霞之下，而朝霞薰滿着薔薇的芳香：這是極其莊重而美的灯台。可是，與這相對照的是繞着灯台滑走的「俺們」——亦卽「天空」與「灯台」的否定者，作者本身或者一般老百姓。他或他們抬起那滿是眼屎的眼睛，眺望着灯塔的頂端。

呈現在他們眼中的，是冠冕堂皇的「三位一體。愛。不滅的眞理」等等「至高無上的語言的苗床」所構成的神國日本的神話。灯台的頂端就像落在流動的青空中的一滴白色的乳滴。

所謂「衆神的咳嗽和氣喘」，暴露出裝飾以權威的那些支配者的脆弱的和病虛。灯台本身在動搖，這是權力者及其周圍崩潰的象徵。「灯台，像耳朶那樣地在顫抖」，關良一的註解，認爲：「『在清清楚楚聽得見的高處』，灯台』像兎子耳朶一般，因懦怯而顫抖。」

第三連，以近代人本主義的立場，否定神的存在。對「天空」又嫌惡又害怕，却又糊里糊塗地信口開河地說「沒有神」的，是近代日本的知識人；他們對於神話的權力，態度儒弱而且體認膚淺。

所謂「身邊的神」，當然是指依仗天皇制度的昭和初期那些權力者。所謂「戒律」，是指加諸當代日本人之至無上的命令。

所謂投世，亦卽意味着這身體是讓神給出賣了的。以下一句說出在軍國主義下，老百姓所處的悲劇立場。如果人民的生命是神的財富，是神的犧牲品，這種生命不能不及早拋棄！

以上虛線的兩行，是被删掉了的。原來的句子是：「身體無法從神的領土中隱去。無法從神的順民中逃脫。」

神「安閑地」俯視着下界的反抗，但如隔岸觀火，無動於衷。「俺們」儘管憎恨、絕叫、反抗，以追求自由，可是神的冥罰隨卽落在這些追求自由者的身上。

對於執行神之「冥罰」的那些爪牙，其令人討厭有如「蒼蠅」，而其張牙舞爪的樣子，就像水上轟炸機的「雁行」「翻身」「威嚇」。這種軍國主義的爪牙，高翔在空中，投下了一顆「冥罰」時，那爆炸聲，有如雷鳴。

這是一首諷刺、嘲弄、反抗的詩。吉田精一在「日本近代詩鑑賞」中，給予如下的讚賞：「這個作品發表於當時對自由的壓迫越來越激烈的一個時期，這點可說是值得驚訝的。……卽使是這首詩，用散文是否能够表現出這麼强烈的抗議，不無疑問。這裏充滿着保衛自由的意欲與熱情所貫徹的精神，以及立於這種精神之上對於强權的激烈抵抗，當時的社會動向，對於指導者們的嘲笑。而且將這些以巧妙的意象的肉體化，以及從生命體中擠出的語言的驅使，建立起形象來：這點是成功的。也許可以說，做爲昭和時代的諷刺詩，這是最高作品之一。」

風　景

沒死掉的一隻猩猩蠅被自已的影子追趕着而
　在飛舞着。
年月過去，用水泥固築成角形的地球
閉緊最後的蓋子。
……已無一人。
沒有存在物的海的寂寥。輝耀。
變成無用之物的天空的清朗。明亮。安祥。
除了我以外，沒有窺探一下這個白紙。
失去了位置的太陽。
燦爛的石女喲。
死掉了的許許多多的石竄……它的殼所描繪過的過去
的幻影在叫喊。
亞洲怎樣。
非洲在哪兒。
倏地過去而沒留下痕跡的穿衣鏡裡
曾經跟隨着優雅的影子和形體呢？
那些堇色的飛塵呢？
玫瑰色的飛塵呢？

——「鬼兒子之歌」

「鬼兒子之歌」是金子光晴的第十本詩集，於昭和二十四年（一九四九）年出版，但所收錄的作品二十八篇，是寫於日本近於戰敗的時候。其中，這篇「風景」寫於昭和十七年（一九四二）九月，是經過最後的一次戰爭而全球毀滅後的風景。

猩猩蠅，是双翅目家蠅科的一種。體形小，有黃褐色和黑褐色兩種，長約二到二點五毫米。全世界都有，做爲遺傳學上的實驗材料。在這裡，經過最後戰爭，人類及一切生物全都滅絕時，唯一沒死掉的猩猩蠅，是作者本身的比喩。

地球上各地爲了戰爭都以水泥固築大大小小的要塞，因此地球變成了角形的。所謂閉緊最後的蓋子或塞子，是指滅亡。根據關良一的註釋：「人類都躲在水泥和鐵所建造的地下窖裡，而從裡面把蓋子閉緊；當然，毒瓦斯也好，細菌也好，空氣的污染也好，都隨着『閉緊最後的蓋子』而絕滅。」（「近代文學注釋大系・近代詩」）關良一所引的作者的解說，是：「一切都死掉。鈾，毒氣，具有科家所帶來的最强大的效力的東西，在殼中，在水泥窖中，完全死滅。總之，等不及大自然給閉上這一幕，人類自己閉上。」

寂寥的海，在陽光下閃耀。戰爭過後，人類已滅絕，天空不再有飛機飛行或投下炸彈；天空成爲無用的東西。無情、無意義的天空之清朗、明亮和安祥。

下一行的「我」，是「一隻猩猩蠅。」「這個白紙」，是指空白的地球。由於地球毀滿，太陽失去了宇宙星體中「母」位，成爲燦爛的「石女」。

「石蠶」，日文又稱「綠石」，是花虫綱珊瑚目小紋珊瑚類的腔腸動物的總稱。多爲塊狀樹枝之站體，表面有堅硬的瘤狀突起，其先端付着有綠色的水螅體；珊瑚礁多爲其群體所造成。在這兒，「綠石」象徵穿着綠色或卡其色制服的士兵。這種士兵的軀殼所描繪的「幻影」，亦卽軍國主義的指導者們，在地圖上所描繪的征服地略圖。因此說，亞洲怎樣，非洲在哪等等。這些爭服地的美景，結果只是「幻影」。

最後一段，是對戰爭的回顧在「我」的同憶中的「心境」上，一切都歸於無。堇色的灰塵，是由硝煙或者火藥的煙聯想而來的。薔薇的灰塵，是令人聯想到火色的戰塵。戰爭的結果，一切毀滅得無影無形，遑論付在形影上的優雅什麼的了。

這首詩所表現的，便是這種地球上最後的風景：在唯一殘存的猩猩蠅眼中的景象，因此，這首詩的每一行也就成爲這隻蒼蠅的獨白了。以獨白描寫風景，便是這首詩獨特的表現手法。

流冰

面敏子

桓夫 譯

有一天忽然　現出身姿
向天咆哮的荒浪

摧毀夕陽把呑下的波紋
緊閉在死屍的世界

攫爲已有似地襲來的北風
鞭打着起伏的一浪一波吹過
更不讓自然的孤獨接近來

爲不久將來的海明
留下深深的蒼藍而消逝

註：面敏子，一九三五年生於天鹽下川町，一九六八年參加詩與評論雜誌「裸族」同人。今年六月由裸族詩社出版『面敏子詩集』。

惡之華

波特萊爾著
杜國清譯

LES

FLEURS DU MAL

PAR

CHARLES BAUDELAIRE

On dit qu'il faut couler les exécrables choses
Dans le puits de l'oubli et au sépulchre encloses,
Et que par les escrits le mal ressuscité
Infectera les mœurs de la postérité;
Mais le vice n'a point pour mère la science,
Et la vertu n'est pas fille de l'ignorance.

(Théodore Agrippa d'Aubigné, *Les Tragiques*, liv. II.)

PARIS
POULET-MALASSIS ET DE BROISE
LIBRAIRES-ÉDITEURS
4, rue de Buci.

1857.

20 假面

文藝復興時代趣味之寓意的彫像

獻給彫刻家 Ernest Christophe

且看佛羅倫斯式的這個優雅的寶貝；
這個豐滿的肉體的曲線在起伏盪漾，
其間盈溢着「婀娜」與「力」這對神聖的姊妹。
這個女人，確是奇蹟的一個形象，
健美得像神，窈窕得令人愛慕，
是爲了君臨於窮奢極慾的床上，
安慰王侯貴紳之閑暇的一個尤物。

——而且，你看她那微笑美妙且有點好色，
浮盪着「自我滿足」的癡神狂喜；
那細毛的眼神，陰險、慵懶，像在嘲弄似的；
那嬌揉弄俏的臉，整個套在薄紗的框子裡，
臉上每一條輪廓都以自負的神氣對着我們說：
「『肉慾』召請我，而『愛情』給我加冕！」
在天生這麼多威嚴的這個彫像上，
你看，賦與她魅力的是何等誘人的妖艷！
我們且走近看看，繞着她的美的周旁。

哦哦，要命的驚愕！哦哦，藝術的冒瀆！
應許以幸福的這種神聖之肉體的美人，
那上部，結果竟變成双頭的怪物！
——哦不！這只是假面，一種誘惑的裝飾，
這個臉容，輝耀着美妙的裝佯，
而且，你看，在這兒，那個眞正的頭臚
殘酷地痙攣着，而那個眞實的臉龐兒
朝上倒在僞裝的臉的蔭影處。
可憐的絕世美人喲！妳眼淚的滔滔大河
貫入我那充滿憂愁的心中；妳的虛僞
使我陶醉；我的靈魂再也不覺得渴，
喝了「苦惱」使妳眼中湧出的淚水！

——可是她爲什麼哭泣呢？原可將人類征服
使人類屈膝在脚前的她，完璧無瑕的美女，
是何種神秘的痛苦咬傷了她那健壯的側腹？
——她在哭泣，傻子喲，是因爲她活到現在！
而且因爲她現在活着！可是，使她尤其
悲歎的是，使她連膝蓋都顫慄的是：
明天，啊啊，還得再活下去！
明天，後天，永遠！——一如我們！

譯註：

歐納斯特・克里斯朶夫(Ernest Christophe, 1827—1892)：法國彫刻家。波特萊爾這首詩的素材，是取自克里斯朶夫在一八五九年題爲「苦惱」的作品；該作品後來改題爲「人間喜劇」，現存於巴黎某公園。

21 美的讚歌

來自高空或是出自深淵，妳，

「美」呀？妳的眼光像地獄和天國的，
混合交融地傾注出恩惠與罪惡，
因此人們將妳比喩爲酒倒也相宜。

妳的眼睛裡含有曙光與落日；
妳散發香氣一如雷雨的傍晚；
妳的接吻是媚藥；妳的嘴是壺
能使英雄怯懦，使少年大膽。

妳出自黑暗的深淵或是星辰降落？
被迷住的「命運」像狗在妳裙邊跟着；
妳只是隨便地散佈歡喜和災禍；
妳支配着一切却一點兒也不負責。

妳跨過死屍，「美」喲，妳嘲弄他們；
在妳在珠寶中毫不缺少魅力的是「恐怖」，
而「殺戮」，在妳最貴重的裝飾品間，
在妳那傲慢的腹部艷情地狂舞。

眼花繚亂的蜉蝣飛向妳，燭火喲，
焚身燃成炎，且說：向這火炬祝福！
情人喘着氣傾身靠着他的愛人，
像個垂死的人愛撫着自己的墳墓。

這有什麼關係——妳來自天堂或陰間？
美喲！巨大的可怕的純樸天眞的怪物！
只要妳爲我打開我所愛而無知的「無極」之門，
以妳的眼睛，妳的微笑，妳的双足。

來自「魔鬼」或「上帝」——這有什麼關係？是「天使」
或「海魔」
這有什麼關係？只要妳能——天鵝絨眼睛的仙女喲，
韻律喲，芳香喲，光芒喲，我唯一的女王喲！——
只要妳能減少世界的醜惡，減輕時間的重荷！

22 異國的香氣

當閉起兩眼，在初秋暑熱的傍晚，
一聞到妳那悶熱的乳房的香氣，
我就幻見展開的一片快樂的水際，
那兒太陽單調的火焰令人眼亂；

懶洋洋的一個島，自然惠與
味美的果實以及奇花異卉；
男人的身體瘦而精力充沛，
女人的眼睛純潔得令人驚奇。

讓妳的香氣帶到風土迷人的地方，
我幻見一個港，那林立的帆和檣，
猶有受盡海浪顚簸的一切疲勞。

那時綠色羅望子的芳香，
漂蕩在空中，塞滿我的鼻孔，
在我靈魂深處與水手的歌聲合唱。

23 髮

羊毛髮喲！一簇簇地湧到脖子上的波浪！
哦哦捲毛！哦哦洋溢着懶散之情的芳香！
銷魂的狂喜喲！爲了使今宵這幽暗的臥房
不斷繁殖出安睡在這叢黑髮裡的囘想，
我要將妳的黑髮像手絹般在空中揮揚！

慵懶的亞洲以及燃燒的非洲，所有
遙遠的、已亡的、將近滅亡的國度
都活在妳的密髮深處，馥郁的森林喲！
正像人們的精神在音樂的聲調上航走，
戀人喲，我的精神在妳的髮香上漂浮。

我要去，到那個國度，人和樹充滿精力
在灼熱的氣候下，久久暈倒的地方；
強韌的髮纜喲，變成巨浪把我運去！
黑檀色的海原喲，妳擁有，在妳內裡，
絢爛的夢、帆、水手、船旗和桅檣：

充滿聲響的港，那兒我靈魂能够暢飲
滿得要溢出來的聲音、色彩和芳香；
那兒，船舶在金光與波紋間滑進，
伸開它們的桅檣的巨臂，想抱緊
在常夏的熱氣中顫動的澄空的榮光。

我將我那渴望酩酊大醉的頭，浸在
含有眞海的這個黑髮的大洋裡；
我那靈敏的心，受到愛撫般的搖擺，
將會再發現到妳，哦哦豐饒的閑怠！
馨香的閑暇之無止盡的搖籃曲！

黛綠的毛髮喲，張開的闇黑的天幕，
妳給我無限遼濶的圓形的天之藍色；
在妳那長着汗毛的鬈曲的髮束盡處，
我迷醉於一種混合的香氣如狂如痴，
那香氣混合着麝香、瀝青和椰子油。

長久！永遠！我的手在妳濃密的長髮裡
將散播、鑲嵌紅寶石、碧玉和眞珠，
如此，我的願望妳就不會置之不理！
妳難道不是我夢裡的沙漠中的綠地？
不是我悠然酌飲追憶之酒的胡蘆？

24

一如愛慕夜的穹窿，我愛慕妳，
哦哦哀愁之壺喲，高大的靜女；
美人喲，妳越是想要避開我，
我越是愛妳；我每夜的裝飾喲，
隔在我双臂與無限青空間的距離
越是諷刺地越來越大我越是愛妳。

我前進以攻擊，我攀登而突襲，
像跟在屍體後的蛆虫合唱隊似地。

我，哦哦，毫不容情的殘忍的獸類！
甚至愛妳的冷酷，妳因此顯得更美！

25

妳想將整個宇宙都放在妳的閨房裡邊，
淫猥的女人喲！倦怠使妳靈魂變成殘忍。
為了使妳的牙齒熟習那種奇妙的嬉戲，
妳每天需要一個心臟供給牙齒練習。
妳那如同商店的橱窗一般光明，
慶典時的灯台一般燦爛的眼睛，
蠻橫地揮霍着假借而來的權勢，
對自己的美的法則却一無所知。

滿懷殘忍，耳聾目盲的機械喲！
嗜飲世界的血的衞生器具喲，
為什麼妳毫無羞耻，為什麼看不見
在所有的鏡前，妳的紅顏衰減？
當大自然，它的偉大在於意圖的隱藏，
利用妳，哦哦女人喲，罪惡的女王，
利用妳，下賤的獸，以捏出一個天才，
那時，妳自以為精通的這個惡的偉大，
難道不曾使妳感到驚愕而嚇倒？

哦哦，淫蕩的偉大喲！崇高的耻辱喲！

笠書簡

天儀先生：

你寫的「笠往何處去」已經收到，請釋念。這次龍族評論專號承蒙你的支持，謝謝您。

我已看到第五十一期的笠詩刊。你以充裕的篇幅來刊載「徐志摩詩選」，實令人欽佩。這位開創新詩的先驅者已漸漸被人淡忘，甚至有些詩人把他的成就抹殺，眞使人折腕。臺灣能够出版「徐志摩全集」應是詩壇的盛事，但是從五十八年到今天，竟未見有人提及，無論是對徐志摩，或是對整個近代文學史，都是不公平的。今日的詩人日夜汲汲於事功，像徐志摩那種淡泊的心懷，似乎很難找到了。

關於徐志摩的年月，你在簡介裏有些許錯誤。他生於一八九六（光緒廿二），卒於一九三一年十一月。簡介誤為一八九五生一九三一年八月卒。這只是一點小錯誤。又詩題「再別康橋」，誤植「康椅」，恐怕是校對時疏忽了。

盼望笠詩刊對於新詩史料的介紹工作繼續做下去，這是最有意義的了！

祝

編安

芳明

六十一年十月廿四日

牆頭詩

Walter Lowenfels編

非馬 譯

我的召喚是戰鬥的召喚。我滋養活躍的反叛。

瓦特•惠特曼

什麼時候?

詩(或任何藝術)牽涉到這問題：什麼時候?回答今天沒有什麼神秘。我們都被吊在原子劇變及人性勝利之間的熱線上。「天呀!天呀!」小白兎說當他看他的錶，「多遲了。」這便是我們的詩人在這本書裡說的。

我們是一個活着便是好的時代——不是因爲「快樂的日子在這裡」或將來臨——而是因爲我們是第一代確知明天不會同今天一樣。要是的話，我們國家的明天便是朝着沉寂的原子墳墓走。

對詩人們來說，當然，此時此地總有一個熱紅的火山在，因爲事物存在不一定是它們該存在的樣子。這便是這本選集的主題——對現在世界的一種抵抗。

大家都知道任何字都有可能入詩而我們的選擇並非爲了取代你的關於愛情、春天以及所有美麗字句的詩的讀物。相反地，本書是對屈原在紀元前三百年寫離騷以來一直鼓舞着詩人們的主題之一的指南。

除了一兩個特出的詩人外，詩選在今天比所有都更廣泛地被閱讀。這可能成爲危險的習慣。讓別人替我們選好我們的讀物。那麼爲什麼我也來編詩選呢?(而且不止一本，這是我的第四或第五本了。)是別的詩選逼我如此。它們都含有好詩，但它們大部份在我看來都不會反映今天美國詩的動向。

我們是在自唐代(中國，公元七百年)以來這個國家或任何國家所經歷過的詩的最澎湃時期。我們怎能解釋自五十年代以來新詩的巨量與高質?生在百萬噸(譯註：氫彈的單位相當於百萬噸炸藥的威力)的時代的緊張予語言以新的空間。當「開口危險，閉口不能」，新的詩便以幾何級數增加。今天每個人似乎都想說他最後的話，繪他最後的畫，作他最後的交響曲。但在我們還能夠的時候寫下來的這一動作是對明天存有信心的表徵。

今天的詩便在這骨架上運作——試圖掙脫文辭的緊身衫而成為大衆生活的一部份。

這些詩人並非「怪禽」（像海涅，偉大的德國詩人，有一次被一個朋友所稱呼），他們是精於把普通的白話變成小小的電花將我們這時代裡傷痕纍纍的山水顯示給我們看的藝匠。我們的四週到處是詩的素材。我們其實是詩人——即使只在讀別人的詩的時候。因為只有當你讀它時詩才活着——否則的話它只是頁上的死墨印。詩在今天不僅在春花及美物裡孵育，更在學校裡，在街上——所有你發現不安及叛亂的地方。

在五十年代中葉，Allen Ginsberg, Lawrence Ferlinghetti, 以及其他（一度被稱為「Beat 詩人」的）驟然突破文學精萃的障礙。他們很快在年青人裡贏得廣大的聽衆——在任何詩選編者收他們前十年。

這些詩人的主要特點是什麼？抗議，憤怒——很多批評家不認為「詩」的。現在十幾年前的圈外人變成了這時代的「古典」，而新的，更年青的詩人們也接踵而來，他們很多只在地下流傳的小雜誌上出現。這本詩選的目標之一便是在尋索在過去的憤怒詩人及今天吶喊着的年青詩人之間的聯繫。因此我們收了幾個較早期但頗為現代的詩人，他們在近代受了不應受的忽視。但大多數的詩代表了從五十年代中葉開始到今天的文藝復興。

大部份美國詩選的編者都患了色盲的怪毛病。他們只給讀者白色的詩。為什麼他們通常排斥美國黑人的詩？雖然詩人如 Mari Evans 或 Clarence Major 寫關於很多題材的詩，他們有一種作為在一個白人國家的黑人的特殊經驗。所以他們的作品常包含了一種獨特的口語結構。它不但植根於白色詩人所採自的世界文學傳統，更植根於黑人的口語傳統——他們的音樂，他們的歌，他們彼此溝通的特殊方式。本詩選收集了大約三十個黑色或棕色或印地安的詩人不是因為他們的膚色而是我對「我聽到美國在歌唱」的應和。（序言節譯）

過來，我的朋友們

Tim Hall

過來，我的朋友們，
有事在等着我們一道去做。
我們做的將是我們自己的
而我們將做它當我們想做它。
那不是真話說我們的生活及煩惱
　從前都有過
而每件待做的事早被做過。
誰活過我們的？
誰曾活過我的生活？
拿出他來，銀行家，領袖們，祖先們！
把他給我們看。
而誰曾活過一九六七年？
誰曾走下這條我正走着的
　特別的街道
在這特別的斑爛的午后陽光裡
　在一月二日並且想着

這些思想？
拿出他來，說謊者，此刻把他拿出來！

而誰曾取過這條開曠的路，
朋友們，搭車
進入虛偽的一九六七的陽光並且經驗到
我們奇怪的
對於核射及鄉間俱樂部全然的恐懼，
並且感到大門對我們的童夢
關上？
拿出他來！拿出他來！不然我們會知道。

他們會告訴我們這個從前早有人做過，
天下無新奇事，
我們的吶喊毫無用處。
我們將問：那麼，爲什麼你們沒有答案？
爲什麼你們留給我們這個？

——你們知道，我們沒你們活那麼久。
我們還沒習慣。它不合理。
它看起來不對勁。
我們所有的是我們的眼睛，而當它們問你們
一個問題，祖先們，
爲什麼你們變得那麼緊張？

朋友們，這些給我們敵人的話是嚴厲的——
而且不够。
我們必須點他們的名，還有我們的英雄們的，
還有我們自己的。
我們必須革命。
所以跟我來。
有事在等着我們一道去做。

給無賴生涯的開始

Samuel Hazo

我的孩子，他們對你們說謊。
世界依照定義充斥着
該隱（註一），不管
你們的老師怎麼說。上帝
的英雄及狗熊可能冒出
如偶然的綠
在灰色的撒哈拉上，但沙粒
接近得令人窒息。

別相信我假如你能够。你早就
變成了成員，
人力；賺錢者，投票者，
祈禱者，兵士，付款者
名單上的數字，被表格
馴服了的人口總數：
姓，號，名——
電話——出生年月日——
住址——年齡——嗜好——
經驗。告訴他們眞話。
你的名字是大衆。你

活了百萬歲。告訴
他們這個。說你呼吸
于約會之間：頭一天，
末一天。其它的干
他們鳥事。孩子，預言
的時機成熟了。
書毀了書夾。
畫爆了畫框。
世界不光是理智的
花生米（註二）。荷馬唱它唱得眞實。
戈耶畫它，而莎士比亞把它送上
舞台爲環球（註三）擲果皮
的低級觀衆。

醒來！今夜獅子
在怯尼亞出獵。牠們
能喫下一個人。火箭
穿刺過天空。
它們能把一個人炸成無物。
謠言潛行如叛亂。
它們能刺殺一個人。沒有誰
能苟活得長久，我的孩子。

肉永遠當時令，
被慾求，槍擊，擲榴彈，
用機器壓成餅，
燒成灰，被痛打去鼓掌，
受痲醉，解剖，哀悼。

特洛伊的冲激
於戈耶的畫及李耳的
休戰裡。爲它說服
你自己，我的牛仔，
在你走向上帝之前，
國家與SISS—BOOM—BAH！
你不會的，當然。你的學校教育
訓練你去服務
像自信的保羅（註四）在
上帝的雷霆把他從他的
鞍座擊下來之前。所以——

我希望你那我希望我
自己的：難題
以及長夜去答覆它們，
失望的雅量
還有使蠢人們看似合理
的權利。這就够了。
懦夫也許還會多求。
英雄會爲少於此而死。

註一：Cain。亞當與夏娃之長子，殺害其弟阿伯。
註二：此處花生米喻事物的確定性，如殼中之菓。
註三：Globe。爲双關語。指上演莎劇的 Globe 戲院，又指地球。
註四：Paul。指教皇 Pope Paul。

選自「你不可殺人」

Kenneth Rexroth

他們在謀殺所有的年青人。
半個世紀了，每天，
他們追着他們砍殺。
此刻他們正在殺害他們。
就在這一刻，整個世界上，
他們在殺害着年青人。
他們知道一種殺害他們的方法。
每年他們發明些新的。
在非洲的叢林，
在亞洲的沼澤，
在亞洲的沙漠，
在西伯利亞的勞獄，
在歐洲的貧民窟，
在美洲的夜總會，
兇手們在工作。

他們在向史提芬扔石頭（註一），
他們把從世上的每個城市裡拋出。
在歡迎的招牌下，
在扶輪的標記下，
在郊區的公路上，
他的軀體躺在橫飛的石子裡。
他曾充滿了信心及威力。
他在人間行了大奇蹟。
他們不能容他的智慧。
他們不能忍他說話時的神氣。
他以曠野裡見證者，茅舍
之名呼叫。
他們的心如被刀扎。
他們對他咬牙切齒。
他們大聲地呼叫。
他們掩住他們的耳朵。
他們齊步向他衝來。
他們把他拋出城市並且向他投石。
見證者卸下他們的衣服
在一個人的脚下的名字是你的名字——
你。

你是兇手。
你在殺害年青人。
你把勞倫斯在焙器上烤炙（註二）。
當你要求他出示
精神的秘密寶藏，
而他把窮人帶給你看。
你唆使你的心同他作對。
你暴怒地逮住他把他捆起。
你在慢火上烤他。
他的油滴落在火中吱吱熾燃。
那氣味你聞起來很香。
他叫，
「我這邊烤熟了，

把我翻過來喫，
你
喫我的肉。」

你正在謀殺年青人。
你用箭射西巴斯善（註三）。
他在被控訴中保持他堅定的信心。
首先你用箭射他。
然後你用棍子打他。
然後你把他丟棄在陰溝裡。
沒有東西比勇氣更使你害怕。
你把你的眼睛轉開
自年青人的敢作敢爲。

你，
油頭粉臉打領帶的鬣狗，
在億萬元的服務公司
的辦公室裡；
兀鷹滴落着腐肉，
小心翼翼而又毫不在乎地穿着進口的粗呢，
說着豐年的教；
穿着双排鈕扣袍子的走狗，
受遙控而吠，
在聯合國；
坐在長沙發頭上的吸血蝙蝠，
筆記本在手，玩弄着他的吸腦器；
自動自發的，活躍的癌，
着成千制服的超我；
你，巨獸的爪牙，
年青人的兇手……

註一：Stephen，第一個基督教的殉教者，被投石致死。
註二：Lawrence，基督教早期的殉教者。他把窮人及病者帶給那些要求看他寶藏的人看。被處死在焙器上
註三：Sebastian，羅馬人，被發現爲基督徒而被判綁在樹上當羅馬弓箭手的靶子。

點數瘋子

Donald Justice

這個被上了夾克，
這個被送回家，
這個他們給了麵包同肉
但却什麼都不喫，
而這個叫着不不不不
整天價。

這個看着窗子
如同它是一座牆，
這個見到不在的東西，
這個在的東西，
而這個叫着不不不不
整天價。

這個以爲自己是一隻鳥，
這個一隻狗，
而這個以爲自己是一個人，

一個普通人，
而叫着叫着不不不
整天價。

芳加哥小孩冬天

Douglas Blazek

芝加哥曾經是一個小孩
同冬天一起長大
在遊耍場
那裡孩子們發現世界
透過玻璃珠
還有每樣東西都是一百呎高
還有街道被敵人犂掃
我們用雪球同他們打戰
因爲我們要每樣東西
都是垂冰及雪而
人們上不了班
且商業停頓且
政治停頓且每個人都
穿着雪衣像傑克倫敦。

終於使我着惱

David Ignatow

我的母親在哪兒？
她上小店買食物，
還是在地下室鏟煤
到火爐裡使屋子暖和？
還是跪着擦地板？
我以爲我看到她在床上
一隻手按着心口，張着嘴：
「我不能呼吸，兒子。送我上醫院。」
我到地下室找她。
我到床上找她，而發現她在棺材裡，
終於使我着惱。

哈囉

Gregory Corso

當一頭受傷的鹿可眞不幸。
我是受傷最重的，狼的獵物，
同時我也有我的失敗。
我的肉被隱鈎鈎住！
小時候我看到很多我不想當的東西。
我是否我不想當的人？
自言自語的人？
我是否那個，在博物館門階上，側睡的人？
我穿着一個失敗了的人的衣服？
我是瘋子嗎？
在偉大小夜曲的事物裡
　我是否那最被刪除的一節？

調整，調整

Christopher Bursk

我出生時便抱定主意自殺，
屏住氣；他們不得不把我拖出來踢踢
打打從這濕車房，這不透氣的內面，
掙扎着想回到那氣體裡去（註一）

直到醫生一巴掌把我打活
對我大叫：活呀，活呀。

廣島之後，剛滿四歲，
我敲擊我的頭在主臥房的門上；
每夜我夢見我是個小孩在那小鎮
　的垃圾場燃燃
在世界的邊緣，日本；
每夜我的父親吼叫：勇敢呀，
聽話，聽話。

八歲時我撕了他的整套柏拉圖，
那年我的母親被送進波士頓州立，（註二）
而戰爭在一個叫做韓國的黑暗裡打起來；
整個冬天，我在角落裡裝死
當老師拍着手：
適應，適應。

祖母帶我帶到十歲；
帶着她最好的銀刀我把她同我鎖在
私室裡，整夜，扯着她的浴袍，要求
割我們的手腕以情人的約定；
我得到的唯一允諾
是：忍耐，忍耐。

我狂怒地進入十一歲；
我睡不着；麥克阿瑟猛攻赤色份子
　在夢魘裡
他強迫着我看；他們把我的祖母釘好
　送上天堂，
那一年；我把我的手指打得出血在椅背上
當牧師吐着口水：
順服，順服。

我數我的骨頭，等死；
十三歲，一個傷殘者在這療養院裡，我的床上，
我看着阿肯色州的主婦們嘲弄着黑女人（註三）
在廣告之間，咒罵着她們想摧殘的
一年級學生，
尖叫：遵從，遵從。

十五歲，在南站我出走的地方，
每個禮拜，我睡在染滿自由鬪士
　的血
的報紙上，他們成堆地被丟棄在匈牙利腐爛，
當老頭子們摸着我的大腿，
營營地向我招引：
順從，順從。

我不能。即使用安眠藥，
刀片，我不能。當美國抱着原子彈
在山坡上玩嚇鷄的遊戲，我捐棄我的軀體如
　十六年
變硬了的黏土被滑溜溜地塑捏
在我情人的手及大腿的撫摸下
當她徹夜呻吟：應允，應允。

為什麼我不能？當世界把廣濶及彈性
毀成太多，太亮的空間當甘廼廸
　死去
道路光禿；而庭院在房子中間拉展，
而城鎮閃爍如鍍鉻，我開進牆裡去，
日以繼日當警察吠叫：
遵守，遵守。

你不能流血？懦夫，你不能死？
當手腕被切，咽喉被割，那些小孩，所有
　自殺者，
在越南被毒殺；二十四歲了你難道只會哭
當人們把自己射殺
在非軍事區，而你的分析者輕咳；你必須
調整，調整。

註一：在緊閉車房裡發動汽車用一氧化碳自殺的比喩。
註二：指波士頓州立精神病院。
註三：指因黑白合校而生的事件。

好一天的工作

Naomi Replansky

誰的狗我是？
打卡鐘的狗。
誰的狗你是？
學習如何對領班微笑。
一個髒笑話或停下來抽根烟。
要圓滑，敏捷，有人情味。

夜很小
難捉摸，
一下便沉入了軟綿綿的早晨
白天很大
難熬
我跨不過它
鑽不過它
繞不過它
只好硬着頭皮穿過它

我累得像死狗。

覓求孤獨

Jack Lindeman

假如我用手走路
　誰會跟隨我的鞋印
　在藍色天空的沙灘上？
站直了我便輕易地被尾隨。
我戴着鈴虫　（像頭牛）
在我頸間。
我舌頭的響聲　當我想着飢餓
　足以引來一小群人。
我走進房間如蒼蠅的營營

一整双手在伺機把我打死。
在無遮攔的戶外
我爲太陽或風燒炙
當我用眼睛拖着
　　　　　每座房子及樹木。
有人闖入
自每扇緊鎖的門
我下了門以便思想。
沒有自己的心靈，
除了一個大廳在腦殼裡
那裡聽衆大聲疾呼
自成千的講台。
如果我奔向森林
樹便成了人
而鳥只喋喋着動詞。
在小溪傍
鱒魚（以惡作劇的語氣）
勸我同自己的意願作對。
我的賓客無數
　　　　　在微風與恒星之下
在屋裡我夢見
死者馬拉松跳着華爾滋
成群的蜘蛛及老鼠
在牆壁間抗議。
一架噴射機在天空
鋪設軌道貫穿我的耳朵。
我的獵狗
　　　　（不管是想像的還是眞的）
擴大每個音響以狂吠。
在我臉部陰影的背後
我不停地猜測着
一種莫名的喧囂。
靜默治得好的創口
不可救藥地受擊傷。
無線電瞄準我的頭
　　　　　像個瞄準器。
猫在咪咪要着牛奶，
而那隻啃着骨頭的狗
正爬登我脊骨的樓梯。

無花果樹

Elizabeth Bartlett

你該看到它，神父，那天
他們攻擊，白晝暗得像黑夜，
前後都是火雲。他們
奔跑如馬群，爬牆，解散，從
窗口窺探，他們的臉抽搐，黝黑，
而大地流血直到月亮射出紅光。
對的，老人有他們的夢而年青人
他們的幻想，但那天不會再來
除非高山崩倒而小丘
將我們埋葬，如果它們還在。
我曾見綠田變成鹽野，蚯蚓
在泥裡潰爛，當人們談判着和平條件。

說話‧英雄

Felix Pollak

我不要去。
他們征召我。
我不想死。
他們叫我儒夫。
我試着溜跑。
他們軍法審判我。
我不開槍。
他們說我沒胆量。
我痛得哭。
他們抬我到安全區。
在安全區我死掉。
他們爲我吹軍號。
他們劃掉我的名字
把我埋在十字架底下。
他們在我家鄉演說
我無法拆穿他們的謊。
他們說我捐獻我的生命。
我曾拼命想保有它。
他們說我立了榜樣。
我曾試圖溜跑。
他們說他們爲我驕傲。
我曾爲他們蒙羞。
他們說我的母親該覺得驕傲。
我的母親大哭。
我要活。
他們叫我儒夫。
我儒夫般死去。
他們叫我英雄。

兩人之間談話的努力

Muriel Rukeyser

：對我說話。　握我的手。　現在你是什麼
我要統統告訴你。　我要一點都不隱瞞。
當我三歲時，一個小孩讀關於一隻死去的兎子
的故事，在故事裡，而我在椅子底下爬
一隻粉紅的兎子：　那是我的生日，一支蠟燭
燒了個痛點在我手指上，而他們告訴我要快活。
：呵，逐漸了解我。　我不快活。　我要坦白：

此刻我想着白帆在天際像音樂，
像快樂的號角吹起，鳥傾斜，一隻臂繞着我。
我曾愛過一個人，他要過航海生活。
：對我說話，　握我的手。　現在你是什麼？
當我九歲，我是醇果般善感，
流動：我守寡的姑母彈奏着蕭邦，
我垂我的頭在漆木上，哭泣。
我此刻要接近你。　我要
想法把我日子裡的分秒同你的聯繫。
：我不快活。　我要坦白。
我曾喜愛過黃昏角落裡的灯，以及寧靜的詩篇。
我生命裡有過恐懼。　有時我默想
他的生命是多麼地悲劇，眞的。
：握我的手。　掌握我的心。
現在你是什麼？
當我十四歲，我做自殺的夢，
而我站在一個陡峭的窗口，在日落時分，企望着
死：
如果不是光把雲片及原野熔成美，
如果不是光使那天改觀，我早就跳了。
我不快活。　我很孤單。　對我說話。
：我要坦白。　我想他從來沒愛過我：
他愛閃亮的沙灘，那騎着小波的
小沫唇，他愛海鷗的多變：
他用愉悅的嘴說：我愛你。　逐漸了解我。
：現在你是什麼？　如果我們能觸摸彼此，
如果這些我們的獨體能相互緊握，
牢靠如一個中國謎……昨天
我站在一條擁擠的街上充斥着人們，
沒有人講一句話，而淸晨照耀。
每個人緘默地移動着……握我的手。　對
我說話。

選自「麻煩的是」 Renee Resendez

麻煩的是我
知道我是在
一個洞穴裡
被鎖於那全
美國式的神話
　每個人都必須上大學
鎖住所以我
轉不過來
發現
看到的只是影子
現實的幻像
一點都不眞實
傀儡扮演的
一幕悲喜劇
爲某一個人所操縱
他知道什麼對我

好
不是我好在哪裡
我的個性似乎
失落了我沒有名字
附在我臉上
一個IBM號碼歸檔
於那榮耀
圖書館
　聖約瑟州立（註一）
被指引過走廊
聽而不聞
背而不記
研而不學
懷疑
　爲什麼？

大學不給
我教育
我學不到眞理
我只有去過它們
我無法同謊言分家
我見到它們

佔個位子
抄筆記快快
每個人都在寫
頭埋着字字

有問題嗎？　沒時間
我想知道
眞的是怎麼
回事
我要了解
炸彈爲和平
侵略爲安全
戰爭
　爲什麼不
記憶法
背導言
學人權條例
民主的意義。
回頭一看
可憐印度的窮人（註二）　Selma　阿拉巴馬
挨餓的中國人
增加外援
捐給CARE（註三）
面對眞相
　「美國對貧窮的戰爭」
但我很安全在我的
洞穴裡牢牢地被保護着
越南武器殺人
記得韓國廣島

忘掉它 冷靜點，
那是我的前途
那是他們的前途
把錯誤終結
在他們終結
我們之前……

註一：指聖約瑟州立學院。
註二：阿拉巴馬州中部一小鎮，因黑白衝突出名。
註三：一個慈善機構。

事件

Countee Cullen

有一次在老巴的摩爾坐車，
滿心，滿腦高興，
我看到一個巴的摩爾人
目不轉睛地看着我。

那時候我八歲還很小，
而他也不見得大多少，
所以我微笑，但他伸出
他的舌頭，叫我，「黑鬼」。

我看了整個巴的摩爾
從五月直到十二月；
在所有發生的事情裡
這是我唯一記得的事件。

電視影片

巨怪掙脫了。
這是危險地區。
離開你的家。
沒有時間
收拾你的東西。
公路阻塞了，
火車脫軌。
飛機墜毀了
而橋樑倒塌。
逃不掉。
赫莉埃姨媽摔了一跤，
想逃。
嬰兒驚得狂唏唏。
無線電壞了。
鄰居跑得光光。
蘇絲忘了她的玩偶。
我找不到保險文件。
巨怪已經掀翻了
倫敦塔。
帝國大厦
斷成兩半。
每個人都沉溺
在泰晤士廣場。

在東京
所有可憐的人們
都掉進裂縫裡
而它此刻正在合攏，
連美國公民也不免。
船上的鋼琴滾
過舞廳的地板。
貨物在擠壓着苦力
軍隊沒有子彈
總統宣佈
國家緊急狀態。
曆書出了紕漏。
電腦搞昏了頭。
結局會成什麼樣？
嬰兒停哭了
你抱抱她；我累了。
赫莉埃姨媽要多呆
一個禮拜。
我不能說不。你告訴她。
修無線電的說好要來
——如果他能來。
鄰居說它太吵。
修修蘇綠的玩偶；不吱吱叫了。
保險文件
在左手邊底下抽屜裡
就在你放它們的地方。
要是不在那裡，
找找看。
你明天領薪水嗎？
你把我們信寄掉了沒有？
你撥好鬧鐘了吧？
巨怪死了
牠永不再回來。
即使牠回來，
也總有人把牠殺掉。
而我們將過下去
一切老樣
逃不掉。

給一個半身不遂者

Walter Lowenfels

病房裡的花
病房裡的花有阿司匹靈味道，而那些日子
當我愛妳如牡丹
　風信子以及遍野的
　雛菊……消隱。
我愛妳如一座醫院，
　如一架輪椅，
如半身不遂的人們
　浮在池中；
如那年青的護士長
　因小兒痲痺而走不得路
從她的椅子微笑：

你的太太
不久將會自己行走

讓我們弄部開路機，
犂翻每條我們住過的街道
一切從頭開始
如同我們是頭一天
相遇，而妳跛着脚
但我一直沒注意到
因妳是那麼地妳
且用妳自己的方式做每件事。
相信我事情並不那麼糟，
像當妳半身痲痺時，
淋浴是樁苦事
在硬椅上。
我們總能靠
一道做——
妳扶着浴杆
而我扶着妳，
有什麼愛
能更純更潔
比這相擁着
入浴？
只站起
擦肥皂
清洗到底，
那麼快活妳不用
在那醫院冷椅上
單獨洗。
所以，如我說的
事情並不那麼糟——
只是個平衡問題。
我愛妳
雖然我說的只是，
「請遞給我肥皂。」

越南之四

Clarence Major

一個傢伙說
在街角

那天
挖呀老兄

爲什麼這麼多
我們
黑鬼

死在那邊
在那白
人的戰爭

聽說我們
死得

比他們窮白還多

而那可眞 不像話
除非眞是
白鬼們
想把我們殺光
用同一塊石頭
他們殺他們別的傢伙
用
你知道，他說
一石二鳥

我愛妳，因爲妳是妳

童鍾晋作
覃子豪譯

我愛妳，因爲妳是妳，親愛的
用緘默替代言語
也不需要接觸
你只要我一有任何意念
妳早已伸出了援助的手在那兒等待我
我愛妳，因爲妳了解我如此深
我愛妳，因爲妳是妳，親愛的
我經常接受的是
妳的熱情，妳的摯愛
我知道妳愛我是這樣澈底
我就是這樣愛妳，因爲妳對我從不懷疑
我愛妳，因爲妳是妳，親愛的
這世界上無法理解的就是愛
不能欺騙的也就是愛
一個人不能同時要求
健康、財富和智慧
我祗是愛妳，因爲妳是妳
我愛妳，因爲妳是妳，親愛的
不論人們對我有何議論
不論世界走向那條路程
到東或到西
到天堂或是到地獄
我都決不關懷
只因我是如此的愛妳，因爲妳是妳

譯者附記：這首詩是童鍾晋小姐用英文寫成的，原題爲 I love you, Because you are you，英文詩的模式，韻味，和中文詩有着極大的差異，譯者一面要將就原作的內容和風格，同時也在擬摹原作者中文詩一貫的風格。

詩人的備忘錄⑤

錦連譯

例如脚韻的設計，頭韻的技巧，或定型律等等——西方東方都有的這些音韻構造，終歸可以解釋爲一種引誘，呼喚或同化作用。詩在任何國語裏，都有着異於普通的通信語言或文章語言的韻律（rhythm）。它是爲了要引誘讀者，使其與詩的世界同化而存在的。

詩是從未開發人的集團行動的過程中發生的。這一點在今天已成爲不爭的事實。那時候的未開化人的脈搏或呼吸等等，從人類的肉體的週期性會產生了最初的韻律。由於韻律容易使群衆聲朗誦詩句、因此能强調詩的集團性質。從事集團行動的未開化人，個個都會被音韻所引誘，呼喚而同化在共同的工作之中。

但是絕不可認爲這種韻律是像無意義的擬聲（Onomatopoeia）那樣野蠻的東西。韻律是產生出詩的社會型態的一種印章。因此韻律正微妙而感覺性的表現着詩的本能性情緒性的內容，與情緒實際上要變化爲集團性的東西之時所需要的媒介（社會關係）之間的均衡，故音律有時被忽略有時會被推出前面，而祇要人類社會不斷的斷續，它是永遠不會消熄的。

詩不管實際被朗誦與否，到底是屬於時間的。詩集和樂譜，在還沒有投入意識的時間之流以前，祇不過是毫無意義的黑白的印刷物而已。但一旦投入時間之流，詩和音樂都會以韻律呼喚我們的內省性的意識。換言之，會在外界的不規則的動和我們的ego之間，拉着虛構的肉體性的時間——韻律的緞帳，把我們的意識和外界隔離。這時，以韻律爲媒介而塡滿我們的意識的什麼？那便是詩或音樂的思想。

總之，詩語言的意味（指意象而言），除非沾染着韻律的顏色以外，意象的意味是絕不可能傳到讀者的。將這事實倒過來也可以證實浸漬在詩語言的本質之韻律的存在。

詩的語言，在表面上與日常的語言並沒有任何差異。它有着與散文相同的語彙，同時也被相同的文法和Syntax 節制着。然而這些平凡的語言一旦被組成爲詩，立刻會以明瞭的意象和强烈的韻律引誘我們。詩人便是被詩語言的本質之集團作用（被韻律沾染上的意象）所迷住的人們之謂。

想到詩語言的這種本質之時，詩人之有意專一追求語言的意象，乃是非常非常畸型的工作。然而不管詩人有意識的去追求與否，其作品的意象是會透過韻律，沾染上其顏色而傳到讀者的。誠然，這不能不說是一件不幸的事情。因此詩人的作品，祇能被狹窄範圍的特定的人所接收，乃是理所當然的。

韓國現代詩選譯

陳千武譯

申瞳集

暈眩

人怎能常常
凝視漩渦着的
自己中心？
怎能永遠支撐着
漩渦的暈眩？
眼睛已看不見甚麼
漆黑的白晝
只剩下一個炎熱的夜而已

美麗的改鄉
何時何日
即使一次也罷，出現過沒有？
像一種出發
那是容易受傷的火之夢
爲燃燒的眼睛
賦與生命的重力　一方面
人人追求着
自動燃燒的傷痕

要回去的人　可以回去
但誰能在那兒
忍耐漩渦的
無之火？
回去了以後　誰能再次
在那兒
脫離那些災禍？
除非變成墜落的一隻火鳥
除非變成墜落的一塊隕石

（**申瞳集**）一九二四年生，Seoul 大學畢業，曾在美國 Indiana 大學研究現代詩。青丘大學教授，詩集「日正當中」「抒情的流刑」「第二序調」「三個眼睛」「矛盾之水」等。

金曜日

閔在植

金曜日就下雨
止爐煤烟飛舞的路
到了金曜日就下雨
被嘆氣起霧的車窗　有幼童的臉
映在×leid的　那 Celluloid
似乎單行道吧
去了就不能回來
路燃燒着
車灯燃燒的路上
病房的長廊燃着

哦哦 每一雨絲都着火呀
衝刺天上的矢
殘留下來的 火燃燒
要拿走的火 也燃燒
　子裡也有 火燃燒

雨潮濕的路
潮濕着燃燒的路
到了金曜日
就不下雨

（閔在植）一九三二年生，時事英語研究雜誌編輯，詩集「贖罪羊」「閔在植詩集」等。

我底神

金春洙

親愛的我底神 祇是
老的悲哀
是吊在肉店鐵鈎上的
大肉塊
是詩人里爾克看過的
隱藏在Slav女人心裡的
青銅的壺
釘釘纖弱的手掌
不會殺死
也不被殺死的
親愛的我底神

祢又是
白晝露出肌膚
幼稚的純潔
是三月 從槲樹嫩葉下跳出來的
那green Peas 的風

（金春洙）一九二二年生，慶化大學教授，詩集「雲與薔薇」「沼」「旗」「於 Budapest 的少女之死」，詩論集「韓國現代詩形態論」等。

旗

柳致環

是無音的 喊聲
向那藍色海原 揮着
永恒的鄉愁的手帕
純情像波浪隨風飄揚
一心一意 清爽率直 在理念的
旗竿上
哀愁像白鷺展開翅膀
啊啊 頭一次想到
把這麼悶悶寂寞的感懷
懸起空中的是誰？

（柳致環）一九〇八年生，釜山市高等學校校長，藝術院會員，詩集「青馬詩集」等。

日本兒童詩選譯

陳秀喜
陳千武 譯

葡萄

四年村上久美子
陳秀喜 譯

小小的粒粒
可愛的葡萄
要放進嘴裡的時候
都會想
吃掉了可惜
怎麼辦
只剩下的一個
小小的葡萄
最美麗
可愛的葡萄
怎麼都
不想吃
發光的葡萄
好像葡萄的公主
手一滑
進入嘴裡
小小的葡萄
「葡萄小姐再見」
到肚子裡了嗎

（松阪市南小學）

玻璃和風

五年大倉眞弓
陳秀喜 譯

玻璃和風是
很相好的
玻璃和風是
在一起
奏音樂的樣子
風是
嗶—嗶—
像吹笛子
玻璃是
咚咚咚

像打鼓的樣子
玻璃和風是
很相好的

（四日市市河原田小學）
四年水本洋子
陳秀喜譯

向日葵

大的向日葵
比我身長高的向日葵
是花園的國王
愉快地
蝴蝶飛旋
讓 國王看戲嗎

（松阪市第四小學）
四年高橋千晴
陳秀喜譯

蜘蛛

蜘蛛網
看來像鑽石
好看的蜘蛛的家
我也想住的
鑽石的家
可是
水滴下來
馬上消失的家
下雨後
馬上架好的家
鑽石的家完成
蜘蛛會困惑着
可憐的
蜘蛛

（松阪市第四小學）
四年岩月美彌子
陳千武譯

不一定這樣多好

$2+3=5$　$5+4=9$
不一定這樣多好
不一定的世界！
天空 攙混着五千的彩色
大地 攙混着九千的彩色
女孩子 要溫順 要穩靜
不一定這樣多好
如有那樣的地方 我要跳過去
$2+3=5$　$5+4=9$
眞是
不一定這樣多好

（東京文京區、女大附屬豐明小學）
二年こんどうひろこ
陳千武譯

春天

春天 好像會搖動呢
樹木 直立 伸長
好像撞上 天空了
死去的流力
像復活了那麼流起來
在山 和原野
都有樹芽、草芽探出了頭
傾聽 就有

直 直 直
潺 潺 潺
瀨 瀨 瀨
那樣傳來的聲音
只不過是微微的
春天 好像在搖動呢

（北海道足寄町、東小學）
五年關口慎一郎
陳千武譯

兒童國

到兒童國去
有很多人
全都 受大人 指揮着
多麼奇怪呀
因爲 是兒童國嚒
應該由兒童來指揮啊
我想 兒童能自由
遊玩的地方
才是「兒童國」

（町田市、町田五校）
四年中部珠美
陳千武譯

秋天

人是
在秋天
做着什麼呢
在青藍的天空下
感到悲哀
或許高興
人
都是那樣
才會瞭解秋天呢

（東京都文京區、女大附屬豐明小學）
三年雪田たかこ
陳千武譯

海

憤慨的海 是媽媽
穩靜的海 是爸爸
鬧天氣的海 是哥哥
下着雨的海 是我啊
然而大家都相處的很好

（北海道雅內中央小學）
一年東はるみ
陳千武譯

馬

馬的家
是天空
我把
馬
送去天空
馬
跑了
像獅子
跑了
我也
跑呀跑

馬
是冠軍啊
我
是亞軍啊

馬
被雲藏起來了
我
跳去
救馬出來
又
給馬吃點心
也給馬喝水

雨裡的水

（北海道留萌市樟眞布小學）
六年古賀和洋
陳千武譯

雨下來了
看着雨

雨裡好像有甚麼
再仔細看看
看到 雨裡有圓圓的東西
再仔細看看
雨裡有地球 向
雨裡的地球瞪眼
被吸入雨裡去了
雨裡有我

雨破壞了
雨裡的地球也破壞了
雨停了
雨裡的地球死了
雨裡的地球的我也死了

（摘自「詩的行列‧六年生」詩集）

附記：日本靜岡市高橋喜久晴先生，寄來「小學二年特集」（精裝一七〇頁，吉田瑞穗編著）一本，日本童詩研究會主編的兒童詩誌「麒麟」及兒童詩教育研究所主編的「兒童詩」等。據報導在日本的兒童詩書籍相當豐富，對兒童詩的發展非常重視。玆選譯七首介紹於此，以供參考。正在翻閱這些兒童詩的時候，忽然隔牆聽到隣家女孩（大約三、四歲吧），似乎邊玩着洋娃娃邊獨語着，把那些獨語筆記下來，正是一首兒童詩了。

口頭詩

隣家四歲女孩說的
陳千武筆記

媽媽要吃飯
媽媽不吃飯

爸爸要吃飯
爸爸不吃飯

娃娃要吃飯
娃娃不吃飯

娃娃睡着了
娃娃不要死

許喬林詩集「基督的臉」

陳鴻森

1.

我們必已發現近兩三年來詩界的新傾向，即是對語言的覺醒和新形式的追求。這種新傾向的形式，同時也促使不少年青世代亢奮地，向着過去無詩學時候的昏暗展開理性的、嚴肅的批判。雖然這種覺醒和新的追求，並不曾以「運動」的姿勢或其他形式表示出來，但過去的作品，在今天確已十分地暴露其無力感。

每一時代的詩，最後必然會與當代的日用語言相溶合，這是無可否認的事實。現時西方地下文學詩作口語的趨勢，由於對文明的憂慮、空間引起的畏怖感、自我個性的高度尊重和對傳統性激烈的反逆性格，普遍地在粗糙裡現出情緒性和不安定的特質，而適切地表現出現代人類精神受傷害的影像。語言實在以着極强大的力量，吸收當代人類的情感和精神的要素而成爲其自身的活力啊。

可以說余光中的堅持、白萩的猛然的改變，以及年青世代對過去詩的語言的傳達能量的懷疑，乃造成這種語言覺醒的主因。然而某些缺乏抵抗力的既成詩人，跟着也激動的改變了自己的面貌，加上了一群以自己能盲目地趕上流行而沾沾自喜的年青作者，使詩界不得不重又要面對另一個危機。

其中具有眞摯性的詩人，便必然要去尋找一個屬於自己的結構底方法論，來處理他的詩情和詩想，以造成他詩作的特性。這種方法論或許會帶有一向被詩所拒絕的技術性的色彩，然而這却是從要求於忠實的自我表現之必需性，發源而來。方法論的關切和重視，將相關的造成對新形式的追求。

2.

成立了約兩年的「龍族詩社」（註一），其衝勁無疑是表現在其方法論的自我要求和詩的普遍性的關注上。作爲龍族的主力投手的喬林，我們在凝視他的「基督的臉」（註二）之前，我想提起他早期的「狩獵」這首詩：

狩獵

花鹿矢跑過去。泰耶魯的青年矢跑過去。黑瘦的
高山狗矢跑過去。泰耶魯的青年矢跑過去。

我是一靜觀的杉樹。

花鹿慌奔過來。泰耶魯的青年慌奔過來。黑瘦的
高山狗慌奔過來。泰耶魯的青年慌奔過來。

杉樹凝視着我。

這首「狩獵」，用很簡單的構成法則，便把狩獵緊張的追逐（從杉樹的寧靜效果對比出來），弱小生命的悲哀表現無遺，而這看似單一的形式的秩序感，却又含蘊不盡

的情感組織的魅力。另一首「夜談三則」也同樣地顯示喬林對詩形式的追求底努力和能力。喬林能突破機械形式追求的束縛，進而却從機械形式的效果捕捉上，同時得到有機形式的滿足。這種能力，在當時對詩的構成缺乏理性計算的背景，喬林被稱爲「沒有秩序的投手」（註三），毋寧說也是必然的。

3.

出現於「基督的臉」這本詩集上的形式的魅力和表現上的技巧，無疑是喬林接受了林亨泰、白萩的「視覺性」詩方法的營養，而在漫長時間醞釀下，結合個人經驗、批判能力和激越的嘗試性底感情而形成的。我們翻開這本詩集的第一首詩，即可發覺喬林已進步的把「視覺性」的效果，昇高到——不只將表現視爲目的——的新的世界了。

與親卿書

您寄了封信給我
我寄了封信給您
您寄給我
我寄給您
您寄
我寄
您
我
您即不能是幾張信紙
我也不能是幾張信紙

這首「與親卿書」，有趣地將分離的戀人的頻頻書信底往返情形予以新鮮性的表現。從「您寄了封信給我」、「您寄給我」、「您寄」而到第二節的「您／我」的句法底逐漸減短，可視爲戀情的深濃和着信的長短正成反比狀態。「您／我」正是兩心相溶的時刻，已超越了書信裡語言所能傳達的極限，而自覺到「您即不能是幾張信紙」（這即似應改作既吧）的苦悶。同時這種句法的逐漸減短，亦可暗示距離的遞減，到了「您／我」兩個體相接受時所獲得的喜悅，而反向過去的書信爲表達愛意的形式底一種嘲弄。如此，喬林所負責的形式，委實已脫離由感官所喚起情緒的意義。

醉問

抬頭一個天空
低頭二個天空
杯里一個世界
杯外二個世界
我只一個
却需爲二個
一個是我
一個面目全非

相對於溺醉的，唯有抱持現代宿命覺醒的人，才能見到「一個是我／一個面目全非」的自己吧。這醉毋寧說是隱藏在寫詩這種無償的行爲裡。在這負數的世界，詩人是活在「眞實的我」及「生活裡那凡俗化了的我」這二次元的對決點上的人。而追逐生活的那個我乃存在於：

整個人
就只剩下跫音
整天吧吱吧吱的
沒有一個可看讀的形象（註四）

生活的敗北感源於對人性良知的執着。對這個世界底眞實的愛，只是爲別人照亮射殺自己的目標吧。而只有接受面目全非的傷，才看得見自己的臉啊。

臉

在此許多的人里
我不能辨別他們的臉
同樣的一對眼睛
同樣的一張嘴
同樣的一叢髮
只有貪婪這字語
有着各種的形態與深淺
在晨起後梳洗的
一張張臉盆里盪漾

從貪婪這種人性的弱點上，去認識人，這首「臉」的批判的機智，用嘲謔的表現而更顯出力量。從非詩的生活裡挖掘出來的詩，往往會在不覺間撞擊着我們，這種「看得見的詩」（註五）才是今天我們需要的詩。

4.

喬林的詩作的特色，除了image的新鮮及隨時對新形式的關注外，在技巧上，他嘗用意象的疊影，來加强詩的感動强度。

疲倦了的人們

疲倦了的天空
只有一聲雁鳴
疲倦了的步履
只有一句跫音
疲倦了的人們
只有一張顏面
風刮着
只有一聲雁鳴
久不離去

透過了生的疲憊感的移情，那老天也裎露了那疲倦的姿勢，這空曠裡只廻響着一聲雁的悲鳴。這空曠裡的那追逐生活而又被生活追逐的人，只有一句沉重的脚步聲，不知要何去何從的脚（人），只有一張眞實活過却又叫人難過的臉。實質上，這聲雁鳴恐怕是內心的一種幽微的對生無奈的抗議聲吧。依附在天空的這聲雁鳴，由於結合了跫音、顏面這些形象而有意義化了，而擴展了我們對這聲雁的悲鳴的淒冷感覺，跫音、顏面也同樣於此獲得新的滿足。

然而，這種技巧由於一再的使用，似乎不能不對定型、凝固的這種方法，感到將淪落於芥川龍之介所謂的「自動作品」的隱憂。人思考的慣性和惰性，是眞實的詩底最大壓力，類型的感動將從新鮮而陳舊。在喬林這本「基督的臉」的後來底作品，有甚多只徒然地呈現詩的原型，而未以詩性的飛躍精神給予張力。

頭　顱

昨天是懷里的頭顱
今天是塵灰的頭顱
明天是什麼的頭顱

昨天的頭顱還想着什麼
今天的頭顱還想着什麼
明天的頭顱還想着什麼

這首「頭顱」雖經施善繼用心的解說，但我猶未能從他那概念性的禁錮裡脫走出來而感到詩性的魅力，懷里的頭顱因何而成爲塵灰的頭腦，並無一點暗示，而反覆問着那頭顱還在想着什麼的迷惑，便暴露了詩人精神不在家的衰弱。最後「懷里的頭顱」過渡到「還想着什麼」的這也只是一般性的追問，並不能令我們感到什麼詩的訝異。和這首「頭顱」孿生的「腿」以及「路與腿」、「葉」、「孤雁」、「精緻的時刻」、「吾家」等幾首，都犯了同樣的弊病。缺乏嚴肅的自我要求底任何技巧，反而是對自己的一種戕害。

5.

任何一位詩人的意義與價值，都完成於他的最後一首詩上。這本「基督的臉」處處都廻着喬林流浪跫音的回響，然而，我們所等待的却是存在於喬林在經過諸般辛苦的追求與挑戰後的安定性上。我們將繼續等待。

出版消息

本　社

I　詩　刊

※「葡萄園」詩刊第四十一期、四十二期均已出版，定價八元。
※「主流」詩双月刊第六期已出版，定價十元。
※「詩宗」第六號「草上之風」已出版。
※「龍族」詩刊第八期已出版，定價十二元。
※「後浪」第二期已出版，全年索閱可附郵資五元。
※「暴風雨」第九期已出版，本期有副刊一輯。

II.　文藝雜誌及其他

※「中外文學」月刊第六期、第七期均出版，定價十五元。該刊第六期有短評「先檢討我們自己吧」一文，係針對現代詩壇而發。
※「幼獅文藝」第十一月號，第二二七期已出版，定價十元。該期有「二十四個聲音」。
※「書評書目」第二期已出版，定價十元。
※「藝術」季刊創刊號已出版，該刊係由「山水詩刊」發展而成。
※「臺灣文藝」第三十七期已出版，定價十元。吳濁流文學獎得主爲江上，吳濁流新詩獎得主爲岩上，作品爲「松鼠與風鼓」，佳作獎得主爲凱若，作品爲「歸途手記」。

辜尙賢譯詩輯

辜尙賢

一、漢詩和歌化

竹裏舘　　王　維

獨坐幽篁裏　彈琴復長嘯　竹ぬちに獨り琴を彈嘯くを人
深林人不知　明月來相照　みな知らず月のみぞ照る

原上草　　白　居　易

離離原上草　一歲一枯榮　野の草は年に萠え枯れはあり
野火燒不盡　春風吹又生　つれど燒かれてつきず春にま
た生ふる

庭　草　　陳江總妻

雨過草芊芊　連雲鎖南陌　雨霽れて草青青し庭を見よ我
門前君試看　似妾羅裙色　がさ裳の色に似たらむ

城東早春　　楊　三　源

詩家清景在新春　緑柳繞黃半示句　詩家の良き景色は年
若待上林花似錦　出門盡是看花人　の始に在り緑の柳半
ば黃色なり上林の花
は錦に似たる時家を
出ずればみな花見人

芙蓉樓送辛漸　　王　昌　齡

寒雨連江夜入吳　平明送客楚山孤　洛陽の友もし問はば
洛陽親友如相問　一片氷心在玉壺　わが心冷えて玉壺に
在りと答へよ

遣　懷　　杜　牧

落魄江湖載酒行　楚腰纖細掌中輕　十年經て揚州の夢覺
十年一覺揚州夢　贏得青樓薄倖名　めたるをつれなしと
さぞ女の云ふらむ

遣　懷　　元　積

曾經滄海難爲水　除却巫山不是雲　花街を素通りし一顧
取次花叢懶回顧　半緣修道半緣君　するなきは半ば悟り
て半ば汝がため

觀書有感　　朱　熹

百畝方塘一鑑開　天光雲影共徘徊　渠はいかにいつも清
問渠那得淸如許　爲有源頭活水來　しと問ひぬれば源ゆ
たえず流る水あり

泊秦淮　　杜　牧

煙籠寒水月籠沙　夜泊秦淮近酒家　亡國の恨みを知らず
商女不知亡國恨　隔江猶唱後庭花　や江隔て歌女らなほ
も後庭花唱ふ

二、和歌詩化

目も離れず見つつ暮さむ白菊の
花よりのちの花しなければ
只爲黃花後
更無花馥郁
非於萬卉中
獨愛淵明菊

朝がほの花一時も千年歷る松に
かはらぬこころともがな
牽牛花命短
數刻亦堪欽
不異松經歷
悠悠千歲心

月月につき見るつきは多けれど
月見るつきはこの月のつき
一歲十二月
月月各有月
見月月最好
莫若此月月

碎けても玉となる身はいさぎよし
瓦と共に世にあらむよりは
潔白爲人本
仰須不愧天
丈夫寧玉碎
勿作瓦猶全

わが宿はそこともなにか教ふべき
いはでこそ見め尋ねけりやと
頻問吾居處
我終不告之
弗言試試看
果愛定尋知

今よりは逢はじとすれやしろたへの
我が衣手のかわく時なき
假使從今後
不能見汝姿
白衣淚沾濕
永久無乾時

めぐりあひて見しやそれともわからぬまに
雲隱れにし夜半の月影
邂逅在途中
多年憶舊容
共談無片刻
如月被雲蒙

岩間閉ぢし氷も今朝は解けそめて
苔の下水道もとむらむ
久被岩間閉
積氷今日融
正尋求路出
潛蘚入溪中

眺めつる今日は昔になりぬとも
軒端の梅はわれを忘るな
步出庭中望
檐梅吐蕾初
從教田變海
永久勿忘我

漁りする海未通女らが袖とほり
濡れにし衣干せど乾かず
出漁海少女
雙袖盡皆濕
雖曝卻難乾
婷婷日下立

山越えて遠津の濱の石躑躅
わが來るまでに含みてありまて
過山隔岸隈
石躑躅將開
花若知人意
含苞待我來

辜尙賢先生訪問記

陳秀喜

我的寓所時常有愛好詩的年輕朋友來聊天。看到他（她）們，我的心情極爲愉快。只憑這樣的感受，兩年前「以詩會友」之緣，認識了朴子鎭有一位八十四歲高齡而還被詩神寵愛的辜尙賢先生。所以一直渴望着去拜訪他老人家。也許我的心裡想要在辜尙賢先生的尊前享受一點「年輕」的感覺。這樣的機會是很少有的。其實自從敬悉辜尙賢先生對於詩的熱忱，令我敬佩渴望拜師的心情却難抑制。辜尙賢先生對於中、日的古典詩都有深厚的造詣，不久要出版一本中、日古典詩的譯著（現在正付印中）譯作有一千首，頁數爲四百多頁，部數爲壹千本，名爲「漢詩和歌化」「和歌詩化」發行人是辜偉甫先生，由笠詩社出版。奉發行人和著者之命，我參與付梓工作。辜尙賢先生是家翁張芳蘭先生的先輩同學，而且曾是大和製糖服務時候的同事。辜尙賢先生服務在鹿港、家翁張芳蘭先生服務在溪湖，但每隔數天業務有連絡時就晤面暢談。懷念家翁之情愈深愈渴望早日去拜訪辜尙賢先生。十一月四日星期六我自臺北出發，然後經由桃園中午出發。這次外子請假當司機陪我南下。他提議先往關子嶺一遊，次日才去朴子。然而拜訪的願望比關子嶺之遊，更有吸引力，終於我堅持先往朴子。往朴子的公路沿途兩旁都有多年樹齡的木麻黃。自車內眺望，深綠針樣的葉子幾乎掩蓋天空。使我聯想起故鄉。新竹也是近海的地方，也有木麻黃。近朴子鎭有一段是植椰子樹。使我憶起往日，數年前造訪潮州，自屏東往潮州的公路也有翠綠的樹齡年輕的椰子樹。我渴望晤面的人住在椰子樹的盡處，他是和我無緣的人，却是難忘的人。如今同樣以椰子樹的盡處，有一位敬愛的詩人，使我不由覺得血潮騷然。下午五點四十分抵達朴子。在街上探問辜尙賢先生的地址。此次事先沒有奉告，而且既是傍晚，突然的訪問是冒昧的，但是我把這些禮貌都放在腦後了。一心只是渴望心切。從一家眼科醫院對面的房子進去，走過了院子，左邊就是辜先生的住所。辜尙賢先生的高與，顯得很興奮。他的外表和談話看不出是八十四歲的高齡。精神非常地好。只有耳朶重聽一點點，這兩年來視力有些退化。這對於勤讀勤執筆的人來說確實是一件莫大的打擊。視力退化後，辜先生和我來往的信件都是他的學生趙清木先生代理執筆。七十二歲銀髮的趙清木先生體格精神飽滿是一位曾擔任校長、雲林縣督學的高職。幸甚我能跟兩年來未晤過面的筆友在此相會，令我格外有親切感。在辜尙賢先生的府上打擾了一個多鐘頭，三公子同來，當我倆要告辭的時候，外子說要往嘉義，辜尙賢先生也說樂意同行。辜尙賢先生的大公子住在嘉義，最近華厦落成，四、五年來辜尙賢先生沒有去過嘉義也想去看看，七點離開朴子。先訪大公子，他是眼科醫生，二公子爲哲學博士現今住在美國二媳婦也是同時獲得博士在美國傳爲佳話，報上曾有報導。爲着值得留念我們到照像館照像。然後，在嘉賓餐館，承蒙豐盛晚餐的招待。辜尙賢先生很開明，他寫漢詩，但是說很想寫新詩，新詩跟時代並行，有發展的餘地，我拜聽後，非常感動。不懂詩的人會認爲我說的只是應酬話，但是曾在朴雅吟社爲着漢詩而活動的辜尙賢先生趕上時代的談話使我敬服。他的勤學精神值得我們學習。辜尚賢先生把心愛的廣辭林和其他三本書贈我留念。一部仿宋胡刻文選托我贈給辜偉甫先生。他感謝發行人辜偉甫先生之意。當夜投宿國宮大飯店才知道辜尚賢先生事先吩咐三公子付過錢。承蒙辜尚賢先生的慇懃招待，我不但享受到「年輕」，學習到「待人接物」的誠懇，可說此次朴子、嘉義之行，令我永生難忘。

一九七二・十一月六日於虎尾旅舍

出版消息

本社

Ⅱ 詩集

※白萩詩集「香頌」列入笠叢書，由笠詩社出版，巨人出版社發行，定價二十四元。該書插圖為劉文三，英譯部份為非馬（William Marr）與菲利浦・畢慈克（Philip Pizzica）。

※杜國清詩集「雪崩」列入笠叢書，由笠詩社出版，巨人出版社發行，定價二十元。作者的「序」係一篇詩論。

※拾虹詩集「拾虹」列入笠叢書，由笠詩社出版，巨人出版社發行，定價十六元。該集有桓夫、李魁賢的序及傅敏的讀後感。

※陳秀喜詩集「覆葉」已再版發行，列入笠叢書，精裝本定價五十元，平裝本定價二十五元。

※林煥彰詩集「歷程」，列入龍族叢書，林白出版社印行，定價每冊十五元。後記由陳芳明執筆，並有作者及其子女插圖多幀。

※邱淼鏘詩集「琴川詩集」第一輯、第二輯、第三輯均已出版，定價每輯五元，臺中中央書局總經銷。

※七等生詩集「五年集」，包括一九六六至一九七一年間的詩作，列入河馬文庫，由林白出版社發行，定價五元。

※羅青詩集「吃西瓜的方法，包括「許願」、「夢的練習」、「吃西瓜的方法」及「月亮、月亮」四卷，列入幼獅文藝叢書，由幼獅文藝社出版，定價二十五元

※墨人自選集「短篇小說、詩選」部份已出版，臺灣中華書局印行，定價九十四元。其詩選係選自「自由的火燄」、「哀祖國」及尚未出版的「未完成的想像」三部詩集。

※陳明台詩集「孤獨的位置」列入笠叢書，由笠詩社出版，巨人出版社發行，定價二十元。該集有李魁賢、陳千武的序，以及作者的「後記」。

Ⅲ 評論、翻譯及其他

※鈴木虎雄著，洪順隆譯「中國詩論史」，列入人人文庫，已由商務印書館出版。定價二十元。

※由李達三，談德義主編的「惠特曼的詩」，已由新亞出版社出版，定價八元

※張秀亞譯「論藝術」，E. Cassirer（卡西勒）等書，已由大地出版社出版，定價二十五元。

※英國Sir Herbert Read著，杜若洲譯「藝術的意義」（The meaning of art），已由大江出版社出版，定價三十五元。

編輯室報告

本社

△本社同仁中前輩詩人巫永福先生找到他在本省光復以前的現代詩創作集，交由詩人陳千武先生從日文譯爲中文詩作。早在三十年前，本省就有這種現代詩的作品，實值得珍惜。

△本社同仁中另一位前輩詩人郭水潭先生亦提供了「鹽分地帶」的詩人們的作品，交由詩人陳千武翻譯，可見當年以佳里鎭爲核心的詩人們頗富朝氣的一班。

△張以謨先生偕夫人陳秀喜女士（本社社長），於民國六十一年十一月六日赴嘉義縣朴子鎭訪問老詩人辜尚賢先生，辜尚賢先生一生愛好中國與日本的古典詩，並從事翻譯，刻將出版單行本，張以謨先生與陳秀喜女士伉儷此次南部之行，頗爲愉快。並於本期加以報導。

△陳芳明先生致趙天儀信，說明徐志摩先生年月份與逝世的年月份，陳先生係以蔣復璁先生作「徐志摩小傳」所記載爲準，特將來函發表，以示更正，並謝謝陳芳明先生。

△據龍族詩社通知本刊編輯部，該刊第八期原爲「詩評論特大號」，玆因該刊所付印之印刷廠倒閉，使龍族詩社蒙受異外的損失，並遺失稿件數件，除已向原作者致函道歉以外，並擬將「詩評論特大號」移到第九期出刊。

收據號碼：

郵政劃撥儲金存款單

收款帳戶	第 21976 號
收款戶名	陳武雄（笠詩刊經理部）
經辦局戳	
新臺幣	仟　佰　拾　元整
寄款人姓名住址	
中心郵局戳	
手續費	元　角

本聯由劃撥儲金組存查

主管員　經辦員　局號：

請註意：帳戶、戶名及寄款人姓名住址請詳細填明，以免誤寄。

郵政劃撥儲金存款通知單

收款帳戶	第 21976 號
收款戶名	陳武雄（笠詩刊經理部）
經辦局戳	
新臺幣	仟　佰　拾　元整
寄款人姓名住址	
手續費	元　角

本聯經劃撥儲金組登帳後寄交帳戶

主管員　經辦員

◉存款後由郵局掣給正式收據為憑，本單不作收據用◉

此欄係備寄款人與帳戶通訊之用，惟所作附言應以關於該次劃撥事項爲限，並請勿粘附紙條或文件。

通信欄

一、直接訂閱「笠詩刊」　　年

自　　期起至　　期止。

二、購買「笠叢書」

書名	冊數	金額
	冊	元　角
	冊	元　角
	冊	元　角
	冊	元　角

以上合計新臺幣　　元整

歡迎長期訂閱「笠詩刊」

「笠」爲純詩刊，與一般商業雜誌不同，難能在利益爲主的商業書店零售，僅依賴直接訂戶的增加存續發展。敬祈愛護本刊的作讀者協力贊助參加長期訂閱，可減輕全年書費及函購叢書得享受八折優待。

全年份六期新臺幣六十元。

凡介紹訂戶滿三戶，贈送「笠」叢書一冊，每滿十戶贈送「笠」詩刊一年。

右起陳秀喜、辜尚賢、趙清木。

本社陳社長和張以謨先生訪問辜尚賢先生，與其親友家屬合照。

笠詩雙月刊第五十二期　中華民國內政部登記內版臺誌字第二〇九〇號　中華郵政臺字第二〇〇七號執照登記爲第一類新聞紙定價十二元

笠詩双月刊　第五十二期
民國五十三年六月十五日創刊
民國六十一年十二月十五日出版

出版者：笠詩刊社
發行人：黃騰輝
社長：陳秀喜
社址：臺北市松江路三六二巷七八弄十一號
（電話：五五〇〇八三）
資料室：彰化市華陽里南郭路一巷10號
編輯部：臺北市基隆路三段二二一巷四弄二—一號
經理部：臺中縣豐原鎮三村路九十號

定價：每冊新臺幣十二元
日幣一百二十元　港幣二元
非幣二元　美金四角

全年六期新臺幣六十元
半年三期新臺幣三十元
●郵政劃撥中字第二一九七六號
陳武雄帳戶（小額郵票通用）

笠

LI POETRY MAGAZINE

詩双月刊

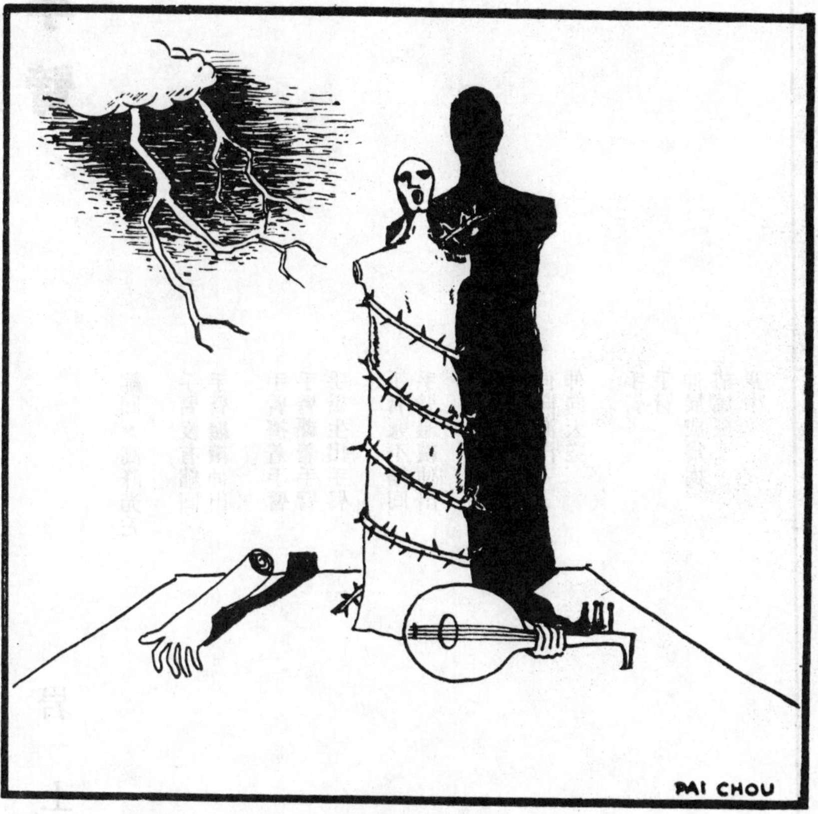

民國五十三年六月十五日創刊・民國六十二年二月十五日出版

53

那些手臂

岩上

那些手臂
那些太陽曬成銅色的
流汗的
緊抓住泥土的手臂

從黑暗中伸出來
從矮小的土屋裏伸出來
從胃腸的呼叫間伸出來

伸向水圳，潺潺有聲
伸向田野，黃熟豐饒
伸向山坡，疊砌成梯
伸向高峰，矗立爲林

那些手臂
那些太陽烤焦的
擰乾了汗水的
鬆散了泥土的手臂

縮回，圳水乾涸
縮回，田野荒蕪
縮回，山坡滑流
縮回，高峰光禿

手臂沒有縮回
手臂繼續伸出

手臂擠着手臂
手臂纏着手臂
手臂生出手臂

手臂永不縮回
手臂繼續伸出

伸向田野
伸向山坡
伸向海洋
伸向天空

手臂
手臂
伸展成爲樹
枯槁在
空中

卷頭言

詩水準的常態分配

李魁賢

在統計學上有常態分配曲線，同樣可用來闡述文學水準的態勢。

在常態分配曲線圖中，$\bar{x}$（平均值）$\pm 1\sigma$（標準差）有68.26%，$\bar{x}\pm 2\sigma$ 有95.42%，而 $\bar{x}\pm 3\sigma$ 有99.73%。在詩水準上，如將圖1中a b段所投影區域的詩作品或詩人，列爲第一流，b c 段爲第二流，c d 段爲第三流，依此類推，則很容易發現一國的詩水準，以第三、四流居多，佔 68.26%，能進入第二流水準的有 13.58%，而能臻至第一流的只不够 2.155%。至於超出 a b 段的，可視爲天才級，僅有0.135%的機會，且並非機遇性。

一國或一文學區域的水準都可用一常態分配曲線表示。在空間上言，當代各區水準曲線的座標不同，在時間上言，一區內各時代水準曲線的座標也相異，如圖2所示。在各曲線投影下的流級，是對應於該曲線之相對性而劃分，因此，以曲線Ⅱ而言，其末流可能已够曲線Ⅲ的第一流水準，而其第一流，可能不過是曲線Ⅰ的末流而已。當然，在曲線Ⅰ和Ⅱ之間，以及曲線Ⅱ和Ⅲ之間，還有許多微分化的曲線出現。

由此看來，在某一文學環境內號稱第一流的作品或作者，並不能眞正代表其成就。實際上，更應關心的是，我國現代詩壇水準的常態分配曲線，如何推移到較高導向的座標。這種努力，不是一、兩位詩人所能爲功，也不是只靠創作者就能爲力，而應關聯到批評家及讀者的品味。誠然，一代大師能帶來整個詩壇的光華，但毋寧說是群體的事功，才可能醞釀而產生出一位頂尖人物，因此開拓者的貢獻不可抹殺。

所以，自我陶醉、摒棄讀者，只能使創作者更加墮落；唯我獨尊、排除異己，更是自設陷阱，阻擾詩水準的提升；而寧爲鷄前、不爲牛後的觀念，也往往是自毀前程的先兆。

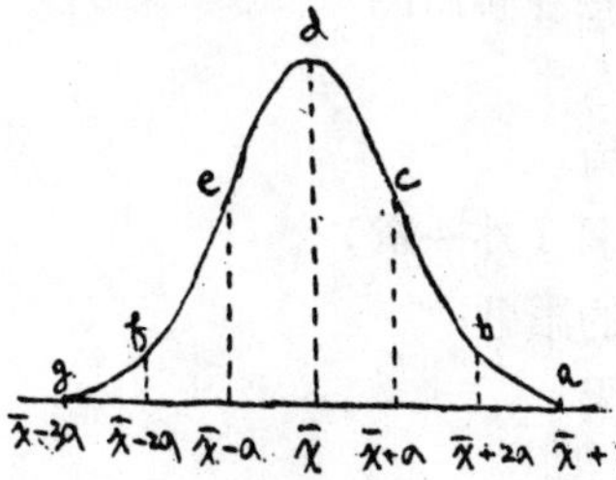

圖 1

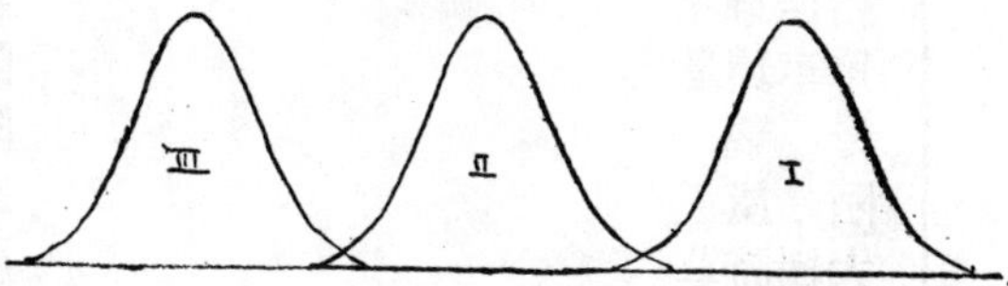

圖 2

笠53期 Li Poetry Magazine No. 53

目錄

長頸鹿及其他

選自周伯陽詩集「芳蘭」

周伯陽

長頸鹿

我是長頸鹿
來自那遙遠的南非洲
黑人住的黑暗大陸
我乘船四十天
受過印度洋熱風的洗禮
轉過東京都
飽嘗太平洋怒潮的飛沫

基隆港是寶島的門口
我登陸於埠頭
異國情緒和環境的改變
使我哭泣三天三夜
長旅途使我已疲憊不堪
脚底站得發痛
而我有不拔的毅力
堅固的忍耐力

臺北動物園呀！
是我將永住的天堂
沒有飢餓的憂愁
也沒有猛獅的威脅
我帶來非洲的體臭
以及美麗的斑點花紋
身高有一丈三
是迷住千萬觀衆的標誌

我伸出長頸
張望着南方的天空
我有獨自享用
高樹上樹葉的本領
曾經棲息了叢林裏
又奔跑了大平原

黃昏，夕照多麼美麗
染紅了我的記憶和鄉愁

稻 花

一直保守着恬靜簡樸的傳統
始終佇立
在單調孤獨的崗位上——田園
吸收光和熱
而充實孕育的機能

不埋怨鄉村不熱鬧
認爲田園是永恆的天堂
心靈充滿着青春的願望
以浮雲和鷺鷥爲友
整天不感寂寞

甘願不塗脂粉
也不羨慕百花的競妍
不散佈花香
微風吻你堅强的意志
只醞釀着生活的源泉——
貢獻人類的主食

橋邊之夜

西天一抹錦也似的晚霞
不久，顯出一片模糊的灰色
夜神正把世界染爲黑黑
遠遠的鐵橋上
火車飾滿了點點的螢光
像欲脫離恐怖的黑暗
以快速奔向不夜城去——

欲把我拋棄在黑夜中
讓我孤獨地在空虛裏模索
像考驗我在暗中模索到天亮

但我的心崁深處
已點上一盞靈感的小燈光

月光幻想曲

孤寂的夜晚
月神把最大底面紗
披滿童話國的花園裏
那是透明底尼龍——
蟲群奏起吉卜賽的小夜曲
使我想起花精充滿於花園裏
許多花精像在天堂上輪舞歡樂
並在怒放芳馥迷住了我

我彷彿飄泊在巴比倫
徘徊於空中花園
樹木像古怪的斯芬克斯

香沒了時間

森林

能阻止陽光浸滲
那是弱肉强食的黑暗世界
在廣濶的森林裏
使我恐懼和戰慄
我無意探索原始的奧秘
只希擺脫孤寂

在消失光輝的森林裏
秘意被迫快要絕滅
寒風刮走了枝頭底秋色
如今秋天失去豐富的思想
而加上臨終底憂愁
以先知的姿態
可在寒風裏殉身

光線有一些暗淡
照在那憔悴的臉孔
回憶往昔的繁茂
却顧今日蕭條冷清
上蒼正在企圖
提早塑造初冬底景象

香蕉樹

展開出好多枝大扇子
輕輕地在扇風着
樹上開滿了很多小花
雖然結果實
但不結核子
像懸掛一盞香蕉燈
驕傲地眩耀着豐滿和果香

噯呀！
不久農夫會把你收成出賣
那是註定樹齡該壽終
明天，農夫又把樹幹砍斷
遺棄在路旁而不顧
他欲開始栽培你的後代

絶崖

經過了好幾個星霜
不堪受自然侵蝕
袒露着赤銅的全身
屹立在澗水邊

爲了不再有崩塌
峭壁被多情的野草纏綿
草花逗着蝴蝶羣舞
兀鷹也在頭上亂飛

澗水不停地趕着它的旅途
無情的沖走了光陰

一年一年又一年
終於沖淡了岩壁的記憶

絕崖有訴不盡的心酸
無論在繁星之夜
或着在晴天太陽之下
永恆凝視着無盡的山巒

雜草

你何時長在路旁
掩飾地上的塵埃和污穢
你這棵沒有名字
可憐的雜草呀！
你是被人遺忘的風媒花後裔

任人們和車輪
隨意踩躪纖細的弱軀
試煉和折磨
都不會改變原有的信仰
你倒不放棄抱負
不羨慕不嫉妬
每天爲了生存而祈禱

夜霧是你嘆息的氣化
像眞珠似的朝露
是你悲傷的眼淚
把孤寂來做良好的伴侶

辛有金風和你打招呼
時常吻撫弱軀

紅睡蓮

誰把你囚困在這方池裏
誰把你裝飾得那樣美麗
想起在幾年前
高舉過信念之旗的我——
想不到今朝
萬念俱灰而被迫要離開你

春天，紅蜻蜓停在花朶上
做片刻的休息
夏天，金魚潛在葉子下
活潑地在捉迷藏
秋天，無情的季節風
吹謝了綺麗底花朶
冬天，凜冽的風霜
凍傷了那可憐的嫩枝

紅睡蓮呀！
我們友善的渡過幾寒暑——
你長久被關住
在華麗大厦的院子裏
漫長的歲月裏
已失去以往的美夢
青春，那是價值連城的

但已被火燄燃成爲醜陋的殘骸

我是被人生的颱風
吹離長久住慣的大厦
離開大厦是斷腸
但失去了你是更傷心
我還記着我初來時
你曾微笑的向我點頭
現在你却流着淚露
惆悵的望着我

水銀柱

爲了滿足虛榮
竟把雪白的肌膚
染成爲滿身眩耀底紅色
平時蹲在寒暑表的邊緣

是由C氏和F氏
精心創造而誕生的
在細長的玻璃管裏升升降降
夏天伸直了軀體而活躍……
冬天發抖得彎曲了腰身
整天不停地忙於服務
能把正確的氣溫告知人類
請勿埋怨只是溫度的標幟
無論在海洋或深山裏
都有它的踪跡

林泉詩抄

選自林泉詩集「心靈的陽光」

林泉

詩人

要自拂拭生涯的濕巾擰下涓滴的甘醇
當你脚下的船乃以血液向前流去

死後你的生活才眞正開始
而你的跡將如海的皺紋永不沉沒

能聽懂星的絮語花朵的呼吸波濤的控訴
你是宇宙第二個上帝

穿過虛無的薄霧尋覓現實
自霧中昇起燈火畫出形象的投影

在那一線牽引你的時光中
現在是永恆，永恆乃書在現在的背上

一九六六年詩人節

剖

躺在床上
我咀嚼着窗外的魚肚色
誰知它却是一把利劍
斫斷昨夜的夢魂
清晨的空氣於腦袋清澄之後
我發現虐待自身的
竟是自己

倘若你是一座架在陸地上的橋
你便失去存在的意義
那不只因夾明鏡的水
照得見自己眼眶中的太陽
河面上的斷枝猶聽眞切
潺潺的流水
猶浮載蟲蟻
而爲何我總似一幅掛在暗室裏的風景
但有時又率直的
有如一枝日光燈
且被迫去澄淸黑潮裏的倒影

一九六六月十月廿九日

擎傘者

瀟瀟的屋蓋竟移動了
縱然它只有一雙活柱
眼前紛紛的世事
隔着一層迷濛的垂簾
不管大地意緒與情懷的蕭索
我仍要做些陽光裏的事
不祇我的形象似一棵能行走的樹
內心仍抬着整座森林
我願伸出枝椏
以青翠點綴人間枯黃的角隅

一九六七年三月二十九日

夢的船

——給小女**E**

你的言語扯碎於空間
宛如石上涓涓的流泉
它洗去市聲，洗去
在我心弦撥出的終日疲倦
如果你夢的船能爲世界滿載星輝
你便也能改換世界的衣裳
而你單純的視線
爲我孤獨的心尋路
自你的眼瞳裏我照見自己
我再不認得黑夜……

一九六八年三月廿八日

迴音

驚浪排山拍岸
歷史於兩個濤頭之間翻過
耳畔遂響起澎湃的時光之音
岸樹垂身抓不住落葉

我抓不住暗中變換的流年
遙遠的地平線將海天一片永恆
分割成爲兩半
百年隔我於死生之間
夕陽於火中焚我影子的寂寞
市肆的喧囂祇有增加我的孤獨

祇有在寂寞的孤獨中
始能聽得見時間永恆的廻音
夜慣索悄悄的在完成一些事
繁花總是在靜默裏盛開
而那過程每一時辰都是永恆

如是現在乃永恆的廻音
海乃大地的廻音
而大地是海，我於其中浮沉
於其中製造自己的星雲日月
爲自己靈魂製造未來年代

一九六九年二月六日

純粹的言語

那是一永不着地的梯……
你在迢遞的星座之間
丈量他們心的距離
尋找掛在枯籐上的運命

那蒼翠是否早已被黑色吞沒
已自你眼裏消逝？
當泥土已知自枝上落下幾多春天

沒有一條血管在彼此之間
根鬚般的糾結在一起
而痛楚在他們之中蔓延
語字在他們的耳際築一堺牆
白雲蒼狗於猜疑的霧中變換
一切無比的誠摰
都倚在那心的邊緣哭泣

而當地球旋轉在另一種季節
當那無須詮釋的歌
於飛翔中道出純粹的言語
大地的臉上就呈現一片關聯的綠色縐紋
也許春天會知道
他們的臂膀一再摔脫胸中一己的虛弱
而隨後它們連接在一起便成爲一座橋
此時互相感激的眼淚
將此笑臉上浮現的陽光更爲璀璨

夜幕下
如果你不能像星子呼吸着光
如果你在迢遞的星座之間
丈量他們心的距離
那終竟是一永不着地的梯……

一九六九年九月十七日

在這時代

——兼給秋影

太空船縱然撞擊雲層
抹人類的故事在月宮
使空曠無垠的宇宙更爲空曠
而我們可看見體肉的河道？
愈流却愈狹窄亦愈暫短

我們在烽火中囂食自己的靈魂
在機械的叢林種植一片空漠
青史已於腐朽之間化爲白骨
今日猶未在雕塑之眼中成形
世界遂蹣跚於煙雨泥沼
期待一輪紅日

而你是凍菓
在都市的冰櫃裏延續生命
你的手你的枝梢
如何於捲曲了的一掬空虛裏
以脊髓裏秋天搖落的感應
以悠悠的七孔笛
以音響追擊同類的諸般痼疾
從春天長出呼喚的花朶？

在這時代
戰爭釀製浮動於血中的日子
奔流千萬里的恐懼
離亂裏每滴凄苦的眼淚
乃一顆不知名孤星
照你跨過世紀門檻

一九七〇年三月五日

西窗下

西窗下
夕陽從不曾以涓滴的血液
灌溉我無憑的夢境
七彩的雲從不曾以顏色
裝飾我寂寥的天地
生的記憶，死亡的記憶
却像冰冷枝葉交錯的雨樹
淅瀝於靠近我頭頂的簷間

倘若我是一片懷念的葉
未入秋便有枯黃的思量
無端訴盡凄切的言語
陣雨在我身上叨嘮
漠濛中構成我翻飛的命運
而我原是一架迷失了年代的絃琴
在無邊黑暗的陰影裏
聆聽自己吶喊跌碎的音響

踩着沒有回程的天涯
時光在我臉上刻劃纍纍的歲月
我的雙眼彷彿兩面開闢的窗

於循環的日日夜夜
不管風的嘆息
若是悲哀，仰首
轉向背上載負的湛藍的天
生命將變爲一種沉潛無比的力量
以心靈的薔薇點綴哀傷的年代
以地球的重量負在肩膀上
穿過虛無，穿過憤懣
揚拋無數無知的靈魂
自蒼老凄冷的宇宙
尋找一束藥物治療大地的傷痕
牢記信仰中如今已昏暗的燈
我想把淚光捶擊出一顆顆照徹草原的星星

一九七一年二月十七日

過鍾士橋

魂隨南翥鳥
淚盡北枝花
——宋之問

在風與水之間
肩負巴石河南北兩岸的靜默與騷動
塞悲憤於胸次
不吐一言似頑石的倔强
跨下的流水流去纍纍的歲月
流去多少往事
而我走過
歷史走過，夢走過
豪華的笙歌沉澱後
難抓住季節一抹蹤影
地平線分割悠悠之天地
分割不去我體內涓滴的煩憂
想念時間與風雨
依舊滌不淨都市的塵垢
喊不下旭陽與星子
任教院的頂尖空嵌着十字
想念你粉飾蒼白的臉
如何同時染着血中與灰燼裏的顏色？
而我踩過你身上重疊的足跡
是否已遠高過眼前的摩天樓？
我多想望在雲間掘一條路
以鳥的羽翼擊打異鄉風雨
尋覓披着陰霾的黝暗天空
畢竟於何處爆出閃爍的火花？
依然鄉思駝着我的灰瞳
在迢迢的軌上，那邊浮滿旗一樣的
遠得可能是故居的烟靄
不如自關山魂夢振翅的雲雀
我頓悟我乃此地數着年輪的植物

獨對天地矗立於濛濛中
咀嚼生的苦楚，咀嚼死亡
浪人的絃琴悲傷如心的啜泣
我的行囊，我的眼眶裏
總盛滿旱季與雨季的陰影
盛滿孤獨中的嘆息
且難於描摹自己所喜悅的那種風景

讓寂寞浮動於無情河畔
讓霞光謬誤的繪在我頰上
岸樹無聲落葉猶之生命沉落的音符
無端化為我怦然心跳
化為我踉蹌的步履
去叩響迷亂世紀的黃昏

浪迹生涯不是一堆夢影的消散
教自己灑落的歌音
而露般滋潤綠色的土地
綻放蝸居於靈魂中奇異的花卉
而在隱痛中我確信
一滴淚便可照亮世界的渾圓

當斜陽西沉
我看到碎成塵埃的今日
撲落於夕照背後
且自餘燼裏看到明朝晨光熹微
此刻長天留下的是一片無邊永恆
我不知自己能在那裏再躑躅多久？

一九七一年五月廿五日

篤一葉之運命

縱使時光倒流
潺潺流入往昔
展示在歷史深院的那株樹
那已枯萎了的
依然在我心底伸出根鬚……
一切在記憶裏
時間的手早把昨日搓揉成泥
何處可聞三閭大夫
捲起憂憤的濤聲？
更誰不嚐過賈生
鹹濕的淒泣？
暴風雨下
新綠仍無間阻躍起
篤一葉之運命，我們如何
奔赴召喚？
如何以我們脈管的血
沾染時代斑剝的年輪？
而觸及你額頭的
乃冷冷的一天迷茫
切斷你眼中的河川
切斷靈魂挖掘的路
世紀的旋風吹不去體內的焦慮

搖落燈光
撕開往昔的夢
以悲哀洗滌悲哀
以斑斑傷痕連成的線索
縫合胸中創傷
抱負同灰燼飛化
不再茂盛
一切傲睨遂似沾泥輕絮無無處追索
我非與茁長的樹同族
我乃路傍燈柱
穿一身風雨
用自己的光燭照自己的陰影

遠方烽火迤邐千里
焚枯的大地
無從栽植一塊壽天
而流光將流盡脆弱的生命
去，振翼追尋
朝向另一段歷史道上
翺翔，撥開滿眼混淆
將宇宙的耳目置於理想之上
沿血淚尋覓心靈的陽光
當我們駕一葉之運命……

一九七一年八月十三日

十二月十六日見馬匹過街

陳芳明

牠的蹄聲
敲靜了這座城市的深秋

望着牠漸行漸遠
彷彿看見一片空曠的草原
一路消瘦下去
直到剩下一匹馬的樣子
馴服地穿過斑馬線
最後，在車堆裏
不見了

——六十一年十二月初

憤怒的葡萄

陳鴻森

葡萄

是否無言和冷漠
已經成爲
我們僅剩的武器
被現實垂掛在這裡

陽光非情的照射着
被囚禁的慾望
內部那愛的
甜蜜和辛酸灼熱地交溶着
我們豈只是
一個個裝血的袋子嗎

憤怒而迸裂的
一個我

（六一年十月廿四日）

薔薇

別把它摘下
負荷着龐大的現實

那株薔薇
嘆出的那口氣
在風中搖曳着

在風中搖曳着
無枝無葉的我
心底那凝結成塊狀的憂傷
只是我剛一開口
便已灌進滿口風砂

（六十一年十月廿日夜）

龍眼樹

記憶垂下了
一片陰涼的
樹蔭

笨拙地綁在
那龍眼樹上的
秋千猶輕微搖幌着
少年的那個我
已離去

枝幹上還殘留着
那年爬上去吃龍眼時
揩下的鼻涕
只是我已不能辨認
它上面粘了多少
我的哀愁

(六十一年十月廿五日)

沼地

讓我這樣深陷吧
沒有抵抗沒有掙扎沒有呼救的
深陷下去
請接納我吧
在這下落的暈眩裡
我將匍匐 將捨我膚我肌我骨
如縱火之空城
我將爲你子民 請別見棄我
讓我進入你 成爲你的一部份
讓我仰望 你終要成我的天空
夜深式微的鼓聲已模糊
我深愛的沼地啊
當我被你吞沒
愛猶是
將掠晒而現正極子扭絞的
濕衣嗎

(六十一年十一月十二日)

狗

從不知名的街道來到這兒
整條巷子
有如爲了我的搜尋
而故意藏起其原狀地
貧瘠着
常要使勁地汲着
那深垂的口涎
銳利的牙
不得不緊咬住
這初冬早晨的風景
屬於天使榮光的
我那擁有優異嗅覺的鼻子
只陣陣撲來
那我用以記錄我底生的
尿臭味

(六一年十一月十五日)

罎

夜半在急促的叫門聲裡
惶恐地醒來
成爲一罎骨灰的

舞之什

向明

A

一叢叢高擧的手，花開
便是一束束的祈求
驚蟄到了呵
鼓聲過後
幾隻鳴禽飛走
又幾隻鳴禽
飛走
　　那山不是他的山
　　那水不是他的水

B

不管，一面臉
已撕裂給夕陽
而今夜要撈起的
乃是遠年遺落的那片漢唐
指間揉皺出——
萬仞千山
威風給雲天看
威風給燈彩看
　　那左不是他的左
　　那右不是他的右

夫回來了
撫着罎面上的無言
這曾是夫所愛緊握的手啊
我僵硬的身子漸而成爲一只罎
盛着戰前的我

（六一年十二月三日）

蜘蛛

雌蜘蛛在交媾裡
會把雄的逐漸
吞食
所以才選擇在那
陰暗的角落
而同樣懂得
選擇在暗地的
人類
雌蜘蛛透過
女人的貪婪，
一面挺着
驕傲的圓腹
同味Sex的芬芳
一面看着
人間的
破敗

（六一年十二月九夜）

梅花戀春聯而開

陳秀喜

夏季
身上的葉子跟朋友寒暄
他以爲我是桃花
我以爲他是常敞開的門

秋冬兩季
感情的颱風跟寒流旋來
他以爲我是梨花
我以爲他是禁閉的門

當酷寒將春天拉近
人們才關心生存
願望貼在門上
門出現抒情的雙眸

醞釀一年的芬芳
誰敢抑强五瓣的綻開
他是存在的寄託
迎我綻開的門
一對春聯和我相映着
他既知道我是梅花
我願傾吐馥郁給抒情的門

顯隱人

張健

早晨買束菊花送女孩
猛憶起陶潛南山秫酒
一仰首一拂袖
繽紛一千年

他的猛志他的五柳他的搔首
江南風的小酌小飲四言五言
冰炭雄辯北風敗威
稚子迎門犂與泥土依偎

什麼是快樂？登初日謁泰山
踏月塵思故鄉
叩東窗話桑麻
啞然，枕邊一朶紫丁香

緩緩仰起的顏面
悠悠推移的山
降霜日一縷鼓笛聲
由群山草木中揚起

猛然推窗而吟
嗚出一川波瀾
乘流而下擊楫肺腑
化雲烟爲落日大旗

旗躍三尺泉
陌上賓客成虹
掩扉之後，許多音影
千呼萬嫣

然收拾行裝：携一袖
春吟。窗外割草機的英姿
訴說一個日午的惆悵
鶯鶯燕燕，難喚白駒回首

介之推抱着一棵大樹
樹下黑蟻營營
嚴子陵垂釣一片溪雲
雲中有黃河之水千斛

滔滔雲山流不盡
滾滾長江久徘徊
鑼聲響時，布袋戲揭開
一片歷史的綢衾

爲相思人落相思紅
向玉樹夢吹玉樹風
臥盡星月，讀破春秋
我乃輕拂象簡，騎象南行

南方有堯舜夷齊塵埃清泉
北方是浩浩無言

牯嶺街

趙天儀

從萬華到六張犁　從六張犁到萬華
欣欣巴士滿載地過去
公共汽車也滿載地過去
一陣雨後的街頭
使入夜的燈光暗淡而稀疏地
像是打烊以後的一種幽靜　一種落寞

一列日式宿舍的圍牆
那是舊書攤的市場
依牆而立　靠牆爲生
一排木造古屋的邊緣
那是舊書店的門市部
偶然來一次回祿　一次就燒得焦黑精光

這兒曾經是日據時期日人的舊巢
這兒曾經是光復後臨時拍賣的交易場
這兒聳立着兩排的舊書攤　露天爲家
這兒陋居着數家的舊書店　珍藏古董字畫
這兒有琳琅滿目的老教科書　發霉書味的舊雜誌
這兒也有臺灣史料　各種書刊　甚至絕版讀物

如果你有舊書想脫手
如果你有意收集舊資料
如果你是一個學生　需要廉價的教科書
如果你是一個教授　需要絕版的古書
如果你是一個作家　需要可能翻新的材料
甚至如果你是一個詩人　需要找回自己絕版了的詩集

小麵攤居然也比隣而立
小冰店也露天經營
當然　拾荒者偶爾也來此交易
收買舊書報的小販也來此尋找主顧
來自各路的過客也到此光顧與尋覓
卽使是歸途　也會依依不捨地駐足凝視

這兒的樹是生活的脚根
這兒的牆是生命的支柱
這兒的小市民依此謀生　聚妻生兒育女

牯嶺街

趙天儀

任艷陽天使你汗流夾背
任陰雨天使你飽嚐淒風苦雨
而他們却樂此不疲　因他們已在此復活　在此更生

也許是一種違章建築　以露天爲家
雖然也有查禁的警察來突襲檢查
雖然也有同行的大魚來吞噬小魚
這裡已成了臺北的一個風景區
縱使沒有噴泉　沒有高樓　也沒有霓虹燈
更沒有古城的遺蹟　綺麗的草木以及一派現代的氣象

只有這裡　不論富豪或貧民一律招待
只有這裡　不論男女或老幼一同漫步於書城之間
嬰兒車座落在舊雜誌的旁邊
小孩把臉朝向母親吸吮微露的乳房
因爲這是他們的家　溫暖的來源　幸福的來源
而你却視若無睹　在此大開殺價的念頭

在逛遊的路上　從六張犁到萬華
在回家的路上　從萬華到六張犁

在你偶爾尋覓一册久已嚮往的奇書
在你偶爾帶回一部拍案驚奇的妙書
該是給你帶來一種靈氣　抑是一種樂趣
那是一種夢樣的奇蹟　偶然的奇遇

當入夜的燈光已一個個地收斂了光輝
當回歸的車子已一部部地駛向了歸途
用帆布收拾了小攤子
刹時淪入黑黝黝的角落裡
那是打烊以後的一種沉寂　一種孤獨
如果生活是一種負荷　爲什麼人類甘心承受這無止境的負荷

牯嶺街　好一條街頭的名字
好一座舊書攤的金字塔
當雨後沒有微塵飛揚的時候
當晚風沒有螢火蟲相依爲伴的時候
也許是你　也許是我　藉着燈光
且讓咱們在此不期然地邂逅　也不期然地分手罷

蟬羽（外一章）

林鍾隆

蟬羽

我們是一對天使遺落的蟬羽
在清風裏輕輕地、翩翩地飛舞
只怕一陣暴雨突然降落
就會被打踏入泥濘

我們是一對天使遺落的蟬羽
在陽光下閃爍着燦爛的光輝
只怕頑皮的孩子魯莽一戮
便要碎銀滿地

我們是一對天使遺落的蟬羽
無比珍愛着它的美麗
只怕來了不測的狂風
頓將碎成不可見的微粒

一九七二、十二、廿一

放風箏的孩子

——一個高中教師的抒情——

天天面對着「可畏」的後生學子
時而促起陣陣久遠的回憶
而驚異於時代的進步和神速
羞愧於自己的衰老與落伍

日日冷視那迫使他自覺跟不上時代的一切
隱然生出畏懼和憂慮
深悟固執自己並非頑固

突然感覺那可以自個兒飛的是風箏
時時緊扯着他手上的繩索
於是他禁不住哂笑自己
仍是個放風箏的孩子

一九七一、四、一

腐朽的讚歌

克德琳

銹色的悲哀

破舊的機械廠
殘冬的手
老往機器的屍體敲打
鐵的回聲仍然鏗鏘呢！

紅褐色　以及
帶有黑色斑點
這就是他生命的顏色
不同於油油青草
不同於清澈溪流
倒有幾分
像家鄉芬芳的土壤

黃昏時刻
就可聽到一種聲音
微微發響的剝落的嘆息

有幾個人聽到
這種剝落的哀泣？

峭壁

日日都伸出他的手
是在招喚誰？

每次我像狩獵者
穿過指間
心裡就不安的顫慄
深怕掉走他的獵物
令他固貧瘠而痛苦

他的指間是個缺口
打着輕柔的樹語
引誘獸　以及
飛鳥

在我狩獵回來時
他仍就伸直着
手

他是在招喚誰？
雲知否？

車禍

楊惠男

徵集令

如此被徵召來，注入爭戰的血液
並釘上一串數字
銹了的撼拔不動的號碼！

應被怨恨的，却被鼓舞着去恨人
應被殘殺的，却被教唆如何殺人
執鎗持矛想幻、追逐與刺戮的幻想
竟一夕而成利爪披髮的衝動
並嘶喊，以張牙爲榮耀：
讓頭顱爲山汚血爲河
讓刼運與災難爲大地吧！

有一日，自夢中覺醒，日軟風輕
正是倦返故國的日子
才驚見自己已成一堆白骨！

車禍

1.

只那麼轟然一聲，就看到
一根白骨像矛樁一樣
狠狠地釘入地下。
這一切都已靜止，唯有四面傳來的
謠言，像楚歌一樣訴說我的死亡！
生命自我身上湍湍地充滿大地，還踢着正步地
爬滿了牆壁，連壓在胸口的那片青天
都被塗得紅紅的一片。

從此，太陽再也羞於出現
只因它的園地已經被我佔據
而這不過是一個荒唐故事的序幕！

2.

以赤斑蛇的舌頭，青光烈火吞噬着我
左是危崖右刀山

這是鬼門關，他們說
這是通往天堂的唯一道路！

戰爭是一具狂呼怪叫的僵屍，被下了油鍋
請不要抓我，鬼爺爺，我不是硝烟散佈者
貧困是一隻利爪爬行的毒蠍，被石磨磨着
請不要抓我，鬼爺爺，我不是腦滿腸肥者
像是一隻隨處大小便的狐狸狗，謊言被割斷舌頭
掛在樹梢風乾，哦
鬼爺爺！請不要抓我，載歪了帽子的
我只不過是個政治演說家
鬼爺爺，這都是車禍的犧牲品！

陰風肉着青光，他們說
看慣了僵屍毒蠍和狐狸，你將永生西方！

3.

然而
依然是左危崖右刀山
烈火以赤斑蛇的舌頭吞噬我
管車禍的地藏菩薩在那裡？

4.

走上望鄉臺，和風迎面吹來
故鄉是一片盛開着的油菜花
這是一幅潸潸落淚的美景！

相傳地藏菩薩曾發宏願，曰：地獄不空誓不成佛。

眺斯人

——赤崁樓

隔着夏日暴雨，一時
小小的窗臺容納不下，你
古代的光榮啊，永恒的風景
飛簷在地平線之上

仍然，我的思念瞄準你
有如淚水瞄準眼睛
孿生的我們，爲着存在的理由
時間被分割，孤立

如果你也能聞嗅
嗅，在你深深的氣息裡
我呼不出自己的名

只有這黃昏雨
領着我的淚水，呼天搶地
直上你的樓梯

給佳珊

羅暉

你曾說愛沙漠不是謊言，佳珊
但也祗是你不着邊際的構想
那世界沒有綠，一片落漠的禿
蒼老的黃，旋飈和熱浪
沒有黎巨嫩的青，普魯士的藍
佳珊哪！你莫非想藏埋那駝鳥的蛋
像金質的十字架懸掛豐盈的兩乳之間
匍伏聖像前，向低垂愁苦的額頭
祈福；祈求你玫瑰串成的朋天
哦！願你常仰望——
仰望那脚縫滴流的血，肋旁的槍傷

當十三月的第五季悄悄屆臨
客居和土著都掛曬着久醃的懷鄉病
你却南北奔跑叫賣愛情，一朵薔薇
付價是斗量的相思，切片的靈魂
失意人的歲月多愚蠢啊！佳珊
你想上酒樓下舞廳去賄賂那黑市的簽證
今世有幾個耶利哥的撒該願將訛詐的償還
而你需償還的是被人吮吸的青春
佳珊哪！那天你向戒酒的酒徒照杯勸飲
我拾起却是豎琴彈者遺落的第八階音
裝入皮囊，（裝過你眼淚的皮囊）
我好像加略人猶太，飲盡了恩典
再去兌換一個心碎的時辰

二十世紀的虹橋已增多夢的流量，佳珊
你爲何仍藉蝙蝠的膀翔將黑夜滑翔
滑出一顆流星，不須紅燈的管制
也不須護照約束它放蕩的脚踪
但在淒涼的旅途你向我投訴無助的苦寂
你說漫長相思啃蝕了頸上的吻痕
仍感到我緊握的手流注的熱愛與力量
那橢圓的弧多遙遠啊！佳珊
我曾靠水星爲驛站去遞傳幾個光年的懷想
回憶海豹的吟詠，貓的叫春
你曾諷笑的啼唱的古典律韻
而拉鍊時代脫卸的是赤裸的愛情
那麼，我詩的苗圃再播不出意義，也不永恒
那鬱金香下沉埋的
那鐵路軌邊輾碎的
那咖啡杯沿的苦與甜
哦！那不完整的死。

復活啦！佳珊
在摩西高擧銅蛇的曠野
在以利沙伏身的書志
在拿撒勒的耶穌叫喚的伯大尼
佳珊哪！我復活在老地方的苦等
當我念畢主禱文第七句禱詞
買通的夕陽已悖逆我而去
去赴新娘的婚宴
留我陪伴着被冷落的新郎

我把別後的黃昏線連個鮮艷的光環
佳珊哪！準備迎待你歸來綴掛胸前
縱是你常將今日的允諾
封蓋昨日的允諾，明日的
依舊是寬恕於動人的豐盛的憐憫
結實在伊甸園內兩種菓樹的枝間

守望的日子啊！佳珊
像含羞草摺疊它對生的夢境
摒棄夜露的歡笑，蛺蝶的彩衣曲
蝗蟲嚼邊剩下的顧恤，工蜂創造的
一個小小的歷史；安息也吧
冬眠也吧！佳珊哪
扯一下耶穌的衣縫補充我鬢梢漏去的歲月

我如今凝立銅捶的祭壇邊緣
向聖火揮灑幾滴不潔淨的眼淚
跟祭牲一同焚燒、焚燒
燒去死的桎梏與生的驕傲
墮落的貞操呀！佳珊
我怕像羅得的妻的回顧
回顧所多瑪的繁華，蛾摩拉的富裕
你曾捐賣的尼尼微城的四十個着色的春天
希望已隨門徒往以馬忤斯的路上丢失了嗎
佳珊哪！那不死的愛
又黙然了五旬節在耶路撒冷的角樓
那裏有人傻楞楞的等待

而土撥鼠窺探的明天啊！佳珊
屬於巴黎聖母院燭影下的默禱
或是比特山上酬唱的愛情，無須詮釋
像已往愛詮釋切吻的價值和遲來的幸運
明天啊！希伯來河分隔的不是羊的蹄印
乃是羊的角型，在乎牧者的預定
佳珊哪！那天你曾投我以七角獸的微笑
已讓耶和華從你裙裾的蔭影裏將我尋找
檢回獅子爪牙下那初熟的生命，但曾是
血灌溉的蓓蕾，窰匠爐中鍛過的器皿
冬眠也吧！安息也吧
差點忘了自己是載着耳環的拿細耳人
又把着火的炭去描畫黃昏

但祝福仍似汲淪溪水，佳珊
川流你釣夢的投影，你凝注的漩迴
在你從巴比倫歸國的途中
將見我的琴掛柳枝，已忘了

娛人之枝——曾彈過的往昔
因我的小耶穌啊！佳珊哪
已被人踐踏在汚穢的脚底
去回味埃及的韮菜和黃瓜的滋味
你猜我站立加低斯邊界眺望的是甚麼
不是看風吹動的蘆葦，乃是那
流奶與蜜之地的允許，哦佳珊
你說愛沙漠不是謊言，我怕
沒有綠的世界會將你和你的影子一齊吞噬
當你心裏的偶像傾塌時，
我也找着一個平凡的自己

一九七二、十二、嘉義

單車環島

陳坤崙

在一九七一年十一月十一日
早晨九點鐘
我騎着單車從高雄出發
在途中我看到許多奇異的事情
有恐怖的連環車禍
司機和助手有的斷臂有的斷脚
甚至有的斷了思想的頭顱
血染紅了黑色的柏油路
也染紅了我的心靈
有大卡車在橫貫公路及蘇花公路
司機爲了巴結亡魂
於是命令助手點香燒着過路錢
以企求亡魂的保祐
有警察拿着鋸子
把樹立在圓環邊的廣公
像鋸斷了一條腿一樣
那個廣告歪斜着不能再站立
很多人看着這個廣告斷了腿
……
在一九七一月十一月二十七日
黃昏五點鐘
我騎着單車回到高雄

母親

陳寧貴

童年
母親的手裡
握着二個春天
睡着數不盡的鳥聲

曾經
一陣風吹過來
母親就臨風搖曳
成娉婷

中年
母親一脚陷入現實的門檻
　一脚掉進生活的枷鎖
就這樣，母親
背後的二條長辮子沒有了，母親
忘了唱歌

有時候
我默默地數着母親
臉上蔓延的皺紋，數得我
心好疼好疼

陋屋

峯旭

捨不得砍斷樑頭的蛛絲
就讓它這樣錯綜的 維繫
陋屋的存在

捨不得驅逐樑裡的蟲鳴
就讓它這樣咿呀的 創作
生命的組曲

每當抑揚聲動
騎着蹩脚鐵馬的產婆
便又再次咿咿呀呀的耀現
母親的瞳房

老舊的搖籃依然高結樑上
籃裡的嬰孩
緊緊拉彈着四弦
咿咿呀呀 學唱
生活第一樂章

六一年十二月廿日於基隆

註：產婆：鄉下嬰孩出生時，通常多請年紀較長之婦女擔任助產士，有些婦女常替人接生，俗稱產婆。

大樹詩草

羅杏

老祖宗

樹根曾經放肆過好些世紀
那是老祖宗出神聽來的消息
據說伏流也曾奔放過急湍的心底
這也是老祖宗入神窺出的秘密
一拈花
一結草
一隻蜻蜓點水路過
一沙粒
一片心
把歲月統統納進神仙的袖口裡

如今
一顆滾燙跌落的心
以馬達的加速度
追逐着老祖宗沁透的泉石
鐵鞋踏破世紀的野心
吼出的心肝冷却一地
沸騰的血液凍結在冬風裡
疲憊的脚步
踩亂了巷口
一身倦怠
只想躺回老祖宗沁涼的泉石
好一番苦心

大樹

大樹招着手
習慣地舒放一囘個性說：
風　痛快地把我吵醒吧
我的頭已探望到世界之窗
儘管人們以光耀着血跡的手
拉鋸着我們老祖宗的硬骨頭
懸崖下笑破的空谷
響絕
峭壁上跌痛沉思的岩層
低訴
順風長傳於
人們充滿汚垢的聽道
且把樹林散發的傲氣
分送給陳年疲憊的人們
他們多麼渴念
狠狠地
踩踏深陷鮮明的足跡

看不到自己的年輪
我們才沉不住生命的氣息
强悍地征服著空寂的曠地
那樣耿耿寸步不渝
懷着一身熱烈矛盾的傲骨
俯瞰宇宙

看人們學會孤獨
一聲聲倒數著莫奈
恁情地鋸來鋸去
却鋸不斷我們縱橫的年輪
我們原是一顆五千年高崗上
不屈的硬漢

髮

長年的長
長了又修
固執的長
修了又長
只這樣癡癡地長
總想以暗流的碎步
掙扎出那份美的奇蹟
偶而入神
偶而出神
一心只想把歲月
長得更長

孤燈

燈黃微明
却炙熱了心爐
夜夜以跳的協奏
釀製滿罏的醇酒

收集疲憊的夜色
悄悄把酒灑在被窩
將醉酣成夢
稍後
去溫存白晝挺立的寒骨

過癮

記憶除霜的日子
把陽光請來
鳥兒一段段探頭爲我點唱
溫馨點點滴落
招呼著路畔的花草
僵凍一季的河邊被橇開
不怕溶掉太多
還給春河以奔騰的生命
雖然飄浮的也是一層泡沫
我仍要呼喚成彩色的記憶
儘管來冬
一切又都要封凍起來
此刻

酣熱的身子躺在冰窖裡
酩酊著這份過癮

碧 水

流著中年澄澈的愛情
把碧雲天藍在河底
讓兩岸驚落黃葉一地
白晝默默
沉住星月長年夜深時
多情的浸沒
只留得貼底的心跡

雖然林間掛滿音符
爛泥把脚跟絆住
却只有空谷伴著細水長流
深山的清晨
不識路的過客
跌了一身葉泥
偶然才發現這樁消息

悼

一年半
沒來得及說一聲
就揮著手走了
翹起指頭
只兜了小小一圈

就走了
不用船隻
就可以超渡
兩歲不到勇敢的小水手

臨走
你還以小手
輕拋下一塊石子
打在你最熟悉的心湖
掀起圈圈漣漪
把人拴住

何必留言
人生旅途原有短長

鄉土草

莊金國

踏風水的地理師

隨他而去吧！魂魄
他是踏你風水來的
來生是福是禍
或就繫在他脚踝

向東。面對昇起的朝陽
向西。目送沉墜的夕日
向北。呼喚母親您在何方
向南。眺望家在山那邊

在一片不甚密集的后土間
踏風水的地理師口中唸唸
——天清清，地靈靈
魂兮！葬此

61年10月28日於高雄

溪埔風雲

秋天，來得太早的
秋天；溪水又改道
我們備妥了竹筏
在雨中，等待着潮退
我們拖下竹筏逆流撐前
尋找着舊界；插定標竿
絕不侵犯別人的屬地

誰能忘懷那年的血祭
我們插定的標竿不見了
而驚怒的發現：隔壁
洲子庄的人偷偷拔換了
遂武將起來——
血，從掩着臉的指縫溢出
一場血的格鬪於焉展開

可憐的秋菊
俯在伊爸的遺體哀哀欲絕
可憐的添福
不知該如何憑弔
未來，突崩的泰山
伊們的淚串流自
對峙的雠目

秋天，來得不早也不晚
今年的溪水又改道
不見雨夜冒洪的撐筏者
却見雨中漫步的農夫婦
一個抱着一個：傘下的心肝
伊們是在思量潮退的溪底
種蕃藷好呢？或蕃茄……

16・10・29於高雄

選擇篇

莫渝

今天或明天

1\.
此刻、你等的是誰
下次，等你的有誰
朗朗的陽光
把路引向盡端
墳草無知地
迎風笑謔

2\.
今天，送你的是我
改天，我送的有誰
濛濛的雨絲
無力地撐起天空
很像那把送祖父時的
黑傘

天空或地上

再也說不出一句囈語
他死了
死在妻子的墓旁
有人看到他的靈魂昇天
有人硬說他還活在情人們的交談中
沒有思維的我
永遠理不清天上好呢
還是地下

晝或夜

老兄！
管他現在是白天或晚上
我們天生的勞碌命
忙完了晝，接着
夜猙獰獰地歡迎你
而晝了之後還有夜
夜了之後仍是晝

睡在地下道的人

千不該萬不該
有夢
偏偏惡夢連夜
在此之前
我尚能捏幾張獎券出神
我的床必然舖層厚厚的絨毯
現在
我躺在舊報紙做墊的地板上
望着揉皺的當票發呆
自從找到這榻席夢思
每夜有甩脫不掉的夢
夢見
走過的路既疲憊且
坎坷

十一月下雨天

外一首

張偉男

十一月下雨天

一株楊柳是一次奢侈
是塡滿空虛的墓穴
而我把記憶當作葱綠
　把草當作天外的雲
雨總斜斜地映在彩虹上了

如故人從海那方
以醒夢的手
抹在我淚眼上
那時
楊柳給我的奢侈
再不是葱綠
再不是雲浮在天外
而必會慢慢的
漲開
在我底枕旁
築起一坦銹鐵的城牆
冬天就是這樣
你不能不滿足的貧血
在未有冬天之前
已先有一株楊柳

　一九七二年十一月十一日

缺題

初冬
雨
雲般的雨
隔在雲雨外
那綠和草的山
垂着
一條無力的楊柳
這一年
這一年山和雨都如此活着
一種輕輕白白的活
而楊柳亦願意
隨着風吹
不曾宣告
已知道
它們不需要
杜鵑花的紅
不需要
蘆葦的蒼暮
不需要
鳥的啼聲
亦不願有誰知道
它們曾經
踏過多少年
瘦春的泥土
只要感到
只要感到下雨的季節還存在
孩子們仍能唱兒歌
那楊柳
無力的楊柳
當會散落
些微柳絮
如夢中聽到的
從寺院傳來的淒然
若能從流盡的淚眼
再擠出一滴
已結成冰塊的
威士忌
窗外必會濺滿鮮紅
那三月前已死掉的
杜鵑

　一九七二年十一月十八日

離愁篇

關外

月色

午夜
被喚醒於風寒的露臺
醒來
（不知何時手上的錶靜成水平）
直直瀉下的
月光　將房子砌成
一座　一座　靜竹
的方城
星星遠得更稀
村口　碎石子循着
駝子背的馬路，鋪展過來
宗祠門前，一片晶瑩
野池塘邊上的翠竹
高聳聳地　伸長着脖子
把孤獨的頭髮投進池內的西比角

離愁

——昨夜在夢中，我正安然——

火車的氣笛聲　軋碎
　我的思維
　（正思鄉，還送人。）
是什麼一回事　我的影子的
上半身
被最後一節車箱
拉着　走了。
是什麼一回事
我被拋
在這空冷的月臺的左邊
我懼怕
從此會失去了什麼。
伙伴呀！昨夜我夢正安然
明日又將如何？
是否　遠方
烙印我流浪的脚跡
　（影子！影子！風中的影子）
曾經
昨夜我夢正安然
火車　氣笛聲
逐
漸
軋碎我夢。

石像的悲哀（外一首）

德　亮

石像的悲哀

還是一個人
靜靜的坐着

坐了太久了
幾年來
一直想站起來
可恨的水泥却在屁股下面
緊緊的
拖住不放

出去走走是必須的
幾年來
兩眼被香火燻得不成樣子
頭暈目眩的時候
眞想一下子
把水泥全部打碎

不行哪
恍然大悟的
他發現
自己的身子也是水泥做的

還是一個人
靜靜的坐着

喉嚨痛的時候

喉嚨痛的時候
有什麼話，不能
大聲的講
我們只能在別人不注意的時候
躲在一旁
努力的，設法
將咳不出來的
痰
吞入肚子

喉嚨痛的時候
醫生說
不准抽煙
我們不能像平常一樣
在說不出話的時候
把怨氣燒成煙絲
丟掉

喉嚨痛的時候
最好不說話
讓我們的傷口在平靜中
逐漸痊癒

冬夜廻旋曲

——一聲聲啼喚
淪爲冬夜蘆白的廻旋——

寒林

橫笛

秋都冷了
所有的爐火都撥盡
誰是那遠天悠揚的橫笛
橫在那廻旋的一朶晚雲里?

落葉

不知幾時
雨季飄過那積滿旅情的山頭
只是一株忍冬的靜待
我的牽掛
便成爲一片覆雪的落葉
——落葉是否也有隱憂?

寒衣

編秋草的夜
安徒生的夜
以及偶而也落著小雨的街
奈何在我踉蹌的跫音里
遠航?
如母親的呼喚
隱沒
如一襲寒衣
破舊
鈕扣一顆一顆地剝落

松濤

一波牽送着一波的寒愴
襲來
復遠去
追憶沒入暮夕的雲里
——沒入旅人的衣襟里

鹼魚

晚餐的碟子
焦灼的湯匙
可還盛放著一片蘿蔔乾
——兩尾鹹鹹的乾魚?
一匙一匙的惦念
竟然如此馥郁?!
想着,惦着
遂跌入一幅頑童的漫畫里
溫習母親臉上的希冀
口裡一邊嚼着蔔蘿乾一邊咀着鹹魚

方窗

一口方方的窗
掛着一輪圓圓的落日
這是梅香的冬季
窗在北國的佇望里消失
雪都該覆葉了
我被覆蓋在一片沙塵里
芒鞋底處
誰的跫音冷冷?
誰的佇望冷冷?

蘆花

揚起襤褸的袖管
不覺寒風侵透
我的衣角
有蘆白紛飛
落宿如白鳥
一聲聲啼喚便淪爲
冬夜蘆白的廻旋

一九七二・十一末梢完稿

排球

廖立文

排球落下
一張紙鳶掛在山巔
排球落下
一只鳥飛過
排球落下
一角簷，翹首遠望
排球落下
一扇窗，不知所以地敞着
排球落下
我的拳頭
擊上
上空
上空
一片白茫茫
我好冷呀
我好冷呀

排球上飛
天空
天空
一片白茫茫
雪花紛紛

鴿語

逸青

就這樣　在二月的寒雨裡
一隻折翼的白鴿
望着七彩的虹　木然
在萬分難耐的白籠裡
做孤獨的守護神

日守着夜守着日守着夜
只盼早日拾回右翼的衝刺
飛向穹蒼
奏那彩虹的歌

註：二月右手遭骨折，無法再擁有四絃的喜悅，有感誌之。

魚丸攤

忍虹昇

燒——
一碗二元
二元一碗燒

半塊榻榻米大的小攤子
一家六口目注着一籃魚丸
爐火在上昇

油湯在叫囂
老頭把巷口煮成小小的夜市
搖滾着呵嗽的冬天

燒——
賣不完
自己也吃一碗燒

蕾夢娜

郭暉燦

我忘了我自己，我們才歡笑。散場後冷風襲入，我才無聲。

我很慷慨，所有的美都給人家嚐盡了，祇留下苦給自己。

才第一夜，就要以你的「我愛妳」換取我的「我愛你」。我多麼渴望我能祇愛我。

僅僅因爲高興，你就讓床頭小燈窺探我每一寸美。我愛躲在黑暗裏，自己看不清自己才舒服。我要你關掉，你說：「妳愛我，又不聽話。」我背着你——害臊。

你沒有一點「愛」的手勢，丟下幾張鈔票落到我的美，我小心藏入皮包，爲了不能辯一聲的我的肚皮和沒有爸爸的孩子——叫媽媽「阿姨」的孩子。

你假意可憐我，我流淚訴說命運，命運——自己的一部份加上別人的。

你眞心可憐我（太不可能），我默默無聲（不是還不習慣在男人面前流淚，而是你嚼不出命運的滋味）。

我忘了我自己，我們才歡笑。散場後冷風襲入，我才無聲。

輕煙

楊傑明

生命是一尾靜靜地燃燒的
　　輕煙
扭曲的白茫
串成連綿的足跡
在薄薄的暮靄瀰漫的
昏黃的天際
追逐着白雲流放的方向

那飄逸的身姿
像繫不住的游絲一縷
緊緊捉住
我們上昇的膜拜和仰望

而當輕煙在逐漸遠去的大氣裏
化爲　虛無一片
太陽又以它鮮紅的血肉靜靜地點燃
另一朵輕煙
啊！
生命是一尾正在燃燒的
　　輕煙

趕路的齒輪（外一首）

衡榕

趕路的齒輪

右脚剛一跨出
左脚就跟上班
縱且香港又氣喘
就沒有脫過一次軌

一千多個
不知姓氏的時日
窒息曾紅灯過
日出和日落的大齒輪
總牽動左右的小齒輪
大耐其煩的晚上又白天

臉和臉的人生舞臺
被喝采和唾棄的階梯
扔滿一地零頭的感觸
嵌入不可測的血脈旅行
於是我有了——
再一次做機械人的勇氣

新墳

想必有人又忘了回家
睡在山頭或且頂好
看着那堆白衣人下山
夕陽的餘暉好强……

市場擠不進
百貨公司擠不進
平交道上紅綠灯失去作用
要看個半世紀的流星雨
也要擠到金山海邊去
喔！或許有人厭棄了
寧願跑到山頭
永遠不回家……

其實不回家也不好
一定有人會哭紅了眼
一定有人會捶死了胸
喔！還是回家的好
天啊！
這條剛闖進的天堂路
爲什麼就被睡冷的墓碑橫截……

徬徨少年時

岳　湄

徬徨少年時

給徐福隆

攜手那時候我們該多傻啊，在母親溫暖的臂懷間，草草的活埋了嬰兒初啼的笑聲。探索這個世界，彷彿讀一本偵探小說，輕易而茫然的預覽結局；譎詭的全部情節，留待自告奮勇的憂鬱及反覆推理。

我們應該是英雄的。眞正的敵手已策馬而來，迫近的蹄音點燃了火藥線，會不會急速的爆炸我們深匿在暗處的懦弱呢？……劍未出鞘就已生滿層層的銹。

沒有消息了，你的脚印留下謎題
我悠悠的廻忖：你的方向在哪裏？
這是甚麼歲月？驕傲緊繫於天使的翅膀
這是甚麼生活？飛瀑沸騰着青山的嘯吟……

六一年十一月・臺北樹林鎭

友誼

給許錦雲

蒼苔建築了監牢，我被黃梅雨那些獄卒恣意的虐待着；哎，假如這時我能擁有一個小窗多好！像少女的唇，癡癡地，讓我那藍色的愛人，一次次的來索吻，多好。到了夜晚，小草總是哭泣，把身上盈盈的淚珠，酬謝清晨能再以金黃的手，浣淨她們的春衫……在讀着妳底信的時候，姊姊。

我是嗜酒者，醞釀幽遠的醇郁，接升地窖裏黑暗的價值。這是一種兒童的遊戲，嗨快來吧！不要讓蹺蹺板上空着妳的座位。

六一年十一月・臺北樹林鎭

樹與鷹

給賀明義

A

接受陽光和風雪的嚮導，我已出發

世界以佳餞及苦菓，不渝的鍾情着空鉢
我還要流浪，惟有慨然的咀嚼下去
我確信：芒鞋的痛楚必將撫慰我底固執

B

再度懷念起你，在東臺灣的少年歲月……。每一句豪語裏拉滿神箭，你是現代的后羿。那時候我們並不眞的懂得詩呀！九個太陽原也只屬於神話。

從鳳凰山中倦旅歸去，重逢你於濱海的砂城。每一根斷柱上旋舞過榮耀，我是刼後的國王；哎，你已不再寫詩了！明日的蔓茨將爲宮庭穿上襤褸的舊衣。

C

「根是生入地裏的枝
　枝是生在空中的根」
讓我們成爲泰戈爾的樹吧
「被拘束在地面是悲哀的
　我相信所有的希望將會完全實現」
安廸威廉斯的歌聲，唱出晴朗萬里的蒼穹
留給我們的鷹，覇氣而瀟灑的翺翔
當我們年青的時候……

六一年十月·臺北樹林鎭

註：前括號兩行係引用泰戈爾「漂鳥集」第一〇三節詩句；後括號兩行則是安廸威廉斯的歌曲「鷹」（EL CONDORRASA）的譯詞，此歌去年曾一度在我國風行。

鷺鷥

在我們碧色的天空有小朶的雲駐足，噓——不要打擾她們。

哦多情的雲：假如妳眞的愛上了我的會走路的小山，那麼就跟我們一塊兒回家吧。

六一年十二月·臺北樹林鎭

歲暮餘稿

趙天儀

孤兒

父親再娶
母親再嫁
我竟是一個孤兒

繼父的白眼
令人難過

繼母的嚕囌
令人厭煩

而舅舅的家呢
却也不是溫暖而甜蜜的窩

在無邊際的人海裡
像是一條沒有方向的小船
我不知該駛向何方
我不知該駛向何方

朝鮮朝顏

竹籬上爬滿了籐蔓
父親抱着孫兒喃喃地自語着
「啊，朝鮮朝顏
一種牽牛花的名字」

像一顆星狀的花朵
紫色的花瓣異常地鮮麗
伴着逝去的晨光
鮮麗只有瞬間的光彩

豆花

揉醒了眼睛　呼喚着媽咪
「豆花」
「豆花」
是女兒像在夢中叫買早點的聲音
而一個挑着扁擔的賣豆花的漢子

正走進了巷口
喚醒了惺忪的小巷
像爸爸當年給我買豆花一樣地
我也正給女兒效勞哩
啊啊 「豆花」
「豆花……」
晨光正强烈地吻着我皺紋上的臉譜

爸爸與媽媽

我呼喚了妳的名字
大女兒也跟着呼喚了妳的名字
妳呼喚了我的名字
小男兒也跟着呼喚了我的名字
我叫了一聲：「媽媽」
小男兒也跟着叫了一聲：「媽媽」
妳叫了一聲：「爸爸」
大女兒也跟着叫了一聲：「爸爸」
於是，大女兒呼喚着妳媽媽
於是，小男兒呼喚着我爸爸
而終於我做了爸爸
而終於妳做了媽媽

一九七二・十二・二十三

不眠的夜

馬達的聲音
佔有了空間 吞噬了耳膜
以一種機械的節奏
鳴響着
且佔有了
夜

不眠的夜
黑色籠罩了大地
我是一顆孤星
守候在蒼空裡的黑暗的角落
睜開了眼神

突然 一陣鐘擺
伴着一陣敲響的聲音
搖醒了長短針的休止符
而我不眠的眼神
正撕裂了夜色的幽暗……

詩三首

陳坤崙

瞎眼的老婦

你是誰
我不認識你我的眼睛瞎了
我看過的人如我的白髮那麼多
你是那一個呢

我看過各式各樣的事情
有些人外表仁慈口蜜腹劍
有些人像一粒外觀美好的蘋果
而裡面却腐爛如泥
這個難以預測的人的世界啊
我已厭倦了

我的眼睛瞎了
你是誰
請你告訴我吧

陀螺

小時候經常在路旁
跟許多同件劃一個
○
環着抽陀螺
要是誰的陀螺不能站着
天旋地轉
那麼他就是『死』了

死了的陀螺必須被囚禁在圓圈裡
像一個犯罪的人一樣
任其他的陀螺毒打
有時他的皮膚被削下了一塊肉
有時他被另一個能够站着
天旋地轉的陀螺
救出圓圈之外
這樣死了的陀螺又復活了

抽陀螺是這樣充滿了幻想
必須站着天旋地轉
才不會死才不會受傷

鄉土

做一個
離開鄉土的船員
無論在什麼地方
他的心永遠滿載了凄涼
因爲聞不到鄉土的氣息
所以就把花盆盛滿了泥土
然後栽上了故鄉的花朵
當寂寞再度訪問他的時候
他就聞聞花盆裡的鄉土
泥土居然也有酒一樣的香味
能令他飄飄然的
忘却了憂傷

「笠」書簡

陳秀喜姑姑：

我們這一代，生命是一團冷冷無邊的黑暗，更不幸的是我們這生長在越南的一群，無論雙手如何摸索，也觸摸不到半點祖國的邊緣。

看到祖國的詩人們在自由中歡呼、詩刊、詩集如雨後春筍般地不斷地出版。再同顧越華詩壇，實在使人興起無限之感慨。

第一次讀「笠」時，對「笠」詩社的同仁就由衷的生有一股敬意。尤其對於您——秀喜姑姑，在這動盪不定的詩壇裡，您以一位女士的身份，不僅寫詩，而且也替「笠」詩刊承擔起一部份力量，這是十分可佩的。

因爲本地詩壇十分貧乏，所以自由中國很多的詩集，在本地未見有販賣，得悉您曾出版過一本詩集，能送一本給我紀念嗎？也希望您能代我向詩人白萩討取一本他的新作「現代詩散論」謝謝，順祝

文安

並對笠詩社的同仁們致以萬二分的敬意

民國六十一年十二月十八日

陳方圓

寄自越南西貢

詩壇隨筆

爲「地域性」進一解

李魁賢

在詩素的取材和表現上，有「社會性」與「個人性」的對立。「個人性」植基於個人的經歷與感情，所關心的是個人獨自的生活，充其量僅能涉及某一小團體的活動。而「社會性」是以大家的共通性爲着眼點，所表現的是與大多數人民攸關的生活與感情，較富有普遍的人間性。因此，個人性的詩人，重視內心的獨白，而社會性的詩人，則時時警覺傳達的重要意義。

可是，最近接二連三看到若干詩人的筆下出現了「地域性」的名詞，而他們對所謂「地域性」的措辭及觀點，倒頗令人困惑。

凡是眞摯的文學家或詩人，他所探究的問題與事件，所表現的知性與感性，在時間上言，莫不是「現代」的，在空間上言，莫不是「現地」的，因此構成文學或詩的時代性與民族性。又因其具有時代性，所以才可能造成歷史，因其具有民族性，才可能在世界的文學裡佔一席之地。

人民的生活離不開土地，因此，處理植根於土地的生活所完成的文學，才可能是有血有肉的文學，健康的文學。因此，對「地域性」一辭，我們可做這樣的理解：

一、相對於「異域性」的意義：無可諱言地，很多創作者漠然於本身所處的「現地」，一方面自認爲是「現地」的異鄉人，另方面又孜孜於認同異國的文學概念，於是產生乖離的、不知所云的「異域性」作品。相對地，「地域性」的作品，必須是處理「現地」的經驗與感情，則創作者必然是參與「現地」的群體活動，物質與精神生活的整體交融，由此產生的作品，才有代表性，才是民族的文學。

二、相對於「空域性」的意義：「空域性」是筆者杜撰的名詞，意指創作者漠視文學的種種功能，而「孤守空闈」耽溺於「遊戲」的單一功能，作文字與意象本身的「特技表演」，於是產生飄浮的、不着邊際的「空域性」作品。相對地，「地域性」的作品，必須是關心「現地」實在的生活與事件，社會的現象，則創作者必然是全生命投注於「現地」生活的熔爐裡，有汗臭，有泥巴味，由此產生的作品，才有實在性，才是健康的文學。

專家時代的來臨

殷　鑒

在我們這個小小的詩壇上，自以爲是的風氣，以詩人爲首，以現代詩爲先，因此，流風所及，自我省察的功夫逐漸地消失了它的眞諦。

當我們的詩人群之中，有人可以不懂法文，却大胆地談論所謂超現實主義，甚至什麼「廣義的超現實主義」，這種杜撰的本領，顯示了不是專家的弱點。

當我們的詩人群之中，有人可以不懂哲學，却大胆地談論所謂存在主義，甚至什麼「詩人的存在哲學」，這種花招的本領，更顯示了不是專家的輕率。

當我們的詩人群之中，有人可以不懂德文，却大胆地開口里爾克，閉口里爾克，一旦碰上了一、兩位德國詩的愛好者，便趨之若鶩，視爲知音，傾訴着里爾克便是他的神明。這種詩人的軟骨頭，就是强不知以爲知的心理在作祟。

我所謂的專家時代的來臨，就是說，在我們的詩壇上，過去詩人們所具有泛泛的知識，甚至一知半解的知識，已經無法使自己內在的充實更爲進一步地加强了，我們要有不靠二房東的硬骨頭，我們要有不依賴一鱗半爪的剪貼與猜測，才能培養出眞實的詩學的知識。

當然啦，詩學的知識不一定能造就一個詩人，但是一旦專家時代的來臨，那些僞知，那些贋品，那些濫調，自然而然必需退位。因爲那個時候；古典主義也好，浪漫主義也好，都有專家。甚至超現實主義也好，存在主義也好，也都有專家。而這種專家的存在，才是眞正的詩人之鏡，因爲那個時候，如果是妖精，便會現出原形；如果是詩人，便會照明出他的仙骨。

我們相信，對某一國度、某一時期或某一詩人做深入的研究與探討的專家；可能有人會成爲批評家，也可能有人兼爲詩人，因此，我們認爲這種專家也可能有他們的限制，但我們如果以目前這種漫無限制的詩人來比較的話，我們應重視自覺與眞知的精義。

黃騰輝詩抄

拾穗集

編者按：

黃騰輝：臺灣省新竹縣竹北鄉人，民國二十年生。私立東吳大學畢業，現任臺菱公司財務經理。民國四十年左右開始寫作，有詩、評論及短篇小說等，詩作多發表於「新詩週刊」、「藍星週刊」、「今日新詩」及「青潮」等，曾有出版詩集「畫像」的計劃，惜未結集出版，目前收集其一部份舊作新刊，題爲「拾穗集」。先生目前爲笠同仁，並任發行人。

思念

在白雲掠過藍天的當兒，
慧星閃爍在夜空的時候，
我喜歡孤單地拾起失落的靈感。

惦念就似織絲膠黏着情網。
荏弱的心靈，
復又編綴起新的憶念。

於是，我拾起一片焦葉，
記幾支心弦奏起的幻曲，
寄給遙隔幾層山河底故鄉。

故鄉，
那有暴風吹醒我的夢魘；
那有輕輕私語的河畔，
那有默默相望的巍巒；
也有肥沃葱翠的田園，
更有溫謐絢麗的家院，……
那裏蘊藏着太多的思慕與愛戀。
憂鬱而孤寂的生命旅程中，
唯有惦念，像沙漠裏的甘露。
滋潤着那株枯萎的心苗。

鄉愁

時間拉着太陽回家，
月亮帶着星星出現，
夜！在邃闇中瀰漫。

孤守在陰霾的斗室，
托腮凝視着窗外，
夏蟲的啜泣，
又在呼喚着回憶。

——記得那年，
睡在媽咪背上傾聽着催眠曲的夜；
挽着姐姐的臂膀，
在故鄉的阡陌上捉着螢火蟲的夜；
薄暮傍晚，
徘徊在廣袤的田野，
聽牧童婉囀的山歌。
朦霧消失的晨曦，
徬徨在輕波蕩漾的河畔，
看阿娜多姿的浣衣村女；
…………
如果，我是個畫家，
這該是一幅「寶島村景」的傑作。

然而，這幅畫，
永遠留在狹村僻壤的家鄉。
陰霾的斗室，
仍是我孤單地托腮凝想。

村暮

田坎上挪移的水牛，
陶醉在輕麗的牧笛，
農夫的微笑，
像那旖旎的彩霞。……
一片暮色的圖；
一首和平的歌，
無謂的徘徊是沉默的詩。

潮音

海洋啊！
你是一把宇宙的大提琴，
太久了，
我沒有聽到你的沉訴。
於是我多麼地渴望，
把我的耳朵化成美麗的貝殼。
躺在溫暖的沙灘；
埋藏在你的心中，
聽這永恆的宇宙的呼喚。

戀

海洋啊！
我見到你，
就像見到久別的情人的容臉。
這一份戀情呀！
深植在你的靈魂之中。
我願意變成一隻海鷗，
在你的眼前飛舞；
在你的容臉輕吻。

船

詩人說：「船是搖藍」……
幾代嬰兒在這裡生長，
也有幾代在這裡死亡。
於是，我說船是漁人的家；
漁人的飯碗。
從一個島到另一個島，
船是海洋的橋。
橋載了多少人的願望去探知海洋的秘密，
橋也載了多少生命去尋求安息的島。

夜　潮

每夜，當潮來的時候，
我爲浪聲驚醒。

好幾次我打開了窗門望着你雄偉的澎湃，
好幾次我跑到沙灘去迎接你。

白晝，我拾貝殼的脚印，
在你的澎湃中淹沒了。

休　息

我靜坐在巖石上，
讓澎湃而掀起的浪花，
洗滌着我赤裸的双脚，
那沁涼的感覺呵！
更洗清了
我那久久爲生活的灰塵而淹沒的心。

夕　陽

天上漂浮的雲朶，
爲黃昏的地平線佩上了紅花圈，
海是一片七彩的鏡子。

我愛這燦爛的宇宙的彩色，
於是，我佇立在沙灘上凝望了許多。

慢慢地黑暗從我的身邊湧起，
原來是美麗的花圈躺在海洋的懷裡，
你還要遠航到對岸的世界的話，
別忘了把光芒照耀受難的人們。

我愛這燦爛的宇宙的彩色，
於是，我佇立在沙灘目送，
你走了，但別忘明晨再來敲醒我的夢。

生　活

注視着粗糙的手指
我看到，生活中的瘦影，
貧血的孤獨的……。

嘆息，
是窮困與疲倦的呻吟，
衰弱的，可悲的……。

這些都是考驗，
在我空虛的心靈中推砌一幅美麗的遠景。

遠景之下，我忍受着——
手指的粗糙，嘆息……

失落的畫像

每一筆，彩色，線條……
慢慢地浮上來了。
我看看這幅畫布，
彷彿看到了自己思念的結晶，
那已是久久孕育在我的靈魂中的。

拙劣的是我的畫筆，
但，我驚訝！
它會代表宇宙間一切創造的完美，
立體的古希臘的彫刻會爲它失色。
凝視着，
我憶起了幼年的童話中那幅女神的畫像。

我要濃黑的双瞳更明朗些，
再用淡灰色把它双頰的酒窩挖得更深，
於是，玫瑰色的微笑掛上了她的唇邊，
…………。
但，爲什麼呢？
失落的少女永恆地活在我的心中。
我畫着自己的思念，
我畫着自己的煩惱。

歷　史

把許多朝代的皇帝，偉人……
集合在一起，
史學家在爲他們點名，
也在爲他們打着操行分數；
之後，
把他們的成績報告表，
交給下一代。

夜　城

燈火，無數個光體的眼睛，
凝視着，失去了太陽的城。
街道，是城的血脈，
行人，是一個個不安的血球，
——循環着。

無　題

說，妳的微笑是我欣歡的投影，
不如說，我害怕地守候着的是——
來自妳心中的暴風雨。
說，你常愛在我的面前微笑，
不如說，妳已猜中了我的心。

影　子

與我成直角，一筆濃黑的水彩筆觸，

像垂死的老人，
孤單地把主人的輪廓投在地上。
瘦小的，彷彿一片凋零的落葉，
爲什麼老是跟着我？
也許你是跟我一樣的寂寞。

電　影

你在描繪我的夢，用十彩的故事。
在夜的宇宙，
你以立體的姿態顯示我的眼前。
——一層薄薄的銀幕，
你用主角來導演着我的心。

霧

從何處而來？從何處而去？
像貓的脚步一樣，輕悄悄地，
輕悄悄地……
你想把宇宙蒙掩，
你想把我的思想蒙掩。
如果你也能蒙掩了我痛苦的思憶，
我願意久久徘徊，……
在你的蒼茫裏。

雲星月之幻想

(一) 雲

片片的雲朵，是白鴿的翅膀，
願我是星星，
願我是月亮，
騎着白鴿的翅膀，在晴夜的藍天自由的翱翔。
白色的雲彩，是揚起銀帆的船，
願我是星星，
願我是月亮，
乘着銀帆，漂遊在藍天的海洋。
白鴿的翅膀，銀帆的船……
雲朵是天上的搖籃，
我要在搖籃中靜靜的睡，
我要到夢中去尋找故事裡的玉兎和月桂。

(二) 星星

藍天上無數的銀燭和金黃的繁燈，
我願獨自地躺在草原上，數着心愛的星星。
美麗得像是天上閃耀的花朶，
可愛得像是母親閃耀的眼睛，
我是牛郎，
你是織女，
願你們游浴在天河，相聚在一起，
願你們盡情地傾訴別離後相思的絮語。

（三）月亮

乘着銀帆的船，
騎着白鴿的翅膀，
你是來自天上的銀衣使者，
帶來了可愛的故事和明媚的容光。
我愛你圓美的姿態與皎白的心，
我愛你輝煌的彩色與無比的光明。
我要把我的愛慕與思念，
獻給你——夜的女神。

（四）兒童　幻想

懷着綺麗的夢和幻想，
踏着七彩的虹橋，乘着片片的雲朵，
我要爬到天上去捕捉銀衣的玉兎，
我要爬到銀河去採摘天上的花朶。
帶着憧憬和願望，
我緊緊地追尋着銀色的光箭，
我要追到多故事的天國，
我要追到花朶常開的伊甸園。

四行集

題

正如從情人的眸子看出她的心底，
我想從我的靈感中呼出我的詩的名字。
因爲，對我的情感是如此忠實，
所以，我珍惜地把它爲我的詩加冕。

我的詩

我的靈魂的孤獨的，
我的筆下，是一連串寂寞的話語。
我們是如此親蜜，却從不知你的名字，
但，有人把你的名字叫做詩。

徘徊

追着晚風趕走的落葉；
靜聽叫化子胡琴的啜泣……
像一個夢遊狂者，踱一條又一條——
走不完的暮色的街道。

都市

生活在高速度地旋轉着。
我爲緊張與污穢的空氣而窒息。

這用屋頂與足印密蓋的大地，
人類却緊追着幸福的夢。

少女

一朵鮮花，擁集着許多勇敢的護花使。
那醉人的馨艷啊！畢竟會凋謝的，
但，現在剎那間是綺麗的，
因爲，這是用青春裝飾的生命。

路

憧憬，是靈魂的圖畫，
我曾在皎潔的心版繪一座遠山，
山上塗以眞理與自由的色彩。
山下默默地走着的是遙遠的路。

肖像

捧鏡自照，我才被憔悴的瘦影嚇了一跳，
蒼白的臉頰被情感偸走了光輝。
沉默的聲音在額頰彫刻皺紋時，
我彷彿在傾聽墓塋輕聲的呼喚。

煙

白煙，連幾個岑寂而憂愁的圓圈……
消失時是一縷縷理不清的情感。
吸一口又一口，最辣澀的……
一直到靈感的醉窒。

祝福

我常常想：要是有個剎那的黑暗，
我便用凝視呼喚夜空的慧星。
卽使天上的星斗不再爲我絮語，
媽媽仍能請它轉唱一首祝福詩。

祈禱

跪在神殿下用緘默呼喚着聖靈，
神鐘敲響的讚美詩是天堂的門扉。
我知道不能言語的情緒的知音，
只有那位慈愛的天父。

故事

「姐姐講故事吧！」我催促着，
佇立在河畔傾聽漣漪私語的姐姐。
「嗯！從前有個金髮的少女，
在萊茵河畔悲傷的Lorely……」

註：The Lorely爲德國民謠，海涅（Heine）作詞

歸帆

把出航的希望交換浪濤的疲憊，
空虛的心帆載着破網的悵惘。

沉緩地馳同時，舵盤上凝思着，
妻子的私語與孩子天眞的笑臉。

懷念

不止一次，我鼓勵自己去忘記妳，
如今，妳離開了……。
妳說，這樣會幫助我把妳淡忘，
但妳離得愈遠，留在記憶中的影子愈濃。

誠實

縱然，那是一種欺騙，
我都情願繼續被騙下去。
爲什麼要說：「那情感是假的」？
我想妳是不忍心騙下去的，一定的。

逃避

熄滅着電燈，
黑暗中，沉思太多，
只是頃刻，
——讓我離開嚴肅的現實。

歸途

好像那朦朧的遠景清晰了！
又好像那思念的路更近了……
我那莫明的興趣啊！

在溫暖的回憶裡膨脹……

信音

純白的紙是我的心；
藍色的詩是我的靈。……
遙遠的摯友啊！
你能聽到我默禱的聲嗎？

痕跡

時間，從我的年華流過；
童夢，從我的記憶流過，
只有母親燈下的故事，
刻在我的心版上。

偶然

只是一次，停留在妳臉上的輕笑。
如一顆小石，擲落了我的心湖。
我正癡癡地追尋那激起的漣漪，
但，霎時又回復永恆的謐默。

大馬詩人輯

梅淑貞　溫任平
海　涼　楊際光
艾　文　溫瑞安
謝永就　沙　河
綠　浪　賴敬文
歸　雁　謝聖潔
紫一思　賴瑞和
李有成　黃遠雄
黑辛藏

亂雨擊夜

梅淑貞

紛凜的雨擊沉冷夜
垂首寒立
遙遙的燈柱
脆弱的尼龍藍傘
竟能承起激蕩的亂湖

激蕩的亂湖
對岸景事空濛
甘苦明幽的歲月
今宵的雨錯縱
淒狂仍如思潮

仍如思潮
堤壩上獨坐
猶見黛雨正濺濕碧樹
此身的孤絕
唯有山岩共知

山岩應知
搖幌的旗旌
擾人的撲面紅塵
火飛處大水疊深
夕寂蕭涼

第一交響詩

溫任平

我思，所以我存在
——笛卡爾

你俯伏着，去聽那脚步
你要穿過網狀的血管
滿眼是亂鴉
你是尋覓鏡子的人

許多人翹起腿
在那家新開張的館子
熱心地討論分期付款，以及
濃或者不濃的咖啡

你輾轉反側，沒有人聆聽你的哲學
你守住全人類精神的出口
沒有人經過
連衣袂飄風亦渺不可聞
你失落於永恆的守望中

人造花時麾地被擺設在廳前小几上
與煙灰缸濶論張大千的樓臺仕女
假面蛇在沒有草的街上逛來逛去

陋巷張開雙腿去引渡善男們的跪姿

你仍然期待着某項突圍
某項韻律。一盞燈
你用你瘦瘦的手法去彈一闋漢賦
去歌一種很少人聽懂的歌

有人就在此時打一個長長的呵欠
把露出的奶又塞回胸衣裏頭去
在印度支那有一朵黃菊用整塊的紅河三角洲，換取
一棵弱弱的稻。一腋的黑色
刺青龍的臂膀。毒瓦斯
西貢市的蔬菜就這樣萎謝掉了

你企圖走出那道門
而你的門是沒有把柄與拉環的
你急躁地往返走着。當然也詛咒着
蒼白而憤怒
你抓起一把斷刄，拼命地磨着

切齒地詛咒着
而屠狗場屠夫的刀生滿了銹
電線桿驕橫地直立
像一個訓練有素的大兵那樣官式的直立着
而那邊的大厦又快建起來了
打樁的震撼是一種有節奏的邪惡

你是你自己的陪審官，你是囚犯
所以你的吶喊是沒有回聲的
你捧着聖經。聖經教你送過另一邊臉
去供人任意摑打；給人用野戰炮
任意在你乾癟的胸膛轟炸

那個不識字的道士又在擺攤測字了
不同的掌紋顯示不同的凶年
一個七彩斑斕的和平團團員正巧於此時走過
對於他們，八卦的玄玄
不若飯後第一口煙的涅槃(一)

啊，你尋覓鏡子的人
你溫文典雅的言語
能否强得過用鐵路下賭注的賭徒呢(二)
當衆人吆喝
當許多小女子患上劇烈的黃昏恐懼症
你能否撬開那面沒有守護神的銅門
你能否立得住足，不墮入參差的橋牌裏
不墮入千萬個有心人已墮身的
那個，啊，那個測不出體積底死谷

註：(一)佛門語：精神的無上境界。英文作 Nirvana.

(二)美國大詩人桑德堡（Carl Sandburg 1878）.「芝加哥」詩句：『用鐵路下賭注的賭徒，全國貨運的操縱者，吵鬧的、嘎聲的、喧騷的，大肩膀的都市……』

附言：交響詩（Symphonic Poem）本是音樂的一種體裁，筆者以「第一交響詩」爲題在說明它基本的音樂性構造。在古典樂章中，第一主題（First Theme）如屬快板（Allegro），則第二主題（Second Theme）多爲慢板（Larghetto）；反之，如第一主題爲慢板，則第二主題多節奏較明快。這種安排（Layout）在造成一種情緒的對比（Contrast in moods），急速的調子更顯虎虎有生氣，徐緩的調子更是柔婉抒情。上面這首詩也企圖作這種試驗。除了最末詩段外，凡單數的詩段（Stanza）——即一、三、五……等詩段，與双數的詩段——即二、四、六……等段如交響曲章（Movement）中的兩個主題，是交織而出的（In a cross-stit hed manner）。從鮮明的戲劇性的對照對比中表現兩個截然不同的世界與它們之間的隔絕感（Estrangement）。

時間

海涼

變的軌迹
是生的由來。

當你的烏髮轉褐
音容沙啞
你就開始憶起
紅之花黃之花如何變色
如何在樹樹成林
林中之樹之間
流逝

有朝一日
鳥飛的婉囀
草嫩的青拔
再不能喚起一些
一些記憶、
一些安慰
斯時
有誰再願留駐深野
聽一曲葉瓣與葉瓣的細訴
飛鳥與飛鳥的啾嗚

當這一切只能鉤起
記憶的去處
時間的脚步

自古
有誰帶時間而來而去
在時間與時間之間
有誰骷髏矗立
且爲自己立下
一座永恆的空間
在死之上生之下

在不能越軌的圓軌內
但願你是一株常青樹
若能　永遠常青
當時間的風掃過
你的眉睫
你的髮絲

而當你悟起
變的軌迹
是生的由來
誰人願意再度入林
且聽葉葉細曲
且聽鳥鳥啾歌
在時間之內
在時間之外

窗外

楊際光

清亮的情操，無色的眼鏡，
永遠是砌成我靈魂堡壘的磚石；
孤獨的兀立給我以宇宙的控制，
我可行走和飛騰，在無際的田野，

在恣意的咆哮和呼嘯面前，
我招引蜷縮的天地放胆伸張，
重重方格的鐵枝自然潰爛；
吹出笛聲，蓋覆夜的淫蕩。

朝暮的呻吟再不能佔有任何角落，
且讓乾枯的竹杆如蟒蛇鑽入褪色的褸衫，
腹內暗藏毒果的邪惡，
却又嫉妒我呼吸的沒有邊界。

一團橙黃的火球喜歡我的心胸，
這是它豐滿的家，與未來同樣美妙；
魔窟的幽暗將受燃燒而消失，
輕快的星花，會趕除渾濁的瀰留。

我白潔的思想將旋舞和縱逸，
偶而飄落到翠藹的巔峯，
或舒暢地睡在清晨的溪流，
不要雨傘，不要彩虹，更不要路碑。

困

艾文

醒來的時候
聽到烏鴉在屋頂上
黑暗的陰影便蒙下來

禪坐在那里抖擻
同樣看得見聽得到
驅逐的辦法就轉不來
一部重卡車轟入門檻
隆隆的聲音怎樣也化不開

隱隱千萬里
沉雷翻動着什麼
不耐煩的埋怨的姿勢
擺在院子潮濕的角落

門外那口井　有女人汲水
我聽到她們爭論某種形式
譏笑的彈殼墜落在石板上的聲音
我太疲倦去收拾
許多的細菌繁殖着
以後　我便傷寒了
而且怎樣也要把咳嗽留在喉頭
我好傷心　眼淚也擠不出來

對奕者

溫瑞安

蟠樹守望着牠千歲的高齡
那隻鶴以牠尖尖瘦瘦的咀去磨尖尖瘦瘦的腿
濃霧都盤踞在古老的巨石上了
倒茶的童子慧黠的眼神
正如那兩杯青葉半浮的茶
一般清逸和純眞的神采俊朗

你聚精會神地視我放下這一顆子
全神灌注地邏輯着我底思想世界
你知道我絕不會白跑這步的
你知道若你一疏神間
便會全軍覆滅，一敗塗地

我五指如鈎，以其中二指
鐵鉗般箝着這一顆子 放下
你意料不到的部位 你是知道的
或攻或守，都不會簡單一如
木魚聲聲的禪意
若翻開掌心，唔，
正如你綜錯多紋的手掌

琥珀色的流泉泡着幾片青茶
你端上細細地啜着，双眉
鎖着如來的五重翠峯
梳髻的童子清澄的眼神深邃了
這是周密的一着子，這是禪機
混在紅塵里頗久才獲得的
珍貴而不易解的
禪機

檀香絲絲地孏着腰，你頸上
一百零八顆煥然着舍利子的光澤
你的眉揚開了，白髯飄揚里
你姆食二指沉穩地擧起
且夾着一枚萬有乾坤的
宇宙

你知道你這一子置下後
是天們與地獄的分界
是勝敗的立判，是局勢的造成
你冷靜而有自信
笑意自你白眉銀髯隱現
你的手已距離棋盤很近很近……

我已全神凝注，這勝負之一擊
我如古松一般盤根以待
你端的瓷杯微微震幌
我執的竹杖輕輕搖顫
一松小小的棋子被夾于兩指之間……
暮鐘自濃霧渺渺傳來

撼落了一陣松雨啦
靈猴盪過了山澗的一座小橋
山脚下的幾舍茅屋都有人出來仰望
都說：山就這樣消失在雲間了……

苦渴的楔子

謝永就

若熱 即開始焚燒
遇冷 就要回到冰結中去
有一種東西

。

往
這以醒覺
來和紛雜相對的難忍
造出的鏡面
探首時
見到泉
也拖着冷滯的來處
見到滿蘸酸楚的喉音
由最早的一個疾疢
穿過
引火的孤冷之側
燒起成排
枯乾帶冷的苦渴
因爲揉成你的一切內臟的
一半由火
另一半却是皚皚的雪

臉

沙河

那個孩子
用肋骨撐起
薄薄的營帳

。

一隊沒盔甲的士兵
拳着憤怒
他們的胸膛就是堡壘

。

嚼草根的嘴
咀嚼着絕望
他們的黑皮膚
流着兄弟的血

。

一個老人的眼皮垂下
一個妻子在啼泣
一個母親驟聞一則噩訊
一個初生的嬰孩
哭聲中滲雜着：
Biafra Biafra

。

（一些臉在龜裂
一塊土地在龜裂）

不題

我的兩指挾一枝夜
打火機及煙
在稻野
一柱煙垂直

一股焦味　建築物
旱季站在街頭
一腥腥味　柏油路
旱季氣悶不安
呵我想起　就想起
細雨斜撒
江南紅繡鞋下卵石道上
十七八歲含羞的蓮步

如果我點燭
在虛無的石室
燭淚是否晶瑩
燭淚是否炙手
從掌紋到窗外
星座　你該知道我
蛾是如何火化

看了幾次落紅
就到了巷子盡處
聽秋風吹起清明意
我就想

綠浪

如果我能逸出
我就該是最輕的
飄追永恆的
雲

花

賴敬文

花不僅是一種植物
你一定很抱歉
因爲炸彈
炸彈掉在新鮮的報紙上
或者掉在
剛扭開的收音機上
一朶又一朶不帶香氣的
一朶又一朶怒放着的
都是使人不快的花
呵花

想到花
每一塊藍空
都藍不起來了
不分白天和黑夜
採集過這種花的人
是孤獨的跛脚僧
是哲學的遊者
經常闖入夢中
然後被嚇住

闖入烟里的廢墟

樹葉都變成了焦蝴蝶
寂寞和掙扎
那兒的噴水池
不再工作
那兒的時鐘
不是淙淙的流水

逐日者

第一支金箭，鏗鏘地
攻毀星星月亮的防線
夜遊的蝙蝠，斂翅，倒掛
在椏枝攀附椏枝之上的阿波羅
向你朝貢一天的晴朗

敲擊戰鼓，以堅强
撕碎狂風，剷平滔天巨浪
扯帆的手扯的是意志
刺鯊的手刺的是懦弱

摺攏一襲失望
絕緣所有白臉的，黑臉的
機械化的
缺乏愛恨的沉重

雲湧，雲積，雲的世界是變幻
似嚴冬雪上的每一個足跡
每一道溜冰鞋劃下的直線曲線
每一聲山谷的回喚
每一片的蒼白
每一個死在陽光下的雪人
每一焦點串聯焦點
每一道光的折合所蘊藏的七彩

呵！躍起，逐日者
移植每一絲歡笑
予每一個憂愁的臉孔
遺囑每一片安寧
予每一個慘遭浩刼的
且苦待，海水被煮沸的日子

歸雁

謝聖潔

歸

如雪地溶化了人群
溶臏一株花
（一株
只是空間需要的亮）

歸已不是一種需要
站着等候失群以後的醒覺
悲哀乃來自深鎖的心間
擧着的仍是空虛
歸去已經不是一種需要
醫生的藥
是杯溢不滿的酒
我已無飲盡的信心

我來自曠野
也將回到沒有門啓的荒林

山意

紫一思

暮色傾斜 樹影搖晃
你說，要到山中取火烤暖
我們對着悠悠山色，不談名利慾念
竟論及菩提與佛和參禪的經典
「你聽到那溪澗水流和蟬鳴聲嗎？」
而我曾是城市裡一隻多病的蝴蝶
不知山花野草的氣息
不知籐掛斷崖的逸情
也不曾聽草蟲嚶嚶的絮語
我們凝視遠方
山脚以東是一些沼澤
瀟洒的風撒散蘆花的白髮
我們若疲憊的水鳥
枕着萋萋草岸
夢見一隻浸在水裡的不知誰留下的鞋子
此刻，我眞想冥目尋思陣子
然後重見青山悠悠
我見山時亦見我
山笑我時，我已是倦臥山腰的
一縷輕烟
消融在你滿足塵埃的双眼
到黃昏近時
除了高音的蟬鳴和山中打柴人鏗鏗
鏘鏘的斧聲外
我們還會聽見山脚那邊的造錳廠
傳來的馬達
造錳人飲酒猜拳的呼喝
而佛坐滿
山。

七二年十月重修

林中

賴瑞和

陽光移動的聲音吹響了
青鋒般刺入
滿山的陰影
林間的葉子便豎成耳朵
金銅色的聲音洪亮地
唱着，旋轉着
凝成一座昆蟲無法飛入
　　塵埃無法侵入
的晶體玻璃
有一隻蝙蝠在裏面夢着
樹根上一個孩童睡熟了

不快

李有成

你看見那些不快
他們附在你的靈肉上
一層又一層地繁殖
直到你變成枯草，或者一隻
難看的獸，他們
唉，就是他們

他們，那樣子向你推銷
如何去看見自己
如何去撕裂命運的外皮
然後，然後又如何讓他們
在你身上
一塊又一塊地割下

你思念他們
你成瘡
他們已向你逼近
並且狠狠地撞擊你害痛的地方

是這樣子一層又一層地
附在靈肉上繁殖，他們
他們或者容你選擇
你只能剩下，一吋吋地
緩緩而且怒視

因此，你必須
在剝下與繁殖之間
睜着眼

有一幀風景

黃遠雄

有一幀風景
竟封密了千年的青翠
以及
蝶的踪跡

一座驛站又一座驛站
伸了個懶腰
嫋起的晚霞　竟斑駁了
能存中的古炮

有一幀風景
曾置我黑暗之投處

當我回歸歷史
有一幀風景
曾在我記憶的蝶翅之上
小住

魔笛（2）

黑辛藏

既使是銀鑄的
也不能塞近
這潺潺的心跳
細碎而單薄底十七將悄悄
憂鬱將悄悄
擱淺你底雙眼
靜伏在這仙人掌也刺不破的風砂裏
窺探你

窺探酸楚的霞
隱隱自你守望的
比渺茫還與渺茫的
惺惺的四月
將哭泣鎖成一片斷魂幽香
冷冷在這無渡的夜邊

爲甚麼不收起
呼喚與震慄的雷喧
去響徹千山千門

關着的是瓣瓣蒼冥的秋色
燃時　像琴弓拉亮一片靜寂
灑落伊莎多那的姿態
熄時

像睡眠遺忘的鐘聲

你底冷熱依然磨碰着寂寂苦斷的
十字星
依然轉換不停
有時癡妄如森森的幽靈
有時結着比鬆着還要無從

既使所有墓地都濕了
你仍能烘乾耳膜
朝內內外外傾聽
在與不在的決策

你的孤單正冷進這直硬底初夜
像幽靈空散的山頂
被囚禁的一株
年華和青睞
和你悲哀的秋髮
都在這空寂的脚印生根

結着每一個被冷落的
愈解愈緊密底惆悵
自你所有的空幻孵育
尊尊斷形而明晰的縫隙

去穿行成雙或不能成雙的鞋
一轉眼已不能拼湊了
終會將你底自己蛻換掉
蛻變成一叢苦情的秋草
成爲獸 成爲蛇
枯坐 乾立

躺臥成自己底深處
誰是你底
你是誰底
傾盡所有才裝得進你們底所有的
那愈陷愈深的
苦寂之華實

我的日記

詹冰

十一月九日

做了一個這樣的夢。(起床後,迅速紀錄)

首先,一股黑色的龍卷風由天空襲下。

土角,紅甎的牆垮下來,房屋也跟着倒了。

繼而,狂風大作,樹木被連根拔起,所有的東西和建築物都倒下來。

然後,巨大的洪水淹至,人、物、田地、鄉鎭都被它一掃而光。

人們的希望、愛情、事業等一切都完了。

只剩下白色的石塊,赤色的斷崖,灰色的遠山,黝黑的天空……。

一切都回復到原始洪荒的狀態了。

只有我一個人站在冷風刺骨的山頂上,看着這一切的經過,我的心一直在發抖～～～～。

(醒後,發見患風濕病的脚,竟露出冷冷的棉被外。)

十二月三日

第一次,看到以筆名作爲書名的詩集。

那就是,拾虹的『拾虹』。

最先看到拾虹的詩是他的「缺右手的人」。

從此以後,他的左手就緊緊地抓住了我的詩心,那是詩人的手。那是新奇的一招。不然的話,我的詩心絕不會這樣容易地被他抓到的。

他是天生的詩人。他不需要拜師學藝,不需要什麼秘本,他一出手就是絕招。而且招招都是自然的,獨特的,新奇的,純潔的。這是做詩的最高境地。

不純潔的情感才是
深不可測的愛

沒有純潔的詩心,那裏會寫出這樣純潔的詩句呢?

看他的詩集,我有如吃新鮮水果一般的歡喜,有心弦震動的快樂享受。

第一次被他招待,觀光他新建的詩國,品嘗他的新鮮美味的詩集。這是最近的快事。

可是,第一次和主人拾虹見面道謝的日期,要待何時呢?

港華詩人輯

野農
李家昇
路雅
關夢南
弘螢子
羅少文

飲一九七一年七月七日黃昏的可樂

野　農

夜開始監視着黃昏
維多利亞的海風很鹹
何等冷靜的一瓶
注入胸膛却熾熱

七月的祭典中
祭歌煮沸了空氣
煮沸了群雲煮沸了早來的星星
在一個氣溫很火爐的夏季

眈視了許久的月光突然失火
凶凶踢散密雲
繁星棍毆雲絮
凍凍的一瓶暴發如山洪

它不停渲染每個電波每個鏡頭
我的眼鏡也染得非常黃昏
一個所謂非法的流行晚會死在火災中
盡給那瓶可樂在快板的蹂躪下

破碎的蒼穹下着血
夕陽內傷被牽的狗的祖先
眼淚把眼鏡擲碎
那位靜坐的中國少年鯨吞今夜群星

風箏

李家昇

那麼我就是一隻風箏
如果眞的有風箏的話
我會把箏線拉得長長
拉得長長

記得兒時有個幻想
就是要把箏子
放上
天

是嗎
我曾經告訴過亞蘭
我的箏子
一定會飛過深圳河
一定一定
我們就這樣這過
我們一定會飛回來
當江南的箏們
擺渡擺渡的
麻雀麻雀的
在松花江上游來游去
游去游來
我們都會飛回來
用兒時的技巧
把箏線拉得長長
拉得長長

浪者之歌

路雅

從殘垣自斷堵
認出了歲月的面貌
這株兀自生長的枯樹
無鴉且無雀

看——
一條蜿蜒的曲徑
道盡了你的一生

天橫地絕
怎的這般蒼茫落寞
長亭短亭都過了
你手抉行馬

一江如帶
跨過了額際 再看那
睡在靜寂的陽光裡的楓葉
怎地焚得滿山嫣紅？
剛才俯仰天地
現已霞歸遠處
就帶着風聲帶着水聲
到那雲深之處
隱去疊疊的山

有些話

——給我的學生

關夢南

有些話，祇能够對你們說
在人造衞星下
我聽到遼遠的歌曲
我的眼睛，就朦朧起來了

有些話，他們用來欺騙我
他們說大地有一個不感的太陽
現在
我關上門
關上窗
關上自己從家鄉的太陽

有些話　祇能够對你們說
我們的生活是探病
我們的生活是送葬
我們的生活是守墳
還有
我們是床上的風景
對於這些，我都厭倦了
那麼，我們就靜靜地坐着
看黃槐花的世界
聽白雲的哭泣

那麼
就讓我們伸出手
去接一顆瓦月的木棉

但是，當我每日醒來
發現地球上滿是疾病，飢餓和死亡
發現東巴農民種谷的雙手
　種谷的雙手
握着西巴將軍的頭
我又怎能再和你們在影樹下
談過去
牧羊的日子？

也許　你們都應該離去
那麼星球都好
乘坐一艘太空船
一去不同

也許　祇有你們才眞正知道
什麼是風箏
什麼是紙船
什麼是中國

無端

弘螢子

貼緊於夜的唇
給星星解纜
讓倦倦的晚涼
藏在輾動的木屑箱中
瑟縮的搖曳

我的故事只是一個舒展
入夜時那半媚含笑的晚霞
倚在愛人軟軟的臂彎裡
向溢在心中的海
那無端
或如小女初意的含蓄
而我吻着很焦的奧德賽

零時以後
透過未奉現之夜的囚牆
把所有幻想製成塑像
藏在安眠藥的空瓶中，忱着
生之旅，將明天微分過無數次

而淸晨將至
雲將呼吸
風將在耳際瀟洒的逸去
就披一件晨褸
與旭陽共進一個回憶的早餐
異國的晨
然有未定界的空野

總之
是在淺步一個莫逆之旅
陽傘下
將把一個個黑圈圈抛去
直至黃昏垂下
啣那根塵積的煙斗沉思
朝南數着，走了
復來的夜，是第幾個了
季節將不再哭泣
西貝兒也不再哭泣

黑焰

羅少文

日暮
營營覓食的蛾
便從四面八方飛向那一幢黑焰
誰能于燈市中
瞑想
子夜的足音
未央時
他們在城中瘋狂舉火
北風割裂
沒有個性的
鄉愁
也不再掛在每一夜臨風的窗前
他們失陷在燈火焚城之中
讓時間慢慢殺戮
失去右臂的人
在酒旗霍霍間
我如何去辨認你憂戚的面影？
冷凝的夜
聆聽你們自己腳步的呼聲
點亮你眉睫上的光輝
銅棺的風露
旨酒猶溫
祭血的壇前
當黑焰焚風
你是那滴未曾冷卻的燭淚

電視

非馬

一個手指頭
輕輕便能關掉的
世界
卻關不掉
逐漸暗淡的螢光幕上
一粒仇恨的火種
驟然引發熊熊的戰火
燒過中東
燒過越南
燒過每一張焦灼的臉

越華詩人輯

夜街

西牧

昨夜 打從教堂那條長街走過
在最幽暗的角隅
一些出賣人類原始的山花
靜候在那兒 公開兜售她們超齡的飯券
　甘作飢饉下的一群奴隸

這鼠灰色的天空下
竟讓黑暗在光線駐足的一瞬
圍叢堆內覆蓋着的心臟 橫躺着
一對男女使勁耕作着性愛的滿足像獸……

那男人 在慾念歸來後
他拋下日間吃賸下來的硬幣
給她。(一朵肯出賣自己私有那塊土地的玫瑰)

(而我竟不忍再目睹
　這條清潔的街頭有着不清潔的腐風)

遂走出這條撼惑的長街
帶走我一些表情 神啊
歷史也窺不透這種昇湧的黑潮
　因爲夜之甚還有夜之甚
　　夜之甚還有夜之甚

守哨之夜

陳慶全

這是漆黑的
冷風吊着的夜
吊着疲憊的貓瞳孔
愼防遠方擊破夜色的冷槍

缺月已被人掛上鐵絲網
你友好的汗流的臉的叫喊
曾在乙陣變色塵埃
偃伏在殘破的直線
曲線、彎線
在明日早報乙個小得可憐而又毫不起眼的角落

把十字架置上臉
憑弔
片片覆蓋草叢的枯葉
一如他躺着的荒涼
乙段匆匆發自僵硬的秋季中的禱文
哭
走入茫茫暝色的步履

鐵絲網的尖刺深深戳入缺了的月
濃霧屏息
M十六猛然渲染森冷

冷如掌心泌出冗長的虛空
亦冷如濃霧挨近的足踝

黑沉沉裡夜梟啼着陰森
蛻變了的季節
啼着不眠的缺月
之后
岑寂凍着前路
凍着鄉愁

剛接下第三封猶沾哽咽的手書
她道
她仍站於晨昏流轉着的低低歎息
於橋的頂端守候你臉展露的
七夕

唉唉
你飄蕩的夢呵
你飄蕩的夢涼如M十六

橋邊梧桐葉已積滿她纖細的肩吧
幾夕蒼白掙扎在熒熒的昏暗
你乏力拭抹信箋上的傷感

道
掌紋已鐫刻在月色
　　在
冷風攬住的音訊

夜，壓着冰涼沉重的鋼盔
落葉走過臉上黏了三夕的泥塵
而臉如瞪視黝黯夜色的
難看的狼藉了的
危巖

誰的沙啞喉音低唱
「母親您在何方」
走調的聲音是双皺紋的溫柔的手
撫摸了枯澀無依的夜
猛然憶起辭別娘時
她洒在襟前點點滴滴淒然的愛的風霜

又憶起娘所送禦寒厚衣已在某次報章大標題中
　　成灰燼
而黏着的泥塵也將娘吻在額上的禱語
流放到蘆葦上去
　　發楞

娘呵娘
娘懸在你頸項的十字架
也給了那在破碎夜裡
皈依的殞星

呵！娘
當驚覺窗外驀然响起的只是
　　惱人秋聲
將如何遣走那燭光明滅的漫漫長夜
如何再默默祝禱
野外南風的歸訊

冷風緊迫着夜
　　迫着眉睫
歲月是青苔，是
　　亂髮

這依然是漆黑的
冷風吊着的夜
吊着疲憊的貓瞳孔
愼防遠方擊破夜色的冷槍

缺月不知道
你不知道
何時跌落扭曲了的凛冽北風
　　——壬子九月初寄自越南堤岸

註：M十六是美製的自動步槍。

刼

秋夢

曾以哥斯人的匠心
與構圖，十八世紀留下的遺跡
一座傾圮的墓園，一株
半殘的虞美人。許已
有人來憑弔，許已燒過
時間的香火

徹涼的螢火在草叢中
閃爍，他昔的英名與
戰跡與榮耀
以及他的劍，曾經掛過宮庭的牆上
曾經顯赫，曾經呼嘯且
寒冷如霜

以酒杯相碰，觴詠的豪士
舞者莞爾，且磬筦而歌
響徹宮筵妃嬪裝飾
的廻音
　古戰場上
　滾滾塵埃

而你在風中佩帶曲劍
勒馬長嘶，捲起的波濤如
捲起的黑髮，艨艟萬里
一個士兵從戰地回來
陳述：
刼後的沙場如酒散後的筵席
　　一九七二年六月越南堤岸

影子的步聲

西士瓦

　你知道再見就是離別嗎
　你知道再見就是不再來嗎
　　　　——鄭炯明

從黃昏至黑夜
讓我的寂寞 自一蕾墓裏展開吧
妳就永遠是一只頑雀
偷偷啄碎我的紅心

黎明來之前 我要溫習 妳遠去的步聲
妳沒有說再見 再見是很細微的聲音 可是再見也很具磁
性的
我已走了 就不應該再回來
或者這塊地方 原就不像一則戰地新聞 誰也可以來讀
　那樣厭倦
那麼 妳的去 和我的溫習 不是同樣的無聊嗎？

仰望的雲

藍采文

焚給：曾其元、鄧從南。

不知什麼時候開始
雲的輪廓在向晚的時分
追悼如此的一抹
虹霞

去年
隨着足音追雲的少年
都停步在今后的寥落：
雲的臉啊
爲何灰黑得如此黯然
也許記憶中的一朵寧靜的雲
都無訊了

告訴泉下的你：在越南凡塵的我們，如一隻失靈的舵，浪大剩浪，風大隨風。我們掩着眼睛可以不必思考的囔着：足下是茫茫的海，頭上是一朵默默無語的雲。

——於堤岸六一年九月焚述

手術室外廊

方鳴

憑弔是一隻倒掛的褲管
楊柳不是落葉
白雲且停駐於此
血液流向冷藏庫
記住：那年那月那日
你曾擊斃多少細胞

之后，山轉雲飛日暗風停鞋聲消失
之后，嚎哭血枯草悲花謝肉色爆光

一柱電線撐起萬縷烟炊
一千個月亮舒展她的嫵媚
星星便躺在身畔向你凝聚
畢竟風是你的被蓋

針管壓縮后
山色及山色都無所謂
水榭及水榭都無所謂
一霎眼
空氣迸碎成沒有黃昏的黑夜。

一九七二、十一月稿於西貢

零時的鳥聲

雪 夫

唱着歌
入山
我拾些枯葉
點燃
手伸出去觸着的海風

我哭。
而只見
整山的
鳥聲

是聽雨的男孩
總在
這矮矮的
屋角
繪一條河
便躲着的睡去把手握的那個月色
的夜及推窗竟滙成
水聲。而很遠的
那條白色小路
妳偷看
站着
的一朵雲
初醒

便把這兩隻眼去望一條踏過雨的街
及一個梳着滿頭濕髮
的人
餓着肚子急急地把
冷風的五隻手指
欲伸出
抓住
遠處
一座古寺
這夜傳來涉夜聲響
晚鐘

非常憂鬱

夕 夜

如果双足遙遙若睡
我的淚便滙合在落日的住宿
母親的眼眸白了
砲火的倦困
天空，依舊灰燼的天空
遙遙，阡陌田畝被烤
萬家燈火未能燃點
如果燒一壺淚便醉
我口袋裏惟一的車票
即明日黃花

——民國六二年十月越南西貢——

邊城之夜

——寫給戰爭

亞夫

星圖無盡，那一顆作了你的指航呢？

今夜你來
說是看這小城的嬌羞
你來、張燈結采如花嫁
　鞭炮響澈夜色

天已亮了
　——雞鳴未及
你的燭光跨越我的小樓
點燃滿城的犬吠
你叩不叩我的門扉
若那些好辯的子彈
　不速的客人
究竟以多少盞燈的璀璨
贏取槍枝熱烈的喝采
我們的耳朵
　一片俯向地面
　而另一片在聽
野炮憤怒的跫音
你燒過大半夜的煙火
與盡竟忘了攜走筵后的狼藉
我的小樓
　急促吞下未竟的戰聲
破曉中獨擎一盞
迎接歸來疲倦的守夜人

后記：此詩意境採自風城（百里居）某夜小樓中。寫於芽莊二月。

無日無雨的傘下

許夢懷

不是烈日當空
不是風雨綿綿
仍然撐着破殘的傘子
在那寂靜的街上走
因為天文台已經失靈
怕它反復無常的性格
一時像哭喪的淚　淋淋而下
又一時似在圓桌上塗了一幕
酒色　是那烈紅紅的面孔
所以迫在無日無雨的傘下
仍然如傻似呆的走着
像候那烈日　候那風雨
在街上弄碎他唯一的財產

——民國六十一年十一月二日于越南

兒童詩園

指導者：黃基博

太陽

仙吉國小五年甲班　許雪銀

太陽是大地的母親，
大地萬物在他的愛裏欣欣向榮。
太陽是月亮的朋友，
月亮因他的愛發出溫柔的光輝。

詩評：兩個愛字，有這首詩的涵義。

夏天

崁頂國小五年甲班　胡文哲

夏天，
天氣好熱，
樹木打起了一把綠傘，
讓孩子們在傘下快樂的玩。

詩評：夏天，對樹蔭的喜悅表現出來了。

草地

仙吉國小五年甲班　高愛涼

莫地是一大塊綠絨毯，
讓小朋友坐着談天說笑，
給老師躺着看藍天白雲。

陽光下

仙吉國小六年甲班　林若冰

太陽的光輝像母親的手，
摟抱着我；
像母親的身體，
緊貼着我。

晚霞

屏縣潮州國小六年　駱姮娥

晚霞是愛美麗的姊姊，
擦胭脂塗口紅，
打扮得漂漂亮亮，
趕赴舞會了。

雲

屏縣潮州國小六年　朱黎陽

雲啊！
你是天空的花。

你是會變形的花，
可是你不快樂，
壓沈沈的多。

雲

光華國小六年丁班　蔡雅慧

窗前悄悄飄來一朵雲，
灰蒼蒼，白花花，
好似母親的白髮。
——請你轉告我母親，
不要太操勞了啊！

詩評：連想、關切皆好。

螢火蟲

仙吉國小六年丙班　謝茜茹

漆黑的夜裏，
成群的螢火蟲帶着小燈籠，
到處尋找着。
牠們不知失落了什麼？
可愛的螢火蟲呀！
如果有一天，
我們這兒停電了，
你們會適時帶小燈籠來借我們用嗎？

詩評：寫出的感受含有優美的想像——停電時一片漆黑，眼前螢火點點的情景，是美得會令人把煩躁忘去的。

風

屏縣潮州國中一年　蔡　芸

悄悄地吹來一陣風，
那樣輕柔，那樣溫和，
吹起了楊柳絲絲，
皺起了水面波紋。
像母親溫暖的手撫摸着我的臉，
平安、和樂湧上我心田，
恐懼、悲哀遠離我身邊。
悄悄地吹來一陣風，
那樣輕柔，那樣溫和，
吹動了雲兒悠悠，
吹來了花香郁郁。
像夢裏的小天使對着我展顏微笑，
甜蜜，安詳充滿空中，
醜惡、殘暴飛離人間。

書評：給沒有形象的事物以具體的形象，道出了對風的美的感受。

雨

屏縣潮州國中一年　賴昭蓉

雨悄悄地落着，
默默地灌溉乾枯的心田；
滌清了塵慮，
也洗去了虛偽的粉飾。

詩評：雨與田、植物的關係及與人心的抽象關係，兩個意象併含在每一句中（第一句除外），非常難得。

笠下影

蓉子

……這樣，儘管詩人們有着不同於常人的才華和抱負，可是在每天的現實生活裏，幾乎每一位詩人都像隔壁的鄰居那樣平常，沒有甚麼顯赫之處詩人應當「顯赫」的是他們的作品而非行動。因此我說：當人家稱呼我為「詩人」的時候，我一點也不覺得有甚麼特別之處，而我滿意於我這種「平凡」我喜歡做一個「隔鄰的繆斯」。

——詩人手札

I 作品

晨的戀歌

不知道夜鶯何事收斂起牠的歌聲，
星星何時退隱——
你輕捷的脚步為何不繫帶銅鈴？
好將我早早從沉睡中喚醒！

讓朝風吹去我濃濃的睡意
用我生命的玉杯，
祝飲盡早晨的甜美。

早晨的空間是寬濶而無阻滯，
緊隨着它歡欣與驕傲的步履，
我要挽起饞筐，
將大地的彩虹收集！

啊！你輕捷的脚步為何不繫帶銅鈴，
直等我自己從沉睡中醒來，
晨光已掃盡山嶺！
猛記起你有千百種美麗，
想仔細看一看你的容顏，
日已近午
何處再追尋你的蹤影!?

夏，在雨中

縱我心中有雨滴　夏却茂密　在雨中
每一次雨後更清冷　枝條潤澤而青翠
夏就如此地伸茁枝葉　舖展籐曼　垂下濃蔭
等待着花季來臨　縱我心中有雨滴

如此茂密的夏的翠枝
一天天迅速地伸長　我多麼渴望晴朗
但每一次雨打紗窗　我心發出預知的回響
就感知青青的繁茂又添加

心形的葉子濶如手掌
鬚籐縫綣　百花垂庇　在我南窗

啊，他們說：夏眞該有光耀的晴朗
我也曾如此渴望

但我常有雨滴 在子夜 在心中
那被踩響了的寂寞
係一種純淨的雨的音響——
哦，我的夏在雨中，豐美而悽涼！

詩

從鳥翼到鳥
從風到樹 從影至形
——一顆種子從泥中出生的路徑與變化

我們的繆斯有陽光的顏色
水的豐神 花的芬芳以及
鐘的無際廻響

「伐柯 伐柯 其則不遠」
而盛藻如紙花 規條是冷鏈
倘生命不具 妙諦不與

若我是翼我就是飛翔 是漣漪就是湖水
是波瀾就是海洋
是連續的蹄痕就是路徑

從一點引發作永不中止的跋涉
涉千山萬水 向您展示
無邊的視域與諸多的光影

獅頭山

就這樣 我們結伴
入山去 踏響
那古意斑剝的千階
（在楓紅早就染透了故土氣候的十一月天）

一步一登臨
任涼風吹散我們胸中點點雲翳
就像秋空逐漸澄明

彎彎的山道
小小的似乎無盡的石級
伴着細雨 直通向望月亭
我們陡峭地上升
直升到此山峯極處
——獅尾峯之巔

比丘尼
寒山寺
雲淡風輕
鐘聲響遍山谷 從
百尺高的浮屠
古稀之寺廟

走不盡的寺廟與岩洞
盈滿香烟霧靄
非爲禮佛或參禪
淡淡的喜悅就像在夢中

待走到盡處
撐起了水的簾子
隔絕了塵俗
天更高　雲更白　風涼冽似酒。

Ⅱ 詩的位置

說不論是夫唱婦隨也好，或說不論是婦唱夫隨也好，羅門與蓉子這一對夫妻檔的詩人，在我們這小小的詩壇上，雖然不能說是家喻戶曉，但他（她）們那種鍥而不捨歌吟不絕的精神，倒也令人刮目相看。蓉子是從「新詩週刊」出發，然後，加盟「藍星」。而羅門是從「現代詩」出發，然後，跳槽「藍星」。在自由中國女詩人們的群芳譜中，以年齡計算；張秀亞、蓉子、童鍾晋、彭捷、胡品清以及陳秀喜都算是祖母輩了。而林泠、沉思、朵思、夐虹、王渝以及陳敏華等已都進入中年輩了。其中，有的輟筆，相夫敎子去了，例如：童鍾晋、林泠等，已久無新作。有的出現較晚，例如：陳秀喜。因此，碩果僅存者，寥寥無幾。在祖母輩的女詩人中，蓉子算得上是三朝元老，而她的風韻也不減當年；她一邊上班，一邊做主婦，在社會與家庭之間，他一直持有詩的靈感，這不得不歸功於他們的夫唱婦隨或婦唱夫隨了！從「青鳥集」、「七月的南方」、「蓉子詩抄」、「童話城」到「維納麗沙組曲」（註1），以及夫妻合著的「日月集」（註2），從詩作的產量來說，不得不說是相當豐收哩！然而，她說寧願做一個「隔鄰的謬斯」（註3），到底她的詩藝如何呢？

（註1）蓉子詩集五種；一是「青鳥集」，民國四十二年十一月中興文學出版社出版。二是「七月的南方」，民國五十年十二月藍星詩社出版。三是「蓉子詩抄」，民國五十四年五月藍星詩社出版。四是「童話城」，民國五十六年四月臺灣書店出版。五是「維納麗沙組曲」，民國五十八年十一月藍星詩社出版。

（註2）羅門與蓉子合著，榮之穎譯「日月集」，民國五十七年美亞出版社出版。

（註3）見張默編「心靈札記」，蓉子作「詩人手札」，第九十三頁。

Ⅲ 詩的特徵

如果說詩人有多種的類型；經驗型的詩人，比較凝注於現實，詩路較廣，但也容易走上散文化的邊陲。瞑想型的詩人，比較投注於超現實，詩路較深，但也容易走上抽象化的艱澀。有時一個詩人可以扮演多種不同的類型；往往年輕時較爲屬於經驗型，而年老時則較爲屬於瞑想型。蓉子是介於經驗型與瞑想型之間的詩人，如果從經驗型與瞑想型來看，可以說她是逐漸地從經驗型邁向了瞑想型。當她採取了經驗型的靜觀時，往往詩較顯著，例如：「晨的戀歌」、「獅頭山」等便是。而當他運用瞑想型的直覺時，介於抽象與半抽象之間，往往詩較隱晦，例如：「詩」便是。當然，由於創作歷程較久，她自有其多樣性的表現。而在她的表現中，所呈現了的意義性的觀念化、意象性的抽象化，以及語言上的不夠純淨，卻也潛伏着某種的危機。在此所選的作品，這種毛病却比較少，也證明了她有優異的一面。

（下轉94頁）

胡思永詩選

趙天儀編

Ⅰ 簡介

胡思永（一九〇三——一九二三），安徽績溪人，清光緒二十九年生，民國十一年逝世。享年僅二十一歲。胡思永係胡適之先生三哥胡振之的兒子，因一種腺中結核，英年早逝。民國十三年十月其遺著「胡思永的遺詩」爲上海亞東圖書館出版，共分三編；第一編「閒望」，第二編「南歸」，第三編「沙漠中的呼喊」。該書並有胡適之先生的「序」，以及附錄「初作詩時的自序」。胡適之先生稱：「他的詩，第一是明白清楚，第二是注重意境，第三是能剪裁，第四是有組織，有格式。如果說新詩中眞有胡適之派，這是胡適之的嫡派」。

Ⅱ 詩選

麥和草

一片茫茫的荒地，
沒有生長什麼。
一日，農夫背了鋤牽了牛來，
在這荒地上布了許多麥子。
時候到了，
麥子都笑迷迷的長出麥苗來了。
但那麥苗的中間，
還另外長了一些小草，
同樣的綠油油的，
幾乎分不出來。
時候又到了，
麥苗長的很高了，
麥苗和小草，
這時候很容易分別了。

失望

我站在這箇沒遮攔的太陽地裏，
心裏已熱極了
我盼望有涼風吹來，

吹得心裏涼快。

我走在這四顧茫茫的大路上，
身子已乏極了。
我只盼望前面有一座樹林，
好使我進去歇息。

只是盼望了半日了，
既不覺半點微風，也望不見一點樹林。
我依舊在沒遮欄的太陽地裏，
依舊在四顧茫茫的大路上！

月色迷朦的夜裏

在月色迷朦的夜裏，
我悄悄的走到郊外去，
找一箇僻靜無人的地方，
把我的愛情埋了。

我在那上面做了一個記號，
不使任何人知道他。
我又悄悄的跑回家，
從此我的生命便不同了。

我很想把他忘了，
只是再也忘記不去！
每當月色迷朦的夜裏，
我總是在那裏躑躅着。

寄君以花瓣

寄上一片花瓣，
我把我的心兒付在上面寄給你了。

你見了花瓣便如見我心，
你有自由可以裂碎他，
你有自由可以棄掉他，
你也有自由可以珍藏他：
你願意怎樣你就怎樣罷。

寄上一片花瓣，
我把我的心兒付在上面寄給你了。

禱　告

我用我滿腔的忿憤，
强設那空中有那萬能的上帝，
每當我閑暇的無事的時候，
我常虔誠的向他禱告着。

我的眼不看便罷了，
凡我的眼所看的，
都是些沉臉和冷笑，
主呀！請瞎了我的雙眼罷！

我的耳不聽便罷了，

凡我的耳所聽見的，
都是些譏諷的惡罵，
主呀！請聾了我的兩耳罷，

我閉門深居簡出了，
但風又時從窗外吹來，
帶來惡臭和血腥，
主呀！請塞了我的鼻子罷！

雖殘廢了我的眼耳鼻子，
但我的心還感覺到迷離惶亂，
還感覺到孤憤與悲哀，
主呀！請把我的心也閉了罷！

倘如以上的要求都不能做到呢，
萬能的上帝！
那麼請給我以偉大的權力，
讓我這世界打得粉碎！

剎　那（永久的悲哀）

這是最後的剎那了！
這是最後的接吻了！
眞實長久的快樂我們已無望，
永久的悲哀也願意呀！

我伏在你的懷中哭泣了，
你低聲的安慰我，
又低聲的感嘆着，
你說：『你前生怎的欠我這許多眼淚呢？』
我勉强的直起身來，
勉强的揩去我的眼淚，
你說，『你嫌我嗎？』
我的眼淚又來了。

我伏在你的耳邊告訴你，
我是永遠愛你的。
但你說，『我不願你這樣，
這樣你便自誤了。』
我含淚的吻着你，
我允你我自後要努力。
我們互勸着別傷心，
我們面上暫時開懷了。

這是最後的剎那了！
這是最後的接吻了！
眞實長久的快樂我們已無望，
永久的悲哀也願意呵！

二次的禱告

只爲我難堪那人們的觸目，
我改用怨憤爲求憫，
我二次跪在上帝的面前，
二次虔誠的禱告着。

主呀！我不求美麗的花園，
不求嵯峨的宮殿，
不求進那快樂的天國，
我求一塊清淨無人的土地！

那裏，在緜互千里的樹林中，
在峯岩重叠的高山上，
在四望無際的沙漠裏，
甚至在那六尺的孤墳內。

只要看不見人們的觸目，
隨便那裏都可以的，
隨便那裏我都願意，
主呀！請允了我這箇小小的要求罷！

（上接90頁）

Ⅳ 結語

詩人余光中曾經說蓉子是開得最久的菊花（註1），我們也希望她歷久而不凋。在此我們不必以是否得過什麼獎，或是否得過什麼榮譽學位等來加以品評。一個詩人之是否能成爲一個傑出的詩人，我們認爲有而且只有在作品的實質上，作品才是充足而必要的條件。從蓉子的創作活動來說，她的努力是有目共睹的，但她如何在創作的變化中，追求更精更完整性的表現，那就看她今後自我的抉擇了。

（註1）參閱張默、洛夫、瘂弦主編「七十年代詩選」的「蓉子小評」，第二四三頁。

草葉

廣會郡　穗原小學五年
尾上文子
陳秀喜譯

放學囘家的時候
路旁向隅的草葉
付着泥土很骯髒
早晨上學的途中
再看一看草葉

泥土沒有了
草葉好像洗過臉
被太陽照得發光
「也許草葉也洗過臉吧」
我這麼想

白萩詩集「香頌論」

陳鴻森

三島由紀夫一本叫做「美德的動搖」的小說裏，有一段一對男女赤裸着用餐的描寫。「這可並不如節子過去在空想裏，那種惱人而又淫猥的用餐；毋寧說是一種稚氣而純潔的早餐。」

赤裸着性所寄宿的身體，而兩人能怡然地用餐，這種非現實性的潔淨想像的存在，無疑地我們將可在三島氏那篇「電燈的觀念」的散文裏：「我的手一旦要開始寫作，現實就立刻瓦解、變質，要寫作時的我底手，絕無法掌握原有的現實，我覺得原有的現實似乎有着什麼的缺陷，而這有缺陷的『完整的存在』，我認為是對我的侮辱……於是我決定修正現實。與其說我幼時缺少對正確的欲求，毋寧說對自己正確的標準頑固地存在於我內部。我喜歡為配合床鋪的尺寸而切斷旅客雙脚的故事。」，見到其思考的發祥。這種本質上的「廻避」也正是三島氏美學的起點。

我不否認我在讀這本小說時，也曾為這種「無化」了的存在，感到溫熱和被誘惑，但這充其量也僅是於現實無法得到，而有意地把自己寬容於想像世界的，一種一時性底情緒舒放吧。

對生的現實不持有抵抗的這種唯美表現，在我們陰暗的心底，必無法掩飾其無力感。同樣處於對現實違和的地帶上，血跡無疑是較紅花更能喚起我們的感動。

對於我們而言，抵抗無非是精神上對類型世界的反逆以及發現（尋找）的決心，把日常性現實的知性和情感底平面，加以反省後的重建。

類型的認識，將會蒙蔽存在的眞實。正如村野四郎在其詩論「詩與實存」裏所謂的：「事物被隱蔽着時，等於我也被隱蔽着，而事物被取掉其類型之膜的瞬間，我也被顯露在新底世界的瞬間」，撥開存在的隱蔽底作業，實質上亦即是「自我眞實」的追求。

今天人類對於生尚有的希望，也就存在於還未被現實蝕盡的我們，猶能從狹窄的吃飯、工作、睡覺、做愛的生相裏脫走而出，並予以覺醒和背棄的此一堅持上。

排瀉物

有時你會停足，回頭觀望
站在腸道的新美街上
家是可怖的胃臟
已將你的生命消化

眼光落在十七歲
那猶吊在枝頭的漂緻的少女
心底不禁嘿嘿地譏笑起來

而在生的盡頭
那肛門的外面有沸騰的招呼：
「老兄，你也來的嗎？」

白萩這首「排泄物」，把家視為進行消化機能的胃臟底論理，令人覺得有趣。於現實裏被目為醜惡存在的排泄物，他却不避諱地加以珍視着稱呼自己。生一如消化過程地在勞碌的盡頭，終是無可逃避龐大的死底侵襲，「老兄，你也來了嗎？」機智的把對死底人性的感傷，巧妙地抑制着，「你也來了嗎？」把個人無可奈何的悲哀，無限連結地擴大為羣衆總體對人類命運的無告。不單限於單獨的某一人，在組成社會基本單位的家庭裏，任誰都是自私地把自己奉獻於無意義的奔波中，塡充於空虛的胃臟的却是生的無償和青春。生的代價也僅是予家庭以溫飽吧——這種覺醒，於追逐生活暫歇的喘息裏，不能不感到生命的陰暗，這陰暗也卽是社會的陰暗。而單薄的個人能力，所能拮抗的也不過是對美「心底不禁嘿嘿地譏笑起來」的此一自嘲而已。

白萩這種於生的現實裏自我將成為「排泄物」的自覺，我以為是疊景於「自憫」（自愛）上的。自憫並非SENTIMENTAL型態或NARCISSUS式的脆弱姿勢，而是產生於認識論之後的情緒逃避底一種適宜。

黃昏的街道漂浮着糢糊的人群
你浮沉，是其中之一且被肢解
腦髓仍粘着語言的銼磨聲
心中飽充着權勢的氣泡
而脚趕不上潮流
掉在背後似已走不回來

有時會淺擱，翻身
看看稀奇的天空
「那些鳥兒在傷感裡飛得多自在啊」

（漂浮）

陽光暖暖地曬在餐桌上
一碗香噴噴的飯
這是可愛的老天
我們還有命可活

（歲月）

「而脚趕不上潮流——掉在背後似已走不回來」，這在其精神的潛流裏，並無一點「自棄」的影子，反而在省察了生的現象之後，獲得了一種認命的無懼感。「那些鳥兒在傷感裏飛得多自在啊」，把鬱結在精神內部的苦悶，積極地藉無知的鳥兒底飛翔給予拋棄，或對着餐桌上的一碗飯底安然，或「陌生的世界需要禮貌——妳是我女人之外的另一個」的「早安。該死」裏的幽默，這些無非是發見了自我後，對被現實咬噬的那個「我」的軀殼憐憫的一種知性底解脫。

白萩這本「香頌」集子裏的諸作，依其精神動向和意象外鑠的意義，可區分爲「白日的詩」和「黑夜的詩」兩種類型。在這本詩集裏，這兩個不同次元的表現差異是十分明顯的。

白日本身具有極爲强烈的現實底暗喩性。暴露於苛酷的陽光下底物象，也相對地現出其陰影。白萩的抵抗意志，無疑地乃在於深切凝視現實，經自省後的一種自我知性底發揚。這點，白萩雖未發出參予或改造的呼聲，但這種「表面上」的無言，毋寧說在本質上，是比吶喊有着更深刻和尖銳的心靈造型。

一進入夜的世界，黝黑的存在空間，必會使得人的視覺感官無法自如，視覺機能一旦受阻，那麼知性能力也會產生相關性的遞減。而人類精神內部的知性和感性的交流，正呈酸鹼反應的比例；一般把夜視爲「告白的領域」，也正是一種人類心理本能的 feeling 發達的正常表現。換言之，夜在本質上卽有着情緒意味。

無止無盡

還能支持多久？
感到根的尖端已爛起來
抱不住人生的重量
像子宮的幽暗
無止無盡
歇歇吧
妳拉着我躺下
在世界深夜的底層
聽精子在河中
載沉載浮地呼救
而死的悲涼
慢慢的向胸口漲上來

這首「無止無盡」，藉着性的疲憊，表現人生的無奈感。與性愛的熱烈相對的，那向胸口上漲的死底悲涼，乃是透視現代人類生活經驗，在終極上無可逃避的生的幻滅底顯影。

性行爲原是一種人類的本能需要。在某種意義上，甚至可說性愛的喜悅感會强化生的信念。通過了性才能到達 Whole man 而獲得人的完整。

生活是辛酸的
讓我們做愛
給酸澀的一生加一點兒甜味

（新美街）

妳的瞳孔中映着我
我的瞳孔中映着你
在靜默的對照中
感到一株莫名的喜悅
在晨風中輕快的搖幌……

（對照）

「兩河一道」的婚姻生活，在狹窄的共同空間裏，「半夜醒來／感到兩個鍊圈／扣住彼此的一生／互相妨碍／互相扶助」（鍊圈），終究還是會獲得那種被關懷和體貼的慰安，卽使間或會有着「悄悄生活的壁虎／有時成單有時成雙／而一生的愛是多麼長多麼短呵／有時交媾有時爭吵／……想着明晨全市痕跡狼藉／只有我是乾旱的丈夫一個」（有時成單）的磨擦的難堪，但一面對了「爭吵而妳出走／便感到妳和我之間／並非空無一物」（風吹才感到樹的存在），便立刻會感到家的需要。這可說明人的脆弱原型吧。而婚姻的型態，雖非單純爲性愛而存在着，但性愛却需婚姻的形式給予保證，正如愛最後終要以性爲依歸一樣。

極大至小

白鴿成群地逃入天空
何種悔恨驅逐着你們？

這是遠行的早晨
我在窗口讀着你們的隱喻
懷着抗議的訣別
（這是誰的巢
　荒涼而狹小
　囚禁着我的一生）

天空嵌在我的心裡
極小曾是至大

這是歸途的黃昏
何種恐懼追逐着你們
白鴿成群地飛入樊籠

在天空漂流的心無依
極大已是至小
（這是誰的巢
　溫暖而寬暢
　安慰着我的一生）

這首「極大至小」詩裏的小大之喻，無疑乃是接受古中國的隨安精神，「苦梨還是乖乖結一輩子的苦梨」（苦梨）的這種宿命觀而致的某種自得，「這是誰的巢／溫暖而寬暢／安慰着我的一生」。然而這小大之喻，潛流於白萩精神底流的却是：被現實所追殺，而不得不由大而小的一種自我放棄的悲哀。「天空嵌在我的心裏／極小曾是至大」的這種年少的激情和夢想，一經投入現實之砧，便立即會强烈的遭受抵制而改變，原本的意志和欲望，遂也銷鎔而溺於家那窄狹却安全的空間的滿足感裏，而放任自我的喪失。

家的型式，在無形裏將把自由的個人予以約束，而以愛爲補償。一般男人的野心和深藏的英雄感，於受挫於無可避免的現實之後，會變形爲對肉體的征服欲望吧。

肉體的遼濶在本質上，並無異於生活世界的遼濶，並且從女體上，我們將會逐漸地產生一種對自體根源認識的鄉愁。

此一鄉愁，對照了把自己脫光的我底赤裸，將會把個人的孤獨感予以無限地强化。儘管肉體更深切的結合，精神更强烈的擁抱，這種尤其在性行爲之後的疲倦裏，以强大姿勢壓迫過來的孤獨感，是永無法拒絕的。

這種孤獨感，乃是連接於我們生的現實底暗澹上。

對於白萩而言，這必是他早已體認到而深以爲焦慮和恐懼的。正如「天天是」一詩末節的「一隻鳥飛進天空／即擁有天空，管他是／一直一直地伸到美洲那一邊」。然而，這種充滿着「無賴」辯證的意圖，却可見到他內部潛在的徬徨和無依。

這徬徨和無依的感情，在未獲得知性給予合理的安定性底時間裏，情緒的混亂自然形成某種精神的「自虐」，體現於詩，便因而產生了諸如「公寓女郎」、「二重奏」

、「既不珍惜也不浪費」等情緒放縱的詩作。要而言之，構成這些作品的要素，並非美而是刺激。此亦即白萩在這本詩集裏，所不能予以忽視的「表現的墮落」。

進入中年的婚姻，根本而言就是一種結合的「危機」時期，其背後都將或多或少地，蟠伏着欲求的衝突所植下的困惑以及對人生絕望底晦暗；然而這種危機性越大，性的挑戰也越大，性的魅力也就益形强烈。

時值中年的白萩，不保留地把自己脫光，發表了這一系列「香頌」的作品，其究竟意味，我們毋寧可說是一種新的抒情詩學。正如余光中在「蓮的聯想」階段所探求的。在本質上，這兩本詩集適形成一極鮮明的對比，「香頌」是現代的、庶民和生活的，而「蓮的聯想」卻是古典的、離羣和唯美的。

造成這兩種不同的要因乃在於語言。語言在詩裏進行着「思考」和「表現」的複合作用。而各人對語言的契入和把握不同，將導致詩觀和方法論的迥異。余光中在「蓮的聯想」裏所使用的語言，乃是承繼古典文學的教養和餘韻，雖可獲得類型的詩質，但終究是無法避免語言所造成的隔離感，也就無法引起我們深刻的感動。

畏懼俗的世界的思考，是無法產生眞正底詩的。

今天我們若意欲取得現代詩的「正統性」，則勢必要更深入的向庶民的位置伸根。白萩的「香頌」，該是早已具有了這種警覺。

（六一、十二、十七在鳳山）

里爾克寄內書簡選譯

李魁賢譯

一、羅丹的風範

寄自弗雷里村繆頓羅丹宅

星期三．九月二十日【一九〇五年】

……所有休閒時間，在林中和海濱渡過的所有日子，所有欲健康過日子的嘗試，以及對這一切的願望：如與這一片森林、這一片汪洋相較，如與羅丹矜持而堅忍的眼中無法描述的、自適自如的安逸相較，如與他健康而自信的靜觀相較，到底算得了什麼呢。力量颯颯地流暢入我的心中，我洋溢着尚無所悉的一種生命的喜悅，一種生活的能力。他的典範是如此無與倫比，他的偉大有如一座極為親近的高塔，在我眼前聳立，至於他的善良，有如一隻白鴿，繞着我閃熠飛翔，直到充滿信賴地棲息在肩上。他是一切，超乎一切。我們談了很多，很多事。他興緻很好，滔滔不絕，我因被他的話打斷，也無法老是充分地對談，但是我每天愈來愈仔細傾聽。妳想想看這三天早上：我們一大早五點半起床，昨天甚至五點就起來，前往凡爾賽；在凡爾賽車站叫車乘到公園，在公園內我們一走就是幾小時。然後他指點我看一切東西：一片遠景，一個動作，一朵花卉，而他所招呼的一切，眞美，眞有見識，眞出人意料，而且眞新鮮，這世界，和自霧中，幾乎是細雨霏霏中浮現出，且極為緩緩地帶着光輝、溫暖而輕快的今日少年成為一體。——然後他談起布魯塞爾，他最好的時光在那邊渡過。『青銅時代』(Age d'airain)的模特兒是一戰士，和他的到達時間完全不同。有時在早上五點，有時是晚上六點；他這位另有其他工作的合作者，出於榮譽感，只好棄他而去，給他留下了全部時間。他只好在布魯塞爾附近，常常和羅丹夫人(忠實的好人)在林中漫步來打發時間。起初，他還找個地方豎起畫架揮毫作畫。但他立刻發覺到，他錯過了一切，一切生機蓬勃的事物，廣延的事物，變化萬千的事物，聳立的樹木，瀰漫的霧，這一切千千萬萬發生的事項與現象；他發覺，當他以一位旁觀者，欲成為萬物的一份子，受到承認，完全被容納、被溶化為風景而作畫的他自己，却和獵人一樣，和萬物相對立。而此風景的存在，經年累月——與太陽同起，參與了所有偉大事物的這一切，都賦予他，他所需要者：這些知識，這喜悅的能力，這水汪汪未被觸及的他的力之青春，這與重大事物的和諧，以及與生命的默契。由此養成他的見識，他對所有美的感受性，在自然界中寓有千變萬化，無論大大小小之中都可得同樣無法測量之偉大的信念。——「今天如果我再到自然寫生，我會以繪裸體畫般的敏捷手法攫住其輪廓，然後在家裏修改，否則只有觀察，與自然結合，和我們四周的一切同化。」當我們如此談論不休時，羅丹夫人有時摘花，她拿着：秋水仙或者葉子，有時引我們注意帝雉、鵪鴣或喜鵲(有一天她發現了一隻病鵪鴣，為了帶回照顧，我們不得不提早回家)，要不然就幫車夫撿草孤，我們遇到大家都不認識的樹木時，也常常問車夫。這是在凡爾賽公園邊緣圍繞着特麗亞儂宮（Trianon）外側的榆樹林蔭道。折斷一樹枝。羅丹觀察良久，他觸撫着雕刻般、線條粗獷的葉子，最後說：「是榆」，迄今我仍永不忘懷。他就是這樣，像一口杯，收容一切，使一切成爲泉源，他就在此把自己獻出、發光和映現。——昨天，我和他同卡理爾（註1）以及一位作家莫禮斯（註2），在街上吃早餐；此外，我沒見過他同誰會面過。到日薄崦嵫，當他自大學街回家時，我們坐在鑲框的水槽邊，依着他的三隻幼天鵝，一面觀看，一面談天說地，眞情畢露。也談起妳。——羅丹的人生過得眞美，眞是精彩。譬如說，我們約定和卡理爾在大學街的畫室見面；我們十二點準時到達。卡理爾却不見人影。羅丹在處理寄達的函件當中，曾看時間一、兩次，但當我再望他時，我發現他已埋頭工作中。他是如此善用等候的時間！……

晚餐後，我立刻回家，最遲約八點半可回到我的寓所。在我眼前是廣濶輝煌的星空，窗下是礫石路攀升到小山崗上，有一座佛像虔誠肅穆地安身在那山崗上，在晝夜的天空下，他靜默地苦修，展露他莫可名狀之堅毅的表情。我對羅丹說，那是世界中心。他以多麼親切，完全知友的眼光看待我，非常棒，眞是棒極了。——妳還記得餐廳裏的大餐桌嗎？如今擺滿了半桌的梨子，昂貴的梨子（昨天剛從園子裏摘下的）。那邊有一石質花瓶，裏面一大束小巧的紫色秋菊，長得很茂盛，有一座小小的古代少女像，被這些花朶所遮掩，像是被天空所遮掩一般，眞壯麗。而羅丹從他的位置老是向那邊眺望，他天天有新穎的動人的比喻，對美的事物賦予其眞面目。……祝禮拜天好。……

……

二、隨羅丹，夏特行

寄自夏特市・星期四・十二點半
【一九〇六年一月廿五日郵戳】

……我們終於如願以償：我們現在夏特市，大師、羅丹夫人、和我；冬晨，我們在日出之前，朝清新的眞珠母色天空下出發；然後，來到一個明麗的小法國城市，看到一堆櫛比雜亂的小屋上方，像綻開的花朶般，聳起一座峩特式的高塔，旁邊還有一座花蕾般的峩特式建築。我們隨即走過重又遺忘、且視界全部迷失了的小巷，突然，我們却如此接近地立在超越視線的無涯之前。很多東西，幾已全部損毀，只有這裏那裏的零零星星，眺望着，夢寐着，朝着無止境微笑着……。可惜非常，非常，非常冷，幾乎無法佇立，而且下着雪。我們想念妳……，也許不久我們可以一塊兒再來這裏。………

三、夏特教堂印象

寄自弗雷里村繆頓，普麗陽別墅
（塞納・軛・歐絃縣）星期五晨
【一九〇六年一月廿六日郵戳】

……我們歸來倦極，天氣對我們太苛，身經凛冽的嚴寒後，又遇雪，雪正溶化，東風一吹，却結冰了；這一切都發生在一天之內，就是今天，這種氣候，使我們離開車站回家時寸步難行。所以我們歸來倦極。也可能是眼見一片廢墟，以及令人厭惡的修補，僵硬、粗糙和醜陋，喪失了美，使人無法忍受，而感到悲哀所引起。總之，夏特教堂比巴黎聖母院更令我傷心。更令人失望，尤其是，一任破壞、作賤。它有如穿着大外套矗立，這只是第一個印象，至於其主要細部，有一風化了的、纖細的天使，面前持有浮雕一日時刻標誌的日晷儀，從上面仍可自磨損中看出無限的美，在他虔誠的臉上閃現深刻的微笑，有如天空，映現……。但這幾乎就是一切。大師（恐怕）是唯一來此訪問和談論這一切的人。（試想，假使他僅對別人談論少許，怎能，怎可漏聽？）他和在聖母院時一樣，悠然，條理分明，無限深刻的瞭解和領會。他低聲談論他的藝術並以顯示在他注目所及的偉大原則作證。這眞是太棒了；我們是在九點半左右由車站前往教堂；太陽已西下，天氣陰冷，但依然無風。可是當我們快到教堂時，意外地，一陣風，如像某位巨人，在天使的角落打旋，並嚴峻地從我們中間席捲而過，尖銳而且有如刀割。「噢，」我說：「突然來這麼一陣狂風。」「你不曉得，」大師說道：「大教堂的周圍常有風，有這種風。經常受到這種費勁地要把偉大的事物可怕地搖撼起來的風所包圍。空氣會沿着支柱滑落，一方面從高處落下來，一方面就在教堂周圍旋轉：……。」大師如是說，但他用辭，顯得更簡潔，更充實，更峩特式。不過他所思考的，就是這個意思。在風中，我們像是被罰站地與天使對立着，天使這麼愉快地將時鐘的字盤舉向太陽，永遠眺望着太陽……。

註一：Eugène Carrière，一八四九年一月十七日生，一九〇六年三月廿七日死。法國畫家、雕刻家，替詩人魏爾侖（Verlaine）和羅丹畫過像。

註二：Charles Morice，象徵派作家，一八六一——一九一九。

出版消息

I 詩刊

※「大地」詩双月刊第二期，第三期均已出版，該刊風格樸素，態度謹嚴。定價十元。

※「創世紀」第三十一期已出版，定價十五元。

※「海洋詩刊」第十卷第一期已出版，該刊係由臺大海洋詩社出版。

※「主流」詩双月刊第七號已出版，定價十二元。

II 文藝雜誌及其他

※「中外文學」第一卷第八期、第九期均已出版，定價十五元。

※「書評書目」双月刊第三期已出版，定價十元。

※「大學雜誌」第五十九期、第六十期已出版，定價十二元。目前正連載，高準作「論中國新詩的風格發展與前途方向」一文，擬分三期刊完。

※馬來西亞「蕉風」月刊第二三六期（一九七二年十月號）及第二三七期（一九七二年十一月號）均已出版。並報導臺灣某書店盜印他們出版的「尼金斯基日記」一事。

韓國現代詩選譯

陳千武譯

翅膀

金容浩

一層一層小心地踏上樓梯
到年輪屆滿了的頂上
母親啊
我該 轉移何處去？

要融化 上昇遙遠的空中
却還有依戀的泥沼纏繞我呢
然而想退下樓梯
時間又早把踏臺拿走了
我無能的雜技 無心的孩子們的掌聲
響起
又有人喊着
（皮耶囉）
(Pierrot)
喊 喊 喊

母親啊
您 爲甚麽
忘記了給我翅膀

（金容浩）一九一二年生於慶南馬山，詩集「洛東江」外五册，一九五六年獲亞細亞文學獎，建國大學講師。

在綠洞墓地

金光均

爲了能埋葬在這裏的紅土
才到這兒來的嗎
永眠的荒土 沒有一支草一朶花
覆蓋視線的一支榛木 一個山也沒有
風吹響 被雨濕透了的葬布
虛無土地上擴大的一絲搖鈴
雙手握着三十八的可愛年齡
是在消瘦的肩膀
卸下了過重的負荷？
啊啊
不轉身就在這裏這樣離別嗎
我們。

釘釘厚棺蓋的聲音
放下棺木的鐵鏈聲音
響過我前額中央
在閉着的唇上
在小墓碑上

雨下着
雨下着，

（金光均）一九一三年生於京幾開城，詩集有「瓦斯燈」「外四冊。

堅固的孤獨

金顯承

白臉
硬乾的
已不能再剝皮那麼

唯一手脚
不靠任何陽光的
不能使陰影負債

抵抗。
就用這銳利的槍尖
在巨大的神正義的面前

關懷的人飢餓而回來
就把這些乾餅
像自己的肉一樣給一個晚上

結晶了的光之淚……
那些露　和那些愛也不銹的
堅固的刀刃——不以踏步走的
血和肉！

炎熱的日光
經過長時間的懷柔
也不弛緩的木管樂器的秋
墜落在那岡上的
堅强的果實
留在我底生命裏
滲有苦味的最後味道

（金顯承）一九一三年生於全南光州，詩集「金顯承詩抄」，全南朝鮮大學教授。

東洋的山

李漢稷

用消瘦的肩膀
抗議似地憤怒
那是不告發不罷休的
天生可憐的稟賦吧

負有激烈的噴火記憶
因那時還幼稚
才暴燥取鬧了呢

植物每年無心地扎根
但畢竟造不成森林
若過份悽慘的經驗
反而心緒　會這樣安靜下來嗎
現在毫無任何固執和主張了

剛才在山麓bazooka砲震動了

共產主義者們用陌生的外語
大聲叫喊
而且
眞不能相信似地容易死去的人們
啊啊，我這種寂寞
該用甚麼來打開？
閉着眼 我的表情
就那樣凍結起來
連微笑也遺忘

我是東洋的山

（李漢稷）一九二一年生於全南全州，作品「崩潰」等，文理大學講師。

小

辛夕汀

蘭和我
喜歡從山上眺望海
栗樹
松樹
欅樹
在稀疏立着的林木之間
海比天空尤藍

蘭和我
像小野獸 喜歡眺望海
像小野獸 默默坐着
像大海原 默默坐着
眺望海覺得很愉快

蘭和我
面對着藍海原 雲飛得很快
走在紅珊瑚和白大理石的階梯
像水鴨般撫慰着那浮遊的青磁島嶼的時候
我看過顫慄的心臟般柔軟而搖曳的
欅葉 纏繞在蘭的髮上

蘭和我 仍然
坐在欅樹下眺望海
是過份柔和的小野獸

註：蘭爲作者的女孩名字

（辛夕汀）一九〇七年生於全北扶安，詩集「燈火」外二冊，另有譯詩集。

日本現代詩選

陳千武譯

吉野弘的詩

吉野弘（Yoshine Hiroshi）一九二六年生，五三年參加詩誌「櫂」，出版詩集「消息」（五七），「幻、方法」（五九），詩畫集「10互特的太陽」（六四）等。

※吉野弘有一篇像論詩人的任務的詩句：「持有溫柔的心的人，不管在何時何處，會不知不覺的成爲受難者，爲什麼？持有溫柔的心的人，都會把別人的痛苦，當做自己的痛苦，而感受」。把現代「受難」的意義尋求於溫柔的心，是這位詩人特有的，對人性的愛與理解，令人好感。作者給與爲了社會性現實與自我矛盾而痛苦的人，熱誠的同情，會使容易荒凉的現代人心，無限的潤澤。（鮎川信夫）

謀反

從老闆的桌子上，屢次失落螺絲。每一次失落時，家人都異口同聲地主張不在現場。結果，裁定螺絲是獨斷逃亡的。

然而，實際上螺絲會獨斷逃亡，是老闆暗中察覺到的。儘管如此，時鐘的零件會開始主張甚麼，確實令人吃驚。他便痛感關於秩序確有教訓的必要。

於是，他在事件發生那天，即刻對他的孩子們，不，寧可說是對潛藏在附近的螺絲們，如次嚴厲的教示。

（一切機械的特徵，就是不浪費而合乎目的的性格。缺少一個螺絲，整個時鐘的機能便會停止，完全只是，歸了這一點。這對一個螺絲來說，不是很光榮嗎。在舊的國定教科書裡，成爲教材的螺絲的父親們，都十分瞭解這一點。你們太郎和次郎，長大了以後也要……）

孩子們都不知跑到哪兒去了。

老闆可恨地嘟喃着。

（螺絲會逃亡的理由，究竟是什麼？對於這個時鐘不能缺少的重要性，怎不會使它感到快樂？那個傢伙常在毀壞自己的價值。）

螺絲躲在桌子底下，跟從前一樣，不敢逃遠。從時鐘跳出來，便懷疑在時鐘以外的地方，是不是也有自己的價值？而感到非常不安，使螺絲的逃亡無法進展。

在躊躇的途中，又被帶回來，被嵌入它原有的光榮的
任務，這幾乎是確定的事實。

burst 綻開

事務是　毫無一點錯誤和停滯　也不留塵埃　悄悄地
繼續在進行。
三十年。
在表揚多年全勤的典禮上。
聽着雇主冗長的讚辭工作員之中的一個　露出蒼白的
臉　突然　喊起來。
——各位！
來談一談靈魂吧
談靈魂！
多麼長時間
我們　沒談過靈魂了呢——
向同輩們的脚底下　哄然他昏倒了。噴出冷汗。
發瘋
花綻開。
——還是　同樣的夢。

日日有安慰

風吹向孤單的人

孤單的人就枯萎

W・H・葉慈

日日有安慰
劇烈地吹來。
安慰向
孤單的人吹來。
孤單的人就枯萎。
明朗的
富有機智的
猜謎
孤單的人製作了。
明朗的
富有機智的
猜謎
孤單的人對答了。
安慰在笑
嘟喃着
歌唱的時候
孤單的人就枯萎。
枯萎。
煩惱就枯萎。
願望就枯萎。
語言就枯萎。

給美麗的人

美麗的人啊
妳的美　不錯　是妳的東西
但不祇是妳的所有
是喜歡妳底美的很多人的
所有　曾經
這樣教過妳的是我
喜歡美的很多人
不管是誰的美
都可以不客氣地喜愛而爲自己所有
妳也
不能拒絕
很多人的喜愛
因此　妳要
傾注溫柔
不分彼此地分給妳的美
讓很多人去稱讚
讓很多人欲爲所有
那是純樸的妳相稱的擧止吧
我對這一點
到現在　仍然無意改變
無意改變說過的話
我也
只屬於喜愛妳的很多人
之中的
一個人而
雖不滿足於其中一份子的我
想再次
請妳聽我懇切的敎訓
不管是給與
或是接受
必須要完美的一個
畢竟
心
是唯一的例外
不能隨便
分給到處的很多人
必須僅選擇一個
這是我的意思
關於美
可認定很多人的所有
關於美的根源的心
僅可認定一個人的所有
這樣說
雖是矛盾的條理
我當然都知道
而如果要賦與這一矛盾
也有條理
那就是
希望
以一個完美的狀態來獨佔人的
沒道理的感情的條理而已
現在我
却認定這種沒道理的感情

恬不知恥地玩弄奇異的條理
說喜歡妳的時候
請妳聽從我吧
美麗的人啊

I was born

那是　開始學英語不久的時候

　有個夏天旁晚。跟父親一起走進佛寺的院子裡，就像浮顯在藍色的晚霧似的，白色的女人向這邊走來。無精打彩地，慢慢地。

　女人好像懷孕了。雖拘泥於父親但我的眼睛始終不離開她的腹部。把頭顚倒下來的胎兒，那柔軟的蠕動，連想在她的腹部，不久，就會誕生出來這世間的不可思議使我感動了。

　女人閃過而過。

　少年的思想容易飛躍。這時，我忽然瞭解了（誕生），確是屬於（被動）的理由。我興奮地向父親說。

——畢竟，還是I was born 嘛——

　父親詫異似地窺視我，我反覆說。

——I was born 啊，是被動形。說正確一點，人是被產生出來的，不屬於自己的意志——

　這時，父親聽見兒子的話，該多麼吃驚。我的表情是不是很天眞地映在父親的眼裡？要察覺這些，我還過份幼稚，對於我這只不過是文法單純的發現而已嘛。

　父親默默走了稍時，却講出意想不到的話。

——聽說蜉蝣的蟲，生出來二、三天就死去，那麼究竟，爲什麼要生出這世間來呢，有一段時期我非常懸念了這一點——

　我仰望父親，父覺繼續說。

——我把這些話告訴了朋友，有一天，朋友說這就是雌蜉蝣，便把牠放在擴大鏡，讓我看了。聽朋友的說明我看到牠的嘴完全退化不適於攝取食物。切開胃囊也只有空氣而已。事實就是那樣。可是，牠的腹部却裝着滿滿的卵積叠到細瘦的胸部。看起來好像瞬息萬變而反覆的生與死的悲哀，湧現到胸部那麼。那是寂寞的，光的粒子。我回頭看了朋友說（卵）？他點頭回答，（好苦悶啊）。經過這種事以後不久，媽媽生下了你就死去了呢——。

　父親還講過什麼話，我已記不起來。而祇有一點像痛疼那麼苦悶地，燒在我的腦裡。那是

——細瘦的母親，塞在胸部，使她喘不過氣似的我那嫩白的肉體——。

關於乳房的一章

年輕的姑娘——
不管妳怎麼彬彬有禮
面對幸運很客氣
但妳那胸部的鼓起
蒼白又緊張

覺得不尋常那麼挺向上方
在夏天淡薄的衣服下
幾乎
看得很尖兒

那是好像
整備了能力以上的旅裝
那盲目的船首的
閃耀的臉那麼
足够能用恐怖
抓住男人的形狀呢
男人都因此
擋住船的前程
只像峭立的懸崖
也許
像暗礁那樣的伴侶而已
心裡，感到深深的羞恥
硬要堅持假裝不知的樣子
畢竟，男人
會把不尋常的主張鼓起的
管不了的那個乳房
以男人本位的
可愛，僅對型態好的部份
教示給女人而已。

◎比喻的太陽

他告訴我。

——這張相片最佳
把這一張列爲第一名吧
明朗
又給人以希望
而且……
我常常想
想要給人以希望

他既然持有希望！
這使我十分驚奇
便問他
——那很好
然而……
你持有的是什麼希望？

咦！你眞遲鈍
表示奇怪的樣子
他告訴我
——這不是已答覆過了嗎
我願給人以希望
就是我的希望
願意給人以希望的希望
就是我的希望

不過……
我說。
——你要給人的希望的內容
是甚麼，我想知道

等於就是你的思想？
——內容嗎？思想嗎？
希望就是思想吧
太陽，有意照亮一切的希望
那就是太陽的思想
因此我們才能活着，也有星星和月亮
的閃爍，而太陽不管有幾顆，都好

啊啊，比喻的太陽

他就是
10瓦特的太陽
像電筒光那麼微小的太陽
別人也都
像月亮或星星那樣
有冷冰冰地照亮的義務

瑞　香

事物明確地存在却沒有香味的
死之國。
在那領土
不顧顯露姿容的生者群
散佈着慾望和汗的香味
私語着而經過。
我却嗆着
經過我身邊的他們
那强烈的香味
發覺自己是死者。
就是那樣
使我成死者拿出生者芳香的。
瑞香

他們，誘我
再一次
加入
痛苦的慾望和放出肉的甜味的生者群
又，讓我相信
那些的可能性
並很熱鬧地喊我
但不以强迫地
經過而去

good luck 香水

渡過五天休假
看日本電視播映的畫面
向要回越南歸隊的
士兵
good luck
主持人
那麼，祝福他
年齡二十歲

還沒有情人
嚴肅的眉間露出微笑
美國軍人，克拉克一等兵

主持人問你
有沒有稍爲不想回戰場
那種心境？

你回答
有是有，但把它抑制下來

參戰的心理依靠
是什麼？
——還是，爲保衛
祖國的自由，是不是？

身材短少，眼光敏銳

拖着細線來迎接的一條死
敏捷地，躲避它啊
戰場會
削去你那微小的肥肉
拔掉多餘的脂肪和懷疑
使你的筋肉細而强而更柔軟

這就是
戰場的鍛練法

給回去戰場的你的背脊
good luck
爲了祝福才拿起來
——却丟落打碎了的
高貴的小香水瓶
像那樣喊聲的語言
good luck

多麼殘酷的生的碎片，死的味道
籠罩着的强烈味道裡
像溶解了那麼
在蒼白的畫面
你
消逝了

Body guard

其一

有一天
刺客
改變了心
在家裡躺着

如刺客表示他的意旨
body guard 就能休息
沒有表示他當然不能休息

躺着
讓不休息的body guar徒費緊張的刺客
也許享受着
其最大的優越感
但body guard是
最能銳敏地
感受刺客的優越感的
恰好
像人對還沒襲來的死的奢侈
最敏感那般。

其二

有刺鐵絲
露出的敵意
鋒利而悲哀地
防衛性地削尖
在那兒休息翅膀的光都感到痛疼。

悲哀的 sand bag
body guard 是
披着看不見的有刺鐵絲
而且——
爲了威嚇外部的刺
同時很寂寞地刺痛內部
沒有人知道
body guard 的這些悲哀

（上接119頁）

向死的根源性照應，給我個人的思考一種强力的支柱。在這種意義上，要感激別人的作品，對於我是「I was barn」之外，沒有什麼。

順便再說一句，如果是敏感的人，就會感到在這一篇散文詩裡，吉野弘很難得的對別人，即對父親說的話雖無意識的但確實可稱爲有心術不良的口吻。這種生命連繫的父子關係，在別的作品「父親」裡也有父親被兒子「嚴厲的受到無視」或「溫柔地被躱避」而以寓言式表現着。不過必須留意的是，在這父親裡已經重疊着吉野弘本身的像，而他對孩子的關係却以新的關係被充塡在詩裡。

像吉野弘在作品「奈奈子」裡，對自己的孩子期待着「芳香的健康」和「難予勝利，難予養育，疼愛自己的心」。但想到以往從各方面角度眺望他的詩，就能領會那是含有各種祈願的自然性意義。還有，像「妻子」一首詩，對妻覺得拮抗生死的條件，是「不可思議的慈悲那樣」，也是據於他的哲學的歸結，能够爽直地得到感受。

追尋吉野弘的詩的全貌，對於批評的人來說，眞是快樂的一件事。本想更深入他的詩構造的各角落來論，不過寫到這裏，似乎已把他的詩的骨格大體呈顯出來了。我認爲吉野弘才是有意逼近人整體的今日詩人中，尤其不可多得的一位詩人。

論吉野弘的詩・清岡卓行

陳千武譯

或許戰後詩人最具溫柔的人格，對自己嚴肅，對他人寬大，追求無限止沉靜澄清的批評。對生命希望的向日性溫暖，而討厭華麗過度的表現，對虔誠的美感到興趣。

更能如上述的方法列擧許多優點的這種特徵，對吉野弘的觀感，是戰後其他詩人們差不多會一致認定的事實吧。我也從他的詩，嚐到所謂構成性思念的香辣調味料十分奏效。讚嘆不浪費而瀟洒的烹調美味，我也是不落後的。在詩誌的目錄上發現他的詩的時候，我沒有一次不立刻讀完它。而大體上，在其舒暢、新鮮的認識視野裡，人或事物都在意想不到的神情或關係裡出現，使我讀得很快樂。

不過，像這種特徵，究竟是否深深暗示了吉野弘的詩的核心？我越接觸他的詩，即在他的詩裡，好像尋寶似的心情欣賞他把自己的感動，怎樣很恬淡地隱藏着，而越欣賞越瞭解隱藏在詩溫和的表面之背後那些激烈的、有些苛酷的無邊際的意境，令人不得不有所感動。

例如，下面二個詩句，由於作者不同，讀者才會立刻能把分別的地方猜出來。

日日有安慰
劇烈地吹來
——（A）

而我害怕冬天，因爲那是安慰的季節！
——（B）

前者（A）是吉野弘的「日日有安慰」一詩的開頭二行。後者（B）是A・藍波的散文詩「離別」一篇中間的一節。我對吉野弘這個溫和的人格和藍波這位「全是自由的熱風」兩位意想不到的配合，在「安慰」（藍波的原詩是〔Comfort〕）」語言對立之間，有其共同之處，感到兩個精神偶然的交叉十分有趣。

爲什麼這種事情會發生？吉野弘的「安慰」是指所謂大衆社會狀況的娛樂或消遣吧。藍波的「安慰」是指人相互間用體溫互慰生活的安樂之意吧。這些具體的內容一定相當有異。但是不論哪一方的詩句，若你仔細深入欣賞，即會感到在其詩裡均漂盪着嚴肅的自我探究，或一心一意追求眞實的氣氛吧。哪一方的詩句都似乎含有不知妥協，要一直前進的意志。

完全隔離的二個精神，爲什麼會在那兒偶然交叉着呢。我膽敢以一言說出這個理由，那就是吉野弘爲社會性自己疏遠的究問，和藍波在形而上的自己疏遠的究問，對想詐騙性的安逸，表示過同種類的拒絕這一點吧。到今天，吉野弘所有的詩作品——詩集「消息」（一九五七年）・『幻・方法』（五九年）・『10瓦特的太陽』（六四年）

及未收錄於詩集的那些，若反覆看讀欣賞，卽會很清楚地瞭解他怎樣執拗地繼續指摘自己疏遠的社會性條件，而成爲一位詩人。在戰後的詩裡也沒有類似的例子，那種持續性的剛毅和堅强的精神，與第一印象或瞬間性印象的柔軟性來做比較的時候，確實會充分叫人驚奇。

社會性自己疏遠的批判性形象，就是吉野弘最大的主題之一。那不是素樸的表達，而是證實嚴厲的知性反芻，以某種意念爲媒介的。但因此我們必須瞭解在暗中常關聯於他本身的內在，可以說是傾注於（直接發出的聲音）的羞恥那麼個人性的聲音。

適當抽象性而構成性的那些形象，實在富於變化。首先，擧幾個例子來看看吧。

聽着雇主冗長的讚辭，工作員之中的一個，露出蒼白的臉，突然，喊起來。

——各位！
來談談靈魂吧
談靈魂！
多麼長時間
我們，沒談過靈魂了呢——

（「burst——綻開」）

在此描繪的是，把極爲平凡守法的工資生活者，被隱藏在內心的人性，就是說靈魂的那些，被疏遠了的自己的存在，十分單純地形象，在詩裡，以一個工資生活者講出那種話，已經就是發瘋了的證明。但那才是生命的「花綻開」的美。這種驚險的强制性「同樣的夢」，非常直截了當地顯示了吉野弘的外部問題與內部問題的相關。但這一點等以後再談，在這裡應該看看其他的場合吧。

螺絲躲在桌子底下，跟從前一樣，不敢逃遠。從時鐘跳出來，便覺得在時鐘以外的地方，是不是也有自己的價值？而感到非常不安，使螺絲的逃亡無法進展。

（「謀反」）

爲了威嚇外部的刺
同時很寂寞地刺痛內部
沒有人知道
body guard 的這些悲哀

（「Body guard」）

爲了祝福才拿起來
——却丟落打碎了的
高貴的小香水瓶
像那樣喊聲的語言

（「香水——good luck」）

『謀反』裡時鐘的螺絲，是從組織裡自己的任務跳出來，但沒有去的目的地，仍然躲避在原來的場所附近，不久便會被帶回去。有其疏遠的實感，但不持自己實現的計劃。而在「Body guard」裡的剛毅的男人，成爲防衛別人的肉體的用具，不但感到自己的肉體，而更使靈魂的自發性也缺乏了的悲哀。又「香水」裡的士兵，無法逃出爲戰爭而生死的確率，跟那些狀況似乎無緣的別人，給他祝福的餞別語言，本來是基於善意的，但由於反映了戰爭的殘酷性，十分適確地被抓住。

像這樣從各方各種的局面指摘疏遠，尚可多加擧例；如詩作品『小旅行』裡的橡皮擦和『刄』裡的小石等的磨滅，寄與溫暖的安慰，或『你也是』『再見』『給亡友K』『工作』以及其他很多詩作品對薪資生活者的自己喪失的共鳴，或『滅私奉公』『自白』『無頭地藏』等作品裡被疏遠了的活力，也許由於權力而被集結力量，走恐怖的方向那種暗示，確有很多的例子。而這些都一樣講究知性的構思，不論其主題多麼强烈，也會使別人感到他確實是個洗練了的藝術家。

對於吉野弘的這種技巧方法，他自己曾經很爽直地說過，特予在此引述他的兩篇文章來考究吧。他好像認爲自己的詩，有點宣傳式的地方，而以謙虛和勇氣混合的複雜感慨說：

「我是這麼想，不是在詩裡宣傳思想，而是把思想修養在身上，因此從前不進視野的各種現象，也都看得出來。就是經驗會擴大而深刻起來，再把它形成爲詩，應該這樣考慮。畢竟，這個場合，思想就不是特意爲宣傳做對象的思想了。」

（「詩與宣傳」）

「老實說，這種事（宣傳的寂寞）我是不喜歡寫的。可以說會妨礙我本身的孤獨，眞不想參與。不過，也不能不管，得天獨厚長大的人最幸運的是，很自然地能活在孤獨的中心這一點吧」

（『以關根弘爲調味料的一談』）

上述是他發言的一部份。雖是若無其事的口吻，但包含很多問題和思考，可以安靜地感到其意義。在此吉野弘一方面批判宣傳，一方面意識着自己問題的一部份，而那是「像我根本就是平民出身的」述懷。同時與歌唱勞働關係的一連串詩作，還有强調了關係於未來的平民自己幻想有所必要的「幻・方法」等作品，都有其關聯。

在此可以明白吉野弘在詩裡構成的理念的意義，那是隨着經驗據於感動，原來就是由未達到新的認識，絕不歌唱的一種嚴格主義而來的。在常識上是與「歌唱」離得很遠的態度。構成的理念就是新的認識的濾光器，在主題裡的私性昇華的方法。換句話說，就是抽象從業人員的生態，爲探索未來的幻想的方法原則，而不得不敢以自己的方法揚棄宣傳。

他這種思考的外延，很少在以批評別的詩人時出現。但那種思考並不止於自己詩作的界限，而開放在廣大世界的這是看他曾經過的一、二次言論就會明白。例如：對年少者的特異性表現而一時騷擾了詩壇的間宮舜二郎，或藤森安和，他說「兩位在其中活過來，僅被限定於十五年間的戰敗後的虛無情緒，就得意的樣子，絕不是獲得良多實績的姿勢吧」，並說明不要把自己周圍的現實予以絕對化，而溯回到自己未曾活過前時代是很需要的。還有對於在民衆的批判而出現的女詩人，他說「在社會的究極性權力是被害者，又對於眷屬却是加害者的家長，這種男人的双重性格，根源上據於甚麼，似乎反比男人本身瞭解地較清楚。」（「石川逸子論」）他曾經那麼擁護了「人」的立場。

像這樣，吉野弘的詩學雖是主張得很客氣，却會使人漠然感到體系那麼，持有向外擴大的意義。這也就是他的世界觀吧。

然而在這種場合，仍似不能遺忘從先前引用的論說的一部份，可以察覺的「孤獨」的憧憬和親愛，那種不斷地揭發社會性自己疏遠的詩人，在他那意想不到的反面裡的內部矛盾吧。在那兒還隱藏有他最大的主題的一種。挑戰外部的矛盾而關聯於內部矛盾的，這種他的意識，若要以圖式化表示，就是指社會性的疏遠被克服之後，人應與內部的問題儘量配合，才有未來的幸福。當然，看起來好像這也是一種二律違反，因爲在親近內部矛盾的前提，必須解決外部矛盾，而外部的正確意義，必須由內部照射出來。然而，吉野弘却無法把兩個問題，由於一方面而忽視了另一方。這是他的不幸嗎？不，那是在戰後別的詩人無法冀求的貴重而調和的道德觀。

吉野弘的這種詩的兩極性，使我瞠目。但有一點使我覺得奇怪的是，相當於那種兩極性中間的現實，却大都未被處理過。或許這一領域，才是吉野弘今後應該面對的最大表現的對象也說不定。但目前他好像對這沒有多大關心。具體地說，那是被疏遠時的工作，也就是當工具的自己非以機械性履行的工作，與這些也許有部份重疊，但反過來，就是要實現自己的，而且也是能得到幸福的工作問題。他對自己只謙虛地說：「公司和工會我都不參與，做那種組織的一員我完全拒絕。只是想賣給要買我的文章的人。雖這麼說，資本的原則貫穿過我，是事實。」而對於應該象徵的良好工作的希望，似乎也只肯定那種抽象性，發言的善意而已。

——你要給人的希望的內容
是甚麼，我想知道
就是你的思想
——內容嗎？思想嗎？
希望就是思想吧
太陽，有意照亮一切的希望
那就是太陽的思想
因此我們才能活着，也有星星和月亮
的閃爍，而太陽不管有幾顆，都好

（「比喩的太陽」）

在這種溫和的連帶感情的詩裡，感到有一絲苦澀，是否因爲我看詩所得的過份感想？像他的「自白」一詩裡我想到他對希望的警戒，就是把傭人的意識，在一種安靜裡，使其持續下來的希望與絕望的配合混同的指摘。而在「比喩的太陽」也感到他做了最大界限的讓步。我想他對具體性的工作，十分明朗而肯定是被限在把它以優異技術眺望的時候而已。比方說在他的詩作品「休曼、史佩斯論」裡，他把司機的肉體意識，擴大爲巴士車身的空間意識，而稱讚工作優異的遂行，也許這是爲了比喩包含自己與別人的連帶空間而提出來的，但對於技術的信賴感，却是很樂觀。

對吉野弘的詩兩極性的中間所假定的問題，話說得稍爲離開了正題，但在此我們回到正題，必須看看一方的極處，內部矛盾的表現吧。

他首先喜歡別人能對生的意志，得到豪華的實現，而對自己生的意志的實現，却非常謙虛，使人感到他持有的優雅的品格

那是好像
整備了能力以上的旅裝
那盲目的船首的
閃耀的臉那麼
足够能用恐怖
抓住男人的形狀呢

（「關於乳房的一章」）

清新的色情傾向，給瞭解苦難的男人感到「恐怖」那麼，年輕女人向上的乳房形狀，索性說是一種不知道矛盾的純情的生的活力表情吧。吉野弘如此近於誇張似地讚美他人的生的時候，他自己好像回到純眞的小孩那麼，一種驚異把他交給生。他的詩「火之子」一首，就歌唱着人的身軀裡有太陽的火種，而這個火種，跟那種驚異差不多就是同意義。

我認爲受到很多人的稱讚與所愛的年輕姑娘的美，那種生的活力的象徵，魅惑了對自己的生謙虛的他，在心裡點上了驚異的火的下面一詩，是應該列入戰後最優異的愛情詩之一。

關於美
可認定很多人的所有
關於美的根源的心
僅可認定一個人的所有
這樣說
雖是矛盾的條理
我當然都知道
而如果要賦與這一矛盾
也有道理
那就是
希望
以一個完美的狀態來獨佔人的
沒道理的感情的條理而已

（「給美麗的人」）

在這裏「美的根源的心」所收斂的是全部或無的選擇，而有被抽象了的相互所有的根源性形式。在熱烈的愛情詩裡如欠乏了知性的反撥，語言就不橫溢出來。這就是吉野弘在這種場合所表現的可愛的特徵，非常鮮新。隨着這首詩之後的作品「身和心」是描繪着由於心而被解放的身，反過來領導心的軌跡，也有其知性的爽朗。

吉野弘能毫不躊躇地謳歌生的活力，除了這種場合以外，就是以小孩爲對象的時候吧。

且說，他的內部矛盾，就是指相反這種傾向的，對所謂死有親密感的傾斜吧。原來就是含羞的詩人的他，向無的夢，好像被隱藏在此似的，例如，在植物的花强烈的味道裡，他也會相對的嗅到自己比喻性的「死」。

事物明確地存在却沒有香味的
死之國。
在那領土
不顧顯露姿容的生者群
散佈着慾望和汗的香味
私語着而經過。
我却嗆着
經過我身邊的他們
那强烈的香味
發覺自己是死者。
就是那樣
使我成死者拿出生者芳香的
瑞香

（「瑞香」）

深沉的韻律流於詩的底處，是令人難忘的一首奇異而甘美的詩。這裡以感覺性的形態，形象着吉野弘向詩的親愛，而與瑞香芬芳的生對峙。

還有詩人本身分裂爲向生的意志和死的親愛感兩種，也有典型式的內部矛盾的型態。這好像在其『藤玫瑰』一首詩裡，形象爲植物的生態一樣，他在『藤玫瑰』的「天空與大地之間爬向橫」的「向日性和向地性的混血兒那樣」成長而嗅着「微微的罪惡味道」。畢竟，他是從被象徵的人的罪的意識，永恒無法解脫的詩人。而必須繼續玩味那些自己肉體生死的分裂感的詩人。

說到這裡，就自然會瞭解他的內部矛盾是生與死的根源性的糾葛吧。如果要從那些各種的變化之中，舉出不可缺少的例子，就是事先，在生的燃燒與向死的埋沒得到一致的意象出現的場合吧。在他的詩作品『鎭魂歌』裡，抓住秋蟲臨死的白熱的歌，但在另一意義上，他的詩的一次集大成，廣播劇『健强的男人』裡，却以自己疏遠而疲憊了的公司社員，在夜半時間出現的非夢非現實的劇烈火災予以表現，而似不必引用裡面的詩句「啊啊燃燒的家，像自殺者」也可以瞭解死。同時在模倣太陽的意義上，那是不必任何方法的生的發現。這些眞正反對的東西微妙的一致，與最初引用的「burst」裡的發瘋與花綻開的重叠有關聯，似乎表示吉野弘是不必玩弄方法的天性詩人的一例。

他原來就能極度抑制使用暗喩的詩人。但在這種場合，把「花」或「火」等語言，很有決心的提出來，那種內在衝動的强烈，反而從下面的文章可以想像到。

「比喩，雖是自己與自己感情的相互共鳴，但要對自己的感情有所懷疑是很困難。要從比喩所持有的這種酩酊，使語言覺醒，就必須依靠語言的散文性機能以外，無其他辦法吧。」

（**黑田三郎作品論**）

他是選擇「花」或「火」的比喩，硬與自己的感情得到共鳴。這似乎由於感情是一究極難予躱避之故。在很多人認爲他在最高傑作的下面一首散文詩裡，却表示了比喩本身也會獨立的令人驚奇的高揚。——詩裡、主人翁的中學生好像以作者自己爲模特兒，但和父親散步的途中，遇到懷孕的女性，他便想像到「生產」就是英語所學的「被動」。而向父親强調 I was born的被動形式，認爲人並非自己的意志，被產生出來。

父親還講過什麽話，我已記不起來。而祗有一點像痛疼那麽苦悶地，燒在我的腦裡。那是
——細瘦的母親，塞在胸部，使她喘不過氣似的我那嫩白的肉體——。

（「I was born」）

因爲這是一首長詩，不能引用全文。但詩裡所表示的產生不祗是被動，索性說是表示能動的卵的意象感動，且會充分打動讀者。而主人翁的中學生在其內部以可能性感受的，想不誕生的幸福向死的傾斜，在原則上，與由（卵）象徵的盲目性生的慾望相互一致，似乎會令人重新感到鮮新吧。是內部矛盾的瞬間性解消。我看了這一篇散文詩的感動，仍未能遺忘。但那是在詩裡關係於向生的韻律和

（下轉113頁）

受傷的蒼鷹

Robinson Jeffers 作
宋　穎　豪 譯

1.

殘折的翎羽自凝血的肩部垂缺，
翼翅撲動似敗陣的旗，
不再傲嘯雲天，而挨守
飢饉與痛苦的日子；不必勞駕花貓、野狼
便可縮短這延喘的週日，在一場不用搏爪的廝鬪。
他痴立在橡樹下，猶株侯
救星跛行的蹬音；夜裏，在夢中廻憶
自由地翱翔，破曉一場空。
他勁健，但痛苦的悲哀比勁健更悲慟，徒呼奈何。
日子似惡犬撲來，折磨他
在渺遠，唯超度的死才能屈服這昻揚的頭，
無畏的精神和懾人的眼睛。
人間野蠻的上帝祇憐憫哀求的人
從不施恩于倔强者。
你們羣居的人不知道神，或者已經忘記；
但任性而暴烈的蒼鷹牢記着他；
美麗而野性的蒼鷹，以及垂死的人會想到他。

2.

若不爲懲罰，我寧願殺人也不想致鷹於死；但大紅尾
一無所有，僅剩下無法自救的不幸
肢骨殘缺，無法裹醫，他移步時
羽翼跨曳在爪下，顫戰着。
我們飼養他六週之久，還他自由，
他巡行前山，又踏着暮色歸來，哀求一死，
但不像乞兒，依然眈眈怒視，
以倔執的眼神。黃昏中，我使他如願。
　　　　舒然鬆和的
軟絨，細柔的羽禽；而
嘯鳴的、疾猛的撲襲，夜驚在漲溢的河邊
　　振翮而哀鳴恐懼
在超拔現實之前。

詩人的備忘錄⑯

錦連　譯

詩是文學的一個樣式（genre），文學以語言爲素材而成立。就其原來的性質而言，語言是不能與意味分離的。換一句話說，則空間性和時間性的歪扭以外的東西（聲音），連色彩、思想和事物都能表現，而且無論何時都能代表它的。

在某種意味上，作詩的行爲與所謂古典音樂的作曲學，和聲學和對位學相似。換一句話說，則所謂靈感絕非是詩人的資格證明，而是非常需要能選擇素材的能力，能把它構築起來的能力，以及能把它建造爲堅固的堡壘的工匠一樣的忍耐力的。

小孩的語言充滿着用成人的論理是不能解剖的不可思議的實體。它使語言成爲新鮮而美麗的東西。小孩的突然的感情飛躍，因爲是肉體的生理與精神的生理不可分離，所以它乃是超越肉體和精神的生命本身的表出。像太陽一般率直而毫無陰影。衰弱的肉體和虛大的精神使成人的語言趨於貧困。

隨着自然科學的發達，我們的語彙無限的膨脹着。但是語言已不再是眞正的生命的sign，而是終於淪落爲祇能區別他物的機能而已。它本身再也沒有恐怖或喜悅的聲響。語言已像木偶一般枯萎，而變成僵化了的觀念的記號。

試想當一個人同時把握到聲音和語言的瞬間便可明白。如果大家同意藝術密切地連繫着生命，那末，忽然脫口而出的那些不像語言的語言、嘆息和叫喊等等也不妨把它叫做詩或音樂吧。因爲這種行爲正是生命的擧動本身……。它不是用論理的線編織的仿造品，而是深深地連接着「世界」的，未分化的故鄉之豐饒的歌。對於音或語言，我們非回復那種初源的力量不可。樂音或詩祇有從那裏出發。我們應從確認發音的行爲之本來的意味開始。

對語言加以思考的時候，不知何故，通常我們總是藉着文字去思考。在某種意味上，這是反常的現象。我們必須對被發音出來的語言加以思考，那才是根本的。我們靠着發音的行爲，獲得語言而達到精神的領域。依靠修辭學的東西之所以乾燥無味，便是沒有眞正的發音所使然的。

語言有了發自生命的發音，就會高揚到超越通常意味的，而傳達聲音。

語言因被貧困的日常規律捆住，再也不能描出使人發暈的非現實。人類由於發明了語言，終於有了跟着指示性的意味去做思考的習慣，因此語彙一直繁雜地增加。然而在社會與人生，語言越多，篩子的眼兒越粗，眞實滑落了類、科、目的分類，越離越遠。

藝術上的現實性乃是非現實，是有着用語言所不能捕捉的多層的表出性的。就藝術而言，重要的乃是事實，因此藝術家必須小心計劃撒謊。爲了使它得以成功，當然詩人是不能瞞着自己對眞實的欲望的。

惡之華

波特萊爾著

杜國清譯

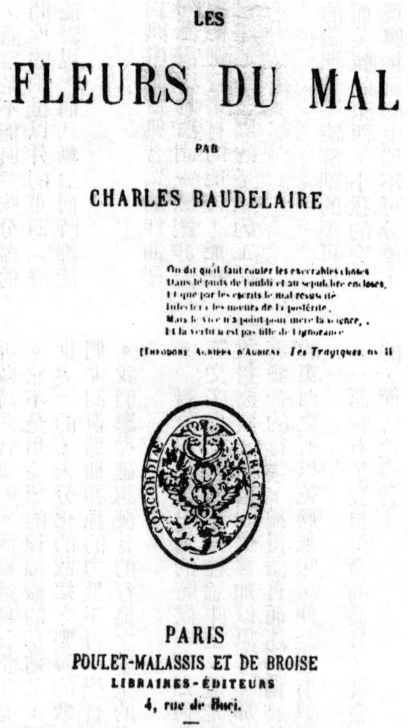
LES

FLEURS DU MAL

PAR

CHARLES BAUDELAIRE

On dit qu'il faut couler les exécrables choses
Dans le puits de l'oubli et au sépulchre encloses,
Et que par les escrits le mal ressuscité
Infectera les mœurs de la postérité ;
Mais le vice n'a point pour mère la science,
Et la vertu n'est pas fille de l'ignorance.

(Théodore Agrippa d'Aubigné, *Les Tragiques*, liv. II.)

PARIS

POULET-MALASSIS ET DE BROISE

LIBRAIRES-ÉDITEURS

4, rue de Buci.

1857.

26 然而還不滿足

黝黑如夜，具有麝香與哈瓦那煙草
混在一起之芳香的，奇妙的女神喲，
某位黑人魔術師的傑作，大草原的浮士德，
黑檀色腰身的女巫，幽暗之深夜的兒子，

康斯坦西酒、鴉片和紐伊酒，總不好
妳那激發色情的雙唇媚藥之令我陶醉；
當我的慾情向妳出發一如沙漠的商隊，
妳那眼睛啊是使我倦怠解渴的飲水池。

從妳那大而黑的雙眸，妳靈魂的窗口，
哦哦無情的惡魔！請少向我傾注情火；
我不是地獄的奈河不能九次將妳擁抱，

唉唉！我也不能，淫蕩的梅吉爾喲，
爲了挫折妳的勇氣，使妳陷入絕境，
在妳的床笫的地獄裏成爲普羅塞平！

譯註：
①康斯坦西酒（Constance）：南非產的葡萄美酒。
②紐伊酒（Nuits）：法國東南部產的葡萄美酒。
③奈河（Styx）：圍繞着地獄的河流，據說繞着七圈。
④梅吉爾（Mégère）：希臘神話中嫉妒與憎惡的女神。
⑤普羅塞平（Proserpine）：希臘神話中地獄的女王。

27

穿着波浪起伏的珍珠母色的衣裳，
甚至她走路時人們以爲她在跳舞，
正與神聖的奇術師在棒子尖端上，
帶着韻律地操動的那些長蛇相似。

像砂漠的蒼空與鈍色的砂石，
對人類的苦惱毫無知覺一樣，
她以冷漠展開那橫臥的身姿，
一如海上洶湧的波濤的長網。

她那閃亮的眼睛由迷人的礦石造成，
而在那妖異的帶有象徵的天性裏，
無瑕的天使與司芬克斯混在一起；

在那盡是金與鋼光與鑽石的天性裏，
永遠閃耀着，像一顆無用的星辰，
不孕的石女那種冷然絕情的尊嚴。

28 舞動的蛇

慵懶的情人喲，我多麼愛看
妳那美麗的肉體，
好像搖光閃動的絲織品一般，
微微閃亮着柔肌！

在妳那帶有強烈香氣的
深不可測的頭髮上，
在藍色與褐色之波浪的
飄泊與馥郁的海上，

有如一隻在朝晨的風中

醒來的船，
我那多夢的靈魂向遠空
揚帆解纜。

妳的眼睛毫不露出
甘美或者苦澀，
是一對冷冷的寶石，
金和鐵的混合。

看着妳走起路來姿態千萬，
放縱的美人喲，
人們說妳是在魔術師棒端
無動的一條蛇。

負擔着慵倦的重荷，
妳那小孩的頭，
婀娜多姿地搖擺着，
以小象的馴柔，

而妳的身體傾斜伸躺，
像一隻美妙的船：
兩舷不斷地上下搖幌，
海水浸沒了帆竿。

像那冰河溶解崩陷
而漲滿的春水，
當妳那齒列的岸邊，
也滿溢着口水，

我有如痛飲波希米亞美酒
苦澀但覺陶然心蕩，
正好像暢飲那夜空的清流，
而繁星散在我心上！

29 腐屍

戀人喲，請想起我們所看見的景物，
在那涼爽的夏日的早上：
在那小徑的拐角，一具醜惡的腐屍，
橫臥在碎石鋪成的床上，

兩腿在空中，像個淫蕩的女人，
燒紅而且滲出有毒的汗珠，
以一種蠻不在乎的無恥和厚顏，
攤開它那充滿惡臭的肚子。

照射在這團腐肉上的陽光燦爛，
好像要將它烤到恰到好處，
且將百倍地歸還給偉大的「自然」，
所有祂所湊在一起的元素；

而天空俯視着這個壯麗的屍體，
就像觀賞盛開的花朵一樣；
那腐臭的氣味是如此強烈刺激，
妳差一點兒就昏倒在草上。

蒼蠅在那腐爛的腹部哼唱着，

黑色的蛆蟲隊從那兒湧現，
好像濃濃的液體一般流動着，
沿着那些活生生的爛肉片。

這一切都像波浪似的起伏翻騰，
或者飛躍或者迸出火花，
令人懷疑這些屍體脹滿了荒風，
是活着且一再繁殖增大。

而且這個世界奏着奇異的音樂，
像流動的溪水，像風，
或者像簸穀工人以律動的音節，
在簸箕中搖篩的穀聲。

那些形象消失，只是一場夢，
只是在那遺忘的畫布上，
畫家僅藉着他的記憶所完成，
而遲遲浮現的一張草樣。

在懸岩背後一隻不安的母狗，
以憤怒的眼神睥睨着我們，
窺伺着時機想從那骸骨裏頭，
重新取回牠所吃剩的肉片。

—然而，妳有一天也會像那個汚穢物，
那個發出强烈惡臭的腐敗物，
我眼中的星星喲，我本性中的太陽喲，
妳，我的天使，我的熱戀喲！

是的！妳也會變成那樣，艷美的女王喲，
在臨終塗油的聖禮之後，
當妳在綠油油的草葉和野花蔭影下躺臥，
而白骨生苔發霉的時候。

那時，啊啊我的美人！請妳告訴那些
將以接吻把妳腐蝕掉的蛆蟲們：
我保存了，儘管我那些愛已腐朽分解，
愛的神聖本質和形象直到永遠！

30 來自深淵的叫喊

從我靈魂所陷入的黑暗的深淵底處，
祢，我唯一所愛的，我懇求祢垂憐。
這是個陰鬱的世界圍着鉛色地平線，
那兒，恐怖和冒瀆在黑色之中漂浮；

無熱的太陽懸在上空六個月間，
而另外六個月黑夜覆罩着大地；
這是個比極地更爲荒凉的土地，
沒有動物、小河、森林和草原！

這世上沒有一種恐怖能够超過，
這個冰凍的太陽之冷酷和殘忍，
這個太初「混沌」般的夜之無限；

時間的綫球紡得如此緩慢：
我羨慕最低等動物的宿命，
牠們能投入多眠昏睡不醒！

日本現代詩鑑賞(9)

唐谷青

田中冬二（一八九四——）生於福島市榮町。本名吉之助。七歲喪父，十二歲母親去世，寄居於東京叔父家。在立教中學時代，開始寫短文，向「文章世界」投稿，以「在旅途中」一文獲得特選。大正二年（一九一三）中學畢業後，進入安田銀行，此後輾轉於島根今市，大阪、東京、長野、諏訪、郡山等各地，過着銀行員的生活。大正十一年（一九二二），作品「蚊帳」入選於詩誌「詩聖」特別號，詩才獲得承認。昭和四年（一九二九）出版處女詩集「青黑的夜路」，以昭和期抒情詩的第一旗手，在詩壇上登場。後加入「四季」，以澄明的田園情趣的詩風，給與詩壇不小的影響。

除了處女詩集之外，主要的詩集有：「看得見海的石階」（一九三〇）、「山鷸」（一九三五）、「花冷」（一九三六）、「故園之歌」（一九四〇）、「七葉樹的黃葉」（一九四三）、「菽麥集」（一九四四）、「山祭」（一九四七）、「春愁」（一九四七）、「山國詩抄」（一九四七）、「晚春之日」（一九六一）等等。「晚春之日」曾獲昭和三十七年（一九六二）高村光太郎獎。此外，有隨筆集多種。

田中冬二的詩，有其一貫的特色，亦卽：具有鄉土風情的敍情味。昭和初年之現代主義的影響，與他那天生的風物情感所產生出來的風土敍情性合成一體，而產生出田中冬二獨特的那種平明、新鮮、靜澄的敍情詩。他的詩之最重要的素質之一，是風景詩人所特有的那種審美的感覺，尤其是視覺的美感。他的詩不是單純的自然的客觀描寫，而是在田園、鄉土、山村等自然背景上，以其獨特的剪輯手法，表現出詩人回憶中或憧憬中的一幅風景；這幅風景不是現實的拓本，也不是實際的描繪，而是詩人幻想或想像或回想中的一幅似眞似幻，若隱若現，若虛若實的心象風景。鈴木亨均論「田中冬二的詩」中，引用了田中的隨筆集「高原與山頂」（一九五五）中「爐邊•燈火•橡花」一文：

我經常在幻想中描繪的是：兩旁有菩提樹蔭的街道，亮着瓦斯燈的街道。中世紀式的石造餐館。其名曰：弗羅曼。……

穿着厚厚外套帶着米拉諾製手套的我，登上那兒的兩三階的石階。推開門口那重重的玻璃門。有着熱湯和烤肉的氣味兒。
稍微回頭一看，在那停在菩提樹下的馬車上，馭者擦着香煙的火柴。
在侍者給我脫下的外套的肩上，有一片菩提樹的落葉。

鈴木亨認爲這段文章，是作者本身所寫下的不折不扣的「田中冬二論」；詩人田中冬二的一切，盡在於此。這是怎麼說的呢？

①作者在上面所引的這段文章之後，接着說：「我像這樣描繪着自己的幻影，可是不知道從什麼時候起，這種幻影變成過去的眞實，換句話說，甚至變成追憶似的。」像這樣，幻影＝過去的眞實＝追憶：這是田中冬二的基本詩法。他執拗地將現實的對象，變成理想或想像中的幻影的世界。在幻想中所描繪的世界，亦即田中冬二的詩的世界，是詩人特殊的審美知覺的產物，是頗爲人爲的，構成的。

②他所愛用的比喩的手法，固然受到現代主義的影響，但是他的比喩，不是現實的重現，或者做爲表現物象之本質的一種手段。像「月亮的尾巴似的蘿蔔根」，「橘子味兒那種人情」，這種詩句，都不是寫實，而是將現實理想化或幻影化的產物，是看見幻影的詩人才寫得出來的句子。

③他的詩境往往是脫離實際生活的一種「幻景」。「詩是我的美夢。因此我承認是脫離現代生活的。對我而言，只有幻景（vision）才是美的。因此我經常追求想像。我對於現代的生活不能滿足。」（「詩圖書館Ⅱ」）對於現實生活不能滿足，因此追求想像，看見幻景，表現美夢：這是田中冬二詩作的一大動機。

④他的詩中有許多訴諸色彩、聲音、氣味的句子。尤其是透過味覺，表現出對日本田園之鄉愁的作品更多。換句話說，在敍情詩中，不但消極地避免使用表現概念情緒的句子，而且積極地表現對物象本身之直覺，尤其是由味覺所喚起之直覺。這是冬二的詩中不同於一般抒情詩的一個特質，也是他那平明的敍情風物詩的一大特色。

盤　子

看着白色的一個盤子　是可悲的
那兒季節的水果　像燈火一般燃起
溫暖的好女性的肉　滿溢着
貧乏之水色的我的思想　充滿着……
啊啊　一直
注視着一個空盤子
是眞正可悲的
——（「青黑的夜路」）

這是處女詩集「青黑的夜路」中開頭的作品，是田中冬二慣用詩法的一個樣本。所謂田中冬二慣用的詩法，是指凝視對象而引起想像的發揚，進而表現出這種想像中所看見的幻影，這種寫詩的方法而言。

這首詩寫的便是作者對着一個空盤子凝視而引起的一些幻影，但是加以技巧上的剪裁和處理。因此，這首詩不是一些零星散亂的幻影的雜湊，而是在結構上具有頗爲巧妙之安排的。

第一行提出一個主題，然後以下三行以幻影所構成的意象，對這個主題加以具體的說明，最後三行引出結論，再度强調主題。

讀者在第二行，可能認爲盤子上眞的放着有季節的水果，到了第三行，所謂「溫暖的好女性的肉滿溢着」，覺得有點超現實，到了第四行，所謂「貧乏蒼白的、我的思想充滿着」，更是覺得匪夷所思。這是表現的戲法。這個戲法的底便是以下所說的「一個空盤子」。讀到這兒，讀者才恍然大悟，原來前面幾行是對着空盤子的一些幻想。對着空盤子而引起這些幻想，是多麼可悲的事！因爲作者實際上是「盤」空如洗，盤子上的季節水果，以及每天更換水果的那種「溫暖的好女性」，只有在幻想中才可能存在。

所謂「白色的一個盤子」，是凄涼生活的意象。在這個空盤上，作者放進種種幻影而自得其樂。第一個，是季節的水果：得生活相當過得去的人家，才能隨着季節而有當季的水果。而且，這些水果，像「燈火一般燃起」。這個比喻相當美妙。一方面令人想像到在橙色電燈照耀下鮮艷光澤的果皮，另一方面，令人幻想到水果本身變成一個個圓圓的燈泡兒，發着熱烈的光。其實，所謂「燃起」的，無寧說是欲望。這種欲望的燃起，正說明實際生活的貧困。

其次，食無肉的作者，幻想着「溫暖的好女性的肉」。這是具有相當現代感覺的句子。不說女性的肌膚，而說是肉；如此，將「女性」與「肉」這兩個詞所喚起的聯想，聯結在一起。這個「好」字，既可形容女性，也可形容女性的肉。這種肉，既秀色，又可餐，正像是王老五夢中的天鵝肉。而「溫暖的」這個形容詞，一方面承前行燈光的意象，一方面與下一行的水色形成對比，而本身又形容好女性，或者甚至好女性的肉。在詩的意義上這是頗不平凡的一行，雖然所使用的字句極其平凡。

下一行所謂「貧乏水色的我的思想」，一方面反應作者實際生活的貧困，臉色的蒼白，一方面表現出在幻想中獲得滿足的這種思想的不健康。或者說，幻想亦即作者的思想；這種思想是水樣淺藍色，亦卽蒼白的。由於實際生活的貧困，而臉色蒼白；由於臉色蒼白。因此，這一行，不是幻想所欲望的東西，而是對於自己的幻想的哀憐。

此外，就整首詩來說，這個作品也具有首尾照應的構成上的統一。盤子的白色，燈火的紅色，女性的肌色，思想的水色等等，由顏色構成繪畫上的美。在情調上，由對於華麗、富裕、優美的景物之幻想，一變而成爲對着空盤子的悲歎。在象徵的意義上，盤子是富家客廳裏的點綴品，也是窮人一日三餐不可或缺的食具；詩中，一方面暗示着富家客廳的情景——燈火明亮，桌上放着當季的水果，而不時有「溫暖的好女性」在更換或盛滿水果，或者招待客人……另一方面卻也暗示着窮者的凄涼生活——在一間沒多少傢俱的屋子裏，一個人對着空盤子發楞……。如此，紅白、暖涼、明暗、貧富、悲樂等等相對的因素，在這首詩中獲得了調和，而且頗有相得益彰的效果。

這是一首內容頗爲豐富的短詩。是一個小銀行員日常生活的投影。更難得的是，詩句非常平明流暢，但是詩義層出不窮。好詩的語言，大可不必曲曲折折，聱牙詰屈，由這首詩中，可以得到證明。

於故鄉

烤着乾板魚的氣味

是故鄉寂寞的午飯時刻
木板的屋頂上
壓着石頭的人家
一點兒一點兒地 烤着乾板魚的氣味
是故鄉寂寞的午飯時刻
空蕩蕩的白色街道上
賣山雪的人 獨個兒走着

——少年時於鄉土越中

（「青黑的夜路」）

這是多二的故鄉越中的山村風景，季節是夏天。詩中所表現的，不是現在的現實，而是作者少年時的現實，是作者對於少年時故鄉的回憶。

那是一個貧瘠寂靜的小山村，散落着一些低房子，而木板的屋頂上蓋着的不是瓦，而是用一些石頭鎮壓着木板：極其貧窮粗陋的山村木房。

那兒的午飯時刻是寂寥冷落的，街道是空蕩蕩的，在「烤着乾板魚的氣味」中，漂流着貧苦的庶民生活的一種令人感到可哀的氣氛。他們是「一點兒一點兒地烤着乾板魚的」：在貧窮的山村裏，乾板魚這種副食品也是珍貴的。

整個山村，寂靜無人；也許少壯的都到遠地去幹活兒去了，留在家裏烤着乾板魚的，也許是孤零零的一個老公公或老太婆：這麼一想，不禁令人感到生命的寂寥、淒涼和哀感。

唯一在山村空蕩蕩的沙塵飛揚的路上走動的，是賣雪的人。在多二的少年時期，山村裏製冰業尚未發達，人們將冬季的雪貯藏起來，到了夏天再拿出來叫賣，就像現在夏天賣冰的一樣。詩裏這個賣雪的人，並沒出聲叫賣，只是獨個兒在走着，也沒人叫住他跟他買。這個山村，到底是空無一人呢，還是窮得連買雪的人也沒有？就這樣，在夏天的陽光下，山村靜靜地乾枯、凋零。

這首詩看來非常平淡，毫無比喻或象徵，只有淡淡的敍述而已。這種看來似無技巧的白描，其實正是田中多二最得意的技巧。「我所希求的，是以最平易清新的語言，來表現高度的詩精神。」（「現代詩的實驗」）在這種單純的描寫、平明的敍述中，語言的選擇是一大技巧。這幅山村風景，是由作者以其纖細的審美知覺，選擇出一些小風景，再加以藝術上的剪裁安排所構成的。但是這幅山村風景，卻不可思議地給與强烈的、暗鬱的鄉愁感。這種效果，由於第一連與第二連的返覆而加强。

總之，這首詩是由一些心象的配置所構成的，而配置的巧妙，是由詩人的審美感覺和表現技巧所決定的。

看得見海的石階

她的肩上有我的手
「看得見海噢」回過頭來
她說
我的手落下——像個螃蟹鋏子
在柚子樹間 我也眺望着
初夏明朗的海
可是我隨即注視的 與其說是海

不如說是她的毛髮和側臉
離開她的觸覺 因我那義手般
笨重的手

——「看得見海的石階」

「看得見海的石階」是田中冬二的第二詩集，昭和五年（一九三〇）年十二月由第一書房列爲「今日詩人叢書」之一出版，奠定了他在詩壇上不可動搖的地位。

這本詩集的出版與處女詩集「青黑的夜路」，只隔一年，風格可說是在同一線上。淸新的觀察角度，幻想的描繪，田園的風景趣味，以及一個小銀行員生活的反映，昭和初年現代主義的表現技巧等等。

這首「看得見海的石階」，以其巧妙的比喩，卓越的剪裁技巧，演出文藝電影中常有的一種情景。

詩的場面是由「我」，「她」以及「初夏明朗的海」三者構成的。這是「我」和「她」站在「石階」上看「海」時的一齣瞬間愛情劇。這齣短短的愛情劇，却極爲成功地表現出「我」的微妙心理和「她」的個性，以及有點滑稽却又可悲或可憐的一種愛愁的氣氛。

「她的肩上有我的手」，而不是「我的手在她的肩上」：對同一動作的這兩種不同的說法，是不同心理的反映，不同感受的表現。「她的肩上有我的手」這種告白，至少顯得「我」是卑微的，受到抬擧的，而「我的手在她的肩上」這種說法，却含有一般男性那種自負的，主動的語氣。

這個感到自卑，自覺相形見拙的「我」，聽到「她」那麼朗爽大方地回過頭來說一聲「看得見海噢」，那聲音像海上沖來的波浪一樣，在「我」的心理激盪，終於將「我的手」從「她的肩上」沖下來：像個螃蟹鋏子——企圖鉗住什麼而終於失敗的一個表現笨拙、狼狽、無地自容這種羞恥感或自虐感的「客觀的相關物」。

在柚子樹間，在石階上，在晴朗的初夏海邊，在伶俐朗爽的女性面前，這個內心陰鬱，敏感，自卑的「我」，頓時覺得本身的個性與周環那種浪漫、明朗的風光以及「她」那開朗俐落的風韻格格不入。落下的手感到硬直，像「義手」般笨重，而終於「離開她的觸覺」。「我」把頭掉回，再也無心看海了。

可是，自覺醜陋的「我」，却無法擺脫對「她」的戀慕之情。「我隨即注視的，與其說是海，不如說是她的毛髮和側臉。」注視着她的「側臉」：這是「我」追求愛情的姿勢，而「毛髮」，當然含有「纏綿」的聯想或欲望。注視看她的側臉，對於畏怯的、自卑的、無奈的「我」，至少是一種安慰。

如此，這首詩所表現的是一個笨拙或醜陋男人的「畸戀」的心理。在明朗與陰鬱、俐落與笨拙、俏麗與醜惡等對照之下，烘托出一份有點殘忍、自虐、可哀亦復可憐的愛愁氣氛。這齣愛愁悲劇是藉着巧妙的比喩，微妙的措辭，動作的提示，含蓄的象徵等等詩的演技演出的。

出版消息

Ⅲ 詩集

※邱淼鏘詩集「琴川詩集」第四輯已出版，定價五元。

※高準詩作抽印本「神木」已出版，並附有向陽著『「神木」的欣賞』一文。

※鍾鼎文詩英譯集單行本及英文論文一篇“New Chinese Poetry in Last two Decades”均已印行。

異鄉人之夢（續）

拾虹

鷺鷥(一)

時常地
我們在天空中飛翔
有時飛成一條直線
有時飛成一個人

飛成一條線的時候
我們是到遠方去
飛成一個人的時候
我們正在回來

只有在想回去
而無法回去的時候
我們才淒涼地哀叫一聲

鷺鷥(二)

有時我們會
或許到遠方去
或許回家去
那樣徬徨地飛行
茫茫的世界裡
惟有閉起眼睛
回憶已消逝的美好時光

突然在一聲雷響中醒來
發現四周陰霾密佈
已是暴風雨來臨的時刻

只好急急忙忙地停留下來
社會主義也吧
資本主義也吧

鷺鷥(三)

有時你會突然聽見
天空盡處
傳來一聲哀叫

這樣淒切的叫聲
並不是告訴你
我已經在回來

在異鄉的土地上
即將老去的時刻
最後一聲
聚集全身力氣的呼喚
只有你能聽到
我才甘願這樣死去

鷺鷥(四)

月亮的微光
射進我即將掩閉的眼廉
我仍然看見
曾經飛翔過
要再飛翔的灰暗天空

我飛翔過的世界
就是沒有熟悉的山河
趁着月色
此次我要直回故鄉

已經聽得見
母親低低的呼喚
然而只有一個我
不能飛成一個人

笠詩双月刊　第五十三期

民國五十三年六月十五日創刊

民國六十二年二月十五日出版

出版者：笠詩刊社

發行人：黃騰輝

社　長：陳秀喜

社　址：臺北市松江路三六二巷七八弄十一號

（電話：五五〇〇八三）

資料室：彰化市華陽里南郭路一巷10號

編輯部：臺北市基隆路三段二二一巷四弄二一一號

經理部：臺中縣豐原鎭三村路九十號

定　價：每册新臺幣十二元

日幣一百二十元　港幣二元

非幣二元　美金四角

全年六期新臺幣六十元

半年三期新臺幣三十元

●郵政劃撥中字第二一九七六號

陳武雄帳戶（小額郵票通用）

笠詩雙月刊第五十三期　中華民國內政部登記內版臺誌字第二〇九〇號　中華郵政臺字第二〇〇七號執照登記為第一類新聞紙定價十二元